Dello stesso autore in BUR

Il canto del diavolo
Resistere non serve a niente

WALTER SITI

TROPPI PARADISI

BUR contemporanea

Proprietà letteraria riservata
© 2014 RCS Libri S.p.A., Milano

ISBN 978-88-17-08153-5

Prima edizione BUR contemporanea maggio 2015

Realizzazione editoriale: studio pym / Milano

Seguici su:

Twitter: @BUR_Rizzoli   www.bur.eu   Facebook: /RizzoliLibri

TROPPI PARADISI

In fondo l'ho sempre saputo
che avrei raggiunto l'amore;
e che sarebbe accaduto
un po' prima della mia morte.

MICHEL HOUELLEBECQ

Faccia il mostro, e non rompa le scatole.

*Da una lettera di Ernesto Ferrero
del 27 novembre* 1991

Avvertenza

Anche in questo romanzo il personaggio Walter Siti è da considerarsi un personaggio fittizio: la sua è una autobiografia di fatti non accaduti, un fac-simile di vita. Gli avvenimenti *veri* sono immersi in un flusso che li falsifica; la realtà è un progetto, e il realismo una tecnica di potere. Come nell'universo mediatico, anche qui più un fatto *sembra* vero più si può stare sicuri che non è accaduto in quel modo.

Compaiono nel libro molti nomi e cognomi di persone note (i cosiddetti vip); tali nomi e cognomi hanno una pura funzione segnaletica, e le biografie delle persone che essi designano sono *volutamente* e *palesemente* falsificate. All'opposto di quanto accade nei romanzi-a-chiave, dove i fatti veri sono attribuiti a personaggi "in maschera", qui a persone reali, indicate con nome e cognome, si attribuiscono fatti esplicitamente fittizi. Così funziona la post-realtà, nel regno dell'immagine, dove il prezzo da pagare per la notorietà è di essere trasformati in personaggi quasi-veri, condensatori di fantasmi.

A proposito di leggende metropolitane, la maggior parte di "nomi di vip" si affolla, nel romanzo, là dove si mima il gossip, l'atroce pettegolezzo da bar o da palestra. Il gossip non ha senso, ovviamente, se non esercitato su nomi noti; ma anche in questo caso si è cercato di confondere le piste, attribuendo a un nome un pettegolezzo che riguardava un altro nome e ricorrendo talvolta agli asterischi – gli asterischi non sostituiscono un nome preciso, ma sono dei "marcatori funzionali" per sottolineare la sostanziale intercambiabilità dei nomi nel mercato delle notizie: una "tronista" vale l'altra, se il protettore politico non fosse X sarebbe Y. Tutto l'impianto realistico, insomma, è un gigantesco soufflé pronto ad afflosciarsi in una poltiglia di finzione; punta estrema, forse, del quesito paradossale che regge la mia trilogia romanzesca: se l'autobiografia sia ancora possibile, al tempo della fine dell'esperienza e dell'individualità come spot.

Capitolo primo
La miseria dei miei

1

Mi chiamo Walter Siti, come tutti. Campione di mediocrità. Le mie reazioni sono standard, la mia diversità è di massa. Più intelligente della media ma di un'intelligenza che serve per evadere. Anche questa civetteria di mediocrità è mediocre, come i ragazzi di borgata che indossano a migliaia le T-shirts con su scritto "original"; notano la contraddizione e gli sembra spiritosa. L'eccezionalità occupa i primi cinque centimetri, tutto il resto è comune. Se non fossi medio troverei l'angolatura per criticare questo mondo e inventerei qualcosa che lo cambia.

Da qualche mese sono sereno ma niente è più fragile della serenità, devo scrivere questo libro prima che finisca lo stato di grazia. L'editore non vuole rischiare nemmeno un anticipo e ha ragione. La luce preserale indora la statua di S. Giuseppe Labre giù in piazzetta, mentre lontanissima si intravede lattiginosa la cupola di S. Pietro – su un terrazzo qui sopra sventolano due lenzuola leopardate. Devo ricordarmi che ancora, in questo autunno del novantotto, a sessant'anni abbondantemente compiuti, riesco a sopportare la forza del cielo. L'anno scorso alla cupola di S. Pietro ci abitavo vicino, vedevo le ambasciate con gli stemmi e le macchine blu.

L'apparente regressione economica è nata da una scelta d'amore: questo non contrasta con la mediocrità appena asserita, anzi. La serenità è un prodotto aritmetico, l'interno moltiplicato per l'esterno: più uno dei fattori, per esempio l'interno, ha un numero elevato, più l'altro fattore (in questo caso il contributo esterno) può essere basso. Etimologicamente, "sereno" è collegato con "asciutto". La morsa di dolore che è stata la mia compagna per tanti anni se n'è andata, quel peso di lacrime non saprei più nemmeno ricostruirlo; come se al precipizio senza fine si fosse opposto un sonno, volevo dire un fondo, un pavimento al di sotto del quale non posso cadere – e questo pavimento è composto di ciò che ho raggiunto nella vita, i romanzi la cattedra universitaria gli affetti, partendo da una condizione di smaccata inferiorità. Il fatto che io adesso, da questo appartamento di via Tina Pica 23, possa staccare i telefoni e isolarmi da tutto, non prevedendo come interruzione che qualche onesto piacere, testimonia quanto ho lavorato e quanto mi sono attraversato. Che sia una caratterista brava come Tina Pica a intitolare la mia strada mi pare giusto e bello, Eduardo che è poche strade più in là sarebbe stato troppo.

Quartieri-dormitorio, li chiamano: unico faro la domenica il centro commerciale di Serpentara. Via Tina Pica è una stradetta senza uscita, conclusa da una rete metallica che la divide da una scarpata e dai campi; a tratti ci arriva ancora un po' di vento selvatico, qualche profumo d'aperto. Non c'è pubblica illuminazione: un consigliere di Alleanza nazionale martella interrogazioni al Comune, senza esito. Qui, se non ti droghi, la sera puoi anche morire; i cocainomani si ritrovano ai "secchioni", cioè intorno ai bidoni della spazzatura. La cocaina è la droga perfetta in un'epoca di omologazione: è ormai economicamente accessibile ai borgatari che fanno impicci, ma costa ancora quel tanto di più dell'eroina perché la si possa pensare come la droga dei ricchi – è l'equivalente degli swatch e della linea jeans di Armani. Solo che per i ricchi è la droga della performance, della superprestazione, mentre per i coatti è il condimento di una paranoia immobile e passiva; al contrario degli acidi e delle droghe di sintesi in generale, non ti costringe a viaggi, puoi tirarla guardando la tivù. Sarebbe anche la mia preferita, se mi drogassi.

Intendo per mediocrità soprattutto l'impermeabilità alla disperazione e al rischio, lo scegliere comunque e sempre la strada più facile, come l'acqua che scorre allegra all'ingiù. E come l'acqua mi dimentico immediatamente di ciò che ero un attimo prima; niente, in questi sessant'anni, ha avuto conseguenze che m'abbiano spinto alla conversione. La mia prima mediocrità è dunque caratteriale, ed epica, volevo dire etica. Mi interesso del bene quel tanto che basta per non sentirmi in colpa; con Sergio abbiamo deciso di adottare a distanza un piccolo colombiano, Hernán, gli mandiamo seicento euro l'anno e l'aiutiamo negli studi. Sergio voleva andarlo a trovare a Bogotá, ma l'ho convinto che è meglio non turbare il suo rapporto con la famiglia.

La seconda mediocrità è di tipo sanitario, tengo sotto controllo la mia salute con metodici check-up; il mio colesterolo è a posto, la glicemia pure, quella volta che si presentò un calcolo feci subito la litotrissia, l'adenoma alla prostata non supera il volume di guardia. Ma l'obesità la lascio progredire, senza contrastarla con provvedimenti drastici; sono perennemente a dieta, ma in modo così blando e autocompiacente che mi attesto ogni due anni su un chilo in più – come se fosse un dato di natura, come un tronco d'albero che col passare del tempo si arricchisce di anelli. A Sergio non importa, sostiene che gli piaccio così. Sarà la grassezza ad accorciarmi la vita molto più che l'innocuo calcolo renale, ma quello dava fastidio mentre in questa ci annego dolcemente. Nemmeno la morte suscita in me un soprassalto di disciplina.

La terza mediocrità è finanziaria. Come dipendente statale a stipendio fisso (fisso, ma abbastanza solido da consentirmi il superfluo), non sono mai stato obbligato a scelte energiche o a stress emotivi legati al denaro; a ogni fine del mese, circa sette milioni si accumulano sul mio conto corrente – questo basta a garantirmi una base di sicurezza per ipotetiche emergenze, protesi dentarie o malattie dei genitori. Mi faccio ospitare dagli amici nelle loro ville in Sardegna o a Pugnochiuso, e siccome mi concedo qualche avventura stravagante mi illudo di godere una qualità della vita anche migliore della loro, senza riflettere che apparteniamo in realtà a due classi nettamente distinte: loro hanno i soldi veri mentre io mi accontento del luccichio infondato del lusso. (Appartengo, come dice un mio amico editor, alla «fascia alta dei morti di fame».)

Le successive, numerose mediocrità saranno denunciate a suo luogo, ivi compresa la finta ribalderia che è piccola vanità, come quella di aver cominciato queste pagine con un aperto plagio senza dichiararlo.

Mi piace la televisione, anche come elettrodomestico; il fruscio di quando si accende e lo sfrigolio con cui si spegne dopo che è stata accesa parecchio. Come una cenere elettronica che si posa sullo schermo, o come un glande che appassisce dopo aver fatto il suo dovere. La guardo in media per cinque-sei ore al giorno; filtrati dalle pareti di questa casa scatolare, sento gli altri apparecchi funzionare oltre al mio: siamo una comunità, siamo in regola.

Col nuovo lavoro, Sergio si alza la mattina a ore impossibili e va a dormire prestissimo la sera; finisce che ci vediamo soltanto il sabato e la domenica. Negli altri giorni la televisione è il mio centro di calore, la distributrice di emozioni. Le situation comedy, soprattutto, sono la famiglia che avrei voluto avere; genitori spiritosi, molti figli, battute che riescono sempre e villette isolate col giardino. Qualche volta un cane rompicoglioni che però non abbaia di notte – le tensioni si scioglieranno per forza cinque minuti prima della fine, che è prossima perché il tutto dura mezz'ora. I genitori a letto commentano, i figli crescono bene, l'esterno non è più minaccioso, spenta la luce faranno l'amore perché nonostante l'età lo fanno ancora volentieri. I Jefferson, i Robinson, i Keaton, la famiglia Bradford. Oppure qualche madre divorziata, che però funge da madre e da padre. O un gruppo affiatato di amici, come quelli di *Friends*. Recentemente anche qualche frocio o lesbica, molto accettati, grintosi, con lavori interessanti e avventure politically correct. La cosa bella è che ti ci puoi attaccare per un po' se l'orario è comodo, loro stanno sempre lì, ma puoi cambiare la tua affezione, abituarti a un'altra serie senza che nessuno si offenda o ti accusi di infedeltà. Sei libero, comandi i sentimenti invece che esserne comandato.

Chi appare in televisione con regolarità, se ha una faccia appena appena gradevole diventa per forza un amico; gli annunciatori del telegiornale, per esempio, quando mi dicono buongiorno non posso fare a meno di salutarli di rimando, e se sto di buon umore gli faccio anche ehilà con la mano. (Ce n'è uno di Canale 5, quello che dice «esatto, Cesara», che mi stava simpaticissimo in video, poi l'ho visto in palestra e sembrava un po' checca.) Una vecchia signora di Adelfia, maestra e ricamatrice, ha lasciato per testamento metà delle sue sostanze a Emilio Fede: la capisco.

La televisione è rassicurante perché le sciagure che vedi non capitano a te; i terremoti, i disastri aerei, le guerre, quand'ero infelice mi procuravano euforia, adesso fantastico di essere un soccorritore. Ma sono le disgrazie personali quelle che davvero mi distraggono. Un carabiniere di Andria ha avuto un incidente con la moto a diciannove anni, quando la sua ragazza era incinta di sei mesi – invece di sposarsi si sono lasciati, lui si vergognava di offrirle un «mezzo uomo» sulla carrozzella. Ora di anni ne hanno ventiquattro, lei spera in una carriera di cantante e vuol venire a Roma; il carabiniere dice: «mi rendo conto che non è facile, con uno nelle mie condizioni, le ho dato un aiuto materiale per quel che ho potuto e l'ho anche incoraggiata, se senti che è la tua strada vai, spero solo si stia imbarcando in qualcosa di concreto».

Si chiama Marco Mariolini, il «cacciatore di anoressiche»; è in carcere perché ne ha ucciso una. Si eccitava solo se le ragazze erano scheletriche, ma non lo erano mai abbastanza per lui. Le anoressiche vere, lo ha capito ben presto, sono anche anaffettive perché troppo intrigate nei loro casini. Alla fine era apparso l'angelo miracoloso, il tesoro nascosto: una ragazza normalmente magra che era stata capace di ridursi a una larva per lui – ma un giorno s'era ribellata, l'aveva trovata che si abboffava di babà nella toilette di un ristorante e l'aveva presa a schiaffi. Lei era tornata a casa dei suoi e non voleva più vederlo; ossessionato era riuscito a ottenere un appuntamento, ma solo in pubblico, e l'aveva accoltellata alla fermata dell'autobus. Mariolini, mentre lo intervistano, ha la faccia mezza con la barba e mezza no, dice: «moralmente non mi sento colpevole, non avevo scelta, o la sua vita o la mia, ma qui in carcere mi trovo bene, qui devo rinunciare al sesso perché sono rinchiuso e non perché sono strano; se dovessi giudicarmi io, mi assolverei con formula piena ma mi condannerei all'ergastolo».

La televisione ci fornisce il "meraviglioso", come i poemi cavallereschi lo fornivano agli ascoltatori del Quattrocento. Ottime, per questo, le trasmissioni come *Un giorno in pretura*, o *Storie maledette*, o le inchieste di Deaglio; meno bene, naturalmente, i talk-show con la lacrima sul viso, quelli in cui le disgrazie sono sollecitate e create ad hoc. Ma per quanto cretino sia un programma, non manca mai qualche fisionomia espressiva, qualche inflessione di voce convincente, qualche gesto naturale. Il vantaggio della televisione è che, non presentandosi come un'opera ma come un mezzo, se ne può sempre estrapolare un particolare anche minimo e fare perno su quello, separandolo dal resto.

Quando odiavo la vita e volevo vendicarmi, cercavo apposta i programmi sugli animali e mi abbeveravo alla crudeltà dei loro comportamenti: la strage delle tartarughine che a migliaia vengono divorate dai rapaci mentre disperatamente arrancano verso il mare, o i leoni marini che soffocano i figli schiacciandoli col loro peso, perché le femmine tornino a essere subito sessualmente ricettive. La brutalità infallibile dell'istinto sessuale («le corna ricurve servono nelle lotte primaverili per la diffusione dei propri geni») mi procurava invidia e frustrazioni preziose. Adesso i documentari del National Geographic tendo a escluderli, o meglio mi interessa il lato tecnico: quei pazienti appostamenti, quelle telecamere nascoste non si sa come all'interno delle tane, che consentono di vedere quel che mai si vedrebbe a occhio nudo.

Questo è un altro appeal della televisione, il fatto di potenziare i nostri sensi: gli infrarossi ti fanno vedere al buio, le fibre ottiche ti immettono nell'infinitamente piccolo, il rallentatore ti offre i successivi stadi di un processo che per le contrazioni del nostro cristallino sarebbe troppo veloce. E poi le angolature impossibili, e la simultaneità: vedere contemporaneamente la pallina che parte dalla racchetta e la smorfia del tennista che riceve, l'azione traguardata dal punto di vista del canestro, o le braccia del ranista che si divaricano sott'acqua.

Con la televisione puoi viaggiare molto al di là delle tue possibilità economiche: la trasparenza dell'acqua alle Fiji non teme temporali o intorbidamenti di alghe, perché per girare il documentario hanno scelto il periodo migliore. Il mondo intero contribuisce a svagare la nostra noia; è come avere un amico potentissimo che ha case dappertutto e ti ospita quando vuoi. I viaggi per procura possono anche essere kitsch, perché non sei tu ad averli organizzati; saltano i tempi morti, vi si incontrano solo persone interessanti e gli incidenti sono buffi come quelli di *Turisti per caso* (ma qui si ricade al punto della famiglia-che-avrei-voluto, come per le sit-com).

L'erotismo è latente sottopelle in tutto il palinsesto televisivo, come si sa, ma ne parlo poco perché non mi intendo di donne; parlo di erotismo maschile, e lì il massimo sono le gare di atletica, le corse veloci il salto con l'asta il disco; l'atletica pesante, purtroppo, si vede soltanto ogni quattro anni, in ore assurde durante le Olimpiadi; ma anche qualche ballerino (quelli bassi) negli spettacoli di varietà, o un bodyguard alle spalle di Kofi Annan, o qualche raro protagonista di fiction (Ross di *Friends*, per esempio, o William Shatner, il primo comandante Kirk di *Star Trek*). Un discorso a parte meriterebbero i Centocelle Nightmare, che se fossi ancora ansioso potrebbero diventare una mania; quando si presentarono per la prima volta (e sembrava uno scherzo) al *Costanzo Show*, vidi subito che nella loro energia borgatara c'era più erotismo che nel modello di partenza, gli internazionali California Dream Men. I riflettori non riuscivano a levigarli al punto da limare il peso dei quadricipiti femorali, i peli del petto, le fidanzate presumibilmente adoranti e qualche ricco signore trepidante in platea. Ora, il nuovo corso post-femminista li fa ricicciare negli spazi più imprevedibili, non solo nei talk, appunto, e ovviamente nei contenitori domenicali, ma anche nei programmi di "approfondimento" o di costume. E io a rincorrerli da un canale all'altro, pronto a sorbirmi una pippona della Venier di quindici minuti pur di non perderli.

Il sesso televisivo è un sesso senza complicazioni, che si consuma in un gioco di pixel, che non pretende e non suscita pretese. In tivù è impossibile ammalarsi di troppo desiderio. Il fatto però di apparire in momenti imprevedibili (non mi spingo certo a comprare i giornali coi programmi, e anche se li comprassi non è detto che i Centocelle vi sarebbero annunciati), il fatto dicevo di apparire come un regalo del caso dà loro la vibrazione della vita, e basta questo per farne qualcosa di decisamente più eccitante rispetto ai muscolosi dei video porno. Buoni buoni nelle loro cassette, a disposizione quando vuoi, d'accordo: ma sempre uguali a ripetere gli stessi gesti.

Anzi no, mi sono reso conto che non è vero: i nudi nei

video invecchiano anche loro. Non solo nel senso ovvio che i video si consumano e la pellicola si degrada, per cui la finestra diventa color vinaccia e il cielo nero – no, è molto di più. L'altro giorno stavo riguardando, accademicamente e senza masturbarmi, uno dei primi video di Kristen Bjorn, quello intitolato *Champs*, e giuro che il modello più strepitoso di tutti, un lituano di nome Alexi, aveva una crosticina sul labbro che *quando il video era nuovo non aveva*. Il tempo e la morte, che si sono scatenati fuori (Alexi avrà ora una sessantina d'anni, e Dio lo benedica comunque per essere stato un giorno così), hanno deposto un uovo anche dentro, nel chiuso mondo della virtualità elettronica. Una voce maligna potrebbe dire: ecco, prima guardavi i bellissimi nello schermo tivù, adesso che ai bellissimi ci hai rinunciato guardi solo la tivù. Ma non è proprio così – la bellezza che emerge random nella normale programmazione non ha perso le sue qualità deflagranti, solo che non è più così paurosa da doverla isolare. Sto sulla groppa del toro e lo guido per le corna.

La pubblicità in tivù spesso non la capisco: i nessi sono così asintattici e veloci che un vecchio non cresciuto al ritmo dei videoclip stenta a raccapezzarsi. Non capisco le storie, voglio dire: perché una signorina ha un graffio sulla spalla o perché un'altra sbatte la porta e se ne va. Così la libertà felice del loro mondo non mi trascina, perché mi pare un mondo di alieni. Sergio ogni tanto me la spiega lui, ci ride. Un polline di felicità mi avvolge invece alla presenza ubiqua dei vip; i nostri semidei, figli di una mortale e del tubo catodico, o di un uomo e della Fortuna («amo svortato», come dice Costanzo alla sua compagnia di giro nei momenti d'euforia). Chiamasi "vip" non chi ha realizzato qualcosa di importante ma chi viene regolarmente invitato in televisione; i vip vivono tra loro, anche nella vita normale si conoscono quasi tutti, vanno alle stesse feste e si danno del tu; il gossip ci garantisce che, pur stando incommensurabilmente più in alto di noi, sono pieni di difetti e non sarebbe difficile mettersi al loro posto. Anzi, li potremmo perfino superare ed essere noi a ricoprire il ruolo prestigioso, un giorno, degli "ospiti d'onore". Cazzeggiano e sono sempre contenti perché l'essere invitati regolarmente in televisione è per se stesso motivo di contentezza; la situazione è il messaggio, l'evidenza è lo spettacolo; non devono esibirsi in ciò che li ha resi noti, che so, cantare recitare o guidare la moto, devono solo divertirsi tra loro, testimoniare la piacevolezza del vivere. Parlano del loro matrimonio, del loro piatto preferito, del loro cane, e ascoltandoli siamo sicuri che la quotidianità più semplice può risplendere della luce delle stelle. Ogni tanto c'è qualche new entry e di qualcuno, decotto, non si sente più parlare: normale ricambio nel fiume della divinità, che assicura quaggiù l'alternarsi delle stagioni.

Universo fantastico, pieno di sorprese: come nelle piazze del Maghreb dove la folla si accalca intorno al narratore più bizzarro, o al più ammaliatore; perfino le news sono tanto più memorabili quanto più si iscrivono nel registro della bizzarria (per esempio, la signora moscovita di mezza età che davanti al Gum vende vibratori, perché *sono il suo salario*, la fabbrica dove lavora non avendo liquidi la paga con una quota di prodotti). Se leggo i giornali mi sento male, la coerenza implacabile e la *linearità* degli eventi mi ammazzano; la televisione invece procede per salti, ogni immagine si accumula alle altre ma si sottrae un attimo prima di diventare dolorosa; più che la singola trasmissione conta l'effetto di moltiplica, l'enorme ipnotico programma di cui si può godere con l'uso accorto (o anche distratto) del telecomando. Come un cazzo meccanico che entri in un numero X di buchi, compiacendosi dell'operazione più che del rapporto.

Ho notato che il fascino della televisione viene esaltato dalla solitudine; come per i film pornografici, basta essere in due (non amanti) e l'emozione si trasforma in imbarazzo o in riso. Scatta l'ironia, la battuta dissacrante. Ci si vergogna di proiettare impulsi libidici su *Casa Vianello* o su *Alle falde del Kilimangiaro*. Quando si è soli, invece, la masturbazione televisiva consiste proprio nel miracolo di provare, liofilizzati, tutti i sentimenti – e come per la masturbazione sessuale, non funziona se non ammettendo un proprio stato di bisogno, di miseria e di profonda umiltà. Quanto più i programmi sono spazzatura, quindi, tanto meglio scatta il meccanismo. Si prova gratitudine per quella folla di amici che ti portano il mondo in casa, e come i preti ti coccolano di più se sei stupido, o malato. Solo le trasmissioni coi comici si possono vedere in compagnia; e i film belli, se è per questo. Ma appunto siamo al cinema e al cabaret, non più in televisione; la forza della tivù sta nella sua debolezza, nell'essere informe e nell'avere quindi relazioni più ingenue con l'inconscio.

Pare che Egon Fürstenberg, nella sua casa di Roma, nasconda il televisore in un «raro mobile napoletano del Settecento»: basterebbe questo per gridare l'elogio della tivù, alfiera del nuovo caos. (Anche rispetto alle biblioteche: quante menti di prim'ordine si occupano del passato per viltà! La storia è un alibi.) Una delle mie amiche più care, che per la sua indefettibile moralità chiamavamo "l'animale deontico", non aveva mai voluto, soprattutto per i figli, che in casa ci fosse un apparecchio televisivo; una volta il suo raffinato dentista, per facilitarle il rilassamento durante una trapanatura laboriosa, le accese un piccolo monitor sopra la poltrona; era in onda una telenovela di Rete4 e quando il dentista, finito l'intervento, le disse «si può risciacquare», lei era talmente presa che lo pregò di lasciarla ancora qualche minuto. Poi, negli ultimi giorni della sua vita, camminando al sole in un giardino di Brescia (sapevamo tutt'e due che era un addio), mi disse «Walter, se tornassi indietro, vorrei mettermi a scrivere per la televisione (*ne doveva aver vista parecchia durante la chemio*): è lì che adesso si decide tutto».

2

I miei genitori guardano la televisione per stanchezza, per riempire i vuoti. Qualche volta separati: la mattina mia madre, trafficando in cucina con l'affanno dei novantasei chili, a notte tarda mio padre, le caviglie appoggiate a una seconda seggiola. Senza scarpe e calze, la testa rovesciata all'indietro e la bocca semiaperta; si sveglia di soprassalto, segue il programma per dieci minuti e ricasca in un malsano sopore; non si può non notare la necrosi degli alluci, sta cominciando a morire dalle dita dei piedi.

L'intelligenza di cui entrambi erano dotati ha suppurato per mancanza di materia a cui applicarsi e ha preso strade diverse in ciascuno di loro. In mio padre ha generato una vera e propria "frenesia dell'anticipo": all'inizio si è limitato, siccome per il suo lavoro doveva passare dai clienti all'ora di pranzo, a spostare il pasto dall'una a mezzogiorno, e mia madre si è adattata – poi, insensibilmente e progressivamente, ha preteso di mangiare alle undici, alle dieci, alle nove e mezzo; adesso, quando sto a casa loro e alzandomi entro in cucina verso le nove, lo vedo davanti a un piatto di rigatoni al sugo che mi chiede se voglio favorire. Di conseguenza cena alle quattro e mezza-cinque, e dopo è tutta televisione fino alle due di notte. Ormai non dorme quasi più, si sveglia alle sei e ricomincia il ciclo; dice che fa tutto così anticipato per «togliersi il pensiero».

In mia madre l'intelligenza imputridita ha preso soprattutto la strada del rifiuto; le coinquiline che vanno a giocare a bingo sono delle «vecchie inebetite», nei centri commerciali dove vuol portarla mio padre «non c'è niente da vedere», chi pretende i funerali in chiesa «spera di confondere le idee anche a Nostro Signore». Lei vorrebbe essere buttata in un sacco della spazzatura, per non dare disturbo e non far spendere niente a nessuno. Aggrappata al suo livore come un naufrago alla zattera: «t'e ingrasè 'n'ètra volta», mi dice astiosamente mentre mi giro a spacchettare il regalo per mia sorella, un gioiello afghano che «agh farà pighèr al côl» (le spaccherà il collo); tutto è sporco o malato, il gattino che zompetta per le scale ha la rogna, non esistono opinioni corrisposte («se me a dégh pir, te 't di pàm» – se dico pera, tu dici mela).

Spesso la televisione la guarda senza vederla, confonde i personaggi delle soap, chiede dopo cinque minuti un'informazione che hanno appena dato al telegiornale; con la scusa che «sono tutte poco vestite» attribuisce a una soubrette gli amori dell'altra, all'Arcuri il calendario della Seredova. I programmi che segue con più attenzione sono quelli all'insegna del disprezzo, dove la gente viene derisa e fa brutte figure; le piace molto *La corrida*, sghignazza quando battono le pentole e muggiscono coi corni per dare la baia; ma anche *Sarabanda* le va bene, soprattutto da quando Papi si incarognisce sui concorrenti (monomaniaci o *idiots savants*, in genere) e li fa vestire da buffoni.

Questi sono i programmi che i miei vedono insieme in prima serata, oltre alle televendite sulle tivù locali e alle gare di barzellette. La volgarità di cui vanno in cerca è quella delle "veglie" nel cortile di quand'erano giovani (ma restano parzialmente insoddisfatti, qui manca la salacità grassoccia e naturale, tutto è fabbricato e indotto). Non è un caso che le loro scelte siano all'opposto delle mie: loro non cercano una realtà immateriale o una iper-realtà, cercano la realtà di una volta, quella obsoleta, greve, che non hanno più. Non usano quasi mai il telecomando, una volta fissi su una rete stanno su quella per tutta la sera. Seguono le trasmissioni di medicina, come *Elisir*, per risparmiare sul medico; mio padre spiega a mia madre i termini difficili (è una vecchia gag, anche con riferimento agli studi universitari miei e di mia sorella, il ruolo da ignorante di mia madre: «a sun armèsa l'unica sumèra in sta cà chè» – sono rimasta l'unica somara in questa casa); lei grata lo ricambia non sbuffando durante le ore interminabili di calcio.

Hanno capito che litigare prolunga le conversazioni; l'altro giorno lui s'era scritto degli appunti per telefonare in diretta a Telecanarino, un canale di calcio modenese: è partito bello fluido, poi s'è impappinato («... il Brasile ha vinto cinque campionati, ma perché ci avevano dietro uno come Didì che gli dava i palloni, hanno vinto anche quell'anno che Pelé si è sentito male, con Garrincha, Vavà e... coso... quello che ha sostituito Pelé... diocane adesso non mi ricordo... mi deve scusare...»); dal video sono stati molto comprensivi, ma quando ha riattaccato se l'è presa con lei che gli aveva disordinato i fogli – lei negava e così hanno passato almeno un'ora diversa dal solito.

A ottantadue e ottant'anni, non usano la televisione per evadere ma per stare tenacemente aggrappati alla vita che gli sfugge – in una sola cosa mi somigliano: la loro strategia per la serenità tende ad annullare i dispiaceri invece che a moltiplicare i piaceri (ma l'ultimo gradino li fregherà, la morte). C'è forse una via emiliana al buddismo. In ogni caso, il nostro microclima familiare è poco adatto alla passione.

Dato che andare al cinema gli sembra impensabile (e per mia madre, certo, sarebbe complicato arrivarci), gli ho regalato un videoregistratore, che almeno si prendano qualche cassetta con Nazzari e la Yvonne Sanson, e decidano loro che cosa vedere invece di essere perennemente a rimorchio; non l'hanno usato nemmeno una volta, più che pigrizia o disagio della novità è una rivendicazione morale: «an sèm menga tant ambiziós» (non siamo mica così ambiziosi). Accettano i programmi come si accetta il cibo dell'ospedale.

Il loro è senso di colpa, distorto e diventato accusa: non siamo riusciti a dare la ricchezza ai nostri figli, non siamo nemmeno riusciti a diventare benestanti come i nostri fratelli e cognati (la casa di proprietà, almeno, il fondo-pensione privato) – quindi il mondo dello spreco, il mondo che invece i nostri figli ce li ha sedotti e allontanati, ci fa schifo. Non so come spiegare altrimenti l'ostinazione con cui respingono, di comune accordo, i cibi di buona qualità che porto a casa; non ne posso più di vederli mangiare sempre tonno comprato all'hard discount, in scatole enormi con su scritto semplicemente "tonno", o delle tavolette di emmenthal tipo polistirolo, che dura in casa più di quindici giorni; così, nelle salumerie chic di Modena, da Fini o da Giusti, compro del gorgonzola con la lacrima (che so che gli piace), o mi fermo in una macelleria del centro e prendo del filetto, o mi faccio fare un cesto di primizie, ciliegie di Vignola e susine e nespole. Le nespole dicono che sono acerbe e «brusche» (l'espressione modenese per dire "aspre"), il filetto fa senso perché ci resta il sangue, sono molto meglio i petti di pollo comprati con l'offerta tre per due. Se li contraddico si intignano. Il gorgonzola sì, è buono, ma vuoi mettere con quello di una contadina che l'avevano fatto i suoi di Pavia, e ostentatamente anche quello lo lasciano seccare in frigo, almeno finché io non parto. «Mangiale tu» mi dicono delle susine, «le hai comprate per te», anche se ce n'è tantissime, e loro si attengono alle mele all'ingrosso che stanno in camera da letto, in un plateau. Poi si abbandonano a goloserie strazianti, cioccolato che sembra fatto con la segatura e barattoli da due chili di arachidi «norvegesi» (*sic*).

Lo so che cosa vorrebbero da me, amore e non cibo – ma quello non posso più darglielo da tanto tempo, ve l'ho detto che sono mediocre. I ripensamenti dovrebbero ripartire da troppo indietro, riaprire tagli cuciti con lo spago e rimarginati alla meglio. La settimana scorsa, mentre stavo da loro, ho preparato una carbonara (che ovviamente non hanno mangiato, fedeli al sugo simil-bolognese che mio padre si porta in un barattolo anche al ristorante, chiedendo che gli portino la pasta scondita) e dell'uovo, com'è di regola, ho usato solo il tuorlo. Istintivamente ho lavato il bicchiere, versando l'albume nel lavandino; dopo un minuto e mezzo, girandomi, mi sono accorto che mia madre piangeva e alla mia faccia stupita ha gridato «al magnèva me cun un po' d'sèl» (lo mangiavo io con un po' di sale). Era tutto il suo modo di vita che sentiva rifiutato, la sua eterna devozione infelice.

Quando per caso, raramente, hanno degli invitati, ormai cucinano al risparmio, cinque cotolette per sei e un mucchietto di purè che può bastare per quattro; naturalmente tutti si trattengono e spergiurano di non aver fame, per cui qualcosa rimane, e loro: «vedi, il mangiare si ha paura che sia poco ma finisce che ce n'avanza sempre». Anche in trasferta, a casa mia, non cambiano di una virgola i loro orari: Sergio, che da romano non concepisce di pranzare prima dell'una e mezza, lo lasciano a tavola da solo (cioè con me, ma non con loro). Lo trattano come se fosse trasparente; probabilmente sospettano che "mi mangi i soldi" ma non osano affrontare l'argomento tabù – così si limitano al buongiorno buonasera, come se lui fosse un pigionante e io un affittacamere. Che mi ami, o che io lo ami, non li riguarda. È disperante che io riesca a spremere ancora odio; gentaglia, e se sono gentaglia non vedo perché dovrei volergli bene con la scusa che sono i miei genitori.

Odio la polvere di biscotti che leccano tenendola nel palmo delle mani, perché non si butta via nulla, e le carte delle uova di Pasqua di dieci anni fa ripiegate e riposte in un cassetto, e la maniglia dell'armadio fasciata col nastro adesivo, quello marrone da pacchi; odio l'odore degli asciugamani in bagno, che mi sembrava odore di piscio e invece è odore di casa povera (di detersivo scadente). L'unico argomento di conversazione con mio padre, da molto tempo, è quanto costano le cose; i suoi "affari" alla Coop, mi snocciola una serie di cifre che non seguo e non capisco, o i conti minuziosissimi per riuscire a farsi scalare, dalla sua quota della luce-scale del palazzo, ottocentocinquanta lire. Il fatto che io i prezzi non li sappia lo scandalizza ma, in una misura che non riesco a precisare, anche lo inorgoglisce: «oh, to fiól al viaza in préma» (tuo figlio viaggia in prima), comunicò a mia madre quella volta che m'era venuto a prendere alla stazione e lei, mantenendo la stessa ambiguità, aggiunse rivolta a me «t'fè bein a tratèret come un sgnor» (fai bene a trattarti come un signore).

La mia coazione al semi-lusso, in effetti, è una reazione alla miseria dei miei, e soprattutto alla loro rassegnazione; me lo rivelano certi eccessi stupidi quanto grotteschi, come il mangiare solo lo straterello di crema che sta nel cuore di una torta, buttando tutto il resto. (In fondo, è la stessa estetica della fuga che applico quando guardo la televisione.)

La pensione di mia madre è di un milione e cinquantamila al mese; quella di mio padre (che ha fatto il commesso viaggiatore e per molti anni non ha «pagato le marchette», se non alla fine le cosiddette «volontarie») di ottocentododicimila. (Sul fatto che lei guadagna di più, sono ancora in atto calembour e ripicche facete.) Poco meno di due milioni al mese in due; d'affitto, coi nuovi patti in deroga, pagano circa seicentomila; resta un milione e tre per vivere. Io faccio finta di niente, mi rifiuto di immaginare esattamente i sacrifici a cui devono sottoporsi, giorno per giorno; non ho mai provato a stilare un banale bilancio di entrate e uscite; mi limito a spedire, all'inizio di ogni mese, un vaglia da trecentomila lire e mi sento a posto. Le nostre due economie rimangono nettamente separate: non parto dai loro bisogni e dalla vita che sarebbe dignitosa per loro ma da quanto è decente che io dia. Scaricata la coscienza col vaglia alla posta, mi resta di che permettermi un pranzo a Baschi da Vissani o da don Alfonso a Sant'Agata sui due Golfi, e magari un maglione di Missoni. Quello che mio padre chiama "un aiuto" è in realtà l'imposizione di una differenza.

So che una parte dei loro proventi magrissimi la passano a mia sorella, sola con mio nipote da quando il marito l'ha lasciata preferendole il Brasile. La sera dell'ultimo Natale eravamo a una festa e volevo che mia sorella mi riportasse a casa; cercandola, sono entrato nella camera dove stavano ammucchiati i cappotti e l'ho còlta in uno strano traffico con un'amica – lei si è sentita colpevole, deve aver rapidamente calcolato che era troppo tardi per negare e si è gettata in bocca alla verità, impostando una voce scherzosa. Stava vendendo all'amica la catena d'oro che le aveva lasciato la nonna, la lunga catena decò che era l'unica ricchezza di famiglia e con cui si potevano fare ben tre giri intorno al collo. «Siamo nel suk» ha detto con un sorriso imbarazzato e aggressivo, e l'amica generosa ha aggiunto «sì, solo che la contrattazione più che araba è mongola, io le voglio dare una cifra e lei la abbassa». Allora mi sono ricordato di certe frasi di mia madre, su mio nipote ventenne che fa sport e ha bisogno di carne almeno tre volte la settimana. Io gioco al piccolo nababbo e mia sorella è alla soglia della sopravvivenza; le ho staccato un assegno e anche con lei è come se avessi sancito un divorzio.

Vi chiederete come posso, in questa situazione, parlare di serenità. Vi voglio raccontare una storia che m'ha confidato, una sera che aveva bevuto, nei primi tempi che m'ero trasferito qui in Borgata Fidene, la vedova di un tassista.

STORIA DELLA MOGLIE DEL TASSISTA

Sale per caso su un taxi del 3570 e così, giusto per attaccare discorso, chiede: «scusi lo conosce Antonio Detti?», «che nun lo conosco signó, semo amici propio; l'artro giorno semo annati dar Toscano co' mi' moje e su' moje, ma ciànno tirato 'na sòla, la carne puzzava de morto e amo pagato ottantamila a cranio, ahó, si vòi fà er paravento fallo delicato...». Di domanda in domanda, quello parla di suo marito, non c'è equivoco di persona, ma parla di un'altra moglie, di altri figli e di un'altra casa («mo' nun me ricordo de preciso, ma da 'e parti der Ponte Bianco»); ha pensato che quel tassista fosse matto però in dieci anni, suo marito è morto da poco, non ha mai avuto il coraggio di chiedere spiegazioni, o di verificare al 3570, o cominciare un'indagine. Solo qualche passeggiata dalle parti del Ponte Bianco. «Tanto, pure si sapevo, che facevo?»

Ecco, io ho adottato una tattica molto simile. D'altronde, a non contare variabili superficiali, l'intelaiatura economica della mia anima continua a non essere diversa da quella dei miei genitori. A parte qualche albergo "di charme", qualche mostra all'Aja o a Bilbao, forse una delle cose che ho fatto più spesso in vita mia è stata guardare giù dalla ringhiera di casa in un cortile deserto, nelle notti d'estate, avendo indosso solo la canottiera – lo stomaco premuto contro il ferro, come mio padre, come mia madre: murati nella nostra estrazione sociale senza vere occasioni.

E poi, nonostante tutto, i miei *sono* due vecchi sereni. Perché hanno la coscienza tranquilla: mio padre non ha mai fatto niente di disonesto; mia madre, più dura, pensa che per questo è rimasto povero e lo disprezza un po', ma non può fare a meno di essergli solidale. Si conoscono da quando lei aveva sedici anni e lui diciotto, e mia madre un giorno m'ha detto: «sai, quando andavo ancora al cinema, e anche adesso in televisione, di uomini belli ne ho visti tanti, però belli proprio completi come tuo padre non ne ho mai visti». Lui le porta ancora i cioccolatini, i fiori, le fa le sorprese; per il cinquantesimo di matrimonio è riuscito a rintracciare l'albero davanti al quale l'aveva fotografata a ventiquattro anni e l'ha fotografata a settantaquattro nella medesima posa, ma con due palloni da spiaggia appesi al braccio (la didascalia dice: «ho sposato una donna con due palle così»).

Per loro, la rassegnazione sociale è figlia di qualche soddisfazione a letto: di pura fortuna, e in fondo anch'essa vile perché mai analizzata né messa alla prova, ma pur sempre soddisfazione e felicità. In passato li ho anche invidiati. Quando mio padre russa, a mia madre non passa neanche per la testa di trasferirsi nell'altra stanza, che è vuota da che i figli non ci sono più. Resta sveglia e assicura che il rumore le fa compagnia.

Non hanno mai ascoltato i fantasmi neri che volavano intorno, o almeno non li hanno seguiti. Che io stia imparando adesso la loro lezione, avviandomi a diventare, quando raggiungerò gli ottant'anni, avaro e odioso come loro? Mio padre domanda com'è il brodo, lei risponde «assaggialo di sale», lui insiste, «a parte il sale, com'è venuto di sapore» e lei «come al solito»; allora lui esplode, bestemmia: «cane d'un cane, possibile che non si possa sapere com'è venuto oggi il brodo?» – poi fanno pace, appena il Papa si affaccia in basilica: «e s'agh vin da pisèr, al Pèpa?» (e se gli viene da pisciare, al Papa?). Anche con Sergio sarà così?

3

«Rutelli in persona? Non ci posso credere, ma Rutelli si presta, scusa?», «come no, è suo dovere. Poi vuoi mettere, la botta di visibilità...» Un matrimonio in Campidoglio di sera che verrà ripreso in diretta nella trasmissione della Carrà, *Carràmba, che sorpresa!* Hanno convocato a Roma due ragazzi con il pretesto di un viaggio-premio e domani sera li sposerà il sindaco, loro non lo sanno ancora. Gli hanno inventato che cento coppie dovevano preparare comunque le pubblicazioni e che a gruppi di dieci le selezionavano per il viaggio-test, scegliendo alla fine una coppia sola. Vabbe', ma possono denunciarvi tutti, credo che ci siano gli estremi per un futuro annullamento; possono sempre sostenere che sono stati coartati, la televisione, in diretta, te l'immagini la pressione psicologica? L'amico architetto che lavora al Comune, e che mi ha fatto la soffiata, ridacchia dall'altra parte del filo. «Comunque vengo, questa non me la perdo.»

La sera dopo sono lì e vedo subito, dalle schede e dalle foto, che non succederà nessun casino, i due ragazzi saranno contentissimi di sposarsi: lei è una cozza, strabica e con una voglia di fragola sullo zigomo, lui è bello come il sole ma è albanese e ha bisogno di regolarizzare la sua posizione in Italia. Un traffichino Rai, che assomiglia vagamente a Francesco De Gregori giovane, aggiunge che la famiglia di lei è una ricca famiglia di imprenditori calabresi e che all'inizio erano contrari ma la figlia ha fatto il diavolo a quattro, certo dove lo trova un altro così: alla fine gliel'hanno comprato.

La troupe è già in fibrillazione, stanno stendendo i cavi in piazza e gli dà fastidio la statua di Marc'Aurelio al centro; un'inserviente del Comune li tratta come intrusi («dopo le catene, è tutto monumento»); il cameraman toscano insiste che almeno sui pilastrini di granito ci si può appoggiare («via signora, la si rilassi, la ci faccia un sorrisino») e lei è grandiosa: «ciò er marito che nun deambula, se figuri si me viè da ride». I ragazzi sono attesi per le ventidue e quaranta: che sono a Roma per sposarsi gliel'hanno pian piano fatto capire durante il pomeriggio, solo che se l'immaginano per il giorno dopo, non per la sera stessa. La truccatrice è in attesa di Rutelli, che arriva e fingendo di scherzare è davvero un po' preoccupato che lo riprendano «dal suo profilo buono».

In una stanzuccia al piano terra stanno sequestrati i genitori albanesi del ragazzo, con un nipote, venuti direttamente da Valona. Non devono mostrarsi al figlio prima della diretta, perché la Carrà è molto scrupolosa e le sorprese devono essere autentiche. Sono le nove e mezza e non hanno ancora mangiato niente, poi il ragazzo che somiglia a De Gregori (si chiama Sergio e in realtà fa il runner, o assistente ai programmi) gli porta un vassoio con dei tramezzini. È preso da compassione per i due vecchi spauriti e gli propone «se volete, qui vicino c'è un bellissimo panorama, possiamo andarci tanto è ancora presto» – annuiscono, accettano grati, non sono neanche passati dall'albergo e Roma gli fa gola. Li porta, credo, alla balconata sui Fori.

La responsabile al casting entra nella stanza e inorridisce a trovarla vuota, cioè con me solo; scambiandomi per uno del Comune mi interpella duramente, «dove sono andati, proprio adesso che c'è in giro quello di *Striscia*». Quando tornano fa prima un cazziatone al povero Sergio, che mi guarda senza difendersi, poi ai due vecchi: «Questa non è una gita turistica, qui dev'essere tutto vero, se non era vero la Rai non ci metteva i soldi e voi non venivate dall'Albania; e perché tutto sia vero, e perfetto, bisogna ubbidire».

I due vecchi si scusano, umiliati; lei si raddolcisce, fa una carezza al nipote, poi addirittura si prende il bambino sulle ginocchia: «Qui non è come quando vedi la tivù, pannocchietto, qui ci sei dentro, non è finto; ti piacerebbe lavorare in televisione? (*lui la guarda reverenziale e con gli occhi sgranati, come se gli avesse chiesto* «*ti piacerebbe diventare il re dell'universo?*») Be', se vuoi arrivare a farla, non devi guardare sempre la tivù, perché la televisione è lo specchio della vita e per farla bisogna conoscere la vita... io adesso sono arrivata a lavorare con Raffaella, ma quando ho cominciato la Carrà non sapevo neanche chi fosse... (*poi, rivolta anche a me*) Per partecipare in prima persona a *Carràmba*, bisogna pagare dei prezzi».

Si svaria col discorso, lei è una inossidabile fan di Bob Dylan e colleziona i suoi dischi in vinile, anche i più rari, ora gliene è arrivato uno dall'Australia... Chiamano da fuori, c'è (in anticipo) lo sposo, deve mettersi al centro della piazza e lì aspettare che la sposa arrivi su una carrozza trainata da due cavalli bianchi (ebbene sì). Si ricomincia con la storia di Marc'Aurelio che proprio sta sulle palle a tutti, soprattutto da quando si è diffusa la notizia che è una copia. Perdono un sacco di tempo a regolare le luci e intanto la sposa arriva quasi inavvertita, mentre si sta commentando che lui sembra Ricky Martin e si fanno battute su *La cozza de la vida*. All'ultimo momento, con un grido, la responsabile del casting s'accorge che lo sposo ha ancora addosso il cappotto mentre sta per partire il collegamento, e invece lo sponsor vuole che si veda il vestito – balza al centro, gli strappa il cappotto e non sapendo dove sbatterlo me lo deposita sulle braccia dicendomi «fallo sparire». Io non so pensare di meglio che portarlo nella stanzetta; la madre, che non vede il figlio da più di tre anni, si avventa sul cappotto, lo annusa, lo bacia, lo piega religiosamente con le lacrime agli occhi.

Quelle tigri fameliche degli autori hanno deciso che la ripresa viene meglio se lui incontra i genitori uscendo dalla cerimonia e non entrando («all'inizio ci sono già abbastanza emozioni»), sicché i due vecchi non possono godersi il figlio che si sposa, e non hanno neanche provveduto ad attrezzare la stanza con un cazzo di monitor – io e Sergio ci riduciamo a fare una radiocronaca, dandoci i turni e portando le notizie, ecco, adesso le sta infilando l'anello, si sono baciati eccetera.

Durante uno di questi incroci, Sergio mi si è strofinato addosso sullo stipite di una porta; lo osservo meglio, lui restituisce l'occhiata con una specie di sfacciataggine timida; tra noi corrono di sicuro almeno trent'anni, non solo potrebbe essere mio figlio ma il mio figlio minore. Dice che la Twingo della produzione è già ripartita, una volta finito lo chaperonnage dei vecchietti lui se ne può anche tornare a casa, gli darei un passaggio? Ce ne scappiamo quasi, io vergognandomi del compiacimento con cui ho assistito all'orrenda messinscena, lui sostenendo (a ragione) che sarà più memorabile, per loro, di un normale matrimonio, ha solo il difetto che è costato ottanta milioni. Non facciamo in tempo ad assistere all'incontro tra i genitori e il figlio, tra le colonne; tagliamo giù per la scalinata mentre il ragazzo campeggia in primo piano sul maxischermo e sta dicendo alla Carrà, impasticciandosi un po' con l'inglese: «sono prode di diventare cittadino italiano».

Dicevo della serenità: l'amore con Sergio, da quella sera in poi, è stato all'insegna della lentezza e della non-preoccupazione. «Ci penso io», e ha cominciato a trafficare col mio corpo come se non si ponesse il problema di un'eventuale eccitazione; anzi, come se desse per scontato che non sarebbe potuto succedere nulla, fino al punto in cui, *dopo*, non so come dire, *dopo*, tutto miracolosamente succedeva. «Da buon Acquario, sono favorevole a questa classe d'età»: come avrei saputo in seguito, il suo condizionamento erotico è sempre stato provare attrazione per gli ultra-sessantenni – io ci rientravo a pelo, e l'abitudine a far l'amore con i vecchi gli aveva suggerito questa tecnica della dilazione, di attraversare l'ansia con calma e aspettarla all'uscita. Aiutato da una sua facilissima penetrabilità, dal suo torso esile ma gradevole impiantato su cosce e glutei potenti («le guardie dell'ingresso, che non hanno fretta»), massaggiava, usava la doccia calda, usava soprattutto la dolcezza del fiasco per ottenere, con strofinio consolatorio, la resurrezione e la vittoria. Il segreto, ho capito, era desiderare che il cazzo si ammosciasse una volta eretto, ed ecco che allora non si ammosciava più. Unico tributo negativo un po' di insensibilità, come se l'avessi sfregato con un anestetico. Dal cuore del "nulla di fatto" nasceva, con stupore, la scopata («mi sa che ha perso volume», «è ancora ragguardevole, sta attento a tirarlo fuori»); e io sentivo come se uno strato di me venisse sollevato e lasciasse un'intercapedine di non-appartenenza, un agio di sdoppiamento e di respiro.

Un mio eterno punto di fragilità si risolveva, ridendo, in vecchiaia. Un riso complice ma un poco affettato, quello di Sergio, nato dall'abitudine a trattare gli anziani come bambini. Poi è subentrata la confidenza, incrementata dalla chimica, e la consapevolezza di quello che sono; il sesso, acme cruciale e tragica di tutta la mia vita, si è come spostato di lato: sottilmente onirico e quasi di fumo nel suo ripetersi regolare, è diventato nello stesso tempo volgarmente medico, nell'essere legato ai ritmi circadiani, al sonno, all'alta o bassa pressione, come l'alternarsi di belle e brutte giornate in questo periferico inverno romano. Più poetica la cornice che il quadro, devo ammetterlo: quel che è mancato fin dall'inizio, in Sergio, è la poesia: è ragionevole, è piacevole, è tutto in -èvole – ma irrimediabilmente in prosa. Sarei pazzo a non accettare un amore così... così... Ma perché ogni tanto penso che la mia vita assomiglia a un'azienda? Così *conveniente*, ecco qual era l'aggettivo. Quello che posso *fare* con lui mi interessa più di lui: la trionfalità fisiologica dell'avanti-e-indietro (senza niente di più abissale che il problema pratico dell'angolo di inclinazione), l'effetto proprietario. Tutti a Roma parlano di televisione, sugli autobus, nelle code alla posta, in questo dicembre senza contrasti; in questo scatolone simmetrico dove tutti siamo padroni. Che cosa ha detto Biscardi, come si è comportato Fini, quali sono i tipi di frutta che contengono più vitamina A. Cultura condivisa. Il nostro uomo politico più rappresentativo è anche il capo della televisione, è un pastore spirituale; se si escludono le ipocrisie di sinistra, come negare che tutto questo contribuisca alla serenità?

Abbiamo traslocato otto mesi fa, ho acceso (come si dice) un mutuo che scadrà nel 2015, quando avrò settantasette anni; è ovvio che la casa è per Sergio, io forse non arriverò nemmeno a vederla completamente nostra. Il mio appartamento in centro, vicino a San Pietro, è stato l'appartamento dei Nudi e della Scalata-al-cielo; ero in affitto, chiunque me ne poteva cacciare. Guardo la fede d'oro al dito, è stato un capriccio di Sergio a cui ero, all'inizio, fermamente contrario. Però adesso quando la dimentico in qualche albergo ho bisogno di recuperarla subito, il solco biancastro non se ne va più via; di solito, a casa, la pesco nel dormiveglia sul marmo del comodino e la infilo meccanicamente; gioiello-catena ma anche soglia del giorno, recinto che mi protegge dall'autodistruzione.

L'incontro al Campidoglio fu un sabato; il lunedì mattina sentivo dei preoccupanti dolori al basso ventre, l'ipocondria già mi suggeriva tumori al colon e calcoli, ma era un dolore più esterno, più muscolare; allora ricordai, e registrai con orgoglio, che era solo l'indolenzimento degli addominali bassi, dovuto al movimento poco usuale di due notti prima. Ci volevano i sessant'anni perché scoprissi che la mia vocazione è penetrare. Sergio mi accoglie come una guaina, si allarga a farmi posto come se coccolasse anche tutto il resto del mio corpo, centimetro quadrato per centimetro quadrato. Nei sogni, adesso, quando perdo il portafoglio lo ritrovo sempre, lo vedo su un tavolo e me lo rimetto in tasca; arrivo comunque in cima alle scale, salto sul predellino dell'autobus appena in tempo. Accarezzo un piede di cera che m'hanno regalato e vale per tutta la statua. Non soffro più di claustrofobia, in ascensore o altrove.

Il culturista dalla tuta magica, che fa jogging sull'Olimpica, non è reale perché non è razionale: non rientra più in uno schema che riesca ad avere senso. Ora per me la bellezza non è che doppia nostalgia: dell'essere per il non-essere, e mia della gioventù. Beati i tempi in cui potevo permettermi di essere invidioso e meschino! Ora non posso che essere contento della bellezza altrui. (Se volete aggiungere un'altra mediocrità alla lista, ecco la mediocrità sentimentale.)

Sergio dice che dormendo tiene un grano di miglio sotto il cuscino, per questo mi vede bello. Il tramonto romano non sempre è all'altezza della sua fama, qualche volta va giù proprio grigio, i caterpillar fanno il loro lavoro di caterpillar; Sergio non se ne lascia deprimere, è un mezzofondista della vita ben temperata. Quando va al gabinetto, stacca prima i fogli di carta igienica seguendo la linea bucherellata, poi li piega in quattro o anche in otto; al momento di servirsene, invece di usarli normalmente li inserisce piegati nel punto da pulire e stringe fortissimo i glutei, in modo da non dover toccare quel punto con le mani. Poi si lava accuratamente e si cosparge con un unguento speciale.

4

Un figlio. Questo è Sergio per me ed è nato regolarmente, come i figli più fortunati, da un atto d'amore. Solo che quest'atto d'amore è stato (e continua a essere) consumato con lui, col figlio stesso. C'è una coincidenza che ha sapore d'incesto: durante la seconda occupazione della Sapienza (a Pisa, nel maggio 1967), io ero già assistente di ruolo e in una seduta di "autocoscienza corporale" (così chiamavano gli studenti i loro perversi esercizi di innocenza) capitò che guardando un ragazzo eiaculai nel ventre di una ragazza. Che non aveva preso precauzioni e rimase incinta (avrebbe voluto restare pregna di un altro, che l'aveva snobbata per tutta la seduta). Ci liberammo dell'incomodo con l'aiuto di un'amica radicale, in una clinica di Firenze. È stata quella l'unica possibilità che ho avuto di diventare padre; non ne ho mai parlato, nemmeno nelle mie più depistanti acrobazie autobiografiche, perché poteva sembrare una vanteria patetica. Per di più stonata, non in chiave. Ne ho sempre respinto, anche da me, il peso – finché ora Sergio senza volere ha riattualizzato l'evento in una storia dei significati. Rosanna, si chiamava: aveva i capelli a caschetto e un modo avido di snocciolare battute. Se la gravidanza fosse andata a buon fine, il bambino sarebbe nato nel febbraio 1968; Sergio è nato nel 1968, il 12 febbraio.

È fragile, si fa tenere la mano prima di addormentarsi. Solo in materia di sesso sembra sapere quel che vuole, anche se il fatto stesso di desiderare esclusivamente uomini anziani è indicativo della sua fragilità. Rispetto a Mimmo, l'altro compagno che ho avuto molto più giovane di me, è come un anthurium di fronte a una pianta salmastra, di timo o di origano. Ma le piante selvatiche muoiono, quelle coltivate ambiscono ad appartamenti eleganti. Questo quartiere gli va stretto, lo capisco, il gomito-a-gomito coi coatti; sa che attualmente non possiamo consentirci di meglio ma sbuffa quando l'inquilino di sopra, agli arresti domiciliari, rincorre la moglie per le scale; reclama impianti d'allarme all'ennesimo tentativo di furto nella pasticceria di sotto («non posso stare sempre con le orecchie appizzate»), bestemmia quando nella speranza di un'autoradio che non c'è ci rompono il deflettore. Vuol fare carriera, ferocemente, puntando più sulla seduzione che sulla lotta – lì però invece che sugli uomini punta sulle donne anziane.

Il rapporto con la Carrà (la grande madre mediatica, la Donna di Potere) è ovviamente dal basso e largamente ambiguo; riassumendo la ammira, ne loda l'onestà (ha licenziato i collaboratori che truccavano le sorprese, si è incazzata con uno sponsor che le prometteva dei soldi in nero se presentava il suo prodotto «con un'enfasi speciale») e la generosità (ha fatto operare a sue spese, a Madrid da un oculista famoso, un vecchio cameraman napoletano che in Rai è un'istituzione, e quello al ritorno si lamentava: «questi occhiali m'erano costati 'nu sfacimme 'e soldi, mo' che ne faccio, li butto?»). Ma ne sottolinea lo sfascio (i busti sempre più rinforzati per quando va in scena, le mani e il sottogola ardui anche per il truccatore più esperto) e non sa trattenersi dal riportare maldicenze: è ancora succube di Japino che è uscito pazzo e crede che un ballerino sia il diavolo («bruciate tutto quello che tocca»); sua sorella le ha rubato tre miliardi, poi l'ha ricattata perché se n'è andata in Inghilterra e non le ha più fatto vedere i nipoti («torniamo solo se ritiri la denuncia», e lei ha capitolato).

«Non ci posso credere, oggi abbiamo passato il limite della decenza; sai quella cerebrolesa che fa i casting in Argentina, be' già l'altro giorno ci va lì una chiattissima che poveretta voleva tornare in Italia e lei gli dice La sorpresa non si può fare perché ai suoi parenti italiani lei non è gradita, anzi diciamo pure che la odiano, sa, non possiamo imporla; poi a Ciccio quando se n'è andata fa Non è mica vero, figùrati, però questa il viaggio in turistica non lo regge, larga com'è, questa deve andare in business, hai presente quanto ci costa? Oggi poi il massimo: uno che il fratello era morto suicida ma gliel'avevano nascosto, gli avevano detto che era morto in un incidente, siccome era arrivato tardi per colpa di un autobus, che ne so, la stronza s'è incazzata perché la sera doveva andare a farsi sbattere nelle tanguerìas, sicché taglia corto, La sorpresa salta, lei dal programma è escluso, poi lo richiama indietro e gli dice Ah, a proposito: suo fratello non è morto in un incidente, si è suicidato, col gas.»

Li racconta a me, questi aneddoti morbosi che gli riferisce al telefono il suo amico Francesco Chiatamone, accentuandone il cinismo per suggerirmi Io non sono così, noi ci intendiamo. Qualche volta l'ho colto a mentire: «Una signora somala che abita a Verona, ha lasciato il figlio a Mogadiscio con la nonna, non lo vede da tre anni; il ricongiungimento doveva essere che il bambino e la nonna scendevano da un elicottero, e io portavo la madre con una scusa al campo d'aviazione. Ma con quello che è successo in questi giorni alla base di Bovolone non ci hanno dato l'uso dello spazio aereo, sicché bambino e nonna dovevano arrivare in treno; ma al regista non gli andava, perché sai lui deve fare le grandi inquadrature alla Fellini, alla stazione è squallido, sicché hanno fatto cadere il caso. Abbiamo dovuto telefonare alla nonna che non partivano più, lei già aveva anticipato al bambino che andavano da mamma, e questa vecchia somala ha avuto la dignità di dire Sì, capisco che non siamo più interessanti. Ci ha fatto sentire tutti talmente di merda che ci siamo autotassati per farli salire a Verona lo stesso, indipendentemente dalla trasmissione, e la Carrà s'è rifiutata di pagare la sua quota di duecentomila lire, perché ha detto È stata colpa vostra, ma ti rendi conto, con quello che guadagna?».

La faccenda mi sembrava un po' forte, e contraddittoria; chiedendo conferma a un suo compagno di lavoro, è saltato fuori che non solo la Carrà aveva pagato la sua quota ma stava premendo all'immigrazione per far restare il bambino in Italia.

Sa che sono interessato ai backstage, ma non per questo dovrebbe raccontarmene di finti (già mi bastava il sequel della coppia calabro-albanese sposata da Rutelli: si sono presi un agente ma dopo le prime ospitate non li voleva più nessuno, e hanno messo di mezzo gli avvocati perché pretendevano che a lui il lavoro glielo trovasse la Rai); esagera per fare il figo, e per impreziosire ai miei occhi il suo lavoro. Non ne avrebbe bisogno, la tivù mi affascina già: dove lo trovi un altro misuratore così preciso della trasformazione degli uomini (e delle donne) in proiezioni immaginarie? Coi miei amici si mette in posa («io la televisione non la guardo, la faccio»); poi si rende ridicolo discettando di «punto di vista privilegiato per un'analisi antropologica» e di «fotografia degli italiani all'estero» – orecchia le idee ma sbaglia le parole. Coi suoi colleghi televisionari si vanta di me in un modo che equivale al vergognarsi («lui legge i poeti, adesso tiene sul comodino un romanzo del Seicento di quasi mille pagine»). Quando fa le presentazioni, il suo narcisismo non si manifesta nell'abbassarsi l'età (cosa che potrebbe fare benissimo, non dimostrando più di ventisette), ma nell'abbassare *la mia* – dice cinquantacinque, qualche volta per pudore cinquantasei. Povero Don Cosciotte, non sa dove stanno i giganti e dove i mulini a vento.

È riuscito a ottenere, per la nipote tredicenne, che le telefonasse «Massi», uno dei boys della Carrà: per l'emozione alla ragazzina si è chiuso lo stomaco, ha rifiutato il cibo per tutto il giorno. Ma è una figliola giudiziosa, si iscriverà a Lingue e farà l'interprete. Sergio vuole spalleggiarla, non lasciarla appassire in provincia. Abbracciandolo sento il suo cuore trentenne che guida il mio, stanco, verso le plaghe sconosciute dell'integrazione. Forse sarebbe ora, per me. Dimenticare le vette anerobiche e scendere per i crinali – dove si coltivano i fagioli e le riuscite intermedie, le esistenze probe e le albicocche che hanno il sapore delle pesche, o viceversa. A guardar bene, siamo tutti prodotti di serra.

In studio e tra il pubblico sono molte, dice, le giovani e le attempate «che gli battono i pezzi», attirate dal visetto infantile e dalla barbetta rada. Ma la sua passione è Rita Catapano, la cinquantenne capostruttura. Donna «raffinata», pare, ex-moglie di un parlamentare noto dell'ex-Pci. Troppi «ex» per essere felice. S'è adottata Sergio, gli disegna il futuro. Finito *Carràmba*, dovrebbe entrare nello staff di *UnoMattina*, addirittura come coautore. È un avanzamento che gli procurerà parecchie invidie e in cui spera, mi accorgo, senza riserve. Lei ha capito le sue grandi doti di lavoratore e la sua «sensibilità per il mezzo»; il suo spirito di servizio e l'accanimento a portare a casa comunque le trasmissioni. Sono due in concorrenza per il posto: Sergio e una squinzia appoggiata dai leghisti, una che la dà solo ai padani doc (con un'eccezione per ***, ma lui non conta).

Mi sembrava d'essere in un romanzo dell'Ottocento, l'altra sera; per curiosità avevo voluto assistere a *Carràmba* dall'auditorium. Le alogene da duemila watt all'ingresso del Foro Italico, l'atmosfera energetica all'inizio mi avevano conquistato; l'allocuzione breve ma efficace della Carrà, il suo rimprovero bonario a un tizio con gli occhiali perché non sorrideva, l'entusiasmo cameratesco delle maestranze (un bell'elettricista in jeans che afferra da dietro lo scenografo e quasi lo morde alla schiena). Poi, a trasmissione in corso, la performance dell'ispettore di studio, il leggendario Magazzù, una specie di lepre marzolina con scarpone bianche da ginnastica, capace contemporaneamente di calcolare i tempi, dirigere con ampi gesti circolari gli applausi, evitare per scarti millimetrici di essere inquadrato dalle telecamere, rassicurare Raffaella bilocandosi in zone diverse del palco con voli da fumetto e non perdere mai di vista il copione – salvo buttarlo in aria alla fine. Insomma un mondo dove tutti vivono al duecento per cento, dove un minuto è talmente pieno che ogni battito di palpebra è concentrazione pura; ma per fortuna un insulso siparietto di Pieraccioni m'aveva riportato coi piedi per terra. Trattasi comunque di stronzata. Lo scemo s'era messo a tirare tra il pubblico dei maritozzi alla panna, il che avrebbe dovuto far ridere, e con uno m'aveva sporcato la giacca. Il mio terrore era che la telecamera m'avesse ripreso proprio in quell'istante e che qualcuno da casa m'avesse visto nella postura idiota. Per superare l'improvviso ingorgo di malinconia, finita la trasmissione avevo opposto all'imbarazzo la vanità compiaciuta di poter andare nei camerini, a visitare le retrovie perché «conoscevo qualcuno».

È stato lì che mi sono sentito come Amy e Beth in *Piccole donne*, quando dal pianerottolo della scala ascoltano senza volere i pettegolezzi di alcune malelingue che accusano la madre di voler "piazzare" Meg. Stavo chiacchierando con due ospiti venezuelani, a proposito di una strana montagna magnetica che ci sarebbe al loro paese, dove gli Ufo atterrano e lasciano cerchi di stoppia bruciata – ascoltavo con un orecchio solo perché dall'altra parte della parete sottile sentivo pronunciare da un po' la parola "Serenelli", che è il cognome di Sergio. Chiedendo scusa ai venezuelani, ho isolato il flusso sonoro: «... ma sì, lo usa per alzare il prezzo con Mimun... al massimo gli darà un contentino da programmista-regista, dipende da quanto è disposto a leccarle la bernarda... se n'è già fatti fuori quattro o cinque di pischelletti, e tutte le volte col trucco del coautore... he he, il co-itore, più che il co-autore, questo oltretutto gira la fama che è frocio, a lei la stuzzicano di più...».

Sono tornato nella giungla dei macchinisti che smontavano e delle sarte che trasferivano abiti coi carrelli, niente comunica la desolazione post-coitum più di uno studio appena deserto. Che faccio, glielo dico a Sergio del colloquio arraffato per caso, o no? Lealtà vorrebbe che se quella lo illude lui lo sapesse subito, per prendere contromisure. Ma se invece sono solo gratuiti veleni, e sapendolo entrasse in quello che lui chiama "un cattivo mood", e proprio così si mettesse in condizione di perdere la partita? È tanto tempo che non devo più competere per me, il mio posto all'università è ormai una sinecura. L'idea di ri-gareggiare tramite Sergio, partecipando ai suoi magoni, mi ringiovanisce e insieme mi dà la misura dei progressi fatti. Se tornerà il patema, lo tratterò col distacco di un nonno.

Ho provato a indagare. La Catapano appartiene in Rai alla cordata di ***, cioè a quel gruppo vetero-comunista che ora si oppone all'onda nuova dei dalemiani, più disponibili all'infiltrazione "impura", meno arroccati sulle antiche lottizzazioni. Questo non torna col fatto che adesso voglia fare un piacere a Mimun; un mio vecchio compagno normalista, attualmente capogruppo dei Ds alla Camera, sostiene che quella che ho sentito è probabilmente una bufala, Rita la conosce da anni e non è donna da accettare mercati di questo tipo (sul portarsi a letto i giovanotti è stato invece più possibilista).

Dato per buono che non stanno cercando di fregarlo, è ovvio che non devo dirgli nulla del chiacchiericcio; ma c'è qualcosa che io possa fare in positivo, trovando per esempio qualcuno che parli bene di lui alla Catapano, che insomma rafforzi un penchant che magari è già a lui favorevole? Ma chi? Non so nemmeno io perché ci tengo tanto, forse per evitare che Sergio debba scoparsela. Credo che se la caverebbe, la medesima flemma che mette nel farsi possedere è quella che caratterizza le sue erezioni, impersonali, disinteressate. Ho sempre pensato che i bisessuali fossero persone speciali, e che possederne uno significasse possedere *al quadrato* le donne; ma con Sergio questi simbolismi valgono poco, la sua placidità è realista.

5

«Verrà la morte e avrà i tuoi gnocchi, sì caro, morirò perché sono troppo grassa ma resto una creatura di sublime intelligenza, questo è sempre stato il mio guaio, che sono intelligente... anche perché sono stata abituata molto male, l'uomo virile con cui ho vissuto non ha dovuto insegnarmela la poesia, perché ce l'avevo già, la poesia è qualcosa che esiste e basta; quindi non prendetemi per scema e se ti dico una cosa di politica non fare quella faccia stupita, da povera topina persa, il fascismo è una cosa molto sensuale, lo sai, e ci vuol poco a capire chi è fascista, io non mi sono mai sbagliata... se ti dico che Mussi è fascista credimi per favore, una volta soltanto, credi alla tua mammina che sa quello che dice e tu fidandoti di Mussi hai dimostrato quello che non puoi non dimostrare, che non ci sei, che la politica per te è un baubau che ti fa tanta paura, piccolino... se ti aiuto è perché sei mite, che poi non sei mite a stare a quello che leggo, comunque il fondo è buono e ti considero come un... vabbe', ma mi devi lasciare andare per le mie straducce, la mia famosa cucina ha sempre funzionato, invitiamo Gabriella e ci facciamo dire il ravo e il favo... perché io lo so che golosità è la ribalta, se non lo so io, che tutti ne vogliono un pochino... tu adesso taci, bisogna fare come dico io, se no si va per radicchi.»

C'è un episodio di *Guerre stellari*, credo il terzo, in cui un potente di seconda tacca è disegnato come un enorme circolare rospo grigio, ma dire rospo non è nemmeno giusto perché non ha le gambe, è piuttosto come un ammasso di fango spampanato sul terreno, in cui la bocca si apre come una voragine, e la voce pure è cavernosa; è così che mi sono sempre raffigurato l'Attrice, da quando la conosco, ma sempre di più negli ultimi anni. Ha vinto una volta la Coppa Volpi, a Venezia, nell'eterno 1968. Di intelligenza effettivamente superiore alla media delle sue colleghe, uno sbilenco dolore che si è autoprocurata le ha devastato il metabolismo; da allora solo parti di caratterista cattivissima, carceriera o madre badessa («ho recitato con Buñuel, Juan, ma il padre mi veniva a trovare in camerino e si scusava sempre, be' perché si scusa questo? perché l'aveva fatta fare a Adriana quella parte lì nuda al pianoforte, ma scusi lei, sa, oh, io la fregna non gliela facevo mica vedere, sicché senta tesoro, la smetta di scusarsi e mi dia la mia mantiglia, piuttosto dica a suo figlio che è un grande cafone, a dichiarare che il mio personaggio l'aveva pensato più magro, non capisce che io sono magra dentro»). Quando il ruolo non le impone comunque una forma, i suoi vestiti sono come tende berbere, sotto cui si immaginano i singoli grumi cellulitici vagare liberi e sfrangiati, in aperta sfida all'umana somatica. L'ho sempre chiamata, dentro di me, la Catastrofe Biologica o anche, familiarmente, la Catastrofe.

Cuore generoso, quando la generosità non confligge col suo egocentrismo sadico e pazzoide (che non può essere in nessun modo confuso con una forma di narcisismo, anzi, ne è quasi l'assoluto contrario), ha svolto con prontezza la sua missione ma tutto quello che può riferire è che in Rai la Catapano «non conta una cazza», e che è stata coinvolta in «qualcosa di molto brutto e infame» che non sa precisare. Secondo lei potrebbe benissimo essere diventata serva della Lega, in cambio della promessa di un posto a Strasburgo. Se è così, Sergio è già fottuto in partenza. Per «difendermi» è andata oltre il segno e si è «lasciata scappare» che io e Sergio scopiamo insieme, «non credevo che fosse una rivelazione». Se la Catapano, come è certo, lo verrà a sapere forse si raffredderà – o forse no, c'è una casistica complessa a questo proposito.

Insomma, questo è il modesto thriller: ce la farà o no Sergio Serenelli a entrare come coautore a *UnoMattina*? C'è chi dice di sì e chi dice di no. Ma non riesco a stare fisso su questo pensiero, perché l'immagine della Catastrofe mi si è insediata nel cervello e non vuole sloggiare. Incauto detective, sto inciampando in cunicoli più pericolosi di quelli di cui andavo in cerca. La Catastrofe va a toccare le zone non ancora cicatrizzate della mia anima, quelle dove si annodano inestricabilmente i serpenti della Maternità e della Castrazione.

Ricordo la Cappadocia, il mito che ci inseguiva del famoso scrittore e della Callas, mito che la Catastrofe odiava fino al punto di sputare verso l'albergo che li aveva ospitati e verso la finestra a cui li avevano fotografati insieme. Si vendicava su di noi, poveri accompagnatori: la moglie del giovane regista veniva comunemente appellata «la scorreggiona» (la mattina, al tavolo della colazione e presente il marito, «ecco che arriva la scorreggiona»); prima diceva che non ci voleva venire nelle valli («non ho bisogno delle cartoline illustrate, di quelle avete bisogno voi che dovete segnalare la vostra presenza in vita»), poi telefonava lamentandosi d'essere stata lasciata sola: «Ma l'avevi detto tu...».

«Ah certo, l'avevo detto, ma come siete bravi a incapsulare quel che avevo detto, ma perché siete sempre così superiori, quando si tratta di voi?»

«No, qui si tratta di te, vogliamo soltanto che tu ti trovi bene...»

«Sentite, ma se cominciaste per prima cosa a chiedermi perdono, eh, ma che cosa zuccherina che sarebbe, se smetteste di considerarmi come una scema fosforescente che vi fa viaggiare a sbafo...»

E via così, ricattando continuamente con gli sbalzi di pressione, le gambe che non la reggono (ma senza la pazienza di aspettare il taxi nel luogo prefissato e accusandoci quindi di non saper organizzare nemmeno un misero spostamento), definendo «una diarrea da bimbe isteriche» la proposta di andare a riconoscere i bagagli sotto l'aereo, come palesemente tutti i turchi stavano facendo, salvo poi ovviamente non ritrovare a Istanbul i bagagli rimasti per terra ad Ankara e minacciare sfracelli all'ambasciata italiana e lasciarsi cadere con una simulata tachicardia, finché un facchino pietoso arriva con un montacarichi – trasformando ogni viaggio in un imbarazzante carnevale, un iperbolico cumulo di ansia aggressiva e schiavistica. Quelli che sono stati in viaggio con lei mantengono per un po', tra di loro, rapporti di cordiale cameratismo, come reduci che abbiano fatto la stessa guerra.

Per me, comunque, è molto peggio che per gli altri. La sua sola presenza ha il potere di far emergere in me tutto ciò che è più umiliante e sottomesso (ma intenso, anche): mi sento come se avessi sette anni, è vero che quando sono con lei sbaglio a fare semplici addizioni, è vero che mi confondo nel dare i resti o nel comprare un biglietto. Le ronzo intorno, divorato dall'angoscia di compiacerla. Al Prado, per due volte ho dovuto fare la coda con lei che sbuffava seduta all'ombra, poi appena entrati nell'atrio ha deciso che non voleva proseguire e che si tornava in albergo, perché tutto era «molto cambiato» e diventato orribile rispetto alla volta che c'era venuta col famoso scrittore (quando tutto era «rustico e adorabile»). Le dò sempre ragione, calpesto me stesso, butto la colpa sui compagni come facevo a scuola, non riesco ad alzare la voce anche quando mi urla contro, ho di lei una paura *fisica*. Rappresenta tutto quello che non riesco a soddisfare.

Sergio m'ha visto una volta ridotto così e adesso non la sopporta («promette sempre che muore ma non mantiene mai»); anch'io cerco di alleggerire («Dostoevskij l'ho già letto, grazie»), ma la verità atroce è che mi riconosco nel ritratto sferzante che fa di me: «Oh, io dico quel che penso, non ho mai fatto sconti nella vita e non è che mi sia poi trovata così male... è conturbante quanto capisco... forse tu non vuoi tradire ma sei costretto a tradire, che poi no non sei costretto, ma la tua piccolezza non riesce neanche a trovarle le altre piccolezze, che sarebbero poetiche, perché sei schiacciato da quello che è grande... tu non reggi la grandeur e il tuo sangue, Walter, è un po' schifoso... perché non è il sangue di un vero uomo... io l'ho conosciuto un vero uomo, e so di cosa parlo. Per questo tradisci, fai le piccole marachelle che non hanno una vera dignità culturale... la poesia è lassù, è una cosa semplice, e tu non hai le palle per essere semplice, povera cocca... ti illudi che tradendo me puoi arrivare alla dignità... io nella mia vita ho sempre fatto il possibile per non essere conosciuta, eh sono fatta male... ma ero l'unica che poteva aiutarti, perché io so tutta la fisiologia e l'antropologia che distingue una checca da un uomo maschio che va con altri uomini, e magari se lo fa mettere nella fregna, ma resta una cosa molto diversa...».

Annego nel pus, annaspo e regredisco, ma (arrossisco ad ammetterlo) recupero in me qualcosa di vivo e di primario. Sergio, in confronto, è acqua fresca. Se la Carrà fosse per lui quel che per me è la Catastrofe? Macché maturità: ridatemi il terrore, e con esso l'infamia. I sogni di un tempo: buttare la Catastrofe da un burrone, somministrarle veleno per topi, tendere un filo di nylon attraverso i gradini della sua scala e farla ruzzolare dopo aver tolto la corrente elettrica. L'importante è che si senta il botto della sua grassezza che esplode, l'urlo della mamma *che ha intuito*. Schizzi di materia grigia e di visceri sul pavimento e sulle pareti.

Mia madre (quella vera) è anche lei molto grassa; sta sempre seduta a lamentarsi. A tavola mangia poco, sembra che ingrassi d'aria, poi la notte o nelle ore morte del pomeriggio la vedi che sgranocchia croste di formaggio, gelati dell'hard discount, infette merendine che sanno di sabbia. Divora i figli, il marito. Soprattutto sono i pensieri non espressi che l'hanno ingrassata, le delusioni mandate giù. Quando contemplo la sua massa amorfa, approssimativamente cilindrica, mi vergogno di essere uscito da quel corpo, mi vergogno dei desideri che ha avuto da giovane. Eccola lì: un grumo di potere ottuso e frustrato, di violenza vigliacca, di amore fuori misura e di inconscia, terribile malvagità. La pagina che la descrive più in profondo, in quella farsa ancora aperta che è l'incrocio dei nostri due teatri, è nel *Ponte sulla Drina* di Ivo Andrić:

> Senza dire più nulla il contadino si sdraiò come gli era stato ordinato, il volto verso terra. Gli zingari si avvicinarono e prima gli legarono le mani dietro la schiena, poi gli passarono una corda attorno a ogni caviglia. Tirarono ognuno dalla propria parte

costringendolo così a divaricare le gambe. Nel frattempo Merdzàn piazzò il palo su due tondelli di legno cilindrici, in modo che la punta venisse a trovarsi tra le gambe del condannato. Poi estrasse dalla cintola un coltello corto e largo, e si inginocchiò accanto all'uomo disteso per tagliargli la tela dei pantaloni tra le gambe e per allargare l'apertura attraverso la quale il palo sarebbe stato conficcato nel suo corpo. Si vide il corpo legato sussultare al breve e impercettibile taglio del coltello, sollevarsi fino all'altezza della cintola come se volesse rialzarsi, per poi ricadere di nuovo con un colpo sordo sulle tavole. Appena finito, lo zingaro si alzò e, presa la mazza di legno da terra, cominciò a picchiare contro la parte inferiore del palo, con colpi lenti e regolari. Tra un colpo e l'altro si fermava, dava prima un'occhiata al corpo nel quale conficcava il palo e poi ai due zingari, esortandoli a tirare piano e in modo misurato. Il corpo del contadino con le gambe divaricate si contraeva meccanicamente; dopo ogni colpo della mazza la sua colonna vertebrale si inarcava e si curvava, ma le corde la tiravano e la raddrizzavano. Tra un colpo e l'altro, lo zingaro si avvicinava al corpo disteso, controllava che il palo procedesse nella direzione giusta e, dopo essersi assicurato di non aver toccato nessun organo vitale, riprendeva il suo posto e ricominciava il lavoro. A un certo punto i colpi cessarono. Merdzàn aveva notato in alto, sulla scapola destra del condannato, tendersi i muscoli e la pelle sollevarsi. Accorse subito e, là dove la pelle si era gonfiata, fece un'incisione a forma di croce. Ancora due o tre colpi leggeri e cauti e dalla parte incisa cominciò a spuntare la punta ferrata del palo. L'uomo era stato infilzato dal palo come un agnello allo spiedo, solo che la punta non gli usciva dalla bocca ma dalla schiena, e senza ledere in modo grave né l'intestino né il cuore né i polmoni. Merdzàn controllò che l'uomo fosse ancora vivo, scrutandone attentamente il volto che all'improvviso si era gonfiato diventando più largo. Gli occhi erano sbarrati e stravolti, le palpebre immobili, la bocca spalancata ed entrambe le labbra irrigidite in una smorfia convulsa: si intravedevano tra loro i denti bianchi e serrati. Ma il cuore batteva debolmente e i polmoni lavoravano a ritmo accelerato. I due zingari legarono al palo la parte bassa delle gambe e cominciarono a sollevarlo. Terminato il lavoro, gli zingari si allontanarono raggiungendo i soldati. Nello spiazzo deserto rimase solo, a due arscin di altezza, nudo, il torso convesso, l'uomo impalato.

Non «questo mi ha fatto mia madre», ma «questo ho un terribile bisogno di infliggerlo io a qualcun altro». Un'eredità tenace, una scia contronatura che costringe ogni altro legame a impallidire e che paradossalmente mi deriva dal rapporto più naturale di tutti. Un cordone ombelicale di torture.

Mia madre però tace; se ne sta di spalle a lavare i piatti, ogni tanto dice «mah!», e giù un sospirone. Mio padre la prende in giro per questo, come se si trattasse di una comune donnetta; il fatto di averla posseduta per tanti anni gli ha forse fornito gli anticorpi per resistere alla valanga di perversioni e di cupe profezie che lei si porta dentro, o meglio che porta con sé. Scivolano dal lavandino, vagano crudeli per il pavimento; mio padre ne resta immune, protetto dalla sua salute di ragazzo estroverso.

La sua (quella di mio padre, dico) è veramente solo tristezza da indigenza, rimpianto di occasioni perdute. O forse mi sbaglio, forse anche lui ce le ha le sue serpi persecutorie, e ne ha parlato solo con lei. La loro umiltà li salva: non hanno nemmeno mai osato pensarlo, che i fantasmi si possano *realizzare*, che uno possa vivere all'altezza dei propri incubi. La povertà li ha preservati da questa tentazione, dalle vette di orgasmo solipsistico come dagli abissi di annullamento. Mediocri, come me. C'è chi considera coraggio solo quello di chi si abbandona ai rischi dell'eccezione, di chi sfida i limiti e cerca di oltrepassarli, di chi scende sempre più giù nell'inferno delle manie fino a mettere in gioco se stesso. È lo stesso coraggio di chi continua a drogarsi fino a morire. Ma non c'è forse anche un coraggio di chi smette, uscendo dalla dipendenza? Il considerarsi superiori dà assuefazione. C'è insomma il coraggio di chi accetta la meschinità come un tratto *collettivo*.

Forse non è un caso che, per un lapsus della vita quotidiana, per dare una mano a Sergio sul lavoro, abbia scelto la persona sbagliata e mi sia addentrato nei territori della Catastrofe. Una specie di svista e le sviste, si sa, sono maliziose. Della Catastrofe e del famoso scrittore che lei ha amato. Pasolini Pier Paolo. L'antimediocre per eccellenza, a sentir lui. Quello che ha gettato il proprio corpo nella lotta, non ha taciuto di fronte al degrado italiano e al rischio di totalitarismo; l'apostolo delle borgate, colui che è riuscito a utilizzare la propria sessualità come uno strumento conoscitivo. Ogni giorno sul filo della spada; donne in casa che lo trattavano come un principe.

E io a servirlo per sei anni, donna anch'io, anzi invidioso maggiordomo. Se tesso l'elogio del tirare la carretta è per oppormi a lui. È lui il mio Antagonista: per una confusa intuizione che potrei essere un romanziere migliore di lui, se riuscissi ad afferrare i connotati tutt'altro che ignobili della decadenza occidentale (forse anche italiana in particolare) raccontandola *da dentro*, microbo tra i microbi. L'amore per Sergio m'ha condotto fin qui; l'amore moltiplica le ambizioni e riconduce sul luogo dei passati delitti. Credevo d'aver confinato nei sotterranei la folla dei miei demoni; invece loro sono rimasti al primo piano e io ho dovuto traslocare, con la mia serenità, al secondo. L'erezione me la sono portata di sopra ma il desiderio è rimasto di sotto.

6

La Signora di Shalott, in un poema di Tennyson, vive reclusa nel suo castello e ricama le scene che le arrivano dall'esterno, riflesse in uno specchio: la prima volta che guarda fuori dalla finestra, muore. La mia serenità non è altro che questo: essermi rifiutato, per eccesso di sofferenza, alla visione diretta della verità. Ho chiuso gli occhi di fronte all'enorme, spaventosa sconfitta, al taglio gigantesco davanti al quale avrei dovuto, per dignità, uccidere o morire. Invece sono sopravvissuto, limitandomi a invidiare i criminali: non sono più vertice di nulla. I culturisti hanno cancellato la ferita e Sergio ha cancellato i culturisti.

Le vetrine, il sabato pomeriggio, riflettono la luce di montagne immaginarie; lame di ghiacciaio o pianori assolati sulle pile di scarpe e sui maglioni a saldo. La folla che spintona, o semplicemente si accalca, mi ingloba nel suo volume – visto da dietro è come se ciascuno di loro, parlando con le spalle, dicesse «non sono solo, non sono solo». Si tengono per mano a coppie, si fermano in quattro o cinque, hanno bambini-rassicurazione: «anch'io ho fatto quel che si deve fare nella vita». In una sola vetrina, durante un pomeriggio, si riflettono secoli di cicatrici. «C'è da camminare un po', sta tre traverse dopo Zerenghi»; «ieri sera da Costanzo...»; è l'eroismo di ciascuno che rende possibile la vigliaccheria di tutti.

Di mia madre (e di mio padre) preferisco raccogliere come fardello il dignitoso «no, grazie» che oppongono al sublime. È saggio indietreggiare quando le forze del nemico sono preponderanti (quando, in un lampo di lucidità, si vedono gli dèi combattere contro di noi); l'esaltato si getterebbe in avanti e finirebbe falciato dai mitra senza servire più a nulla; il partigiano esperto si risparmia, col dolore nel petto guadagna le retrovie e lì, tortuosamente, inventa un altro modo per essere utile e donare se stesso. È così che sono nato, ed è così che intendo comportarmi. Dimentichiamo le rabbie, le titanomachie, le elefantiasi e le eccezioni. L'ha detto Monica Bellucci, mi pare, in un'intervista: «il lusso assomiglia a una fuga». I sali da bagno, l'*Hotel de la Ville* a Milano, la piazza magica di Isfahan; ma *con qualcuno*, non per affermare una propria vita inimitabile – semmai, per procurarsi la forza necessaria a confortare chi è medio come noi.

Rinunciare a tutte le vite che non sono la nostra. Frequentare il mercato. Se trovo un negozio chiuso mi assale un furore che non controllo: i negozi devono restare aperti ventiquattr'ore su ventiquattro, per trecentosessantacinque giorni all'anno, punto: comprare è necessario come respirare, e si respira senza interruzione. In un film di Cantet, un dirigente che non vuol confessare alla moglie d'essere stato licenziato passa quelle che sarebbero le sue ore di lavoro negli uffici altrui; io, licenziato dalla Tragedia (o almeno in cassa-integrazione), mi rifugio nelle cattedrali dello shopping – ma per uscirne riconciliato e attento alla vita degli altri. Il cielo di Roma è un duty-free in cui ognuno può leggere una strada non spregevole; se si è capaci di voler bene a qualcuno. Di volere il bene di qualcuno.

Dico di no a Sergio («sono le due e mezza») e mi giro nella posizione fetale che era di mia madre quand'era ancora bella e rifiutava la stupidità delle conversazioni; questa agnizione di radici è più intensa del dispiacere d'aver rinunciato a un momento di sesso, e forse d'aver inflitto a Sergio un barlume di severità.

«Saranno un solo corpo e una sola carne»: mai questa frase è stata più vera che tra me e Sergio in questo periodo – non tanto per l'intesa sessuale, anzi mi sto accorgendo con sorpresa che il sesso può anche non essere il primo dei pensieri. No, è che se dovessi scegliere tra il suo corpo e il mio, voglio dire tra conservare su questa terra il corpo di Sergio oppure il mio, sceglierei il suo senza pensarci un attimo. Le sue braccia mi sembrano meglio delle mie, i suoi occhi più sinceri dei miei, le sue gambe forti più meritevoli d'essere tramandate; il suo culo non mente al mondo, non ha mai mentito, e il suo cazzo, così limitato nelle pretese, ha però le dimensioni e la salute di chi si prepara a un durevole futuro. Il mio corpo può *prolun-*

garsi nel suo, fare ginnastica mentre la fa lui, essere giovane dentro i suoi tessuti. Da quando ho scoperto, avendo bisogno di una trasfusione, che abbiamo il medesimo gruppo sanguigno, non ho più paura di morire: gli darò io un po' del mio sangue sul letto di morte e lui continuerà a portarlo quando non ci sarò più. Il voyeurismo non era che un aculeo della paura.

La Catapano ha mantenuto le promesse (era tutto molto più semplice e gli allarmismi erano fuori luogo) piazzando Sergio a *UnoMattina* come coautore; anzi, siccome gli hanno affidato le dirette in esterna, spesso è lui che va in video per quei tre o quattro minuti che dura il collegamento. Non l'ho mai visto così felice come la prima volta che è successo; era un collegamento da Aosta e l'avevo accompagnato perché era nervosissimo.

«Walter, che gli dico domattina?»

«Non avete già la scaletta pronta, con il tavolo della colazione tipica e tutto l'ambaradàn?»

«Però il pastore della fontina è tarocco.»

«Chi se ne frega, piuttosto evita di dire che Eddy Ottoz è stato ai suoi tempi "l'atleta più gettonato dal pubblico femminile".»

«Perché, come devo dire?»

«Non so, quello che piaceva di più alle donne, che tutte le ragazze se lo volevano fare, un'espressione che sia vagamente umana...»

«Ma così è volgare...»

«Appunto, se lo dici con parole reali lo vedi che salta fuori la volgarità? non dirlo proprio, tra l'altro non è neanche vero, quello che piaceva alle donne era Berruti.»

«Me li risenti i pezzi, che vediamo se c'è qualcosa da cambiare?»

«Ci ho già dato un'occhiata, ci sarebbe un'altra frase assurda: "ho scoperto un universo al femminile che vive queste problematiche"...»

«Non ce la farò mai, Rita sarà delusissima di me.»

«Dài, Muso de' Musis, lo sai che quando si accende la lucina rossa ti trasformi e diventi irresistibile.»

«Perché quella è la mia vera dimensione.»

La mattina dopo ho puntato la sveglia alle sei e quaranta per poterlo vedere in azione – m'era sembrato piuttosto legnoso, ai limiti dell'imbranato, sicché lo aspettavo tenendo pronte parole di consolazione. Invece tornando alle dieci m'ha investito come un cucciolo festoso, legandomi con la sua sciarpa rossa e trascinandomi in un ballo improvvisato; tutto secondo lui era andato benissimo e aveva ragione, il collegamento era stato apprezzato e premiato dal pubblico. La sera in un ristorante del centro, di quelli rivestiti di legno, non avevamo prenotato e non c'era posto; stavamo per andarcene quando il proprietario, che lo aveva riconosciuto, ci ha liberato un bellissimo tavolo d'angolo. Inutile negarlo, mi sono sentito orgoglioso e accolto anch'io in una dépendance dell'Olimpo.

Rinunciare alle mie opinioni, nascondergli un mio stato d'animo per non defraudarlo di una dose di felicità, mi pare uno scambio più sostanzioso di quello del liquido seminale; è intellettualmente limitato, parla una lingua impossibile, e allora? Sotto il kitsch apparente, frammenti di solidarietà più alta (e benedetta da Dio) risalgono la corrente come salmoni («sei la mia guida, coniglietto bianco, non potrei farmi strada senza di te»). Due adolescenti gli sono corse dietro e gli hanno chiesto l'autografo sullo stecco del gelato. Sono padre, sono padre! Ora che è in giro così spesso, per le riprese, mi succede un fatto strano: quando so che deve partire, sogno la casa libera e l'infedeltà – ma poi, quando parte, il dispiacere mi toglie la voglia di tradirlo fino a che non torna (magari ci ripenso l'ultimo giorno però ormai è troppo tardi). «Anche la lontananza è un bel trip» mi risponde quando glielo dico, e la stereotipia verbale non mi impedisce di credergli – di credere cioè che anche lui, dove si trovava, ha pensato a me e non ha avuto tentazioni. Non mi riconosco più. Cammino per strada, respiro un miscuglio di ossigeno e di azoto. Se vedo un bel ragazzo penso "anche lui avrà dei legami come quelli che ho io", e basta questo a far appassire qualunque germoglio d'erotismo. In via Tina Pica non si è nemmeno tolto il gilè, ha comprato i fiori e s'è messo subito in cucina a preparare gli spaghetti alla Norma.

Cielo senza simboli, senza inferni né paradisi; la musica che esce dalle radio è davvero leggera. La madre di quello del quarto piano sta spostando i mobili per spolverare; il figlio ha un banco a Porta Portese, è tornato in casa da lei dopo la separazione. *Flamingo*, di Sergio Caputo, è questa settimana in testa alle classifiche: «Tra il dolore e la routine | c'è rimasta l'allegria. | No, toccarla non si può | quella luna rosso shock | che dormire non ci fa».

Telefonano a Sergio (il mio, non Caputo), l'appuntamento è a Ponte Milvio per mezzanotte. La generazione dei trentenni televisivi. Passano ore a chiamarsi: unico tema, la vita meravigliosa che conducono («sono contento per le belle notizie»). Fanno la doccia alle undici di sera, a mezzanotte bevono qualcosa al bar, all'una e mezza sono in discoteca dove restano fino alle sei. Dormono fino alle due del pomeriggio. La loro vita dal venerdì alla domenica somiglia a quella dei gigolò; come loro, ma con meno disperazione, sniffano cocaina. Lavorano come cani quando registrano e poi non ci pensano più; fuori dal lavoro non fanno nulla che possa migliorarli culturalmente, non hanno nessunissima curiosità intellettuale. Leggono con attenzione gli inserti dei vari giornali, il «Venerdì di "Repubblica"» eccetera, perché può sempre capitare di dover citare l'ultimo libro o l'ultima polemica. Trovano ogni argomento «noioso», tranne quelli di cui tutti parlano. Pensano al futuro che hanno evitato per un pelo, di insegnante di storia e filosofia in una scuola media di Sala Consilina, o di assicuratore a Termini Imerese, si sentono dei miracolati ma senza la mistica dell'«ho rischiato tutto per seguire un sogno» che caratterizzava la generazione precedente – anzi ridicolizzano quello che fanno (salvo difenderlo se qualcuno li attacca); glamour prima di tutto, il successo lo prendono come un azzardo ben riuscito, come se avessero giocato in borsa e fosse andata bene.

Mi dicono «professó» con stima paternalistica, mi stanno a sentire se parlo di Caproni o di Bourdieu; prendono in giro Sergio, il novellino, perché essendosi accasato non li segue nei caroselli notturni e si limita alla bevuta di mezzanotte. I cocktail che ordinano hanno nomi che non ricordo e colori accesi; Antonella Ruggiero canta *Amore lontanissimo*, mi trovo bene con loro a fare la parte dell'orso. Perché, chiedo, aspettare in piedi un quarto d'ora che si liberi un tavolo nella bolgia pazzesca, quando dall'altra parte della piazza c'è un bar coi tavoli completamente liberi? È una gag, non mi rispondono neanche e Sergio si compiace di aver portato tra loro un reperto fossile (ma rispettabile) della vecchia cultura.

Uno c'è però, più o meno della mia età, no, forse sui cinquantacinque, un produttore esecutivo che parla con un bel biondo, figlio, mi dicono, di una grande catena di pizzerie romana. Allungo l'orecchio: «... tu chi conosci a Marrakech? Ah senti, il *Mamounia* è un grande bluff, e poi ormai è poco adatto alle convention, può ospitare massimo cento, centocinquanta persone... il nuovo top per le convention è Malta...».

«Io sto cercando di proporre Damasco, Damasco è adesso quello che dieci anni fa era Petra...»

«Il problema è che hanno fifa.»

«Ma fifa di cosa... allora Tel Aviv? hanno costruito un albergo sulla spiaggia, esci e ti sembra di essere, nel senso buono, a New York, e poi la gente al mare, un kibbutz ha aperto un ristorante dove servono solo i derivati del latte, c'è la fila alle quattro del mattino... il giorno di libera uscita dei militari, per esempio, vedi questi venti-ventunenni che guidano gli F-12, e poi invece i giovani pacifisti, negli stessi locali, e vorresti essere padre sia degli uni che degli altri...»

«Mio padre scrive ancora articoli, sì, ma gli è venuta questa escrescenza ai testicoli... l'infarto era andato benissimo, adesso le metastasi si sono infiltrate nelle ossa.»

«... se lo affronti bene, con lo spirito giusto... c'è una terapia nuovissima basata sulla nutrizione, che hanno sperimentato solo a Buenos Aires...»

«Oddio, con quel che succede in Argentina...»

«Non dar retta, è ancora un perfetto hardware dove il software s'è imballato.»

«Forse non è più possibile salvarlo, si sente stanco perché ha i globuli bianchi a zero, però ha fatto una grande esperienza di vita, dice che ha finalmente capito che cosa si prova a stare in prigione... siccome deve passeggiare tantissimo per via del cuore, ha capito questa cosa del camminare su e giù per la cella, ha capito come si sente Oçalan...»

Penso a *mio* padre, intimidito dall'enormità dei telegiornali; a mio padre che posa piano la forchetta sul piatto quando parlano di corruzione, e mia madre antica staffetta partigiana di Montefiorino che inveisce «an n'am menga mazè abasta, quand a psìven» (non ne abbiamo ammazzati abbastanza, quando si poteva) – papà mi cerca un consenso negli occhi come per dirmi «avremmo potuto intenderci, io e te, perché sei uscito di casa senza stimarmi? Adesso è troppo tardi perfino per parlare di politica».

All'altro angolo del gazebo si sono scatenate le maldicenze, sulle gonne lunghe e le giacche di camoscio di una redattrice responsabile dello spazio dibattiti, soprannominata Muffa per il suo abbigliamento e i suoi atteggiamenti old-style: «... macché vintage, i jeans dentro gli stivaletti non sono mica una citazione, sono *quelli là*, quelli che s'è comprata negli anni Settanta e che porta ancora, per fare la pischella».

«No, perché è taccagna come una scimmia, alle cinque offre il tè alle amiche e usa i pasticcini avanzati da *Domenica In*.»

«Per essere tirata, è tirata... in tutti i sensi.»

«La truccatrice le voleva alzare i capelli dietro le orecchie, apriti cielo.»

«Apriti Coelho...»

«Io Coelho non lo leggo perché lo leggono tutti... poi me lo faccio raccontare.»

«Senti, sempre meglio lei che la Caposala, che ci fa addirittura la spesa coi prodotti che portano i concorrenti.»

«Sei bottiglie di limoncello s'è capata l'altro giorno, due capresi...»

«No, ma proprio la roba per cucinare, i finocchi, il guanciale, i pomodori... nel tragitto tra lo studio e la redazione, un suo scagnozzo le si ferma a casa e lascia il sacco alla donna di servizio.»

«Quando son venuti quelli della Perla, nello spazio della biancheria intima, s'è presa lo scatolone, ci saranno stati dentro una decina di *composés*, e l'ha fatto sparire, non ha nemmeno chiesto a Teresa se voleva uno straccio di reggiseno.»

«Che ci farà con la biancheria intima, hai visto come sta?»

«Per i festini coi "suoi ragazzi"...»

«I suoi *vagazzi*.»

«Ieri è arrivata con un morone che guidava la sua Ferrari e ha detto "ogni tanto me la muove un po', se no fa le ragnatele".»

«Siamo sicuri che parlava della Ferrari?»

«Ma è vero che se l'è comprata con la buonuscita del marito, che faceva il pilota dell'Alitalia ed è morto in un incidente?»

«Se l'è comprata ma con le mazzette per le ospitate, non l'avete vista con Fabrizio quando cancellano gli ospiti e ci scrivono sopra quelli che sostituiscono? Sembra la lista delle Fosse Ardeatine: li sdoppiano, allungano i minutaggi, fanno la qualunque...»

«Ti annoi, Walter?»

Non mi annoio, rassicuro Sergio, anche se preferirei bocconi più sostanziosi; le minuscole concussioni sono merce comune, in qualunque ambiente. Gli interessi privati in atti d'ufficio non possono limitarsi a qualche prodotto fregato agli sponsor; se questi sono i grandi scandali, stiamo freschi. Vorrei sapere di corruzioni vere, quelle che spostano miliardi e fanno cadere i governi. Ma di quelle presumibilmente non si parla al bar, e comunque gli amici di Sergio sono pesci piccoli: loro la mutazione la incarnano, non la dirigono.

«È cambiata la figura autoriale, una volta ti inventavi i programmi e li realizzavi, era la fase dell'artigianato: mo' arrivano i pacchetti di format dalla Danimarca e te li passano per vesuviarli un poco... non te ne frega un cazzo, giustamente, eh professó?»

Sto seguendo il filo (sarà per la luna che sembra un paiolo di rame, sarà perché prima hanno parlato del Mulino Bianco, il cascinale vicino a San Galgano che è stato "truccato" da mulino col cartongesso e adesso ci vanno più turisti lì che a vedere la spada nella roccia), sto seguendo il filo di un'inversione tra Sancho e Don Chisciotte – Don Chisciotte sono io, l'idealista che pensa che i mulini dovrebbero essere veramente mulini; i Sancho sono loro, i realisti che sperimentano ogni giorno l'efficacia e la solida sostanza dei giganti creati dall'illusione.

Nella mia vita ci sono altre stanze, apparentemente non comunicanti. In una trattoria di Segrate con Renata Colorni e Aldo Busi. Busi è, come al solito, attento alle persone semplici, con la sua dote straordinaria di capirle al volo; prende subito confidenza con la cameriera, una magretta d'una quarantina d'anni, scherza sulla sua seconda di reggiseno e se le piacerebbe rifarselo. «Stia zitto, che mio marito me lo dice sempre.» «Lo faccia, un po' di silicone e si toglie il pensiero.» «Ma sa quanto costa?» Ci manca poco che lui non si offra di pagarle l'operazione.

Timidamente accenno a Sergio, alla trasmissione dove appare e all'aiuto che gli presto saltuariamente: mi aspetto da entrambi ironie fortemente morali, contro il trash e il contribuire all'aumento dell'indecenza. Ma Busi taglia corto, «il lavoro è lavoro». Dopo un'altra bottiglia di nebbiolo cominciamo a parlare delle nostre origini contadine, delle nostre madri che si somigliano: «però sono eterne, cristo, questi genitori non muoiono mai», «uno avrebbe anche diritto, arrivato ai sessant'anni, di essere il più vecchio della sua stirpe». La Colorni si alza per andare in bagno, ha gli occhi lucidi e le tremano le labbra come chi sta per piangere, dice «teneteveli stretti finché ci sono». Colpevolmente ricordiamo la sua storia, il padre (e che padre) ucciso durante la Resistenza quando lei aveva quattro anni. Aldo chiosa: «Non bisogna farla bere, la Renata».

I servizi in esterna di Sergio hanno continuato ad avere successo, la sua faccetta buca il video (mentre la Catapano spera di farsi bucare qualche altra cosa). A parte le incertezze linguistiche, dimostra di avere inventiva e molta verve nella presentazione di argomenti anche triti. Al Teatro Ponchielli, per esempio, dove c'era da fare la solita rassegna di violini famosi, ha fatto finta che un violino suonasse da solo nel seminterrato e che una viola da gamba gli rispondesse dal palcoscenico; a lui toccava ricongiungere la madre al figlio (il figlio era il violino, naturalmente) e sul palcoscenico arrivavano pian piano tutti gli altri parenti a corde. A proposito di corde, nella puntata dove si presentava il bungee-jumping si è fatto imbracare di nascosto e s'è buttato giù dal ponte d'improvviso proprio alla fine del servizio, sicché la Clerici in studio ha gettato un urlo non preparato e quindi perfetto. La gente comincia a riconoscerlo per strada; gli occhi chiari, la barbetta rada e lo slancio della schiena nella sua eterna maglietta azzurra, be' anche per me sono più desiderabili dopo che sono stati consacrati dal video. Mi pare perfino che le spalle siano diventate più piene, ma quelli sono gli esercizi coi pesi che si sciroppa tutte le mattine.

Il suo difetto, credo, è anche il suo pregio maggiore, cioè che prende il suo compito terribilmente sul serio; riuscire a inquadrare il dirigibile nel momento esatto in cui sorvola la cupola diventa una questione di vita o di morte, e non importa se la Festa dell'Aria è una cazzata parafascista raccomandata da un assessore di An. Rischia di uniformarsi del tutto, alla lunga, alla scala di valori che domina tra le quinte di quel programma scadente; per appassionarsi a un mestiere di merda, bisogna merdificarsi; crede davvero di «calarsi nel sociale», di restituire uno «spaccato delle realtà regionali confrontate ai trend più trasgressivi». Trenette al pesto e lap-dance, scambio delle coppie e sagra del lampascione.

A letto, però, vuole che gli legga le poesie, una nuova tutte le sere: la sua preferita è quella di Marino Moretti dedicata alla sorella che si è sposata da poco e che si dimostra, parlando, una piccola borghese conformista e avida – all'ultimo verso, che è un grido di nostalgia e di amore quasi incestuoso («e l'anno scorso eri così bambina!»), infallibilmente gli viene da piangere.

Adesso poi è scattata l'occasione della sua vita: da oltre un mese, da quando la Nato ha autorizzato i raid aerei sul Kosovo, l'inviato di RaiUno si rifiuta di fare i servizi per *UnoMattina*, per non so quale cavillo del suo contratto di giornalista; così hanno deciso che vada Sergio – cioè che vada prima a Valona e poi al campo profughi di Kukes.

«Amore biancone, io non so niente della storia di quelle parti lì; com'è la faccenda, che gli albanesi sono stati cacciati e poi sono tornati, o no?»

«È una storia molto lunga: adesso il Kosovo è abitato da una maggioranza di albanesi, ma tra il Trecento e il Quattrocento è stato il perno della cultura serba, il centro dell'identità religiosa. C'è stata una battaglia, credo, alla fine del Trecento, che è tipo per i francesi il rogo di Giovanna d'Arco. Sicché la Serbia ha sempre cercato di tenersi il Kosovo, anche quando per le migrazioni sono diventati quasi tutti albanesi.»

«E poi che è successo?»

«Che il maresciallo Tito era riuscito a dare più o meno pari diritti a tutti, ma da un po' di tempo Milošević ha cominciato a ritogliere agli albanesi le autonomie, e l'uso della loro lingua nelle scuole...»

Mi fermo perché s'è addormentato, come un bambino a metà della fiaba.

Mi telefona a sere alterne, approfittando del satellitare di un'inviata spagnola; è la sua "missione", in questi giorni, l'evento straordinario della mia vita. «Il mio fidanzato è al confine tra l'Albania e il Kosovo, sta seguendo la guerra.»

Mi racconta particolari che danno anche a me l'illusione di essere un testimone oculare: durante la traversata da Brindisi, una cinquantina di militi dell'Uck sono comparsi sul ponte in divisa, a fare ginnastica alle cinque del mattino; all'arrivo a Durazzo sono stati caricati su un mezzo di fortuna, un autobus dell'Atm milanese arrivato con una colonna di aiuti. In molte case di campagna c'è l'abitudine di appendere, per decorazione, dei grossi peluche sotto la gronda del tetto – si vedono orsi giraffe elefanti, spelacchiati e sporchi. Una grande, spiritosa scritta su una casa colonica (allusiva alla fama degli albanesi come ricettatori): "Italiani visitate l'Albania. Le vostre auto sono già qui". Un cartello allarmante, tradotto dalla guida: "sgozzamenti a domicilio, portiamo noi l'attrezzatura", prima di capire che è l'insegna di un pollivendolo. M'accorgo, come un massaggio benefico al cuore, che Sergio vede le cose coi miei occhi: è mio quel modo di privilegiare il frammento bislacco e sorprendente come impossibile riassunto della totalità. Esulto del tranquillo contagio che si è diffuso tra noi in questi pochi mesi, tra i nostri due meccanismi del narrare – più intimo anzi di un contagio, la mia sognata trasfusione.

Dovendo cercare un'angolatura più emozionale di quella dei giornalisti, ha deciso di puntare sui bambini e sulla scuoletta che alcuni maestri volenterosi hanno allestito in un capannone. Tutte le mattine vedo i suoi servizi, e si capisce che a quei ragazzini ci si sta attaccando molto; soprattutto a una biondina dagli occhi quasi bianchi e dai capelli stopposi, Kaltrina, che quando canta in coro tira fuori una voce da adulta, esaltata e roca, una specie di Edith Piaf di undici anni. Oggi le ha fatto cantare una canzone da solista, un canto epico dove tornava almeno cento volte la parola "Kosovo"; ma non andrà in onda, mi dice, perché dalla redazione lo stanno accusando di essere «poco informativo».

«Che devo fare, Walter, devo cedere?»

«Fregatene, se ti sei innamorato di quella ragazzina mostralo, seguila nei giochi, fatti raccontare le cose da lei.»

«Mi hanno censurato anche le sue parole; ieri nel pezzo che avevo mandato, da qui dobbiamo mandare servizi chiusi, lei raccontava che la nonna l'ha portata al cimitero, a sputare sulla tomba di un nemico della famiglia, e loro l'hanno tagliato.»

«Vabbe' questo è comprensibile, ma non mollare sul punto principale.»

«Vogliono che vada a cercare le cifre, e che racconto dell'esodo dalle proporzioni bibliche.»

«Magari racconta anche questo dal punto di vista dei bambini, chiedi degli ultimi arrivi a scuola...»

«Ho pensato a te, perché c'è un'educatrice di sedici anni che ha scritto un diario e volevo che leggesse qualche pagina, ma è arrivato uno sciacallo della Mondadori che le ha fatto subito un contratto e ha messo il copyright.»

«Se vuoi mi informo chi hanno mandato...»

«No no, tanto mi sa che domani o dopodomani devo comunque partire dal campo, ci fanno andare proprio alla frontiera.»

«Mi raccomando, non fare stronzate delle tue solite che ti butti senza riflettere...»

«Non so se potrò telefonare da là, perché il satellitare noi non ce l'abbiamo.»

«Fai il possibile, Muso, lo sai che voglio sempre avere tue notizie.»

«Lo sai che voglio sempre avere tue notizie», le stesse parole che mia madre diceva a me quand'ero studente e telefonavo da Pisa. Sto usando la guerra (ma non mi dispiace) per verificare di che pasta è impastato il mio amore per Sergio: niente a che fare coi deliri di una volta. Ma forse non è nemmeno tutto prosa, come temevo. È impastato di artigianalità condivisa, di affetto, di lieviti che vanno dal cuore in dentro, di lento consenso al passato e al futuro. Lo osservo nella scatoletta magica ed è il contrario di quando contemplavo i culturisti nei video porno: là mi trasportavo immediatamente in un altro mondo (non voglio chiedermi perché), ora mi sembra che Kukes sia a pochi isolati da via Tina Pica, e gli oggetti poveri che si vedono nelle baracche sono parenti di quelli che stanno nella mia cucina. La sua faccetta è la stessa di quando lo sveglio io, ha solo un po' più di occhiaie perché dorme poco – il mondo è fatto di relazioni e non ci sono più dèi. Quando il pomeriggio vado in palestra mi sento come tutti i mammiferi, anzi come una femmina di mammifero: non sono sessualmente ricettivo perché mi preoccupo del cucciolo.

7

La mia equilibrata serenità e il mio tiepido (non caldo, ma nemmeno del tutto freddo) amore per Sergio sono dunque garanzie che appartengo al ceto dominante? È in questo che consiste l'essere mediocri? Perché mi incazzo quando sento parlare di passione? Le apparizioni del desiderio, da giovane, mi ustionavano e mi terrorizzavano perché facevano vergognare la realtà; adesso, nel mondo espresso in quella scatoletta, la realtà è ricostruita in modo che non sia priva di un suo appeal sessuale, levigato e in giusta misura. Il Sergio nel video è più attraente che dal vivo ma non ha quelle scorreggette audaci che dal bagno mi fanno sognare. Il volano delle immagini aumenta il quoziente di sesso quando è poco, l'abbassa quando è troppo. Forse l'homo televisivus sta perdendo il senso della passione come l'uomo uscito dallo stato nomade di cacciatore ha perso pian piano il senso dell'olfatto.

O forse ho generalizzato la "sindrome della spalla". Quando, otto anni fa, morì una persona che mi era molto cara (no, una persona che mi era molto cara si uccise e in quel volo continua a perdonarmi), a elaborare il lutto mi aiutò un dolore persistente alla spalla. Era così forte, mi svegliava di notte, che alla fine prevalse il puro desiderio di trovare pace. Infiltrazioni di cortisone. Il cane ferito che va a rintanarsi dietro un mucchio di legna, nella rimessa, pensa solo a raccogliere tutte le energie per sopravvivere.

Forse quelli che chiamo i miei "sessant'anni ben spesi" non sono che il frutto di una convalescenza; so quali sono i punti dolenti e la scienza di evitarli è diventata una seconda natura. Serenità come somatizzazione. Se è rimasta una crepa, è il mio ribrezzo fisico per i brutti e gli handicappati – alle zingarelle giovani e fresche, o anche ai serbi coi baffi, faccio l'elemosina volentieri; ma se qualcuno mostra le proprie infermità, una gobba sul petto un moncherino una lebbra, allora lo odio e penso "se sei storpio ammazzati e smettila di impestare il mondo". Mi sento offeso, e più che offeso minacciato: come si permette, lui, di mostrare così alla luce del sole le proprie mutilazioni? Coi negri, quando hanno le labbra troppo tumide, è uguale.

Mio padre non ha mai voluto discutere della mia omosessualità, a mia madre che ci si arrovellava gridava «an gh'e gninta da capir», non c'è niente da capire. Mai accettato i miei amanti, mai la minima allusione a uno stato di fatto. Ora però Sergio (la sua parentesi albanese si è conclusa anzitempo, il giornalista della Rete ha ripreso il suo posto) è stato chiamato a fare uno spot per una ditta di computer, e questa ditta è uno degli sponsor ufficiali della *Domenica Sportiva*. Di colpo superando tutti i pregiudizi, l'altro giorno mio padre m'ha chiesto «oh, potresti dare al tuo amico questa lettera, se la fa arrivare alla Redazione?». Anche la frociaggine del figlio, pur di postulare alla porta delle Autorità. Ecco la lettera:

All'attenzione del sig. Tosatti.

Ho i capelli bianchi e seguo il calcio, mio grande hobbj, da sempre. La ragione per la quale mi rivolgo a Lei è semplice: conosco il sig. Serenelli, quello che parla del piccolo computer alla stessa Domenica. Spero abbia la possibilità di farLe pervenire il presente "messaggio". Perché, nonostante i tanti inevitabili incidenti ai più bravi (perché cercano di giocare la palla) i tanti gol negati od assegnati: per discutibilissimi centimetri; i "triangoli" impossibili o quasi; gli ingorghi nei trenta metri centrali del campo le moviole (che gli arbitri non hanno) avvelenano le "pre" e le "post" partite... e tanti altri casi di brutto gioco, non vengono stigmatizzate in modo più energico, da chi, come Lei ed i tanti Colleghi di stampa e televisione?

Secondo me; o che siete Tutti vittime di quella terribile morsa che si chiama DOPOTUTTO SI INCASSA oppure non Vi piace più veder giocare i numeri dieci, o otto: quelli, Lei ha già capito, quelli dai piedi buoni. Sempre secondo il mio (candido parere) una cosa si potrebbe farla, e risolverebbe quasi tutti i problemi succitati. Se si portasse il limite del fuorigioco ai sedici metri dell'area, si giocherebbe in ottanta metri con TRIANGOLI BRAVURE LANCI ed emergerebbero i POETI ed i PITTORI. Sicuramente si riempirebbero di nuovo gli stadi (ora triste teatro di violenti... che rovinano le domeniche anche ai poveri Agenti dell'ordine). Provi, sig.

Tosatti, a fare un suo commento ai tanti illustri Personaggi della seguitissima Domenica. Con tanta stima.

Alfeo Siti via Schio 25, 41100 Modena

P.S. Coi capelli bianchi non si dovrebbero tacere certe cattiverie. Vergognarsi come Paese civile di lasciare impuniti tutti i violenti. Il resto, sig. Tosatti, purtroppo dobbiamo subirlo. Se poi i genitori non portano i loro figli allo stadio, è anche colpa di chi lascia gonfiare o rompere i legamenti ai numeri dieci! Grazie.

Pure di un tackle energico ha paura; io amo sia i difensori che gli attaccanti, sono fatto per ascoltare tutte le campane. Mi piacciono gli sfollati del Kosovo e anche i massacratori di Arkan: non è male vivere *per procura* la propria quota di violenza. Sono amico di un pedofilo trentacinquenne: l'altro giorno m'ha insegnato che il pisello dei bambini di strada brasiliani, quando lo prendi in bocca, sa di benzina. Sì, di benzina, perché la colla che sniffano è un derivato degli idrocarburi e viene filtrata dai reni... Capisco tutti, pur di non capire me stesso.

Non dovevo insistere e soprattutto non dovevo dirgli quanto costava il biglietto. Del mio ascendente su di lui, adesso, m'ero già accorto la sera prima; li ho portati al roof-garden del ristorante *Les Etoiles*, per la splendida vista su San Pietro, nel mio vecchio quartiere. Un po' per nostalgia, un po' per festeggiare che non mi venivano a trovare da più di un anno. Lui intimidito dai camerieri e dall'apparato, ma contento («hai visto dove ci porta nostro figlio?») – poi però, nello scegliere il menù, ha ordinato esattamente quello che ordinavo io, dall'antipasto al dolce. Compreso un risotto agli asparagi, e so che lui gli asparagi li detesta. Mia madre, più indipendente e polemica, si è limitata a mangiare poco; lui era come se riconoscesse, senza strascichi, di avermi ceduto il comando. Annichilito dall'enormità del proprio fallimento. Lo stesso col biglietto di tribuna numerata, per Roma-Inter all'Olimpico; la notte si era evidentemente sentito male, ma il biglietto costava troppo e non voleva sprecarlo, dare l'impressione di rifiutare un mio regalo. È andato allo stadio con l'infarto in atto.

L'hanno portato al pronto soccorso e lì momentaneamente si è ripreso, sicché ha firmato sotto la propria responsabilità per essere dimesso ma è caduto a terra in corridoio; allora finalmente l'hanno ricoverato e si sono decisi a telefonarmi. Ceppo padano, fibra robusta; ci tiene che le suore baffute spagnole (sta alla «Pio XI», sull'Aurelia) lo vedano in forma, in grado di condurre una vita normale. Guarda l'orologio e dice «l'e quèsi mezdè, l'e ora d'andèr a tôr to surela a la staziòun» (è quasi mezzogiorno, è ora di andare a prendere tua sorella alla stazione), ma non si accorge che l'orologio gli si è fermato quando è caduto e ha le lancette fisse sulle tre e mezza. Chiede con aria imperiosa «Anna dam al giornèl ch'a guèrd sol la préma pagina», ma poi tiene il giornale aperto all'incontrario, si dà un contegno. Mia madre sfoga parte della sua ansia in taccagneria: si oppone con una violenza assurda alla mia proposta di noleggiare un televisore, li affittano giù all'astanteria e funzionano con appositi gettoni, brontola «el nutizi agh'li dag me» (le notizie gliele dò io); fa un po' freddo e un radiatorino di rinforzo gioverebbe, ma anche quello non vuole che vada a comprarlo, sostiene che sarebbe un palliativo e ci vorrebbe il sole naturale – provo a ribattere «sarà meglio di niente», si mette a singhiozzare e non risponde all'obiezione.

Questo loro autocondannarsi al ruolo di gregari, questa ostinazione quieta a non volere diritti. Mi commuove ma mi irrita, non capisco il loro attaccamento a una vita senza soddisfazioni visibili, come se dovessero testimoniare fedeltà a un re in esilio. Finché campano, mi terranno legati alla loro catena. È una gara di resistenza, se arrivo a ottant'anni forse loro a cento non ci arrivano; se fa tanto di morirne uno l'altro dura poco, in due si fanno forza.

Mia madre si rimette le scarpe che s'era tolte per via del male ai piedi, ha deciso che deve comprargli un barattolo, ma non si ricorda un barattolo di cosa – sale e scende le scale della clinica come un giocattolo rotto (l'ascensore le fa paura): come una bambina di sei anni, cristo che pena. Un minuto fa le ho chiesto cinquanta lire per il parcheggio e lei, mostrando gli spiccioli, «an vót di èter?» (ne vuoi degli altri?); ormai la macchietta vuota del dono di sé, la parodia.

La mia serenità è un paesaggio fitto di alberi monchi, carbonizzati; i miei genitori sono i relitti di un cataclisma che non voglio ricordare. Tutte le macchine si rompono, dalle più semplici alle più complesse: la porta del terrazzo, il computer e mio padre. Lo osservo tra le flebo, ancora addormentato e senza dentiera; i by-pass sono stati quattro, l'operazione è riuscita. Torno a una sera d'estate, a Modena; io ero andato in camporella con due incontrati al cinema ma dovevo passare a prenderlo in cooperativa, dove era impegnato in un campionato di stecca. Arrivai un po' tardi, verso mezzanotte e mezza, lui stava giocando la finale. Perse, e anch'io coi due in camporella non avevo proprio vinto. Perché non ci siamo parlati allora, perché non abbiamo capito allora che esistono gradi diversi di disfatta (e di vittoria)? Quanto dolore, e inutile silenzio (e paragoni impossibili) ci saremmo risparmiati!

Gli somiglio, nel desiderio di non sgomitare, nella decisione di seguire sempre le linee di minore resistenza; l'ho pagato, lo pago; dovrei regredire al bivio da cui ancora potevo prendere la strada giusta. Ma, visto quel che ne ho fatto, non ho più diritto al passato. Meglio ridere, con mia sorella e l'infermiera, della vitalità abnorme di mio padre (anche Sergio ne è colpito, «ti dà le piste»), del suo aver chiesto la pastasciutta venti minuti dopo il risveglio dall'anestesia. La pastasciutta non gliel'hanno data ma una penna sì, e ha composto una filastrocca per il nipote:

Dopo indagini varie
si pensò alle coronarie

> e l'onesto "macellaio"
> ne fece quattro al costo di un paio
> (di baipas, 4 × 2!)
> – adesso mi sento un toro:
> vado avanti senza la rima
> ma sarò più nonno di prima.

Evidentemente al terzultimo verso aveva pensato "bue", ma ha preferito mancare la rima piuttosto che ammettere una mancanza di attributi, sia pure provvisoria; gli somiglio anche nel peggio, madonna quanto gli somiglio!

«Muso, lo sto provando io in questi giorni; tu che sei ancora giovane, non lasciare che il silenzio tra te e i tuoi si accumuli.»

«I miei non parlano neanche tra di loro, figùrati se parlano con me.»

«Alla fine il peso è troppo, se abdichi a quello poi abdichi a tutto... oddio sembro Maurizio Costanzo, scusami.»

«Io diventerò più famoso di Costanzo, e ti potrai appoggiare a me quando ne avrai bisogno.»

«Temevo che lo dicessi: m'hai visto decrepito tra i decrepiti, vero?»

«Lo sai, che sei il mio bambino sessantenne.»

«...tunenne ormai, non barare. Però il cimitero ce l'ho più alle spalle che di fronte.»

8

Ma sì, via da questa distesa di cippi infranti. Ha ragione Arbasino. L'ho intravisto l'altra sera al *Bolognese*, dove ho portato mia madre per distrarla da una forma maniacale di assistenza. Stava con due ragazzi sui trenta, uno con camicia da cowboy l'altro in tuta da lavoro: nemmeno snobismo, presumo, solo familiarità col gestore. Avrei dato qualunque cosa perché mi riconoscesse e mi salutasse, così avrei potuto spiegare a mia madre che era uno scrittore famoso e che eravamo amici. Ho cercato di farmi notare, ho perfino lasciato cadere la forchetta, lui s'è girato dalla mia parte ma proprio non gli ricordavo niente. Non mi andava di fare la cosa plateale, alzarmi accostarmi al suo tavolo e dire ci hanno presentati in questa e quella circostanza, come un fan qualunque. Per tutta la cena, mentre mia madre trovava scotte le fettuccine al burro e deplorava il prezzo di una porzione di spinaci, ho continuato a ruminare un'umiliazione che proprio da Arbasino m'è venuta con l'uscita del mio secondo romanzo; gliel'avevo mandato con una dedica di stima profonda, sincera, e pochi giorni dopo m'era arrivato un bigliettino da visita così concepito: "Zampilla uno zodiaco da ogni zero. Edoardo Cacciatore. Auguri! A." – "A." non poteva essere che lui, e non mettere il suo nome per intero dev'essergli parso molto elegante e liquidatorio.

Poi l'avevo rivisto alla presentazione di un libro di Siciliano, con la Rosetta Loy e Albinati e Garboli che parlavano di *Vola colomba*, e della Zona B di Trieste, e della madre di Luciana Castellina morta a centodue anni e del *Cordovano* di Petrassi messo in scena a Vicenza, con un bonazzo in «perizoma color carne». Avevo capito che non sarebbe bastato chiudere i teatri lirici, o ammazzare Saramago, per restituire alla cultura un po' di dignità e di emergenza. Arbasino esclude che io sia uno scrittore perché non faccio altro che parlare della mia vita piccina picciò, e la mia inferiorità sociale, e le mie scopate, e adesso anche la vecchia mamma. Quanto di più cheap, di piccolo-borghese: la negazione del volo fantastico, del coraggio di chi i propri dolorini se li risolve da solo («never explain, never complain») e si affida alla leggerezza sovrana della vera creazione, che è sempre un'avventura, un'inchiesta, una sorpresa storica e in lato senso politica, da Mozart alle vedute di Bellotto ai sogni di Borges. Ma io non so degli altri, so solo di me stesso; i grandi secoli e i grandi uomini non mi interessano, mi interessa il carnaio di ora. Il fenomeno politico più rilevante degli ultimi trent'anni in Occidente non è tutto fondato su una formidabile estensione (e distorsione) dei desideri privati? Non è dal desiderio dei più che nasce il consumo? L'individuo meschino e banale non è lui il laboratorio (e la cavia) del meccanismo economico che ha conquistato il mondo? Di una nobile visione dall'alto, chi se ne frega. Chi studia la Grande Muraglia dovrà pur interessarsi di come sono fatti i mattoni... La fantasia, qui e oggi, sta chiusa in una gabbietta dove viene alimentata sperimentalmente: talvolta tenuta a digiuno fino a ridursi pelle e ossa, talvolta ingozzata di cibi sintetici. Come non diffidarne se (senza avere talento) si è persone oneste? Sono un fuochista nella sala-macchine del potere, un bieco spacciatore di realismo: con l'unica attenuante di uno stile inutile.

La casa di via Tina Pica è al massimo della sua capienza, non l'abbiamo mai sfruttata così: i miei nel letto matrimoniale, io e Sergio nella stanzetta coi letti a castello, mia sorella e mio nipote nel divano-letto dello studio. Prendiamo l'aperitivo sul terrazzino, col profilo nero delle cupole (e di un minareto) sul cielo rosso: sono felice di vivere a Roma. Tutti pronunciano «piccolo-borghese» come se fosse un insulto: per me, considerato da dove sono partito, la piccola borghesia è un decentissimo punto d'arrivo.

Beato tra le donne è il programma che mette tutti d'accordo: a mia madre piace la parlantina di Bonolis, e stigmatizzare le pose osé delle spintarelle («eni ghèrb da dàna?» – sono forse atteggiamenti adatti a una donna?); mio padre si lascia piacevolmente stordire dalla caciara, mio nipote si diverte perché le tettone buttano i concorrenti in piscina; mia sorella e Sergio fanno pronostici su chi verrà di volta in volta eliminato, lei dal punto di vista dell'estetica femminile, lui tenendo conto di «sua maestà l'auditel». Eccoci tutta la famiglia riunita davanti al televisore, come altri dieci milioni di famiglie italiane.

Sergio rovescia il caffè, chiede scusa si mortifica, mi chiama in bagno e mi bacia schiacciandomi contro la porta, torna in sala e fa il buffone con mio nipote; tempo di tutte queste azioni non più di sette minuti. Dietro la sua cordialità ben educata c'è un selvaggio, a cui purtroppo non sempre so rispondere per carenza d'istinto – e come tutti i selvaggi crede nei prodigi: che si possa cucinare un piatto nuovo senza sapere la ricetta, che si possa parlare l'inglese senza studiarlo, che si possa montare un rubinetto senza leggere le istruzioni. So che devo agganciarmi alla sua forza motrice per avere una famiglia *mia*, non quella irrancidita da cui discendo. La vita no, perché tutto sommato ho più cose da fare di lui, ma tutto il resto sì: tra la mia felicità e la sua scelgo la sua, tra il mio successo e il suo, idem. Questo appartamento ci rappresenta. I souvenir della mia casa vecchia, comprati in giro per il mondo, polverosi di contaminazioni e di nudità divine, mescolati ai suoi pochi oggetti hi-tech, alle pile di cd, ai soprammobili Ikea, invece di dare un senso di precarietà suggeriscono la direzione di un destino. In quest'ultimo presente c'è molto più futuro che passato. Mio padre è stanco e va a dormire prima che si sappia chi ha vinto; mia sorella (spegnendo, tra sguaiata e arresa, la sigaretta sotto la cannella del lavandino) mi bisbiglia «sai cosa gli auguro? di restarci con un colpo secco mentre gioca a biliardo».

I tre finalisti devono confrontarsi, in una gara ridicola, con un bodybuilder vero, un Mister Europa che si chiama Marcello; unto d'olio e avvilito da uno slip grottesco, si vede che è di una bellezza da lasciare senza fiato. Per dieci secondi provo una fitta immaginaria all'arto mancante poi, all'idea di desiderarlo, quasi un fastidio – come quando devo prepararmi per uscire ma proprio non mi va e mi pare uno sforzo sovrumano anche solo lavarmi sotto le ascelle, o farmi la barba, o infilarmi calze e scarpe. Mentre scompare dal video mi scivola in testa una frase senza senso: «quel che possiamo fare è continuare a servire il Séraphite Institute al meglio delle nostre doti» – un attimo, solo un indizio di panico, sopraffatto dalle armate della ragione – e da un sentimento esaltante di libertà.

Capitolo secondo
Obiezioni ridicole

1

Non so se avete mai esaminato, voi che avete sessant'anni o più, la cosa orribile che avete sotto le ascelle: una specie di ano ripugnante formato dall'incontro concentrico di quattro o cinque smagliature cellulitiche, a buccia d'arancia. Un nido di ragni, da non alzare mai più le braccia davanti allo specchio. La vecchiaia da portare in giro clandestinamente sotto i vestiti, come l'osceno termometro di un disfacimento ineluttabile e progressivo. Verranno le macchie sulle mani, l'alopecia, il collo di tartaruga, i tremiti. Altro che sperimentare ancora, come se avessi tutta la vita davanti. Già ora le donne (giovani) mi cedono il posto in autobus, un bambino di tre-quattro anni, regolarmente biondo come negli spot, dice «nonno» indicandomi col dito (mi aspettavo «papà»). Le pieghe sotto l'ombelico, la piramide rugosa che resta immobile qualche secondo se pizzichi la pelle in qualunque punto; la voglia di poggiare le gambe su una sedia e di non fare nient'altro.

Nelle astronavi dei telefilm, gli uomini dell'equipaggio si allungano in ectoplasmi prima di annullarsi nel teletrasporto; il mio corpo si deforma sotto la pressione di Sergio, esce dal guscio come una lumaca ardimentosa. La *sua* televisione è la mia avventura: il circo del mondo mediatizzato, di cui mi accontentavo come spettatore, lui mi invita a conoscerlo dall'altra parte del vetro – ed è come quando, a tre anni, ho varcato per la prima volta da solo la soglia di casa; o come quando, a quindici, ho lasciato il paese per spingermi in città.

«La villa com'è?»

«È in mezzo al bosco, di legno e cemento; l'ingresso non si vede, si entra direttamente nel patio che circonda tutta la zona giorno, ci sono delle pareti invisibili, delle porte che sembrano pareti, che ruotano...»

«Muy holliwoodiano.»

«No, ma non è kitsch, si capisce che gliel'ha disegnata un architetto, il giardino cala giù a terrazze dove c'è l'appartamento dei filippini, una parte della piscina si può chiudere e diventa un idromassaggio; i mobili sono pochissimi, c'è un divano che sarà dieci metri e poi una cucina rustica...»

«Indovina di che marca?»

Lo sponsor gliel'ha regalata, il signor Berloni in persona, alla più amata dagli italiani; la ricchezza in quel mondo appare qualcosa di ovvio, irraggiungibile e facile al tempo stesso; lei è una che viaggia sui cinque miliardi l'anno, però è alla mano, ama i suoi figli prima di tutto, non è algida come sembra in video. Prendono in giro Sergio perché trova davvero simpatiche le persone potenti con cui gli capita di lavorare, basta che gli regalino un ciondolino d'oro a fine produzione o una sciocchezza di ceramica con incise le sue iniziali, e lui si sente gratificato. Mario soprattutto lo martella, Quella in realtà è una stronza e non ci mette niente a girarti il culo se non le servi più. Non è nemmeno elegante, anche se con gli anni ha acquistato in audacia: «Ha scoperto l'afro-chic, ma lo sbaglia; il color sabbia e il nero okèi, ma mi scivola sull'accessorio, è lì che salta fuori il padre macellaro. Lo stesso coi rossi, scusa: rosa e fuccia, stupendo, però allora le scarpe e la borsa devono essere verdi, se sono nere o écru fa schifo».

Il marito galleggia a stento sulla notorietà della consorte, riesce a piazzare qualche programma solo perché c'è lei, e comunque non paga i collaboratori, è taccagno comm'a cché. Mai come ***, che quando accompagna la moglie chiede i soldi per il taxi. Marzia, una quarantenne mascolina col naso «alla Ponti» (un chirurgo plastico che negli anni Ottanta ha infestato mezza Roma coi nasini piccoli girati in su), fa insinuazioni sull'androginia di Rita Pavone, e tutti immediatamente passano alla love story tra la De Filippi e Paola Barale. Le hanno scoperte dietro una porta che si baciavano.

«Vabbe', questa l'hai letta nel libro di Maurizio.»

«Ti rendi conto? Dice non fatemi andare al nero, non importa se si paga la multa. Come? Io devo pagare la multa perché tu non rispetti i tassativi? Se fosse un'altra ti immagini?»

Questo per illustrare i privilegi di cui la De Filippi gode a Mediaset, e l'impossibilità assoluta di andare contro Costanzo. Ma no, Costanzo è decotto; ormai solo Confalonieri lo sostiene.

«L'altra sera c'era uno fantastico allo *Show*; Maurizio si lamentava che alla Rai fanno audience con i Centocelle nonostante sia un servizio pubblico, e quello fulmineo Ah, lo so che lei dei Centocelle fa un uso privato.»

«Ma chi è, un mito?»

«Uno che farà fatica a essere invitato altrove.»

«Era Giulietto Chiesa.»

«No, no, era uno che era stato in Russia con Giulietto Chiesa, ma anzi era piuttosto di destra, ha raccontato quella storiella terribile del pollo...»

«Che pollo?»

«Ma niente, che al vecchietto che gli andava a pulire il camino, a Leningrado, aveva regalato un contenitore svedese per pollo, da mettere nel forno; e il mese dopo, quando è tornato, ha chiesto al vecchietto Allora, andava bene il contenitore?, e lui gli ha risposto Era rotto, l'ho messo nel forno tante volte ma il pollo non è mai saltato fuori; credeva che, essendo un prodotto svedese, il pollo fosse incorporato...»

«La storia piacerebbe a Berlusconi.»

«Non ha neanche capito che il vecchietto ha voluto dargli uno schiaffo morale... umorismo gogoliano.»

«L'altro giorno Frankie, il roscio dei Centocelle, è venuto da me per un casting, dice che vuol fare un salto di qualità...»

«Lo stuntman dei pompini... è già passato anche sotto le grinfie di Lele Mora, ma non sta in pista senza piste.»

«Il multi-uso di Porto Cervo, come no... lo conosco da una vita.»

«Sì, da una vita in giù... sai da chi era raccomandato? e nota che il casting era già chiuso... dal "diamante grezzo"...»

«Da chi?»

«La smutandata del vice-vice... non la sai? stupenda... il vice-vice l'ha presentata una sera a Vespa dicendogli "questo è un diamante grezzo" e lei, leggendaria, "grezzo ce sarai te e mezza palazzina tua".»

«Sbaglio, o il vice-vice s'è ripreso la stanza d'angolo?»

«Vabbe', ti ricordi quella volta che è arrivato in diretta, con le guardie del corpo che spostavano i cameramen, e voleva bloccare la *Piovra*?»

«Appunto, stanno tornando al pascolo i dinosauri.»

«A proposito di piovre, è vero che vogliono fare *Terra schiava*, la versione politicamente corretta secondo la Lega?»

«Uh, Sergio, è la fiction perfetta per la tua nuova vocazione sociale...»

«Contro quel comunista di Montalbano.»

«L'ho incontrato domenica ad Agrigento.»

«Montalbano?»

«Zingaretti. Era lì per un premio, aspettavano tutti la bella statuina, che però non è venuta.»

«Chi sarebbe la "bella statuina"?»

«Professore, mi meraviglio di lei; è l'amante di Berlusconi, che l'ha imposta per *Effi Briest*; quella che vive in Spagna e che adesso è passata alla monarchia.»

«Dicono che sia rimasta incinta di Berlusconi, poi ha abortito.»

«Be', questo l'avrei fatto anch'io.»

«... e adesso lo ricatta, minaccia un libro.»

«Chi glielo scrive?»

«Perché, a Berlusconi chi glielo legge?»

«Il regista non si è ancora ripreso dall'esperienza di averla diretta; le avevano affiancato per sei mesi un dialog coach per insegnarle le battute, e al primo giorno di set non ne sapeva neanche una; il protagonista francese voleva andarsene la sera stessa.»

«Ha il quoziente d'intelligenza di un sedano, al confronto la Arcuri è una pericolosa intellettuale.»

«Si guarda sempre allo specchio prima e dopo i ciak, anche quando fa il cadavere.»

«Fa sempre il cadavere.»

«La messa in onda era obbligata in gennaio, perché è il mese che Veronica passa alle Bermude.»

«Sai perché lei non è venuta, poi, ad Agrigento? Perché c'era troppo sole e aveva paura di rovinarsi il pallore.»

«Come i sedani, appunto.»

«In realtà ha paura degli attentati, che Berlusca la faccia uccidere.»

«Wow, come le dive del Ventennio, le amanti dei gerarchi...»

La sera scende così, tra tofu fritto e maldicenze stantie: leggende metropolitane suffragate per confermare un'immaginaria superiorità sui superiori – come i dopolavoristi che spettegolano sulla segretaria del capufficio e intanto tremano alla conferma del contratto.

Vista da sotto, dalla parte degli "operatori del settore", la vita che si svolge per e intorno alla televisione è un'abiura continua, pronunciata con uno sconforto che si trincera dietro il cinismo. Il segreto, per offrire al pubblico un surrogato inoffensivo della realtà, è usare uno strumento collettivo di comunicazione per eludere le vere domande che ci strazierebbero individualmente. Ogni trasmissione è il minimo comun denominatore di ciò che lo staff di quella trasmissione può esprimere senza traumi, il luogo geometrico delle linee su cui ciascuno rinuncia alle proprie crisi. Per questo è così importante il team, il gruppo di lavoro: il gruppo controlla, con cieco automatismo, che nessuno dei componenti si lasci andare al peccato di introspezione (quello semmai la sera, a trasmissione finita, rollandosi una canna), che a nessuno venga in mente di conoscere se stesso. Tutti in adorazione del Cliché, del Sondaggio generalista che toglie dagli imbarazzi, gonfia il portafoglio e risana da ogni male. In questo senso, la comunicazione è sul serio il contrario della verità. Un patto sociale vige tra gli "operatori" suddetti e suona più o meno così: «tutti noi sappiamo che non stiamo realizzando nessun capolavoro, che i nostri prodotti non dureranno nel tempo e non ci rappresentano; sappiamo che i soldi che ci danno sono scandalosamente troppi; se qualcuno di noi volesse davvero mettere in gioco se stesso, lo farebbe in luoghi diversi dalla televisione, scriverebbe un libro o girerebbe un film; quindi ripieghiamo il nostro talento, se c'è, teniamocelo in tasca e pensiamo piuttosto a non rompere il giocattolo». I condizionamenti politici, il ricatto economico della pubblicità, gli scontri di potere non mancano, certo, ma sono conseguenza e non causa di questo ragionamento esistenziale. Uno che si sbilanci in televisione o è un furbo che tiene già il piede in un'altra staffa, o un illuso che presto si ricrederà, o un ospite disgraziato che non si vedrà mai più, o uno strano che finirà emarginato prima o poi (D'Amato, Funari, Minà).

Il glamour mediatico come rimozione: potrebbe essere la divisa di quell'animale televisivo tipico che è Mario Lucchi. Un autore (forse quello più stimato e con più esperienza) del programma a cui Sergio collabora. Ha una decina d'anni più di Sergio, e fin dall'inizio l'ha trattato con benevola condiscendenza (come uno dei tanti raccomandati della Catapano); ha preso l'abitudine, mentre stanno in studio, di scarabocchiare distrattamente col pennarello sulla testa quasi rasata di Sergio, che sta seduto davanti a lui su un tavolino più basso. Disegna sempre un punto interrogativo. Alle mie rimostranze Sergio minimizza («scarica il nervosismo»), anzi la prende come una marchiatura affettuosa, di affiliazione, e ne è contento; io meno, perché mi pare ovvio che quel punto interrogativo, ossessivamente ripetuto sul cranio, significa «ma c'è qualcuno qui dentro? dimostrerà una volta o l'altra d'essere qualcosa più di uno stupidotto?».

Entrato in quota Ds grazie a un'amicizia con Veltroni maturata nell'ambito dell'Ente Cinema, si è subito distinto per l'agilità con cui adattava il proprio naturale gusto camp alle esigenze di massificazione del prodotto popolare. Il cinema americano (ma anche la commedia musicale, sia a New York che a Londra) gli ha fornito il modello – che è quello della frivolezza e che lui chiama mozartiano: la diversione (etimologicamente, il divertimento) dal proprio dolore su storie e immagini "democratiche", di gradevolezza media e di accettazione immediata. I gioielli, su cui ha una competenza quasi professionale («è pasta di turchese rigenerata, figuriamoci»), i fasti dei principi e delle dive, le esotiche tirannie comuniste, l'opera lirica, gli intrecci a lieto fine; Liala, Arbasino (che conosce e di cui sparla, attestandone il dilettantismo culturale e la scarsa padronanza dell'inglese), Bowles, Ondaatje, Irene Brin, *Come sposare un milionario*, Banana Yoshimoto, Susan Sontag. Beckett a Sarajevo e *La fiera dell'Est* di Angelo Branduardi. Edith Piaf, Billie Holiday, Amalia Rodriguez, Ute Lemper, Teresa Salgueiro, classificate in ordine di "struggenza". Moretti chiamato semplicemente «Nanni», con ricordo dei consigli dati e ricevuti. Un affetto sincero per «Pier», cioè per il povero Tondelli, che la famiglia gli ha impedito di vedere all'ultimo e a cui aveva presentato la nobiltà fiorentina. Lo sforzo fatto per tenere a bada la frustrazione si è fossilizzato in abito mentale, è diventato "militanza civile"; e questa a sua volta non è che un connotato di classe, un diritto ereditato col censo. *Bourgeoisie oblige*: non si deve piagnucolare, ma l'etica del sacrificio emotivo ottiene, come ricompensa, di poter considerare universale il proprio spleen a schiuma frenata. Il privilegio della ricchezza appiana i dirupi, riunifica le schizomorfie interiori, fa dell'orizzonte psichico un panorama armonioso che può essere rivendicato come esigenza politica.

Ha fatto molto rumore, in Rai, quando Mario ha chiesto che il proprio compagno potesse usufruire della cassa malattia dell'azienda, venendo considerato a tutti gli effetti come coniuge; l'azienda per un po' si è opposta, ma l'ordine dei giornalisti ha dato ragione a Mario e adesso il suo compagno (un ragazzo ventiseienne iscritto a Scienze della comunicazione ma perennemente in ritardo con gli esami) si cura con la mutua della Rai. L'omosessualità è, per gente così, una via di mezzo tra un accessorio chic e un "segno particolare" sulla carta d'identità. Il loro sogno è sposarsi, o almeno "pacsarsi" alla francese. Sua madre (il padre è morto quando lui era piccolissimo) porta il caffè a letto a lui e al compagno la domenica mattina, è contenta del "nuoro" con cui si consiglia sui vestiti da mettere, tiene le sue parti quando il figlio si concede qualche scappatella.

Mario ovviamente è stato il primo, nell'ambiente di lavoro, a cui Sergio ha raccontato di sé, con la fiducia da cagnoletto che è una delle sue attrattive maggiori; Mario gli ha consigliato di non dir niente alla Catapano, di lasciare che lo venisse a sapere da sola con tutta naturalezza, ma sospetto che la sera stessa sia corso a raccontarglielo. Il pettegolezzo era troppo ghiotto. A me mi accusa di essere «beethoveniano», cioè (se capisco bene) ancora legato a una visione tragica dell'omosessualità (lui direbbe della "gayness") e delle emozioni in generale. Ho per lui una diffidenza venata d'invidia che Sergio mi rimprovera, ma ci sono episodi che non mentono. Una sera siamo andati alla sua festa di compleanno, con registi e scrittori e una telefonata di Moretti e addirittura un'apparizione, durata dieci minuti, di Sepúlveda. Tutto molto liberale e progressista, sulla bellissima terrazza. Renzo Paris aveva portato un amico, un giovane poeta biondo e muscoloso, con una bella faccia da meccanico – che beveva, e forse aveva già bevuto prima d'arrivare. S'era messo a fare, con me e Sergio, discorsi dolciastri e ambigui dopo aver saputo che stavamo insieme, barcollando voleva benedire la nostra unione e probabilmente stava cercando di ingraziarsi tutti i partecipanti alla festa. Con una mossa maldestra del gomito ha rovesciato una caraffa di sangria, proprio mentre si stavano accendendo le candeline sulla torta. Mario non l'avevo mai visto così, gli è cambiata la faccia in trenta secondi, ha stritolato fra i denti qualcosa come «adesso basta, ci sono dei limiti» e che non poteva tollerare che i suoi ospiti fossero «infastiditi»; non lui personalmente, ma ha incaricato due grandi e grossi di prendere per la giacchetta il giovane poeta ubriaco e di buttarlo senza complimenti giù dalle scale, mentre protestava e si aggrappava a un poster del Che e chiamava Paris, che dopo cinque minuti lo ha seguito.

Sergio stasera è tornato a casa che piangeva (nel suo modo tipico, a piccoli sbuffi repressi): una programmista-regista con cui è più in confidenza, perché hanno frequentato insieme delle sedute di reiki, gli ha raccomandato di stare in campana, che circolano delle brutte voci; dopo i suoi servizi dal Kosovo, particolarmente centrati sui bambini, qualcuno ha insinuato che lui sia un «bifocale», cioè che sia attratto dai vertici estremi dell'età, i vecchi da una parte e i bambini dall'altra. Io sarei insomma il bilanciamento di una sua occulta pedofilia. Non sono convinto, come Sergio, che il responsabile delle voci sia una checchina che va sempre in giro coi pantaloni a zampa d'elefante e traffica in borse Vuitton, esperto di oroscopi: lo strazio del sapersi macchietta lo dovrebbe rendere fraterno a chi soffre. (Non è detto, naturalmente, niente è più velenoso dell'antipatia dei vinti.) Ma mi pare più una cosa da Mario, varata a fior di labbro dall'alto della propria normalità. Dev'essergli sembrato spiritoso, e in certo modo perfino educativo, far gravare un sospetto del genere su una giovane recluta che sta facendo carriera grazie a una non dimostrata bisessualità – ed è anche un attacco rivolto a me, il frocio intellettuale *vieux jeu* che ha troppa «nostalgia dell'anima». Forse voleva dire che considera me un bambino: o marcare il proprio anticonformismo, trattando con frivolezza un'accusa che i poveri di spirito considerano atroce. O semplicemente ha voluto sbeffeggiare, riducendolo a dimensioni note, l'infantilismo che fa essere me e Sergio così felici.

2

Alla distratta carognata di Lucchi (sempre che sia stato lui) forse ho contribuito anch'io con un errore di sociologia del pubblico. Lo so che non dovrei mai parlare di pedofilia, perché alla fine dò l'impressione di stare dalla parte dei pedofili. Anche gli amici più cari prendono le distanze, anche mia sorella si scusa: «ho insegnato a più di cinquecento scolari e semplicemente mi rifiuto di esaminare l'argomento; sarò prevenuta ma è più forte di me, mi fa proprio schifo». È questo l'atteggiamento più diffuso: i pedofili sono malati, i bambini non si toccano, stop. Eppure non ci dovrebbe essere tema su cui non si possa ragionare. Sarà perché un pedofilo, come ho già anticipato, lo conosco bene. E non è un essere spregevole. È un pover'uomo terrorizzato, che ha trentacinque anni e ne dimostra venti, pesa centotrenta chili, soffre di aerofagia e ha la faccia da pupone.

È lui stesso uno dei bambini che ama. Lavora come esperto di Christie's e vive con sua madre, nobildonna di antica origine, terrorizzata anche lei: che le arrestino il figlio, che facciano una perquisizione a palazzo e trovino le riviste che tiene nascoste sotto il letto. In Thailandia e in Brasile è sfuggito per un pelo ad alcune retate, «o ero andato via da cinque minuti, o arrivavo cinque minuti dopo e vedevo la polizia da lontano». Non cerca scusanti, il suo target è di quelli che non tollerano sfumature, non sono preadolescenti o adolescenti addirittura, sono proprio bambini tra i sei e i dieci anni. («Quando mi dicono Se fosse tuo figlio, rispondo che così io li vorrei i miei figli, ragazzini che a sette anni sanno già cavarsela da soli, che hanno la faccia come il culo e magari portano i soldi a casa, o si occupano dei fratellini minori.») Ovviamente i suoi piccoli amanti li trova nel Terzo Mondo, tra i ragazzi di strada, o in Italia tra gli zingarelli e i sottoproletari. Non nega di avere rapporti completi, scherza senza ipocrisie («a fare l'amore a sette-otto anni, possono arrivargli dei grossi, grossi problemi», «be' grossi, io sono mediamente dotato», «ti prego...»). Tutto questo è immorale e può rovinare un bambino più di quanto normalmente rovini un prostituto o una prostituta adulti. Lui lo sa e la disistima per se stesso è più antica della colpa («io sono quello ciccione, quello brutto, quello traditore della mia schiatta; sono quello ridicolo, quello col disturbo della personalità, quello che i calci sono diversi ma il culo è sempre il suo; tanto vale che sia pure pederasta»).

Ma su certi punti il mio conoscente ha ragione: prima di tutto a difendere la legittimità del proprio desiderio in quanto desiderio. Ogni desiderio è legittimo se non danneggia altre persone, e non tutti i piaceri che si prende lo portano a intaccare l'integrità dei bambini – per esempio guardare fotografie. Si potrebbe sostenere che guardare fotografie incoraggia il commercio della pornografia infantile e si configura quindi come una specie di apologia di reato. Ma l'incidente che m'ha raccontato non ricade nemmeno in questa casistica. Ladispoli, fine luglio, bambini che giocano a fare castelli; lui li fotografa col teleobiettivo, da così distante che nemmeno se ne accorgono. Se ne accorgono alcuni genitori, che gli strappano la macchina e gliela calpestano; al commissariato non accettano la sua denuncia per il danno alla macchina e gli dicono «ringrazia che non t'hanno menato». A un genitore può dare fastidio che un signore si masturbi guardando la foto di suo figlio, come gli può dare fastidio che si masturbi pensando intensamente a suo figlio – questo non glielo può impedire e il figlio comunque non subisce nessun trauma. Mi piacerebbe insomma che Costanzo, quando guarda fisso in camera e insulta l'immaginario pedofilo («caro gentiluomo, spero che tu mi ascolti: io ti disprezzo profondamente, so che sei un vigliacco, ma una volta o l'altra ti staneremo e ti guarderemo in faccia») – mi piacerebbe che distinguendo precisasse che si sta rivolgendo ai pedofili che fanno del male ai bambini, mentre i pedofili che nutrono in solitudine il loro desiderio non meritano affatto di essere disprezzati (e forse avrebbero perfino diritto che gli si desse del lei). Non si può impedire che un uomo fantastichi guardando *Il signore delle mosche* di Peter Brook, o *La guerra dei bottoni* di Yves Robert, più di quanto si possa impedire alla linfa di risalire il tronco di una quercia.

«Gli uomini maturi mi disgustano» dice il mio amico, «e con le ragazze è come giocare con un bijou, è divertente ma alla fine non ti resta nulla; appena vedo un bambino, invece, ho voglia di amarlo, di immischiarmi nella sua vita e di occuparmi di lui». Un secolo fa, per un uomo, anche andare con altri uomini era considerato mostruoso; «ma quelli» si dirà, «erano adulti e consenzienti». Qui il discorso si fa più delicato, perché bisognerebbe parlare di bambini consenzienti; se ammettiamo che il bambino abbia una volontà (e nel momento in cui accusiamo un pedofilo di averlo stuprato «contro la sua volontà» implicitamente lo ammettiamo), allora dovremmo anche ammettere che questa volontà, in certi casi, possa piegare verso il sì. E se sosteniamo che un adulto, col suo potere intimidatorio, può sempre condizionare il bambino a dire sì, allora è tutta la pedagogia che dovremmo condannare; anche la mamma che lo convince a mangiare gli spinaci.

Modena, frazione Mulini Nuovi, luglio 1947. C'era un ventiduenne tarchiato e bellissimo, dall'antiquato nome di Venusto, che andava a buttarsi nella rimessa del grano tutti i giorni alle due, ora di intervallo per l'officina; io ero in vacanza dalla terza elementare e finito il pranzo sapevo che l'avrei trovato lì, nella stanza buia, con indosso solo lo slip, addormentato sul frumento. Covai il progetto per settimane, di sfilargli lo slip mentre dormiva, il giorno che ci riuscii aveva un'erezione nel sonno e gli baciai il cazzo mentre sognava. Si svegliò e si ritrasse con uno scatto, minacciò di dirlo a sua madre. Corsi giù per le scale sentendomi perduto, convinto che la mia vita da quel momento in poi sarebbe stata quella della selvaggina, inseguita e stanata da chiunque. La paura di vivere mi condusse a uno sbaglio dopo l'altro. Se Venusto mi avesse abbracciato, se fosse stato dolce con me, se si fosse abbandonato alla mia bocca... Forse in quel caso un atto pedofilo sarebbe stata la scelta giusta, la scelta di carità, un'opera del bene e non del male.

Il mio amico (chiamiamolo Francesco) cerca i ragazzini di strada perché non trova di meglio, ma il suo grande amore è stato il figlio di un collega inglese; giocavano a nascondere le macchinine, il bimbo maliziosamente se le nascondeva dentro le mutande, poi ha cominciato a ridacchiare che era un bel posto per nasconderle, come se lo invitasse a fare altrettanto. Si toccavano gioiosamente, con molta delicatezza e rispetto, finché il collega è stato ritrasferito a Londra. Ancora adesso, che sono passati dieci anni, il mio amico ne parla con infinita comprensione linguistica, che è il segno del vero amore («stavamo litigando, lui mi ha detto "stupid" e io "tu più stupido di me"; lui allora ha rovesciato le mani davanti alla faccia e ha detto "unbreakable magic mirror", cioè "tutto quello che mi lanci ti viene rimandato indietro"»).

Temo d'essermi lasciato andare a queste incaute difese durante una cena a cui avevamo invitato anche Mario e una produttrice esecutiva, che non la smetteva con le obiezioni («ci dev'essere un anello debole nella tua retorica, forse sono troppo scema per trovarlo»); anche Sergio era imbarazzato, Francesco quando gliel'ho presentato gli ha fatto pena e simpatia, ma quella sera ostentava di non chiamarlo per nome («il pedofilo che vedi, quello grasso»). Tentava di farla passare per una delle mie tante bizzarrie "da scrittore"; in effetti è vero che cerco di rendermi interessante nelle conversazioni puntando sulla stravaganza più che sulla solidità. Ma è vero anche che la Scuola Normale mi ha viziato; con tutto il male che se ne può dire (e io ne ho detto parecchio), resta che il livello medio di chi la frequenta – il livello umano, voglio dire, non solo culturale – è insolitamente alto: è gente che ha riflettuto decenni sulle proprie nevrosi, ha colluttato parecchio con le proprie idee. Così mi aspetto da chiunque le reazioni che avrei cazzeggiando in Normale, il che mi conduce spesso a cantonate memorabili.

Forse mi sono infervorato più del solito proprio perché Mario era presente: mi dà fastidio che i gay cerchino la loro integrazione facendola pagare ad altri più mostri di loro. Un indizio che la mia ipotesi sia giusta è che, parlando dei servizi in esterna di Sergio, Mario avrebbe detto «si sente l'influenza di un persuasore occulto»; se era solo per dire che ogni tanto lo aiuto a scrivere i testi, bastava «suggeritore (o collaboratore) occulto».

Francesco non potrebbe andare a raccontare la propria storia in tivù. A meno che non fosse già stato arrestato, e non considerasse finita la sua vita (un'intervista in carcere, come quelle che fa la Franca Leosini). Lo stesso per chi ha segreti veri, cioè segreti ancora nutriti di speranza: un tradimento in atto, che il partner non deve venire a sapere; un odio inestinguibile che aspetta il momento buono per la vendetta; una protezione altolocata che non si può scoprire per non perderla. Tutti questi casi, solo a patatràc compiuto (e a speranza venuta meno) potrebbero essere confessati in televisione. È per questo che i talk e i reality sono così pieni di "tarocchi": ognuno deve decidere fino a che punto la notorietà televisiva può fare da contrappeso allo sputtanamento. Anche i terroristi possono dichiarare la loro strategia solo dopo che sono stati catturati.

Se ne deduce che la sola cosa che non può essere raccontata in televisione sono le *passioni illecite finché hanno speranza* (o almeno quelle passioni illecite che sono più forti della passione di apparire in tivù). La massima passione illecita, per il Potere, è quella di cambiare il mondo: la televisione è il luogo in cui la speranza di cambiamento può essere raccontata solo come sdentata retorica; se qualcuno parlasse di un piano rivoluzionario concreto, immediatamente lo "brucerebbe". È proprio la struttura del mezzo, che si oppone al mutamento (se non è il "mutamento democratico", che anzi ha bisogno dei media e viene riassorbito dai media stessi).

«Potremmo andare da Costanzo e raccontare tutto di noi.»

«Perché?»

«No, nel senso che non abbiamo niente da nascondere, da quando lo sanno anche i tuoi.»

«Rita non lo sa.»

«Lo sa, e anzi sarebbe meglio che le dicessi tutto, invece che lasciarle arrivare frammenti incontrollati.»

«Se scopro chi è stato me la paga.»

«A me invece, Muso, quasi quasi mi dispiace che non sia vero; che nel nostro amore non ci sia niente di indicibile, voglio dire.»

«Ce ne sono tante, di cose che non riesco a dirti.»

«Chissà se verranno fuori, in caso di necessità.»

Ci abbracciamo, e mentre sento il suo cuore che batte ho l'impressione di camminare su un campo che ho inutilmente minato.

Il mio soldatino. Scende in battaglia a difendere una trasmissione che non è sua, e persone che non rivedrà mai più. La povera vedova di Stromboli, per esempio, una settantenne francese che ha avuto due figli morti in un incidente aereo. Credeva che niente avesse più senso, in Francia, quando un'amica la costrinse a una vacanza e si incontrò con Iddu. "Iddu" è il vulcano, chiamato semplicemente così, "Quello", dagli isolani. Le fa compagnia, di giorno e di notte, ma soprattutto di notte, quando lei singhiozza e lui butta in alto, allo stesso ritmo, spruzzi di lava incandescente. È diventata un'esperta di rocce laviche, le studia e ne fa collezione, e le scolpisce in sagome antropomorfe. La sua ragione di vita è trasformare un dolore che non finisce mai in figure di bellezza. I suoi ragazzi perduti per sempre e ogni mattina, alle sei, quel rito di scendere al laboratorio e cominciare il lavoro. Con Iddu che borbotta, intagliato nella foschia. «Una donna bellissima» dice Sergio, «m'ha offerto il latte dentro una tazza di basalto, nera; quando ti parla è come se le lacrime che ha pianto le trasformasse in un regalo per te». L'avevano convinta, con fatica, a lasciarsi intervistare: il segmento era previsto per le otto e cinquanta ma la Clerici ha perso tempo in studio con una cretina che mostrava guêpière, l'amante di non so quale capo-struttura, così che era venuta l'ora del telegiornale e avevano dovuto rimandare a dopo le nove; ma dopo le nove Giurato ci teneva a una sua narcisata con due parlamentari, e insomma hanno parcheggiato la settantenne francese fino alle dieci e poi l'intervista non c'è stata. «Non era delusa ma le dispiaceva per i figli, che avrebbero potuto vederla, nell'etere; lo sai, coniglio, che a grande distanza dalla terra si possono ancora captare trasmissioni di anni fa?»

Sergio, ostentando autorità, s'è sfogato al telefono gridando contro la Clerici, ma tutti l'hanno presa come una crisi di protagonismo, come se fosse dispiaciuto che gli fosse stato tolto un po' di minutaggio. È la dignità delle persone che cerca di tutelare, invece, anche dei cameramen che lavorano con lui. Li protegge sindacalmente, lui che non avrebbe titoli per farlo, d'accordo con la produttrice esecutiva che è sua ammiratrice e complice. Per il sabato 25 aprile l'azienda voleva dare ai dipendenti in servizio solo il cosiddetto "recupero", cioè la possibilità di usufruire di un giorno supplementare di ferie, perché così stabilisce il contratto per i giorni di sabato; senonché il 25 aprile è anche festivo, e per i festivi il contratto prevede lo straordinario, quindi il recupero più i soldi. C'è stato un piccolo scontro con l'amministrazione, che Sergio e la produttrice hanno vinto; come per la faccenda delle camere in trasferta, quando si sono inventati che tutto era pieno, che le necessità produttive imponevano di stare in centro eccetera, pur di consentire ai macchinisti di non alloggiare nei soliti loculi e di godersi una comoda doppia uso singola. I dipendenti sono grati di queste attenzioni, ma si è diffusa la voce che Sergio «se sta a allargà» – pare che Lucchi abbia detto, in una riunione, che «il Serenelli è gonfio come la rana che voleva essere un bue».

Insomma tira una brutta aria, che non si riesce a decifrare completamente; la maldicenza sull'interesse eccessivo per i bambini non è stata sparsa a caso; secondo l'amica produttrice, c'è qualcuno che vede Sergio come il fumo negli occhi e cerca di logorarlo. Ad accreditare l'ipotesi è stato un, più che incidente, campanello d'allarme. Un nuovo arrivato, di quelli che sgomitano di brutto, ha fatto capire a Sergio che dovevano «per forza» invitare, a un pezzo sul fitness, un insegnante di ginnastica segnalato in alto loco; solo dopo si è scoperto che quel bonazzo era un ex-amore della Catapano, uno che lei adesso detesta. Il nuovo arrivato giura che l'indicazione maliziosa gli era arrivata da Mario, ma Mario nega recisamente («non può dire da chi gli è venuto l'input perché così denuncerebbe le sue protezioni; preferisce coprirsi le spalle, o le palle, col mio nome... ma figùrati se non so l'abbicì: se voglio fare uno scherzo a Rita glielo faccio un po' più sofisticato»); resta che la telefonata al tizio, e quindi l'immediata responsabilità, è risultata di Sergio.

3

Finalmente ho incontrato *de visu* – nel senso proprio che abbiamo pescato i pistacchi dallo stesso vassoio e le ho pulito una macchia di curcuma dal braccio – uno di quegli esseri mitologici dalla doppia natura, simili alle chimere e ai centauri, che sono i Personaggi Televisivi. La chiamerò soltanto Lei, per non attribuirLe troppa importanza e non indurLa a inalberarsi. Lei non è di seconda tacca, è una di quelle che i palinsesti li determinano e che fanno la fortuna dei Loro agenti (il Suo è anche il Suo amante, pare – dev'essere un fenomeno diffuso, come quello che legava negli anni Cinquanta le attrici ai produttori cinematografici). È biondissima, con due tette che una volta devono essere state irresistibili e ora sono solo ingombranti. Ci avevano riunito in un "gruppo di ascolto" per una trasmissione che La vedeva protagonista, e che andava in contemporanea con un esordio importante su Canale 5 – condotto da un'altra top, quindi scontro di regine. Terrazza di una coppia in ascesa, con scorcio sul Tevere; martini cocktail preparati benissimo e sarcasmi di sinistra. Due schermi predisposti vicini per consentire una visione parallela, controllare i neri pubblicitari ed eventualmente intervenire in diretta telefonando al responsabile della messa in onda.

«Madonna come sono figa», al Suo primo apparire sullo schermo in un abitino rosa-pesca; adulazioni ovvie dei presenti, anche sul coattume e sul «nun-se-pò-guardà» della rivale. Commozioni al primo nodo sentimentale, con correttivo di ironia («le mie zie sono in studio ma mi hanno detto Abbiamo deciso che piangiamo a casa, così veniamo già piante»). Poi però Lei si distraeva, tornava a parlare dell'aereo privato con cui l'agente-amante L'aveva trasportata in Israele, e sopra c'era anche un alto dirigente Rai. S'era acceso un piccolo scandalo, alcune primedonne di minore levatura avevano protestato, che la Rai facesse figlie e figliastre;

ma l'aereo, Lei teneva a precisare, era stato pagato dall'agente e semmai era l'alto dirigente Rai che s'era scroccato un passaggio. «Lo steward, con la scusa della cintura che non s'allacciava, nella scollatura mi ci ha fatto un'endoscopia; tanto Toni è convinto che sono tutti froci.» Lo scontro, col passare dei minuti, si stava palesemente risolvendo nel trionfo di Lei, la trasmissione dell'altra era una ciofeca al punto che Lei poteva permettersi generosità («quel povero ragazzo l'ho visto al casting e non era male, è irriconoscibile perché hanno voluto piersilvizzarlo»).

Ho giocato di rimessa per tutta la sera, buttando lì delle pillolette liftate ricoperte di zucchero, fatte di citazioni letterarie pudicamente understated e sedimenti di comprensione a largo spettro («i sentimenti, per i nostri nipoti, diventeranno quel che sono per noi gli dèi pagani»). Non mi sono tirato indietro nemmeno quando Lei s'è arrampicata sul Tao, confondendolo con l'I-Ching e mescolandolo coi chakra. Come compenso, nel salutarmi m'ha preso le mani, m'ha guardato dritto negli occhi e m'ha detto: «Sergio mi aveva parlato di te, ma non mi aveva detto tutta la verità: sei davvero una persona speciale».

Al mio schermirmi ha aggiunto che avrebbe tanto desiderato che si cenasse insieme, «en petit comité», e che avrebbe rinunciato, per un piacere del genere, a qualunque impegno. Mi sono fatto coraggio e L'ho invitata al mio compleanno, dove saremmo stati appunto in cinque o sei (pensavo ingenuamente di stupire i rozzi accademici con la Sua epifania).

«Non sai quanto mi lusinga un invito del genere... finalmente fuori dai soliti giri... accetto con gioia e mi terrò libera per il venti... sento già che ti voglio bene davvero.»

Arriva la sera del 20 maggio, da Sergio avevo saputo che m'aveva comprato, tramite il Suo factotum, un regalo costoso; La aspettiamo fino alle nove e mezza, poi cominciamo a mangiare e di Lei nessuna notizia. Niente per tutta la sera, nemmeno uno squillo. Il giorno dopo arriva sul cellulare di Sergio un messaggino della Sua segretaria: «scusala con Walter, ma ieri sera l'ha investita un treno». Metaforico, si chiarisce ben presto: aveva litigato con l'agente per storie di gelosia e rischiava di saltarLe un sabato in prima serata. (Il famoso agente me l'ha descritto Sergio: uno di quei veneti biondi che sembrano croati, allure militare che rende quasi elegante la sua mano sinistra deforme.) Allora chiamo io, «so che hai avuto dei problemi, non ti preoccupare, voi gente di spettacolo avete una vita complicata».

«Walter perdono perdono, ma mi offendi se pensi a me come "gente dello spettacolo"; io non c'entro niente col mio mestiere, sono solo una che fa un lavoro che per caso viene visto da milioni di persone, stop.»

Rifissiamo una data, Lei assicura che vuole assolutamente consegnarmi il regalo, ormai ne fa una questione di principio – stavolta addirittura una cena a due, soli io e Lei. «Voglio che tu mi legga dentro, come fai coi tuoi libri.» D'accordo, venerdì. Il venerdì, l'avete già capito, non solo non si presenta ma non sente nemmeno il bisogno di giustificarsi – non chiama più, né quella sera né mai.

Dal minuscolo apologo ho ricavato alcune riflessioni sui Personaggi Televisivi (o PT): 1) il PT è talmente abituato a percepire il mondo attraverso dei filtri (l'agente, il factotum, la segretaria, la baby-sitter, i fan) che non gli passa nemmeno per l'anticamera del cervello che potrebbe per esempio afferrare *lui* la cornetta e scusarsi *personalmente*; 2) il PT è solo per metà uomo, o donna: per l'altra metà è un effetto ottico, un'Immagine che lui stesso non padroneggia – quindi non capisce mai bene se a essere invitato è lui o l'Immagine, e chi dei due debba eventualmente reagire; 3) per non cadere preda della schizofrenia, il PT decide che *talvolta* agisce come uomo (o donna), *talvolta* viene agito come Immagine; ma non gli si può chiedere anche di sincronizzare la coerenza delle azioni; se si fa scopare dall'agente, o scopa la segretaria, è per un bisogno umanissimo di autenticità, per cercare di unire le due parti scisse di sé; 4) è per questo che spesso i PT scontano difficoltà familiari: se una madre si fa prendere da crisi di amnesia, o un figlio ne combina tante da farsi arrestare, è per verificare che il congiunto PT *sia ancora lui* e abbia ancora le reazioni di una donna (o di un uomo); io stesso, che non Le sono niente, avevo voglia di prenderLa a schiaffi per sentire una guancia vera sotto le dita.

Forse esagero a prendermela così: forse dicendo «ti voglio bene davvero» voleva solo dire «grazie, buonanotte».

«La comunicazione moderna può fare tranquillamente a meno dell'informazione statale, televisiva, piramidale.»

«Usando quali mezzi alternativi, scusa?»

«Internet, le radio, le tivù di strada, i canali satellitari, le fanzine, la stampa indipendente, e poi il passaparola.»

«Sì, soprattutto le letterine...»

«Mi sembra che andiate contro i carri armati con la lancia e le frecce.»

«Questa è la visione sconfittista dei partiti tradizionali...»

Antipatichino, il fidanzato di Mario; non perché saccente, è normale alla sua età, ma perché tutto il suo corpo contraddice l'enfasi rivoluzionaria: questo è uno che non reggerebbe una mezza giornata di marcia con lo zaino, altro che subcomandante Marcos. Forse sono io stupidamente machista e con un'idea muscolare della rivoluzione.

«L'altro giorno c'erano due ragazzetti, in autobus, avranno avuto diciott'anni, uno raccontava di una tipa che s'era portato al mare, l'altro chiedeva "ma t'arisurta?" e il primo rispondeva "ahó, parevàmo Stranamore".»

«Questo non vuol dire molto, però, i sentimenti e i comportamenti si sono sempre ispirati a modelli letterari, o figurativi. Oscar Wilde...»

(*ho conosciuto la famosa Catapano: troppe gengive, ogni sorriso si trasforma in una performance odontotecnica*)

«Con una piccola differenza: che quei testi letterari e figurativi non pretendevano di essere la realtà, mentre Castagna ti mostra coppie "reali". Nel meccanismo classico, del desiderio mediante un modello, è avvenuta una mutazione: adesso è la realtà che attraverso la televisione desidera se stessa.»

«Mi pare un po' contorto.»

«È semplicissimo, prendi la *** o la ***: perché funzionano tanto in televisione?»

«Perché costano poco e la danno via come un frisbee.»

«No, seriamente, perché sono *finte* attrici; cioè sono ragazze normali, più belle della media ma di medio talento e media intelligenza...»

«Oddio, media...»

«... che vengono semplicemente "incorniciate" dalla televisione; se fossero attrici vere sarebbero imbarazzate a stare semplicemente lì, e anche noi sapremmo che il loro vero luogo è da un'altra parte, sulla scena o sullo schermo. Così invece non è la natura che imita l'arte, ma è la natura che, usando l'arte (cioè il loro sedicente essere attrici) come scusa, imita se stessa. Sono belle ragazze come certune che si incontrano per strada, ma senza gli odori e i brufoli e le ingrugnature; non puoi sentirle bagnate mentre hanno un orgasmo, ma in compenso sono *interamente* belle. Questo, dell'imitazione di se stessa, è il più grande sforzo che la realtà fa per superarsi.»

«È un paradosso filosofico.»

«I paradossi (*interviene il fidanzato di Mario come se caricasse all'arma bianca*) si tagliano di netto, o niente; sono già morto, se mi accontento di guardare l'assedio di Sarajevo riprodotto dalla tivù dell'Impero; se però vado a fare lo scudo umano a Sarajevo, e lì stringo amicizia con un ragazzo musulmano, allora sto ricominciando a vivere, ad agire.»

«Ma non lo saprà nessuno.»

«E il ragazzo musulmano ti manderà affanculo dopo due giorni.»

«La *** mi diceva che nei campi profughi hanno trovato una mamma kosovara che aveva perso la memoria: una di quelle storie romanzesche, suo figlio la crede morta e loro aspettano a dirgli che è viva, perché vogliono fargliela incontrare in diretta.»

«Be', una settimana più una settimana meno...»

Come medici diventati insensibili al dolore altrui, si passano la palla raccontando exploit di ordinario cinismo, compiuti pur di chiudere un cast o alzare di un punto una trasmissione in caduta libera. Sergio si lamenta di un nero di trenta secondi mentre lui era pronto a Udine, la Catapano rievoca uno storico nero di ben due minuti («se ci fosse stata solo la nostra rete, avrebbero pensato a un golpe») imposto dalla figlia di Bernabei che, non riuscendo a trovare Minoli in studio («per forza non lo trovava, stava a scopare con la ***»), volle comunque bloccare un sondaggio in cui la Carrà aveva superato Wojtyla. Seguono storie boccaccesche, di telefonate dal palazzo di fronte per "numeri" sulle scrivanie e con le luci accese, di portieri licenziati perché entrati al momento inopportuno, di una mignottona che ha fatto morire, nella difficile ricerca del punto G, un capo-programma («mentre lei finalmente veniva, lui se ne andava», «come la Zanicchi con Ungaretti»). Se parlano così tanto di sesso non è per voyeurismo pruriginoso ma per un'oscura intuizione che solo il sesso può gareggiare in assolutezza con la manipolazione del reale; che fa Dio per riposarsi dalle fatiche del cielo e della terra, se non creare una coppia sessuata? Il moralismo lo serbano per la loro vita fuori dal lavoro, ed è un moralismo aperto, liberal, legato all'idea che basta "accettare" la distruzione per renderla costruttiva.

«... il mio primo marito, da cui ho avuto il figlio più grande, adesso vive con Giacomo, e con Timothy che Giacomo e Bill avevano adottato negli Stati Uniti, prima che Bill morisse; questa è l'unica obiezione, che Timothy a quattro anni non aveva ancora visto il corpo di una donna nuda... siamo tutta una famigliona, nel nostro Macondo montanaro, anche il figlio che ho avuto dal terzo marito e il primo figlio di Bill...»

Parlano di unioni di fatto, del grave «vulnus alla democrazia» causato dal cattolicesimo in Italia. Si lamentano che è il paese delle gherminelle, stigmatizzano la «vertigine del peccato»; a Napoli c'è un genio che riesce a vendere *clandestinamente* il Viagra, a prezzo maggiorato rispetto alle farmacie dove regolarmente lo compra. Sergio vorrebbe intervistarlo, Mario gli fa notare che sarebbe pubblicità a un prodotto specifico e non si può.

Mario e il suo giovane amico stanno comprandosi una casa in campagna, vicino a Vetralla, su una collina proprio sopra la vecchia casa di famiglia della Catapano («mi dominano»); non capisco perché Sergio si facesse tanti scrupoli a dirle la verità su di noi, visto com'è amica degli altri due. Anzi no, lo capisco e lo stimo anche per questo. L'allarme non è mai sparito dalla nostra vita, l'asfissia ci minaccia cinque centimetri sotto la superficie. L'amico di Lucchi lancia a Sergio occhiate voraci e intanto parla del loro progettato «giardino di pietre giapponese». Il nostro futuro può finire domani, ci amiamo *con paura* e va bene così.

Al momento del congedo, mentre sto vantandomi di quanti scrupoli ho avuto nello scegliermi un ricercatore in facoltà, la Catapano ribatte con una specie di civetteria aggressiva: «Ah no, a me mi piace proprio tanto essere mafiosa, quando ne vale la pena; che dici Mario, lo facciamo diventare autore l'anno prossimo il nostro ranocchietto?».

«Basta che durante l'estate sistemi la sintassi...»

Non capisco di che ridono, Sergio mi spiega dopo che nel collegamento di giovedì ha fatto una gaffe, e gli è uscita la frase «un argomento di cui vi svelerò domani». Mario ha cominciato a chiamarlo "il signor Di Cui". Mi chiede se gli dò qualche ripetizione d'italiano; chiudendo il balcone mi viene in mente una collega che parla del «valore etico» della grammatica; ma è una donna sola e infelice, per questo s'attacca ai condizionali e ai congiuntivi. Mario e il suo convivente non sono infelici per nulla, anzi danno del tu alle cose con molta più dimestichezza di me.

A proposito di donne sole e infelici. La Catapano ha organizzato una festa nella sua casa di Vetralla; tutto l'ambiente degli accoliti era in fibrillazione, perché si sarebbe visto finalmente il fichissimo quarantenne che lei si vantava d'essersi scopato a Bilbao, quand'era andata per un programma sul Guggenheim. Aveva anche diffuso le foto, che avevano lasciato tutti a bocca aperta («e uno così l'ha materassata gratis?»). Il fichissimo a Vetralla c'era venuto, in effetti, ed era pari alle aspettative – ma si era portato dietro la moglie, con parecchia soddisfazione degli invidiosi e delle invidiose: una moglie basca che non spiccicava parola di italiano. A un certo punto, al buffet, una rossa si rivolge al fichissimo, «che cazzo ci fai tu qua?», lui imbarazzato è costretto a presentare la moglie, al che la rossa si incazza di brutto, «non m'avevi mai detto che eri sposato»; lui balbetta di separazione prossima e di malattie, la rossa non molla la presa e insomma si comporta come un'amante in carica. La piazzata si alza di tono, vola anche un piatto; tutti malignamente spiano le reazioni della Catapano, che a sorpresa sbotta a ridere, «ci siete cascati con tutte le scarpe». Aveva organizzato tutto lei con tre attori, il fichissimo la moglie e la rossa, aveva diffuso ad arte la notizia tornando da Bilbao e aveva scattato le foto – teatro d'appartamento, per movimentare la festa che rischiava d'essere noiosa. Un genio della post-realtà e della nevrosi.

4

Lampedusa è fatta come la tolda di una nave in secca, leggermente inclinata su un fianco; alta sulle rocce da un lato, dall'altro sfiora l'acqua. Spazzata da venti incessanti, solo poche palme riescono a crescervi; il resto del terreno è coperto dai "cipollacci", liliacee dal fiore bianco e dal lungo collo di cigno. Ne attraversiamo in scooter le grandi distese, diretti alla Spiaggia dei Conigli. Acqua più bella che in Sardegna, turchese chiaro da lontano e da vicino di una trasparenza assoluta, come se fosse aria liquida. Le barche ancorate a pochi metri dalla riva sembrano sospese nel vuoto.

Sulla spiaggia Sergio viene riconosciuto da un gruppo di pugliesi, che addirittura gli fanno firmare un autografo sulla carta del pic-nic; il suo tipo nordico fa colpo. Col più sexy di loro, un classico mediterraneo che avrà una trentacinquina d'anni, occhi neri bellissimi e attaccatura dei capelli molto bassa, si scambiano segnali di fuoco per tutta la mattina, come per caso vanno a fare il bagno nello stesso momento e spariscono dietro uno scoglio; sono troppo signore per seguirli, ma ricompaiono dopo pochi minuti, non possono aver avuto tempo di fare nulla di sostanziale. Potenza della televisione. Il moraccio voleva solo invitarlo come «ospite d'onore» a una festa che hanno organizzato la sera stessa, a Cala Creta.

Sergio mi chiede se voglio andare, declino l'offerta e dico «vai pure, divèrtiti»; poi però, quando è già vestito e pronto, non posso fare a meno di aggiungere «non preoccuparti di tornare stanotte, anzi francamente preferirei che non tornassi». Si allontana incazzato, dall'altoparlante di una roulotte che vende arancini giunge una nenia tristissima, «lunaa... luna di Lampedusaaa...»; ascolto al telegiornale di cento tunisini arrivati su una carretta del mare, una donna incinta ha perso il bambino nello sbarco. I turisti cominciano a non volere pesce al ristorante perché temono sia inquinato dai troppi cadaveri non ripescati che vagano intorno all'isola. Ma ecco il rumore dello scooter, «coniglio, non riesco a divertirmi se so che sei arrabbiato con me», ci abbracciamo e ci spogliamo velocemente. Per la prima volta faccio cilecca con lui, ci scherziamo sopra e non diamo peso.

Mi sveglio da un sogno il cui succo era «ma dunque la vita non è niente più di questo?» (un gatto vomitava all'idea di buttarsi in piscina), e finiva con sparatorie e inseguimenti. Il gatto reale che soffia dalla finestrella mi spaventa, affrontare un'altra giornata di mare è una tortura di lusso; nessuno deve sapere che l'unica soluzione, per me, sarebbe spararmi dietro il ginocchio, come quando si azzoppano i cavalli.

Sergio invece è allegrissimo, va a comprare gli arancini e i cannoli, prepariamo gli asciugamani e le pinne; esco un attimo a vedere se la maschera da sub sta ancora appesa all'ibiscus, ma quando rientro lui ha ricevuto una telefonata, «ecco che mi hanno rovinato la vacanza».

Chi gli ha voluto dare la notizia in anteprima ha dato prova di una cortesia che confina con la perfidia: la Catapano è stata silurata, rimossa nel modo tipico della Rai, promuovendola. L'hanno nominata «assistente del direttore», una carica che non significa nulla ma intanto le hanno tolto i programmi che aveva – incluso *UnoMattina*. Provo a consolarlo ma non ci credo neanch'io: le promesse che ti hanno fatto le manterranno comunque, le tue capacità non dipendevano mica dalla protezione di Rita, e comunque è inutile fasciarsi la testa prima del tempo, godiamoci questi ultimi cinque giorni di relax e quando torni ti renderai conto della situazione. Mi bacia trafficando sul telefonino.

Mi infligge la sua cupezza per tutto il giorno, usa il silenzio come un corpo contundente; a tratti è gentile in modo standard, come se il mio affetto fosse una merce inflazionata, a tratti mi accusa di non prendere sul serio il suo problema. È proprio la perdita della madre-protettrice che l'ha gettato nel lutto? C'è molto che non so di lui, non ultima la quantità di *interesse* (nel senso proprio delle aspettative di carriera) che ha investito nel rapporto con me. Sembrava tutto così spontaneo che mi sono dimenticato dei trent'anni di differenza e ho letto la nostra relazione come un romanzetto di adolescenti.

«Ormai quest'isola mi fa vomitare.»

«Mancano tre giorni, il mare ce la fa a essere più forte della Rai?»

«Se vuoi vado in albergo, così non ti opprimo con le mie paturnie.»

Meglio telefonare all'aeroporto, verificare se ci sono due posti sul volo di domani. Questo è quello che succede se l'immaginario si lega troppo alla vita; comincio a sentirmi stretto, in un amore che non lascia spazio alla contemplazione. Tutto così il futuro, tutto connesso, tutto relativo? A preparare i bagagli, a comprare il tonno sott'olio da portare a Roma? Che faccio, me lo metto in valigia l'infinito, aspetto che arrivi un'altra estate per fargli prendere aria? Ultimo incontro con la vedova di un avvocato, che Sergio vorrebbe chiamare in trasmissione; un boss dal carcere la corteggia, e lei non sapeva come fare a dire di no – ora forse ha trovato il tono giusto: gli ha scritto una lettera in cui gli spiega che la figlia vuole seguire le orme del padre entrando in magistratura, e se lei accettasse di unirsi a lui la figlia non avrebbe alcuna chance. Il boss ha risposto, rispettosissimo: «ti sono nel cuore». «Però» obietta la vedova, «se mi vede in televisione, perché in carcere la vostra trasmissione si piglia, si fa un'idea diversa di me e perdo di nuovo la sua stima». In altri momenti Sergio l'avrebbe convinta, dispiegando seduzione e banalità – ora abbozza e fa cadere l'invito, come se intuisse che è inutile. Forse l'infinito l'ho sempre cercato nei luoghi sbagliati, o forse alla mia età dovrei smettere di cercarlo. Lascio Lampedusa con la sensazione che niente sarà più come prima.

Infatti i cazzeggi al solito bar di Ponte Milvio è come se costruissero, intorno a Sergio e a me, un impalpabile cordone sanitario; a Sergio non lo tormentano più, con me hanno tarpato l'ironia ossequiosa, anzi sono corretti, esitanti, non so, ci trattano come due handicappati sulla sedia a rotelle.

È vero che è pieno agosto, galleggiamo tutti come relitti in una città annegata dalle ferie. *UnoMattina-Estate* ha conduttori diversi, una scaletta più giocherellona. Molte modelle quasi nude, per esempio, in studio o ai bordi della piscina. E frutta tropicale, e angurie di polistirolo. Ci sono così tante passerelle di moda, nei programmi estivi, direbbe un ingenuo, perché il look oggi è importante, perché questa è la società dell'apparenza eccetera. Il ragionamento va ribaltato e rimesso sui piedi: le sfilate occupano in uno show lo stesso spazio di un balletto ma non costano niente (è pubblicità per gli stilisti); per questo ne fanno tante, e siccome la gente ne vede tante si convince che conti l'apparenza.

Hanno messo in palio una Honda con un gioco in cui bisogna indovinare, al millimetro, quanto è lunga una salsiccia, i doppi sensi si sprecano. La prima idea era un appartamento, la Gabetti glielo dava, ma pare che in Italia ci sia una legge che lo vieta: il mattone è sacro, non lo si può profanare in tivù. Qualcuno racconta della *Casa dei sogni*, il programma con la Carlucci. Anche lì non possono regalare la casa (come nel format originale spagnolo), quindi ristrutturano quella che i concorrenti hanno già. Qualcuno per fingersi più povero, e puntando su una ristrutturazione più radicale, ha abbattuto un muro di casa sua.

«Diceva Teniamo bisogno, ma c'erano cose di pelle dappertutto, rifornisce i vu cumprà, chillo se inguatta trenta milioni al mese, come minimo.»

Una signora di Aci Trezza, quando è tornata a casa, ha trovato il pavimento coperto di segatura, chiodi piantati nelle porte, un vaso su un buco nel tappeto e i cocci in giardino di un altro vaso, antico. Si sa come sono le maestranze della Rai. Per essere più spettacolari vogliono mostrare la casa "prima e dopo", ma non ci riescono a ristrutturarla in tempo reale sicché tirano su un facsimile di compensato e fanno danni.

Il game vero e proprio consiste in una gara tra due famiglie, di affiatamento tra i vari membri. A un capofamiglia quarantenne hanno chiesto di trovare, nel minor tempo possibile, il tanga della giovane cognata che vive in casa con loro; gli altri lo seguivano da studio. Nella smania di vincere è andato difilato al secondo cassetto del comò, nella stanza di lei.

«'No spettacolo 'a faccia da'a moje, "Ahó ma che sta a fà, ma come fa a sapé che sta llì, 'sto fijo de 'na mignotta, e mignotta pure te..."»

S'è gettata sulla sorella, la voleva massacrare, hanno dovuto sospendere la registrazione.

Il personaggio nuovo di *UnoMattina* è Nencini, che per ora è entrato in una rubrica minuscola come fine dicitore. Una poesia al giorno. Voce gassmaniana da filodrammatica, pause orientate non verso il testo ma verso se stesso. C'era ospite Claudio Bisio e lui ha buttato lì, con superiorità, che a *Zelig* fanno spesso delle guittate. Bisio è stato grande, «come si permette di dire una cosa del genere?» gli ha chiesto, e quello faceva il democratico, «sono uno spettatore e quindi ho diritto...». Bisio l'ha fulminato «no, scusi, lei non è uno spettatore, lei è un attore... forse se lo dimentica, visto come recita».

Comunque avrà vita lunga nel programma, tutti profetizzano: la moglie è la fisioterapista dell'amante del presidente, e suo figlio va nella stessa scuola del figlio di Saccà. Le fortune cominciano così. Politicamente è geniale: aspetta delle volte anche dieci minuti in corridoio per poter scendere con Santoro in ascensore, ma lui personalmente è di An. Fisicamente fa schifo, una specie di *renard argenté* con velleità di Rossano Brazzi, ma sotto traspare il rossore del contadino. Pare che abbia detto, a una programmista carina, «oh, te sei fatta il bidè? Guarda che oggi se scopa...».

«Questa è solo televisione, dobbiamo vendere gelati e automobili; se la vendita dei gelati e delle automobili aumenta, vuol dire che abbiamo fatto bene il nostro lavoro.»

La brutalità di Mario arriva secca, non (come sarebbe stato altre volte) in polemica con l'idealismo di Sergio ma come diretta all'aria, oggettiva. Tutti si stanno alzando, attardandosi sull'ascesa di Nencini (pare che sia riuscito a far sostituire il medico "storico" della trasmissione con il proprio chirurgo plastico: la rubrica adesso va anche meglio, i centralini intasati da povere donne che chiedono se il tiraggio non gli porterà via tutta la pensione). Un gesto stranissimo nel congedo: Mario Lucchi, salutando Sergio, invece della solita affettuosa pacchetta sulla nuca, gli bacia la punta delle dita.

Sergio mi spiega, a casa, che la sua scialuppa di salvataggio sarebbe Lei, il Personaggio Televisivo: per l'anno prossimo deve condurre un reality ambientato in un grand hotel, e potrebbe portarlo con sé come «autore di riferimento».

«Perché dovrebbe scegliere te, scusa?»

«Ci siamo incontrati ancora, al reiki, e abbiamo legato; non ha avuto una vita facile, poveretta, è rimasta prestissimo orfana di padre e non ha mai osato guardarsi dentro... in me ha visto qualcuno che la può aiutare.»

«Ma non ti accorgi che è una cretina?»

«No, è plagiata da Toni, è succube di lui; perché lui cià l'aereo privato, la barca...»

«Appunto.»

«E poi perché la ricatta, se non è gentile con lui non lavora più.»

«Ti stai innamorando di lei? stai mettendo un corno a Rita?»

«Ma dài, è solo una possibilità alternativa.»

Intanto Le ha mandato un regalo, un apparecchio tipo aerosol per fare l'aromaterapia.

È andato lunedì a Saxa Rubra, anche se per l'edizione estiva non è stato contrattualizzato, per trovare gli amici e «dare una mano». Gratis. Probabilmente ha commesso un errore: se sanno che ci tieni a esserci, non pagheranno per averti. Tra l'altro aveva la testa altrove, cercava di capire quali fossero i nuovi equilibri, sicché ha fatto entrare fuori tempo un frate che suona l'heavy metal e s'è preso una cazziata.

Da quando sto con lui la televisione non è più (o non completamente) una scatola magica capace di sostituire la realtà. È piuttosto uno specchio deformante che sta facendo subire alla realtà un'interessantissima torsione. È l'opposto del cinema. Se quando ti siedi al cinema vedi sullo schermo due che litigano, la prima cosa che pensi è che stiano recitando; se li vedi in televisione, pensi che sia una lite vera. Anche se, per ragioni di budget, si riempiono i palinsesti di fiction, resta che il proprio della televisione è far vedere la realtà. Dunque la realtà che passa in tivù è quella sola che si spinge fin dove i protagonisti possono osare, e che non "turba" gli spettatori. Quella che di solito, sbagliando, chiamiamo "irrealtà televisiva" è invece *realtà depotenziata*. La realtà mostrata in tivù deve essere accettabile (e produrre denaro): dunque è bene tenerla sotto controllo, aggiustarla *prima* che la telecamera la riprenda. La realtà televisiva è strutturata come una fiction (vedi i telegiornali, che partono dalle tragedie e finiscono nell'happy end dei divi e dello sport), ma senza avere la libertà della fiction, che è soprattutto quella di rappresentare l'estremo. Il cinema è realizzazione onirica, la tivù è onirizzazione (cioè addormentamento) del reale. La gente ospitata, anche se vera, è comunque «gente da televisione», già predisposta dentro e fuori ad essere televisionabile. Un riflesso di quest'essenza traslucida cade anche su chi in televisione ci lavora: le orribili cene a quattro, con Mario e il suo amico (risotto al radicchio trevigiano e scala quaranta), le malignità su Sergio («suppongo disapproverai che lui legga il "Foglio"», «la notizia non è che legge il "Foglio", è che legge»), mi arrivano ovattate come se fossero riprese da una telecamera; sarà che a forza di programmare conflitti stereotipi anche loro duellano per pose prevedibili. Mario è una specie di spadaccino minore dei film di Zorro, Sergio è il messicano terrorizzato.

Ventidue miliardi sono stati spesi per salvare l'orca Keiko, spiaggiata in Alaska; l'orca era stata Free Willy in un film della Disney. La tivù non solo decide la realtà che ti è consentito vedere, ma fa diventare "reale" quello che hai sognato al cinema, impaginandoti anche i sogni. Il cinema conservava ancora, al momento del suo massimo splendore, la fondamentale *duplicità* umana: da un lato la realtà informe, bruta, puzzolente, dall'altro l'evasione, l'assoluto, il divino. Lo specifico della televisione è l'avvicinamento (fino alla confusione) di questi due piani: la televisione non ti fa evadere, può permettersi di essere una «finestra spalancata sul reale» perché nel frattempo il reale gli si è "evaporato", diventando tivù-compatibile.

Le migliaia di persone che, nel mio palazzone o in quelli contigui, stanno guardando gli stessi programmi, non chiedono tanto di evadere quanto di "ammazzare il tempo" – e persino se con le cassette o il dvd stanno guardando un film, al film non chiedono la possibilità di altre vite ma solo la licenza di anestetizzare la loro. La tivù ha "televisionato" anche il cinema.

Il romanzetto tra Sergio e la PT continua: pare che Lei si sia infatuata di un americano di Scientology (o forse di Scientology come glieLa racconta un americano brizzolato); ma non può incontrarlo da nessuna parte, perché le Sue mosse sono sotto controllo, Lei è un personaggio pubblico. Così Le abbiamo prestato casa nostra, un sabato; quando siamo tornati, la domenica, al centro del soggiorno c'era una lampada della Flos, e un Suo biglietto che diceva "in me avete acceso una luce". Sergio si sente un carbonaro, uno che contromina di nascosto le trappole e che da una sciagura sta per ricavare una fortuna maggiore.

Gli hanno fatto gli auguri di compleanno dal video, una strappona con le labbra a canotto che però pare sia una ragazza di cuore. Ma l'input non è venuto dalla strappona, dev'essere stata una carineria di Mario Lucchi, forse una carineria pelosa: ti offro un'ultima caramella perché nell'altra mano ho già il coltello che ti finirà. Sergio era contento come una pasqua lo stesso, più contento per quella frasetta piovuta dallo schermo che per la poesia che gli ho fatto trovare sotto il piatto. La poesia non era un granché, devo riconoscerlo.

«Non puoi stenderti a tappetino, alla prima visibilità mediatica.»

«No, panzerotto, non è quello: è che ci ho sentito un po' di calore umano; è così raro nel nostro ambiente di lupi.»

«Devi farti una corazza, devi imparare ad affrontare i doppi fondi della gente.»

«Affrontali tu per me.»

Non si lascia massaggiare i piedi.

«Ti dà fastidio?»

«Un attimino... sono deconcentrato.»

Poi mi strizza i capezzoli come voglio io e mi fa venire amorosamente; mi sorride col suo sorriso di bimbo; capita sempre più spesso che i rapporti non siano "completi". Da vecchi si accettano soluzioni che da giovani non si sarebbero accettate, perché si ha l'illusione di compensarle *capendo*. Ho ogni tanto, a lampi, l'intuizione che il sesso, per manifestarsi davvero, abbia bisogno della speranza in un'altra vita. La nostra, di vita, comincia a essere depotenziata come se la vivessimo in televisione. La mattina mi sveglio sognando che un editore ha rifiutato il mio libro più importante, quello su cui mi gioco il futuro.

Raccolgo le cicche dal portacenere, le lamette usate: è bello fare ordine, farlo per qualcuno. Sul terrazzo di fronte un muratore si sta lavando: rinuncio a fissarlo e Sergio per qualche minuto mi sembra più bello. Cacare bene e in abbondanza è segno di buona salute; mentre cachi, sei uguale al più ricco, al più fortunato, al più potente. Faccio colazione e ho un compagno al fianco che mi chiede se preferisco le fette biscottate o se deve mettere in tavola il müsli.

«Guarda il sole sul terrazzo, sembra una pecora stesa.»

«Quando mi sono alzato io era bellissimo.»

«Dormi poco, Muso, come mai?»

«Penso molto ai nostri progetti.»

«Ne abbiamo?»

«Però anche il presente mi piace; l'aria che c'è qui dentro... il tuo odore... è una questione di chimica.»

«Dammi un bacio... con la lingua... se mai ci lasceremo, Sergino, sarà per divergenze di lingua.»

È dolce mischiare le salive: com'è tutto più mobile, e più cangiante, dell'*uomo nudo* di un tempo! Se decidessi di lasciare Sergio, mi sembrerebbe di perdere originalità. L'amore culturalizzato ha più varianti del desiderio rettile: ma non ero io quello che sputava sulla cultura in quanto mediazione irrancidita e ingannevole? La cultura borghese non è forse una forma di visione-da-lontano, cioè di tele-visione? Per loro il depotenziamento è avvenuto nei secoli. La mia forza non era la barbarie dello sfregio? Quando andavo a Castelvecchio in vista di un'edizione delle opere minori di Pascoli, mi portavo a casa i foglietti per risparmiare tempo e li riportavo di nascosto il giorno dopo; ma a Ripafratta mi colse un'improvvisa diarrea, nel cesso del bar era finita la carta igienica; fu così che un inedito pascoliano intitolato *Ritratto di Nebulone* prese la via del mare. Sergio *è* un barbaro, sia pure travestito: per lui la Cuccarini e la Roberta Capua (oggi non si sono volute incontrare in conferenza stampa, ognuna delle due temeva che l'altra le rubasse la scena) sono davvero idoli di un universo superiore. La mia originalità consisterebbe dunque nell'aver scelto lui, essere ibrido e centauresco? Nel suo sperma esistono ancora gli dèi. Le mezze misure "depotenzianti" sono le mie. Lavare i piatti, urtarlo perché non russi – ma poi di colpo graffiare tutta la finestra con le unghie se ritarda di quaranta minuti e il telefonino mi dice che non è raggiungibile. Spasmi che non rientrano nei miei schemi: un residuo di competizioni anteriori. Uomini e donne: lo stanno fottendo o lo stanno aiutando?

L'enigma dell'anguria. Mentre mi stavo trastullando in accademie intellettuali, i destini di Sergio precipitavano secondo le cadenze della farsa. Era a casa della PT, a Vigna Stelluti; il superagente Toni, con l'accento arrogante che è intrinseco alle sue corde vocali, gli ha ordinato «passami quella fetta d'anguria». La PT, improvvisando su una tastiera rischiosa di civetteria, gli ha soffiato languidamente «se sei amico mio, non dargliela». «Non te la dò.» «Se non mi dài quella fetta d'anguria, il reality te lo scordi.» «Vabbe', se è per il lavoro dagliela» ha ceduto Lei, accomodante. Ma Sergio, investito da scariche di testosterone, ha mantenuto il punto, «prenditela da solo». Ora è assalito da dubbi, da timori di vendetta.

«Capace che mi fa saltare, solo per dimostrare che quel che dice fa.»

«Ma smettila... davvero pensi che esista gente che per uno scherzo può rovinare il futuro lavorativo di qualcuno?»

«Non te l'ho detto, ma una volta l'ho visto piangere, quando Lei s'era decisa a volar via dalla gabbia... questo non me lo perdona.»

Che abbia ragione Sergio? Che il successo materiale possa poggiare su immaturità così allarmanti, e talvolta addirittura ne sia la conseguenza? In fondo, che ne so delle reazioni di uno che, per corteggiare una donna, la invita a cena e le fa trovare le chiavi di una Ferrari nel budino?

«Quando ti sei accorto che la Cormorano, lì, è un aspide con tutti i fichi in bella vista? no taci, adesso parlo io, perché te l'avevo detto e tu mi trattavi come un'emerita scema, invece io niente scema, io saputo tutto, e tua fidanzata essere kaputt.»

In questo modo macchiettistico, latrice la Catastrofe, ho appreso quel che purtroppo altri meno pittoreschi testimoni m'avrebbero più tardi confermato. La caduta in disgrazia di Sergio non è stata che un corollario del siluramento di Rita Catapano: volevano dimostrare che lei non sa nemmeno scegliersi i propri collaboratori. Così al povero Sergio è negata perfino la soddisfazione di una trombatura di prima fila: la sua è una trombatura delegata, un effetto domino, uno spiacevole esito collaterale. E non procura a nessuno il minimo soprassalto di coscienza, o bruciore di stomaco. Hanno distrutto lui per ammaccare lei: ovviamente non verrà promosso autore né (cosa a cui teneva molto di più) andrà in video per i servizi esterni. La nuova autrice dell'edizione '99-2000 di *UnoMattina* sarà la moglie di Nencini, che ha come unico titolo un'esperienza decennale di fisioterapista. La pagheranno un milione a puntata, che per una quotidiana di nove mesi fa oltre duecento milioni. Lo stesso Nencini sarà contemporaneamente autore e conduttore del programma, per lui si viaggia sui quattrocento milioni senza tener conto della Siae. Anzi, siccome in quanto "interno" la sua Siae andrebbe all'azienda, lui la gira ad alcuni collaboratori che gliela restituiscono sottobanco: in pratica un vero e proprio "pizzo". A Sergio hanno proposto un contratto di collaboratore ai testi, centosessantamila lire a puntata. Mario ha espresso il suo rammarico, con alcune considerazioni di realpolitik («Rita era la tua polizza») e altre di radicalismo eversivo («o usi il tritolo o li denunci penalmente»); a fare i servizi esterni ci andrà il suo compagno, che a novembre si laurea.

«In fondo, Muso, trentadue milioni l'anno sono quello che prende un insegnante con dieci anni di carriera.»

«Per me i soldi non contano, a me sta bene anche di prenderne sedici di milioni all'anno, anche sei, ma è la mancanza di lealtà che non accetto – mi ribello al fatto che certa gente possa fare le sue porcate schifose senza che nessuno dica niente, io la soddisfazione di abbozzare non gliela dò; visto che non mi vogliono far fare quello che so fare, e che mi spettava e che ci tenevo, piuttosto vado a scaricare le casse ai mercati generali, ma chi se ne frega – se nessuno comincia, quelli conoscono solo il linguaggio della forza, io domani vado a via Mazzini e spacco la faccia a qualcuno.»

Il paracadute, nemmeno quello ha funzionato, anzi; l'agente potentissimo, il grande Toni ovvero mister vi-spacco-il-culo, ha dato seguito alle sue minacce accusando Sergio di essere «viscido», cioè di non essere quell'eunuco che lui vuole accanto alla sua schiava-vip. Una segretaria-spia gli ha riferito della scopata a casa nostra con lo Scientologo, e da quel momento il destino di Sergio era segnato; forse l'anguria non c'entra, o forse il grande Toni già sapeva e stava giocando come il gatto col topo. Sul reality è iniziato un balletto, contratto sì contratto no, devi parlare con Caio devi parlare con Sempronio, in modo da costringere Sergio stesso, alla fine, a rinunciare per esaurimento («nanerottoli che impazziscono» pare sia stato l'epitaffio pronunciato su di lui). La PT, vero cuor di leone, si è consegnata alla latitanza più completa. Toni, stranamente, mentre giurava a Sergio odio eterno, ha perdonato Lei. «Hanno riconsacrato la loro passione usandoti come capro espiatorio» dice a Sergio la produttrice che gli è rimasta fedele (sulla vicenda non ci sono commenti di Mario, perché Sergio non gli aveva confessato che stava "tradendo" la Rai per la Pearson).

Sicché niente *Grand Hotel Medusa*, niente reality, e in più l'ipoteca di un passo falso.

5

Avevo preparato del filetto all'aceto balsamico, con patatine novelle arrosto; lo vedevo, che mangiava svogliato, ma a un certo punto gli è uscita la carne masticata dalla bocca e lui alzandosi ne ha sparso sulla tovaglia – è corso a vomitare. Il giorno dopo, con una braciola ai ferri, lo stesso. È proprio la carne. Mentre la televisione lo sta escludendo, il suo stomaco si rifiuta di accogliere carne, chissà perché.

Passa la sera leggendo attentamente i titoli di coda di tutte le trasmissioni, si segna i nomi di quelli che conosce, e dove lavorano. Più che efficienza è nostalgia; perché poi non li chiama, aspetta che l'occasione si presenti da sola. Se n'è andato dalla Rai sbattendo la porta e si è diffusa la voce che ha un cattivo carattere. Gli avevano offerto una telepromozione, sempre all'interno di *UnoMattina*, ma doveva dire «l'uomo ha dei diritti inalienabili: il primo, ha il diritto all'aria condizionata», gli ha risposto di no. Anche la produttrice che continua a essergli amica l'accusa di testardaggine e fa un discorso non stupido: di questi tempi che in Rai cambia tutto così rapidamente, il come te ne vai diventa decisivo (lei dice «il congedo è tutto»). Sergio le risponde vaneggiando di trasferimenti in Africa, dove portare il suo «know-how» nelle televisioni dei paesi in via di sviluppo; lo trovo che pateticamente ripassa il suo manuale di francese.

Quando telefona qualche conoscente, e gli parla di una produzione in corso, trincia giudizi da esperto («non lo vedono che Melba è bravissima a interagire ma non riuscirà mai a farti tre step nei tempi giusti?»), poi però si rifugia nella conversazione educata che gli hanno insegnato da piccolo: «ah davvero? ollallà, che brutta figura». Non è a suo agio, non può permettersi di essere spontaneo perché salterebbero fuori la frustrazione e il rosichio. Ripete ossessivamente, a chiunque, le angherie che ha dovuto sopportare – non ne posso più di concioni che finiscono con «così ho dovuto essere io a dire basta»; raccoglie consolazioni formulari, attestati di solidarietà, ma nessun «vieni a lavorare con me».

Mi sono imposto di non pronunciare mai la parola "padre", ma mi dico «devo essere forte per lui». Solo lo shopping lo distrae, e tanto più se è inutile e costoso: un panda gigantesco di peluche, una centrifuga per i succhi di verdura, un gilè di cuoio nero, un paio di occhiali con le lenti rosse come quelle che porta Al Pacino in *Insider*. «Me li compri, amore? Sono molto abbacchiato»; capisco che mi sta mettendo alla prova, spendere di più proprio adesso che lui non porta a casa stipendio. L'emorragia di denaro ci dà l'illusione della vita intensa. Questa vicenda ha socchiuso tra noi lo spiraglio dell'economia – economia e passione sono più vicine di quanto si creda, perché trattasi comunque di dipendenza: da anni il cuore non mi batteva così (per lui mai, nemmeno i primi momenti). Di sesso invece neanche a parlarne: tutt'al più un nodo di gambe per farlo addormentare. Mi stringe il pollice, che è il nostro segnale per l'inizio delle ostilità, ma poi si astiene dalle manovre successive, in cui di solito è specialista. A prendere iniziative io, ho paura di avviare una macchina che poi non so guidare; addirittura temo che si ingolfi il motore, che la carrozzeria esploda. Insomma, di compromettere i ricordi. Da tre o quattro giorni va a dormire direttamente in sala, con la scusa che si alza troppe volte e mi sveglierebbe; "non è rimasto nulla, nemmeno la gioia di dormire nello stesso letto" penso la mattina – poi, con uno slargo di commozione, sono la madre a cui il figlio è tornato dalla guerra e che la vedova del piano di sopra ha tante ragioni per invidiare...

Il rifiuto del cibo si è esteso a macchia, a partire dalla carne: prima i formaggi e tutti i latticini, poi la pasta e in genere le cose salate. Ormai mangia solo porcherie, merendine e nutella, e non alle ore dei pasti. Preferisco che non si sieda a tavola perché quando lo fa si sforza e vomita. A furia di rifiutare il cibo paradossalmente sta ingrassando, di una grassezza malsana da adolescente. Vaschette di gelato e popcorn alle quattro di notte.

Si è buttato a inventare programmi, con cui fantastica un ritorno alla grande, e sostiene di non avere tempo; né per mangiare né per fare l'amore. Uno che si intitola *Io sono io* è sostanzialmente un game, una galleria di personaggi, cinque o sei, in cui ciascuno: 1) racconta in che cosa lui è unico e sfida gli altri sul proprio terreno, nella specialità che gli riesce meglio (poi, naturalmente, è sfidato lui dagli altri nello stesso modo); 2) legge pezzi del proprio diario (e accumula punti chi ha il miglior televoto); 3) deve essere riconosciuto dalla propria fidanzata (o fidanzato) bendata, al tatto; 4) si impegna a superare un vip in una gara di seduzione; 5) si fa alterare i lineamenti dai truccatori e affronta una giornata normale: vince chi è riconosciuto da più persone nonostante il travestimento. Un altro si intitola *Cortile d'amore* (lui ci vorrebbe la Rosanna Cancellieri) ed è basato sull'individuazione di nove tipologie d'amore diverse: a ogni puntata si scontrano due "tipi d'amore" (mettiamo, quello casto e quello trasgressivo, quello senile e quello esotico), ogni concorrente avvalora le proprie tesi invitando due "testimoni", due storie che rappresentino il tipo d'amore da lui promosso: vince chi riesce ad avere, dal pubblico a casa, più "contatti", cioè più persone intrigate dai suoi testimoni e che desiderano incontrarli. Un terzo, *Le chiavi di casa*, è invece un gioco di ruolo: si scontrano le generazioni, figli e padri o figlie e madri, e ognuno dei due deve dimostrare di cavarsela nel ruolo dell'altro; riconoscere le canzoni dei tempi dell'altro, assumersi le responsabilità familiari (per i figli) o passare la notte in discoteca (per i genitori) eccetera. Poi un talk a premi, intitolato *Quanto mi dài?*: sei concorrenti annunciano di avere ciascuno un segreto da rivelare; stuzzicano la curiosità del pubblico in studio con anticipazioni pepate; a ogni giro, chi strappa la cifra più bassa viene eliminato e deve decidere se rivelare il proprio segreto e prendersi i soldi che ha "alzato", o rinunciare ai soldi e andarsene col suo segreto intatto.

Ma non li so riassumere bene, è complicato orientarsi in tutti i dettagli, la diretta o meno, il feedback degli sms, il budget, le caratteristiche dei conduttori e via strologando. Mi sembrano tutte sciocchezze e nello stesso tempo mi fanno sentire inadeguato. Un brontosaurus universitarius. Immagino, per sarcasmo, un programma paradossale intitolato *Caccia al cucciolo*, in cui c'è un bambino in pericolo che corre rischi sempre maggiori: il concorrente in studio deve scegliere se lasciarglieli correre, e in questo caso il suo montepremi aumenta, o interrompere la caccia e salvare il bambino, ma in questo caso il suo montepremi si ferma lì.

Il concorrente vince un miliardo, se alla fine permette che il bambino venga ucciso.

«Così non mi aiuti, anzi mi fai sentire peggio.»

«A questo bricolage non ci credi neanche tu; io non me ne intendo ma suppongo che i programmi vadano studiati con molta più precisione; ormai ci sarà un'industria, un'orda di computer a livello internazionale per setacciare tutto quello che è stato inventato nel mondo; e poi, scusa, ma non puoi chiedere proprio a Mario di aiutarti... possibile che tu sia così senza spina dorsale?»

«Se non fossi così, non starei neanche con te.»

«Tombola!»

«Scusami amore, ma in questo momento odio la vita.»

«Perché, ti risulta che di solito la gente la ami, la vita? È già molto se la sopportano; spesso devono farsi aiutare.»

«Mi rinfacci i regali che mi fai? di mangiare non ti costo quasi niente...»

«Ma magari tu mi sfruttassi, almeno faresti una cosa fino in fondo.»

«Ti sto deludendo, vero?»

«Mi piace essere deluso, vuol dire che ti amo ancora; anzi, forse in un certo senso comincio adesso.»

«Mi sembra di essere dentro a uno di quegli apparecchi di vetro per gli esperimenti, non mi viene il nome...»

«Gli alambicchi, le storte?»

«Sì, quella roba lì; certe volte vedo tutto bello trasparente, certe volte mi manca l'aria.»

«Ti stai trasformando.»

«Ho paura.»

«Perché?»

«Perché non ce la faccio a non pensare negativo, e ti perdo.»

«Non mi perdi: è il nostro modo nuovo di scopare.»

Gli hanno fatto intorno terra bruciata; lui parla di «mobbing», e forse c'è anche un po' di semplice sfortuna. «Mai farsi trovare nei paraggi quando la sfiga si orienta», come dice Mario Lucchi. Le sfortune, in teoria, possono anche non finire mai, il caso non ha memoria. Ma la verità è che Toni Santato ha le mani lunghe; vaghi accenni di anime caritatevoli confermano l'ipotesi della persecuzione. Vendicarsi su un microbo come Sergio, per lui dev'essere come pescare le trote in un laghetto di ripopolamento; «gliel'ha giurata», più per puntiglio sportivo che per rancore. (Con avversari più degni usa i guanti: lo Scientologo era in possesso di foto compromettenti, che la PT s'era fatta scattare, e adesso ha una rubrica di massaggi a Rete4.)

Alla Rai quasi lo trattano da iettatore. Aveva trovato uno spot per gli stuzzichini dimagranti al formaggio in un'emittente privata, ma la presentatrice del programma ha avuto un ictus. Era andato bene il provino per affiancare Marco Liorni in una specie di "corrida sentimentale", ma dopo il numero zero lo share è stato talmente basso che la trasmissione l'hanno chiusa. «Guarda che ti metto Serenelli in redazione» è la minaccia scherzosa che corre tra i produttori di secondo rango.

Sperando di riciclarsi come manager, è riuscito a far inserire una cantante quindicenne (figlia di un amico) in un festival ripreso da La7: «sarà il picco della serata, farà molto scalpore... Riccardo Fogli che canta con una ragazzina, a livello di immagine...» – si esalta con una rapidità da primitivo, ogni volta devo tirarlo giù per i calzoni. «Non c'era la disponibilità del regista, è venuta una chiavica.» Accovacciato sullo scalino, con le mani tra le gambe e la testa bassa; labbra tumefatte, occhi gonfi, il dolore lo sta cambiando anche fisicamente.

Ronza intorno al suo vecchio mestiere come un affamato intorno a un ristorante da cui escono risate e profumo d'arrosto; si accontenta di pettegolezzi telefonici, gli uomini che un comico meridionale si porta in camerino, la geniale che per anni l'ha data a *** e adesso s'è fatta fare un certificato dallo psicanalista dove si dice che le è proibito scopare con gli ex; le disgrazie di Colaninno e le "invasioni di campo" di D'Alema. Non si perita di leccare il culo all'odioso fidanzato di una cugina, solo perché ha un'entratura a Canale 5 e potrebbe mettere una buona parola per il ruolo di postino a *C'è posta per te*. La sua guida morale è ancora e sempre Mario Lucchi, con le sue frasi lapidarie: «in televisione l'orgoglio e la vergogna sono sentimenti di nicchia».

Ha improvvisi, e ammirevoli, soprassalti di vitalità: scova i progetti e gli incarichi più improbabili grazie a una rete di conoscenze che non gli sospettavo. Un viaggio in motocicletta dall'Alaska alla Terra del Fuoco, seguito dalle telecamere e sponsorizzato da un'industria di pneumatici; torna entusiasta dall'aver organizzato la festa per i quarant'anni di Fiorello («la fidanzata è molto carina, sono una bellissima coppia, si vede che con lei ha trovato un equilibrio»), gli hanno dato un milione e mezzo in contanti, ha comprato fiori e champagne. Ma ieri stava aspettando il 780 per tornare a casa; tra la rarefazione estiva delle corse e un incidente sulla Salaria il 780 non è passato per più di mezz'ora; a un certo punto Sergio ha perso la testa, ha fermato il 78 buttandoglisi tra le ruote e pretendeva che cambiasse percorso, trasformandosi in 780. Me lo racconta ancora tremando, sono intervenuti due vigili.

Mi riesce difficile raccomandargli di lasciar perdere la televisione e di recuperare autostima cercando un lavoro del tutto diverso, dove li trova compensi così alti per così poca fatica? Lui comunque non ci pensa neanche, non ha nessun altro interesse: dietro la televisione c'era il vuoto.

I telegiornali sono il nostro unico ponte verso un'esistenza meno ossessiva, ma lui trova comunque il modo di ricondurli al suo dolore dominante.

«A Timor Est hanno detto che hanno sete del sangue dei bianchi.»

«Anch'io ho voglia solo di bere.»

«Se il fondamentalismo si estende in Estremo Oriente, gli Stati Uniti saranno troppo impegnati e dovremo andare in guerra anche noi.»

«Beati loro che sono troppo impegnati, io non ciò un cazzo da fare dalla mattina alla sera...»

Mi sento titolare di una strana paternità *revocabile*. Oggi in Italia infuria una polemica: Berlusconi ha parlato male di Zoff come allenatore della Nazionale, Zoff per coerenza si è dimesso. I Ds accusano Berlusconi di essersi ingerito indebitamente, Berlusconi ribatte che la stampa comunista ha travisato le sue parole. Tutti i telegiornali aprono su questa notizia, le prime pagine dei quotidiani ne sono piene. Il «Tempo» avanza l'ipotesi che a portare sfortuna alla Nazionale sia stata la Melandri perché indossava un abito viola. La ministra precisa che era color pervinca ma il portavoce di Fini insiste, il vestito era pervinca però i bordini erano viola. Qualcosa di impersonale ottunde i nostri sensi, rinunciare al giudizio è una forma di masturbazione. «Amarlo è il destino della mia vita» diceva ieri la donna di un pistolero nella *Casa della prateria* – al massimo del mio sforzo, arrivo a pensare come un personaggio minore di un serial western. «Se non puoi lasciare un segno, devi almeno coltivare un sogno» sostiene Sergio; è obbligato ad avere poche idee, perché ognuna che accetta lo fa soffrire come quindici di quelle che accetto io. La sua "serietà" è un mistero insondabile. Continua a scrivere ai ragazzini kosovari ma confonde la Serbia con la Slovenia, o peggio («in Croazia o in Beozia...», «in Beozia?», «come si chiama, dài...», «in Bosnia?»). Minuto per minuto, nel suo cuore e nella sua testa, desiderio e dovere si scambiano le maschere, o meglio sbiadiscono in un'energia intermedia.

Ha provato col cinema di quarta serie: un orrendo individuo col codino, ufficio una stanzetta senza finestre in un appartamento lussuoso non suo ma di una società multilevel. Gli ha proposto addirittura di essere Cesare Battisti in una rievocazione dell'irredentismo. Abbiamo avuto a cena il presidente della società («Future Movie Perspective»), un vero principe toscano, di Donoratico, principescamente squattrinato («quando penso alla carne della mia carne, divento subito vegetariano... tecnicamente sarei aristocratico ma siamo in una repubblica, credo, quindi... mio nonno cenava tutte le sere alle sei; alle sei meno tre minuti, senza guardare l'orologio, diceva a mia nonna "Costanza che succede stasera, non si mangia?". D'altra parte, caro Serenelli, che vuole, siamo discendenti di un morto di fame...»)

«Non sei contento, conigliotto bianco, che ti faccio entrare in mondi nuovi?»

«Sottomondi, magari.»

«Sono disperato, non ce la faccio più.»

Mi abbraccia, quasi mi stritola. "La pietà" ha scritto da qualche parte Graham Greene, "è l'espressione di una superbia quasi mostruosa", e ha ragione.

Sto facendo sogni da madre: abbiamo del burro in casa? è riuscito a presentare in tempo il certificato? non più sogni di padronanza (volare, scassinare una cassaforte, mangiare le ciliegie), ma di preoccupazione e di cura (togliere dal naso d'un bambino un rullino fotografico che gli si era incastrato e gli impediva di respirare). Quel che mi preoccupa di più è che *vuole andare in video*: altri incarichi sarebbero più facili da trovare, come programmista o collaboratore ai testi – ma lui vuole condurre, ha un bisogno fisico di apparire sullo schermo. Se provo a guardare le cose coi suoi occhi, lo capisco: è stato toccato dalla luce ed è finito al buio, era entrato in paradiso con un piede e l'hanno cacciato. Mario Lucchi come al solito ambiguamente lo appoggia: «funzioni meglio con la faccia che con la testa».

Condividere la sorte di un'altra persona significa portare i suoi pesi oltre che i nostri («coniugi» erano gli animali legati allo stesso giogo); se la mia percentuale di stupidità è dieci e la sua è settanta, il *nostro* comune tasso di stupidità è quaranta. Ho discusso di questo con Aldo Busi, che sta preparando un libro sull'essere single: lui sostiene che abbiamo il dovere di mantenerci al meglio per la società, che non possiamo svendere quel che siamo per paura della solitudine. Dice «io non mi riduco nemmeno dell'uno per mille, e se qualcuno vuol stare con me deve arrivare quassù». Infatti non ci arriva nessuno. Ha un'idea eroica della «solitarietà», e un'idea assoluta dell'amore. Io scendo, suddivido, mi contamino. Valgo poco e lo ammetto, sia pure con una riserva mentale. Lui (Sisifo che si crede Capaneo) liquida la questione con una sola, terribile frase: «se hai un amico che si lascia distruggere dalla televisione, non bisogna salvarlo».

Faccio per Sergio quel che non ho mai fatto per me stesso, mendico raccomandazioni; i pochi amici importanti che ho, ho telefonato a tutti, mi sono umiliato a blandirli. Il capo della grande casa discografica, che dopo due settimane d'anticamera mi riceve affabile e umanissimo, «provo una simpatia, in senso etimologico, anche mia moglie s'è trovata anni fa nelle stesse condizioni» – salvo non richiamarmi mai più, nemmeno per dirmi Mi spiace non c'è stato niente da fare. L'uomo politico ex-collega d'università, che franco, sincero, mi stoppa: «preferisco non raccomandare nessuno in Rai perché prima o poi ti chiedono il conto» – ma suo nipote ci terrebbe tanto a pubblicare i propri versi, gli trovo un editore minore (un produttore d'olio marchigiano), vado perfino a presentare il libro quando esce, così, a fondo perduto. Lo scrittore ex-presidente del Consiglio d'amministrazione della Rai che in mia presenza due telefonate le spende, scusandosi che ormai non conosce quasi più nessuno, e infatti non si vede nessun risultato. Forse non ci metto l'anima, o gli amici sono amici per modo di dire – il mio potere nel mondo è nullo, a quasi sessantadue anni. Mi sento come quando non riuscivo ad avere un'erezione sufficientemente sicura; l'impotenza produce i medesimi effetti, in qualunque campo si verifichi. Chi se ne frega della dignità.

«Per favore non mi dire più che ti vuoi uccidere, anche se lo pensi, quando lo dici è come se mi picchiassi in testa con un martello.»

«Tu hai molti più strumenti di me, io non so smontare le cose come fai tu.»

«Il mondo non è una favola, non è che uno incontra il principe...»

«*** ha incontrato il direttore di Mediaset a una festa, hanno passato una settimana a Marrakech e al ritorno, vedi caso, era conduttore del TG5.»

«Non è vero, lo sai.»

«Sì sì, alla fine quello che conta è il merito; chi è che si racconta le favole? l'università non t'ha insegnato niente?»

«Se non ti va di lavorare, almeno lascia lavorare me; il problema dell'università non è certo la corruzione, anzi... è tutto talmente farsesco che è inutile perfino corrompere.»

«Pensi che li rifiuto apposta, i lavori che mi offrono, perché ci godo a farmi mantenere?»

«Smettila di sentirti al centro del mondo; ci vuole umiltà anche per una depressione seria, sai Muso?»

«Che devo fare, prendere tutta la mia vita e buttarla nel cesso? ti andrebbe veramente se aprissi una pizzeria, sputando sui talenti che ho?»

«L'unica cosa che hai, momentaneamente, sono degli scatti di nervi.»

«Al provino ero risultato il più adatto, solo che...»

«Non è che fosse un test titanico, dovevi recapitare delle lettere in bicicletta...»

«Prima dite che la televisione è importante, poi ci ridete sopra.»

«Hai ragione, scusa: se ti volessi bene fino in fondo non disprezzerei le cose che ti piacciono: darei importanza allo show del sabato sera, alla Sipra, all'ultimo modello di Paciotti...»

«Secondo te è questo che mi interessa?»

«Dimmi cosa, allora.»

«Adesso non lo so; non so nemmeno che cosa ci stiamo a fare al mondo, tutti quanti.»

«Quello lo so io, mi pagano per saperlo.»

«Cioè?»

«Per capire, siamo tra i pochi aggregati di cellule dell'universo attrezzati per capire; è la nostra condanna; nel riprodurci e nel soffrire siamo già meno soli.»

«Io ti stimo molto come essere umano.»

«Mi costringi a non avere più emozioni, perché le sole che provo sono quelle per te, e sono difensive.»

«Sei l'unica cosa concreta che ho.»

«Appunto.»

Ci spogliamo e cominciamo a fare l'amore come due cuccioli senza la mamma; due falliti che si consolano a vicenda. Se il prezzo dell'amore è il sesso, okèi: chi mette cosa dentro chi, quanto ci vuole per 'sto benedetto orgasmo?

Un caso di anoressia anomala. Questo ha detto il medico; anomala perché senza vomito, ma ormai non mangia più nemmeno le schifezze, le fiesta eccetera. Solo liquidi, latte e frullati. La pelle gli sta diventando gialla, ridimagrisce. Improvvisi attacchi di panico, durante i quali elenca ossessivamente tutti i cibi di cui non ha più voglia, e i danni permanenti che possono derivarne all'organismo. La carenza di quali vitamine. Controlla allo specchio se i capelli si opacizzano, se la cornea si fa verde. Sostiene (e forse è vero) che il suo sperma è diminuito di densità. «Un animale senza territorio può diventare sterile» dicevano l'altra sera a *Superquark*: il territorio di Sergio era lo schermo televisivo.

I figli non te li scegli; io poi non me la posso neanche permettere una famiglia, Sergio è un figlio virtuale. Pensavo che, finita l'attrazione, né io né lui saremmo riusciti a essere fedeli; per quel che mi riguarda, mi sopravvalutavo. O forse sottovalutavo l'inerzia; preferisco rivolgere a lui richieste talmente minime che mi possa accontentare senza ripugnanza. «Cosa pensi di me?» è il suo lagnoso ritornello, e la risposta è una carezza sulla nuca.

Sono io che gli ho distrutto gli entusiasmi: far cantare alle figlie di Morandi e di Paoli le canzoni incrociate dei genitori, parlare di Colombo dal Bigo di Genova gli parevano davvero bellissime idee – ora si trova espulso da un eden di cui oltretutto si vergogna. Materialmente non ha più un luogo in cui rifugiarsi, un rimpianto in cui far consistere l'immagine di sé. Stanotte mi sono svegliato perché sentivo sobbalzare il letto, per un attimo ho pensato al terremoto: era lui che singhiozzava in silenzio, con la testa sotto al cuscino per paura di svegliarmi. Lo strazio è tale che chiedersi se deriva o no dall'amore non ha nemmeno più senso; so solo che a ogni suo singhiozzo è come se mi spaccassero lo stomaco anche a me. Che posso fare, che posso fare? In un cassetto ho trovato delle pillole per far tornare l'appetito, ma tra gli effetti collaterali sono contemplati scompensi cardiaci: mi prende un terrore irrazionale che la sua ipocondria abbia un fondamento, che davvero la sua salute sia in pericolo. *Me lo stanno uccidendo*.

Chi? Quelli che hanno usato la televisione per andare al potere in questo paese, e quelli che pur di conservare una loro misera influenza lasciano che la Rai diventi un letamaio. Mi sono ridotto a supplicarli, per lui, tutti hanno detto Si vedrà, faremo, non c'è stato un cazzo di nessuno che m'abbia aiutato, non so se riuscirò mai a perdonarli di questo. A perdonare il mondo. Straparlo. Ma non voglio più avere amici, davvero. Se Sergio muore, giuro di vendicarlo facendo qualcosa di terribile («di eclatante» direbbe lui) contro la televisione. Un attentato, uno sciopero della fame a oltranza. Basterebbero cento persone in Italia disposte a morire di fame e qualcosa cambierebbe.

Domattina mi faccio ricevere da Celli, a costo di sdraiarmi davanti alla sua porta, mi getto ai suoi piedi e gli chiedo un appuntamento per Sergio; gli diranno un'altra volta di no, ma almeno guadagno qualche giorno, forse domani pomeriggio lo vedo sorridere, fiducioso come un gattino cieco. Perché lo amo così? Non si è ancora accorto che mi sono svegliato, mi sfiora con l'alluce; adesso piange più piano, poi allunga una mano e mi tocca la fronte, mormora quasi inudibile «aiutami, coniglio». È come se mi strappasse l'esofago. Soli noi due contro tutti. Noi due a verificare che forza invincibile è quella contro cui lottiamo – Dio mio, Dio mio, almeno tu puoi fare qualcosa contro le meraviglie dell'apparenza? Eccoli lì i vincitori schierati al sole. Ho bisogno di amare un uomo per poter odiare tutti gli altri.

6

«Non avrai mica perso la tua dote più preziosa, l'insoddisfazione?»

«Vaffanculo, oh, son sei anni che non ci si vede e hai centrato il nodo che mi brucia di più, allora tanto valeva convivere...»

È un vecchio compagno della Normale di Pisa, sceso all'Aquila per un congresso di linguistica sulla formazione delle parole in italiano. Prefissi, suffissi, infissi. Abbiamo tutti meno capelli, e una comprensibile predisposizione a ricordare il meglio del passato. Oggi però non posso pranzare con lui, c'è un Consiglio che si annuncia burrascoso: «importazione di cervelli», la definisce la Preside. All'ingrosso, si tratta di questo: il ministero finanzia con cento milioni l'anno le chiamate di professori stranieri di chiara fama, per cui le facoltà possono procurarsi quasi gratis un docente famoso nel loro organico. Naturalmente bisogna che qualche docente straniero, che ha già la cattedra a casa sua, abbia voglia di trasferirsi all'Aquila, il che non è ovvio. Abbiamo la fortuna che una filologa belga grassissima sia appassionata di zafferano e di cucina abruzzese (forse, anche di un abruzzese in carne e ossa); non possiamo lasciarci sfuggire l'occasione.

Il Consiglio però va male, l'opposizione avanza strani pretesti, il budget, non si fidano del ministero eccetera – insomma non si raggiunge il quorum per la chiamata, la metà più uno degli aventi diritto.

«La Conforti ha voluto vendicarsi del cultore che le abbiamo negato...»

«La Conforti non esiste, è solo una metafora.»

«Ma sì, è un'illusione ottica.»

«A sederle accanto, sembrava piuttosto una realtà olfattiva.»

«È un correlativo oggettivo: rappresenta se stessa, nella propria finitudine...»

«Uno e quarantacinque, per la precisione.»

«... ma nello stesso tempo è emblema della limitatezza umana.»

«La verità è che non vogliono che i bravi si trasferiscano perché hanno paura del confronto.»

«Veramente loro avevano proposto il filosofo canadese e noi gli abbiamo fatto capire che non era il caso.»

«Intanto non era canadese ma di Francavilla, con tutta la mafia degli abruzzanti all'estero, e poi è un filosofo come io sono un domatore di dromedari.»

«Be', secondo noi, non secondo loro; non possiamo pretendere che la nostra gerarchia di bravura sia condivisa.»

«Walter, quando fai l'irenico e l'equanime ti prenderei a calci nel culo, tra l'altro non sei credibile. Soprattutto non andare a fare queste riflessioni in giro perché indebolisci tutto il gruppo.»

«Posso dire che quando abbiamo scelto le sei associature non mi sono piaciuto per niente?»

«Perché, secondo te noi ci siamo piaciuti? È un problema di prospettiva e di governo: così avremo sei associati seri che ci possono aiutare a tenere alto il livello, e se qualche coglione c'è rimasto male chi se ne frega.»

«Ci odieranno, lo sapete...»

«Tanto lo facevano già prima, e questa comunque la pagano: Christiane non viene ma loro non avranno più una lira per le loro ricercuzze.»

«Visti da loro, siamo prepotenti e ingiusti.»

«Ma smettila con le autoflagellazioni, se siamo ingiusti è per difendere l'istituzione.»

Nella divisione dei ruoli, io sono l'addetto agli scrupoli; ma non romperei mai l'alleanza con loro. Più che comandare, mi piace stare nell'area di quelli che comandano, salvando la buona coscienza. Per questo mi scelgono tutti come mediatore, perché stare con gli uni strizzando l'occhio agli altri è la mia specialità – per questo anche mi è giunto da entrambe le parti l'invito a farmi eleggere Preside. Mi piace piacere: so che alcuni non mi sopportano, e lo dichiarano, ma sono persone accademicamente nulle. Altri mi temono e si trattengono. «Mi stupisce che la De Signoribus non t'abbia ancora avvelenato» scherza la Preside al bar, poi dice al cameriere: «adesso meglio un caffè, magari verso le cinque mi concederò una sfogliatella». È come una bambina, centellina il godimento del dolce che si mangerà tra qualche ora. Anche col Rettore parlo di viaggi e di sesso, e uso queste confidenze per ottenere piccoli privilegi: per esempio un posto di ricercatore che non spettava a me e che ha condannato la De Signoribus ad ammuffire nell'ombra. Molti anni fa piangevo subendo l'arroganza di due colleghi pisani, che avevo soprannominato il Padre e il Cane; ora mi comporto come loro – se volessi, il Padre potrei essere io. Giustificandomi dell'autoritarismo, come faceva lui, col pretesto che mi assumo le responsabilità e faccio marciare le cose.

Sono le radici della calma – nonostante quello che soffro per Sergio, non perdo né il sonno né l'appetito; l'insoddisfazione purtroppo è ritornata (il vecchio normalista non deve preoccuparsi), ma è sotto controllo e ha perfino un suo lato istruttivo, se non strategico.

Sergio ormai piega verso il riassunto («con le famose non ci casco più»), o verso la fatuità. Il problema da risolvere ogni giorno è quali divertimenti scegliere; rispettando le pigrizie, le pennichelle, le bizze improvvise. Oggi, finché l'aquilone era su, la decisione è stata presa: passeggiata, centro commerciale e teatro. Quando lo sveglio piano, di pomeriggio, se accade nel *nostro* letto, ritrovo l'oro dell'inizio: come un archeologo lavorando sempre più di fino intorno al cuore dello scavo ritrova un'ampolla di vetro stranamente intatta. Fisicamente sta meglio, ieri ha mangiato una bistecca con sopra l'uovo e ha trattenuto tutto. Per una settimana non ha fatto che piangere e dormire, dormire e piangere (certe volte, incredibilmente, le due cose insieme: aveva le guance bagnate anche nel sonno); poi siamo andati a Catania, c'era la festa di sant'Agata, è svenuto nella calca. L'ho portato fuori a braccia e da lì è cominciata la resurrezione: tanto che con la scolatura di un cero ho formato una pallina e la conservo a futura memoria. Ha ripreso a macinare progetti; vuole aprire un ristorante, con un'amica che disegna abiti da sposa stanno addirittura meditando di impiantare un laboratorio in Tunisia. Le ricamatrici locali pare siano bravissime e il costo del lavoro è ultra-competitivo. Non ne farà nulla, naturalmente, ma almeno non insiste con la depressione da video negato, e ha smesso di sviolinare Mario Lucchi.

Stamattina mi è sembrato che piangesse di nuovo ma dice che era la reazione del "contorno occhi", la crema che si spalma per evitare le rughe.

«A guardarti meglio sembri un procione.»
«È bello stare a parlare tranquilli, così, prima di alzarsi.»
«I miei lo fanno ancora adesso.»
«In questi mesi mi sembra d'essere invecchiato dieci anni.»

«Eh caro mio, a stare con gli anziani si impara ad anzianare.»

«Tu non sei anziano, sei tu: unico e insostituibile. A parte queste manigliette...»

«Dopo capodanno me le faccio aspirare.»

«Credevo che fossero altre le tue aspirazioni...»

Ci rotoliamo ridendo e facendoci il solletico: poi sesso a ruoli invertiti – col graduale accumularsi delle frustrazioni, è come se cercasse una rivalsa nella virilità; rifiuta di farsi possedere, devo faticare addirittura per ottenere da lui una modesta fellatio. (Ho calcolato quanto mi costa, ormai, un suo pompino: spenderei molto meno sul libero mercato.) Non sono più abituato a certe passività e mi esce qualche goccia di sangue: un po' di globuli e piastrine in omaggio al quieto vivere. Così dice sempre mia madre, «il quieto vivere». Ma non è la disabitudine, è che non ne avevo voglia: il desiderio dilata, si sa. Non sono scontento del bruciore e delle fitte: mi fanno *sentire il corpo* più di quanto lo sentissi mezz'ora fa, con Sergio stantuffante dentro di me. La mancanza è solida quanto la presenza; due settimane fa a Parigi, senza di lui, non sono riuscito a godere dei soliti itinerari – l'assenza di Sergio era il mio riferimento continuo, il monumento che mi ritrovavo di fronte più spesso. Dio si è ritirato nel proprio abisso e non so quando riemergerà. Nel metrò c'erano un bianco e un negro che litigavano, il bianco con sparate sempre più razziste e il negro reagiva querulo, avendo quasi tutta la carrozza a suo favore – poi hanno sorriso, rivelandosi attori, e che quello era uno sketch: si sono messi a girare col piattino («une petite monnaie serait la bienvenue»). A Parigi come a Vetralla: e dicono la globalizzazione.

«Ti distrai così presto, panzeroski?»

«Pensavo alla mancanza.»

«È tantissimo quello che abbiamo.»

«Forse ci sembra anche di più, perché abbiamo solo questo.»

«No, io li vedo gli altri, ma non ci arrivano a noi.»

«È curioso, nei rapporti normali prima viene il fidanzamento poi il sesso, per noi sta succedendo il contrario.»

«Non sei contento del sesso che facciamo?»

«Mi appello alla convenzione di Ginevra.»

«Tu sei molto importante per me.»

«Dici sempre Ti voglio bene, sei importante per me, ma ti piaccio?»

«Sì.»

«Sei sintetico.»

Sergio ha tanta paura di non farcela con la vita che comprarsi una giacca che gli stia bene («costa un boato») riempie di senso l'intera settimana. La disoccupazione sta diventando routine, forse aveva la vocazione del mantenuto. Compro la lozione contro la caduta dei capelli, e il gel. Gli servono.

«Itsi Bitsi» era il soprannome, tratto da una canzone rock, che il suo ragazzo dava a Iben Rasmussen, una delle più grandi attrici viventi. Lui era appunto un cantante rock, anzi «il primo poeta beat che cantava in danese», e si chiamava Eik Skalöe. Lei non recitava ancora, erano due ventenni coraggiosi: lui si è suicidato nel 1968.

Chi non l'ha vista non sa che cosa possa fare Iben Rasmussen sul palcoscenico; il suo corpo scrive quello che deve scrivere e la tecnica non si vede; è un ragazzino di quindici anni, una donna sexy di trenta, una vecchia, un folletto senza età; è Arlecchino, Anna Karenina, l'ombra sfarfallante che una radice getta sul focolare; la sua voce è metallica da automa, melodiosa da cantante di night, rauca da orco e potente da generale. Il suo corpo è tutto meno che una forma fissa, o un contenitore – è piuttosto, si direbbe, un *reagente*.

Le luci si sono spente, io lo spettacolo l'ho già visto e spero che stasera sia al suo meglio perché voglio che Sergio provi quel che ho provato io. All'inizio sono nervoso perché mi sembra tutto diverso, con un'altra scansione, mi sembra che ci siano più musiche e meno punti commoventi. Quand'è che riceve la notizia che il suo ragazzo è morto, e ha un ombrello giallo da cui cadono pezzetti di carta? Quand'è che inietta eroina alla bambola? In quel momento (o no?) sta facendo la parte di Kattrin, la figlia muta di Madre Coraggio. Perché questa è l'idea che ha reso possibile lo spettacolo: dopo più di vent'anni da quell'overdose, finalmente il dolore vero, autobiografico, ha cessato di essere muto. L'attrice che si era nascosta dietro il teatro e la disciplina è riuscita finalmente a parlare di sé, ma l'ha fatto usando frammenti delle proprie interpretazioni. Il dolore è astuto, è una talpa, è un re. Solo che bisogna lasciarlo lavorare.

Lei mi sembra meno in voce del solito, sono deluso – ma come se mi avesse sentito, e se tra i circa duecento spettatori avesse captato la mia scontentezza, d'improvviso comincia a sgolarsi, a lanciare grida enormi e senza preparazione, così si farà male; sbircio Sergio con la coda dell'occhio e lo vedo preso al laccio, lo spettacolo è decisamente un altro ma anche questo funziona. Siamo tutti preoccupati per l'attrice, non dovrebbe supplire con l'autolesionismo a una performance carente, non per noi, non ne vale la pena. Poi tutto viene ripreso dalla fisarmonica, lei è perfettamente padrona della situazione, riparla a voce bassa; la partitura si ripete esattamente identica tutte le sere, compresa l'impressione che sia ogni sera diversa; il parossismo masochista era un'illusione tra le altre, ma non facciamo in tempo ad ammirarla che si riaccendono le luci. Nessuno ha la prontezza di spirito di applaudire.

Solo adesso mi accorgo che Sergio sta piangendo come un vitello, senza ritegno, mormorando smarrito una frase del testo: «ci sono forze buie in cui si è ciechi, e ci sono forze buie che danno conoscenza». Lo dirigo verso un angolo deserto vicino al fiume, mi abbraccia e insiste con un'altra citazione, «la piccola fiamma che cerco di proteggere». Dice «Walter, sarai tu la mia fiamma? io non voglio restare come sono, voglio che la mia vita abbia un significato».

Quella cosa strana, strana, strana che è un corpo: ho sempre pensato, e l'ho fatto per sessant'anni, che si potessero desiderare solo i corpi – che l'anima, il carattere, la forza morale venissero *dopo*. Perché nel corpo è iscritto quel lampo di cui l'anima, il carattere, la forza morale non sono che tardivi surrogati. Forse non è così. Forse c'è un'energia simultanea di cui il corpo è solo uno dei poli, e che ho sempre mancato.

La faccetta di Sergio si ricompone dopo la tempesta, stringendolo sento la forza delle sue braccia snelle; è già ritornato sui prati dietro casa, paragona quello che ha visto alle fiction televisive e ha l'esatta nozione della pura merda. La contessina napoletana che dichiara «io per la recitazione sarei disposta a tutto», ed è arrivata con una raccomandazione dei centristi; quelli che sperano di «imparare facendo», due attori da cinquanta pose per la Lega e un generico per il Cdu.

Ci rotola tra i piedi un cartone fumigante, due donne urlano e un'edicola di giornali sta bruciando. Ma una bambina è rimasta intrappolata tra l'edicola e il muro, le vampate sono alimentate dal vento e le due donne non osano avvicinarsi – assicurano che stanno arrivando i pompieri. Sergio si toglie il cappotto, è un attimo, se lo getta sulla testa e si lancia nel fuoco; ne esce dopo pochi secondi con la bambina che strilla e odore di lana bruciata e lui che sfrega il cappotto sull'asfalto.

7

Devo tornare indietro, al viaggetto a Catania. Stavamo nella casa di un artista, un pazzo autentico che aveva fatto di ogni stanza un'installazione – costringendosi a vivere in spazi di pretenziosa scomodità. Tulle, cartapesta viola, chiodi, plexiglas; anche in bagno, in cucina. Simbolismi freddi, e freddo anche materialmente, termosifoni spenti per non danneggiare le "opere". Più che a bere qualcosa eravamo in visita guidata. A un certo punto hanno chiamato Sergio sul telefonino e lui è andato a rispondere in balcone: attraverso il vetro scuoteva la testa, faceva segno di no. La cosa sospetta era l'orario, le undici passate. Rientrando ha spiegato: «uno che voleva tornare come ospite da noi, non sapeva che non ci lavoro più» e alla mia obiezione sull'ora tarda, «questi non sanno nemmeno in che mondo vivono, figùrati se sanno che ora è».

Ieri sera, alle otto e dieci, ha telefonato Mario Lucchi: «Sai niente di Sergino?».

«No, ho provato a cercarlo ma il cellulare è staccato.»

«Allora ti dico: so che aveva un appuntamento con quelli della Grundy, per la faccenda del quiz coi militari...»

«Che faccenda, che militari?»

«Non ti ha detto nulla? Ops, forse ho fatto una gaffe.»

«Don't worry, devo trasmettergli un messaggio?»

«Messaggio? No, tanto quelli della Grundy li conosco, non sono mai puntuali; alle otto meno un quarto doveva ancora entrare, sicché vedrai che lo tengono impegnato fino a mezzanotte... vabbe', semmai mi faccio vivo domani, venite a cena, magari.»

«Ora vediamo, ciao, grazie.»

La domanda, o il giallo, è: se alle otto meno un quarto sapeva che Sergio doveva ancora entrare in una riunione, perché lo ha cercato a casa venticinque minuti dopo? Era ovvio che non ci sarebbe stato. La soluzione più logica è: Mario mi ha telefonato per *informarmi* che Sergio non sarebbe tornato fino a mezzanotte, insomma per coprirlo, probabilmente dietro sua richiesta. Mi sembra di sentirli: «chiama Walter, digli che sto incasinato col lavoro, fallo stare tranquillo», e Mario «povero professore, quante gliene combini, sei proprio una mignotta».

Mi sento offeso e ingannato tre volte: perché ha ripreso i contatti con Lucchi e s'è umiliato ancora; perché sta cercando di rientrare in televisione e non m'ha detto niente; perché ha una relazione segreta. Televisione e desiderio sessuale evidentemente per lui non sono separabili. La sua "resurrezione" fisica non è dipesa dalle preghiere e dal cero, ma dal fatto che ha trovato un nuovo amore. Dopo un anno e mezzo, è la prima volta che metto in dubbio la sua fedeltà.

La mia reazione, però, non è quella sana dell'amante geloso: non ho voglia di aggredire, di proibire. I trichechi lottano per la femmina fino a uccidersi con le zanne; io non sono un tricheco, nonostante la mole. Lo rimprovero blandamente per i primi due inganni, mi risponde che lontano dalla televisione appassisce, «come una pianta senza acqua». Nega che Mario lo abbia coperto, quando si sono sentiti alle otto meno un quarto lui s'era rotto le palle d'aspettare e minacciava di non andarci affatto alla riunione, così Mario chiamando a casa ha voluto verificare se poi c'era andato o no («nonostante tutto è un amico»).

«Sarà, comunque non mi importa, lo sai che ti lascio libero.»

«Nel senso che vuoi essere libero tu?»

«Come diceva Totò, io ti vorrei bene a prescindere.»

«Panzerotto vieni qua, guardami; da parte mia è per sempre; io non ho il cuore a fisarmonica.»

«Ha ha, sono meravigliosi i figli della portiera, sì sì, molto carini, mi hanno scassinato due volte le ganasce, come si chiamano, la serratura sublime del Comune... pure la porta, ha ha, le chiavi me le dimentico dentro, Signora non si preoccupi che noi lo infiliamo dappertutto, e intanto mi guardavano il tafanario, oh, non mi posso mica mettere a piangere seduta sullo scalino...»

La Catastrofe comincia a perdere colpi, le sue famose «cucinate» ormai sono composte di un unico enorme piatto coi ravioli di *Quattro salti in padella*, un lago di purè diluito in cui i ravioli nuotano e un tronco gigantesco di polpettone con una muffa di fagiolini saltati. Sostiene che è tutto buonissimo. Ne restano quantità industriali, che poi si mangia lei alzandosi di notte. È crollata anche di testa: ma è come quegli animali velenosi, che finché non sei sicuro che sono proprio morti non è prudente avvicinarsi.

Tutto nasce da depressione per sopraggiunta inutilità, è evidente, come per il Poeta amico suo tutto nasceva dal bisogno di muoversi, di affermare un'energia che fosse pari alla voglia di morire. Quello che manca davvero è la carità: l'amore che spinge a considerare le debolezze degli altri come un analogo della propria debolezza, e il sesso come l'abbracciarsi di animali difettivi. Lei enfatizza la virilità del Poeta scomparso, e quanto ce l'aveva grosso, e come gli si rizzava subito: il sesso per lei (anche per lui, temo), è (era) un missile interplanetario che non concede sconti e mostra il mondo dall'alto.

«Tu lo odii, Pier Paolo, perché era un frocio che ha goduto molto, e se permetti ha avuto un successo che durerà eterno; l'ha sbattuto sotto il naso a tutti, ma con grande eleganza, da vero uomo, anzi da vero maschio...»: l'intuito infallibile con cui colpisce le mie ferite aperte, la mia ricerca di una cognizione attraverso il ricamo, il rammendo, il patchwork – attraverso un lavoro servile e femminile. S'è fissata che deve essere la paladina di Sergio e del suo rientro in tivù («lo difendo io, senza toccare le maestà... non si possono passare sotto silenzio queste cosucce, gli scandali devono urlare... che poi non sono scandali perché tutti sappiamo, ma il ricatto a Celli è che lui sta già nel prossimo regime, tu bimba non ti arrampicare perché brrr la politica ti fa tanta bua; Enzo sì li fa tremare, non è che li fa tremare, figùrati, ma qui solo un regime ci salva da un altro regime, io queste cose le ho mangiate nella culla, e comunque ormai la pipì l'ho già fatta») – è convinta che dietro l'ascesa di Nencini ci sia un ricatto ai dalemiani di RaiUno.

Risultato della sua generosità sadica: ha imposto a Siciliano di perorare la causa, il produttore di *UnoMattina* ha denunciato «interferenze», un pesce piccolissimo come Sergio ha fatto presto a diventare inviso e lo stesso Saccà, sollecitato, avrebbe sbruffato «quello non lavora più neanche dipinto». Non so come esprimere alla Catastrofe il mio odio; infatti non lo esprimo, dico solo «per favore non occupartene più, Sergio ha già preso un'altra strada» – è un odio teologico, metafisico, molto più grande di me e di lei. Soprattutto odio me stesso per non essere riuscito a fermarla. Se s'era riaperto uno spiraglio, lei l'ha sigillato per sempre. Per fortuna non le ho detto di Santato e delle sue vendette, se no chissà che altri casini combinava. Se prima in fondo preferivo che Sergio alla televisione ci rinunciasse, ora voglio con tutte le mie forze che ci rientri; e per strade autonome, dimostrando di farcela da solo, alla faccia delle iniziative controproducenti di questa matta. Se il prezzo da pagare è che abbia un amante, accetto anche questo. Vorrei schiaffeggiarla, sbatterle in faccia quello che ha combinato – invece la bacio sulle guance, respiro la cipria, le sibilo «grazie comunque, forse non valeva la pena».

Quella mia nei suoi confronti è semplice viltà, mascherata da oscura percezione della grandezza; la gente non sa che farsene dello slancio vero (soprattutto quando è egocentrico, una caricatura di santità pelosa), si accontenta di molto meno, la gentilezza formale, la buona educazione. Abbasso i Pasolini di questo mondo e abbasso le madri che si impicciano. Lasciatemi al mio scartamento ridotto, alle mie tecniche di aggiramento. Vedrete, la mediocrità ha ben altre risorse.

Ci sono degli attimi che l'automatismo dei movimenti si inceppa, basta un infinitesimo d'attenzione rivolto altrove; o questi gradini del minibus sono più alti del normale; vabbe' ammettiamolo, la *frequenza* degli inciampi ha a che fare con la reattività dei legamenti e si spiega solo con la vecchiaia. Il peso alle gambe salendo le scale del terrazzo, con la vaschetta dei panni. Liberazione, ovviamente, più poco da dimostrare: quel che ho fatto ho fatto. Quando torno dall'Aquila, il solo desiderio che ho è stendermi in poltrona e appoggiare i piedi su uno sgabello. Tutto si semplifica: sono contento che stia tornando il freddo e le giornate si accorcino – esiste una sintonia tra la vecchiaia e l'inverno, si sa. Chiedendo ormai poco alla vita, l'appagamento è più facile.

Sergio ha avuto un ultimo sussulto extra-televisivo cercando di organizzare una cooperativa di servizi, specializzata in «organizzazione di eventi»; fallita quella, si sta attestando sull'idea che mi farà da «segretario» finché la televisione non lo richiamerà. Non ha fretta, perché la sua decisione è meditata e irrevocabile: o quel lavoro o nulla. Tanto paga Pantalone. Ma la sua faccetta vince su tutto, i suoi polpacci che mi stritolano sotto il lenzuolo. Un po' della giovinezza che sventola di fuori, sui viali e all'uscita dalle caserme, s'è rifugiata nella mia tana, ha bisogno di me. In me è tornata a farsi sentire la protrusione del disco, tra due delle vertebre lombari (L4 e L5): sono uscito col bastone, un bel bastone inglese con la testa di cane. Sul camion dei finanzieri era aperto il tendone di dietro, una decina di ventenni in divisa ha visto questo vecchio che li minacciava per gli schizzi, il bastone sollevato nella destra: inchiodato in un'illustrazione popolare, il futuro ipotecato dai cliché.

Contro la televisione è inutile lottare: se vuole, può portarci via i nostri figli. Ha diritto di vita o di morte su di loro, perché è lei che gli ha insegnato per cosa valga la pena di vivere o morire. Io poi sarei il combattente meno indicato. La televisione incarna la mia religione profonda: un rancore vecchio quanto me mi spinge ad apprezzare tutto quello che distrugge la vita, o la sputtana, dimostrando che è identica ai suoi surrogati. Per altri, più buoni o più trogloditi, la televisione rappresenta la vita a cui essere grati, la vita intensa che ti si inginocchia in casa: anche noi, in questi giorni, non facciamo che guardarla – lei ci ha reso disperati eppure ricorriamo a lei. Vita e antivita, avvinghiate insieme in un nodo inestricabile: per questo sono così ridicole tutte le obiezioni che vengono fatte allo strapotere televisivo. Mai, nella storia, gli esseri umani sono stati esposti così a lungo all'indistinzione tra ideale e reale: una mimesi avvolgente, che viene a trovarti lei invece d'essere tu costretto ad andare in biblioteca o al museo. Mai la gente ha tanto parlato, nei bar e nelle file alla posta, di fiction. Di storie possibili e parallele, che modellano il pensiero e il quotidiano, oltre che i sogni. Bonolis è fiction, la guerra è fiction. Ma la fiction è la realtà a cui aggrapparsi quando la nostra privata realtà non regge al confronto della fiction. Non importa quanto brutti siano i programmi e quanto stupidi i loro inventori: è il sistema stesso in cui si è strutturata la tecnologia televisiva che crea, di trasmettitore in trasmettitore, un mondo "estetico", un universo surrogato a bassa responsabilità e a bassa coerenza logica.

Mi hanno assicurato che, pur dopo aver annichilito Sergio in una vendetta così schiacciante, Toni Santato si rifiuta di fare le riunioni alla Dear perché non sopporta la Salaria; per la Salaria si viene a casa mia, dunque... povero diavolo anche lui, povera bestia miliardaria. Chissà come riesce a conciliare, dentro di sé, pulsioni così primitive e mezzi così tecnologici; la sua Lei è mezza di carne e mezza di pennellate elettroniche; quanto peseranno le corna in un contesto virtuale?

Quanto più l'economia contemporanea costringe gli uomini a vivere separati e quindi in debito di realtà, tanto più questa abnorme opera d'arte planetaria, mimetica come nessuna ha potuto essere prima, restituisce ai suoi consumatori il sapore di una realtà più vera del vero, da cui mani esperte hanno abolito le sorprese incoerenti, stonate. Così succede nei mondi romanzeschi. Solo che qui il demiurgo non è il singolo romanziere, ma è l'anonimo meccanismo produttivo. Noi italiani godiamo di un privilegio di cui stentiamo a renderci conto: uno dei nostri leader è al centro del più grande esperimento della storia mondiale; la smetta la sinistra di protestare scioccamente, gridando al peronismo e al regime – cerchi invece di aiutarlo, il nostro infantile Mutante, maestro di surrealismo di massa, il nostro Guitto Presidente, a non commettere gli errori a cui lo induce la sua debolezza di carattere. L'artista italiano (ma svizzero d'adozione) Gianni Motti ha ottenuto tramite amicizie il grasso che Silvio Berlusconi si era fatto asportare durante l'ultima liposuzione ai fianchi, e con questo grasso ha creato una saponetta bianca, asettica, a forma di parallelepipedo, che ha donato all'Art Forum di Basilea. Berlusconi è il primo capo di Stato che abbia *da vivo* una parte del suo corpo esposta in un museo. Dove lo troviamo un altro leader che sia insieme il Capo di tutte le televisioni, e che sia disposto a immolarsi nella prova di fusione tra mediatizzazione *del corpo stesso* e un superstite diritto dei telespettatori a rimanere uniti in un consorzio civile?

Capitolo terzo
Io sono l'Occidente

1

I fuochi d'artificio da Sydney, già alle tre (nostre) del pomeriggio, girandole di razzi fuori dalle discoteche – ma un'ora prima, da Tonga e da Samoa, cerimonie sulla spiaggia con enormi bracieri, uomini-armadio col gonnellino e donne-fiore, a varare barche nel buio, ogni barca una fiaccola, incontro al nuovo millennio. La diretta ci consente di seguire questa staffetta del fuoco, la mezzanotte di capodanno del famoso Duemila disegnata da innumerevoli lampadine, man mano che i fusi orari ce lo consegnano nei vari luoghi del mondo.

Fra tre ore toccherà alla Thailandia, poi Bombay, l'Iran e il Medio Oriente; l'esaltazione della tecnologia come sistematica invasione e come possesso. Siamo, io e Sergio, in un paesino di pietre tra le montagne sopra Orvieto, lui si sta preparando per andare con gli amici al festival del jazz, winter edition, io dovrei rivedere un racconto sui compromessi e le trappole della vita coniugale. Ma lo schermo ci cattura, non riusciamo a staccarci dalla coreografia di mille aborigeni che cantano portando un baldacchino in fiamme verso Ayers Rock; quest'anno gli aborigeni australiani saranno molto di moda per via delle Olimpiadi.

Spettacoloso show, meravigliosamente coordinato da una regia in mondovisione, in tutto degna di una data epocale: salvo che il nuovo millennio comincia in realtà l'anno prossimo, ma è inutile fare i sofistici, la magia dei numeri non si discute. Ci baciamo con abitudinaria allegria, lui mi ha regalato un pigiama nuovo, io una maglietta nera con un «2000» e un bicchiere con le bollicine disegnati a paillette; sono ansioso che se ne vada, voglio ricavarmi un'oretta prima del tramonto per tirar fuori dalla borsa il calendario *Heroes* e assaporarmelo in santa pace – verso le sette scenderò a Orvieto anch'io, si cenerà tutti insieme e poi in piazza dove a mezzanotte è previsto un concerto gospel.

Più da sociologo ormai che da erotomane: ci sono pompieri, autisti di ambulanze, bagnini – perfino (al mese di marzo) un improbabile «impiegato di banca». Sono i civici eroi che negli Usa hanno salvato quest'anno molte persone, e a cui la municipalità di Los Angeles ha dedicato un calendario, sponsorizzato da enti pubblici e privati. La cosa notevole è che, se lo guardi senza leggere, ha tutto l'aspetto di un calendario gay. Muscolosissimi tutti, depilati e a torso nudo (l'impiegato di banca con solo la cravatta sui pettorali squadrati e definiti); c'è un benzinaio con la pompa della benzina al punto giusto e la tuta sbrindellata, l'idraulico è bocconi in una posa quasi da coito. Non so se siano i veri protagonisti degli eroismi di cronaca o loro controfigure, resta che è concepito come un calendario "per tutti", da esporre negli uffici e forse, perché no, nelle scuole.

Qui dovrei sviluppare una mia idea, che ho provato a definire come "gayzzazione dell'Occidente" – ma non ne posso parlare così, bisogna prenderla da più lontano. Il cielo s'è fatto scuro, la luce diminuisce così rapidamente che la torre del castello scompare nell'umidità. Stanotte farà freddissimo, sarà meglio che mi sbrighi se non voglio arrivare sotto l'acqua; ecco fatto, comincia a piovere; il concerto gospel sarà rovinato, si tornerà prima e Sergio vorrà fare l'amore; ma io mi sono già masturbato sul calendario;

lo rimetto in valigia, questo m'insegni a non dare troppa importanza alle teorie.

Credo che si possa essere d'accordo, però, sul fatto che il grande progetto dell'Occidente, l'*unicum* che lo contraddistingue tra tutte le società umane, sia l'ambizione di costruire una convivenza senza Dio. Non mi vengono in mente altri esempi, forse la Cina confuciana, ma ho l'impressione che lì fosse un affare delle élite e che nelle povere campagne gli dèi locali andassero forte. Da noi il progetto, consapevole o no, è di massa. Inutile controdedurre ricordando il successo del Papa, anche tra i giovani, e la devozione a Padre Pio, o Comunione e Liberazione e oltre. Sono, per quanto paradossale sembri, fenomeni residuali o di reazione; la gente stima gli uomini di chiesa, i santi, magari prega e va a messa, ma nessuno crede più *davvero* nell'esistenza di un altro mondo, col Paradiso e la resurrezione delle anime. Se ci credessero, vivrebbero in tutt'altra maniera.

Per resistere senza la speranza nell'aldilà, e nel Paradiso, bisogna poter sperare nel paradiso in terra. (Non sto parlando di pochi intellettuali stoico-epicurei, sto parlando della gente comune.) Dare l'illusione del paradiso in terra è l'obiettivo finale del consumismo; o, se si vuole, il consumismo è una protesta per l'inesistenza di Dio. Comprando si è onnipotenti, soprattutto se compri qualcosa che ti serve a poco; i centri commerciali sono isole dei beati dove (grazie all'aria condizionata) è sempre primavera, dove ogni tuo desiderio è un ordine, dove le distanze si annullano perché i prodotti di tutto il mondo si offrono fianco a fianco, a tua completa disposizione. Chi ha pensato il KaDeWe, a Berlino, da ergere di fronte al Muro, l'ha pensato proprio come un frammento di Paradiso terrestre per far sbavare di voglia gli ossie. (Nei viali intorno, molta prostituzione e cantine sadomaso; in quasi tutte le metropoli occidentali, i centri commerciali più lussuosi confinano coi quartieri del sesso.)

La merce come surrogato della felicità, non è certo

una scoperta nuova: il romanzo di Zola dedicato ai grandi magazzini (1883) si intitola *Au bonheur des dames*. Ma più il tempo passava, più ci si rendeva conto che alcune cose non erano comprabili: le persone, gli oggetti troppo distanti da noi, i sogni, i rapporti umani. La falla rischiava di far abortire il progetto, o almeno di ritardarne l'avanzata trionfale; un modello di soluzione è stato fornito proprio dall'arte e dalla letteratura. Fin da quando Dio c'era ancora, e la realtà era puzzolente, bruta, refrattaria, l'arte garantiva una via di mezzo, un mondo alternativo informato a una *ratio* superiore. A ogni scatto in avanti dell'economia, man mano che i cittadini d'Occidente facevano una vita più meccanizzata e standard, l'arte li risarciva di quel che andavano perdendo, i fiori i sentimenti puri l'eccesso l'infanzia. In quell'universo parallelo che assomigliava tanto alla realtà (questo spiega l'altra anomalia occidentale, di un'arte *realistica*), ma che si poteva comprare, niente era più sottratto all'onnipotenza dell'uomo. Potevi tenerti in casa l'immagine di due geishe che traversano un ponte sullo sfondo del Fujiyama, il dibattito tra due intellettuali rinchiusi in sanatorio, il sorriso di un parente defunto. L'*immagine*, ecco la parola magica. Se si accettava che la realtà fosse sostituita dall'*immagine della realtà*, il paradiso in terra tornava a essere possibile.

Se l'arte era capace di compiere questo non restava che ampliare il procedimento, soprassedendo sulla qualità e puntando a un'arte di massa. È quello che il Novecento ha lentamente ottenuto, col cinema, col design, con la pubblicità, coi video musicali; e alla fine col look, con l'estetizzazione dell'esistenza, col trasformare in spettacolo la stessa informazione e l'economia tutta. Ormai si comprano (gli analisti sono concordi) non i prodotti ma le immagini dei prodotti, la «life quality» che è garantita dal logo. Lo "stile di vita" Nike, Versace eccetera.

La politica è determinata dagli esperti lookologi che consigliano i leader, i ragazzi di periferia sperano per il loro futuro di diventare come i ragazzi dei cartelloni, che i sarti hanno truccato da ragazzi di periferia. Viviamo dentro uno show il cui regista è la scommessa occidentale di fare a meno di un Creatore (con la conseguenza che dobbiamo essere creatori di noi stessi). Si assiste a un fenomeno che potremmo chiamare l'*invasione dei belli*: mentre la popolazione del Primo Mondo mediamente imbruttisce (troppo cibo, scarso movimento, età media più avanzata...), ci sono alcuni che si specializzano in bellezza, forniscono agli altri l'icona del corpo umano da desiderare – e viene desiderata in effetti, sui grandi e piccoli schermi, sui manifesti che popolano le nostre città. Non ha più importanza se quei corpi sono veri o meno, se la loro bellezza deriva da innata grazia genetica o da laboriose plastiche chirurgiche (o da massacranti sedute in palestra, o da iniezioni di farmaci micidiali), dato che valgono per la loro immagine e non per se stessi. Si sta già dando il caso di alcuni corpi assolutamente virtuali, completamente costruiti al computer e capaci di suscitare passioni nel cuore degli adolescenti. Il godimento artistico prevede una scissione dell'Io (io che credo alla finzione, io che non ci credo); sulla scissione dell'Io sono fondate le perversioni; ogni godimento artistico è strutturalmente perverso, come sosteneva Winnicott. Dunque, se l'Occidente ha instaurato un'estetizzazione di massa, questo vuol dire che il consumismo occidentale si fonda su una perversione di massa.

Ammettendo che la mia ipotesi sia corretta, ecco che gli omosessuali vengono a trovarsi nel centro oscuro del teorema; sono i migliori interpreti dello Zeitgeist, avvantaggiati nel nuovo contesto come handicappati che si adattano meglio degli altri a condizioni mutate – come un sordo dove ci sia un rumore insopportabile, o la cieca interpretata da Audrey Hepburn negli *Occhi della notte*, che riesce a sconfiggere un rapinatore assassino semplicemente staccando l'interruttore della luce.

Gli omosessuali sono condizionati da sempre a desiderare non una persona ma un'immagine: «Al pari di un profilo conosciuto, | o meglio sconosciuto, senza pari | fra gli altri animali, unica terra | la tua forma casuale quanto amai». Il loro oggetto d'amore è, per definizione, un surrogato: è la proiezione di un ircocervo originario, non esistente in natura, metà angelo, metà specchio e metà madre (sì, tre metà) – e quindi la loro non può essere la ricerca di un individuo reale ma appunto *di qualcosa che rimandi ad altro*, e di cui si deve restare in superficie perché se andassimo in profondità scopriremmo che *non è lui*. Quale oggetto migliore di un'immagine, che una profondità non ce l'ha proprio? L'immagine, in quanto è limitata da un contorno che la preserva dallo sfilacciarsi in conseguenze e legami, è un infinito intensivo invece che estensivo, un infinito concentrato e addomesticato. Non mi hanno mai convinto i tentativi di esaltare l'omosessualità come condizione politicamente trasgressiva, indigeribile per il potere e *naturaliter* rivoluzionaria; né mi convincono ora i tentativi di far passare l'omosessualità per una condizione assolutamente normale, come avere i capelli biondi o preferire i cibi salati. Credo che l'omosessualità sia una condizione minoritaria, particolarmente attrezzata in questo momento a porsi come modello. In Occidente, ripeto. L'omosessualità come avanguardia dell'integrazione consumistica, maestri di recitazione nell'epoca della recitazione universale. E maestri di regressione infantile nell'epoca dell'infantilismo di massa: se il consumismo è la lotta dell'inconscio contro il conscio, dell'immaturità contro la maturità, gli omosessuali ne sono gli alfieri – nel loro sesso spiccio bruciano le sublimazioni sentimentali, come nel suo progetto di dominio il consumismo azzera le sublimazioni culturali. Ma bisogna subito aggiungere che esistono solo *le* omosessualità, al plurale. Ce ne sono di meno radicali di così, soprattutto tra le giovani generazioni: ma oserei dire che sono le meno interessanti.

Sergio ha reagito ai gospel come fa con la musica in generale: moltiplicando l'energia d'identificazione. Sorrideva alle negre grasse e una l'ha soffocato tra le zinne allo scoccare della mezzanotte; era lui stesso un sax. Finalmente la pirotecnia era arrivata su di noi e una scia azzurra ci ha sorvolato mentre ci stavamo baciando. Poi ci siamo accorti che nel bagagliaio s'era rotta una bottiglia d'olio genuino e aveva macchiato il mio maglione di cachemire. Colpa sua, che aveva sbattuto la borsa in malo modo; si guarda la pancia e gli viene da piangere. Intimità forzata nella stanza umida finché, chiudendo gli occhi, ognuno non trova la sua strada.

C'è un particolare *tipo* di omosessuali, dicevo, che è allenato da sempre a desiderare l'infinito. L'oggetto d'amore è irraggiungibile, esattamente come nessuna merce basta. È quel particolare tipo di omosessuali che fa precipitare l'infinito nell'enfasi della corporeità; nella rotondità astrale del corpo, o nella sua esausta efebicità – comunque, in una astratta perfezione che ne garantisce l'appartenenza a un altro mondo. Corpo per negare le funzioni del corpo, o le sue derive temporali: *corpus a non corporeando*.

Man mano che l'estetica del supermarket orientava questo mito omosessuale verso l'ideale della palestra, il feedback che partiva dal mito persuadeva a sua volta le merci a erotizzarsi, presentandosi come segmenti di una forma sempre più unisex. La curva di un gelato da passeggio, la mascherina anteriore di un'auto e un gluteo (maschile o femminile, poco importa) hanno cominciato a offrirsi come target indiscriminati per il desiderio. Per quel tipo di omosessuali, investiti di colpo dalle luci della ribalta, l'immagine del corpo desiderato rimane fissa nel tempo (indipendente dalle caratteristiche umane di chi lo indossa), da quando sono ragazzi a quando muoiono; proprio come le industrie vorrebbero che si stampasse la griffe dei loro prodotti nella testa dei consumatori. Nel campo del pensiero, si potrebbe dire che l'equivalente dell'immagine è il cliché condiviso, accettato senza discutere; l'odierna comunicazione ci sta abituando progressivamente a maneggiare *immagini di idee* invece che idee vere e proprie.

Un tessuto, come si vede, intricato di omologie; nelle palestre, ormai, i corpi femminili e maschili tendono a convergere e a confondersi: tra un seno femminile siliconato e pettorali maschili costruiti dagli anabolizzanti, il divario non è sostanziale. L'importante non è più quello che un corpo *fa*, ma come si scambia alla borsa del desiderio. Entrambi sterili, maschi o femmine che siano. Cade il tasso di natalità, non solo per la paura del futuro. I figli (quei pochi) si generano artificialmente, con siringhe e vetrini.

Nel più profondo dell'autenticità c'è l'artificio; questo è un segreto che gli omosessuali hanno custodito nel loro cuore per secoli e che adesso vedono incoronato sugli altari del potere. Così come la voglia di non inciampare nella spietata rugosità del mondo, nutrendo il loro sogno masturbatorio al riparo dalla bruttezza e dal disincanto (in un circuito di uguali, non esente da marche razziste): eccolo realizzato, questo sogno, dietro gli alti spalti che l'Occidente sta innalzando per difendere dai barbari il proprio livello di vita.

La televisione è l'organo respiratorio di questa fase del consumismo; distributrice di immagini (sia nel senso proprio che nel senso dei cliché) con una durata e un'estensione che mai hanno avuto uguali nella storia del mondo. C'è dunque qualche rapporto tra l'immaginario gay e la televisione? Si direbbe di no, i gay in genere snobbano la televisione (ma la fanno, molti la fanno). Eppure, proviamo a guardare alla differenza tra un porno gay e un porno eterosessuale. Non c'è dubbio che quello etero è molto meno autosufficiente, la parte di erotismo che non può essere saturata dal video è molto più ampia. Quello omo, se è di buona fattura, è una specie di "galleria degli specchi" che assorbe infinitamente il desiderio e lo placa nella contemplazione di sé. Per quanto si cerchi di instillare nei female-oriented la fede nell'onnipotenza dell'immagine, gli esperti in questo settore siamo noi (loro devono confrontarsi con le mestruazioni, coi pannolini, con l'Altro). E cosa c'è di più simile a una "galleria degli specchi" che l'universo televisivo, inteso come sistema autoreferenziale? La tivù abolisce i tempi morti; tutto si velocizza, per paura della noia e dell'auditel; e quando dobbiamo decidere in pochissimo tempo, tendiamo a soccombere agli stereotipi. L'oggetto del desiderio, per i gay, è quasi sempre uno stereotipo; così il cerchio si chiude. I gay hanno un bel disinteressarsi alle singole trasmissioni, è il sistema che è omologo: anche se loro non guardano la televisione (e non è detto), è la televisione che guarda a loro.

Basta studiare uno dei video del più recente (e stupefacente) divo del porno gay, Billy Harrington. Billy è il nudo di nuova generazione: perfetto in ogni dettaglio, i femori, i gomiti, la fronte, i calcagni. Non parti anatomiche, ma la loro forma platonica. Massiccio più dei culturisti e insieme delicato, elegante; forse, dal punto di vista teorico, il più bello che sia mai stato immesso sul mercato. Un broncio da baci, iridi d'acqua rosa trasparente. Gli altri, quelli della mia giovinezza, erano imbranati col sesso, facevano poco, lasciavano l'hard ai servi di scena; Billy invece si impegna in prima persona, sulle areole dei capezzoli gli vedi indurirsi dei piccoli granuli, segno che si sta veramente eccitando. Si tormenta l'ano per dieci minuti, fa tutte le smorfie come se lo volesse ma nessuno glielo mette dentro; sembra che stia per fare un pompino ma poi non lo fa, sembra che debba infilarlo lui e non lo infila. Con tutto quel corpo che grida sesso da ogni centimetro quadrato, finisce che non è nemmeno venuto, ma con tutti i sorrisi e i relax di uno che ha fatto una magnifica scopata.

Oppure, in dvd, il suo orgasmo ce lo fanno finalmente vedere ma in un settore del disco separato dal racconto principale, come «opzione 4». Lì, senza nessun partner in vista, il superorgasmo è ripreso al rallentatore e ripetuto da cinque angolazioni: fontane poco credibili di sperma, traiettorie fantastiche, uno sgorgare senza limiti nemmeno fosse stato dieci anni in astinenza.

Mentre i vecchi nudi erano l'altro mondo che sfiorava questo senza mischiarsi, Billy appartiene a un unico mondo, che *non è più né questo né quell'altro*. Quel che il consumismo sta ottenendo è una realtà sempre più finta e una finzione sempre più reale, in un trionfo del trompe-l'oeil; la nostra vita è una "mezza cosa" di cui non siamo più padroni, perché è comandata dai padroni dell'immagine. Ed è quello che in fondo vogliamo, perché inconsciamente ci è chiaro che questa nostra realtà (qui, nel castello assediato d'Occidente) è una disperata finzione. Non so se avete notato quel che sta succedendo alla pubblicità televisiva, e anche agli sceneggiati: sempre più spesso si mostrano i backstage, gli errori che una volta sarebbero stati tagliati in sede di registrazione. La prova di spot è di fatto lo spot, per dare agli spettatori il brivido del fallibile, del vero, dell'*umano*. E negli sceneggiati ormai sono inglobati Personaggi Televisivi che recitano se stessi; nei reality, i vip sono mischiati alla gente comune e non si riesce più a distinguere tra gli uni e gli altri, dilaga la "zona grigia". Dietro le pretese che la fiction sia "vera", c'è la speranza inconsulta che la verità sia finta.

L'immaginario omosessuale che ha fornito il modello, insomma, alla fine è stato tradito. Era essenziale, per noi, che ci fosse un altrove. Che i corpi venissero *di là*. Era quello che li rendeva poetici. Ora ti vengono incontro da tutti gli angoli, mimano la dimestichezza, si lasciano violare (a Fort Lauderdale, Billy Harrington si strofina addosso agli spettatori e si fa sodomizzare con cilindretti di plastica gelatinosa colorata che lui stesso distribuisce in contenitori asettici);

ma tu non sei più tu e loro non sono più loro. Il progetto occidentale ha sporcato la nostra purezza e noi (ubriacati dal successo) siamo stati grati per questo. Il misticismo diventa comico involontario, si rattrappisce negli avvilenti eden-club della parodia.

2

Di Radda in Chianti ho ricordi antichi, di quando lavoravo per l'Arci regionale toscana e facevamo i convegni nella "zona del vino"; cerco di figurarmi il paese com'è adesso ma riesco solo a proiettarmi una sfilata di case su un'altura. I ragazzi, già allora, guidavano moto di grossa cilindrata e vestivano firmati; di soldi ne circolavano, e ne circolano, parecchi.

Il nome, anche, è quanto di più anticamente toscano si possa immaginare, Astore. L'incrinatura di pianto che pretende di farsi spazio tra queste righe è inaffidabile, non fatevene influenzare nel parere finale. Astore è il nome del ventiquattrenne che si è innamorato di Sergio. Era lui che telefonava quella sera a Catania, minacciando di commettere sciocchezze perché Sergio non mi aveva parlato di lui, come gli aveva promesso. Potrebbe essere mio nipote.

Ora l'ho conosciuto, trattasi di un ragazzone con grandi mani e una faccia rotonda, e so che aiuta il padre nel forno del paese. Ci ha portato meravigliosi cantuccini alle mandorle e un ciambellone salato. Ma quando la tresca è saltata fuori, più di un mese fa, fantasticavo di un'entità indefinita, l'incognita di un'equazione da risolvere. E l'equazione era: dato il bisogno irrimandabile di Sergio di cambiare ruolo, proteggendo lui qualcuno più giovane, in quale posizione deve porsi il padre iniziale per evitare il melodramma e non fare la piaga purulenta? Soprattutto quando il nonno sia benestante e l'aspirante padre disoccupato? La scelta della sincerità è parsa subito obbligata, in ossequio ai più tenaci pregiudizi degli eterosessuali progressisti («per voi è diverso», un po' come si difende la sperimentazione sugli animali sostenendo che hanno una sensibilità al dolore minore dell'umana); ma certo non ce l'avrei fatta a reggere alle risate trattenute sullo sfondo del telefono, fatte passare per interferenze, e ai «non devi prendere il biglietto?» per liberarsi di me e rispondere con urgenza a un sms, e ai cambiamenti d'umore e ai «ti chiamo più tardi» e ai «lo sai che il sabato e la domenica non è possibile» bisbigliati fingendo di allacciarsi una scarpa.

«Tanto sono sempre io che devo prendermi le responsabilità e affrontare i discorsi pesanti.»

«Io voglio stare con te.»

«Non stiamo parlando di questo; non costringermi a frasi orrende del tipo "non insultare la mia intelligenza".»

«Lasciami ancora un mese, Walter.»

«Come si chiama questo signore?»

«Non è un signore, è un ragazzetto che cià 'na fifa... lavora durante la settimana, per questo...»

«Invitalo sabato.»

«Figùrati, solo a sentirti nominare trema come una foglia.»

In effetti quando m'ha stretto la mano non mi ha guardato negli occhi, ma avevo già pianificato la mia strategia offensivo-difensiva, aiutandomi con un impasto di superbia intellettuale e avarizia di cuore. «A Sergio serve qualcuno che lo ammiri» mi dicevo, «e quindi non può cercarlo molto in alto, deve essere uno poco attrezzato culturalmente». Ho persino provato a mettere in difficoltà quel povero figliolo sul fatto di non sapere l'inglese (con tutto il suo mito americano e i sogni di trasferirsi a San Francisco o a San Diego), ma ho intuito subito che stavo premendo il tasto sbagliato: proprio la sua semplicità era erotica per Sergio («devo spiegargli quando parlo, perché non capisce metà delle cose che dico»).

Con me Sergino si fa tenere la mano finché non è addormentato, con Astore recita l'uomo maturo, munito di vita favolosamente interessante. Ho dovuto mentire, far finta che lavori ancora in televisione («come sono i boys della Carrà dal vivo?») – più mi rassicuravo («questo me lo mangio a colazione»), più trovavo umiliante l'intera faccenda. Umiliante innanzitutto che io non riuscissi ad ammettere di soffrire davvero (che fanno a letto insieme? quante volte?) – è crollata la sicurezza che per quasi due anni m'ha fatto dribblare con disinvoltura i contrattempi del mondo, «ma io ho il mio amore a casa». Non è il mio amore, è Sergio Serenelli, un trentaduenne che conosco poco. Umiliante in secondo luogo che non riuscissi a *combattere* per eliminare l'intruso: se lo faccio a botta fresca, gettando sulla bilancia il peso del nostro sodalizio («o lo liquidi o a me non mi vedi più») il risultato non può essere in dubbio. Perché non lo faccio allora? Per correttezza democratica? Per rispetto? Per sfida?

Camminavano avanti a me, l'altro giorno, tra i platani – si sono chinati ridendo, quasi lottando per scherzo. Poi hanno preso a confabulare guardandomi, come se fossero incerti di una mia eventuale reazione. Io pensavo contemporaneamente "che regalo di vitalità" e "'sti stronzi", quando Sergio mi è corso incontro mostrandomi quel che avevano trovato, una collana d'oro.

La perdita, se attraversata come una nebbia umida, rivela al fondo una sensazione di comodità; forse delego a questa avventura altrui qualcosa che io non ho più voglia di provare. L'affetto può essere una fuga, un modo di edulcorare la pena per una frustrazione – se non addirittura un'esibizione di potere. Com'è più pulito, e più naturale, Sergio: tornato dalla stazione si rifugia tra le mie braccia piagnucolando «coniglietto, sto male, non ti amo abbastanza». Che emblematico simbolo della coppia: si rifugia tra le mie braccia perché non mi ama abbastanza.

Astore è sparito, quasi di colpo. Ha trovato un amico americano, gli ho tradotto due lettere e gliene ho scritte due, brevi, in cui si lamentava del fatto che l'altro non volesse invitarlo negli Usa. «I would really like to meet your family.» Il ruolo del segretario galante mi divertiva, ma ha smesso di frequentare Sergio e conseguentemente anche me. Non ci saranno più sue notizie, è così che funziona la brutalità del desiderio; sono io che la faccio lunga perché non sono limpido.

Con Sergio abbiamo ripreso a fare l'amore alla vecchia maniera ma stranamente con una ritualità più marcata, a giorni e ore precisi; ha bisogno di mettermi alla prova, di sapere che *la casa c'è*, che il padre è sicuro e che lo esamina periodicamente – lui agli esami va bene, solo così può permettersi le scorribande sugli argini e nei prati. Metaforicamente parlando. In realtà non va in camporella, gli incontri sono più che metropolitani; l'ultimo è stato con un politico verde di una certa notorietà. Me l'ha confessato subito (anche con un po' di orgoglio) ma dopo una settimana gli è venuto il fuoco di sant'Antonio (a Sergio purtroppo, non al politico); evidentemente la sincerità gli procura malattie psicosomatiche – ha bisogno di ingannarmi, non glielo posso negare.

Così adesso, con un arredatore lucano, è tutto un festival di lapsus; non vuol dirmi che si incontrano il martedì, ma insiste talmente con gli impegni al lunedì che capisco lo stesso. Usano il letto quando io sono all'Aquila, poi torno e trovo spremuto il tubetto della crema lubrificante; apro il cassettino delle riviste, in bagno, è c'è appallottolato un fazzoletto impregnato di odori inequivocabili. Il culmine sono state le piattole reciproche, non solo all'inguine ma perfino tra le ciglia; gliele hanno rasate al San Camillo, ci siamo vagamente giustificati adducendo un viaggio in Marocco.

Si tinge il cuoio capelluto con un tappo bruciato per mascherare l'incipiente calvizie. Dall'estero premono nuovi format televisivi, cloni e progenie dell'eterno reality: trentasei inglesi simulano una vita da naufraghi in un'isoletta delle Ebridi, costantemente ripresi dalla Bbc. Un concorrente è rimasto quattro ore col polpaccio bloccato da una tagliola e tutti a chiedersi cosa facesse il cameraman. Anch'io simulo le sofferenze della rivalità, prove tecniche di pene d'amore. In Francia hanno brevettato una sostanza, con un nome scientifico in -asi, commercializzata come ReViva (o qualcosa del genere), che sparsa come farina sui ritagli di carne è in grado di ricostruire i ponti proteinici; pressando i frammenti in una cassetta e tenendoli in frigo, dopo poche ore si ottiene un pezzo di carne apparentemente integro, che può essere tagliato a bistecche o a fettine, solo un po' più gelatinoso in superficie. I sentimenti che io e Sergio viviamo adesso mi sembrano fatti così. Più i miei che i suoi, forse. Tessere che si incastrano: quando era anoressico ho pregato di poter prendere io sulle spalle il suo dolore; ora che Dio mi ha esaudito non posso lamentarmi.

«Se non ci fossi tu» mi dice, «non potrei godermi nemmeno il rapporto con quegli altri. Lo sai che per me è un periodo difficile, ne ho bisogno per distrarmi». Usiamo parole di plastica, come "emozioni forti" o "il mio percorso di vita". Se esce per andare in discoteca, so che mi addormenterò prima che lui rientri e lo accompagno con una specie di preghiera, «Signore, che stia bene e che si faccia onore.» Poi un piantarello e crollo sul cuscino. La mattina, inghiotte tutto il mio sperma e mi porta il caffè; che sia questo l'amore al tempo della tivù?

Uno speaker della *Vita in diretta* presenta il carosello dei carabinieri, dice: «da una parte ci sono cavalli bianchi e grigi, dall'altra cavalli *di colore*» – in realtà i cavalli sono neri, ma «nero» non si può più dire nemmeno dei cavalli. Così io non riesco a pronunciare la parola "gelosia". A Sergio garantisco una vita sessuale appagante, ma con gli altri; voglio che sia felice, sono un drogato del suo sorriso. Lui sa che le avventure (quelle che non ha avuto a vent'anni) sono una mia benevola concessione, un mio regalo – e me ne è riconoscente. Quando crede d'aver fatto le cose di nascosto (e anche, devo supporre, quando le fa di nascosto davvero) è più allegro del solito, perché è come se il piacere che ha provato non fosse stato pagato con nessun prezzo di dolore. Quindi faccio finta di non accorgermene e ogni sua allegria nasce già avvelenata dal sospetto.

Lo sento, di là, che guarda i film porno; se mi alzassi per spiare, lo vedrei col telefonino all'orecchio e i pantaloni abbassati – racconta le scene più hard all'altro, si masturbano insieme. (Domani, il suo perineo e il mio cilindro pallido, o viceversa; i peli sudati. Che cosa io ancora sperimenti, diciamo sessualmente, non ha nessuna importanza e non interessa a nessuno, perché non dà più origine a parole.) Tra i malati di lebbra, quelli che soffrono sono quelli a cui le dita *non* cadono; la mutilazione, anche per i sentimenti, è l'alternativa al dolore.

Stavolta è un dentista di Siracusa, molto benestante, gran frequentatore dell'Emporio Armani e collezionista d'auto d'epoca. Troppo brutto per scatenare quella famosa parola in -ia; chissà Sergio cosa ci trova in lui; deve avere un bel cazzo e scopare molto bene; almeno a giudicare dalla faccia soddisfatta del suo amico fisso, un ragazzo bellissimo e dalla timidezza paralizzante.

Alla processione del Venerdì Santo, a Pantalica, loro erano andati avanti chiacchierando di moda e di varietà (patetiche rimembranze parigine del dentista, sul Lido d'una volta, l'étoile Liliane de Montevecchi e i macchinisti nelle coulisse che spingevano la ruota col piede...); io e il bellissimo inutile rimasti indietro, marginalizzati dalla calca. La statua della Madonna, uscita dalla propria chiesa, stava recandosi alla chiesa del figlio crocifisso, all'altro capo del paese. Il bellissimo raccontava di quanto gli piaccia il gioco del calcio, però non ha la stoffa per diventare professionista («faccio troppe autoreti»), e che il fratellino ha bocciato due volte in terza media.

D'un tratto il bellissimo è sparito, io seguendo la processione sono arrivato sul sagrato della chiesa "figlia", dove già i fedeli cantavano il lamento delle sette spade; il dentista mi è venuto incontro, da solo, «meglio che noi due vecchietti ce ne torniamo in albergo, mi sa che faranno tardi» – come se la cosa fosse già stata combinata e decisa. Ma dove si sono rifugiati, in una casa compiacente? sul divano di un bar, in chiesa? all'aperto no di sicuro, col freddo che fa. «Matri afflitta, comu torni, | ca pirdisti lu to amuri? | Lu circasti ppi tri jorni | ccu gran pena e gran duluri; | lu truvasti 'ntra lu Tempiu, | unni dava granni esempiu. | Chista fu la terza spata, | o gran Matri Addulurata.»

«Vi siete divertiti?»
«È un imbecillone.»
«Belle gambe, però.»
«Bellissime cosce, e anche i pettorali mica male.»
«Un po' di pancetta?»
«Meglio.»
«La cosa più buffa è che non ero geloso di te, ero geloso *di lui*.»
«Non hai motivo di essere geloso di nessuno, qui.»
«Come ti assisto nelle malattie, così ti assisto nelle voglie.»
«Che parola buffa, "voglie"...»
«Le "vogie", diceva un poeta veneto, per distinguerle dall'amore; e uno toscano "le foje"... Saba diceva "la brama".»
«Vuoi che partiamo domani, coniglio?»
«No, ormai restiamo fino a domenica.»

Alla fine però, dài e dài, sono riuscito a soffrire sul serio: e la causa scatenante è stata del tutto imprevista. Non sono state le battute sceme, né le occhiate assassine che mi scavalcavano, né la sporcizia morale. L'ho beccato che sfogliava un numero di «AD – Le più belle case del mondo», dedicato ai soffitti in legno. «Che fai?», «Turi si sta arredando la casa al mare, e l'aiuto a scegliere». Non so perché, mi ha mandato fuori dalla grazia di dio; la sottocultura no, cristo, che te lo infilino in culo chi se ne frega, ma che ti rubino l'anima, che tu sia proprio plagiato da loro non mi va giù, forse sto sprecando un mare di energie per un cretino. «Non lo faccio per i motivi che credi»; appunto, magari tu lo facessi perché hai perso la testa, no, lo fai perché ti sembra chic – poi certo, il niagara di pianto e «per me ci sei tu solo, tutto questo è per dimostrarti che sono diventato grande, però se tu vuoi non vedo più nessuno» eccetera – ma una frazione di secondo in ritardo.

Recitare l'amore dà tutte le consolazioni dell'amore, risparmiandone le noie. Avevano sentito le urla, prima di partire ci trattavano con molto rispetto, come si tratta una coppia legittima. Ho pagato l'ultimo pranzo a tutti, con una cifra così i miei si comprerebbero il condizionatore per l'estate. La stanghetta degli occhiali si è rotta perché ieri, nel delirio di recupero, Sergio ci ha messo un piede sopra.

Da quando mi esibisco nella veste del vecchio saggio, il mio corpo si è rovesciato come un guanto: gli organi, all'esterno, rabbrividiscono a toccarli, l'aridità della pelle costituisce l'interno. Stanotte sono rimasto sveglio fino alle due e mezza; ormai sono così disabituato che la vita mi fa l'effetto del caffè: se durante il giorno mi capita qualcosa di vitale, fatico ad addormentarmi. Forse alla fine li ringrazierò i due amanti siracusani, brava gente («se venite a Parigi a maggio, vi ospitiamo da quella pazza di Germaine... a maggio i Giardini del Lussemburgo sono meravigliosi»).

3

Ero assente al Consiglio di facoltà, è stata colpa mia; troppo perso in esperimenti di ordinaria vigliaccheria, a covare telefonate isteriche. Non mi sono nemmeno giustificato, ero convinto che l'operazione sarebbe andata *de plano*. Invece m'ha avvisato Grazia sconvolta, «è saltato tutto, hanno trombato Carmen a Storia contemporanea, è stato un attacco terroristico in piena regola». Avevano programmato e calcolato ogni mossa, ma alla fine sarebbero bastati dodici voti per chiamarla e ce ne sono stati nove. Col mio saremmo arrivati a dieci, e la mia cosiddetta "influenza" forse un altro paio li avrebbe spostati (c'è chi lo nega, sostenendo che l'opposizione è più compatta di quel che sospettavamo). Addirittura la mia assenza, pare, è stata interpretata come un'autorizzazione tacita alla porcata («Walter si è dato malato, guarda caso»); come Ivan Karamazov che parte per Mosca dopo che Smerdiakov gli ha fatto un certo discorso.

La porcata è di quelle accademiche proprio brutte, una vendetta trasversale che tira a far male e a rovinare i colleghi personalmente, nella loro vita privata. Questi i fatti: un anno e mezzo fa (c'era ancora la vecchia Preside, la zittella grassa) il docente di Storia contemporanea che stava trasferendosi a Padova, sua sede d'origine, ci prende in tre o quattro da parte e dice «io una persona capace di sostituirmi degnamente ce l'avrei, è una spagnola che sta in Italia da una vita, una studiosa di anarchici bravissima, che per le sue faccende un po' scombinate è ancora ricercatrice ma meriterebbe di essere in cattedra da un pezzo; ovviamente verrebbe se la cattedra gliela chiedete voi; l'unico neo è che è moglie dell'ispanista che dovrebbe arrivare tra qualche mese, non vorrei dare l'impressione di una combine». «Che problema c'è» rispondiamo noi, «se questa è brava il concorso glielo chiediamo comunque, indipendentemente da chi sia il marito; anzi magari, insegnando tutti e due qui, ci garantiscono che non se ne andranno tanto presto». Infatti quello arriva, arriva anche lei e prendono casa immediatamente, la figlia si iscrive al liceo classico dell'Aquila, tutto normale.

Il marito però è un ambizioso, uno di quelli che si impegnano politicamente per averne un tornaconto; alla scadenza elettorale non gli è difficile diventare il nuovo Preside perché gli vengono riconosciute doti indubbie di organizzatore. Comincia a urtarsi con i "locali" e con alcuni scansafatiche permalosi; ha sempre una puzzetta culturale sotto il naso, quando parla con te sospira prima, come per dire «fammi spiegare a 'sto deficiente come stanno le cose». Pungente nelle repliche, inflessibile coi sottoposti, si aliena molte simpatie e provoca una saldatura tra le varie forze di "minoranza". Così, quando si tratta di chiedere la cattedra per la moglie esplodono i mugugni, sembra che gliela si chieda *perché* è la moglie del Preside. Noi pochi testimoni confermiamo, certo, che la promessa era precedente, ma manchiamo di vera forza di convinzione – in realtà lui sta un po' sulle palle anche a noi e ci affanniamo a dirgli che non sarebbe «opportuno» che lei fosse chiamata adesso, la moglie di Cesare eccetera. Lui fiuta il cattivo clima e sceglie di accelerare i tempi ma non ce la fa, inciampa all'ultimo ostacolo. Adesso lui si sente giustamente vittima, gli altri ritengono di aver fatto cosa meritoria opponendosi ai progetti di un prepotente. Partirà una di quelle lunghe guerre di posizione, tipicamente universitarie, in cui ciascuno cercherà di mettere i bastoni tra le ruote dell'altro.

Io, come vicepreside (e "king-maker", nel ruolo di prestigiosa mediocrità che mi sono ritagliato), sguazzo in una gloriosa ipocrisia: al marito e alla moglie condoglianze e faccia compunta, abbiamo perso una battaglia non la guerra, quali possono essere i passi successivi, certo hai diritto di convocare un altro Consiglio e riprovarci, più che un diritto è un dovere entro i sessanta giorni prescritti, ma non affrettare le cose, muoviti con prudenza – agli oppositori, vi capisco, lui se l'è cercata, ma non potete farla troppo sporca, un altro paio di tentativi bisogna concedergliieli, al limite fate mancare il numero legale. Anche tra l'antica maggioranza, quelli che hanno perso nell'ultimo Consiglio ma che avevano eletto il Preside, c'è qualcuno che allarga le braccia e ti dice all'orecchio «posso essere sincero? se tengono duro ci fanno un piacere anche a noi, ci evitano un'altra scassacoglioni in facoltà». S'è diffusa l'opinione che sia lei l'elemento tremendo della coppia, una specie di Lady Macbeth che tormenta il povero marito mettendolo in croce tutte le sere.

Mi comporto nell'accademia come con l'erotismo: mostrarmi cinico richiederebbe una postura alla lunga faticosa – coinvolgermi davvero sarebbe faticoso anche subito – meglio assumere il distacco di chi si è emozionato tante volte che ora può permettersi di giudicare le cose dall'alto. Giocate voi, se ci credete ancora.

«Da me non devi temere di essere giudicato, io mi trovo talmente in basso che non posso invocare tribunali per nessuno; anzi, quando mi parlano di specie umana, degli obblighi che abbiamo verso la specie umana, io non mi sento concernuto; non ho niente a che fare con l'umanità, ho molto più a che fare con le rocce, coi minerali...»

«Siamo grumi deperibili, che derivano da grumi precedenti; schiavi della biologia.»

«Hai presente quello che gli etologi chiamano "ordine di beccata"? a me non mi tocca neanche un verme... in tutti i sensi, anche i vermi mi schifano.»

«Non basta, purtroppo, per mineralizzarsi...»

«Le mostruosità sono come le venature dei sassi, o dei sessi: se martelli nel punto giusto, ti separano e non ti ricongiungi più.»

«Francesco, io non sono meno mostro di te, solo che si vede meno.»

«Io comunque me ne vado, torno nella mia Thailanduccia, a Sukarnoville; dicono "sei uno di quei maiali?", be', almeno so' io, sono vero, sì, sono proprio uno di quei maiali lì.»

«E il poliziesco con il detective grasso che viene aiutato dai bambini?»

«Te lo lascio in eredità, mi son stufato di star dietro alle tartuferie degli editori, "lo stile è troppo sontuoso per un libro di genere"; in realtà è che non vogliono libri *del* genere.»

«Hai qualcuno a cui appoggiarti, lì, qualche amico?»

«Ti sembrerà rocambolesco, ma ho un amico di undici anni, che mi ha già trovato un alloggio e mi fa da assicurazione con la polizia, perché lui è l'amante del capitano... C'erano dei ragazzini che stavano a sniffare la colla sulla scalinata di un centro commerciale, uno m'è venuto più vicino con la solita domanda, "do you want chocolate?", e ha cominciato a strusciarsi – ma non sembrava che voleva proporsi, sembrava che si strusciava perché ero morbido, caldo, come fanno i gattini...»

«E così vi siete conosciuti?»

«No ma non è lui, eh, il mio angelo custode... il gattino è stato il mio amante, Phibun è passato dopo a riscuotere perché cià tutto un gruppo di ragazzini che lui dirige... anzi, devo ricordarmi di portargli la penicillina, perché sotto il ponte di Thon Buri ha messo su un pronto soccorso per i piccoletti che si feriscono coi cocci di bottiglia, o lottando...»

«Il nostro vero peccato contro la natura è non aver avuto figli.»

«Con Phibun ciò anche provato, a incularmelo... stava con uno di sette anni che m'attizzava molto; ma quando l'ho visto che tirava via il piccolo, e mi faceva lui il servizio... diceva "I like more" ma non era vero, lo faceva per proteggerlo... be', mi si è aperto un taglio in fronte.»

«Vaglielo a spiegare, ai tenutari della morale, che il denaro può essere una scorciatoia per l'affetto.»

«Quando i più piccoli mi chiamano "fatman", Phibun li strilla e gli insegna che devono volermi bene.»

«Non lo saprai mai, naturalmente, se ti vuole bene; questa invece è la maledizione del denaro.»

«Mia madre mi ha maledetto, stamattina; la dovevi vedé...

col dito alzato, proprio come 'na principessa... e le patacche di sugo sulla vestaglia... m'ha gridato "che i nostri santi morti ti sputino addosso, e che solo a sentire il tuo nome chi ti incontra si faccia il segno della croce"... sai che gliene frega della croce, in Thailandia.»

«Quando parti?»

«Giovedì; ma mi sentirei onorato, mio esimio esegeta, se volesse condividere la mia ultima mensa, spezzare con me il pane dell'addio... porta anche Sergio, se non gli secca.»

Ci vuole coraggio, eccome, a pretendere che l'affetto non sia disgiunto dal desiderio: il novanta per cento delle coppie, se avessero questo coraggio, si separerebbero. Di solito ci si accontenta dell'affetto e stop. In casi più rari, del desiderio e stop.

La soluzione che ho trovato con Sergio non è priva d'astuzia; tra noi, ormai, c'è affetto e stop, ma lui porta nei nostri coiti affettuosi la freschezza e la curiosità dei desideri che soddisfa altrove. Non voglio dettagli, mi basta sapere che uno di noi non può lamentarsi della propria vita sessuale: all'altezza degli eterosessuali più riusciti. Il soffio balsamico della normalità ci sfiora i capelli e accarezza il nostro letto; poi, lì, come si viene si viene. (Quesito: ma i *miei* desideri, per quanto tempo potrò tenerli in naftalina, e soddisfarli per procura?)

L'intimità dello sfiorarci svegliandoci, far colazione insieme, i bacetti. Poi, come una coltellata, il ricordo d'averlo sorpreso mentre diceva a uno dei tanti, salutandolo in ascensore: «Walter non potrei mai lasciarlo, *per ragioni anche pratiche*». Spendo un po' di dolore come se fosse una norma igienica, tesa a recuperare dignità. Non guardare giù, il nostro sedicente amore soffre di vertigini.

I capelli sottili
d'una povera pazza

come i fili d'un salice
sul nostro anniversario;

quando con mani ladre
mi regalavi il sipario
d'un orgasmo in bilico.

Ma tornavo a volare
sognando che mia madre
usava il tuo basilico.

Il primo risultato è una contrazione del tempo: le settimane passano come se fossero giorni, i mesi come settimane. Adesso è il turno di un ballerino, anzi ex (anche all'età di Sergio, ormai, oltre che alla mia, la gente che si incontra è sempre più spesso ex-qualcosa); la prima volta che l'ho visto in slip mi sono rammaricato, accidenti, sto con quello sbagliato dei due. Quando si sveglia fa *seicento* flessioni per gli addominali; i glutei, be', che ve lo dico a fà. Lui e Sergino sono fratelli nel non dar peso alla disoccupazione, nel privilegiare, come dicono, «l'intensità» rispetto alla disciplina. Parlano di niente, di musica, di film; sparlano spesso di donne, ridendo. Con me Michele (così si chiama) fa il serio, mi racconta della sua psicanalisi, delle pulsioni sadiche, del desiderio di dominare. Di Sergio ripete fino allo sfinimento che è «molto dolce» – per essere dolci bisogna: non aspettarsi troppo da se stessi, sapere poche cose, avere molta paura. Lo so per esperienza, anch'io ero dolce secoli fa.

Che cosa pensa Sergio, mentre bacia il ballerino genovese? Che ha diritto anche lui a un po' di piacere leggero, che non è soddisfatto di sé, che mi ama ma è costretto a farmi soffrire perché è uno stronzo, che spera che io lo salvi inventandogli un interesse, che se fosse indipendente dal punto di vista economico non dovrebbe ubbidirmi anche quando non ne ha voglia. Sta diventando adulto alla velocità di Ridolini e nella corsa accelerata supererà il bivio della nostra separazione. Ciascuno ha il proprio trucchetto di abnegazione, per sopportare la vita: io mi dico che non voglio mettere lui nella condizione triste di dovermi abbandonare. Tre, quattro volte padre. Lui mi vuole consolare, facendomi credere che con Michele certe sere non ci fa nulla, e anzi il sesso tra loro non funziona granché – oh meraviglia! la cosa mi consola davvero. Ma un po' anche mi dispiace perché vorrei vederlo vivere in loro, l'amore sognato.

Quello che conta è non diventare indegni dell'assoluto; se non mi va non mi va, di cercare io qualcun altro, e qualcosa vorrà dire. Non mi riconosco più, e questo va bene. Mi sintonizzo su un canale polacco, o armeno (in quello armeno i film occidentali vengono doppiati da un'unica voce, di uno speaker compassato e compunto: immaginatevi cosa diventano i dialoghi di *Casablanca* o di *Via col vento*): il rumore della tivù mi tiene compagnia, soprattutto in lingue che non conosco. I figli non si possono scegliere, più che Sergio amo il mio gesto di amarlo. Il ballerino gli ha regalato un cavallo di legno che viene da Ceylon, composto di rami con tutta la corteccia; passiamo una domenica mattina a scortecciarlo e a dipingerlo di rosso. Miracoli della quotidianità, quando Sergio gonfia lo stomaco e tira in dentro i muscoli dell'inguine, vuol dire che sta rilasciando una scorreggia.

«Quando non ci sarai, sentirò la mancanza delle tue puzzette.»

«E se io non volessi più allontanarmi?»

«Sarei costretto a vivere in una camera a gas... come ce l'ha il cazzo?»

«Bellissimo, molto grosso e dritto; piega un po' a destra, quando...»

«M'ha fatto biip biip col dito sulla punta del naso, come se fosse un gioco...»

L'abbraccio e sento il vecchio odore cieco per cui l'avevo scelto ventotto mesi fa, l'odore del ragazzo che ho reso felice, che mi guardava negli occhi mentre lo possedevo e mi diceva grazie. Ora però singhiozza per un altro.

«... crede di potersi permettere tutto. Perché sono fatto così male, perché non mi basta stare con te?»

«Forse perché è finita.»

«In che senso intendi? Non mi vuoi più? Ti prego ti prego non mi spaventare... è un'ossessione, boh, una schiavitù... non c'entra niente con quello che provo quando noi due stiamo insieme; con lui, a parte vabbe', quasi tutto il tempo sono scontento.»

«È così che funziona, la passione.»

«Io non ho le tue risorse, non so dare i nomi a quello che mi succede. Non ci puoi parlare tu, non puoi dirglielo tu che mi lasci in pace? Se ne stia con quella troia e non mi cerchi...»

«Le donne ci sono, ci sono anche per noi; bisogna lasciarle circolare nei tessuti, come l'aria, altrimenti ci intossicano.»

«Non è per le donne, è per la mancanza di rispetto: mi fa segno "adesso la prendiamo in giro" e poi invece va in balcone e sento che parlano fitto fitto... e si preoccupa delle sue malinconie, se le sono venute le mestruazioni... le dà i diminutivi... una tenerezza che con me non si è mai neanche sognato...»

«Me lo merito: ho cominciato pensando di sperimentare chissà cosa, e mi ritrovo a fare la ruffiana come mia zia.»

«Non essere freddo, panzerino: non mi punire così.»

«Stai tranquillo, adesso glielo dico io che ti deve maneggiare con cura... abbracciami dài, siamo tutti personaggi secondari.»

L'invito era steso col solito garbo umoristico, di uno che scrive in maschera perché in maschera ci vive:

Endovena chi viene a cena. Eviterei i ristoranti dichiaratamente steak'n'lobster, perché potremmo incontrarci Sbardella o La Russa. Scarterei i ristoranti ethno perché nun ze ne pò più, i fast-food cistifellea-galore, e le hostarie der gallo d'oro, paraponziponzipò. Depennerei le pizzerie ex-incannucciata neo-proletarscìcche, e quelli stile *Ritorno der Monnezza*, tipo *Dar putridone a'a Maranella*. I vegggetariani-mistici alla Govinda e i pub falso-irlandese non mi pare il caso – gli Internet cafè te prego!, la sora Lella giammai, quelli fòri porta no perché nessuno di noi due guida. Rimangono le tavole calde intorno alla stazione (da tralasciare perché ci mangiano i rumenini e le slandrone stracomunitarie) o il ristorante del mio amico Giggetto, eletto in omaggio alla miglior battuta del semestre, sentita da lui: «er vino novello nun me piace, mica so' un pedofilo».

Dunque al Portico di Ottavia, alle otto e trenta, «informali e inf-normali», davanti all'ingresso. Alle nove meno dieci non c'è ancora nessuno e comincia a piovigginare, poi mi ricordo che altre volte c'era stato un malinteso, perché lui per «ingresso» intende dal lato del Tevere, sicché corro ma non sta neanche lì. Ormai piove robustamente e non resta che entrare, chiedere se c'è un tavolo prenotato da Francesco Colonna; c'è infatti, coi nostri tre nomi accanto ai piatti e un vasetto di fiori al centro. Intanto ordiniamo da bere, e l'antipasto. Sono le nove e mezza, è l'invito più strano che abbiamo mai ricevuto, da parte di qualcuno che poi non si presenta. Il telefono di casa non risponde e figurarsi se uno come lui può avere il telefonino. Nuovo soprassalto quando mi viene in mente che lui non osa entrare da solo in un locale affollato, quindi se è arrivato tardi magari sta aspettando fuori.

No, fuori è un diluvio, qualche ombrello veloce e un paio di fari; certo è curioso che non abbia pensato di avvisare se ha avuto un contrattempo. Che facciamo? Ormai siamo qui, ordiniamo per noi e pagheremo il conto; potevamo stare a casa che c'era la parmigiana di melanzane. Una specie di cena teleguidata, boh. Siamo al dolce, mousse al cioccolato e torta della nonna, quando arriva il cameriere con un biglietto sul vassoio:

Forse gli inviti col Commendatore non mi riescono organizzati tanto bene, ma ora scendo giù a trovarlo e me li faccio spiegare. Salute a voi, e godetevi il mondo. Volevo che festeggiaste in contemporanea, ecco il mio brindisi: a Walter, all'unico so(li)dale (*lâchons le mot*) che non ha mai obiettato sulla mia inesistenza.

P.S. Il conto, ovviamente, è pagato. Dal Commendatore.

Sergio non capiva, a me è parso subito chiaro (e ne ho avuto conferma il giorno dopo): Francesco, stanco della propria diversità, s'era voluto uccidere predisponendo una specie di banchetto funebre. La cosa straziante è che non abbia trovato di meglio che noi due. Qualche bambino, nei regni della fame, non vedendolo tornare forse lo rimpiangerà.

Queste onde dal muso giallo m'insinuano una punta d'acqua nel cuore – sarei stato più lirico qualche anno fa. In ogni caso queste onde sono le ultime a credere nel mio bisogno di dire sì. La Goulette si chiama, credo, questa zona del porto di Tunisi; pesce fritto e barche che attraversano una foce piatta. Anche se abbiamo un'amica qui, e abitiamo da lei, non sappiamo fare altro che i turisti.

Il turismo è l'altro grande marchingegno (oltre alla televisione) inventato dall'Occidente per de-realizzare il mondo. Andava ancora bene quando il turista partiva per luoghi avventurosi, dove non l'aspettavano; era una conoscenza superficiale ma pur sempre di qualcosa che si poteva definire realtà. Pian piano il turista ha cominciato a frequentare luoghi preparati per lui: ogni punto bello del mondo è diventato un set. Quello è il modello di realtà che riportiamo indietro, e che a sua volta fornisce l'immagine mentale dei nostri interventi "reali" nel Terzo Mondo.

Ogni de-realizzazione è frutto di un avanti-e-indietro. «Io mi diverto con quel che hai preparato per me, ma tu per favore accetta di diventare come io ti immagino.» Quei ragazzi al mattino sul viale Bourguiba, sotto un'enorme parabolica, con la nebbia che si taglia col coltello, sembrano molto poco convenzionali, così poco convenzionali che ti vien voglia di scattare una foto – ma così facendo li hai già catturati nel tuo mondo fittizio, pittoresco e non reale – della loro vita, oltre i limiti della foto, non te ne importa più niente. Francesco veniva nel Terzo Mondo per cercare il soddisfacimento dei propri fantasmi, ma in fondo anche noi: ogni turismo è turismo sessuale.

Per loro, tu sei un enorme portafoglio semovente e qualunque loro profferta, d'amicizia o di sesso, è inquinata alla radice. «Je suis ton oeil droit» mi diceva il guardiano della casa di Camilla sperando che potessi fare qualcosa per lui in Italia. Bisognerebbe essere sadici, o allo stremo, per forzare le delizie del reciproco inganno. Innamorarsi davvero, o odiarsi. Solo quando ci spareremo addosso senza pietà forse ci capiremo, ma non è sicuro.

Dopo i cinquant'anni, l'angolo più attraente dei musei per me è diventato il bookshop; ti compri le cartoline delle opere senza il fastidio di doverti affaticare sugli originali. Qualche volta passo *soltanto* dal bookshop e mi evito la coda per il biglietto. Così al Bardo, per i mosaici delle ville romane: l'immagine che ho tesaurizzato è la faccetta di Sergio seminascosto dietro un'anfora, in giardino. Nei bar per soli maschi, dove mi hanno detto che con dieci dinari si scovano meraviglie, ci passo quasi per dovere, raccolgo un po' di sguardi neri e sprezzanti, tanto non mi andrebbe comunque di concludere. Il sesso a casa della nostra amica lo facciamo di primo pomeriggio, per essere autorizzati a goderci sereni la sera; anche quello è una cartolina – anzi un cartellino timbrato, sperma evaso per onore di firma.

La moglie di un avvocato, autrice di un couscous speciale («monothématique») e appassionata dei libri di Vincenzo Cerami (che legge in francese, «la langue, la langue!»), insuffla a Sergio la smania di impiantare un commercio: importare tessuti, o abiti già fatti, da un grossista di qui e rivenderli a Roma, a Piazza Vittorio. Chissà che questo non sia già più reale. Ci porta lei alla medina, in un vicolo fangoso, dove in un laboratorio stanno cucendo orrende camicie, rosa e verdoline – il responsabile non c'è, l'avvocatessa suggerisce a Sergio che se si rende simpatico probabilmente spunterà un prezzo migliore. Aiutiamo a piegare le camicie e a sistemarle nelle scatole; una mi cade a terra e si sporca; chiedo scusa, vado a lavarla alla fontanella pubblica, la strofino con una scaglia di sapone così secca che la camicia si sporca di più; tre donne sono in attesa coi fiaschi. Ma che sto facendo? Ridatemi il mio decoro. Voglio tornare in biblioteca, nella meravigliosa sfera iridescente dove l'aria è ferma e l'irrealtà è codificata, quindi invisibile.

4

«Appena tiri fuori un'idea, invece di discutere ti fanno un contratto; adesso magari un po' meno per via dei cordoni stretti, ma...»

«Da voi mi pare che ci sia la mistica delle "idee".»

«Un'idea in televisione è un miracolo: non solo perché è rara...»

«Vuol dire un fatturato di miliardi.»

«A parte quello, non è come un'idea in letteratura: è una bolla di sapone, che deve catturare il kairòs. Se arriva un anno troppo presto non ha effetti, di fatto è una cattiva idea. Peggio ancora se arriva un anno troppo tardi.»

«Quindi l'auditel non è solo una bufala...»

«No, il commerciale è l'aspetto più in luce, banale se vuoi, dello specifico televisivo; essere "sul tempo" significa mettere in forma la cronaca dell'anima, o delle anime, del contemporaneo che si trasforma. È un'idea ma è anche un sintomo. Per questo l'autore televisivo dev'essere soprattutto un malato.»

«Be', questo vale anche per gli scrittori.»

«Sì, ma la letteratura si rivolge a lettori-persone, la televisione si rivolge ai propri stessi personaggi, a spettatori che sono già entrati, potenzialmente, nella grande fiction televisiva. Sicché agire su di loro significa, pirandellianamente se vuoi, essere scritto dai tuoi stessi personaggi; non lo si può capire finché non si fa l'esperienza sconvolgente di un casting.»

«Per loro sei un dio in terra.»

«Non è solo questo: è che in certe facce, e non sai perché in quelle e non in altre che magari sono più espressive, trovi già scritta la trasmissione che farai.»

«Forse è questa la verità profonda che sta sotto la frase che sembra stupida, del "quel che vuole la gente".»

«Voi due la fate troppo difficile: si tratta di ritoccare qualcosa che c'è già, per adattarlo alle esigenze. I più grossi autori televisivi sono delle vecchie volpi, basta vedere Antonio Ricci o Costanzo.»

«Ricci è sensibile allo share come una pianta carnivora al tocco di un insetto.»

«Fa bene, lo share è la sua unica garanzia.»

«Comunque i proventi del libro li dà al Gruppo Abele...»

«Se non è volpineria quella... inconscia, magari.»

«Molte cose che dice sono vere: "chi si ferma a pensare, in tivù, fa sempre la figura del fesso".»

«Stupenda la scoperta che il segnale orario di Canale 5 era avanti di venti secondi, per potersi collegare venti secondi prima con gli exit-poll.»

«Perché, la storia di "fine" in giapponese?»

«Cioè?»

«Avrete notato, no, che c'è un monogramma in giapponese a tre quarti di *Striscia*: la legge dice che quando compare a tutto schermo la parola "fine" un programma è concluso, ma il legislatore s'è dimenticato di precisare in che lingua dev'essere scritta. Lui scrive "fine" in giapponese, così la coda del programma, che in genere ha uno share più basso, non viene calcolata.»

«A forza di provarle tutte, queste trovate ti vengono...»

Ha una barba rossiccia, incolta, residuo di una giovinezza bohémien; adesso è solo un po' sporco, unto sul colletto. Ma ha lavorato con tutti, da Fazio a Syusy Blady alla leggendaria Sampò; e Enzo Trapani e Gian Piero Raveggi e Marco Zavattini e Paolo Beldì. C'è una massoneria dei televisionari, un giro alto dove si conoscono tutti e da cui (ora me ne rendo cònto) Sergio è sempre stato escluso.

Si chiama Giovanni Maggi, l'ho contattato per un modulo di trenta ore al nostro corso di laurea in Scienze della comunicazione. Il prestigio universitario, misteriosamente, vale ancora nel loro mondo; se ha accettato non è certo per i nostri stipendi da fame («credo siano cinque milioni lordi», «li guadagno in meno di un giorno, ma il lato economico è l'ultima preoccupazione»). Sergio lo venera senza ammetterlo («teoricamente sarà anche bravo ma le trasmissioni che ha fatto sono sempre risultate dei flop»), pende dalle sue labbra. Cerca di recitare la parte del praticone di fronte all'intellettuale, ma l'unica cosa in cui riesce davvero, come al solito, è suggerire ingenuamente soluzioni sentimentali melò. Maggi sta curando in questo momento un programma di Fiorello («un conduttore che non ha l'ansia di essere abbandonato dal pubblico») – Fiorello è da sempre una passione anche di Sergio. E Fiorellino pure, il fratello minore.

«Che gli facciamo fare? deve promuovere il suo film ma sono sempre fratelli, bisognerebbe inventare una dinamica di coppia.»

«Fateli litigare.»

«No, c'è la madre tra il pubblico... una canzone insieme è troppo ovvio, avevamo pensato a uno sketchettino di ambiente siciliano...»

«Perché non gli fate cantare la serenata che il padre cantava alla madre quando la corteggiava?»

Maggi ha detto «però!» e Sergio era al settimo cielo.

Io invece temevo che la cena fosse inutile, perché quel che soprattutto si ricava dai discorsi di un professionista come Maggi è la scientificità del lavoro televisivo. Scientificità un po' montata, terrorismo semiologico alla francese, ma un po' vera: come sospettavo ci sono laboratori, in Olanda e negli Usa, che sottopongono i format a una rigida analisi combinatoria, in modo che nessuna possibilità vada perduta. Sperimentato un reality show in cui i concorrenti stanno chiusi in una casa, subito si verifica che succede a segregarli in un'isola, o in un hotel, o in un autobus che non fa fermate. Con soli uomini, con sole donne, con metà e metà; ordinando loro di scopare o mantenendoli casti; con barboni, con vip, con giovani artisti; con compiti o senza compiti, con eliminazione o con spettacolo finale. Si prova a contaminare il reality col game, il game col dating, il dating con la fiction, la fiction col game o col docu-drama, cioè in fondo di nuovo col reality. I programmi progettati da Sergio, al confronto, appaiono per quello che sono, velleitarie paginette dilettantesche.

Maggi insiste sulla «liturgia», sui rituali che caratterizzano qualunque programma di successo: «l'accendiamo?», il tormentone di Gerry Scotti a *Chi vuol esser miliardario*, è geniale perché rovescia la regola invalsa fin dai tempi di Mike, «la prima risposta è quella che conta». Il pubblico vuol vedere il ragionamento del concorrente in azione; per questo la domanda perfetta non è quella nozionistica, o lo sai o non lo sai. L'altro giorno, per esempio, hanno chiesto «ai funerali di quale personaggio si ottenne di coprire l'affresco della chiesa che rappresentava la creazione di Adamo ed Eva?» La scelta multipla contemplava: a) Giovanna d'Arco b) Martin Lutero c) Charles Darwin d) Marilyn Monroe. La risposta esatta era Darwin, naturalmente, ma bisognava arrivarci passo passo, ed ecco come un quiz può diventare racconto.

Sergio, qual è la liturgia del nostro stare insieme? Perché abbiamo tanta paura di mettere ordine? Le nostre vite sono così deboli di fronte alle tele-vite, quelle garantite da un senso strutturale? Mentre sta al telefonino mi stropiccia distrattamente come se fossi la frangia di una tenda; meglio abbandonare l'illusione di scrivere i copioni per lui, di essere il suo Cyrano catodico. Ci siamo riavvicinati alla tivù e ne abbiamo percepito il rumore, come la voce di un fiume si sente molto prima degli argini; è bastato per renderci di nuovo sensibili alla disperazione.

Maggi m'ha dato la mano, per il contratto all'Aquila presenterà domanda; a Sergio uno scappellotto e la formula magica nel loro ecosistema, «teniamoci in contatto» – con me ha provato ad affabulare di una fantastica sinergia tra le proprie competenze e i miei «affondi narrativi»: «Potrebbe essere come quando Lutero ha incontrato Gutenberg».

«Se non hai interessi né curiosità, è giusto che accetti un lavoro dove ti dicono quello che devi fare, e una vita governata dalle consuetudini.» Vorrei dirglielo, e invece gli dico «non ti imporre dei sacrifici che non ti corrispondono, segui i tuoi ritmi». Nemmeno una lezione come quella dell'altra sera gli è servita per mettersi a studiare: cristo, impara l'inglese, leggi libri sui media, attrezzati. Invece continua a sentirsi un perseguitato, un esule: con la sua conformazione psicointellettuale, il lavoro giusto sarebbe forse dietro una scrivania, o commesso in un negozio di abbigliamento, o cuoco in un albergo di medio livello. Crede che l'omosessualità lo predisponga allo spettacolo, confondendo il bisogno di esibirsi con il talento nel farlo.

M'abbraccia, «solo tu mi capisci, coniglio» – e non è vero, non lo capisco, io mi farei ammazzare piuttosto che vivere come sta vivendo lui. "Depresso": la parola gli basta. Escluso dallo specchio, per sempre. La sera ha bisogno di distrarsi, da cosa non si sa, e distrarsi per lui significa portarsi della gente a letto; l'avrei mollato da un pezzo se non fosse la sua faccetta, gli occhi pieni d'attesa – la solidità delle cosce e la capacità di aderire. Ma il dolore, più di tutto il dolore.

Gli chiedo di contribuire in parte alle spese alimentari, un po' di soldi in banca ce li ha ancora; mi risponde «perdonami» fuori tono, devo perdonarlo di non «darmi abbastanza» – spiattella incontri e scopate anche un po' luride, sveltine in discoteca e in palestra; alla fine m'accorgo che non siamo più tornati sul discorso della spesa. Ha confessato i tradimenti per risparmiare sul vitto.

Vorrei stringere Sergio tra le braccia, dirgli «ricominciamo da capo, non ci sono modelli né status symbol del piacere, ci siamo lasciati frastornare dall'inerzia, io ti amo, non farti plagiare dalla mia vecchiaia ma facciamo finta d'essere poveri di spirito, accontentiamoci» – ne sono impedito da uno schermo azzurrino, dalla sensazione che mi comporterei come un disertore. Il campo di battaglia è quello del senso da dare alla vita: quando vedo, ospiti al *Costanzo Show*, Camilleri o Giobbe Covatta trattati come se fossero dei re, simpatici e generosi dall'alto dei loro milioni di copie, sono costretto a cambiare canale. Non li reggo. Forse la mia affinità con Sergio è più profonda di quel che credevo.

5

Stavolta non l'ho cercato io, me l'hanno recapitato a casa. Il desiderio che ti fa risentire il vento nel sangue e squassa i neuroni; è arrivato insieme a una delle più sconvolgenti esperienze politiche degli ultimi anni. Era dai tempi della fuga degli americani da Saigon che in me privato e pubblico non si univano così strettamente. È arrivato nella persona (o meglio nell'immagine) di Pietro Taricone. Non sono così scemo da non capire che se non ci fosse lui, nella casa del *Grande Fratello*, tutto questo ambaradàn mediatico non susciterebbe in me l'entusiasmo che suscita. Ma appunto ognuno si sceglierà, tra i dieci ospiti della casa, il proprio Taricone.

La trasmissione si basa su un doppio voyeurismo: 1) quello generico, bei ragazzi e belle ragazze che sono costretti a stare lì, sotto i tuoi occhi, ventiquattr'ore su ventiquattro, non se ne possono andare; se hai Stream li puoi spiare in qualunque momento, esci e quando torni li ritrovi, prostituti speciali, schiavi che il padrone (cioè tu) ha chiuso in gabbia; 2) quello specifico, il corpo e il sesso del tuo preferito o della tua preferita, da seguire in ogni gesto del giorno: quando solleva i bilancieri e quando fa la doccia, quando si veste da zombi per una delle prove e dai tagli del costume emergono i glutei, quando medita da solo in giardino rilassando i pettorali e quando scherzando accenna a un corteggiamento.

Così, ti sembra di possedere intera la loro vita, anzi, di possedere intera *la vita*; tra minuti di noia infernale, alcuni frammenti dotati di senso ti si consegnano nella loro verginità, più commovente di qualunque fiction; il primo bacio tra Pietro e Cristina (lui marpione, «in una scala da uno a dieci, quanto ti piaccio?» – lei già con le labbra semiaperte, «undici») è vero oltre che bello, e condanna da solo anni di cinematografia. Indica quello che manca a qualunque telenovela ben scritta: Pietro che si avvicina a Marina, le tocca sciocamente le orecchie, dice «dove le hai comprate, sono piccoline» e non sa più dove mettere le mani, fa imbranato esercizi di riscaldamento – se confronti le due scene (Pietro con Cristina / Pietro con Marina), impari sui livelli del desiderio quel che uno scrittore bravo ci metterebbe dieci pagine a spiegarti – ma qui il dio sei tu, sei tu che squaderni la *vita* e ne trai il succo.

La vita, la vita, continuo a scriverla in corsivo: eppure lo so che quella nella casa è esistenza devitalizzata e distorta. In vari sensi: 1) già durante i casting e le selezioni hanno privilegiato i più estroversi ed esteriori, sapendo che l'interiorità non avrebbe potuto essere ripresa dalle telecamere; 2) hanno scelto una sola borghese che, vedi caso, è stata eliminata al primo colpo; non era telegenica, abituata per privilegio sociale a pensare che si vive sempre alla presenza degli altri e che quindi le emozioni vanno tenute dentro; nella casa ci abita la vita volgare, di quelli che delle emozioni fanno scialo perché è la loro unica, egotistica ricchezza; 3) dovendo abolire i tempi morti *già nella realtà*, le regole del gioco vietano di leggere, ascoltare la radio, disegnare e scrivere, di dedicarsi a quelle attività poco spettacolari che pure fanno parte del quotidiano; 4) la tecnologia altera i sensi: se bisbigliano troppo piano, i microfoni a collare non captano; in compenso le camere a infrarossi mostrano la masturbazione di Salvo, che invece la dissimula agli amici essendo al buio; 5) nel deserto totale di stimoli esterni, ciascuno dei ragazzi è spinto a "darsi una drammaturgia": anche senza volere, organizza la propria presenza nella casa secondo primitive strategie narratologiche; 6) nessuno al mondo può guardare Stream ventiquattr'ore su ventiquattro; finisce che ci si affida alle strisce quotidiane e poi al serale del giovedì; la vita che vediamo è il risultato di un montaggio.

Insomma, la tivù ti dà l'illusione di catturare la realtà (di "superare" l'arte) proprio nel momento in cui l'ha castrata. Detto in altri termini: prima ci toglie la realtà (che non si vive perché è più comodo guardarla sul teleschermo), poi ce la regala ma riaggiustata come conviene che sia. Il tutto con un sottinteso ontologico: se si può rappresentare *tutta la vita*, allora la vita *non è altro che ciò che si rappresenta* (e un corollario: quel che non è rappresentabile in diretta tivù è semplicemente inesistente, o mostruoso). Questo ci insegna più cose, sul potere, di qualunque riflessione su Mani Pulite o sul monopolio bellico degli Usa; Sofri intervistato sul *Grande Fratello* (che tra l'altro è presentato dalla sua futura nuora) risponde con sufficienza che lui giovedì sera ha visto un servizio sulla ex-Jugoslavia; non si accorge che ora il *Grande Fratello* è politicamente più importante di quel che accade nei Balcani? Eppure la galera è un buon posto per capire la televisione. Anche le incursioni di Fazio e di Ricci, con un elicottero sulla casa, sono segno di un'idiota superiorità di sinistra: loro ironici, che puntano sui "contenuti" e credono di far ridere scompaginando la posizione dei pezzi sulla scacchiera, ribaltando le torri e sghignazzando sulla regina.

Consoliamoci con la volumetria arcaica e matematica dei muscoli di Pietro, coi suoi denti bianchissimi, feroci e irregolari, con la grazia felina che durerà il tempo dell'inconsapevolezza; con la possanza a ics di quando, sulla sedia a sdraio, si diverte a fare il guerriero.

Non potevo fare a meno di vederlo nudo, e da vicino; voi capite, era più forte di me: il vecchio fiume s'era risvegliato, protetto dall'attenuante che comunque era tutto virtuale. M'avevano riferito che fa la doccia sempre intorno alle due e mezza, dopo gli esercizi in palestra; così ho corrotto un'amica di Sergio che lavora nella redazione e mi sono procurato un pass per l'interno della casa – o meglio, per il corridoio nero che corre tutto intorno alla casa, quello a ferro di cavallo dove stanno i cameramen spostando le telecamere lungo una guida a serpentina.

Container di laminato a Cinecittà, sullo sfondo dell'America costruita per Scorsese; liste dei turni attaccate con lo scotch, un distributore di bibite rotto. Stefania Craxi e Marco Bassetti che arrivano in Mercedes a godersi il loro giocattolo, come se fossero in visita allo zoo. Ma la metafora dello zoo, constaterò quasi subito, è quella che viene spontanea appena si entra: «vietato dare da mangiare agli animali» è la battuta standard con cui ti accolgono gli operatori. Dello zoo o dell'acquario: perché è tutto vetri (che per gli abitanti della casa sono specchi), e se non hai le cuffie non senti da dentro il minimo rumore. Si ha perfino l'impressione che si muovano al ralenti, appunto come se fossero sott'acqua, o come bradipi: in effetti, la coscienza mai subliminalmente eliminabile di trovarsi sotto le telecamere, e il tempo desolatamente vuoto, rallentano i movimenti – ci mettono tre minuti per accendersi la sigaretta e dieci per cambiarsi i calzoni.

Nel corridoio c'è un clima goliardico, i cameramen alleggeriscono col paternalismo un ruolo imbarazzante: «sono i nostri tamagotchi». La prima volta che Pietro e Cristina hanno scopato, si sono affollate anche le guardie giurate e stavano tutti come a una partita di calcio, a fare commenti tecnici: «appoggia male il gomito, così gli esce perché non può far forza col bacino». L'unica avvertenza è di non esclamare a voce alta, perché dentro si allarmano. Trattenevo anche il respiro quando finalmente il momento della doccia è arrivato, il mio personalissimo peep-show: m'ero allontanato dagli altri ma è stato deludente, per contrasto troppo veloce; ho notato solo i tatuaggi (al centro dei dorsali, sul tricipite sinistro e sul pettorale destro); con la lucentezza dell'acqua sembrava meno tarchiato e montuoso di come l'avevo immaginato.

Dopo anni, uno dei miei "nudi" è ricomparso, sia pure protetto da un vetro; allontanandomi in macchina sogno che gli animali non siano più in cattività e che tutta la zona dell'Appia sia trasformata in un immenso zoo-safari.

La spontaneità che i telespettatori credono di spiare dal buco della serratura costa circa trecento milioni al giorno; intorno alla casa, a vari livelli di responsabilità, lavora un centinaio di persone. Ci sono venti registi e dieci "etichettatori", che seguono le singole azioni e fissano il time-code di ciascuna. Nello stanzone di regia funzionano no-stop quattro schermi grandi e trentadue piccoli: dei quattro schermi grandi, uno è fisso sul confessionale, il secondo sulla doccia, il terzo inquadra l'immagine voluta in quel momento dal capo-regista e il quarto dà il totale del medesimo ambiente. I trentadue piccoli sono a disposizione degli altri registi. Man mano che una qualche "azione" significativa si svolge (chiacchierate, scontri, cambi d'abito, scherzi ecc.), un etichettatore la registra sul computer in modo che sia sempre possibile (e inequivoco) recuperarla – i computer sono già programmati secondo quattro "livelli di interesse": 1) sesso; 2) comunicazione, dialoghi; 3) eventi improvvisi; 4) reazioni psicologiche ed emotive.

La gerarchia è stata scombussolata in un solo caso, terribile e su cui tutti sono stati vincolati al segreto: una concorrente ha tentato di impiccarsi in bagno, a uno dei tubi che sorreggono le telecamere. Fortunatamente il tubo ha ceduto, era notte, i sorveglianti di turno sono stati cazziati ed è stata licenziata l'addetta agli acquisti che aveva lasciato entrare una corda di plastica per stendere i panni. Altro che livello 3: per due giorni i ragazzi non hanno parlato d'altro, si è dovuto oscurare Stream con la scusa di un guasto e in onda nella fascia pomeridiana sono andate immagini di repertorio, facendo credere che fossero in diretta. Pietro voleva uscire.

A parte l'increscioso incidente, i ragazzi possono comunque andare al confessionale e chiedere che un certo episodio non venga mandato in onda; di solito la loro richiesta viene esaudita, per simpatia e rispetto umano, anche se hanno firmato un contratto-capestro, secondo il quale la Aran Endemol può disporre di loro come e quando vuole, sia nel presente che nel futuro, roba da prima della guerra di Secessione. Nemmeno su Stream si vede tutto, perché al massimo lo schermo viene diviso in quattro, contro i trentadue punti-ripresa. Quel che non va in onda, in questa casa di vetro, è da considerarsi non-accaduto: il cedimento isterico di quella poveretta non esiste più nemmeno per lei.

Ripenso al mio rapporto con Sergio, a quello che non "mandiamo in onda" perché sarebbe troppo sgradevole da affrontare: la mia debolezza mascherata da generosità, la sua indifferenza truccata da compassione, il nostro disamore che fa progetti di lungo corso ammantandosi da intesa profonda, mentre non è che un'assicurazione contro l'infortunio della solitudine.

6

«Avevo un orecchio come un elefante...»

«Quanto mi bruciano le tette, mi verranno le piaghe di sicuro.»

«... capirai, il direttore generale e la sua amante nei sedili di fianco, quando mi ricapita, questo perché avevano overbuccato in turistica...»

«Hanno telefonato per i curdi? Cavolo, mi sarebbe piaciuto che piangesse... ora provo a chiamare il monsignore.»

«Ma se troviamo la puttana nigeriana, la lapidiamo in diretta?»

«... lei gli diceva "ti stanno bene così i capelli" e lui ridacchiava "che cosa gli hai inventato a tua madre per domani sera?"; la chiamava "Speranzella"; a un certo punto lei non comincia a darsi lo smalto alle unghie dei piedi, lì in aereo, sì, coi piedi suoi sulle ginocchia di lui, coattissima? naturalmente arriva la hostess, "direttore, le spiace dire a sua figlia...", e lei "non sono sua figlia"; meraviglioso, se avessi avuto il registratore...»

«Brunella dovrà fabbricarla, la pomata... io coi capezzoli in fiamme non ci vado in studio.»

«Perché lo mettete in croce, poveretto? ha sessant'anni, lei ne ha ventitré... è la sua ultima cartuccia davvero, ma viva la faccia, non fa male a nessuno.»

«Intanto *Sereno variabile* non si chiude più, da quando lei lo conduce.»

«Be', dov'è il problema? è meglio che le trasmissioni non chiudano, no?»

«La nostra rischia di non aprire proprio, se non ristrutturiamo la scaletta entro stasera.»

È uno special, condotto da Alda D'Eusanio, su gente che deve dire «grazie» a qualcuno e sceglie di dirglielo in tivù. Ma stanno molto indietro, la Rai ha voluto risparmiare su tutto, quasi non ci sono state prove, lo studio è il riciclo di quello della quotidiana – la telecamera con la gru, per le riprese dall'alto, è venuta a mancare all'ultimo momento. Decidono di puntare sul piccante («chiamate lo strafigone palestrato che è sempre disponibile per le emergenze»), monteranno la storia di una quarantenne sposata che dice grazie a uno stripper per averla rispettata lui, mentre lei gli aveva già messo le mani dentro il perizoma. Due autori sono al computer, Sergio prende appunti a penna su un foglio grande – calcola il minutaggio, credo.

La D'Eusanio ha voluto vederlo perché è in predicato per *Se io fossi in te*, ma oggi non sembra la giornata giusta («sei capitato in un pomeriggio di fibrillazione») – a meno che non sia anche questo un test. Quando tutto sembra che finalmente possa marciare, arriva la famosa Brunella ma oltre alle medicine porta una giovane cornacchia ferita, o forse disidratata – insomma l'ha trovata sul marciapiede e sembra che muoia. La D'Eusanio molla tutto e si dedica al pronto soccorso, ordina a uno degli assistenti di andare alla pasticceria di sotto e comprare cibo per la cornacchia – quello torna con crostatine alla frutta, cominciano a ingozzarla di mirtilli. L'iguana di nome Giorgio, che la D'Eusanio s'è portata dall'Algeria, controlla con un occhio solo e nutre personalissimi progetti alimentari.

C'è provocazione, evidente, nell'occuparsi della Lipu (minaccia addirittura di andare lei in via Aldrovandi perché vuole liberare personalmente la cornacchia tra gli alberi dello zoo) di fronte alla segretaria di produzione Rai, che sta sulle spine ed esala «voglio morire» a intervalli regolari. La D'Eusanio, con la testa rossa leonina e la pelle lunare di biacca, è proprio il tipo di donna-di-potere che piace a Sergio: già lo vedo che (dimentico delle promesse) sta in fase di pre-adorazione, inclina la testa di tre quarti e spinge il petto in fuori quando lei parla.

«Ma sospiri finché le pare; io sono la D'Eusanio e lei è una miracolata, se dico una parola la seppelliscono alle Teche nel turno di notte. Io sono per la democrazia e odio i capetti, qui l'unico numero uno sono io e tutti gli altri sono numeri due alla pari. Non lo volevo fare 'sto speciale ma Freccero s'è messo in ginocchio, per far guadagnare lui abbiamo detto che l'idea era sua, tanto l'opera del mio ingegno andrebbe comunque alla Rai, a me non mi cambia nulla; con te posso parlare perché non sei della parrocchia.»

Il suo narcisismo è così fuori scala da risultare innocente, bisognoso com'è di rassicurazione continua; un narcisismo non centripeto ma centrifugo, assetato di ribellione e di exploit. Appena sa che sono scrittore (ovviamente oscuro, visto che lei non mi ha mai sentito nominare), mi offre la sua ala generosa: «Gli amici di Sergio sono miei amici; se ti interessa diventare famoso, organizziamo due o tre cene, invitiamo Veltroni, Baricco, Virzì... oppure Storace, e ti facciamo andare su RaiUno. Bipartisan si nasce, e io modestamente lo nacqui. Altro che zarina, come m'ha definita il signor Grasso, io quando conoscevo Craxi ero iscritta al Pci, e facevamo certe litigate... non so se hai notato che nella nuova edizione della garzantina il mio nome non figura più, ho ottenuto che lo tolga con una sentenza del tribunale... ho patteggiato perché se andavo avanti col processo lo vincevo di certo ma a pagare sarebbe stato Garzanti, se invece patteggiavo la cifra sarebbe stata più bassa ma avrebbe dovuto pagarla Grasso di tasca sua... appena l'ho saputo ho detto Patteggiamo; sono andata da Bulgari e mi sono regalata questo anello stupendo, poi col resto dei cento milioni ci ho comprato gioielli per tutte le mie amiche; ho fatto avere l'elenco dettagliato al signor Grasso, con un biglietto che diceva: "ecco come ho speso i suoi soldi, e mi creda, non basta la mancanza di talento per avere successo"».

Si ricorda improvvisamente della cornacchia, la afferra per le ali e fissandola ha un brivido – le parla silenziosamente, muovendo soltanto le labbra, in una regressione magica, abruzzese. Poi si riscuote, torna all'illuminismo e alla prepotenza; affida la cornacchia al frocetto coi pantaloni a vita bassa, quello stesso di *UnoMattina* che ha fatto carriera e la chiama "mami": «Fai un piacere a mamma tua, vai tu alla Lipu e non lasciarla finché non vedi che sta bene; se non te ne intendi tu, del benessere degli uccelli...».

Offre una limonata alla segretaria di produzione Rai, le fa una carezza sui capelli e per farsi perdonare le assicura che ora si lavorerà senza interruzioni fino alle dieci («okèi ragazzi, pensiamo alla registrescion... finita la pausa caffè»); mi congeda e mentre esco la sento che fa un'osservazione giustissima sulla perpetua di monsignore: «Il suo lesbismo represso la rende molto ficcante per darci il quadro personale, e mica solo quello sentimentale, delle prostitute, se no il sant'uomo mi sbraca sulle povere figliole ingannate per la loro bontà...».

Io, se mi fossero piovuti cento milioni, probabilmente li avrei messi in banca; possibile che anche da questi (intelligenti) ologrammi mi debbano arrivare lezioni di stile?

Sicché la strada era questa: la porta si è aperta quando ho smesso di bussare. Mi sono inchinato inutilmente ai piedi di persone che non stimo, ho lodato libri infami, supplicato con parole di umiliazione, calcolato perfino le lacrime che poi scendevano davvero a causa del calcolo; ho misurato la pochezza del mio peso sociale, mosso a compassione il cuore dei più deboli. «Walter sta proprio male, poveretto, possibile che non si trovi niente per il suo giovane compagno?» – erano arrivate solo briciole che Sergio aveva rifiutato prima per orgoglio, poi per disperazione e malattia, infine per celeste indolenza.

Invece la trovata su Fiorello ha compiuto il miracolo: Maggi l'ha effettivamente usata e ha funzionato, Sergio gli ha fatto in generale una buona impressione. Per quindici giorni, in emergenza, ha collaborato ai testi di *Festa di classe*, dove due vippazzi di medio livello incontravano i propri compagni di liceo. Ora, autore di *Se io fossi in te*: non in Rai, il programma è realizzato dalla Grundy – coi privati le procedure sono più snelle, e forse hanno perfino il gusto di assumere chi dalla Rai sia stato respinto. (Né lì arrivano i diktat dell'onnipotente Toni Santato, essendo la Grundy a prevalente capitale australiano.)

Sergio non parla più di andare in video, un ridimensionamento che deve essersi prodotto in questi mesi di disoccupazione; come un albero che durante l'inverno ispessisce la corteccia, si rafforza nel tronco. Le sue qualità umane hanno modo di dispiegarsi in quel bizzarro rito che è il "briefing": quando arrivano i protagonisti delle storie e bisogna fargliele "indossare", in una specie di prova generale in cui gridano e si insultano. «Come briffa Serenelli non briffa nessuno» – pare che si entusiasmi al punto da perdere il controllo lui stesso, li galvanizza, gli salta alla gola, sale in piedi sul tavolo, dice a lei «piglialo a schiaffi» e a lui «tira fuori le palle». Stare su un gradino leggermente superiore (è lui «quello della televisione») e da lì dirigere le esperienze da cui si sente escluso: il risvolto sessuale è palese, gode a essere ammirato, le signore del pubblico gli portano i bignè e le soppressate, molte selezionate (e selezionati) gli fanno capire che insomma, ci potrebbe essere dell'altro. La settimana scorsa un escort mozzafiato ha lasciato intravedere interesse per un eventuale «target maschile». Ai gay dichiarati Sergio preferisce i dubbiosi, i seducibili ma con remore, li trova più «intriganti». Lui stesso gioca la parte del misterioso dalla sessualità indefinibile. In tutta la redazione, mi pare, si respira un'aria di trasgressione sottopelle, un po' per adeguarsi ai frisson della D'Eusanio (vedova innamorata e rispettabilissima nella realtà, ambigua seduttrice nell'ultra-mondo televisivo), un po' perché maneggiare l'intimità altrui stimola le perversioni, o forse le presuppone.

«Travestiti troie transessuali, abbiamo sdoganato un sacco di gente»: così, con orgoglio, l'altro autore (che chiamano "Pandoro" perché è tondeggiante e sempre pieno di forfora). Se uno dovesse giudicare dalla loro trasmissione, i mestieri più diffusi tra gli italiani sarebbero, nell'ordine: la ballerina di lap-dance, il gigolò, la cubista, l'animatore in discoteca o nei villaggi vacanza, il tour operator. La diva indiscussa, tra i semi-professionisti del "pubblico", è Jessica, un travesta siciliano che risponde al nome di Alfio; fa le serate, canta le canzoni di Aznavour; incontra i camionisti sulle piazzole dell'autostrada – prima se li fa in cabina, poi lo pregano di andare a cena da loro perché le mogli sono sue fan.

Da quando si è convinta di essere un'icona gay, e le hanno spiegato le bellezze post-moderne del trash, la D'Eusanio non la tiene più nessuno; se ne è fatta un punto d'onore politico, stuzzica apposta, con quella che chiama "la mutanda", il responsabile esecutivo Rai («un uomo per tutte le mezze stagioni»).

«Ha paura delle telefonate del cardinal Tonini che ci accusa di fomentare la disgregazione della famiglia, ma finché stiamo sopra al ventiquattro il cardinal Tonini possiamo mandarlo a cagare.»

Rompere i tabù secolari del cattolicesimo, mostrando con normalità casi estremi, potrebbe avere davvero una funzione progressiva se alla chiesa di Cristo non si sostituisse un'altra chiesa, quella appunto dello share. Se i "casi estremi" non fossero le decalcomanie bovaristiche di una sregolatezza di massa. Si dovrebbe fare una passeggiata nei miti indù, non nell'ufficio del commercialista. Il ragazzo un po' scemo di Catania, che pur di apparire in video ha simulato di essere fidanzato con una trans, quando poi su via Etnea ha dovuto subire le risatacce allusive non vi poteva opporre una passione o un'ideologia, poteva opporre soltanto di aver fatto il ventitré e dodici. Così non si combatte contro la censura ma contro la verità.

Esemplare il caso del Lombata. Casting in una discoteca, madre trentaseienne pariolina con figlia diciassettenne: la figlia si è infatuata di un borgataro coi tatuaggi e i piercing detto «er Lombata», e alla madre ovviamente non sta bene. Sono disposte a portare questo loro «vissuto» in trasmissione ma l'unico serio del gruppo, il borgataro, si rifiuta: «col cazzo che vado a farmi coglionare in tivù». La redattrice trova un finto Lombata, uno studente del Tasso a cui piazzano un paio di tatuaggi lavabili; la puntata scorre liscia, litigano a morte ma alla fine la madre accetta la liaison. A telecamere spente, dice alla figlia Ecco vedi, se il tuo Lombata fosse così io non avrei niente da eccepire. Risultato *nella realtà*: a distanza di un mese, la ragazzina s'è messa col Lombata finto e ha accannato quello vero – che così impara a non voler andare in televisione.

Riassumendo: le madri borghesi non dovrebbero essere ansiose di portare le figlie minorenni in televisione; però è giusto insegnare che non si giudicano le persone dall'aspetto; solo che l'aspetto trasgressivo era simulato, non era quello che le figlie borghesi troveranno davvero in borgata; a meno che nel frattempo i ragazzi di borgata non imparino a truccarsi da ragazzi borghesi che giocano a fare i borgatari; dove a quel punto, se non in televisione, la madre borghese potrebbe portare la figlia per fare chiarezza? Anche al cardinal Tonini, ormai, girerà la testa.

Lei, la D'Eusanio, fa l'istintiva per non pagare dazio; tutto ruota intorno al suo carisma, ed è abbastanza furba da premere sul pedale delle polemiche giuste. Il pedale del "tarocco", per esempio: ha intuito che la polemica sulla veridicità o meno delle storie, sul loro essere "aggiustate" o "pettinate", la porta al cuore di un ganglio infiammato – per questo ha deciso di insisterci, vuole "soapizzare" il programma, strutturarlo sempre più come una fiction. Recitata da persone comuni, che sono esattamente il contrario di attori: all'attore si richiede di imparare a memoria una parte e di saperla replicare ad libitum, ogni volta che va in scena – ai protagonisti di *Se io fossi in te* fanno addirittura firmare un foglio in cui si impegnano a non apparire mai più in nessun altro reality o talk televisivo: un attore che recita una sola volta è una contraddizione in termini.

Ha fiuto per capire chi «brucia bene» e chi no: «il macho di Chieti come collaboratore lo prenderei, è generoso come tutti i fascisti, ma se lo inserisco tra il pubblico me lo squilibra». Se dichiarassero apertamente che le loro storie sono *fictional* potrebbero percepire i diritti Siae per le "opere originali", pare che la De Filippi l'abbia fatto per la sua pomeridiana. D'altra parte, sostiene il direttore generale, questo toglierebbe al programma credibilità e fascino agli occhi delle casalinghe, che lo prendono per oro colato. Per questo hanno impedito anche a Freccero di uscire allo scoperto; lei ipotizza un patto segreto tra Rai e Mediaset, appunto per favorire Costanzo e la De Filippi – non è un caso se gli scoop di *Striscia la notizia* (intervistare protagonisti che dichiarano che è tutto finto, che loro non fanno gli stripper ma i promotori finanziari, o beccare qualcuno che a *Forum* aveva dichiarato tutt'altra identità eccetera), non è un caso che si siano intensificati e siano diventati un tormentone (la D'Eusanio col naso di Pinocchio) proprio quando il suo programma ha superato la De Filippi negli ascolti. Ricci si è guadagnato una wild-card all'interno di Mediaset dimostrando che quando all'azienda serve lui c'è.

«A Mediaset il duopolio gli fa comodo; per questo hanno sgambettato Celli e D'Alema; se ce la facevano a privatizzare, una rete andava a Romiti, una a De Benedetti e una, vabbe', locale di servizio, ma intanto Mediaset ciavrebbe avuto una concorrenza seria, non la farsa di Colaninno; entravamo in Europa...»

A cena dalla D'Eusanio, nella sua villa all'Olgiata, ci sono Bassolino e un attore di *Un posto al sole*, per un progetto sulla "Napoli da bere" che culminerebbe in una serata a piazza del Plebiscito; l'attore condurrebbe dalla piazza e la D'Eusanio farebbe delle «incursioni» in vari punti della città. Stasera si sente molto corsara, ha già nominato due volte Pasolini (i comizi d'amore e i napoletani come tribù che vuole estinguersi) – riprendendo un'accusa e rivendicandola con sfacciataggine (avrebbe ottenuto un contratto da mezzo miliardo per la nipote, sprovvista di competenze televisive), dice «lo so che il contratto di mia nipote è uno scandalo, ma ne ho fatti tanti di scandali, mo' non ne potevo fare uno per lei?»

Bassolino e l'attore si appartano su un divano, tutti si sentono un po' esclusi, alla fine si scopre che stavano confrontando le reciproche ricette dei fagioli alla napoletana, una col sedano e l'altra senza.

«Grazie, disperavo di riemergere dal tunnel gastronomico.»

«Stiamo attenti, le giunte di sinistra tirano sempre sul prezzo.»

«Ah, stamattina ho firmato il preventivo, il ramato puoi andartelo a fare da Coppola.»

«Piuttosto, le camere separate per i due neo-nemici le avete prenotate?»

«Non c'è più bisogno, si sono riappacificati ieri.»

«Ma lei non l'aveva scoperto in flagrante?»

«Sì, però lui s'è stancato della nuova, è tornato con la pelata cosparsa di cenere.»

«Da riappacificati ci interessano ancora? e quant'è durato 'sto grande amore?»

«Da domenica a martedì, pare.»

«Be', più di un gatto sulla Cassia...»

Sono le storie trite delle coppie che lei dovrebbe «incursionare», storie che gli autori hanno il compito di drammatizzare per renderle telegeniche. La falsificazione che impressiona di più non è l'alterazione dei dati biografici, come quando suggeriscono a due che si sono conosciuti quella mattina «fate finta che state insieme da tre anni», o a una vedova «per favore non dica che suo marito è morto, diciamo che è lontano per lavoro» – no, è la *pantografatura dei sentimenti*.

Tutto deve accadere nello spazio della puntata, hanno verificato che quando qualcuno racconta o ricorda la curva d'ascolto scende parecchio; per cui, il tradimento di tre anni fa deve essere riattualizzato, smascherato direttamente in trasmissione, l'odio tra due sorelle deve esplodere nel breve intervallo della pubblicità. I caratteri diventano stereotipi, inevitabilmente. Per di più, siccome le casalinghe sono occupate nelle faccende e presumibilmente la loro attenzione è discontinua, le sfumature devono essere per forza abolite, la continuità narrativa scoraggiata a favore delle "scene madri". Il risultato è che i sentimenti esplodono d'improvviso, ingranditi come i disegni ricalcati col pantografo; di colpo, la signora che fino a quel momento si era mostrata riflessiva e quasi ironica si alza e dice di essere costretta a uscire per l'esasperazione (un'altra *contrainte* è che i personaggi contemporaneamente in scena non possono mai essere più di quattro, perché quattro sono gli sgabelli previsti dalla scenografia); i due ragazzi che si sono guardati in cagnesco per un'ora si sorridono e si danno un bacio. Il pubblico stipendiato "fa le facce": ogni espressione non può durare meno di cinque secondi, per dare tempo al regista di riprenderla.

Le emozioni enfatiche e immotivate, staccate dal contesto che dovrebbe prepararle, sono ancora più inquietanti perché espresse da corpi non-attoriali; nelle brutte fiction, il finto attore e le finte emozioni si neutralizzano a vicenda; Shakespeare, che pure doveva fare i conti col chiacchiericcio nei palchi, affidava le proprie stilizzazioni ad attori ancora più stilizzati; qui, dove a esprimere le emozioni pantografate è "gente vera", si ha soprattutto il senso di uno *spreco di realtà*, individui che stanno relazionandosi e non sanno perché. Si è costretti a tesaurizzare il lapsus significativo, lo scatto non calcolato, l'occhiata in tralice a qualcuno fuori campo, insomma l'autenticità residua: come quando al *Grande Fratello* si dimenticano delle telecamere, o quando nei porno inarcano inconsapevolmente gli alluci a causa dell'orgasmo. Che ci si debba davvero abituare al fatto che la realtà sta diventando sempre più clandestina?

Se al posto del fidanzato vero ne mettono uno tarocco, è dimostrato, la trasmissione riesce anche meglio: i legami veri, nel regno delle emozioni pantografate, sono un impaccio – gli individui, nel momento in cui esprimono emozioni televisive, risultano intercambiabili. L'emozione è un prodotto commerciale, uno status symbol da spalmare come un make-up, e le storie ne sono gli spot pubblicitari. Compratevi il disprezzo, la disillusione, la sorpresa, costano poco e fanno un bell'effetto. La pubblicità, come si ripete continuamente, più che a vendere il singolo prodotto serve a rafforzare un modello di vita; così per le nostre emozioni pantografate; l'homo televisivus frequenta un mondo in cui ciascuno grida i sentimenti senza ascoltarsi, perché non li prova (sentimenti in cui il valore di scambio prevale sul valore d'uso) – e si convince che quella sia la vita trendy proprio perché è pubblicizzata dai media, quella a cui anche lui, nella propria interiorità, deve adeguarsi.

È così che l'economia decide come dobbiamo emozionarci. È un caso particolare, visto in dettaglio, di quel "depotenziamento del reale" di cui parlavo all'inizio di questo capitolo. Ma lei, la tenutaria di tutta la baracca, sorvola la palude con l'agilità di un'idrometra (quelle specie di zanzare con le zampe lunghe che camminano sull'acqua senza affondare): «Se soapizziamo, il format cambia e torna a essere di mia proprietà; a quel punto, gli amici tutti dentro e creiamo una cordata».

Stanotte Sergio ha fatto un sogno: stava dando una festa, modesta, nel nostro appartamento, per la D'Eusanio e per celebrare il contratto in esclusiva con la Grundy; gli si è avvicinato l'attore napoletano e gli ha fatto capire che al di là del cortile l'appartamento continuava; ha aperto una porta, dentro c'era la D'Eusanio sdraiata sul letto con indosso solo una vestaglietta di seta cinese, e l'attore insisteva per fare sesso a tre («un posto mio, un posto tuo e un posto al sole»). Sergio si è svegliato piangendo e chiamandomi per nome. Non credo che la mia intelligenza basterà a tirarmi fuori da questa storia.

«C'è un nobile decaduto che deve da risparmià, dice alla moje "cara, se impareresti a cucinare se potrebbe licenzià il cuoco" e lei je risponde "sì caro, e se tu impareresti a scopare, se potrebbero licenzià pure l'autista e er giardiniere".»

«'Na vecchietta passeggia co' 'na gallina sotto er braccio; uno la vede e je fa "che bella, ma'a darebbe per dieci euro?" e la vecchietta "certo! aspetti 'n attimo che poso 'a gallina..."»

Leggono le barzellette sui cellulari, se le passano con gli sms, si dicono da soli «che cazzata!» ma poi subito «oh, senti st'altra...» – comuni passatempi presso un barbiere romano, quando squilla il mio, di telefonino, è mia sorella che piange, «papà è peggiorato, è entrato in coma».

Il primo moto è di soddisfazione, l'evento archetipo chiamato "la morte del padre" sta accadendo ora, potrò analizzarlo e raccontarlo; ci saranno risparmiate le agonie, le lunghe degenze, le spese inutili. Ho la certezza che sia la fine, le speranze residue di mia sorella le scarto automaticamente. Il secondo moto è di disappunto: oggi è mercoledì, domani sera ci sarà presumibilmente la veglia funebre, mi perdo la puntata del *Grande Fratello*.

Povero papà, il meglio di sé lo ha dato nella renitenza alla morte. Continuava a dire «mi sento bene» quando tutto segnalava il contrario; un dieci per cento di coraggio, un venti di ribellione all'idea di confessarsi sconfitto, un settanta di abitudine: ammettere l'avvicinarsi della morte avrebbe significato doversi attrezzare per l'imprevisto. L'imprevisto sarebbe stato, forse, anche parlare con me. Io sono arrivato a sessantatré anni, lui quasi a ottantacinque, e non ci siamo detti mai una sola parola: una parola che contasse, voglio dire, che riguardasse noi. Negli ultimi tempi sarebbe bastato poco, un accenno avrebbe fatto precipitare la crisi; ho pensato di farlo *come esperimento*, ma la paura è stata più forte della crudeltà – fatemi a pezzi ma io l'iniziativa non la prendo, e comunque è troppo tardi, quel che non è venuto da vivi che senso avrebbe provocarlo ora, tra un vecchio e un quasi-cadavere?

«Ogni àn ch'a pasa a gh'in mèt du», ogni anno che passa ce ne metto due – lo sapeva che gli restavano pochi mesi da vivere, ma preferiva stringere i denti e immaginare una vecchiaia tirannica, prolungata, eroica come quella del Papa. Dentro e fuori dal "centro dello scompenso", il reparto di Cardiologia che lo teneva sotto controllo da quando gli avevano impiantato il defibrillatore – i nomi dei medici diventati ormai come nomi di famiglia, e anche quello di certe infermiere, «la murèta l'è ignoranta come la smèlta» (la morettina è ignorante come il fango). Quando non era in ospedale, si ostinava a usare lo scooter e andava alle sei del mattino in polisportiva a pulire i biliardi; temeva seriamente che un altro vecchietto subdolo gli soffiasse il posto: «duecentomila lire al mese» diceva, «fanno gola a tutti». Sta morendo come voleva, senza marcire in un letto: ieri mia madre l'ha visto tornare col motorino, ma non sentendo chiudersi la porta del garage, e lui che non saliva, s'è preoccupata – l'ha trovato a terra, con la fronte spaccata perché cadendo aveva urtato nei pedali – in ambulanza s'è ripreso col massaggio cardiaco, ma stava comunque in rianimazione e ora questo. Se uno sta in rianimazione e ti avvertono che è peggiorato, vuol dire che è finita.

Mi vengono incontro mia sorella e mia madre, «non ce l'ha fatta»; non sono riuscito a salutarlo un'ultima volta. Ora non ci fanno nemmeno entrare, per non so che obblighi burocratici, provo e mi cacciano: faccio in tempo a sbirciare sarcofaghi tecnologici, come quelli dove si crio-conservano i viaggiatori spaziali nei film di fantascienza. Andiamo a casa a prendere i vestiti con cui presentarlo in camera ardente.

Quando i piedi gli si gonfiavano troppo, o fingeva di

tossire appoggiato a una sedia (in realtà tentava invano di respirare, perché l'acqua ristagnava nei polmoni), l'ho tradito due volte denunciandolo ai medici e facendo in modo che lo ricoverassero. «Quest chè l'e stè al professor» (questa è opera del professore), ma senza astio anzi con gratitudine, come quando chiamava mia madre "al carabinér". Quella sarebbe stata la via: impormi a lui, mostrargli la mia forza e la giustezza delle mie scelte. Aveva molte cose da insegnarmi, per esempio come tener testa a una tigre feroce: quali fossero i punti deboli della tigre, in che cosa assomigliasse a un gattino. Non abbiamo mai parlato di lei e nemmeno di donne – il silenzio su quello ha decretato il silenzio su tutto. Se l'argomento "femmina" avesse sfiorato i nostri discorsi, l'aria tra noi si sarebbe infiammata e sarebbe esplosa, lasciandoci ciechi e sfigurati per sempre.

Il tono d'importanza che si può assumere nel disbrigo delle pratiche funebri: il certificato di morte, il tumulo al cimitero, la scelta della bara, il trafiletto sul giornale. L'accordo tacito, e un po' vergognoso, tra noi di non spendere molto («an n'èm mai fât di altolà» – non abbiamo mai fatto esibizionismi) – funerale civile, questo l'ha chiesto lui. Unica mia reazione risentita, quando una zia bigotta mormora «lo stanno portando via come un cane» – ma anche in quel caso interna, sdegno e voglia di prenderla a schiaffi, nessun *gesto*.

Il pomeriggio precedente, a tu per tu, soprattutto noia: una salma non è di molta compagnia. Il dolore di mia madre è ultrasonico, materia bruta. Non si stacca dalla bara aperta da ventisei ore, e ogni tanto sostiene che papà «si è mosso». Poi l'accompagno folto, alle esequie, la conferma che mio padre era un brav'uomo, una persona onesta a cui molti volevano bene. Tra gli sterpi di un montarozzo mi viene incontro Sergio; perfetto in momenti come questo, più presente, più tenero di me.

I vecchi portano scolpita sul volto l'espressione con cui si sono caratterizzati in vita; ogni ruga è il risultato di un vizio.

Mio padre ha solchi infantili sulle guance e grinze pensose, orizzontali e parallele, sulla fronte; una piega vile della bocca. Un intellettuale impossibile in un luogo che non lo permetteva; un ragazzino che ha represso i propri sussulti; la mania impotente dell'astensione che mi lascia in eredità.

Mio nipote, rovistando tra le carte del nonno, scova una di quelle filastrocche che scriveva su pergamena, per leggerle nelle occasioni; questa è per il compleanno di mia madre, accenna a un regalo che doveva accompagnare la poesia e insiste molto sul tema della «chioccia» (che fa rima con «roccia»). Preso da improvvisa ispirazione, mio nipote corre difilato a una chioccetta di porcellana, convinto che dentro si nasconda il regalo, invece niente. Ma intanto mia sorella ha scoperto un numero di telefono che nessuno di noi conosce; con l'aiuto della Telecom risalgo a una pasticceria, telefono chiedendo se il signor Alfeo Siti ha per caso ordinato una torta – mi rispondono di no e stanno per riattaccare, quando si sente «forse sarà quel signore che ha fatto fare la chioccia di cioccolato». Dunque papà era inutilmente poeta – poeta per miseria, in mancanza di meglio, come me. Però, la piccola inchiesta fatta in comune (con Sergio che partecipava eccitato) mi ha dato finalmente il senso che siamo una famiglia.

Sta famosa esperienza archetipa, nel complesso, si è rivelata fiacca, niente de che. Tutti versavano fiumi di lacrime alla saldatura della cassa, io fissavo gli operai. Solo dopo, in treno, il martelletto rituale ha prodotto qualche effetto e mi ha strappato un paio di singhiozzi; dolore vero no, sarebbe troppo dire: logorio dei nervi accumulato in tre giorni.

Anche stavolta, che era quella definitiva, ci siamo evitati; la grande preterizione della mia vita. È da questa lacuna che si è generato il doppio piano su cui ho strutturato il mio essere nel mondo: al livello inferiore la vita quotidiana, coi suoi amori, le sue competizioni misurate, i suoi tempi e i suoi casi; al livello superiore la venerazione per ciò che è extraumano ed extratemporale, il rifugio dove ogni competizione si brucia e l'eros diventa preghiera.

Povero papà, negli ultimi tempi qualche volta si è slanciato; aprivo la porta di casa ed era lì ad accogliermi, mi stringeva forte una spalla: «ét rivè? stèt bèin? a sun cuntèint t'e chè» (sei arrivato, stai bene? sono contento che sei qui). Gli tremava la bazza, si girava per nascondere un pianto senile.

Io sono l'Occidente: sia perché appartengo a quel tipo di omosessuali che hanno fornito il modello dell'Eccessivo come obiettivo del desiderio, sia perché come individuo singolare e irripetibile tendo a difendermi da ciò che mi ferisce mediante una sua *trasposizione in immagine*. Se mio padre muore, subito divento spettatore di una "morte del padre". L'Europa non si sta forse trasformando in un continente di spettatori?

Più che l'Occidente, forse sono il Vecchio Occidente, quello che non ha potere. Ma basta che mi trasferisca in Tunisia, e di potere ne ho tanto – sono il turista che colleziona emozioni, pagandole. Forse anche quando non sono in Tunisia. Sono l'Occidente perché come l'Occidente ho imparato a essere il turista di me stesso; se qualcuno mi minaccia, alzo una barriera e non lo lascio arrivare fino a me. Prevengo i conflitti apparendo generoso e tollerante, dimostrando al rivale che conviene a lui diventare come sono io.

Sono l'Occidente perché odio le emergenze e ho fatto della comodità il mio dio; perché tendo a riconoscere Dio in ogni cosa tranne che nella religione. Perché mi piace che se premo un bottone gli eventi accadano come per miracolo, ma non ammetterei mai di dover rendere omaggio a un'entità superiore; sono laico e devoto alla mia ragione. Sono l'Occidente perché detesto i bambini e il futuro non mi interessa.

Sono l'Occidente perché godo di un tale benessere che posso occuparmi di sciocchezze, e posso chiamare sciocchezze le forze oscure che non controllo. Sono l'Occidente perché il Terrore sono gli altri.

8

C'era bisogno di un sari – l'elemento scatenante è stato un sari indiano di seta, arancione con cangiantismi cremisi. L'ho comprato durante un viaggio a Calcutta di cui forse parlerò più avanti – l'idea (suggerita dalla Irene Bignardi) era di utilizzarlo per farci un copri-piumone per il letto matrimoniale. «Lo dò a un sarto bravissimo, che lavora anche per la moda» ha detto Sergio, «uno che ho conosciuto in trasmissione».

«Ma è quello che si informava sulle tue dimensioni?»

«Sì, come hai fatto a capire?»

Una puntata di quindici giorni fa, sceneggiata sul modello del *Turco napoletano* di Totò: un belloccio si finge gay al fine di poter abitare con una ragazza a cui mira, dotata di fidanzato gelosissimo. Il belloccio era il solito deejay decerebrato, ma il fratello che l'aveva accompagnato in studio, "tagliatore" per Renato Balestra, pare fosse molto più interessante, teso com'era a mostrarsi virile nonostante il suo lavoro.

«Parlavo all'altro perché sentisse lui; faceva tanto il macho ma ho visto che buttava gli occhi al bozzo...»

Così Sergio la sera stessa, poi c'era stato il viaggio e non ci avevo pensato più; ma quando il sari è tornato, metà della stoffa era sparita.

«È più bello così, con le fasce rosse.»

«Tutto il resto dov'è, scusa?»

«Ha fatto i due cuscini.»

Con la parte ricamata, in effetti è vero, ha ricavato due

bei cuscinoni, che però hanno semplice raso nella parte di sotto.

«Non prendiamoci per il culo, era sei metri, ci veniva benissimo intero senza bisogno delle fasce di raso; il resto se l'è tenuto lui.»

«Ma figùrati, subito tu... è più elegante, l'avrà messo doppio, non lo so; stai diventando paranoico.»

«Mi sembra di sentirvi: "me l'avevi promesso, un sari di seta", "credevo che ne portasse due, così m'aveva assicurato", "certo, io sempre secondo", "dài, tienine un pezzo, che lui è distratto e non se ne accorge".»

«Non ti viene bene, l'imitazione.»

«Lui sarà molto più baritonale, naturalmente. L'avete poi decisa, la questione dell'attivo e del passivo?»

Mi chiudo in bagno, non voglio sentire la risposta. Quando esco, Sergio si sta passando la punta di un coltello sull'avambraccio.

«Glielo premetto sempre a tutti, quando cominciamo una storia: c'è qualcuno che viene prima, un rapporto privilegiato che non finirà mai...»

«Il "rapporto privilegiato" vallo a raccontare in televisione... e anche le "premesse".»

«Tu non mi stimi per niente, vero?»

«Il fatto che fosse un regalo per il letto, mi fa star male.»

Si alza, mi spinge la lingua in gola: sapori non gradevoli, ma è bella l'insistenza con cui vuole testimoniare.

«Ti desidero, nell'anima e *nel corpo.*»

«Attento, non ti sforzare: i sensi di colpa non sono i sensi giusti per fare l'amore.»

«Be', se cominciamo a dire, allora... non credere che sia simpatico rovistare tra i tuoi rotoli... scusa conigliotto, scusa...»

«Maledetti voi e la razza di quelli che non parlano; scopare con me ormai ti ripugna, dov'è il problema? possiamo benissimo smettere, spero che il nostro stare insieme sia basato su qualcos'altro che sul sesso; preferisco dei bei ricordi a una farsa malriuscita; proviamo, forse ci sentiremo liberati tutti e due.»

«Sei sicuro?»

Così è cominciata una nuova fase – un regime, teorizzato, di asimmetria: lui può fare sesso con chi vuole, io ho scelto la castità, tra noi più niente come tra due fratelli. Dopo più di quarant'anni di sessualità compulsiva, la soluzione non mi dispiace, ci sento qualcosa di germinale. Sergio deve aver comunicato l'originale aggiustamento ai televisionari, e averne ricevuto l'approvazione di gruppo: già un paio, incontrandomi, m'hanno messo una mano sulla spalla e fissato negli occhi, «sei un grande». Con lui, molti baci (di nuovo sinceri, finalmente) e voglia di toccarlo e abbracci intensi prima di dormire.

«Muso, ti sto chiamando da un viale di ficus giganteschi, mentre tramonta il sole.»

«Agrigento com'è?»

«Nel Duomo c'è un nodo d'angeli così fitto che sembra un tempio indiano.»

«Lasciamo perdere.»

«Ah, no, senza allusioni, non volevo... qui davanti c'è una bellissima pasticceria... aspetta, aspetta un pochino...»

«Che succede, coniglio?»

«Nella chiesa di San Lorenzo, tra le statue allegoriche, la Giustizia è l'unica che nasconde il proprio nome sotto una nuvola di stucco.»

«Che significa?»

«Niente, Agrigento è la città della speranza: dicono tutti "speriamo che l'autobus arriva", "speriamo che l'aeroporto è pronto per l'anno prossimo"...»

«Me lo spieghi un'altra volta, dài...»

«Aspetta... stavo prendendo tempo per dirti che ti voglio bene proprio nell'istante che il sole va giù...»

«Io non lo vedo, da qui.»

«Ho letto su una rivista inglese che hanno ottenuto una scimmia fosforescente, inserendo nel seme di un macaco dei geni di una medusa... ecco, adesso... "Sergio, ti voglio bene".»

«E io come faccio stasera, come ci scopo con quello, l'orgasmo l'ho già avuto con te.»

«Smettila, scemone, godi anche per conto mio.»

Non sempre è così a lieto fine, certe volte la mia decisione mi pare garantita da nient'altro che disciplina. E non va bene, per come sono fatto io non va bene. Soprattutto dopo la morte di papà. Per me, "dovere" e "verità" sono sempre andati in sensi opposti. Me ne vergogno, come mi sono vergognato di non aver saputo approvare la guerra nel Kosovo o l'intervento a Sarajevo. Voler apparire "seri" e "fedeli", è come un bombardamento di civili? E quali sarebbero le "cause umanitarie" che lo giustificano? L'altruismo è arrivato pian piano, come l'obesità. La sacrosanta violenza (quella che ti fa agire senza pensare) sta in agguato, ma non so dove.

Sergio s'è inquartato, s'è tagliato i capelli alla Bruce Willis e fatto crescere i baffi – la deformazione del suo *soma*, stavolta, non dipende dalla psiche sua ma fotografa la situazione tra noi: come se si stesse preparando a una strategia di temporeggiamento, o a un lungo letargo in trincea. La depilazione dei pettorali e dell'inguine non è per me, d'accordo, è in omaggio alla moda e alle battute di caccia; ma il suo irrobustirsi è anche per sopportare una situazione che ha perso leggerezza. Una situazione ambientale, si direbbe, più vasta di noi, di amore senza motivo. Che è l'altra faccia, forse, di un desiderio eterodiretto da ragioni idiote; il desiderio se n'è andato a divertirsi in città e ha lasciato l'amore a sbrigarsela da solo, in territorio ostile.

Paradossalmente, finché lui sembrava un ragazzo la mia vecchiaia aveva un senso; adesso che lui è un adulto, a che serve la mia età?

> Il vecchio Narciso va a bere
> ma lo specchio del pozzo si ritrae;
> com'è amara l'acqua
> bevuta ad occhi chiusi!

Ci ho provato a entrare in un locale frequentato da "orsi" e "cacciatori" (mi annoia spiegarlo, ci sono riviste «bears» che esaltano la grassezza pelosa, e giovanotti che ne sono attratti), ma l'informatico trentacinquenne con cui ho attaccato discorso non riusciva a capire: «be'» mi diceva, «stare, amandolo, con qualcuno che non ti ama più, e non potersi permettere di abbandonarlo perché ha ancora bisogno di te, non è che non faccia soffrire...» – come convincerlo che Sergio mi ama ancora, forse più di quanto lo ami io?

Sono andato alla toilette e lì ho messo una mano tra i capelli, non so nemmeno di chi; di uno che fremeva per annullarsi: sulla nuca gli ho scoperto una cisti infiammata, come un piccolo pomodoro. Abbastanza per il mio dolore, per parcheggiarlo e andarmene.

Di là ansimano, gemono: un tonfo come se spostassero qualcosa di pesante, qualcuno scivola e qualcuno bestemmia; il Muso che si gloria oscenamente del suo lavoro («quando lei era in lacrime, ero io con l'auricolare che dicevo al cretino Dài, raccoglile col fazzoletto, giurale che il fazzoletto lo conserverai»); ridono. Preparo il caffè per tutti, è la prima volta che le orgette di Sergio le benedico *in praesentia*. Ma non voglio vedere, gliel'ho precisato, nessuno in mutande: prima di venire in cucina si rendano decenti. La tolleranza estrema sigilla una depressione che rifiuto – non voglio morire per eccesso di neutralità.

Capitolo quarto
Il tempo dei campioni

1

Salve a tutti, mi chiamo Monica e sono la moglie di un uomo molto speciale. Una persona che stimo molto, e che è stimata da tanta altra gente, sia nel campo lavorativo che in quello agonistico. Sono la moglie di un gran campione! Ora è giunto il momento di porgli qualche domanda.

«Cosa rispondi alle persone che, in palestra, ti chiedono di voler diventare come te?»

«È una richiesta che mi lusinga molto, ma cerco anche di spiegare che ci vuole tanta costanza e determinazione, e soprattutto un grande spirito di sacrificio, senza mai trascurare quelli che sono i veri valori della vita. Bisogna resistere. Soprattutto alle "tentazioni", che costantemente minacciano l'integrità e la rigidità della dieta.»

"Se rimaneva con me, non avrebbe parlato così" è il primo pensiero che mi viene in mente; assurdo, perché non ci si è mai nemmeno messo, con me. Monica era la fidanzata, all'epoca – e le "tentazioni", per lui, non erano soltanto dietetiche. L'ho chiamato, nei primi due libri, il Bassetto Radioso. L'ho ritrovato, vincitore al Ludus Maximus di Roma, presentato dalla moglie su «Cultura fisica» di questo mese. Ecco il resoconto del podio:

Giuria interfederale al top, organizzazione impeccabile. Cantalamessa (1°) non peccava in niente e con lui, quando sta così, è impossibile competere. È un vero professionista, non parlando della routine da favola, bravo, bravissimo. Lazienski (2°), indubbiamente in fase di ascesa, denuncia ancora manchevolezze ai dorsali: buona, anzi eccessiva, la massa, ma la definizione dov'è? Impressionante la struttura muscolare di Martinez (3°), soprattutto nel blocco petto-deltoide-braccia, ma difetta un po' la simmetria, nelle proporzioni tra arti superiori e inferiori, e in un leggero deficit del lato sinistro.

Gli ho telefonato per complimentarmi: a oltre dieci anni di distanza ancora sulla breccia, e a quei livelli. Ma ho dovuto usare il cellulare indicato sulla rivista, il suo vecchio telefono era morto e sepolto. Mi ha risposto la moglie e me lo sono fatto passare, sicché anche lui è stato piuttosto freddo («grazie, sei sempre 'n amico, no, bambini nun ne son voluti arrivare, però magara in un futuro, ciao ciao»); rumore del tempo, poco più.

La rivista, comunque, non l'avevo comprata per lui ma per il secondo classificato, Zbignew Lazienski (polacco ma romano da molti anni, detto «Zibi» o «Lazio»). Da febbraio a ora, fine agosto 2001, il destino ha picchiato duro, pur facendo finta di scherzare. Insegna ridendo, con l'esca del piacere.

Intanto la delusione di Castro, nel senso di San Francisco; il mio amico docente a Stanford ha preso casa a pochi isolati dal quartiere famoso per essere a maggioranza gay – una bella casetta a due piani, col tetto spiovente e il giardino incolto, separata solo da un dosso, e da un paio di semafori, dall'eliso sognato della mia giovinezza, il miracoloso quadrato dove poderosi atleti seminudi passeggiavano baciandosi. I belli erano quelli che facevano di più all'amore e quindi sono morti; adesso solo qualche culturista anziano in salopette, bisonte malato con in mano una bottiglia di latte, lungo il viale percorso da checchine di provincia spaesate come turisti a via Veneto.

Nell'alcazar andaluso di Stanford le coppie giapponesi vanno a sposarsi la domenica, mentre agli incroci maleodoranti intorno a Ellis Street le mie ingenue eccitazioni, covate troppo a lungo («un teatro in cui si riversano, dal Texas e dal Kansas, spogliarellisti dilettanti, e con pochi dollari si può far parte della giuria!»; «chiedi di Jerry, ci pensa lui a presentarti quelli del wrestling che vogliono mantenere l'incognito!»), si spegnevano in cinemini di avventori svogliati e di scarsa preda. Ma siccome la metafisica è l'ultima a morire, qualche ispanico decente che si spogliava sulla piattaforma (uno nuovo ogni venti minuti, puntuale) guardando altrove riusciva ancora a suscitare in me forme primitive d'invidia. Se uno stripper si strofina sullo spettatore che ti sta davanti, o accanto, e non ti degna di un'occhiata, è come quando in aereo le hostess si fermano col carrello dei pasti giusto prima della tua fila: per un istante non puoi fare a meno della cotoletta coi piselli, più che fame è disperazione, e ti sporgi a invitarlo con gesti che gli habitué commentano con disprezzo.

Poi, ogni belva all'imbocco della sua tana, si ripresentano nudi davanti al rettangolo nero della dark, e ti dicono «cien dólares» – per fare cosa, mi chiedevo, e lo chiedevo a loro, sgarbatamente; i dollari occupavano l'intero reticolo della città, sopivano il vento dei saliscendi, davano al viaggio la ragionevolezza dell'economia e la consolazione del non-ne-vale-la-pena. La sera, in albergo, l'unica estasi fisica era togliersi le scarpe per riposare i piedi gonfi.

Ma un tarlo, un germe, un virus aveva fatto in tempo a infiltrarsi clandestinamente, mentre vagavo tra gli scaffali dei pornoshop: in una rivistina specializzata, e poi per conferma in una seconda, avevo notato che i prezzi degli escort (o accompagnatori) erano sempre marcati con una doppia cifra, che si trattasse di un'ora o dell'overnight rate: la cifra per il «sex» e quella per il «love». Quella del «love» era circa il doppio dell'altra. Da un lato mi pareva naturale, l'amore è merce più rara; ma dall'altro mi domandavo che ti faranno, per convincerti che quello che ti stanno fornendo è per l'appunto amore, e non sesso?

L'interrogativo, circa un mese dopo, m'ha seguito a Miami: meno teorico, più intimamente spudorato – forse perché ci faceva già un caldo infernale (a fine aprile), o perché c'erano le palme dal tronco liscio e verdolino che ricordavo dal Belize, o per il vago odore di caffè tipico dei tropici. Da Coral Gables, dove sta il campus, appena potevo mi facevo portare in taxi a Miami Beach, in piena Cuba di Batista, con le Buick e le Cadillac scoperte e un po' polverose che percorrono Ocean Drive a passo d'uomo, e i gialli acidi e i rosa e i violetti del decò balneare, e il riso coi fagioli neri («moros y cristianos») e le banane fritte. Capisco perché Versace avesse scelto di vivere qui: stai nel più affascinante Terzo Mondo, ma godendoti la sicurezza e le comodità del Primo.

Già nelle esplorazioni a casaccio del lunedì e del martedì avevo localizzato la *Warsaw Ballroom*, una discoteca di cui la guida «Spartacus» predicava meraviglie; ho saputo dopo, tra l'altro, che proprio alla *Warsaw* il "selezionatore" Jaime Cardona andava a reclutare i ragazzi per Versace e per il suo compagno – ne raccoglieva cinque o sei, li portava al *Palace Hill*, ci conversava una mezz'oretta finché il prescelto non veniva indirizzato verso la porticina posteriore della Versace Mansion, con l'istruzione di salire al piano nobile dove avrebbe trovato aperta la porta della camera da letto.

Il venerdì sera, dicevano i manifesti, alla *Warsaw* ci sarebbe stato uno spettacolo di «go-go dancers»: proprio quel venerdì finiva il seminario al dipartimento di Comparatistica. Col cuore del vecchio leone, alle otto, mi faccio portare all'ingresso; il tassista portoricano ventiquattrenne, scaricandomi, mi dice «okèi, papa». I buttafuori, seduti sugli scalini, stanno ancora giocando al poker elettronico – tiro le dieci tra ristorante di mare e passeggiata sulla spiaggia. Entrando alle dieci e un quarto ho l'impressione della solita discoteca dove mi troverò malissimo e non succederà nulla: gruppi di giovani che chiacchierano tra loro, molto in intimità – mi siedo su un divano in ombra, mi annego di martini e stop.

Alle undici e mezza mi sono rotto e decido di togliere il disturbo, ma mentre mi dirigo all'uscita un culturista come dico io, con la zip che si perde nel pelo biondissimo, quasi bianco, e una sacca sulle spalle, m'incrocia e si avvia su per le scale – sopra ci sono gli spogliatoi, cartelli avvisano che *upstairs* è proibito – riesco a salire non visto, il culturista si sta togliendo gli slip e mi guarda strano, finché arriva un inserviente e mi caccia. Ormai la stanchezza m'è passata, l'imprevisto mi dà un'altra ora di autonomia: verso mezzanotte e venti la musica cambia e si fa cinematografica, *Star Wars* o qualcosa del genere, le luci stroboscopiche si trasformano in lame che trinciano il pulviscolo, e dieci alieni superbi si mettono a ballare sul bancone rialzato. Chi vestito da barbaro con corde e stracci, chi da cowboy e chi da extraterrestre con tuta argentata. Si spogliano regalando silhouette e istantanee memorabili; soprattutto due, quello che è rimasto col perizoma leopardato e quello che mi sovrasta direttamente, cappello texano e fazzoletto al collo. Non la reincarnazione, ma la *manifestazione* di Ercole: da vestito sembrava solo un gigantone atletico – poi uno si aspetta che, dentro, il corpo sia un po' più piccolo degli abiti. Lui invece è esattamente come se il costume fosse stato il suo corpo pietrificato e dipinto; anzi, la pietra della carne è esplosa lacerando la superficie del tessuto. Talmente impossibile e vero che le fantasie non riescono a raggiungerlo. Una goccia del suo sudore m'è caduta sui baffi, avrei voglia di farmi pestare una mano dai suoi stivali.

D'accordo, un vecchio patetico e bavoso, a basso reddito e talmente infoiato da perdere ogni buon gusto – ma eccomi lì! e con quel briciolo di indegnità in più, che mi salva. Per dieci minuti sono un topo nel gruviera, o il bambino goloso in una pasticceria; poi scopro che si possono infilare i dollari nello slip, che anche Ercole si abbassa e ti sorride (e sillaba perfino, a un'occhiata dubitativa, «I am available»); ma la mia mano trema come quando lo pensavo inaccessibile.

Josh, si chiama, me lo bisbiglia mentre si china ancora una volta a raccogliere i soldi (sono quello che gliene dà più di tutti), ha occhi azzurrissimi e una peluria appena nata sulle guance – meglio di qualunque attore di Hollywood, anche come colori (pelle olivastra, capelli biondo sporco), e nessun divo celebre è così impervio nella muscolatura. Se ne va ballando insieme ai compagni, ne entrano altri dieci ma ormai mi sto abituando; lo rimpiango, poi imparo che sono venti e si alternano, ecco di nuovo il suo turno in un nuovo travestimento. Finite le performance (quattro in totale), mi dice del miscuglio scozzese-brasiliano da cui si origina la sua genetica; precisa che duecento dollari sono la tariffa, ma inopinatamente dalla bocca mi esce «I want more», gli spiego che vorrei proprio il «love» e io stesso gliene propongo cinquecento. Però per il week-end è impegnato, va alle Everglades con un deputato, mi par di capire, repubblicano. Mi propone lunedì, ma io lunedì mattina ho l'aereo. Faccio segni di desolazione, sto per lasciarlo, allora mi rincorre e ipotizza «now» – sbircio l'orologio, sono le tre e un quarto, avrò sonno, gli rispondo che fa niente e vado a prendere uno dei tanti taxi che stazionano all'angolo; cinquecento tra l'altro non ce li ho; torno in albergo da solo, dove rimango sveglio fino al mattino.

Telefono a Sergio che si è appena alzato in Italia: gli racconto la mia insolita notte, scherza sui capelli bianchi eccetera.

«Ormai però potevi portartelo in hotel, scusa.»

«Il meglio me l'aveva già dato, dopo sarebbe stato uno qualsiasi... e poi volevo onorare il nostro patto.»

«Non c'era bisogno, sei fuori giurisdizione.»

«In realtà ho avuto paura: era troppo bello, non sarebbe finita lì.»

«Sì, te lo portavi con te in valigia... comunque le valuti tu le tue cose, panzerone, lo sai che io posso seguirti solo fino a un certo punto.»

Respiro nelle sue parole quel misto di compassione e rispetto che corrisponde bene alla mia confusione attuale, tra prudenza perbenista e acuta percezione d'allarme. Lo rivedo accovacciato, Josh l'ironico, mentre si lasciava toccare natiche e testicoli; lo rivedo tentennare verso l'uscita, sorridendo con gli occhi: perché, dio santo, gli ho detto di no? Per non regredire, dopo di lui me ne sarebbe servito un altro. Ma regredire dove? La risposta la so: regredire alla mia vera sorgente – la vecchiaia non c'entra, non si è mai troppo vecchi per tornare a casa.

L'altro stripper, quello dal perizoma leopardato, era atteso da un biondino che gli teneva i libri; si sono stretti in un abbraccio da amore in piena fioritura, sono usciti parlandosi fitto e m'hanno anche urtato ma come se urtassero un mobile, o un cassonetto dell'immondizia.

M'attraversa la mente una risposta più strana, che non voglio analizzare: gli ho detto di no perché *mi sono fermato davanti al sangue.*

Tornato a Roma, corro a sfogarmi su Internet; trovo il sito di un pesista russo, residente per l'appunto a Miami, dal buffo nome di Yuri Breznev; si offre a 1200 dollari per la notte e a 3000 per l'intero week-end (ovviamente, tariffa «love»); mi spaccio per un commerciante italiano che deve passare qualche giorno in Florida e gli chiedo se sarebbe possibile prenotarlo come amante per due giorni: risponde quasi subito che per il week-end da me indicato è libero. Rincaro la dose, vado giù diretto: potrò scoparlo in barca? Risponde divertito che soffre il mal di mare ma per il resto «your wish is not a problem». Suggerisce di prendere prima una boccata d'aria passeggiando nel distretto: ne approfitto per insinuare che allora si potrebbe far intervenire un terzo, e lui serafico «I do threesomes with my buddies... we can set something up» – mi allega le foto dei due buddies e per poco non mi prende un colpo. D'accordo, facciamo pure la tara che siamo su Internet e stiamo trattando virtualmente; ma lui è vero, i muscoli si vedono, in America sono in genere commercialmente corretti. Comincio a fantasticare su come potrebbe essere con lui. *Mi viene a prendere al Biltmore, mi porta a fare colazione al sacco nei giardini di Fairchild; se passano bei ragazzi con gli shorts troppo corti mi dà gli schiaffetti sugli occhi e finge gelosia. Mi abbraccia tenero, rotoliamo sull'erba. Siccome gli ho detto che mi piacciono gli oggetti di plexiglas, tornati in Ocean Drive mi arriva alle spalle, mi dà un bacio sul collo e mi annoda un pendaglio di plexiglas alla catenina.*

Lo Yuri quello vero (o supposto tale) non è scemo: pretende di stringere, chiede di accreditargli un anticipo visto che sta rifiutando altre offerte; vorrebbe anche sapere (così, per regolarità) il numero della mia American Express. Subodora la sòla, sospetta in me il voyeur informatico. Il mio povero papà mi torna buono per l'ultima volta – ne descrivo pateticamente la morte e Yuri mi risponde con frasi grondanti comprensione: gli spiace che ci siamo sfiorati in un momento così «agonizing» della mia vita, what a pity.

Se fossi davvero un ricco commerciante che deve andare una settimana al mese a Miami, che cosa distinguerebbe Yuri da un amore? La finzione potrebbe essere perfetta, e non dubito che riuscirebbe a mantenerla per tre giorni. Come andare a mangiare a Coconut Grove fettuccine al triplo burro più buone e al dente di quelle di largo Augusto Imperatore. Con l'aiuto del dollaro, gli americani edificano sentimenti più veri del vero e a prova di agenti atmosferici, esattamente come fanno coi ponti di Venezia e coi castelli bretoni; anche i sentimenti sono una memoria del passato? Un uomo così è stato il sogno dei miei vent'anni – era facile dunque, bastava diventare ricchi. Nel mainstream del capitale, i sogni sono roba da poveracci.

Ricordo l'ultimo scorcio di Miami di notte, andando all'aeroporto: i grattacieli accesi nel buio (verdi e azzurri, cilindrici e a forma di elle) sembravano calcolatori insonni che stanno esaurendo l'elenco dei nomi di Dio. Più che il paese dei sogni realizzati, gli Usa sono il paese dei desideri *realizzabili*: cioè della fine del desiderio. Hanno capito che, per estinguerli, basta avvicinare i desideri alla loro soddisfazione – perché tu non abbia il tempo di formularli, di nutrirli, di elevarli a ideale. L'ideale è già lì, più perfetto di come l'avevi mai immaginato perché è la risultante ottenuta al computer di molti ideali possibili – ti sta addosso, ti schiaccia, non ti permette lo spazio di un'elaborazione. Vengono dalla Russia, dal Brasile, dalla Svezia – ti immobilizzano nella loro evidenza tautologica, un corpo troppo perfetto è un corpo troppo perfetto, e come tale intransitivo: pronto a ridiventare desiderio nella nostalgia dei perdenti.

2

In verità mi sento solo. C'è un gioco che si faceva da ragazzi, al mare – o anche in cortile, quando ci davano il permesso di bagnarci con l'acqua: ma al mare era più divertente perché ci giocavano anche gli adulti. Si prendeva una bella piuma colorata, di pollo o di gabbiano: si faceva un monticello di sabbia ben compressa e umida, tipo torre o tronco di cono – in cima, come bandiera, si piantava la piuma: ognuno, con la mano, doveva sottrarre un po' di sabbia al monticello e chi faceva cadere la piuma pagava pegno.

L'esercizio che facciamo io e Sergio è qualcosa di simile,

il nostro monticello è l'amore accumulato nei primi sei-sette mesi. Amore, vabbe'. Era agevolezza, voglia di staccarsi dal suolo. Gusto di raccontare agli amici la propria fortuna, e piacere di constatare ogni volta che il piccolo miracolo del sesso riaccadeva. Poi, lentamente, abitudine alla paternità, la bellezza del sacrificio, siamo anche noi della tribù: potete invitarci a casa e noi possiamo controinvitarvi, preparare le orecchiette alle cime di rapa e il dessert di ananas. Andati via gli ospiti, guardarsi negli occhi con tenerezza; o in altre circostanze, consolarsi del reciproco pianto, guardarsi farlo.

Poi c'era stato lo strazio, d'accordo, la sua anoressia – ma il reducismo non può durare in eterno. La casa in comune era stata fondamentale; convivenza e amore si scambiano le maschere così spesso, sfido chiunque a decidere quale dei due sia causa sufficiente dell'altro. Quindi la manciata di sabbia che ha tolto stavolta è di quelle arrischiate, che o perdi subito o metti gli altri in seria difficoltà. La stabilità è compromessa. Quando m'è venuto a prendere a Fiumicino, con la faccetta alla mi-vorrai-ancora-bene?, mi ha comunicato (non per discuterne ma come cosa già fatta) di aver affittato un appartamento solo per sé.

«A questo punto, tanto valeva che io rimanessi a San Pietro.»

«Lo so, panzerone, credi che non ci abbia pensato? Magari, se mi confermano il contratto per il prossimo anno, posso aiutarti col mutuo.»

«Sto appunto tornando dall'aver scoperto che i soldi servono a molte cose.»

«Hai fatto confronti?»

«Non tra persone: tra disegni di destino, forse... hai deciso dopo la telefonata dell'altra notte? no, vero? l'avevi già deciso da mo'...»

«Mica si trova un affitto in quattro giorni, a Roma.»

«Non sei nemmeno un tipo simpatico... chissà che cazzo è che ci lega così tanto, visto che non è sesso e non è nemmeno amicizia.»

«Avevo bisogno di dimostrare a mio padre che sono indipendente; e poi è anche per una forma di rispetto nei tuoi confronti... sai, usare il nostro letto per...»

«Non lo so, quasi quasi preferivo che lo faceste lì: in una casa estranea mi sarai ancora più lontano, io non c'entrerò più niente.»

«Ma ho intenzione di dormire nel lettone un sacco di volte; c'è una magia che mi fa dormire bene solo da noi, lo sai.»

«Magia non è la parola che cercavo; non è per magia che sono così contento di vederti.»

«Io la parola ce l'ho, ma poi tu dici che è da telenovela.»

«La parola di quel che ci tiene insieme? E sarebbe?»

«Comunione.»

Per una fenomenologia del letto matrimoniale si dovrebbe risalire, credo, a quando l'uomo ha avuto bisogno di sapere se un figlio era suo. Prima, nelle orde cavernicole e nei branchi di cacciatori-raccoglitori, c'erano la "casa delle donne" e la "casa degli uomini" – i figli venivano allevati collettivamente. Immagino la prima casa agricola, quindi stanziale, in cui padrone e padrona decidevano a quali figli lasciare la terra coltivabile: il letto nuziale costruito a partire da un tronco d'ulivo. Dunque il letto matrimoniale è nato con la proprietà: se allungo la mano, al risveglio, verso il cuscino dove dormiva Sergio, le unghie della sinistra grattano il vuoto. So, nel profondo, che non permetterò più a nessuno di dormire su quel cuscino per una notte intera: dovrò aspettare che Sergio, saltuariamente, ritorni. È qualcosa che ho perduto, l'erede è andato via.

Annuncia «stasera no, dobbiamo andare al cinema», con un plurale che io stesso preferisco resti vago; le acrobazie felici di un tempo, quando ogni organo si distendeva beato dove doveva distendersi, si sono perse in un groviglio di comprensioni reciproche. In un angolo dello stomaco ci sono ancora lacrime? Continua a dire «sei il mio punto di riferimento», ma de che?

Giungono notizie di battaglia sul fronte D'Eusanio, di successi personali, di attese in sentinella; «sono diventato un drago del trash»; lei prima l'aveva preso a benvolere, poi un cinico leccaculo l'aveva soppiantato (uno che dice robe del tipo «prendiamo gli handicappati e sistemiamoli in campeggi a forte dissesto idrogeologico, così se si scatena la natura i parenti ci ringraziano e noi abbiamo lo scoop»); ma è successo che Sergio è mancato due volte perché aveva la febbre e per due volte hanno dovuto sospendere la registrazione, dato che i concorrenti non erano preparati a dovere. Lei adesso «gli porta l'acqua con le orecchie». Pensava di affidargli un format nuovo sulle chat, ma Freccero gliel'ha scippato e lei allora per ripicca ha mandato in onda una puntata sulle chat proprio in concorrenza con l'esordio del nuovo programma. Gli ricordo, stancamente, che i Personaggi Televisivi (PT) odiano o amano non secondo il loro cuore ma secondo l'auditel.

Negli studi della Grundy, dove si registrano in contemporanea varie trasmissioni, si incrociano al bar persone "al limite": una ragazza albanese, l'altro giorno, che ha piantato un casino infernale perché la costumista aveva buttato via le sue vecchie scarpe, e solo dopo si è riusciti a capire che il padre morendo in una sparatoria aveva versato proprio su quelle scarpe il suo ultimo sangue. Quando accompagno Sergio, i suoi racconti si alternano con quelli che esalano dal video: una madre che ha ammazzato il figlio sta facendo un sacco di ospitate e ha perfino un ufficio stampa; se la nozione si diffonde, che basta ammazzare un figlio per diventare una star, di figli se ne programmeranno due d'ora in avanti, uno da ammazzare per la televisione e l'altro da tenere dopo. Che realtà è, una realtà di cui esistono solo gli apici? Drammatizzano anche la verdura al mercato, nei programmi di cucina, mettono in sottofondo la *Passione* di Bach mentre la telecamera lentamente zooma sui broccoli. In compenso gli avvenimenti effettivamente drammatici si diluiscono in una specie di insensata comicità: il pavimento di un ristorante che sprofonda a Gerusalemme durante una festa di nozze, gli invitati che alzano le braccia all'unisono come per un tuffo sportivo.

Certe volte Sergio apre la porta brontolando per storie che non quagliano («la scema sarebbe fortissima, sta con uno sposato che ha passato con lei, invece che con la moglie, la prima notte di nozze, ma non vuole parlarne, preferisce fare la fidanzata traditrice di un suo amico supermoscio»), io gliele sistemo alla meno peggio («ma no, fate che lei ha lasciato il marito per il suo migliore amico, e adesso si è rimessa alla chetichella col marito ma il migliore amico non lo sa») – non voglio soldi in cambio. Qualche sfera di marmo, di cui faccio collezione. Mi sembra di sporcarmi di meno, se non ho riscontri economici. Il mio idolo è la mia prozia Ernestina, nel '38: il gerarca s'era sgarato la divisa subito prima del comizio, lei rammendatrice superba esegue in pochi minuti una riparazione invisibile ma non pretende che i soldi del filo. Sergio mormora «la serenità me la dai solo tu» – serenità e pusillanimità, l'eterna rima della mia vita.

Non voglio che si umilii, facendo ancora l'amore con un corpo come il mio; quando al telefono ha la bella voce sudata di chi balla e brilla nell'universo, anche se è un rivale ad avere il merito di questo, va bene, lo accetto e perfino lo ringrazio. Ma poi viene a cena in via Tina Pica, mi bacia triste, ripete «forse non lo voglio davvero, quello che sto facendo» – mi vengono in mente epiteti ingiuriosi e vezzeggiativi che preferisco non riferire, talmente sono standard: mi stanco presto anche di questo, il mio limite d'attenzione non supera i cinque minuti.

Nella sua casa nuova non ha ancora il computer, sicché si mette al mio e contatta siti di incontri («sbqr è quello degli orsi, poi ce ne sono altri, perché li vuoi sapere, coniglio? non sono fatti per te... sì, hai ragione, vuvuvu, sonostronzo punto it»); fornisce false generalità e falsi profili, apparentemente per sarcasmo, in realtà per un terribile bisogno di trasvalutarsi. Insiste molto sulle dimensioni del suo pene, orgoglioso che sia così superiore alla norma. Un formicolio d'infelicità trasuda dal video: sposati con la moglie che sta fuori a curare la suocera malata, impotenti che sognano di essere Sharon Stone, finti arroganti che pigolano al primo ostacolo – non ho nessun diritto di moraleggiare, una vernice di fiction ha sempre salvato le umane miserie; la novità semmai è che ora questa pellicola sia tanto tenace, che possa insinuarsi così negli interstizi del tempo, venirci a trovare al tavolo di cucina: che possa illuderci con tanta pertinenza pur essendo programmata industrialmente. La debolezza si è fatta tecnologica.

Che cos'è il lusso, se non la verifica che noi siamo più di noi stessi? Sacrifichiamo alla nostra Proiezione, come i poveri sivigliani si privavano del necessario per poter rivestire d'oro la loro Macarena. Comprare oggetti costosi è un buon sostituto dell'amore, perché comunque proietta l'anima in orbita: spaesata, si compiace che vivere non le basti, guarda le sue nuove ali. Siamo ormai una coppia a reddito medio-alto; facciamo finta che il mondo delle merci sia il nostro prostituto. Sergio ha avuto la conferma del contratto in esclusiva con la Grundy: circa duecentocinquanta milioni l'anno, con una quotidiana per nove mesi e dodici prime serate garantite, più trenta milioni iniziali per l'opzione. Anche considerando che si tratta di cifre lorde, guadagna comunque più del doppio di me che sono al top della carriera di ordinario.

Mia madre gestisce la propria vedovanza come un piccolo capitale, più che un lutto un lusso: quali che fossero le storture del loro legame, tutto è trasfigurato nella luce della fine. Lo va a trovare la domenica, in cimitero: pulisce il vetro della foto, piange («per me el festi gli'én finidi» – per me le feste sono finite). La domenica *mattina*, per forza: una volta che mia sorella avrebbe potuto solo di pomeriggio è partita da sola, cambiando autobus, col rischio di perdersi.

«An n'andèven via, sèimper, la dmèndga matèina? l'e come s'andésen a fèr al solit gîr» (non andavamo sempre a fare un giro, la domenica mattina? è come se lo facessimo ancora). Mio padre che non c'è più è diventato il suo assoluto («al vèd seimper cun la testa sàta el rodi, la bèva a la bàca, i occ spalanchè» – lo vedo sempre con la testa sotto le ruote, la bava alla bocca, gli occhi spalancati): impossibile svuotare l'armadio, o anche solo spostare un soprammobile. Per concedere a lui l'interezza dello schermo, lei guardava la tivù molto di lato dalla sua sedia abituale in cucina; l'altro giorno ho raddrizzato l'apparecchio dalla parte sua, pensando di farle un piacere: s'è messa a gridare che lei lo voleva come prima, che a lei la televisione piace vederla di sbieco. Da quante menzogne bisogna passare per tornare a essere così puramente commoventi? Ha notato che Sergio non abita più da me ma aspetta che sia io a parlargliene. M'ha solo chiesto «al vèdet ancàra Sergio?» (lo vedi ancora S.?), e alla mia risposta affermativa ha fatto la faccia diffidente. Mi dà noia sorprenderla mentre indaga senza parere, rovistando, così vado spesso a trovarla io. In aereo mi affeziono a scene surrogate: «Lo vuole un quotidiano, signora?».

(*ossequioso lo steward a un'anziana meridionale, umilmente vestita*)

«Ch'er'è?»

«Un giornale, signora, quale vuole?»

«Quello piccerello rosa.»

«Questo finanziario?»

«Eh.»

«Ma sta zitta.»

(*il marito, imbarazzato, con l'aria di chi ha viaggiato un po' di più, per piccoli commerci*)

«È finanziario, è.»

«Maronna mia, sempre ci facciamo riconoscere...»

Quando arrivo non ho più emozioni per la madre anagrafica. Papà era l'ultimo canale e anche quello non è più navigabile. Sbrigate le notizie basiche dei primi cinque minuti (come stai? ci sono novità?) e il bollettino dal cimitero (si è staccata una lettera di ottone dalla lapide, bisogna sostituire le rose di plastica che il sole ha sbiadito), ci mettiamo a guardare la televisione come degli idioti, per ore. Gli animali hanno più curiosità e più interessi di lei. La sera, se Modena fosse una città che si presta, cercherei un culturista a ogni cantone.

3

M'ha preso lo sfizio di verificare se anche in Italia ci sono servizi paragonabili a quelli americani: ho digitato «maschi-e-scort» sulle ricerche avanzate di Google, e nelle prime 20 risposte su 36743 tutto quel che ho trovato sono stati una Ford Escort in vendita e due cuccioli maschi di dalmata che una signora toscana voleva piazzare presso qualcuno «munito di giardino». Il grottesco deprimente m'ha soddisfatto più che stimolarmi, non ho neppure cercato di migliorare la performance; volevo che fosse il caso a spingermi eventualmente oltre, in un rigurgito passatista di fossi e piazzole d'autostrada e giochi di mano. Il caso mi ha non saprei dire se aiutato o rovinato mentre stavo a Milano per un concorso di ricercatore alla Bicocca; parlando con un collega gay, ho scoperto che su «Secondamano», il giornale degli annunci economici, si potevano trovare "accompagnatori". Il nome del giornale non era invitantissimo ma la pista era certa – fatte le debite riduzioni, l'America era possibile anche qui, nella città italiana più centro-europea.

Quella sera ero a cena con Busi e la Colorni (c'era anche la Carmen Covito, che Aldo sponsorizzava per un romanzo sull'archeologia); speravo che la cena finisse presto per avventarmi su «Secondamano» entro mezzanotte. Aldo diceva le cose che dice sempre, e che solo ai distratti possono apparire narcisiste o megalomani («il mondo avrebbe bisogno di altri duemila anni per arrivare a capirmi fino in fondo, ma mi sa che non ce li abbiamo», «mi sento un patrimonio dell'umanità») – frasi di un uomo che ha toccato il pavimento del proprio dolore e ci sta saldo coi piedi, senza saltellare per riposarsi. Che non ha più bisogno di farsi perdonare da nessuno.

Un giovane tennista ci ha salutato, amico sia mio che suo per strade che è inutile raccontare; ci ha liberati dall'editoria e mentre salivamo in macchina per andare all'*Argos* (un locale di strip) ho avuto l'impressione che stessimo diventando tutti e tre un po' più evanescenti. Dopo mezzanotte, in un'umidità buiccia quasi deserta, uno stripper ha cominciato a esibirsi ed è parso subito riscattare l'ambiente, per l'imponenza del fisico e per una bruschezza (rivelatasi poi siciliana) del tratto. Con Aldo (in quanto famoso) si intratteneva di più, naturalmente, non senza sorde invidie da parte mia: lui lo faceva parlare anche mentre si spogliava, e ha saputo che portavano lo stesso nome. Avvicinandosi l'acme l'Aldo numero due si strusciava sempre più nudo lasciandosi toccare le parti intime, e Busi dava segni vistosi di ritrarsi – «no grazie». Io invece, l'unica volta che si è avvicinato a me, ho fatto man bassa dei coglioni e del resto.

«Il cazzo deve restare nella sua gloria simbolica; se devo toccare una frattaglia, allora tocco il mio» – così Busi in macchina, per spiegare il rifiuto. Io no, sono come un bambino, se vedo una cosa che mi piace devo toccarla; mi batteva il cuore quando l'ho fatto, non m'importava di farmi compatire. Non ho grandezze da difendere, né qualcosa di maggiore del desiderio da far valere. Ho messo in imbarazzo anche l'Aldo-stripper quando al bar, in fretta perché gli altri si avviavano già alla porta, gli ho chiesto il numero di telefono e lui m'ha fatto segno che lì così non era il caso, che ci sentivano tutti.

Il giorno dopo su «Secondamano» ho chiamato il più

promettente, che si definiva "*realmente* palestrato": la voce non l'ho riconosciuta, ma i sensori si sono attivati al nome Aldo – incontrandolo sul sagrato del Duomo ho constatato che avevo ritrovato proprio lui, a meno di ventiquattr'ore dall'averlo visto nell'esercizio delle sue funzioni; ne abbiamo riso, e a letto il suo cazzo si è manifestato in una gloria non solo simbolica. Così ho consumato il mio primo tradimento dopo il matrimonio con Sergio: complici due Aldi – basta avere pazienza, gli stati della materia variano col variare delle occasioni.

Taricone non era che una staffetta. È partita da giugno l'estate degli escort, o quella che definivo tra me l'"operazione realtà prostituta". Denaro da parte ne avevo, ne ho: col lavoro di sette anni su Pasolini ho accumulato una discreta riserva e sputtanarla, nel più etimologico dei sensi, mi pareva (e mi pare) il modo migliore di chiudere quei conti. Non credo si possa capire niente del mondo che ci circonda se non si sperimenta, almeno di sguincio e a fini didattici, la ricchezza. Voglio provare come vive un ricco, per sei mesi da giugno a dicembre, voglio capire cosa si prova a non negarsi nessun desiderio: gli amici che si vantano di avere un «temperamento antitragico» vedranno se non riesco a superarli sul loro terreno.

Fin dall'inizio mi ha assistito la fortuna dei principianti: a parte qualche cantonata, qualche mingherlino mitomane o bugiardo subito ributtato giù per le scale, i primi contatti tramite gli annunci sul giornale sono stati più redditizi del previsto. A Milano, immediatamente dopo Aldo, un certo Lorenzo di Casteggio, un ventiseienne che essendo nato con occhi un po' troppo da soubrette e labbra troppo a fragola s'è combinato un corpo mastodontico e indiscutibile, soprattutto sui bicipiti e alle cosce. Milano s'è ripercossa su Roma, basta comprare «Porta Portese» e si reperiscono i medesimi servizi, sotto il capitolo «Prestazioni varie e brevetti» («brevetti», quasi un sinonimo per «sveltine»). A Milano più puntualità e più orgoglio del mestiere, secondo il vieto cliché – più cialtroneria meridionale a Roma, più nevrosi, la sòla sempre in agguato; ma generosità, anche, la prontezza a farsi da parte una volta che hanno capito di non essere il tuo tipo, e la disponibilità a presentarti il tipo giusto («questo è enorme, dimmi quando e te lo faccio arrivare a casa»). Il recapito della merce a domicilio è forse la pratica che dà più soddisfazione; ti portano la meraviglia tra le pareti domestiche, come la tivù (la tivù è l'escort-service dei poveri); ti senti proprio un padrone, non un acquirente.

In soli tre mesi ho scovato alcuni "pezzi" di qualità notevole: Giulio, per primo, appena diciottenne, troppo precoce nei volumi muscolari e troppo zoccola nella sua disperata passività. Lo intuivo, che qualche amatore se lo sarebbe accaparrato – che la sua non era una vera scelta professionale ma una ribellione o un incubo – infatti quando l'ho richiamato ha risposto «no no, scusa, ma non le faccio più quelle cose». Sociologicamente non è vero che siano tutti sottoproletari o simili: Federico, per esempio, ha il padre magistrato e la madre professoressa al Tasso. Nessun dramma familiare, è un ragazzo tranquillo che ascolta volentieri e usa i soldi in più per qualche capriccio. Biondo e abbronzatissimo all'americana, più baywatch che culturista, spontaneamente leader grazie a una genetica fastosa, era quello che aveva meno difficoltà nelle batterie a tre o a quattro – si lascia accarezzare come un gatto, gli piace essere ammirato e gratificarti con quadri "a effetto"; salvo preoccuparsi, borghesemente, se saltano fuori telecamere o macchine fotografiche. Se gli parlavo di viaggi e destinazioni esotiche, si accoccolava come per un legittimo futuro e assumeva pose maritali – uno degli individui meno sensuali, nel profondo, che abbia mai conosciuto, e tutto sommato quello che rimpiango di meno.

Nicola è lo "scannato" tipico, l'unico per cui davvero il mestiere sia necessità. Al suo paese in provincia di Brindisi era probabilmente corteggiato da tutti, uomini e donne (mi ha parlato del suo allenatore di rugby) – venendo nella capitale per tentare fortuna con lo spettacolo, la massima apertura sessuale dev'essergli apparsa doverosa, oltre che divertente. Ma la fame si faceva sentire, il suo torace perdeva definizione e cospicuità; le donne pretenziose e infide, gli uomini finti-adoranti («è giovane ma peserà centoquaranta chili, m'ha preso in giro, adesso ti racconto, ha detto Ma che cosa ti fanno centomila lire, quando n'hai di bisogno io ti posso ospitare, per te è più importante, vedrai ti troverai bene così, e insomma non l'ho fatto pagare, poi quando m'hanno cacciato dalla stanza l'ho telefonato e faceva il vago... le mazze da baseball non si rompono ma io devo arrivare a romperla sulla sua testa, mi metto nascosto dietro la porta o sotto la scala... 'sto ricchione balena di merda»). Il problema è che attacca a parlare delle sue difficoltà e non smette più, poi se gli viene da addormentarsi è davvero perché nella pensioncina dove abita dev'essere un inferno («tu sei un pezzo di pane, ma non un pezzo di pane come questo, un pane buono, croccante, che tutti vogliono mangiare»).

La "portata massima" di un corpo-da-escort, per quanto bello, è di tre o quattro volte: non mi ricordo come sono fatti, trattengo solo qualche particolare (i denti infantili e aguzzi di Giulio, il doberman tatuato sui pettorali di Federico) e questo mi dà l'euforia di quando si spreca il cibo nelle feste. Mi sono accorto che mi comporto con loro come mi comportavo un tempo con le malattie immaginarie – allora, non passavano finché non mi decidevo a prenderle sul serio spendendo soldi da uno specialista – adesso, devo misurare uno dei sintomi della passione nascente: il batticuore per un sms non pervenuto, l'ansia di invitarli in un ristorante chic, la scenata che mi faccio da solo aspettandoli di notte dietro l'edicola – e improvvisamente ogni vento decade, ho voglia del numero nuovo di «Porta Portese» e di cercarne un altro. Non ci si affeziona a un teorema.

Come l'Occidente, ho l'arroganza di comprare gli uomini, la loro parte più intima; le amiche perplesse mi sgridano, mi chiedono che gusto ci provo. Quando c'è la passione è meglio, pare; grazie, non è che i tortellini Rana non si possono mangiare solo perché quelli di mia madre sono un'altra cosa. «È squallido pagare per fare l'amore» – non si capisce perché non sia squallido, allora, pagare per un buon pasto al ristorante, o per visitare una bella mostra. Se per tutti gli altri piaceri si paga, perché per il sesso no? Perché è più consustanziale alla *persona* di quanto lo sia il cucinare per un cuoco, o il dipingere per un pittore? A dir la verità non è il sesso degli escort che pago, ma il loro *corpo secondo*; non pretendo che "facciano l'amore" con me, né io voglio "scaricarmi" con loro (anche se i ritmi del prendere e del lasciare, noto, sono abbastanza coincidenti col riempirsi e lo svuotarsi dei serbatoi seminali). Se è tipica della prostituzione l'umiliazione dell'anima, con conseguente disprezzo da parte del cliente per il prostituto, io semplicemente non appartengo a questa razza: il mio pagare equivale a una preghiera.

La prostituzione maschile, a questi livelli, è un caso particolare dell'organizzazione capitalistica del lavoro: col denaro si usufruisce di un prodotto che è frutto del lavoro altrui (in palestra). Questi ragazzi sono alienati dal proprio corpo, che spesso vedono come un involucro estraneo (dicono «lui» quando ne parlano): esigente, che può mandarti in rovina se si ammala, o può portarti al successo se gira bene. Non è per niente chiaro quale sia la parte più intima che ho l'arroganza di comprare: anche loro, certe volte hai l'impressione che ti offrano un pompino per salvaguardare una zona di affettività, certe volte che premano sul pedale dell'affetto per sottrarsi a una fisicità troppo "speciale". Che il loro corpo, nutrito di anabolizzanti, sia un corpo artificiale è evidente, ma dubito che (nel guazzabuglio di rimozioni e di scuse, di autogiustificazioni e di delirio, di "faccio finta" e di "faccio finta di far finta") la loro psiche, e l'essudato emotivo, siano molto più naturali.

Da quando ci sono i Campioni non mi masturbo più guardando i video e le riviste porno: c'era un personaggio, sul «Corriere dei Piccoli» della mia infanzia, che aveva inventato l'Arcivernice – stendendola su una qualunque immagine bidimensionale, questa si tridimensionalizzava e prendeva vita. È come se finalmente l'Arcivernice ce l'avessi anch'io: le immagini di allora mi parcheggiano, e respirano, sul letto. Il batticuore c'è sempre, ma invece che essere verticale è orizzontale; diciamo che ho cambiato genere letterario – non dai versi alla prosa, questo no, ma dalla poesia lirica al poemetto narrativo e didascalico. Realizzo adesso, a più di sessantatré anni, i miei sogni di ventenne, o sto piuttosto scoprendo che la realtà di ora non ha più consistenza delle immagini di carta di quarant'anni fa?

Forse è questo che sto comprando davvero: non l'intimità dei singoli escort ma l'intimità del sistema in cui viviamo. Del suo essere una prigione in forma di paradiso artificiale. Mi capitò una volta di fissare negli occhi Primo Levi: se ripenso a quegli occhi, mi è chiaro che il corpo-da-escort è un trucco per non vedere gli uomini. Quando gli escort stanno per suonare alla porta, la tensione quasi dolorosa è dovuta al bisogno di tacitare un'ansia, più che di appagare un piacere – il bisogno che mi ha ossessionato per tutta la vita, di un ente impossibile, di una lotta mortale con l'ignoto, si calma per mezz'ora: un esemplare, un messo di quell'ansia è lì, e grazie ai soldi posso piegarlo (pregarlo) come voglio. È per questo che l'Occidente compra tanto?

Pian piano si acquista un sesto senso, si impara a leggere tra le righe degli annunci: da come uno dispone le parole, da sfumature talmudiche, si deducono le misure, la disponibilità – ma certo mi appoggio molto al rapporto altezza-peso, che in genere è dichiarato. Scrivono 1,90 × 78 come se dessero una grande notizia, sapete sono snello, altezza mezza bellezza eccetera, a me basta questo per scartarli – già 1,85 × 85 è più promettente, una bella solidità mora, da fettuccine e da lavori pesanti; ma il mio ideale è 1,78 × 90, senza un filo di grasso. (D'accordo, ripeto, non bastano i muscoli per fare un uomo: ma non è proprio dall'umanità che cerco di evadere?)

È così che ho conosciuto Zibi, appena ho letto «body-builder polacco» mi sono fiondato a telefonare; ma non era solo la faccenda della lingua, c'era proprio una timidezza scorbutica che si trincerava dietro condizioni sbrigative e sprezzanti. Nient'altro che a casa sua, intanto, tariffa calcolata per quarto d'ora e poi moltiplicabile per quattro. Quando ho suonato m'ha dirottato in una sala d'aspetto, perché c'era un tizio in bagno che stava finendo di vestirsi e non era il caso che ci incontrassimo. Mi sembrava di essere dall'andrologo. M'ha rimproverato perché avevo osato uscire prima del tempo, e anche dopo durante il rapporto mi ha tolto da sotto la testa il suo «cuscino preferito» perché aveva paura che lo sporcassi. Qualcosa di medicale, di asettico, che mi avrebbe disgustato e dissuaso dal tornare se non fosse stato per il diluvio d'ambra nascosto sotto l'accappatoio e per il fatto che poi (inchiavardata la porta, accesa la radio, sistemate le creme e le salviette) si dimenticava di tutto e *partecipava*. Mi pare d'aver capito, da vari accenni, che quella in cui mi riceve non è realmente casa sua ma una casa d'appuntamenti a cui versa una percentuale dei profitti. C'è insomma un'organizzazione di cui non vuol parlare. Il suo progetto è aprire una beauty farm in Canada, dove vive il fratello, e risparmia all'osso, lucra da qualunque cosa. Si vergogna del mestiere, non dei gesti.

Sponsorizzandogli una gara ho conosciuto la sua palestra, dalle parti del Prenestino, e il mondo dei bodybuilder romani. Con le tute larghissime, i jeans col cavallo al ginocchio e le felpe della Gold Gym, i capelli ingessati dalla gommina e le basette a punta fino a metà guancia, passano il tempo coattissimi a bere sali minerali e a sfogliare le riviste, «Cultura fisica» o «Muscle and Fitness», facendo commenti su «come stanno» i vari campioni, su quanto siano belli gli addominali e i glutei («oh, Coleman l'ho visto come da te a me, nun se pò credere, nun ho mai visto tanti muscoli addosso a 'n òmo, cià la spalla grossa come 'a capoccia, te lo vedi e dici vabbe' io nun so' niente, nun me so' mai allenato»). La novità è che adesso ci sono anche le donne, carrozzerie disegnate diversamente ma non qualitativamente diverse, e i commenti sono simili. Prototipi, prodotti ad alta tecnologia. I maschi trattano le donne come se fossero froci con le tette, glielo infilerei di qua glielo infilerei di là – loro, con le tutine aderenti, fanno il possibile per assomigliare alle campionesse delle riviste. Un'escalation verso il porno, ma desolatamente un porno dal vivo, e di serie B. L'unica relazione tra i sessi è l'astio: «van bene solo a letto, o sotto o sopra, lì sono fantastiche; se dovrebbe fà come i talebani, ch'hanno capito tutto; ci sono delle grandicelle che fanno innamorare un ragazzo, ce fanno un fijo po' lo lasciano; lui è obbligato a manteneje er fijo, 'a casa, e loro possono fare le puttane autorizzate», «Dio ha creato du' tipi de donne, le troie e le pure: le troie so' troie, e le pure pure». I froci forse s'accontentano d'essere trattati come scarti della pornografia, le donne no: vogliono competere, fanno complimenti a quello col culo più bello, provano a impadronirsi delle tecniche dei maschi, sono aggressive, si informano sui tatuaggi: «Gott mit uns» è il disegno più diffuso, arrotolato in belle lettere gotiche sulle spalle o lungo il bicipite. Vanno molto anche le rune celtiche, in tavolette che pendono tra i pettorali. Il corpo dei culturisti di borgata è il luogo denso, materiale, in cui si congiungono la democrazia americana e Hitler.

Il simbolo più misterioso l'ho visto al collo di un biondo colpito da aniridia parziale in seguito a una cheratoplastica mal eseguita, insomma con un occhio guercio. Era un crocifisso, ma Gesù Cristo invece di essere regolarmente inchiodato se ne stava appollaiato, nudo, su uno dei bracci orizzontali della croce. Iconografia gnostica, all'ingrosso, ma il biondo non ha saputo specificare niente: dice che li fabbrica un suo amico, e che gliel'ha dato durante un pellegrinaggio a piedi al santuario del Divino Amore...

4

Il Preside non è riuscito a far chiamare la moglie ma non ha smesso di combattere; a me, che gli avevo chiesto scusa per l'assenza di quel giorno, ha risposto che non accettava le mie scuse – «che devo fare, allora?» – ha affabulato l'oscura storia di un suo parente che, essendo fallito con la fabbrica, ebbe dal capo della polizia finanziaria un prezioso suggerimento: andandosene gli lasciò sul comodino, fingendo di dimenticarla, la sua pistola d'ordinanza. Esagerazioni tipiche di un ambiente chiuso, costretto a sfogare le naturali pulsioni belliche in minchiate di scarsa rilevanza. Tutto quello che può capitare a sua moglie, quanto a tragicità, è dover prendere il treno fino a Foggia (dove sono disposti ad assumerla), ricalcando le antiche transumanze. Ma lui è come Achille nella tenda, o Cesare che si copre il capo dopo la pugnalata di Bruto. Le rappresaglie sono in corso: oggi dovremmo battezzare due nuovi ordinari, che cambierebbero il gioco delle maggioranze e renderebbero di nuovo possibile l'arrivo della moglie. I nemici del Preside ovviamente si oppongono e stanno facendo mancare il numero legale: siamo alla ricerca di un collega che, stanato di casa, risolverebbe il problema. I due nuovi ordinari hanno pieno diritto di essere chiamati, nei loro confronti si sta consumando un'ingiustizia pura, una vendetta trasversale. Tutti gridano ingiurie esorbitanti e fuori bersaglio – ma rientrando dal corridoio di corsa la filologa romanza alza tutt'e due le braccia per imporre silenzio: «Pare che gli Stati Uniti siano stati attaccati, non si sa da chi: è crollato il Pentagono, sono state bombardate le Twin Towers e un aereo nemico si sta dirigendo sulla Casa Bianca».

Sì, e io sono diventato di colpo un ornitorinco. Ma la Cassandra dei provenzalisti viene rincalzata da altre voci: chi dice È stato il Mossad israeliano per dare la colpa agli arabi, chi dice Gli americani si sono bombardati da soli per aumentare i controlli all'interno e proporsi come gendarmi del pianeta.

Arrivato a casa, dalla Cnn finalmente le vere dimensioni del fatto: l'aereo che entra nel grattacielo come nel burro, con relativa nuvoletta, e i crolli, e la smania di sapere se gli altri edifici intorno crolleranno, il blocco numero 5, il 6, il 7, con un effetto domino. I pupazzi viventi che si gettano nel vuoto, la folla inseguita dalla polvere e dai detriti. Come sono brutti gli americani in emergenza, non hanno il fisico della vittima; i culoni, il jogging rimandato o fatto solo stancamente la domenica. Che differenza col patetismo degli affamati etiopi, o cogli alluvionati del Bangladesh. Se si liberano gli uomini dal dolore e dalla miseria, per mantenere alto il loro tasso di dignità è necessaria una tecnologia dispendiosissima.

L'eleganza e la perfezione di una mossa di karate: hanno usato le invenzioni "pesanti" dell'Occidente per dirigergliele contro: la mia ammirazione per la genialità strategica di Bin Laden è enorme. Più che ammirazione, entusiasmo, euforia: la distruzione è meglio dei culturisti. Wow Bin Laden, sei il mio idolo! Dovremo ringraziarlo, per averci fatto uscire dalla bella époque e aver rimesso la storia in movimento.

Hanno imparato la lezione dell'Iraq: questo è il solo tipo di guerra che può annullare la schiacciante differenza di forze in campo aperto. Contro un terrorista disposto a morire le nostre difese saltano quasi tutte, organizzate come sono intorno a un deterrente che a noi pareva ultimativo: «se fai questo, muori». La nostra economia ci ha abituato a sopravvalutare la vita e a occultare la morte – ora è su quel punto che veniamo puniti, con eccitante simmetria.

New York sta uscendo dallo smarrimento, il sottopancia della Cnn è cambiato: da «America under attack» a «America in war». Durante un banchetto in Fulton Street per distribuire viveri gratis ai soccorritori volontari, una bambina prende due panini: la madre subito gliene riprende uno e lo rimette a posto, dicendo alla bambina «servono agli altri». Il meglio della nazione, la solidarietà puritana, la fiducia nel collettivo – il sacrificio, lo spirito della frontiera. E l'impresa, il mercato: Rudy Giuliani, intervistato, proclama: «il modo migliore per aiutare New York è venire qui e spendere più soldi che potete». Anche Bush dice a sua madre: «se vuoi essere utile all'America, non cucinare ma vai fuori a spendere». La voglia di vivere, e di possedere, è obbligatoria: la depressione e l'astinenza sono oggettivamente alleate del terrorismo.

Sono passati solo tre giorni e il mio filo-islamismo è svanito: se dovessi scegliere davvero se stare di qua o di là, tutta la mia vita mi grida di stare di qua. A parte che di là verrei incarcerato, in quanto omosessuale. O forse nascondendomi proverei più brividi, passioni meno telegeniche, chissà. Ma c'è una resa dei conti morale a cui soprattutto non posso sottrarmi: sono debitore all'Occidente per i miei desideri, i culturisti e gli escort si producono solo qui. Se accetto i suoi regali, devo accettare anche le sue guerre. Gli estremisti musulmani mettono a rischio i miei soldi, bisogna ucciderli tutti; solo gli americani possono farlo e quindi devo ubbidire agli americani. I giovani omosessuali palestinesi si affollano, la sera, nei locali gay d'Israele. Il sesso è uno dei grimaldelli politici più potenti per l'Occidente: precettare le letterine di *Passaparola* e spedirle nelle celle dei terroristi catturati.

«Le immagini della guerra sono state offerte da acqua Rocchetta, l'acqua che depura»: i talebani in Afghanistan hanno vietato la televisione; avendo deciso di uccidere Massud, pochi giorni prima di scatenare l'inferno, hanno nascosto la bomba all'interno di una video-cassetta. Il secondo aereo, arrivando sulla seconda torre venti minuti dopo il primo, era sicuro di trovare ad attenderlo tutti i network del mondo. I fondamentalisti sono figli nostri, o nostri innamorati; o gente sessualmente tentata da noi e che ne ha paura. Insomma è una relazione di cui siamo responsabili quanto loro.

«D'ora in poi» dice Luttwak, «qualcosa dovrà restare segreto: il governo americano non potrà più rendere trasparenti ai cittadini le proprie ragioni, perché rischierebbe di passare informazioni ai terroristi: i cittadini dovranno fidarsi ciecamente». Libertà in cambio di sicurezza, è ovvio: e guerre tutte le volte che ci sarà da dichiararle, e vincerle in fretta. Abituarsi ai morti per terrorismo come ci siamo abituati ai morti del sabato sera, in nome della qualità della vita. «Noi continuiamo a vivere alla grande, non vogliamo sapere quanto costa.»

Uno ha tatuato sul quadricipite uno scimpanzé che si masturba; Zibi se ne vergogna, non vuole che io assista ai loro scherzi da caserma. Non sanno letteralmente niente, non hanno idea di dove sia l'Ucraina, non conoscono il nome dell'attuale presidente della Repubblica italiana, non vanno a votare perché non hanno idea di come si fa (pensano che uno ti telefoni a casa, confondono col televoto). Ma tengono tutti per Rauti o almeno per Storace, considerano Fini un traditore. Salvo improvvise impennate di know-how, a proposito dei ricettori di glucidi o degli amminoacidi ramificati («vai, se ramifichiamo un po'», «già ce pensa tu' moje a ramificatte»). Età mentale di quasi tutti, intorno ai dodici anni. Non riesco a capire, anche perché mi considerano un estraneo e parlano in codice, se la "roba" proibita che si passano siano anabolizzanti o più semplicemente cocaina. Le scatole che ogni tanto intravedo sono di Testoviron, Testovis, Decadurabolin. Si sentono forti, gridano in falsetto, si rotolano lottando. Il verbo che usano, per indicare chi si offre di tenere in casa la sostanza illegale, è lo stesso sia per gli anabolizzanti che per la coca: «ma'a *regge* lui, sinnò mi' moje me se 'ncula».

Cambiano i progetti per la serata tre volte in un quarto d'ora, la sola ansia è quella di non separarsi, di non trovarsi a fare i conti con se stessi.

«Oh Dino! A 'nfame fracico, oggi manco l'hai visto 'o squat.»

«Sesso, droga e poco squat.»

«Seh, Odino... e questo qua, oh, è l'albero da'a vita.»

«Mettilo in mano a tu' sorella.»

«Oh, ma lui, si je fai vedè un po' d'abbacchio, mica se tira indietro...»

«Secondo me cià 'na predisposizione... nun vedi che se depila pure 'e sopracciglia?»

«Che vor dì, io pure me depilo, me faccio depilà da Debora co 'a ceretta, poi jo'o schiaffo in berta uguale.»

«L'hai detto te, che te metti er perizoma pe' fatte leccà er posteriore... e che te piacciono 'e pippe a 'o specchio.»

«Perché so' bello, ahó... mica so' come te, che si te guardi a 'o specchio te danno du' bertucce de resto.»

«A chi nun je piacciono 'e pippe, mica te le pòi fà ar buio... che significa?»

«Significa, làssate servì, significa...»

«Basta vedé come se piega bene, quando sta alla corda doppia...»

«Ma che me piego, io ciò 'a sorchite: ciò la fregna talmente na'a capoccia ch'ogni mese me sanguina er naso...»

«Però 'a zinnona nun ta'a sei mai fregata.»

«Come no? me ingroppo er marito, e pure l'amante suo che se frega a lei... ma'a so' scopata ar cubbo...»

«C'è 'na confusione, ragazzi, ormai... tra trent'anni 'o pijeremo in culo tutti, e nun passeremo manco pe' froci.»

«Perché se deve aspettà tanto? Trent'anni so' lunghi...»

«Te invece ciài 'a miccia corta.»

«Parla de meno e agisci de ppiù: sta' a sollevà i pesi de Paperino.»

«A liscio, na'a fossa qua, tra er bicipite e 'a spalla, ce pòi magnà er gelato.»

«Ma che, è 'n bicipite quello? me pareva 'na cisti...»

A che massacri tendo l'orecchio? I culturisti mettono a repentaglio il loro corpo per soddisfare i nostri ideali, sono i nostri martiri kamikaze – a quale antica fiamma mi sto insensibilmente avvicinando in cerchi concentrici?

5

Sto facendo qualcosa di straordinario e delicato, o qualcosa di cui mi pentirò. Sto smontando l'amore e ne sto ricomponendo i pezzi in altra forma; il risultato sarà la solitudine definitiva o la conoscenza, cioè il superamento di ogni solitudine. Sergio mi sfrega la mano dove c'è l'anello, ricambiando il tocco m'accorgo che ha una cicatrice alla base del pollice: non so come se l'è procurata, una volta me l'avrebbe fatta risarcire con un bacetto. Di colpo mi salgono le lacrime agli occhi, l'addio è consumato. No, se afferra la cartolina di Vermeer, la ragazza che legge la lettera davanti alla finestra, e se la strofina sul petto, poi sul petto a me («questa è la bellezza nostra, non sciuparla»). Mi scalda il cuore mentre scende le scale; dovrò ringraziarlo, il mio non più giovane figlio, perché mi mantiene vulnerabile. Ma le spalle sono esigue, troppo spioventi.

In Rai è in atto il grande orgasmo dello spoil-system: berlusconiani, Lega, democristiani di Casini, stanno occupando le poltrone – ma più un generico "vento di destra", una strizza di chi si è compromesso regalando formaggi a Prodi, un guardarsi sospettosi alle spalle. «Non crederai di essere neutro» dice a Sergio il galleggiante Mario Lucchi, euforico come un infante che si diverte a veder affondare le barchette nella vasca da bagno. I miei inutili sforzi presso i vecchi compagni normalisti pare che abbiano «messo in quota» Sergio alla sinistra, anche se poi è rientrato in tutt'altro modo nel giro, e in una società privata, non direttamente in Rai. «Non ti conviene appiattirti sulla trasmissione che stai facendo» continua Mario col tono di quelle amicizie che si tengono in vita come si conservano i pezzi di ricambio degli elettrodomestici in garanzia, «io posso essere il tuo lasciapassare per un rientro in Rai. Saccà» aggiunge «è alla canna del gas». A Sergio non è ancora passata la fissa di andare in video (lo chiama ahimè il suo "sogno nel cassetto") e Lucchi gli fa balenare l'idea che con un «periodo di decontaminazione» potrebbe riprovarci col nuovo regime.

«Sono già cominciate le prime asimmetrie.»

«Vuoi dire i salti della quaglia?»

«Voglio dire le trombature. Gente che va al ristorante e si sente chiedere "scusi dottore, lei ha prenotato?" mentre fino a una settimana prima aveva il suo tavolo d'ordinanza...»

«Ma a cosa avrebbero pensato per lui?»

«Niente, sai all'inizio sarebbe meglio una posizione di staff, magari un po' defilata... il problema attuale della destra è che hanno più sedie che culi... deve lasciare che la sua faccia siano loro ad avere l'illusione di inventarla.»

«Ma io delle questioni di staff non so niente.»

«Se il problema fosse di saperne, sarebbe tutta un'altra musica, mica solo per te... le decisioni sono un fatto di pancia.»

«Be' un po' di mal di pancia dovrebbe venirvi... non credo si lavori bene, disprezzando sistematicamente chi vi dà da lavorare.»

«Non sono mica loro i nostri datori... per loro è una casella come un'altra, potrebbero stare all'agricoltura che farebbe lo stesso... non bisogna sopravvalutarli e nemmeno sopravvalutarsi: il problema non è da che parte stai, ma che tipo di dignità salvaguardi.»

In mensa c'è sempre meno gente, scherza Mario, perché stanno tutti alle colazioni di lavoro; la «destra di bordello e di governo» ha un fiato lungo, una convinzione di tenuta che spaventa. D'altra parte, riflette, «se ci tolgono il giocattolo è meglio, sabotarlo è più divertente che farlo funzionare».

Ormai non sono più un corpo estraneo, Lucchi mi ha omologato alla sua visione della coppia gay normale e no-problem: sono l'anziano partner, stimato, che si occupa d'altro. Sergio intuisce che la cosa mi offende e butta lì qualche frase sul nostro essere «in evoluzione», sul dolore che si deve attraversare per rinnovarsi. «Gli amori tormentati se li possono permettere solo i dirigenti» lo gela Mario: non gli si può negare una maligna, icastica efficacia.

In Grundy, più banalmente, è scoppiato il temporale delle telepromozioni; Sergio me lo racconta come se fosse un episodio della *Gerusalemme*, con interventi di dèi superi ed inferi. La Sipra pretende che la D'Eusanio lanci la promozione *da dentro* il programma, dicendo «e ora andremo a occuparci di un'altra scelta»; ma il produttore privato, detentore del format sulle scelte, non vuole che il suo programma venga "sporcato" da questa frase; esige che la promozione si inserisca a stacco netto, senza essere annunciata nella *loro* registrazione. La Sipra ribatte che questo si potrebbe fare se la D'Eusanio fosse vestita allo stesso modo sia nel programma che nella telepromozione; ma il produttore privato non può garantirlo, perché non può sapere a priori quale puntata andrà abbinata a quale promozione. L'impasse sembra insolubile, i due eserciti stanno fermi e si guardano in cagnesco. Poi la bagarre: Alda non dice la frase, la Rai decide che il finale va rifatto altrimenti non lo manderà in onda, il regista si rifiuta e grida parecchi vaffanculo – il produttore privato chiama al telefono il produttore di rete, il direttore di rete chiama Bossi; fanno a chi telefona più in alto, sembra la scena di Napoloni e Chaplin dal barbiere; la funzionaria Rai, coi capelli in disordine, prega chiunque gli capiti a tiro «io vado in pensione fra sei mesi, per favore fatemi vivere serena quest'ultimo periodo» – il portaborse personale della D'Eusanio, un coboldo alto un metro e trenta, trova d'improvviso la quadra: la conduttrice non dirà «a occuparci di un'altra scelta» ma «a prendere un'altra decisione». L'escamotage sinonimico viene accolto come un prodigio, il finale si rifà e le armi si seppelliscono per la prossima occasione.

Decine di milioni in ballo, pare. Tutti hanno i nervi tesi perché la trasmissione è in generale nella burrasca; da tempo la D'Eusanio veniva presa di mira da *Striscia la notizia* e identificata come «regina del tarocco», con tanto di corona. Lei ha sempre tenuto botta, risposto colpo su colpo, con un'intelligenza guardinga che la logora; si sostiene non si sa con cosa, difende come una leonessa la sua creatura. Quando i Personaggi Televisivi (PT) vogliono riuscire a tenere insieme le due parti eterogenee di sé (quella umana e quella mediatica), le malattie nervose (spesso la clinica) sono la prima, immediata risorsa. Ora il gioco si è fatto più serio, perché c'è qualcuno che in ambito politico vuole farla fuori, e sta usando gli attacchi di *Striscia* come pretesti. Dalla Lega Nord arrivano dei perentori «casciàtela via!» – perché a quell'ora i ragazzi tornano da scuola, poi fa dispiacere a Biffi e a Formigoni, si fa paladina di culattoni e travestiti. Che la coscienza civile debba difendere perfino lei?

Sergio è nell'occhio del ciclone (parlare per frasi fatte ormai mi rilassa, quando penso a lui): due dei tarocchi più clamorosi sono stati una sua invenzione – quello del ragazzino e quello dello sterile. Il figlio, credo undicenne, di una sua amica continuava a sindacare sui fidanzati di mamma, debitamente separata da un sacco di tempo: «questo mi piace perché gioca bene con la Play, con quello non ci uscire perché torni sempre tardi». Così Sergio ha impostato su di lui una puntata, con due finti pretendenti e il ragazzino che sceglieva tra i due; apriti cielo, la Carta di Treviso, il codice di tutela dei minori. La D'Eusanio accusata poco meno che di pedofilia mentre il ragazzino, per niente turbato dall'exploit, si godeva in classe la popolarità conquistata. Alda è stata brava, si è presa le sfuriate e ha difeso Sergio («tutelo i miei autori, se stanno con me vuol dire che sono tutti un po' bambini»). Ma nel caso venuto dopo si è rischiata la rottura: questa volta era una coppia in procinto di sposarsi, ma per le esigenze narrative della puntata il matrimonio doveva saltare. Così Sergio ha proposto allo sposo di dichiararsi gay, lui non se l'è sentita ma ha controproposto «potrei rivelare alla mia fidanzata che sono sterile»; detto fatto, per rendere più realistica la reazione della futura sposa le hanno tenuto nascosto che non era vero, ottenendo lacrime preziose. L'hanno informata solo a registrazione finita, lei ha minacciato querele e il fidanzato stesso si è reso conto che, una volta sposati davvero e la moglie rimasta incinta, sarebbe stato complicato spiegare ai conoscenti che il figlio era suo. Sicché, per avere una smentita altrettanto ufficiale, sono corsi a raccontarlo a Jimmy Ghione. Alda stavolta era stata tenuta all'oscuro, ha fatto come una pazza e per ventiquattr'ore Sergio si è ritenuto licenziato.

Vagoni di puri *eventi*, che succhiano e rendono povera la vita vissuta fuori dal lavoro; Sergio torna nel suo appartamento certe sere dopo le undici, così stracotto che non ha voglia nemmeno di telefonarmi. O magari passa da me per un piatto caldo ma si isola muto davanti agli spaghetti. Si sforza di trasformare in allegra estroversione il disprezzo di sé, vantandosi delle «bastardate»: ma la carica si esaurisce subito, resta un fondo cupo di depressione. Non era questo che sognava, quando mitizzava la tivù.

«Ho voglia di piantare tutto, coniglio, un'altra volta.»

«Ricordati quello che hai passato: io un'altra anoressia non la reggo.»

«Non mi diverto più, mi sembra di vivere a pezzetti.»

«Anche a me.»

«Come va coi tuoi culturisti?»

«È idraulica... loro non si sprecano con me e io non mi spreco con loro.»

«Credevi meglio, eh?»

«Mah... dico che è un ripasso, però qualche briciola di paradiso nuovo la intravedo.»

«Il Paradiso vero è un'altra cosa, lascia stare... là non si può fare sesso... è meglio concentrarsi su quaggiù e basta.»

«Forse volevo solo mettermi in pari rispetto a te.»

«Ma tu mi vuoi ancora bene?»

«Quando sei felice sì, perché penso che è anche merito mio.»

«Il mio panzerone per me è insostituibile.»

«Lo dici per darti un tono.»

«Non fare così... anch'io sto diventando lucido e spietato per colpa tua.»

«Musino, non sai neanche da dove si comincia per diventare lucidi e spietati.»

«È molto triste... sta morendo qualcosa dentro di me.»

«Ecco perché ti puzza il fiato... scusa... negoziamo, dài: sistemiamo i cadaveri da qualche parte e concediamoci un break.»

«Speriamo che non arrivi qualche brutta punizione...»

«È questo autunno umido che ci fa male.»

«Sì sì, partiamo: tu lasci qui i tuoi prostituti e io i miei casini.»

Ma il bacio viene sbilenco, nessuno dei due è sicuro che questa volta partire sia una buona idea.

Facciamo le valigie a ogni spiraglio di vacanza, spesso per la Tunisia dove abbiamo chi ci accoglie ma qualche volta per mete meno usuali (e ora considerate pericolose); a capodanno scorso, per esempio, in Iran. L'idea di essere un potenziale nemico è eccitante; le ragazze della rivoluzione tutte vestite di nero nella piazza delle moschee a Isfahan, un tizio col turbante che forse ci spia, e il proprietario dell'agenzia che urla incomprensibile perché ho dato la mano alla (cioè ho toccato la) impiegata che m'aveva risolto un problema di biglietti. Fucili, spari in aria, nascondere il visto di Israele: anche se poi l'unica aggressione è di quattro giovanotti che si fingono polizia e mirano ai dollari, insomma delinquenza comune.

Registriamo con sollievo i sintomi palesi di occidentalizzazione, i jeans e i tacchi a spillo che si intravedono sotto le casacche nere, i segni d'intesa e di insofferenza all'autorità come da noi sotto il fascismo; il venerdì la piazza delle moschee era mezza vuota, questa è gente che la guerra non vuole farla più. E le inevitabili ammirazioni per Enrico Papi e *Sarabanda*, le tette delle "schedine" e delle "ereditiere" catturate col proibitissimo padellone satellitare. Denunce terribili da famiglia a famiglia per un'antenna vista spuntare sul terrazzo. Alle curve delle veline è affidato un messaggio politico più importante che all'ambasciatore italiano a Teheran; non per niente Riccardo Schicchi pensa di trasferire la sua impresa pornografica negli Emirati.

I maschi spesso sono bellissimi, col busto lungo e le gambe corte ma niente effetto culo-a-terra, grazie alla particolare struttura dei glutei che si arrampicano a sorreggere una vita strettissima; sono campioni di lotta e di sollevamento pesi proprio perché hanno il baricentro basso. Qualche pancia puramente araldica ma carne soda, si direbbe. Lì, sperduti nell'esotico, forse io e Sergio avremmo il coraggio di quella "cosa a tre" che in Italia lui ha sempre respinto; ma il rischio della galera ci dissuade. Nel casello dei controlli all'isola di Kish (tra commercianti con un numero spropositato di casse, piene di Nokia e Barbie e orribili peluche e componibili Aiazzone per la cucina, che cercano di sdoganare dal porto franco corrompendo chiunque) un bassotto biondo prima ride del mio loden, la sciarpa eccetera, poi tasta e tasta e il sorriso gli diventa quello di un bimbo folle, che per un attimo balbetta perduto e si consegna alla cieca – forse è diventato controllore per potersi concedere questi sfoghi; un uomo grasso col cazzo duro, dev'essere l'immagine che ha del potere.

Isfahan non è meno bella di Firenze, i mosaici della moschea di Emam sono un'immagine plausibile del Paradiso, un sogno di Dante o di Beato Angelico. Le colonne di legno, sulla terrazza del palazzo di Ali Ghapu, come archetipi atemporali del tempio greco ma più eleganti e slanciate. In compenso, il fiume che attraversa la città è attualmente a secco per una scelta del regime, di deviazioni e barriere; i ponti con le sale da tè, più belli di Ponte Vecchio, scavalcano una ferita. E in Occidente non si sa nemmeno.

Ci si sente leggeri a essere turisti, perché non devi farti carico di quello che vedi. Ogni immagine va a colpire una plica dei centri cerebrali preposti e non devi preoccuparti della sua frammentarietà. La realtà diventa "televisione in natura". A Calcutta, nel caos del Kaligat scatenato a mezzo metro da lui (camion che strombazzando portano al fiume le statue di gesso della dea Kali, per sciogliervele dentro alla fine della festa), un ragazzino nudo fa le sue preghiere rivolto al sole calante, con l'acqua a mezza coscia, come se fosse rapito in una bolla di silenzio. Poi con tutta calma si riduce a riva, si china a leggere un foglio strappato di giornale, per un attimo sembra un serio impiegato di banca – sempre nudo scavalca agilissimo una palizzata e scompare. Il femminiello che di notte mi si è inginocchiato davanti, dicendomi «you are my father, I am your son»; i "cercatori d'oro" che nella fogna del vicolo degli orafi setacciano il fango sperando in qualche residuo di lavorazione; il pischelletto di Madre Teresa che con la giacca e il cravattino era uguale a me quando avevo quattro anni, il pamphlet feroce di Arundhati Roy contro la lobby delle dighe, le chiattissime con gli occhiali al gran premio del cinema a cui m'ha invitato Irene Bignardi («mi prendono tutti per una *maharani*») – sdegno lirismo amore strazio comicità si accomodano su uno schermo e non ti spingono a nulla.

Sergio un'anima ce l'ha: è bello affrontare anche i disagi con lui, perché al ritorno i disagi spariscono e rimane la galleria di istantanee. Sul lago Tana ho provato a immaginare il powerlifter Luigi che si faceva inculare dalla nostra guida, mentre dalla superficie argentea spuntavano i musi degli ippopotami: ma l'immagine si è appesantita, è caduta nel lago andando subito a fondo. Non era un'istantanea, era un grido che portava lontano.

In Etiopia, per la prima volta in vita mia, ho provato un desiderio che potrei chiamare pedofilo: il quindicenne Jirdan (ma ne dimostrava dodici, come accade spesso nei regni della fame) a Lalibela, nel piccolo cimitero sopra le chiese, mi parlava di Internet e dell'indirizzo e-mail. M'ha presentato il suo maestro delle superiori, che ha confermato le sue straordinarie doti in matematica e che avrebbe voluto iscriversi all'università di Addis Abeba. Così ora gli mando un fisso ogni tre mesi ma lì, sulla polvere, nel campo di girasoli bruciati dalla siccità, avrei voluto portarlo in albergo e far l'amore con lui sotto la doccia.

Forse sospenderò l'assegno, i soldi mi servono per altro; Sergio, più responsabile di me, non sospenderà l'invio di libri e vestiario al flautista che suonava all'ombra lungo il sentiero per le cascate del Nilo Azzurro, pascolando le vacche (l'Africa è davvero la madre dell'Arcadia). L'Occidente spedisce per il mondo, a pavoneggiarsi da turisti consapevoli, i suoi figli più curiosi e più inquieti, quelli che in patria potrebbero dare problemi. Li abitua a una cosa che dovrebbero imparare a mettere in pratica una volta tornati: *far funzionare i sensi senza coinvolgere relazioni*. E usare il denaro come grimaldello. Lo straordinario boom del turismo in questi ultimi anni non è solo un modo diretto e piacevole per dissipare il surplus di tempo libero; e non ha solo fini propagandistici, per mostrare agli affamati come stiamo bene noi e a noi quanto dobbiamo considerarci fortunati. È un gigantesco, planetario meccanismo di prostituzione – ma una prostituzione leggera, che non costringe a esami di coscienza: ciascuno sfiora l'altro credendo di restare intatto. E siamo disponibili anche a una prostituzione endogena, o autoprostituzione per imparare ad accontentarsi dell'involucro, il turismo è un *addestramento*.

6

Un'anima ce l'hanno tutti, anche le persone più spregevoli, perfino Mario Lucchi o gli interni Rai; negli escort è più difficile snidarla, tanto sono abituati a separare gli orgasmi dai sentimenti. I più maturi e manageriali semplicemente l'hanno depositata altrove, non la vogliono mischiare col mestiere. Nei più infantili e nevrotici s'è rattrappita in fondo al guscio, bisogna estrarla con uno stecchino come si fa con le lumache. Il segno che ci sei riuscito è quando arrivano con un leggero anticipo e ti baciano sulla bocca.

Stagione di grandi baci è quella attuale; baci diversi, diversamente estorti a due uomini opposti. È cominciata un mese fa e l'ho contraddistinta come la «stagione dei due Luigi». Per descrivere il primo mi affiderò a una di quelle derive liriche che mi soddisfacevano quand'ero più giovane, o meglio che convenivano alle mie frustrazioni di allora. Snello no, non è la parola, non rende la solidità vegetale delle gambe, troppo lunghe per il tronco, innestate su un bacino muschioso, da satiro; a partire dalla zona pelvica il corpo si spiritualizza, il legno diventa marmo, si purifica e affina man mano che sale, fino alla precisione quattrocentesca del collo e del profilo, dai lineamenti minuti e dalle orecchie cesellate. Quando è orizzontale sembra di assistere, scorrendolo dai piedi alla testa, al progredire dell'incivilimento, dalle selve primordiali ai portici dell'Umanesimo; col solecismo barocco, madornale al centro, del cazzo a forma di barile...

Sta frequentando, ad Ardea, una scuola per bodyguard («perché quando sei in mezzo alla gente non puoi sparà, allora devi sapere come prenderli, si è er caso pure lottà corpo a corpo»); ci tiene a distinguersi dai buttafuori, che non hanno studiato «elementi di antiterrorismo». Arrossisce quando lo tocco, se gli chiedo un preliminare risponde «sì, subito», a metà tra lo zelo e la gentilezza; poi si ricorda di non aver sorriso e sorride in ritardo, più per senso di colpa che per deontologia professionale. Si accende, facendo l'amore, man mano che si sente libero: «Posso fà tutto?».

«Sì.»

«Posso mettertelo dentro ancora?»

«Sì, ma senza bòtte questa volta.»

«Sì sì, senza bòtte, voglio solo venire.»

Poi non ce la fa, ricomincia con gli schiaffi, e gli sputi, e i tentativi di soffocamento; la strage come un pallido sostituto dell'inseminazione, che finalmente arriva come un temporale («ti sventro, puttana») che si acquieta.

«Non volevo picchiarti perché ti voglio bene, papà.»

Il bacetto è timido, sulle labbra, cerca la strada tra i miei denti come uno scoiattolo che vuol farsi perdonare. A ventiquattro anni («le donne quando vedono che il maschio sei te, non l'uomo, il maschio, in quei momenti bisogna diventà come delle bestie, io faccio male»), disperato che il corpo sia una superficie finita, può ancora contare sul giorno in cui, spremendo tutte le sue ossa, darà vita a un figlio. Le donne gli piace stringerle con la sciarpa, da dietro; mi racconta dei culturisti che se lo fanno mettere in culo per avere gli anabolizzanti gratis («scusa, sono cose un po' rozze ma sono vere»); mi regala dettagli intimi («quando arriccio le dita dei piedi vuol dire che sto in zona Cesarini»). Non ho fatto in tempo a stancarmene, m'ha telefonato una sera chiedendomi se potevamo vederci, subito – avevo gente a cena, quando l'ho cercato il giorno dopo il suo cellulare era spento e lo è stato per quasi un mese, lo è anche adesso; non ho altri mezzi per rintracciarlo, ad Ardea non c'è nessuna scuola. Sono stupori (l'ho amato intensamente per una settimana di ricerche) che avrebbero tutto da perdere ad essere spiegati.

Il secondo Luigi mi dà lezioni di laicità: per contrastare la tentazione che ho sempre avuto, di confondere il sesso col misticismo, non potevo augurarmi un virgilio migliore. Quando ho letto «powerlifter campione tiro con l'arco» su «Porta Portese», già mi preparavo alla probabile delusione – ma il rapporto altezza-peso era promettente: 1,68 × 75 – e la voce burina, cordiale, con cui aveva risposto alla mia domanda sulle preferenze sessuali, «sono molto ampio».

«Versatile», o «di larghe vedute», dicono di solito – la prima lezione cominciò subito, tutta dedicata al punto cruciale del prenderlo in culo: «Co' 'e donne nun me riesce de venì, bisognerebbe che una me mette un vibratore in culo, allora così vengo, ma sennò... però come se fa, adesso per esempio ciò 'na vedova a Isernia, mentre famo mica je posso dì metteme 'n attrezzo ar culo, le donne so' strane... io fino a 'na bottija riesco a prendere, mo' recentemente nun so' molto allenato... no nun dà retta, so' cazzate, sai qual è il problema? è la seconda divaricazione, il sigma: quello 'na volta che se dilata stai tutto il giorno a cacà... come cazzi naturali, posso arrivà a prendere un diciotto, un venti, con quelli anzi, il giorno dopo che hai preso un venti te se strigne de più, il secondo e terzo giorno no, te se dilata 'n'artra volta... er vetro e la plastica so' quelli che te creano guasti de defecazione, perché perdi l'elasticità dello sfintere... ahó, er vibratore lo metto su 'a panca indove m'alleno e me masturbo lì, che me frega a me».

Nient'affatto freddo poi nell'esecuzione, anzi spiritoso, caruccio, solo che dice pane al pane e sesso al sesso; molto realistico quanto al mestiere, faceva il muratore e ha calcolato che sollevare sacchi di calcina è peggio che gonfiarsi i pettorali in palestra («a avecce er fisico se fa fatica, ma er cantiere da 'e otto a 'e cinque te stronca»). Abita tra Canino e Montalto di Castro, viene a Roma la mattina e sta in città tutto il giorno, aspettando un ingaggio: «Er giorno che metti l'annuncio t'arrivano 'n'ottantina de chiamate, o un centinaio, che alla fine te sembra che squilla pure si nun è vero, stai su 'a moto e senti taratatà-tà, poi me tocco il telefonino e è spento... er giorno dopo c'è er ripasso, che molti io me li ricordo... ce so' i malati de mente, ormai so' diventato psicologo, me sto a fà 'n'esperienza che appetto a me Freud nun era nessuno... ce so' quelli che te chiamano e riattaccano a metà, quelli che se vogliono solo confrontare, che nun ciànno i soldi pe' il rapporto e te vonno solo fà parlà per spararsi 'na pippa, dicono tutti che se chiamano Marco o Luca; a uno 'na volta j'ho fatto "scommettiamo, ce vediamo, me mostri la carta d'identità e si te chiami Marco davero ce vengo gratis"».

Il materialismo è talmente radicale che verrebbe spontaneo interpretarlo come rimozione, fuga dalla vergogna; ne farebbe fede la bizzarra teoria che considera l'abitudine a prenderlo in culo quasi un indizio di eterosessualità: «Per godere a metterlo in culo bisogna essere proprio froci froci, io se un uomo non mi piace al culo non glielo metto, l'avverto prima, è inutile che gli prometto qualcosa che poi non mantengo... ho conosciuto un ragazzo che assomigliava a Keanu Reeves e lui mo'o so' scopato de brutto... con le donne me diventa veramente d'acciaio ma ciò difficoltà a eiaculare, io tendenzialmente sarei eterosessuale, ma facendo er mestiere mio co' 'e donne sole ce puoi morì de fame... con gli uomini più che altro se divertimo, io me diverto, me presto a tutto, faccio ginnastica... ce so' pure portato, se vede, io alla fine je dò la voglia de incularmi pure a quelli che vonno fà 'e donne, all'altri te pòi imaginà, me zompano addosso che me massacrano...».

Se nevrosi c'è, e c'è di sicuro, è assorbita da una sanità rustica; la madre l'ha mandato in collegio perché s'era presa un amante in casa; appena uscito, a diciott'anni, gli era venuta la fissa dell'arco e delle balestre, e di andare a caccia di notte, di cinghiali e di istrici. La prima e unica vera fidanzata l'ha lasciato per un signore di Roma («co' le donne so' solo impicci, l'amore finisce quando finischeno li soldi»); poi ha vinto un paio di campionati regionali di sollevamento pesi, si allenava con macchine rudimentali nel negozio di mangimi, al paese, è arrivato a sollevare centoventi su panca. Istintivamente traduce la cultura consumistica in un idioma artigianale, ruspante; ha scritto "anal" come password nel cellulare ma parla della merda come ne parlava mio nonno: «Oh, ner culo ce sta la merda, parliamoci chiaro... accidenti n'è uscito un poco, se ciavevi 'na peretta me facevo un clistere».

I suoi baci sono pastosi come quelli di un ruminante, pazientemente pornografici ma tranquilli, da pausa-merenda in fondo alla fornace.

«Me so' rotto un dito, ciò messo il nastro isolante ma me so' allenato uguale... oggi però so' pieno, nun so' andato in bagno, te faccio un pompino che problema c'è? Aspetta che nun me posso appoggià co' la mano... la prossima volta ci attrezziamo, te faccio divertì.»

Si equipaggia con metri di tela cerata, come se fossimo in ostetricia («sai che m'attizza pure?... perché a livello sessuale ciò le rotelline nella testa che me fanno un sacco de film... che quando me fai un clistere me lasci in pancia un par de litri d'acqua tiepida e poi lo tappi con un arnese»), perfino con un paio di calze velate («ciavevo pensato de fà il travestito... co' 'sti muscoli era fico... ce scrivevo transessuale body-builder da paura»); ha l'ossessione dell'igiene («mettiti er preservativo nelle dita, fino a tre ce le puoi infilà») e dei dildo di tutte le dimensioni, che chiama "i giocarelli". Disgustato da qualche suo eccesso di volgarità («la mia fica tubolare»), cerco di premere sul pedale dell'affetto, provo a innalzarlo con le frasi dell'amore. La risposta è sorprendente: caustica e frenata quanto alla retorica delle parole («mica me vòi sposà... oh uno l'altro giorno, siccome che m'avevano telefonato e je dicevo per telefono "amore mio", ha preso d'aceto, me fa Ma allora lo dici a tutti, embè...») e invece disponibile, come se una convivenza non fosse affatto da scartare, quanto ai comportamenti: «Io lo faccio perché me piace, mica me devi da pagà tutte le volte... basta che me paghi un par de volte al mese, il resto se ce vediamo te spompino un po', to'o piglio in bocca o me fai venì e mica me devi dà niente... l'ultimo autobus parte alle ventidue, se me fermo più tardi posso pure dormì qui, vuol dì che invece de pagamme m'offri vitto e alloggio, nun ne posso più d'andà avanti a panini».

«Dovresti far finta di volermi un po' di bene.»

«Te voglio bene, nun ciò bisogno de fà finta.»

Quando non lo porto all'orgasmo si lamenta, «be', è finito così?»; qualche volta gli fa male sul serio, me ne accorgo perché alla fine stringe talmente da imprigionare il preservativo pieno («me brucia, è che ho esagerato con uno che me so' fatto pe' sfizio»). La sua assoluta mancanza di sublimazioni mi restituisce il gusto muto della virilità naturale; le smagliature all'interno delle cosce, mentre lo tengo in posizione, o la tavola dei dorsali mentre lo possiedo da dietro, sono una roba da documentario del National Geographic, rinoceronti in calore. Con Sergio è stata la psicologia a rovinare tutto: non mi verrebbe mai in mente di pensare a Luigi come a un figlio (anche perché dichiara trentanove, ma deve averne quarantuno o quarantadue).

La parola esistenziale è "relax" – come sarebbe la mia vita se smettessi di convincermi che ho un compito? Basta un cazzo che spara le ultime cartucce e un partner che non la mette giù difficile? (Però ieri, accarezzandomi casualmente il petto, ho urtato contro i miei stessi capezzoli come se fossero oggetti di passamaneria: piccoli bottoni o nodi che terminano una frangia – l'urto con sé come materia inanimata, come farebbe un pazzo.)

Mentre stavo con Sergio, ho incontrato Luigi al supermercato della Serpentara; s'è accorto che l'ho visto ma, fedele alla regola professionale, non ha dato segno di conoscermi – poco dopo, all'uscita del reparto alimentari, s'è ritratto fulmineamente dalle scale perché ci aveva avvistati di nuovo, probabilmente stavolta ha creduto d'aver fatto in tempo a sparire prima che lo vedessi io. Cercava uno snack a buon mercato in un discount di periferia, o (più probabile) bazzicava da quelle parti sperando che lo chiamassi? O ancora (ipotesi più patetica di tutte) immaginava che oggi non l'avrei chiamato ma ormai i luoghi intorno a casa mia sono quelli che a Roma gli scaldano più il cuore? Avevo voglia di corrergli dietro, di abbracciarlo e di fargli una sorpresa; se avessi dovuto scegliere in quel momento, non avrei avuto un attimo di indecisione.

Sergio è la vita presentabile ai piani nobili del palazzo, dove chi ha soldi (spirituali) in tasca se li tiene e chi non li ha simula di averne. Luigi è onesto perché riduttivo, e in ultima analisi meschino; che sia quello il mio posto, che il mio progetto di una vita di lusso abbia finito col rivelare la mia (profonda) estraneità alle cose dello spirito?

7

È stata colpa della luna piena: piccoli velieri sono scesi scivolando lungo i raggi e m'hanno riportato a un'aristocrazia che non volevo. La pelle non abbronzata di Andrea sembrava blu, i suoi addominali e la sua erezione nel giardino d'inverno; non potevo portarlo a casa perché c'era mia madre, ma rimandare alla settimana dopo mi sarebbe stato impossibile. Abbiamo rischiato, erano già le due di notte ma un cliente insonne dell'albergo avrebbe potuto sorprenderci. Davanti alla grande vetrata, al buio, con le luci della città che confondevano il biancore lunare, Andrea m'ha ricordato che per me contano le ascensioni: arrivato a sessantaquattro anni, devo accettare la mia razza. Non si tratta dei difetti fisici di Luigi, della bocca senza labbra, del volto strapazzato dalla vecchiaia e del fiato pesante – Luigi non fa per me perché è un uomo, nient'altro che un uomo.

Con Andrea è una questione di gradi di arrampicata; quando si arriva all'altezza delle vertebre lombari, il triangolo dell'osso affonda tra pareti che si ergono ripide – come se un gene africano gli avesse modellato i glutei. L'enfasi del pendio, anzi la sua radice, è sensibile anche accarezzando le cosce di lato, tanto è l'istinto biologico del salire.

«Quante n'hanno dette su 'sto culo... pure le ragazze, viè voja de menatte, de mozzicallo...»

Mentre si spoglia il suo corpo si espande, come quei fiori liofilizzati che se li immergi nell'acqua ritrovano la loro pienezza: i pettorali e le spalle per primi, poi nel lento movimento ondulatorio le anche – su mia preghiera ha portato l'attrezzatura da strip, via i pantaloni con lo stretch, e le dita che passano dalla lingua ai capezzoli all'inguine – ennesima incarnazione dei corpi ideali, è (ancora una volta, sì) l'Oltrecielo che mi si strofina addosso: per me solo, a pochi millimetri, quel che cento donne hanno visto da lontano. Ma quei pochi millimetri sono incommensurabili, separano due dimensioni eccetera. Ha studiato un finale a effetto: prima si avvolge un asciugamano intorno alla vita, poi da sotto si sfila il perizoma, in modo che lo si possa immaginare nudo, infine con la sinistra toglie di scatto l'asciugamano mentre con la destra, ultimo baluardo, si ripara il cazzo.

Lo so, non ditemelo, è uno spettacolo da addio al nubilato per sciampiste – che posso farci se per me si trasvaluta, e diventa un rito religioso? Anche la Cena degli Apostoli non doveva essere una cena elegante; avranno ruttato, si saranno schizzati col vino. I voli che un tempo m'erano suggeriti dai video, adesso me li permetto con ragazzi in carne e ossa (il suo modo segreto di spremere l'orgasmo, silenzioso e tutto interno, quasi da donna); il mio rapporto con la fantasia si sta riposizionando. Allora mi avrebbe suggerito rime («l'abbrivo dei muscoli | come l'alta marea... | un padre nemico, una moto | e un nome comune, Andrea»), adesso richiede storie, monologhi.

«Con mio fratello non ci parlo da anni, e pensa che dormimo nella stessa camera; per fortuna non ci combiniamo molto con gli orari... pure fisicamente, loro so' tutti uguali de faccia, io so' proprio diverso, me devono avé scambiato in clinica, o all'ospedale... quando prendo dalla tasca la chiave pe' aprì, l'unica cosa che me piacerebbe è de trovà un po' de pace, de calma, tipo che i miei so' già andati a letto e che quell'altro, quello che dovrebbe da esse mio fratello, che io nun l'ho mai considerato tale, che quell'altro nun c'è... che almeno me posso sistemà in camera, andà in bagno, e poi pure se ariva quando me so' sistemato me rassegno... invece se entro e sento che stanno già tutti a urlà, a infamasse... perché quell'altro è falso, s'arruffiana mio padre e poi magari l'odia più de me... mio padre è un fregnone, e mia madre oh, quando je fanno i complimenti per il fijo, signora quant'è bello, pare 'na statua, lei fa "c'è a chi piace...", ma la possino... la volta che quell'altro m'ha menato co' 'na sbarra d'alluminio io ho chiamato la volante, e lei teneva le parti sue, de lui, "nun l'ha toccato manco con un dito"... perché sennò so'o bevevano, cià dei precedenti... la mia ragazza è tutto per me, me fa da sorella, me sfama quando nun me va de magnà a casa, se pò dì che m'ha adottato, eh, ce conosciamo da quand'eramo pischelli, me vòle un bene dell'anima, lei sa pure de st'incontri... annamo ar cinema perché un suo zio ce dà i bijetti gratis, me piacciono i film de barzellette, ahó, me fanno tajà da'e risate... j'è venuta anche a lei la fissa da'a palestra, so' quattro o cinqu'anni che sta a venì su bene, pure troppo, se sta facendo un po' mascolina... j'è cresciuto er coso, er grilletto... a lei sì, j'ho affidato tutto, però c'è sempre 'na riserva, ho imparato a non fidarmi de nessuno, sai come quando nel serbatoio della moto c'è la riserva, che se per caso lei me dovesse lascià, o tradì, io nun ce soffrirei tanto.»

Materialmente si concede pochissimo: la prima volta addirittura non osavo prendergli elo in bocca, finché non m'ha autorizzato lui, «se te va lo puoi pure fare». La spazzola dei peli biondi (appena rispuntati dopo la depilazione) su pettorali, addominali e cosce conferisce al suo corpo una supremazia che lo esime dalle basse incombenze del mestiere. Perfino usare la sua saliva su di me lo imbarazza, ci arrangiamo con un po' di olio caldo; ma il portacenere in ceramica gialla di Quimper in cui mettiamo l'olio, quando penso al negozio di rue Saint-Merry dove l'ho comprato, mi pare che abbia sacralizzato tutta la manifattura, come se fosse un'acquasantiera. L'adorazione è un mio vecchio trip, solo che adesso la sto sperimentando *in corpore vili* (il «corpus» è il mio, beninteso).

Anche Andrea ha bisogno di un nido, il settanta per cento degli escort vive disagi familiari: «Che significa "Warhol was right"? che era de destra?».

«No, vuol dire che aveva ragione.»

«Che bello parlare con te, sto sempre con degli ignorantoni... peccato che abitamo lontani.»

«Quando so che stai attraversando in moto la città per venire qui, mi sento arrivare il cielo a domicilio e ho voglia di cantare.»

«Almeno c'è qualcuno che m'apprezza.»

Mi verrebbero alle labbra parole impegnative ma le respingo; l'affetto non è meno intercambiabile del desiderio. Accoccolato dopo la masturbazione mi parla di una trentottenne che ha sbroccato per lui; hanno scopato alla grande, il culo l'aveva concesso solo una volta al suo ex e le aveva fatto pure male, invece quando gliel'ha messo lui è entrato come burro, rifiutava il preservativo perché lo vuole togliere da quella vita, «ce stavo a rifletté pure io»; s'è lasciata venire dentro, fa la dottoressa che cura chi cià i disturbi de capoccia, gli ha detto Raccogli tutte le tue cose, domani passo a prenderti con la macchina e ti trasferisci da me; è stato tentato ma alla fine ha detto no perché non poteva abbandonare la fidanzata.

Gli anticorpi sono già all'opera, i suoi capelli lunghi da coatto m'aiutano a sganciarmi; applico le norme per la difesa del consumatore e chiedo ad Andrea di presentarmi Manuel, il divo dei Centocelle: «Nun te basto io?».
«Be', non fai quasi niente...»
«Io faccio, si me fai ride faccio.»
«Quanto devo farti ridere?»
«Nun te crede, anche Manuel pe' 'na pompa chiede cinquecento.»
«Non sono ricco abbastanza, lo presento al mio amico Fabrizio.»
«Perché vuoi presentargli Manuel? Adesso io nun ciò niente da fà...»
«Mi dà fastidio sapere che vai con qualcuno che conosco... comunque se vuoi...»
«No no ho capito, anzi scusa so' stato de coccio.»

Dovevamo vederci venerdì sera e proprio venerdì prima di cena ha telefonato Sergio, lamentandosi di un forte mal di gola e di qualche linea di febbre: «Mi vieni a fare tu la tisana col miele, che sei bravo?».
«Dài, devi abituarti a non essere troppo dipendente dalle coccole...»
«Passa Andrea?»
«Be', anche tu m'hai detto che ti saresti visto con Mister Sconosciuto...»
«Io te ne parlerei, figùrati, ma è lui che si trova in una posizione molto difficile, è molto dilacerato su queste cose.»
«Lui non le sa fare le tisane?»
«Anzi, credo che siano il suo forte, nei giorni di digiuno beve solo quelle...»

«Non ti sarai mica messo con un prete?»

«Magari... insomma mi dài buca, mi lasci languire nel mio letto di dolore.»

«Se è proprio necessario...»

«Tutto quest'entusiasmo mi vizierebbe... no, scherzo, non preoccuparti.»

«Ti chiamo più tardi per il bollettino medico.»

«Sì, o anche domani... buona serata, conigliotto.»

Un po' sostenuti. È la prima volta che non accorro quando ha bisogno. Eppure sono più ottimista di qualche mese fa. Sarà perché Andrea ricalca con tanta monotonia i miei modelli di quand'ero giovane, che mi sto rassicurando che tutto può essere davvero soltanto un revival. Posso tenere sotto controllo la corrente del gorgo, non mi sfracellerò sugli scogli. In fondo, tra Sergio e loro, è come se vivessi un amore intero ma in diverse persone.

Nel commercio con gli escort, le delusioni e le truffe sono moneta corrente: quello che si è qualificato come il favoloso Manuel era (nella migliore delle ipotesi) un omonimo; ha bofonchiato che s'era tagliato i capelli e lasciato crescere il pizzetto, ma proprio non era lui, era almeno dieci centimetri più basso e i pettorali non assomigliavano neanche lontanamente. Credono che perché uno è omosessuale gli vada bene un maschio qualunque e non si accorgono di risultare offensivi. Però da tutto può germinare il bene: il falso Manuel, per riscattarsi, mi ha fatto da tramite per un altro (non cambierò mai, la mia vita è una stregata galleria di specchi) – «se ho capito quali sono i tuoi gusti, ho l'uomo che fa per te ma ti chiamerà lui, è un po' impicciato a casa». La prima frase che Marcello ha pronunciato, infatti, è stata «me sto a sfinì col trasloco». Trasporta le sue poche cose dalla casa dei genitori (dove viveva dopo la morte della moglie) alla villa di una "vedova bianca", cioè della moglie di un boss che dovrà passare a Rebibbia ancora qualche anno. Marcello e il boss si sono trovati in carcere («t'immagini? un pezzo de carne fresca in una gabbia de leoni»), è nato un feeling o forse di più; il boss stesso, sapendo che Marcello sarebbe uscito, ha consigliato la moglie di mettersi con lui.

Non afferro bene, c'è qualcosa in generale in questa new entry che non capisco: fisicamente è (o meglio sarebbe) l'uomo più bello che i miei occhi abbiano mai incontrato. Intendo la bellezza tagliata per me, quella che è incisa nel *mio* nervo ottico e che non pretendo sia condivisa. I quadricipiti femorali gli si vedono da dietro, mentre si toglie gli slip e spinge il culo verso l'osservatore – ha fatto il suo *cursus honorum*, è arrivato ai Mondiali di Stoccolma ma ha un fascino, una grazia di torsioni e di mollezze che non è da culturista (non da quando il culturismo s'è trasferito in farmacia). Più da modello, si direbbe – il che contrasta con la grinta da galeotto: esibisce il tatuaggio di due opposte volute ai lati della spina dorsale, in basso nell'area del sacro, che lo fanno assomigliare a un violoncello. Un po' di ammorbidimento e di tenerezze agli addominali e ai glutei, la mobilità delle guance intorpidita da una serie di microparesi (o forse è il rossore artificiale degli alcolisti); ma il labbro inferiore è come l'ho sognato da quando avevo tre anni, e gli occhi verdazzurri sono l'infanzia del mondo – per non parlare della perfezione della sua zona prostatica. Flessibilità e possanza massiccia vanno assolutamente insieme, combaciano negli stessi centimetri quadrati: muratore e geisha, rinoceronte e antilope.

È dotato di un "istinto per la cultura", di una finezza d'osservazioni che gli deriva forse dall'origine borghese, anche se si è fatto adottare dal sottoproletariato («quella de Renatone nun è propio 'na villa, so' tre appartamenti lì a Tor Bella, che l'ha fatti unì, ha buttato giù i muri... c'è un salone de ducento metri, che ce vòle il motorino pe' attraversallo... è chiaro che si monti 'na cosa così pacchiana tanto pe' mostrà che ciài i soldi, poi arivano le invidie e te fanno carcerà»). Ha sottolineato lui la parentela tra i suoi bicipiti e le sfere di marmo che stanno sulla mensola. Soprattutto, quando fa l'amore, ti dà la sensazione di essere lì per te, e che sarà il tuo compagno per la vita – c'è qualcosa che non capisco perché è lui che non capisce se stesso.

«Figùrati che oggi nun volevo venì, nel senso di... invece m'hai convinto.»

Una differenza rispetto a tutti gli escort conosciuti finora, che provo a schematizzare in una frase volgare ma efficace: mentre agli altri gli viene duro se gli fai un pompino, a Marcello gli viene duro mentre te lo fa lui. Dare piacere agli altri è un modo per dare senso a se stesso: femminilità originaria parzialmente repressa o una forma di altruismo che nasce da miseria intellettuale e morale?

Manca agli appuntamenti, si nega la sera per paura della sua nuova compagna («quella mena, che je dico?») – poi pranzando da me le telefona, «un cliente della palestra, sì, dovevo faje vedé come funziona il Tesmed, sicché già ch'ero qua me so' messo in bocca qualcosa» – e strizzandomi l'occhio dice «c'è cascata, nun j'ho mica detto 'na bugia». Si addormenta dopo pranzo e lo scuoto, «svègliati, omone» – ma il broncio involontario e le ciglia mi obbligano a correggermi: «su, dài, piccoletto».

Da quando Andrea sa che lo frequento non si è risparmiato in rivelazioni (o maldicenze?) che lo mettano in cattiva luce: è cocainomane, si fa inchiappettare da chiunque per un grammo di roba. Se l'è inculato mezza Roma, se lo sono ripassato tutti i froci benestanti (o è un bambino che nessuno ha mai amato?). Lo ricattavano, «ti faccio pippà se ammetti che sei frocio», e lui rispondeva «vabbe', so' bisessuale». Da ragazzo, quindici anni fa, si allenava alla palestra Athena: forse mi ricordo di averlo notato nei primi mesi che abitavo a Roma, era un amico di Pietrino Cantalamessa. Di certo era lui, gli ho chiesto conferma, il gigante muscolosissimo che fungeva da pietra di paragone a *Beato fra le donne*, il programma di Bonolis che guardavo quattro anni fa.

Non voglio approfondire: fermo restando che, com'è la regola di tutti i consumismi, sono di volta in volta schiavo di quello che compro, lui ha semplicemente più trabocchetti degli altri. Troppa originalità può uccidere, soprattutto quando deriva da oscuri lampi che gridano distruzione universale; lo so da molti anni, la serenità è impastata di sottrazioni. Marcello si fa fotografare con più sottomissione del dovuto: guardando le sue foto, che erano finite nello stesso rullino di un viaggio a Dresda, mi sono autocongratulato, «be', non posso lamentarmi del livello di qualità che ho raggiunto», e ho fatto anche il gesto, con la mano orizzontale all'altezza degli occhi. Il san Sebastiano è lui. Sono entrato nell'empireo dell'hit-parade: anche se vengono a trovarmi nei ritagli di tempo, alle due di pomeriggio o alle dieci del mattino – nelle ore più canoniche sono impegnati coi vip, col principe *** o con ***. Anche i soldi stanno finendo: la mia recita "da ricco" si concluderà a Natale.

Non ho scoperto molto, ero distratto durante il casting antropologico: penso a una sceneggiatura, intitolata *Muscoli romani* o *Una scuderia d'alta classe*. Immagino un concorso per trovare l'amante fisso, l'unico che potrei saltuariamente permettermi: viso occhi labbro inferiore certamente Marcello, slancio dei lombi e glutei Andrea, complessione generale Zibi, sfacciataggine Luigi. Andrea, Zibi, Marcello: non solo tre tra i più bei corpi maschili di Roma, ma le icone delle tre epoche dell'arte greca: il kouros arcaico, l'ercole classico, il galata decadente. Datemeli insieme, tutti innamorati di me, e vi firmo qualunque massacro anche su milioni di inermi. Prodotti terribilmente di lusso, altamente occidentali e tecnologici, molto distanti dai calcinacci e dai compound sventrati di Ramallah. Invece che rendere simbolici i desideri, ti forniscono direttamente a casa le soddisfazioni. Se immagino di alternarli, è proprio la varietà il loro lato migliore. Il piacere è un dovere: io avrei l'obbligo di avere abbastanza denaro per non bloccare la turnazione e ampliare la mia gamma di esigenze. Così, se tremo troppo, ci sarà sempre *qualcosa d'altro* che mi salva. Quel che mi lega ai miei corpi pneumatici è un meccanismo più primitivo e più tenace del sesso, fondato non sul godimento in sé ma sulla rimozione del terrore. (Che tasso di terrore latente ci sarà tra gli scaffali di un supermarket, col loro nevrastenico variare di merci?)

8

Roma è bella anche nelle sue annessioni contemporanee, col calcestruzzo granuloso, grigio. Qui tra l'Acqua Acetosa e la Moschea, per esempio: i muretti ritmano i dislivelli tra i campi da tennis e le palme – offre prospettive teatrali anche fuori dal centro, fontane che ruotano allo svoltare dell'auto. Dove si annodano gli svincoli resta spazio per un rudere classico, *vero*. Precedute da un cane, scendono chiacchierando tre donne musulmane strette nei veli colorati; Sergio è venuto per la trasmissione, per una puntata speciale sui matrimoni misti, deve intervistare un ragazzo al Centro Islamico.

Ha insistito troppo per assumersi lui questo incarico; usa parole come "marabutto" e "sura", che anche solo un mese fa non conosceva di sicuro. Al vecchio gentile che ci apre la porta e ci cede il passo dice «choukràn», grazie. Sono talmente tante le cose che ci nascondiamo, ormai, le aiuole da non calpestare sono così numerose che le nostre conversazioni assomigliano a un percorso di guerra.

«Che gli posso chiedere sul terrorismo?»

«Non credo ne parlerà, dirà che lui è venuto qui per lavorare e che non si occupa di politica.»

«Secondo te loro stanno tutti dalla parte di Bin Laden?»

«No, perché qui la loro vita sta diventando più difficile;

però i kamikaze certamente dal loro punto di vista li considerano degli eroi.»

«Per loro l'eroismo è molto importante, vero?»

«La vita non è il massimo valore, come per noi: pensano che ci siano delle occasioni in cui vale la pena di sacrificarla.»

«Anche a me piacerebbe fare un grande gesto.»

«Tipo scoparti una buona volta la D'Eusanio?»

Si ferma, lamenta una fitta al petto, al centro del cuore; dolori intercostali, ma scherziamo sull'infarto. Piega la testa in avanti, mi pigia contro la rete metallica, springa con la fronte all'altezza del mio pomo d'adamo come fanno i vitellini.

«Dovrei lasciare tutto e dedicarmi a te, anche se non mi vuoi.»

«Chi ti ha detto che non ti voglio?»

«Posso sgridarti quando ho l'impressione che ti butti via, e che perdi la stima di te stesso?»

«La stima che tu hai di me, vuoi dire... c'è talmente poco da buttare.»

Ci vogliamo bene: nell'incoerenza e nel sole. Questo sole di dicembre che è un altro miracolo di Roma.

Se fossi miliardario, andrei in giro per il mondo a provare tutti gli escort culturisti, li disporrei in orge senza fine; alla ricerca della morte, loro e mia ("con l'Igf il tuo corpo diventa un giochino bellissimo"). I body-builder si distruggono a forza di anabolizzanti per approssimarsi a una forma impossibile; i kamikaze si fanno esplodere («detonate themselves», secondo la dicitura poetica della Cnn) per raggiungere un aldilà sempre più inattuale e forzato.

Chi agisce, chi preme i pulsanti rossi, chi calcola i dividendi, chi inventa i format televisivi, lo fa in vista di che cosa? Se non di un assoluto, di che cosa? Che cos'è il sempre-di-più che tiranneggia le nostre esistenze? L'infinito spicciolato in orizzontale, che cosa diventa? Quando Sergio mi prende le mani, al cinema, e devo ricambiare, e uscendo compriamo un gelato e torniamo a braccetto verso il parcheggio, mi sento come Eichmann che si avvia all'ufficio del Campo con la cartella sottobraccio. I miei colleghi parlano della mancata chiamata dell'ordinaria di inglese con tonalità roboanti («è stato il nostro 11 settembre»). Dispiace anche a me, siamo amici da anni; ma ognuno ha i suoi dèi e il mio non è quello della giustizia. Il nostro divino Mutante, l'uomo che si fa fatica a chiamare per nome, Silvio Berlusconi insomma, scende dal motoscafo e distribuisce aneddoti alla folla, e canta improvvisando un palcoscenico con le cassette della frutta e regala alle figlie di Putin una sciocchezza di corallo. Si è fatto l'ennesimo lifting, continua a sacrificare il proprio corpo al Moloch di tutti. Finirà male, è troppo nuovo anche per se stesso.

Non mi masturbo più – non più da solo, almeno: ho esaurito la mia riserva di altri mondi. Lascio alle spalle il minareto ritagliato nell'azzurro: per fortuna gli acciacchi mi ricordano che non ho più padri davanti a me. Le gambe all'altezza delle rotule non si piegano bene, non riesco a grattarmi la schiena, i dolori alla cervicale mi svegliano la notte, presto arriveranno gli insulti cardiaci e la glicemia nel sangue. La consapevolezza è arrivata troppo tardi e ringrazio il cielo che sia così: a un vecchio non si può più chiedere di ripensarci.

Nella chiesa di S. Eugenio c'è un affresco di Saetti che avrei sempre voluto vedere; al Foro Italico, in una mostra sul fascismo, espongono un ritratto di gerarca (di Casorati) che pare sia straordinario. Non mi sento in colpa se non ho voglia di cultura, e dico a Sergio di proseguire; c'è qualcosa, nell'aria, che rende la cultura inutile e l'arte impossibile.

Lui si ferma malinconico, invece, da un fioraio a Ponte Milvio: compra delle rose cupe, cremisi, così vellutate e identiche l'una all'altra che palesemente non sono di giardino – sono prodotti di vivaio, appena uscite dalla catena di montaggio. Che importa. Tutti i nostri rimorsi si stendono su un comodo letto di creature drogate e artificiali. Un ritorno parodistico alla natura: questo è il segreto del consumismo – un'illusione di primitività che si offre come ultimo rimedio a un'estenuata complicazione. Cosa c'è di più apparentemente barbarico dei desideri immediati? Una "via brevis" per l'indistinzione. Ma questa luce d'alba che proviene dagli store è frutto di un'alchimia elettronica costosa e sofisticata. Con Sergio dovrei forse "salvare le apparenze": far combaciare i nostri impegni, non estirpare la vita di coppia, restaurare un simulacro di famiglia. Il guaio è che *non ci sono* apparenze, né modelli: la mia famiglia d'origine è un'espressione anagrafica e la sua un sinedrio di nemici. (Ma perché mi saltella in testa una musica irragionevole?)

Ecco Sergio che si affretta a disporre le rose nel vaso; io gioco con un gattino sperso, dal muso triangolare e dalla magrezza scattante: ci fissiamo per un po', poi gli rifilo una faccia feroce e il gattino scappa sui tetti per darmi soddisfazione. Molesta un passero. Danzanti l'uno e l'altro, come la farfalla di carta che ho incollato all'armadio: fabbricata da mani peruviane, comprata a via Arenula in un negozio di commercio equo e solidale. Ve l'ho detto che sono l'Occidente, che volete da me?

Capitolo quinto
L'angelo e la polvere

1

Quanto mi manca, quanto mi manca, quanto mi manca. È indifeso, sapeste, una creatura lasciata in preda alle pulsioni autodistruttive, e una purezza che... Non c'è speranza: chiunque, pagando centocinquanta euro, anche voi – pagate e vi fa esattamente tutte le cose che per me sono il paradiso. Anche di più. Ecco, vi dò il telefonino: 333-2363006 – preferisco che siate voi, che almeno state leggendo un libro. Quello che per me è il punto più alto della mia vita, per lui è «'na cosa de lavoro»; a cui si sottopone volenteroso, allegro – schiavo e felice.

Voi non potete immaginare, miei sconosciuti lettori, quanto mi manca – scusatemi, ma ora non riesco a dirvi nient'altro che questo. Non riuscireste a capire com'è bello nemmeno se vi mettessi qui una fotografia, perché la macchina fotografica fa cilecca con lui. Lasciatemi piangere ancora un minuto, poi proverò a spiegarvi. L'unica cosa che mi consola è che se la mia religione pazzoide è vera, ED È VERA, allora io da giovedì a domenica sono stato davvero con un angelo. Il fango lo tocca ma non lo sporca – pochi erotomani maniaci mistici avranno provato quel che ho provato io – tutti gli altri sono stati con un escort, l'hanno usato senza sospettare nulla. Vorrei essere ricchissimo per potergli dire, tutte le volte che uno lo chiama, «ti dò il doppio se non ci vai»;

ma non basterebbe neanche questo, perché lui ad andarci si diverte («tanto, oh, chi li conosce»), lui ha bisogno di farsi scopare da una folla. Lo eccita mettersi in vendita, e lo lusinga: se la gente è disposta a pagare per fare l'amore con lui, vuol dire che lui vale qualcosa. Non è stato penetrato da questo o da quello, ma dalla vita in generale.

Non è solo il suo corpo, è come parla: mi basta sentirlo dire «sticazzi» e mi viene da piangere. Tutta la mia paternità, la mia voglia di proteggere, la mia pulsione a scommettere sull'altrove... Sto provando, con la ragione, a tamponare il dolore, datemi ancora un attimo. Il mio bambino, quanto mi manca.

Fino a questa vacanza non si era rivelato a pieno. Il dolore è quando il palazzo è chiuso, di notte, e non ne puoi uscire. Il dolore è un corridoio che parte da una derivazione: se riesco a camminare all'indietro, e a imboccare l'altro corridoio, ne sento appena il rumore, come acqua che scorre oltre una parete. La consolazione del dolore comincia quando intuisci che rappresenta una quantità finita: un sacco dopo essersi svuotato non può che mostrare il proprio fondo. Il dolore è una parte della conoscenza, popola la mente e il sangue: visto da una prospettiva leggermente rialzata, non è molto diverso dall'entusiasmo.

Per indicare i glutei, che gli stanno tornando in forma col leg--press, dice «le mie chiappone» – non è lessico da bodybuilder, dev'essere un prestito linguistico da qualche cliente («dammi le tue chiappone, su», «eccoleee!», con gli occhi lucidi come un ragazzino). Ma la parola è giusta, indica quel che di umido, di profondamente nuziale, c'è nella sua bellezza statuaria e fiammeggiante. Zibi ha (aveva, in questi due mesi mi sembra sia passato un secolo) più muscoli scolpiti di lui, ma è come un mobile da esposizione, o un exploit ingegneristico, al confronto.

Marcello porta l'angelicità tra gli uomini proprio perché si è intriso in loro, nella loro materia – e dell'umanità non rifiuta i tratti recessivi, le debolezze anche di carattere. Più che a un messo del divino fa pensare a un eroe che la duplicità di natura superiore e inferiore ha dovuto sgrugnarsela giorno per giorno, lottando ed essendo ridotto in servitù – è ad Ercole che penso, all'Ercole nevrotico delle fatiche, a quando vestito da donna serviva la regina Onfale – alle sue raffigurazioni romane e rinascimentali, a quei piani scultorei di gesso e al biancore latteo dei muscoli. A metà strada tra le costellazioni e la terra geologicamente giovane, quando c'era solo Dio a goderne. Quando gioco con Marcello, è la Natura (è la montagna) che mi fa un pompino; se si muove con confidenza, è le colline le vallate l'erba. È stato «il bello del culturismo italiano degli anni Novanta», ma quei successi sul palco erano il frutto di un malinteso: lui quello sport non se l'è mai cucito addosso. Marcello ha la *forma* di un culturista ma la morbidezza, al tatto, di un essere che ti sconvolge perché è nato dal fondo anfibio delle tue preghiere. Basta osservare l'intacco del muscolo dell'avambraccio, che parte dal centro del polso, per intuire che la sua anatomia è tutta spirituale – e il suo essere spacciatore, o prostituto, non sono che maschere del pellegrinaggio.

Gli ho regalato dei versi nel mio stile di una volta, quello lirico e un po' kitsch; ha balbettato «nessuno me l'aveva mai scritte delle cose così, nessuno c'era arrivato», e s'è messo a singhiozzare come un vitello. Ho baciato e bevuto le sue lacrime. Può darsi che sia tattica, furbizia, fidelizzazione del cliente: ma credo di no. È partito qualcosa che non posso più fermare; o sto commettendo il più grande errore di valutazione della mia vita, o Marcello possiede quella che non potrei chiamare altro che una *grazia*, da qualunque parte provenga; qualcosa di raro e prezioso di cui certo non è consapevole; un mistero che, se si ha il dono (o la maledizione) di percepirlo, corrode ogni cosa intorno. Mi manca anche quando sta per suonare al citofono, o quando caracollando si avvia verso il bagno. Se dal paragone archeologico con Ercole risalgo a quello più araldico con l'angelo, non c'è dubbio che Marcello sia il mio angelo nero: ognuno di noi ha il suo da qualche parte nel mondo, e incontrarlo significa non sapere più che cos'è la dignità. Rovinarsi, andare in miseria, che importa? Io non lo *pago* per le sue prestazioni, io lo ringrazio perché si degna di accettare il mio denaro. (Qualche volta siamo stati così bene che mi sono dimenticato di darglielo, e lui di chiedermelo; dovevo richiamarlo dalla finestra, «me stavo a scordà, porcodue, poi stasera chi la sentiva?» – fino a che punto è avanzata la mia abiezione, se interpreto questi episodi come sintomi, e sono felice?)

Partendo per Taroudannt avevo paura: il presentimento di imbarcarmi (ma sì, me l'ero detto in questi termini ridicoli) sulla corrente dell'amore, di non poter più fare a meno di lui. Era arrivato a Fiumicino che non si reggeva in piedi per tutta la cocaina sniffata quella notte – aveva la bava alla bocca e non riusciva a parlare, ah cominciamo bene, che meraviglioso week-end mi si prepara. A Casablanca pioveva grigio grigio, durante la sosta ad Agadir anche peggio: ma all'arrivo nel piccolo aeroporto innumerevoli cinguettii sulle palme, e l'albergo accogliente e il sole dal giorno dopo.

In piscina, col perizoma, splendeva in tutta la sua gloria («le mie cosce supreme») e raccoglieva omaggi; per le strade lo rincorrevano i ragazzini, che non avevano mai visto un superuomo così e gli gridavano dietro «Hulk» o «Rambo» – in palestra (boxer bianchi così sottili e aderenti da incavarsi nel punto della cicatrice) consigliava in romanaccio integratori e cicli d'allenamento, soprattutto a uno che non lo lasciava con gli occhi (la sua convivente al cellulare: «ti sei già trovato un amichetto?»). Io mi sentivo nel flusso che avevo sempre osservato da fuori; lui allegrissimo in una specie di Fiabilandia pastello dedicata ad Alì Babà, o sul cammello alla periferia dell'oasi. Ma con quell'eccesso di docilità che lo contraddistingue, godendosi tutto e nello stesso tempo dandoti l'impressione dell'indifferenza («che bello si se potesse aprì er cancelletto... nun stà a domandà, no, lassa perde, ma che ce frega»). A vedere le stelle nel deserto, a mezzanotte, non ci voleva venire: ma poi sulla jeep era eccitato, equivocamente impaurito dai due giovani autisti («speramo bene, oh, qui te se inculano de brutto, mica no, per loro 'n omo 'na donna è uguale, ve'?»).

Sul volo di ritorno non ho saputo trattenermi dal dirgli «sono stato molto bene in questi giorni»; «e io mejo de te», m'ha risposto. In fila per il controllo passaporti già prendeva impegni per l'otto marzo; qualche strip per sole donne e (dato che c'era) tre o quattro appuntamenti con clienti danarosi, a Firenze e a Bologna («trecento l'uno così sì, va bene, ne faccio quattro e alzo du' mijoni e mezzo... tanto so' de quelli facili... a uno j'ho detto de no, da come s'è comportato l'altra volta... me paghi ma questo nun significa che me pòi sventrà... a Olga je dico che n'ho fatti due... m'appizzo un po' d'euri de nascosto»). Al suk s'era comprato (cioè gli avevo comprato) uno scrigno da collo, per tenerci la roba; l'ho accompagnato in taxi alla Balduina, m'ha salutato col borsone a tracolla e in mano già la spilla di corallo per la convivente, ansioso di mostrargliela.

Quando il taxi ha girato e ha cominciato a scendere verso l'Olimpica, stavo piangendo così a dirotto che il tassista m'ha chiesto, premuroso, «vuole che mi fermi in una farmacia?». Ho pianto senza riuscire a fermarmi per circa due giorni: abbracciando di notte la vestaglia coi bufali, che gli avevo prestato in albergo e dov'era rimasto il suo profumo. Allungavo la mano e mi mancava irreparabilmente: il mondo, la vita mi mancava – lo straterello di adipe sugli addominali («guardalo adesso perché tra un mese nun lo vedi più... sarò tiratissimo, pe' l'effetto-rebound»). Non riuscivo a staccare la mente da un momento cruciale: il venerdì sera, al *Salam Hotel*, ero uscito dal bagno con una discreta erezione – lui goloso s'era meravigliato, «uh, sei già pronto?», e s'era lasciato strofinare il mio cazzo sui pettorali («cos'è, un metal detector?»). Poi ero scivolato giù, verso i quadricipiti, e lui – ecco, in un attimo preciso che è stato la mia sentenza di morte – m'ha fatto cenno con gli occhi, un impercettibile ma adorabile consenso a possederlo. Vigliaccamente, perché l'erezione non era innervata alla base (capivo che avrebbe ceduto entrando), ho declinato l'offerta, adducendo preoccupazioni sanitarie. È quello il chiodo che non riesco a togliermi, il gancio a cui mi sono impiccato per sempre.

Mi ripeto le frasi più orribili: «non c'è un solo frocio a Roma che non l'abbia messo in culo al Moriconi», «be', uno c'è, io». Quindi non solo chiunque, per una cifra in fondo modica, può avere il paradiso al posto mio, ma può condannare me all'inferno della privazione. Che cosa campo a fare?

«E vai!» – coi pugni fallici stantuffanti levati al soffitto, come dopo un goal. Oggi è stato magnifico, mentre mi sfiorava i capezzoli con le labbra mi ha sentito il cuore; poi il mio cazzo ha sfregato contro la sua gola a profondità mai raggiunte, ha il genio del pompino – inghiotte prima un sorso di whisky ("fàmose 'sto unblended, va") poi il liquido lo cerca da te, come un infante cerca il seno della madre. Me lo stringeva per portarselo alla bocca («guarda com'è diventato!»), lo titillava con la glottide, lo ubriacava con la lingua e ci soffiava sopra per raffreddarlo. Anche se per difendersi la buttava sul tecnico («oggi me dico bravo da solo»), il desiderio era autentico («m'annava così»). Mentre col mio sperma in bocca correva verso il lavandino, gli ho chiesto a bruciapelo «quanto fa sette per quattro» e lui con gli occhi buffi m'ha segnato con le dita «due» e «uno», perché non poteva parlare – «non è vero, fa ventotto». Ci siamo abbracciati, poi cucinando abbiamo scherzato sulla sua "specialità" («non quella che ho provato adesso», «lo sapevo ch'oo dicevi, nun fà lo stupido, la mia specialità so' i primi, la carbonara...»).

M'ha preso una voglia di uscire e neanche a farlo apposta è la prima vera giornata di primavera, coi gabbiani che planano tra i ponti e il gasometro. Roma è la città degli improvvisi, spalanca squarci di pura bellezza a un volgere di condizioni atmosferiche, il cielo galoppa. La cupola appena lavata del Don Bosco e gli archi muschiosi del Mandrione. Non ho più bisogno di viaggiare, il viaggio è Marcello (e per lui, ahimè, sono meno di un turista). Per fortuna la gioia è inspiegabile e ingovernabile come il dolore, forse gli è direttamente proporzionale: il mio piccoletto è capace di guarire le ferite che ha inferto («due pasticche al giorno de Emme Emme, Marcellox Moriconix, prima dei pasti, effetto terapeutico assicurato... oh, guarda che io so' esperto de pasticche, e anche de più»).

2

Non passa, è evidente che non passa: credevo di stare un po' meglio giovedì e ho detto vabbe', se la crisi è durata tre giorni, poi mi sono goduto l'euforia e ora mi sto equilibrando, è un prezzo che posso pagare. Ma ieri stavo di nuovo male e oggi è un disastro; non c'è nessuna spirale ascendente, giovedì ha fatto eccezione solo perché l'avevo visto il giorno prima: è un fenomeno materiale, di fisica, una scia che dura trentasei ore. Ma trentasei ore la settimana significa una quantità enorme di ore residue di disperazione, centosessantotto meno trentasei fa centotrentadue. A meno che, per domandarmi un favore («che stai a fà? lo so che nun sarebbe compito tuo, ma...»), o per casualità imperscrutabili, non decida di telefonarmi: la sua voce mi salva per un'ora e mezzo-due, soprattutto se conclude con «un bacio» – che poi dev'essere la conclusione standard per i clienti, una formula redditizia di cortesia. Dipendo dai suoi capricci, anzi da variabili di cui lui nemmeno si accorge: io, facendo debiti, potrei anche permettermelo più di una volta la settimana, ma è lui che non vuole («nun me ce incastra co l'appuntamenti... poi che se dimo, se stamo a guardà nelle palle dell'occhi»).

La mattina sono più vulnerabile: le armate del dolore si rafforzano nel sonno, mi svegliano alle cinque e mezza. Ho mancamenti di memoria, non so mai dove ho posato gli occhiali e non mi ricordo i nomi propri; quella degli occhiali che non si trovano è diventata una gag anche tra noi, certe volte me li nasconde per divertirsi. Ho invocato l'alzheimer, e la mattina dopo ecco un messaggino: «Buona giornata, alzaymer permettendo». Gli ho risposto suggerendogli la corretta grafia e oggi: «Ciao, alzaymer con l'acca, sei tu il professore non io». Mi aggrappo a romanticherie da scolaretto, sovraccarico di significati una semplice cordialità, un tenero bisogno d'amicizia e forse un piccolo, spiritoso gusto di rivalsa.

Se al telegiornale annunciano uno sciopero dei mezzi per l'indomani, già temo gli ingorghi, magari pioverà anche e Marcello deciderà di non venire. Bestemmio contro Cofferati, la Cgil, le previsioni meteo. Non è il rinvio di un giorno, è la paura di morire soffocato: da quando sono sicuro che ormai è sull'Olimpica e non può che dirigersi verso casa mia, fino a quando se ne va salutandomi davanti all'ascensore, il polso mi batte fisso a centotrenta. È per quello che non ce la faccio a penetrarlo, ho provato con altri due escort normali e non ci sono stati problemi (uno standard, checca nell'anima; l'altro, napoletano e ventunenne, giocava la carta della primizia: «mi vuoi inastare? sono verginello, da quel lato lì»). Il mio corpo, da quando Marcello ha invaso la mia esistenza (faccio fatica a ricordare che ancora l'inverno scorso lo confondevo "nel gruppo"), si lascia tentare sempre più spesso dai margini estremi di sé: si affaccia ai parapetti dove la biologia chiede licenza alla metafisica.

Marcello, a differenza degli escort normali, è l'Immagine (o il Mito, il mio mito personale, ma qui il discorso si farebbe troppo lungo), e l'Immagine non prevede erezione anche quando misteriosamente si incarna in un corpo reale. Che i veri emblemi dell'Occidente non siano gli omosessuali ma gli impotenti? Forse, a pensarci bene, l'interesse per gli oggetti gonfiati, per le merci tutte involucro e logo, presuppone una qualche forma di impotenza: impotenza a usare semplicemente le cose quando se ne ha bisogno. Il consumismo ci induce all'impotenza perché la merce deve non bastare mai, e quindi essere letteralmente *impossedibile*. (È anche un modello di amore non corrisposto: il consumismo insegna a desiderare, non a essere desiderati.)

Il rischio di imballarsi per troppa vita attrae i miei organi e il mio sangue come un giocatore è attratto dal tavolo del black-jack – e come per tutti i giocatori, l'orgasmo è perdere. Non sono così stupido da non capire che questo bisogno di troppa vita, come di una droga, è in realtà voglia del contrario. Quando avrò finito i soldi mi ucciderò in una mattinata livida, nel parco del casinò.

Per non drammatizzare, o melodrammatizzare, chiamo questo scardinamento "amore" e qualche volta, con gli amici, "passione". Ho l'esigenza di raccontarlo a tutti, rischiando il compatimento e il grottesco: proteggetemi, autorizzatemi e per l'amor di Dio, invidiatemi. Chi mi consiglia di tornare in analisi (ma i soldi dell'analista preferisco darli a Marcello), chi mi rassicura con la statistica, le passioni durano in media diciotto mesi. Chi confonde Marcello con le puttane che frequentano loro («ma ti bacia sulla bocca?»); le donne sono incuriosite ma in fondo deluse, «non m'ero accorta che dentro di te c'era questa voragine immensa». Chi mi esorta alla stima di me, assicurandomi che sono ancora abbastanza affascinante per conquistare gratis. Chi sentenzia "ossessione" come se fosse una diagnosi e non un sintomo: il mio corpo è impastato di vigliaccheria, se ne è sedimentato e ora aspira a disintegrarsi.

Si può amare perdutamente un prostituto, uno che viene con te solo perché lo paghi? La letteratura è piena d'esempi, naturalmente, da Alfredo Germont al professor Unrath. Dunque ha ragione chi dice che il mio è solo decadentismo?

«Voglio entrarti dentro in un altro modo.»

«Tanto i modi l'ho provati tutti.»

Pateticamente gli spiego che l'altro modo sarebbe rubargli l'anima, e che per me un sorriso, o una carezza (se sono sinceri) sono più importanti di una scopata. Dice «nun me riesce, manco co' mi' moje ce riuscivo, io magari certe cose le dimostro, ma nun esteriorizzo» – insomma un pompino sì, le dita tra i miei capelli no («quali capelli, scusa, quei tre che ce so' rimasti se stanno a suicidà pa'a solitudine»). Il mio amico Nando (più che amico, il mio sparring-partner da una vita) sostiene che la mia è una forma distorta di amor cortese: gli effetti sono quelli, ogni mio spirito vien meno se sento la voce di Marcello – magari sono incazzato con lui, sono disperato e vorrei offenderlo, ma se sento la sua voce subito mi assalgono gioia e soggezione. Quando compare, è vero che l'aria trema intorno a lui. È vero che sto affidando il mio futuro all'idea che se saprò amarlo con generosità e sapienza, anche lui non potrà fare a meno di amarmi un poco, in contraccambio: amor che a nullo amato amar perdona.

Nando mi sconsigliava di confessarmi innamorato, è convinto che questo mi abbia reso vulnerabile agli occhi di Marcello; ma lui già mi disprezza perché non riesco a incularlo, non avevo niente da perdere.

«... amore, sì. Ti dispiace, ti imbarazza?»

«Anzi, me fa piacere, così te tengo 'n pugno.»

«Intanto tieniti in pugno questo.»

Fortunatamente avevo il cazzo ritto a dieci centimetri dalla sua faccia e la battuta mi ha salvato in corner.

Ho deciso di non nascondergli nulla, delle mie ansie e dello stato di confusione mentale in cui mi mette. Un po' lo preoccupa («nun va mica bene, così»), un po' lo diverte («me ce mancava 'n altro psicopatico»), un po' lo sconcerta. Un po' ci fa calcoli, di quanto può ricavare dalla mia stranezza. Non devo mai dimenticare che per lui la cocaina è un'abitudine di tutte le sere, e i tossicologi confermano che, assunta a quei ritmi, la coca diventa lei l'unico amore.

Tutto il giorno lo passo in attesa di una sua telefonata, o di un messaggino; aveva cominciato ad augurarmi «buongiorno» qualche mattina con un sms, poi ha capito che mi faceva troppo piacere e ha smesso. Ora fa due squilli e riattacca, così lo chiamo io. Quei due squilli sono diventati la mia ragione di vivere: dopo il terzo sono sicuro che non è lui, e chiunque mi telefoni di questi tempi scoprirà che rispondo con la voce atona: faccio scontare al mio interlocutore la colpa di non aver riattaccato, e soprattutto di non essere Marcello.

Ogni tanto gli va di fare un gesto gentile, mi sorprende arrivando mezz'ora prima del previsto o mi chiede di fargli scrocchiare la schiena («stringimi più in alto, così») – ringrazio i pochi dèi che ancora mi sopportano, anche se il demonio mi insinua che è una tattica: o non è ancora così sicuro del mio mensile o qualcuno l'ha trattato male e vuole controllare che il mio rubinetto sia sempre aperto («certo te ne fai de film, co' 'sta capoccia»). Anche quando mi impongo di non chiamarlo prima delle due e mezza, e invece mi chiama lui alle due, non sono contento come potrei pensando che sono riuscito a fargli prendere l'iniziativa: penso piuttosto che lui è libero di chiamarmi quando vuole proprio perché per lui fa lo stesso, un'ora vale l'altra. È la sua tranquillità che mi ammazza. Il suo sentimento dominante nei miei confronti, non me lo nascondo, è l'indifferenza.

Le telefonate non durano mai più di quattro-cinque minuti, non voglio rompergli le scatole («non so se ti sei accorto che le mie sono sempre molto brevi», «pure troppo»); appena finite, mi assale un senso acuto di insoddisfazione, rifarei subito il numero, vorrei parlare di nuovo con lui, stare a contatto con lui ventiquattr'ore su ventiquattro. È perché non riesco a possederlo, mi dico, che cerco di supplire con la quantità alla qualità. L'impotenza, è noto, garantisce l'infinito.

Aumento a ogni incontro la cifra, prima centocinquanta euro, poi duecento, poi duecentocinquanta – per cancellare l'apatia, strappargli un soprassalto d'interesse o almeno di avidità; ma dopo pochi giorni lui s'assesta sul nuovo regime (che mi sta economicamente devastando, molto più in fretta di quanto avessi previsto), registra mentalmente che da me può ricavare di più e lo dà per scontato da quel momento in poi – il denaro non gli basta mai, se le sue rendite si incrementano lui raddoppia la dose di coca e torna al verde – non ha nemmeno il portafoglio, le banconote da cinquanta euro le tiene stropicciate in tasca e le perde regolarmente mentre estrae il fazzoletto.

Eppure non è indifferenza quando, dopo l'amore, si rotola con me sul letto schiacciandomi coi deltoidi e i femorali («ecco er gigante della montagna»); non è indifferente quando ride «siamo venuti insieme, che bedda cosa... (*sua madre è siciliana*) è raro, ahó, o credevi che questa era tutta roba tua?» Fare l'amore con abbandono, da ragazzino che si libera in un ambiente riparato dal mondo, gli dà una reale felicità – anche se, poi, quello che lo eccita di più è il sesso violento.

Forse il vero segreto dell'alchimia in corso è che, sotto le differenze ovvie, io e Marcello siamo uguali come due gocce d'acqua.

Sua moglie è morta cinque anni fa («un brutto male, me l'hanno squartata e poi invece erano già partite delle altre cose... il medico lo volevo ammazzà, si nun mo'o levavano dalle mani»); era una campionessa di motociclismo, s'erano conosciuti che lui aveva diciotto anni, lei quindici e vestiva tutta di pelle, col casco («sembrava un ragazzo, m'attizzano le donne che te sfidano, che ciànno il berrettino con la visiera indietro, no quelle fiche mosce»). Le ragazze che fanno culturismo pure lo attirano, perché a forza di testosterone la voce gli diventa roca («gridano oough oough, sembrano delle tigri, te massacrano con le unghie»). Quand'è morta la moglie non sapeva più che fare, si stonava di coca e aveva smesso di allenarsi. La loro luna di miele, nel Principato di Monaco (dove lei aveva vinto un rally e lui il Mister Europa della Nabba), era stata il loro grande sogno d'amore: il successo, gli applausi, la passione ricambiata una sera lei l'aveva beccato che una negra con dei grossi seni se lo stava facendo, schiacciandolo contro il muro: lui s'era difeso allargando le braccia, «Alessà, io nun sto a fà niente, sta a fà tutto lei».

Aveva perso qualunque tipo di lavoro («ero troppo grosso per la moda e troppo piccolo per le gare»), s'era messo a spacciare («tenevo i sacchettini nel coso del lampadario») e per una infamata se l'erano bevuto. A Rebibbia c'era già una sua conoscenza d'infanzia, Renatone, che l'aveva adottato dicendo subito a tutti «Marcellino è mio». Così s'era evitato di farsi scopare dai peggio ceffi («oh, sotto la doccia l'occhio me partiva, che vòi fà, ce n'erano certi mezzi arabi che j'arivava quasi ar ginocchio, un pensierino... ma è stato mejo così, io alla fine so' sempre fortunato ne le scelte»). Che poi non sono scelte, si lascia fare, sempre e comunque (non si capisce se è il suo vuoto che ha permesso a un dio di entrare, o se un dio, entrando, non ha lasciato spazio a lui di essere). Da quando aveva vent'anni è abituato che, se si presenta un problema, lui si spoglia nudo e trova qualcuno che il problema glielo risolve. Usa il proprio corpo come un bancomat. Quand'è uscito dal carcere, come ho detto, Renatone l'ha affidato alla moglie: una che, oltre a essere stata campionessa di pugilato, gestisce energicamente un'agenzia di escort per froci ricchi, politici industriali e magistrati. Lei gli ha comprato la Mercedes, lo vanta come il pezzo migliore del suo harem e garantisce su tutte le prestazioni che ha affinato in galera. Ogni tanto se lo fa anche lei («'a trovo già pronta, senza mutandine e con le giarrettiere, me dice A Marcè, sei così bello che nun ce la faccio più... è disinibita già de suo, poi tira du' strisce e nun te pòi salvà, lei è massaggiatrice e conosce i punti, me piazza du' dita qua sotto, m'allarga le cosce e me se divora»); ma Renatone preferisce così, sa che lui è inoffensivo.

Con gli uomini ha incominciato presto, fotografi e registi che gli proponevano cifre per allora esorbitanti («ammucchiava le centomila su 'sto tavolo, ducento, trecento, a cinquecento j'ho detto férmete, già ciavevo pensato, quando me facevano i bocchini, si uno ce l'aveva bello grosso già m'era venuta la tentazione, mah, e se provassi pure io a... co' 'e cinquecentomila me so' lanciato»); da allora non ha più avuto limiti («tutto sta a provacce»). Gli piacciono gli uomini muscolosi e i cazzi consistenti (questi ultimi per un banale scambio tra essere e avere, dato il suo complesso del cazzo piccino e dei testicoli che gli steroidi hanno reso minuscoli come nocciole) – ma i culturisti muscolosi generalmente non pagano, sicché si è sempre accontentato dei cazzi, resecandoli nella fantasia dai corpi flaccidi e disarmonici dei suoi facoltosi clienti. Non è mai stato con un bel ragazzo gratis («'o so che pare strano, ma nun so' de quelli che vanno a rompe li cojoni»).

Ha incontrato principi, attori famosi, manager, cantanti: molti l'hanno scartato perché lo trovavano «troppo femmina», in contrasto col fisico erculeo. Lui non se l'è avuta a male; ha sempre sognato che qualcuno si prendesse cura di lui e lo lanciasse nel mondo dello spettacolo («com'è che hanno fatto fortuna *** e ***? no, mica») – ma senza mai programmare, senza progettare una linea di condotta («si quello che je dovevi passà sotto le grinfie era proprio viscido... be' 'a seconda volta me davo malato»). Vive ogni cosa al momento: da ogni rapporto, per quanto turpe e umiliante, cerca di trarre solidarietà, amicizia, compassione («ognuno è fatto com'è fatto»). Si gloria tuttora di aver «convertito» un masochista, che voleva farsi picchiare con cinghie e filo spinato: «siccome ho visto che mentre facevo finta de pijà er filo a lui j'era venuto duro, me so' detto famme provà 'na cosa... me so' buttato giù e vrrùm, j'ho fatto un bocchino de quelli miei, che nessuno je l'aveva mai fatto... adesso pe' farsi menà chiama l'altri, ma a me me chiama solo pe' quello».

Che voglia di abbracciarlo, che necessità selvaggia di proteggerlo. Credo che non abbia mai detto *no* una volta nella vita, è puro come l'acqua che prende la forma del recipiente dove si versa. È inconsistenza, labilità, forse anche ormai (grazie alla coca) deficit mentale. L'acqua può inquinarsi coi peggiori batteri – ma non è il sesso, non è certo il sesso a sporcarlo: una collina può essere percorsa da tutti senza che si intacchi la perfezione della sua curvatura. Non può permettersi la volontà, tanto grande è il suo bisogno d'affetto. A forza di presentarsi come ciascuno lo modellava, non è più niente per sé, se non un grumo di narcisismo e di spavento. Come mi somiglia, ancora una volta, come siamo *fraterni*.

L'icona divina, scesa dal mondo pneumatico, è un disgraziato, un figlio storto, un compagno di pena. Questo non potrà non lasciare tracce nella mia visione del mondo: già adesso la teoria della post-realtà occidentale, dell'impossibilità di distinguere tra verità e finzione, mi pare messa in crisi. Marcello è capace di mimare l'amore, come ogni escort, ma la finzione non mi basta più. Che accadrebbe, se l'Occidente si innamorasse dei propri fantasmi?

Elsa, la sua cagnetta, lo adora. Gli animali i fantasmi li fiutano, gli ringhiano contro; a lui invece si addormenta sulla pancia, gli scivola sul bicipite («me guarda come pe' dì, che fai, nun me tiri su? è vecchiarella, da sola nun ja'a fa a dasse er colpo de reni»); Elsa probabilmente è la creatura al mondo a cui Marcello tiene di più. Vuol bene ai deboli, ma desidera i forti.

«Porella, quando il tempo migliora la portamo ai giardini, st'inverno s'è abbottata come 'na ghianda.»

«Intanto pensa a buttarla giù tu, la pancetta.»

«Ma 'ndo sta, oh, questi so' liquidi... vedi la pelle sta a diventà più fina, no no, sto a migliorà, fidete.»

«Tieni le mani sul volante, per favore.»

«Me devo inventà qualcosa, anvedi che ce sta sul Muro Torto... seh, quando affittamo... no no no, la fila nun è da me.»

«Simulo un attacco di cuore come l'altro giorno... mi rovescio sul sedile e tu vai per Villa Borghese... se ci fermano... anzi, dico che ho il pacemaker e devo farmi controllare al Santo Spirito.»

«E si ce vonno scortà, stavolta? Sticazzi, li fregamo perché li seminamo all'ultimo minuto. Dài dài, famolo.»

(*eseguiamo, fortunatamente senza incontrare vigili; lui imbocca anche un pezzo di corsia del tram.*)

«Col rosso magari no.»

«Oh, sta a cascà er semaforo, l'hanno verniciato... er verde nun c'è più... anvedi quello... a stronzo, ma che traffico e traffico, guarda un po' tra 'e gambe de tu' sorella che traffico che c'è... he he, si me vedono leveno la patente pure a mi' fijo, a mi' nipote...»

«Semmai diciamo che guidavo io, a me la patente non mi serve più.»

«Nun ho mai trovato nessuno che me faceva da spalla così tanto.»

«Cercalo qui il parcheggio, che più avanti è tutto pieno.»

«Mi' cognato m'ha dato er tesserino dell'handicappati.»

«Be', un po' lo sei... non ci posso credere che l'hai trovato veramente... questo è bucio.»

«Io so' un figlio della fortuna, ahó... vincerò, vinceròòò...»

«A figlio de... senti che eco c'è qui sotto la volta.»

«Ha ha, è fichissimo... sto a tornà-à-à... ve farò tremà-à...»

«Io non mi riconosco più-ù... ho perso la virtù-ù-ù... sembriamo due deficienti.»

«No sembramo, semo.»

Prima Elsa ha abbaiato, mentre ululavo nell'orgasmo; Marcello m'ha tappato la bocca ridendo e chi m'avesse spiato in quel momento, un ultrasessantenne perso e balbettante come un neonato, si sarebbe spaventato e avrebbe avuto compassione di me. Marcello è di carne chiara, con la pigrizia morbida della mantenuta di lusso: al culturista ci ha giocato e ne ha snidato le contraddizioni. La ricettività oltraggiosa che sta sepolta in ogni body-builder, in precario compromesso coi muscoli, in lui emerge nuda, come un'ametista è semplicemente viola dopo che l'erosione l'ha purificata del minerale di supporto.

Gli darò tutto, non saprò fermarmi, è chiaro; mi toglierà anche la camicia e mi butterà come un guscio vuoto. Del suo corpo non mi stanco come mi stancavo degli altri: anzi, mi sento come quando da bambino chiedevo sempre la stessa favola. Il suo sentimento durerà finché durano i soldi. Ma è sincero, credo. Gli piace ascoltarmi. Cerco di convincerlo che la bisessualità è una ricchezza e non una tara («un frocio che je piace la fica, boh» l'ha definito l'altro giorno l'addetto alla sauna, e ha aggiunto: «quando hai finito con le donne te voglio dà io du' colpetti, te stantuffo un po'»); marito di tutte le mogli e moglie di tutti i mariti. Gli spiego che desiderare un cazzo in bocca è più un dato infantile che femminile («d'ora in poi sarai il mio psicologo»). Con me può permettersi maggior cameratismo che con altri clienti, perché non glielo metto in culo e quindi lo faccio sentire meno in colpa, meno inferiore.

Il mio paradiso è legato alla mia condanna. Per me non c'è gioia se non pagata al prezzo della più inerme sofferenza, o accetto entrambe o nessuna. Spero che la salute regga, il mio punto debole sono la vista e la prostata (Nando dice che non potrei lasciare Marcello adesso, perché «mi ha preso l'organismo»). Basta un oggetto comune, un tovagliolo piegato da lui, per alterare il battito cardiaco – l'altra sera al cinema ho letto la dedica «a Marcello» e mi ci è voluto un buon minuto per realizzare che era un omaggio a Mastroianni. Per l'agitazione sono andato alla toilette e ho vomitato la cena. Se morissi per lui, non l'avrei nemmeno al mio fianco; per gioco, giovedì mentre s'era fermato a pranzo, e per compromesso con l'isteria repressa, ho simulato di svenire – ha sentito il tonfo, è corso dalla cucina ma non ha neanche tentato di soccorrermi: quando ho riaperto gli occhi m'ha detto «porcodue, se eri morto me n'annavo, perché se no m'accusavano che t'avevo ammazzato io».

Un distrofico, o un paralitico, quando sognano hanno tutte e due le gambe sane, e corrono come normodotati – ma appena si avvicinano alla soglia della coscienza, il primo pensiero è "non posso camminare, sono distrofico": il dolore è così forte che basta a risvegliarli completamente. Così è per me: «non sono in grado di soddisfare Marcello» – contraccolpo tanto più violento e acuto perché sta al posto dell'altro pensiero, che potrebbe farmi volare e cantare: «Marcello esiste e io lo possiedo quando voglio». Tutti la mattina si svegliano al piano terra o ai piani superiori, io mi sveglio in un sotterraneo e da lì devo faticosamente risalire per cominciare la giornata.

La mia infelicità, rivelata, è ormai coestensiva ed eterna – sconfessa retrospettivamente ogni pretesa serenità. Non soltanto sono infelice adesso ma non sono mai stato felice (e nemmeno sereno) in vita mia; perché anche quando credevo di esserlo, già allora ero quello che non poteva (non avrebbe potuto, più tardi) possedere Marcello.

3

Se mi ammalassi, o stessi per morire, al mio capezzale ci sarebbe Sergio. Il suo legame misterioso si è finalmente svelato: quando si è fatto accompagnare da me, non era la prima volta che andava alla Moschea. Lì, nel rudimentale suk del venerdì, aveva conosciuto Rashid, un ragazzo sovrappeso che vende dischi di musica araba e scatolette di harissa. A Sergio gli uomini grassi piacciono (è per questo che all'inizio gli sono piaciuto io); Rashid è, pare, temerario come tutti i timidi, sono finiti a far l'amore nella zona della moschea riservata alle abluzioni. Ventidue anni e socialmente integratissimo (credo addirittura che sia un immigrato di seconda generazione); ha più amici romani che arabi, lo chiamano "a Rascio".

Ma il punto dolente è l'accettazione dell'omosessualità: quando escono insieme, pretende che Sergio non lo guardi perché ha l'impressione che se lo guardasse tutti capirebbero che tra loro «c'è qualcosa». In piscina sta coperto dall'ombelico alle ginocchia. Solo sesso furtivo, insomma, e niente tenerezza.

«Con te era bello, coniglio, perché vivevamo tutto alla luce del sole.»

«Era?»

«Non lo so più neanch'io quello che dico.»

«Che cosa ti attira in lui, la difficoltà?»

«Avrebbe tanto da dare, pensa moltissimo e ha un'anima elevata; ma la famiglia lo schiaccia completamente.»

«Fammici parlare, lo sai che sono bravo a calmare i sensi di colpa.»

Così m'ha portato a Centocelle, alla moschea periferica di via dei Frassini, perché è a Centocelle che abita Rashid. Il programma era di farmelo conoscere («almeno ti smitizza, quando ti nomino vuol cambiare subito discorso») e mangiare qualcosa in un locale lì vicino, con la bella insegna multiculturale «Pizza e shawarma». Ma Rashid non si è presentato, aveva staccato il cellulare.

«Cazzo, possibile che mi fa fare di queste figure? Lo vado a cercare e lo trascino qui per le palle.»

«Ha ventidue anni; probabilmente è una repressione seria, non come le nostre.»

«Appunto per questo, dovrebbe distinguere un sentimento vero...»

«Perché tu lo sai distinguere? non fare il fenomeno.»

«Io lo voglio aiutare: ma non mi dà la maniera, se gli stendo una mano scappa.»

Il fascino di Rashid, mi par di capire, non è solo il corpo ingenuo e presumibilmente florido, ma soprattutto la capacità nevrotica di infliggere frustrazione. Sergio sta facendo le sue prove di paternità e nello stesso tempo si misura col proprio incompiuto teatro. In questo periodo, dice, a casa di Rashid s'è scatenato l'inferno: una sua cugina, appena arrivata da Sousse, è stata messa incinta durante il veglione del martedì grasso – il padre di Rashid (che dopo una giovinezza quasi laica ha riscoperto contraddittoriamente l'alcolismo e la religione) l'ha sequestrata in casa e ha imposto anche ai propri figli il coprifuoco.

«Sembra una delle storie che inventate per Alda.»

«Sarebbe troppo, direbbero tutti che è tarocca.»

«Stiamo scrivendo una pagina importante nell'evoluzione del talk.»

«Resteremo nella storia della televisione.»

«Ci vogliono proprio degli scrittori a questo punto, è tanto che lo prèdico, gli autori tradizionali non ci bastano più.»

«Ma nemmeno gli sceneggiatori delle fiction funzionano, non hanno la finezza per incrociare le emozioni reali.»

«Noi mettiamo in scena la vita...»

«Per i fianchi rivolgersi altrove.»

«Cazzate a parte, questo è un programma basato sulle verità profonde, dei protagonisti ma anche della conduttrice, bisogna farsi un culo di psicanalisi.»

Di colpo gli autori della D'Eusanio, e lei stessa, non scherzano più: l'autoironia, che diventava orgoglio paradossale di presentarsi come responsabili di un programma-spazzatura («la letteratura è morta e l'abbiamo uccisa noi»), si rivela per quello schermo fragile che era – è bastata un'idea nuova, una speranza di cambiamento, ed ecco riemergere l'ambizione ingenua di fare una trasmissione di cui andare fieri («da poter far vedere a mia madre», come dice il più intelligente di loro, un casertano alto uno e novantacinque e di famiglia nobile, bruciato dall'eccessivo e precoce bisogno di indipendenza). Anch'io non sono più il «professore» che si tratta con condiscendenza perché non sa niente del mondo, ma un interlocutore che si spera di interessare al progetto.

«Abbiamo rovesciato l'orizzonte dei casting; basta i lagnosi con problemi, vogliamo ragazzi disinvolti e gente disponibile a tutto, da trattare come attori.»

Il casertano, a cui malauguratamente (nella fase delle confessioni coatte) ho raccontato qualcosa di Marcello, è quello che va giù più diretto, non senza una sfumatura di rivincita: «Oh, questo adesso ha bisogno di soldi, mettiamolo sotto».

La cosa mi interessa, come negarlo: introdurre la vita vera negli schemi della narrativa, usare dentro la forma non corpi già stilizzati – come sarebbero attori di mestiere – ma carne e sangue di uomini e donne che poi, usciti dalla forma, dovranno rendere conto a casa di quello che sono stati in trasmissione. Corpi reali, per foraggiare un altro più splendido corpo. Aiutare Sergio non è più un sistema per consolidare il nido, è la speranza di poter volare lontano.

Mi vergogno ad ammetterlo ma la ragione principale che mi tiene ancora legato a Sergio è che questo mi dà forza per non sbracare con Marcello; quando Marcello mi dice «noi due stamo nelle stesse condizioni», vuol dire che entrambi abbiamo un "legame principale", qualcosa che non ci lascia del tutto liberi di seguire i nostri capricci: questo lo rassicura, sa (o crede di sapere) che non perderò la testa, come altri hanno fatto mettendolo nei casini, aspettandolo sotto casa o tempestandolo di telefonate notturne (è per questo che non ha più un telefono fisso ma solo il cellulare). Sergio, da parte sua, è infragilito dall'infelicità privata: le crisi d'abbandono che sconta di fronte all'intermittente disimpegno di Rashid lo rendono permeabile ai "tradimenti" di Alda: «Io non li considero quelli che sgomitano, se faccio magari più del mio dovere è perché ci tengo alla dignità del prodotto, ma non mi sporco nemmeno la suola delle scarpe con personaggi che stanno quindici spanne sotto il mio livello. Se mi vuole togliere i briefing per darli a Ermanno chi se ne frega, scommettiamo quante ne registrano?».

«Ci hanno già provato e sono saltate, no?»

«Adesso con la soapizzazione dice che è più semplice, perché sono sempre gli stessi per più giorni... coniglione, dobbiamo scrivere una storia di dieci puntate, gli facciamo vedere come si soapizza sul serio.»

«Muso, ti rendi conto però che ormai mi cerchi solo quando hai bisogno di aiuto?»

Finora ho cercato di tener fuori Sergio dalla valanga di dolore che a malapena mi consente di respirare – ma non può non essersene accorto («a sèm trop parèint» – siamo troppo parenti, postilla mia madre in occasioni analoghe): non sono mai davvero allegro, ho difficoltà a concentrarmi, ogni tanto mi sfugge una smorfia come se avvertissi una fitta da qualche parte – sono spesso intrattabile e del tutto inavvicinabile il martedì. Ha capito che non è come coi culturisti standard ma si avvicina di sbieco, timoroso di formulare ipotesi.

«Le storie di escort per uomini adesso sono un trend, secondo te Marcello ci verrebbe?»

«Quanto pagate?»

«Poco, duecento euro a puntata; ma sarà sempre meglio che fare marchette, e poi è tutta pubblicità.»

«Non può dire la verità, e a taroccarlo lo involgarite.»

«Accidenti, com'è delicato.»

Prova con l'arroganza aggressiva, quando ha visto le foto ha commentato «però, l'articolo è interessante: mi ci fai fare un giro?» – non ha risparmiato sarcasmi sul doppio orecchino e sul cazzo piccolo, «sono molto più figo di lui». Il che probabilmente è vero, secondo i parametri correnti. Mi prende in giro perché sostiene che mentre le guardo, le foto, m'esce dalla bocca un sottile filo di bava. Se gli racconto qualche suo tenero infantilismo («l'ho chiamato per portarlo dal dermatologo e ho sentito una voce strana... "che fai?", "sto a piagne", "che è successo, se vuoi vengo lì", "no, si c'eri te, piagnevo de più"... gli era morto un pesce nell'acquario») mi risponde con impazienza («mi meraviglio di te che sei tanto intelligente, per la cifra che gli dài anch'io farei il sensibile; ma non ti rendi conto che, come tu di mestiere fai lo scrittore, lui di mestiere fa quello?»). Fino a tirar fuori il rospo vero: «Ridono tutti di te».

«Non so come spiegarlo, e forse avete ragione voi a non crederci, ma Marcello non è un prostituto; fa l'amore con gli uomini a pagamento ma non è un prostituto.»

«Boh, sarà una logica superiore... comunque quello che ti posso dire è scopalo, frustalo, fagli quello che ti pare, ma non immischiarti nella sua vita privata: non prendergli gli appuntamenti dal medico, non ti occupare del suo cane... se hai del tempo da dedicare agli altri, occupati di me.»

Nel fortuito e apparente bilanciamento di situazioni, tra me e Sergio sembra lui il più forte: è sessualmente capace, è riamato, non ci sono né droga né soldi di mezzo – ma il più ostinato, quello che ha aperto più porte, sono io.

«Mi fa ancora piacere sentirtelo dire.»

«Secondo te, perché Rashid mi fa quest'effetto?»

«La sua paura lo costringe a trascurarti, e il fatto che ti trascuri innesca le paturnie tue.»

«Certo, non è fisicamente così assurdo come Marcello...»

«Nessuno è fisicamente come Marcello; nemmeno Marcello.»

«Ma se io ti chiedessi, seriamente, di rinunciarci, che cosa risponderesti?»

«No. Non posso. Non dipende da me.»

«Rashid vuole che vada a passare la Pasqua da lui.»

«A passare la Pasqua dove non credono in Cristo te l'ho insegnato io.»

«Ma tu vuoi che ci vado?»

«Mi fa un po' di magone, è la prima volta in quattro anni che la passiamo divisi.»

«Gli dico di no, prenotiamo a Bali noi due.»

«A questo punto non mi va a me: non mi pare una buona idea viaggiare con qualcuno che vorrebbe essere da un'altra parte.»

«È quasi estate, hai visto?»

«Cosa c'entra?»

«Parliamo del tempo, almeno...»

Soapizziamo anche noi; aspettiamo che la consequenzialità narrativa decida al posto nostro, senza far niente per cambiarla. Rashid pensa che il matrimonio del fratello sia più importante di tutto; Marcello sniffa cocaina; Rashid pretende che lui e Sergio prendano due voli diversi; Marcello si fa ammanettare al letto da due anziani tedeschi. Tutto sfuma nell'irreale, quasi aspetto che arrivi la D'Eusanio a dire che salta la puntata. Stringo la mano a Sergio nel buio di un cinema (rifugio e porto franco, perché né io potrei andarci con Marcello né lui con Rashid); gli passo le dita sulle vene del polso. Mi sento come qualcuno che sta lasciando una casa molto amata, nel quartiere della civiltà, della decenza. Accarezzo gli spigoli dei mobili, chiudo le finestre e il gas, spengo la luce.

4

«Nun lo sa che faccio tutto, ma che vòle?»

Il suo telefonino squilla ogni sei-sette minuti (anche meno): o è Olga che gli ricorda l'appuntamento con un cliente («nun te preoccupà, che cce vò, da qui saranno venti minuti... co' Walter avemo finito»), o qualche cliente che si informa sulla completezza delle prestazioni («te la faccio passà io la paura... te stupirò co' effetti speciali») – ma ancora più spesso voci dal giardino d'infanzia: estetiste che insistono per fargli un massaggio, vecchie che l'hanno conosciuto in palestra e l'invitano a casa («m'aveva già preparato du' piste e stava in bagno, sicché me so' spojato, poi è uscita e m'ha detto che ciaveva le su' cose, a quell'età, boh... forse m'ha visto er nanetto e j'è passata la fantasia»), o anche compagni di giovinezza con cui giocava a calcio o faceva la sicurezza nei ruggenti anni Novanta, nelle discoteche dell'hinterland.

A forza di dire sì, e di aspettarsi da tutti qualcosa, e di momentanee autolesionistiche ribellioni, la sua quotidianità è diventata una foresta sempre più intricata che lo esaspera e gli fornisce l'adrenalina necessaria a continuare. La suoneria è fastidiosa, somiglia a un allarme, tanto più nei momenti di intimità: «nun lo posso spegne» e non riesco a capire perché – se sia il lavoro, un po' come i medici col cercapersone, o se in questi giorni stia aspettando una telefonata importante, o se nasconda attività più pericolose e criminali.

Mi racconta di manette, ma come gioco erotico («me so' trovato appeso come un prosciutto, porcodue, che nun capivo manco com'è successo, m'ero distratto 'n attimo, ho visto che tirava fòri l'attrezzi, da quelli così a quelli così... eh, 'na paura che nun sapevo più 'ndo stavo, però alla fine m'è piaciuto, è stata 'na sfida co' me stesso, de falli entrà tutti, hai visto tante volte che te dice la capoccia»); mi rivela che il cazzo più grosso che abbia mai incontrato apparteneva a un tizio di Brescia, uno che doveva presentargli Lele Mora («cià provato a infilarlo ma nun je l'ha fatta, ce l'aveva tutto curvo»); che una volta se lo sono ingroppato in undici («come 'na squadra de calcio») e ha dovuto farsi una lavanda col Cytéal.

Il suo corpo, non so bene perché, invita a violarlo, a fargli molto male; le scene sadomaso che non mi racconta me le invento da solo; ho bisogno di umiliarlo e di amarlo mentre si degrada; immagino che la manager lo punisce (ha dato buca a un cliente importante) e che io sono presente alla punizione («nun me lasciate i segni, per favore»). Sogno di farlo scopare dai più attivi e potenti dei gay che conosco, e anche da alcuni albanesi e negri; offrirgli sempre più cocaina e sborrargli da tutte le parti; farlo inculare da Carmine, il mio amico con l'Hiv, senza preservativo.

Ecco la Verità, lo squartamento: quello che temevo prima di cedere a una forza superiore. In una casa isolata, Marcello tra una decina di industriali e manigoldi:

«*Nun basta si me metto in posizione?*»

«*Ti diamo duemila euro extra se ti fai slogare una spalla.*»

«*Olga nun m'autorizza: nun vòle che vado fuori uso, posso fà tutto ma no intaccà la mia integrità fisica.*»

«*Gli dici che hai avuto un incidente... intanto sistemati qui alla macchina, poi ci pensiamo.*»

«*No, la benda no.*»

«*Facciamo duemila e cinquecento; e venti grammi di quella buona.*»

«*'O sapete qual è il trapassato remoto de "masticare"?*»

«*Togliti il perizoma.*»

«*Masticazzi... che me frega, giocamo a moscacieca... uno, due, tre...*»

«*Non hai diritto di sapere chi c'è nella stanza; se ti strappi la benda niente soldi e niente roba.*»

«*E chi sa'a strappa, oh?*»

«*Comincia a masturbarti e allarga il culo che ci spalmiamo la crema.*»

«*Mmmh, che bel massaggio... co' du' dita viene mejo che co' una.*»

«*Indovina di chi è questo cazzo.*»

«*Cià 'e vene... boh...*»

«*E questo che ti infiliamo in bocca?*»

«...»

«Adesso guarda.»

«Si me riempi la bocca e poi me fai de'e domande, io come te risponno? No, nun se pò, dài...»

«Sono Andrea e Manuel, non te l'aspettavi vero?»

«Bello il trucchetto, bravi; mo' me slegate sennò faccio un macello... jo'o stacco a mozzichi... slegame, a 'nfame fracico... aaaah, madonna, aaaah! me fa male male, aah mammina aiutame te, me fa male! perdono, perdono... che v'ho fatto io, perdono...»

«Goditela questa sofferenza, fai l'ultimo pompino a Manuel e ti sleghiamo.»

«Portateme ar pronto soccorso, nun ja'a faccio.»

«Ci vai da solo al pronto soccorso, troia; rivestiti e vattene. Ma non lo vedi come sei ridotto? Non sei nemmeno più un uomo, sei meno di una cagna in calore, ci fai schifo. Raccogli i soldi e cammina a quattro zampe fino al cesso.»

«Hi hi, la Marcellina cià la sborra che gli cola dal culo...»

«Che ve credete che nun li pijo? Voi nun siete nessuno.»

La settimana scorsa l'hanno messo all'asta, era contento d'aver fatto guadagnare a Olga la cifra più alta dell'intero lotto («cià 'na statua per le mani»); le mie fantasie sono così concrete che quando lo rivedo mi meraviglio che possa muovere la spalla liberamente.

Siamo passati davanti a una villa dell'Eur col giardino all'inglese e la piscina: «Me farei ammazzà, pe' 'na villa così me farei ammazzà... fruste, lamette, de tutto, pijerebbi pure un cazzo finto il triplo de quello dell'altro giorno, o il fistfucking, tanto poi me faccio ricucì... me faccio 'n'iniezione de xilocaina che m'anestetizza 'o sfintere, oh ma ce pensi, avé 'n giardino così, torni la sera e chiudi er cancello, ma chi te rompe più li cojoni...».

S'illude che ogni cosa si possa pagare offrendo pezzi del proprio corpo, e tende al martirio come a un sacrificio di bontà. Vorrei ucciderlo col veleno, e finché il cadavere è caldo incidergli l'ano con un taglio a croce, in modo che il mio cazzo possa entrarci senza fatica. Poi ne mangerei il corpo poco per volta, cucinando ora un bicipite ora un filetto di coscia.

Dice di Billy Harrington, ammirandolo in video: «semo uguali, ciavemo 'a stessa struttura dei dorsali, e dei glutei pure». Avrebbe potuto essere un divo nelle major del pornogay americano: la sua bellezza non è dialettale, come l'oro è l'essenza universale del denaro. «Me stanco a portarmi appresso 'e spalle, io nun so come mai, a camminà nun so' tanto 'e gambe, me fanno male 'e spalle.» «C'est un plaisir de vous masser, parce-qu'on vérifie tous les muscles qu'on nous a appris», così l'inserviente dell'hammam in Marocco, e alla fine Marcello deluso: «me se voleva incorcà, vero? solo che nun ha osato».

L'altro giorno hanno chiamato dall'università mentre lui si stava facendo la doccia. I soliti maneggi per l'eterna questione della storica contemporanea, e del Preside che invita a non stanziare i fondi per le ricerche dei nemici accademici (la definisce "azione preventiva"); mi sono partite due bestemmie di cuore, finita la conversazione ho dato i pugni nel muro. «Dài, così mi piaci» ha detto Marcello uscendo nudo dal bagno, e gli s'è rizzato subito, e gli brillavano gli occhi, e nei baci si urtavano i denti – alla fine m'ha stretto forte, «'o sapevo che oggi veniva così, militare».

Il sadismo più duraturo è quello psichico: proporgli una cosa e farne un'altra («come te pare»), rimproverarlo con frasi sapientemente crudeli («te credi che nun lo so quello che sono?»), rivelargli che in casa ho della coca ma non dirgli dov'è. Ho cominciato a ricattarlo sulla puntualità, o arrivi alle undici precise o alle undici e cinque troverai la porta chiusa; mi avvisa che sta parcheggiando alle undici meno dieci, gratta alla porta come se fosse un cane. Siamo il cane l'uno dell'altro. Gli prescrivo le pose esatte da assumere durante la fellatio allo specchio («i trapezi so' mejo in torsione, fidete, er corpo mio 'o sa lui come se deve mette») – ubbidisce come un monello volonteroso, subisce allegro le prese in giro («pensa se quelli della Ifbb ti vedessero così», «che me frega, tanto io so' Nabba»). Lo costringo a pazienze fuori misura («oggi te li strapperei, 'sti capezzoli»); lui sempre plastico e arrendevole, sempre incapace di ruvidezze che partano da una personalità risentita.

«Ce sta 'n record?»

«Di cosa?»

«De chi resiste de più a fasse fà 'e coccole.»

«Sì, ventitré ore di carezze non-stop.»

«He he, fichissimo, senza mangià... io ce vivrei de carezze.»

Non è un prostituto, è una geisha – per natura, credo, non per scuola; per interno avvilimento e vergogna di sé, trasformati in sorriso e seduzione. Accetta i dildo, i cazzi di varia forma e dimensione, con un po' di mugugni (tranne quelli a pila perché alla vibrazione si rilassa).

«Tiralo via, dài, preferisco quello d'uomo.»

Ne dà una spiegazione tecnica, la carne si lascia comprimere e non graffia – per la stessa ragione rifiuta le dita, anche se mi taglio le unghie fino al sangue. La sua frase è un pugnale incandescente: preferisce quello d'uomo e io non posso darglielo; il mio, il mio d'uomo sta lì a capo chino, assorto in sublimi eccitazioni interiori. «Non ti piazzare come un morto a pancia sotto, per favore», glielo dico come per sollecitare una partecipazione, in realtà odio quella posizione perché la percepisco come uno scherno. M'ha chiesto di massaggiargli un gluteo perché l'ultima puntura di Testovis, essendo oleosa, aveva lasciato un nodulo; mentre lo manipolavo ha detto «era una scusa per farmi toccà il culo». Forse non si rende conto, è un adescamento standard e la sua ingenuità è tale che non lo avverte come inopportuno – o forse per lui davvero il problema non esiste. Quanto sarà, un etto di carne? Possibile che dall'irrorazione o no di quella parte anatomica dipendano la felicità di una vita e la visione del mondo? Non ci credo che per lui faccia lo stesso: quali orribili censure dovrebbe aver operato dentro di sé, perché fosse così? No, è chiaro che ogni tanto ne ha voglia e che la possibilità di un rapporto completo (e naturale, come piace a lui) gli illuminerebbe gli incontri. Inutile mentirsi, io non lo attraggo fisicamente: l'unica parte di me che lo diverte è *quella*, e proprio in quella sono stato condannato. Non desidero la potenza sessuale per il mio piacere, ma per il suo.

«Forse è proprio questo il problema» dice l'andrologo a cui mi sono rivolto; abbiamo schierato subito l'artiglieria pesante, le iniezioni di prostaglandina direttamente sul pene – sperimentate con gli altri mi causano un'erezione quasi dolorosa, preoccupante e difficile da far deflettere: con Marcello, appena un ingrossamento e l'erezione di qualche minuto. Il medico allarga le braccia, «questo è il massimo del dosaggio, dovrebbe essere un fatto meccanico, è la prima volta che mi succede, lei è un soggetto che meriterebbe d'esser studiato in un congresso scientifico».

Voglio possedere una *forma*, non una persona (per questo fantastico di scoparlo mentre si allena, tra tutti gli specchi della palestra); se ce la facessi una volta non avrei più bisogno di farlo, per sempre (ma l'andrologo, saggio: «l'appetito vien mangiando»); quello a cui ambisco è un possesso trascendentale, il possesso di mia madre, di mio padre e dell'universo. Mi sono allontanato dalla Natura, internandomi nel mondo dei desideri abnormi e onnipotenti; laggiù non c'è più alcun bisogno di generare, e quindi di penetrare; c'è solo bisogno di spalancare gli occhi e deglutire; è il mondo delle foto e le foto non ha senso soddisfarle col cazzo. O si leccano o si lacerano o si tagliuzzano. La mia sessualità tratta Marcello come la foto di se stesso.

Il difetto del comprare è che puoi procurarti solo cose in vendita. Marcello si sta stancando di me, o meglio si sta stancando di fare finta di volermi. Risalgono alla superficie la svogliatezza e il disprezzo («oggi so' troppo pigro per baciare bene»). Mi sento respinto. Non c'è mai stato altro che il disagio, le complicazioni me le sono inventate io.

Il 20 maggio ne ho avuto la prova definitiva: era fissato di vederci il 18, ma ha chiamato per dirmi che doveva aspettare il perito dell'assicurazione. «È quasi meglio» gli ho risposto, «dopodomani compio gli anni, così mi fai gli auguri di persona». «Il venti te faccio impazzì»: frase volgare, da puttana, ma mi sono imposto di leggervi solo la bontà. Il 20 mattina mi sono sbarbato e profumato con più batticuore del solito, ho fatto un bel viaggetto per procurarmi champagne e aragosta (sono gli incerti del non abitare più in centro); ero ridicolo in ascensore, carico di pacchi come un'ape operaia – avevo appena finito di sistemare tutto in frigorifero che squilla, «nun me la sento, a Wà, ciò la febbre quasi a trentotto, ho passato tutta 'a notte sul cesso, me so' addormentato ch'era l'alba, ho bisogno de dormì altre due o tre ore».

«Vieni nel pomeriggio.»

«Eh, ma la febbre nun passa, me sa, si la trascuro è peggio...»

«Me l'avevi promesso...»

«Vabbe', che faccio, mòro pe' mantené 'na promessa?»

«Se non ti va più di vedermi lascia perdere proprio, non importa, mi riprenderò la mia vita.»

«Ma che discorsi sta' a fà? So' malato, punto.»

«Ce l'hai la tachipirina?»

«Macché, Olga è a Milano e m'ha lasciato da solo.»

«Scusa, allora prendo io un taxi e vengo da te.»

«Fa niente, nun t'avventurà; magari oggi passa mi' fratello, gliel'avevo mezzo accennato...»

«Non insisto, tanti saluti.»

«No, se vuoi... dicevo per te... ma che è colpa mia se m'è venuta la febbre? nun t'arrabbià...»

«Volevo solo farti un po' di assistenza, ti porto le medicine e magari un chilo di frutta.»

«Okèi, aggiudicato... ma 'a frutta magari no, ce sta 'o zucchero.»

Più di quindici euro di taxi, lui con la barba lunga, una tuta gigante dentro cui scompare. Imbarazzato in una casa non del tutto sua, farcita di infiniti ninnoli di cattivo gusto – molto swarovski, molte bomboniere dorate e bamboline coi volant, il telefono col suo copri-telefono di velluto verde; il lavandino colmo di piatti da lavare; una quantità spropositata, in bagno, di creme e profumi, maschili e femminili; lenzuola nere sul letto. Mi nega perfino il bacio di saluto, gira via la faccia, è allarmato dall'idea che io voglia far sesso lì (appena gli sfioro i pettorali, «nun te fà venì strane idee, te'e tajo 'ste mani»); è l'una e mezza, sarebbe naturale che mangiassimo qualcosa.

«Io nun ciò fame, si te vòi cucinà te un po' de pasta...»
«L'altra volta m'avevi preparato addirittura una carbonara.»
«Eh, oh: quando a tordi e quando a grilli.»
«Non basta essere stronzi per essere maschi, lo sai? Le medicine stanno qui, comunque.»
«Nun me va de pijalle, mo'... che me guardi, so' obbligato? Io co' la chimica ciò 'na gestione tutta speciale... già sto mejo, mo'o sento.»

In effetti la fronte è fredda, la febbre non ce l'ha di sicuro e non ce l'aveva nemmeno un'ora fa. Gli propongo «dài, proviamo chi si ricorda più episodi di quando eravamo bambini», risponde «nun me va de fà sto gioco» – apatico, una larva. Accende Mtv. Allora richiamo un taxi e me ne vado, biascica un «perdonami» allegando il suo bisogno di privacy quando sta male («so' come l'animali, che se nascondono»).

Torno a casa e scrivo una lettera d'addio: la rileggo mille volte, imparo il discorso a memoria. Domani, quando viene, glielo reciterò. Alle due di notte me lo sto ancora ripetendo: meglio tagliare di netto prima che sia troppo tardi. Prendo un sonnifero di nuova invenzione, Sonata: non dormo lo stesso ma impazziscono i battiti cardiaci. Alle tre e mezzo penso che la soluzione migliore sia gettarmi dalla finestra; se non posso avere Marcello, non ha proprio senso che mi accontenti di una vita di scarto. Basta poco. Mi alzo per aprire gli scuri, prigioniero del niente: torno a letto e chiamo Nando, «salto su un taxi e arrivo da te, è un'ora insensata ma non fare domande».

«Tirati su», Nando imbarazzato che mi sia lasciato cadere in ginocchio nel suo corridoio; cerca di distrarmi, «come camminava esattamente ieri Marcello, fammi vedere come camminava» – ha paura che voglia fermarmi lì in eterno, mi chiede «adesso che intenzioni hai?» ogni dieci minuti; rispondo «non lo so». Un gancetto, una vite interna ha ceduto, devo sbriciolarmi fino in fondo.

Escludo di poter tornare a casa, tanto meno a casa di Sergio: non posso infliggergli anche questo. Ma devo liberare Nando dal mio ingombro. Intanto faccio il numero del radio-taxi, poi deciderò. Al tassista la mia voce, da sola, dà l'indirizzo di Marcello. È appena l'alba, starà dormendo con la convivente, mi sbranano. Ah no, ha detto che è a Milano. Ma lui sarà al primo sonno, se si è fatto un tappino non mi aprirà nemmeno. Invece m'accoglie con un sorriso, come se la visita mattutina fosse più che normale, gradita: «Ch'hai fatto, ciài 'na faccia...».

«Ho lavorato tutta la notte, dovevo consegnare un articolo; tu come stai?»

«'Na favola... oh, du' aspirine m'hanno rimesso a novo; so' forte dentro, se vede... dài, riposati sul divano che io me butto sotto 'a doccia.»

Fingo di dormire, quando esce ancora umido dal bagno; indovino i quadricipiti di pietra e di seta a un soffio da me, sento il badedas sulla sua pelle – mi passa leggerissimo le dita tra i capelli (scarsi) e mormora piano, supponendosi inudito, «il mio alzaymer». Come posso pensare di fare a meno di lui, se l'unico luogo in cui ho trovato pace è stato il suo covile?

Sempre, separandoci, «grazie de tutto, ce aggiorniamo domani» – e ogni volta ci casco, ingannato dall'ammicco cameratesco e riconoscente: ogni volta credo davvero che mi chiamerà il giorno dopo, organizzo intorno al display del cellulare delle veglie d'armi tanto eroiche quanto inutili. La sua disposizione a mentire è talmente connaturata che quando dice la verità la interpreto come una menzogna di secondo grado; dice «devo pijà 'na cosetta qui, ma no per me, pe' 'n amico che viene a cena, je faccio trovà un regalino... oddio, già che sa'a pija lui, ne rimedio un pochetto pure pe' me» – poi scopro da un altro dialogo telefonico che l'amico a cena non ci andrà affatto, sicché ne deduco che la coca l'aveva comprata per sé; invece l'amico fissa un appuntamento a Tiburtina per la consegna. Era vero che era per un amico, voleva nascondermi lo spaccio. Se giura che venerdì è a Genova, la cosa più probabile è che sia a Bologna, o se è davvero a Genova è perché a qualcun altro ha garantito che sarebbe stato a Bologna e vuole depistarlo. Le mie poche verità sono le bugie dette a qualcun altro.

Rinuncio presto a fare il detective, bloccato dal terrore: se scopro troppo, potrei concluderne che non è un uomo da frequentare, e questo ho imparato che non lo sopporto fisicamente (Marcello, tra l'altro, è qualcosa di più e di meno di un uomo). Mi telefona Sergio dalla Grundy, alle nove di sera, dopo che hanno registrato due puntate: «Sono cotto, beato te che ti dedichi solo ai tuoi piaceri».

«Insomma... tu come stai?»

«Non ho tempo per stare in nessun modo.»

«Con Rascio state già programmando le vacanze?»

«Mah, forse non ci saranno... sto rivedendo parecchie questioni... spero che mi sarai vicino.»

«Anch'io dovrò chiederti un grosso favore.»

«Se posso... mi annoio senza di te.»

«Devi trovarli da solo i tuoi interessi, Marcè... scusa, Sergio.»

«È meglio che ci salutiamo, siamo stanchi tutti e due.»

«Grazie comunque, per la comprensione.»

Il confronto tra qualcuno che mi cerca perché sono

io, e la follia senza nome che mi consuma, mi paralizza in una autocommiserazione idiota. Non amo Marcello, tant'è vero che non desidero il suo bene (nemmeno lui desidera il proprio bene, se è per questo); lo sfrutto per fare piazza pulita di tutto il positivo ipocrita che mi ero costruito intorno. Altro che passione: è libidine sfrenata (anche se in fondo indolente) di annullamento. Le ascoltatrici alle conferenze, come dicevo, ne sono sedotte – gli amici addolorati; i semplici conoscenti più che altro infastiditi, probabilmente ne intuiscono la malafede politica.

Sono più patetico di un ragazzino, tesaurizzo i minimi segnali (oggi alla cornetta era sonnacchioso, gli ho chiesto «ti stiracchi?» e m'ha risposto «euhn, sto a appoggià la testa sul cuscino che hai usato te» – non è una risposta da marchetta, in che cosa può giovargli dal punto di vista commerciale?), piccoli slanci istintivi in un mare di astuzie (quando lo chiamano che è da me, per esempio, ho verificato che usa la voce sonnacchiosa per camuffare che stiamo facendo sesso). Non devo accanirmi nel mio masochismo; l'istinto va ad agganciarsi alla sua idea stereotipa dell'amicizia (qualcuno che ti capisce fino in fondo e che non ti lascerà mai senza aiuto) – e poi certi baci sono veri e magnifici, certi giochi autosufficienti e belli in sé. Sui rami in alto, quelli sottili, degli ippocastani fiorisce la generosità olimpica del suo fatalismo («'sto corpo per me è stata 'na benedizione, ma pure 'na maledizione»): bellezza neutralmente distribuita, e un po' anche per me ("io se è soffro, ma nun faccio soffrì"). Meglio lui a mezzo servizio che chiunque altro a tempo pieno. Perché non provo a darmi un po' di pace? Diciamo che per la mia resa dei conti ho scelto la materia in cui ero meno attrezzato. Il mio pene è stata la parte di me per cui ho speso di più, mi ci sono dannato e ci ho lottato per cinquant'anni, ho tentato tutti gli esperimenti, ora basta. Arriviamo a un armistizio. Perché non lascio che la disperazione cada come una pioggia tranquilla, senza contrastarla e senza preoccuparmene? Senza nemmeno più voler ricavare altro significato; è una nevralgia cronica, un elemento del mio paesaggio senile.

5

Marcello appartiene alla prima generazione di maschi, in Italia, che hanno potuto illudersi di costruirsi una carriera come uomini-oggetto. Non come attori, voglio dire, né come atleti, né come forzuti da circo – e neppure come amanti, mantenuti per la propria bellezza, dolcezza o virilità. Da circa vent'anni (cioè da quando lui ne aveva diciotto) s'è aperto un mercato per il corpo maschile esibito in quanto tale, non funzionale a uno sport o a un talento, né all'amore in senso stretto – il corpo come immagine invitante, come merce che fa pubblicità al piacere, anzi a quella coazione-al-piacere che è necessaria nella nostra società. L'uomo pin-up, insomma. Migliaia di ragazzi incerti sul loro futuro, con poca voglia di impegnarsi e di lavorare, «investono sul fisico»: nella speranza che modellarsi i muscoli in palestra basti ad assicurare notorietà, senza dover fare altro che mostrarsi. Come go-go dancer o cubisti nelle discoteche, come stripper, come figuranti nei video musicali, vestiti da antichi romani sulla costiera romagnola, in jeans e a torso nudo sui cartelloni. Come "tentatori" in televisione. Un'industria, e un intero indotto, sono fioriti sfruttando l'enfasi muscolare di corpi maschili che durano pochi anni, sostituiti dall'onda dei più giovani, pronti a diventare relitti a loro volta; appesantiti da delusioni e risentimenti, senza nemmeno la risorsa che è sempre stata delle donne in simili condizioni, un buon matrimonio.

Marcello è stato Tarzan a Gardaland, ha ancora sulla mano sinistra la cicatrice delle corde; ha fatto parte di un gruppo francese di stripmen, i Body Tentations, con turné in Russia e a Ibiza. Era in secondo piano in un video di Patty Pravo, seminascosto da una tenda di tulle. Ma non aveva la testa giusta: sempre tra i più belli ma sempre ai margini per indolenza e scarsa disciplina. I trionfi del culturismo si allontanavano, uniche competizioni oggettive legittimate da giudici e punteggi («sto ancora a sognà 'e gare, me svejo che strillano "pedana!"... nun me rassegno de nun salì più sur palco») – per un temperamento come il suo, incapace di affrontare la sofferenza, la manovalanza come uomo-immagine si traduceva in escalation di fantasticherie sempre più ambiziose e meno fondate («qualche cosa alla fine uscirà fòri, basta che trovo un regista bravo che m'impara 'e battute»). Lo "scendere a compromessi", pagare il pedaggio in termini di sesso anche estremo, per lui non è mai stato un deterrente ma semmai un incentivo – sentirsi dire «oggi te tocca» lo ingolosiva (lo ingolosisce) perché stimolava i gangli della sua vera vocazione. C'è in lui una spinta al fallimento, perché solo fallendo può continuare a dipendere dagli altri e garantirsi la passività («pensace te» è uno dei suoi intercalari più comuni).

Mi sono incaponito che dovevo aiutarlo a tornare in forma e a «fare qualcosina» in quel mondo di cartapesta; per ridargli una motivazione, non perché creda che lui possa mai davvero rendersi indipendente dal punto di vista economico – sia perché è troppo tardi, sia perché non lo vuole. Recitiamo entrambi sapendo di recitare («a quarant'anni mica me posso ritrovà così, ma che scherzi?») – è solo un gioco di rilanci e di euforie che lubrifica l'incontro sessuale. Un calcolo più sottile, ma viziato dalla medesima ipocrisia, verte sulla cocaina: se vuole rimettersi in forma deve smettere di bere birra, ma siccome quando si fa di coca è obbligato a bere cinque o sei birre (per non restare allucinato tutta la notte), ecco che rimettendosi in forma dovrebbe ridurre la quantità di coca («devo passà dar tirare ar tirarmi»).

Ho provato a sniffare insieme a lui, una sera («poca, si nun sei abituato»), non ho risentito nessun effetto se non che la mia già scarsa erezione si è depressa ulteriormente – su di lui ha un effetto analogo («to'o dico subito: dopo ch'ho pippato, er gioiellino s'abbiocca»), ennesima conferma di quanto ci somigliamo. L'amore è stato penoso. Lui, con la dolcezza intuitiva che lo contraddistingue nelle faccende di sesso, ha concluso immediatamente «mejo 'a strada vecchia, nun se inventamo cose strane». Se fossi potente, se riuscissi a possederlo, non mi importerebbe nulla che si facesse di coca; anzi, mi sentirei più padrone. Gliela farei trovare io, a casa mia, così sarei sicuro che ci viene volentieri. Invece sono costretto a respirarlo come un esemplare talmente inarrivabile da doverlo per forza venerare; le terminazioni nervose sulla punta delle mie dita tremano a sfiorarlo («me fai venì i brividi»); il cestino per l'insalata, di cui ha toccato la manovella, diventa una reliquia; le papille olfattive accolgono come una benedizione l'afrore di quando è sudato («Eau de Marcel»).

I suoi amici, e perfino i suoi pusher, ne conoscono le profonde debolezze («Marcellino nun se sa gestì, sai quante potenzialità ha mandato a puttane»), ma oscuramente ne ammirano l'ostinazione («stargli dietro è impossibile, nun rallenta»). In ogni caso, ho chiesto aiuto a un collega grecista, amico di Buttiglione e compagno di scuola del direttore di «Men's Health» – c'è stato un appuntamento a Milano, con poche foto di Marcello e il direttore a spiegarmi che così grosso, e con gli addominali così poco definiti («be', chiamiamo le cose col loro nome, questa è panza»), non era proprio adatto per la sua rivista. Poi il tentativo con un performer di Padova, che proponeva di versargli addosso secchiate di sangue e non avrebbe pagato nulla, e ancora un fotografo nero allievo di Nan Goldin (ma stava per ripartire dall'Accademia Americana, e comunque amava modelli più emaciati) – Marcello sempre ottimista, fiducioso in me senza limiti («cor negro mejo de no, dài... comunque damme te le direttive... nessuno m'ha mai aiutato tanto... sei la mia ultima chance pe' tornà a esse quello d'una volta»).

Le foto, che raccolgo religiosamente in un album, sono il fondiglio tangibile, i resti del naufragio arenati sulla spiaggia; sniffa per contrastare la tensione e si scorda le battute. L'aspettavo allo Studio 26 di Cinecittà, poche pose come energumeno che minaccia di picchiare Lino Banfi in una puntata del *Medico in famiglia*; quando l'ho chiamato, già ansioso perché eravamo in ritardo, m'ha risposto al telefono e singhiozzava: «Che c'è, piccoletto?».

«Eh che c'è, è finita...»
«Ma cosa?»
«Aspetta, aspetta che accosto 'a machina... l'ho accompagnata dar veterinario, dice che devono taglià...»
«Elsa? Potevi dirmelo, ci andavamo insieme.»
«Pensavo che dovevi parlà co' quelli...»

Così, mancato l'ennesimo provino. Ma ieri s'è catapultato in casa coi capelli tagliati corti e l'aria di chi non sta nella pelle, «to'o dicevo che so' nato co' 'a camicia... altro che i tuoi professori de merda, Olga m'ha trovato de mejo, 'n'occasione d'oro... ciò 'na settimana pe' preparamme, ricomincio col lavoro aerobico e l'ultimi tre giorni levo anche il sale... la considero come si fosse 'na gara».

La «gara» è in realtà uno strano genere di competizione; ne avevo letto nel libro di Gary Indiana su Cunanan, l'assassino di Versace. Certi vip, alla ricerca di uomini da letto, non si sporcano le mani direttamente ma fanno selezionare il ragazzo giusto da loro emissari. Un politico importante, della sinistra non-comunista, ha contattato l'agenzia di Olga per ottenere un uomo, sessualmente passivo ma erculeo nell'aspetto, con cui trascorrere ore piacevoli – non per una volta soltanto, pare, ma promettendo una specie di vitalizio se il prescelto si mostrerà adatto («chi c'è più adatto de me, oh? l'unico punto debole mio è quello che a lui nun j'interessa...»). La selezione comporterà due, forse tre colloqui, con "prove pratiche" («basta che nun me fanno infilà troppi aggeggi, che quello me dà noia»).

«Allora, com'è andata?»

«Ancora nun è andata, ce devo tornà martedì.»

«Ma il tizio che deve scegliere com'è?»

«È 'na brava persona, si nun era me n'annavo dopo dieci minuti; è grasso... sta un bel po' impicciato, secondo me... quando me guarda se intimidisce, porello... io l'ascolto e nun l'ascolto, ogni tanto je dico de sì.»

«T'ha scopato?»

«Figùrate, è un depresso, nun osa manco toccamme... no, m'ha fatto parlà de quando vincevo, de 'e coserelle ch'ho fatto ar cinema... dell'infanzia, de 'e donne...»

«Di politica no?»

«Che c'entra, vabbe' lo sa che semo tutti de destra, ma mica ce devo fà un comizio... ogni tanto fai delle osservazioni, pure te...»

«I bambini non sono né di destra né di sinistra, già... senti, se dovesse andare bene...»

«No si dovesse, va bene.»

«... noi potremo vederci lo stesso?»

«Nun lo so, ma penso de sì, mica me terrà sequestrato ventiquattr'ore su ventiquattro... mi sa che Saverio pure se sta a innamorà de me...»

«Saverio chi?»

«L'esaminatore, er tizio che deve dà i voti... tutti se innamorano de me...»

«Verrà, verrà il giorno...»

«He he, io li capisco... pure Olga ieri m'ha detto "te hai fatto un patto cor diavolo", caruccia... m'ha abbracciato, "si nun ta'a senti je rifilamo uno più scrauso, per me quello che conta è che tu sei felice"... me so' sparite pure le borse sotto l'occhi.»

«Se si sta innamorando di te magari non ti promuove, per gelosia.»

«Vabbe', se non altro me rinnovo er book... che stai a portà rogna? 'ndo lo trova 'n altro così, dài?»

Di fronte allo specchio dell'armadio, accenna a una routine di pose; uno dei suoi misteri è quanto l'estroversione sia forzata. Quanta morte ci sia nella sua vitalità («a certe cose ce penso pure troppo, famme fà li scongiuri»). Spesso esibisce quel che lo fa vergognare: «era diventato più piccolo del solito», scherzava l'altro giorno al telefono con una delle sue tante amanti – intuisce che la propria diversità è anche ciò che lo rende interessante, e che la sua infamia può essere il suo distintivo. Ora per esempio, prudenza vorrebbe che tacesse di questo ipotetico incarico, anzi ha una precisa consegna di non far nomi; ma gira intorno alla notizia, ne titilla compulsivamente i bordi in palestra o al bar.

«A biondo, to'o fai piccolo er mazzo, eh?»

«A Morico', bocca mia state zitta... si mo'o facevo davero potevo stà in vacanza tredici mesi l'anno, come certi impuniti...»

«Io sto a fà un casting, che nun è poco, vabbe' 'na selezione, 'na specie de gara... co' 'na new entry.»

«Alora vinci de sicuro, alle entry ce sei abituato.»

«Io so' un professionista, sa'.»

«Bisogna vedé de che...»

«De minchie, oh, de che?»

La fa passare per ironia romanaccia – spera, scherzandoci, di esorcizzare una sua fama di frocio rottinculo; ma non può non subodorare che lo scherzo troppo frequente si trasforma in autodenuncia – la sua in realtà è una specie di sfida.

Lo percepisco come un traghettatore, anche se non so bene per dove («sono il tuo Caronte», ma questa dove l'ha sentita?) – ora capisco la definizione dell'inferno come privazione dell'immagine di Dio («dovevi fà er prete»). È diventato meraviglioso, i pettorali gli si sono squadrati come governati da una forza interna che è la legge stessa della trascendenza; la pelle, assorbendo lo strato di grasso, si è fatta serica, morbida al tatto come se fosse perennemente spalmata d'unguento. (Anche perché si è depilato completamente.) Il politico, che qui chiamerò il Principe, non ha potuto evitare di sceglierlo dopo averlo visto; incrocia nel mio stesso mare, sotto le mie medesime maniache stelle. Lo conosco, purtroppo, o meglio conosco persone che lo conoscono.

Riferiscono che malgrado la vocetta fessa, da checca, al dunque è attivo e brutale; biondo, occhi chiari, profilo da guerriero antico – un ex-bello, quando appare in televisione. Marcello ne parla con timore e con forzata sprezzatura («mo' je devo trovà dei pischelli pe' andà a distribuì i volantini, pe' le spiagge pulite, quelle cazzate là»); crede a tutto quello che gli dice («il morbo di Hodgkin se cura co' un fiore tropicale»); sottolinea la sua comicità, per esempio quando fanno in tre con una donna e Marcello si stufa («finisci te, per piacere»), sicché il Principe deve sobbarcarsi a un'eterosessualità non prevista («in punta de piedi, fa morì dal ridere»). La sua violenza è innanzitutto verbale, non perdona a Marcello i pregiudizi di destra («me grida che so' più frocio de lui, che me devo fà curà, però poi viene come 'n agnellino a chiederme scusa»); se cerco di alleggerire la mia tortura, supplicando inconsciamente una tregua («dalla voce non sembra molto virile»), ecco che lo difende immediatamente («nun te credere, anzi, nun se stanca mai 'sto maledetto, se infila il preservativo apposta pe' durà de più... e poi è sempre pronto, io nun so come fa... me zompa addosso ogni du' minuti...»); è orgoglioso della sua importanza pubblica («al lavoro se mettono tutti sull'attenti, è un córi córi, cià 'e mani dappertutto... se vede che je piace comandà»), anche se rivendica il diritto di mollarlo in asso quando vuole («me dice aspettami fòri ma col cazzo che me ce trova, oh, certe volte sta in riunione pure du' ore, che so', un cagnolino, so'?»). Reso ardito dallo strazio, gli propongo la fuga di un week-end: «sì, sì, dài» mi risponde, «famo 'na cosa trasgressiva», ma poi dubbioso: «si 'o sa Alfonso me se incula».

È sorprendente come una frase, che è fatta di convenzioni e di vento, possa far male come una macina, o un pugnale; i fonemi restano in sospensione nelle piegature della mente, mi costringono all'apnea; spalancano un vuoto in cui non posso che continuare a cadere senza trovare appigli. Lo so, ovviamente, che «me se incula» era usato in senso metaforico; ma appunto è l'intera antropologia che mi sfila dietro la fronte, e l'etologia anche: il leone che per sottomettersi all'altro gli porge il deretano, i varani di Komodo che, nelle lotte per la supremazia territoriale, simulano il sesso e chi soggiace se ne va sconfitto – una sequela infinita di padri, Marcello che si sente inferiore ai suoi amici in palestra perché è l'unico che lo riceve; e rispetta chi glielo mette.

Cerco di distrarmi, risalendo nella scala culturale: l'arte, la guerra, la religione; l'impotenza è peggiore della morte perché ti inchioda eternamente alla tua inferiorità. Viaggiare, insegnare, ascoltare musica – «Alfonso me se incula»: le otto sillabe riemergono più primitive e nude: spremo tutte le mie forze per non farle affiorare, ma *so* che in un angolo del cervello è annidato il mostro che può divorarmi quando vuole. Ormai sarà così per sempre. La Frase non si cancellerà più. «Alfonso me se incula» e le immagini si moltiplicano a mio dispetto, proiettate da intollerabili automatismi; se il Principe gli sta facendo quel che dovrei fargli io, non c'è più posto per me su questa terra. Nella sua candida santità, Marcello ha specificato *le ore* in cui il Principe preferisce possederlo, e in quelle ore ho un bel frequentare convegni e biblioteche: a chi incontro confido «l'uomo che amo si sta facendo possedere da un altro, proprio in questo istante». Non osano neanche più domandarmi come sto, mi evitano come si evita un pazzo pericoloso. Quella frase mi impicca a ciò che non sono e non sarò mai; d'ora in poi la definizione di me non potrà essere che al negativo. Chi sei? Sono colui che non riesce a possedere ciò che ama. Rispetto all'unica sofferenza analoga che ho sperimentato in vita mia (quella per Bruno quasi trent'anni fa), questa è definitiva perché coinvolge un'impotenza doppia: a quella sessuale si sovrappone quella economica.

Sergio avrei voluto preservarlo dalla macelleria; speravo di cavarmela con una riserva di energia supplementare, mi ripetevo il verso di Virgilio «o peiora passi, deus dabit his quoque finem». Ma un film ha provocato il crollo, un film di Spike Lee pieno di sodomie hard-boiled tra galeotti; a metà del secondo tempo non potevo più respirare, ho chiesto a Sergio se mi accompagnava a casa. In macchina addentavo l'aria a scatti e non gli ho risparmiato nulla, poverino; lui all'inizio non capiva, anche perché con lui sessualmente ce l'avevo sempre fatta, più o meno. Ha provato a scherzare («fammelo rincalcare a me, visto che tu lo usi poco»); poi ha dedotto, dal fatto che con Marcello non mi si rizza, che non ne sono veramente innamorato e che il mio uccello è più intelligente di me («è un ectoplasma, coniglio, te l'ho sempre detto»). Alla fine è entrato nei miei ragionamenti e s'è impaurito sul serio, «se stai incontrando i tuoi incubi, quelli proprio brutti, io voglio esserci quando lo fai». Abbiamo progettato di passare un week-end nella villa di amici, in Sardegna.

6

Gli scogli urlano di gabbiani, Stintino offre i suoi turchesi. Guardo gli scisti stratificati e vorrei esserci con Marcello, in una vacanza familiare – anche con Olga, che pure non conosco. Sogno una cena sotto il bersò. Il Principe può farlo, perché mentre Marcello si china a prendere il vino, sa di avergli dato qualcosa che Olga non gli potrà mai dare. (Anch'io veramente, ma solo in bocca.)

Sono con Sergio e il paesaggio mi ferisce perché mi trova in malafede. Interrompere le lacrime per dieci minuti, il tempo di un panino, è già una conquista.

«Non puoi continuare così, Walter.»

«Non posso continuare neanche diversamente.»

Questa è l'impasse in cui sono finito: certo non reggerò all'umiliazione di ogni giorno, al desiderio impossibile – il pensiero di chiudere non va senza un'eco remota di liberazione. Ma per arrivarci dovrei attraversare un territorio che mi è precluso, quello del tempo senza di lui: come riuscire a sopravvivere, sapendo che lui *esiste* ma non lo posso vedere, toccare? Il divieto, che mi sono autoimposto, di udire la sua voce (non posso rischiare di coglierlo in un momento in cui lo sento infastidito, o peggio frettoloso, o succube), me la rende preziosissima – ha promesso che mi chiamerà lui, una volta o l'altra: devo meritarmelo a forza di coraggio e di onestà.

Per esempio non devo irritarmi con Sergio, anche se mi controlla e a ogni mio movimento mi chiede «come stai?» – come vuoi che stia, andiamo al mare, riempiamoci di estensione in mancanza d'altro. Odore di mirto e rosmarino. A letto mi strizza i seni, lo bacio e mi viene da sputare, gli tocco le cosce e *ne manca un pezzo* – lo prego di mordermi, di procurarmi dolore fisico: arriva un orgasmo che è peggio di una bestemmia. Davanti alla fregola coi gamberoni (è un piatto sardo, non un sarcasmo), Sergio mi fa un'offerta commovente: «Se vuoi provo a scopartelo io in tua presenza, così magari smitizzi la cosa, la riporti a delle proporzioni...».

Il telefonino ha un sobbalzo e mostra l'icona del messaggio pervenuto; vado in bagno, Marcello mi ha scritto semplicemente «quando torni?» – un'onda di felicità mi pervade, tutto può ancora ricominciare. Religiosamente bacio il display.

Il progetto di sesso a tre è fallito; la crema lubrificante sprecata. «Non so se ce la faccio» era stata l'onesta obiezione di Sergio – ma la frase nell'interpretazione di Marcello era diventata semplice paura del fiasco («lascia fare a me, ce penso io»). Poi però è arrivato strafatto come una cucuzza, con altra coca in tasca che ha offerto a Sergio. Sergio, per tener fede al personaggio del televisionaro scafato, l'ha accettata. L'imbarazzo di entrambi era palese, e lo sfogavano trattando me come il perverso («che, ciài fretta?»), quello da assecondare con un po' di compatimento. Marcello s'è inginocchiato per succhiarci il cazzo a tutti e due, mentre ci baciavamo; l'ho rialzato per baciarci in tre ma aveva la lingua gonfia e impastata. Li ho lasciati qualche minuto da soli con la scusa di andare in bagno – quando sono tornato Marcello stava inghiottendo ciecamente il cazzo sovradimensionato di Sergio. Mi sono spalmato il lubrificante sulle dita ma si sono rifiutati di dare spettacolo; siamo venuti in ordine sparso, seguendo un copione raffazzonato e cerebrale. Nessuna penetrazione da parte di nessuno, un rinvio a data da destinarsi, con gli occhi bassi: «io non sono come te», detto da Sergio, un'accusa travestita da giustificazione – e «me vergogno» detto da Marcello: come ti vergogni, se hai fatto le peggio cose con chiunque: «quelli so' clienti».

Perché io no, allora? Marcello mi è apparso nella pienezza del suo mestiere di prostituto («ce vediamo 'n'artra volta, che problema c'è, quando je va... a me me va sempre») – ma contemporaneamente, mai come in questa occasione, ho avuto rimorso di aver infangato un amore. L'amore per lui, beninteso, quello per Sergio è al minimo storico. Se Sergio non ha *voluto* possederlo, in fin dei conti è stato per difetto d'amore: se mi amasse davvero dovrebbe amare i miei desideri e quindi amare Marcello per riflesso. Ma forse ho pretese troppo francescane; sta passando un brutto momento con Rashid che si rovina la salute con gli eccessivi digiuni. Spera di purificarsi, si sta riavvicinando al Corano. Sergio ha ritrovato in lui la sua antica anoressia. Ma è proprio vero che potrei amare Rashid?

Marcello garantisce che il Principe è «buono» perché rinuncia alle fantasie più spinte se lui si rifiuta: «Nun so' mica suo... a meno che nun ce stanno degli extra...».

Gli extra ci sono sempre, pare; giacche e pantaloni firmati, il Bmw nuovo («saranno centomila euro de màchina, fra du' anni me compra er Ferrarino») – anche se su certe promesse esagerate (la casa, un film come protagonista) Marcello fa la tara di una sana diffidenza («me sta a promette la luna, ma me sa che ner pozzo nun c'è manco l'acqua»).

Complessivamente, direi, un miscuglio di orgoglio e piacere: l'orgoglio è professionale, di riuscire a soddisfare qualunque richiesta («io faccio resuscità i morti») – il piacere è quello che indubbiamente prova a essere *usato* come una femmina e a partecipare agli incontri, con sconosciuti e sconosciute, che il Principe gli organizza. Di fronte alla congiunzione micidiale di queste due passioni così profonde e così umane, che chance volete che abbia la mia tremula, sbiadita profferta di devozione? Io non posso che morire per lui, e questo può solleticargli al massimo una superficiale vanità. E poi che ne so, del *quantum* di sentimento che il Principe riesce a sollecitare, oltre che provarlo magari lui stesso? È l'asimmetria col Principe quella che mi sbriciola, il suo poter giocare a tutto campo: lui conosce ogni particolare che mi riguarda (né posso pregare Marcello di non raccontargli di noi, perché anche questa preghiera gli arriverebbe subito e aumenterebbe il mio scorno), mentre io non ho il coraggio di chiedere nulla su di lui perché dietro ogni risposta si potrebbe nascondere la rivelazione che mi annienta.

Marcello, angelicamente, quando sta con me minimizza: sbuffa all'ennesima telefonata, «stavolta nun je rispondo»; fa il gesto di impiccarsi per la noia quando quello parla e parla, finge di afferrare il telefonino e di buttarlo nel fiume; dice di malagrazia «certo che vengo co' quella, l'altre so' tutte sporche» poi spiega che gli ha chiesto di presentarsi con una T-shirt particolarmente aderente che gli evidenzia i capezzoli – a me che sbatto i pugni contro il cruscotto mi consola sorridendo, «che vòi fà, è viziato... l'ho abituato male... tanto ma'a leva subito».

«Parliamo pure con la massima franchezza.»

Il tè si raffredda nelle tazze, la fetta di sacher è una montagna immensa che non riuscirò a scalare.

«Decida lei l'ordine del giorno, io avrei volentieri evitato l'incontro.»

«Potremmo darci del tu, dato quello che abbiamo in comune... no, mi correggo, non partiamo col piede sbagliato. Partiamo dagli amici che abbiamo in comune veramente... per esempio il tuo compagno di scuola D'Alema, che a Fassino lo sta consigliando molto male... deve bruciare Veltroni, tirarlo dentro... non gli può lasciare la scappatoia degli enti locali, hai visto Rutelli con la rendita di posizione di Roma che ha fatto... se diventa sindaco è chiaro che lo fotte.»

Il Principe ha sollecitato lui il colloquio, al *Caffè Greco*: quattro-cinque anni più giovane di me, al massimo – meno sicuro di come me l'aspettavo, ansioso di fare amicizia, di avermi complice.

«Di politica non so proprio niente, mi dispiace, Massimo non lo vedo da anni... quanto all'altra cosa che abbiamo in comune, temo, è solo un involucro.»

«Hai così poca stima di Marcello? È stato lui a volere che ci parlassimo.»

«Mi tolga una curiosità... no, preferisco il lei, la prego... non sarebbe più semplice per lei, a questo punto, imporre addirittura l'esclusiva?»

«Marcello è una puttana sacra: il rito non è interessante se non è collettivo.»

«Le piace condividerlo, ho capito, ma perché anche venderlo ad altri?»

«Diciamo che lo noleggio.»

«Personalmente mi ritiro dal commercio, grazie: da domani credo che non lo vedrò più.»

«Ma perché? guarda che non se ne trovano mica tanti, come lui... io ho una certa esperienza, anche internazionale, e ti posso assicurare che ormai domina il business dei surrogati; gli androgini veri sono una specie in via di estinzione, come il vombato gigante o il formichiere spinoso.»

«Proprio lei, che dovrebbe essere contro lo sfruttamento della natura...»

«Marcello è il luogo geometrico delle mie contraddizioni... sai che i deserti dove fanno esplodere le atomiche li chiamano "zone sacrificali"? be' lui è la mia zona sacrificale... è per me quel che l'inquinamento è per la terra.»

«La polluzione, eh già... povero Marcellino.»

«Per questo speravo che tu potessi aiutarmi, perché con me fa quello che se ne frega, che non è coinvolto... pensavo che tu potevi essere un buon confronto critico.»

«L'indifferenza nasconde una voragine che copre altra inerzia.»

«Se dici questo, vuol dire che non apprezzi il suo lato più profondamente femminile.»

«Ha mai pensato che Marcello potrebbe semplicemente volermi bene?»

«Bof! Io, sai, il bene... quel che vorrei impedirti, comunque, è di corrompere Marcello coi moralismi sentimentali.»

«Non mi va di parlare di lui, davvero... non mi va di confrontare le nostre rispettive perversioni... anche perché temo che risulterebbero troppo simili.»

«E sarebbe 'sto gran guaio?»

«Io, nonostante tutto, voglio che Marcello viva.»

(*la frase mi è uscita come un grido, me ne vergogno e mi tampono col fazzoletto una tosse immaginaria*)

«I giocattoli una volta o l'altra si rompono, è notorio...

ognuno ha il diritto di scegliersi il modo di suicidio che preferisce.»

(*com'è più intero di me, e quanto è meno disonesto*)

«Non mi dia lezioni di distruzione, le assicuro che non ne ho bisogno... ma i corpi fatti di sola materia sono i cadaveri.»

«Nel *Mahabharata* si racconta che, al buon tempo antico, Dio aveva a che fare soltanto con cadaveri... L'hai letto il libro di Calasso?»

«Io mi sono innamorato di un povero ragazzo che indossa il suo splendore come una malattia.»

«Cioè ti piacciono gli scarti?»

«Sono io stesso uno di loro.»

(*una signora elegante, dal tavolo accanto, ci sta sbirciando come due matti*)

«Peccato, mi hai deluso, sei uno dei tanti che preferiscono le persone ai libri... io mi innamoro soltanto dei paradossi mentali... Marcello l'hai mai visto con le calze a rete?»

«Di solito lo frequento in situazioni di quotidianità.»

«Ah quella te la lascio, vacci tu coi neonazisti a cena.»

«Tu ti troveresti meglio.»

«Ollallà, siamo passati al tu, è già un progresso... non me la dài a bere, caro mio... per tutta la vita ho avuto l'angoscia del Doppio, e ora me lo trovo di fronte.»

«Siamo molto lontani, noi due... in ogni caso possiamo toglierci da questo specchio?»

Ci alziamo, lui paga, continuiamo il discorso passeggiando verso la Barcaccia.

«Te l'ha comunicato, no, che vuol farsi operare?»

«M'ha confessato che vorrebbe avere un figlio.»

«Quello lo adotteremo, ho già una rumena che si presta... ma dopo che lui sarà diventato il primo culturista trans.»

«Che effetto fa, possedere uno schiavo?»

«Chiedilo a Marcello, sono io il suo schiavo... lo amo più di quanto tu creda.»

«Lo so, non sono mica scemo; solo che adesso anch'io ho cambiato idea, non mi ritiro più.»

«Bene, così potremo scambiarci le impressioni e ci guadagneremo in stile; il singolo può forse illudersi di essere tragico ma il duo è comico sempre. Vuoi sapere cosa dice mentre si fa il bidè?»

Forse ho presunto troppo da Sergio: la strada che ho imboccato non tollera compagnia. Quando il dolore è sopraffatto dall'odio, nell'inferno si scende di un girone. Sergio avrà cercato di difendermi nel suo ambiente, ma non ha trovato argomenti. Gli ho solo raccontato che avevo intenzione di chiedere la cessione del quinto all'università, perché la strategia comportava tempi più lunghi; quel che reprimeva è uscito di colpo, tanto più volgare quanto più disperato: «Se era per farci sesso una volta la settimana okèi, che problema c'è... ma così, che tu lo mantieni, e gli paghi la droga, e butti via tutti i soldi che quando ne avrai bisogno non hai più niente, è una cosa che mi fa schifo... anche quando me ne parlano gli altri mi vergogno di te... non sei quello che pensavo, non so cosa rispondere... è immorale, e mi dà fastidio essere stato con uno che arriva fino a questo punto».

Quel che è detto non si può rinnegare: poi Sergio ha pianto, «non volevo usare quelle parole... è perché ho paura per te... ho di te un'opinione troppo alta...», eccetera; ma da qualche parte in lui quelle parole si sono formate ed esistono. Se non mi capisce lui, figuriamoci gli altri. Sono diverso tra i diversi, oggettivamente schifoso.

7

Sfilare semplicemente i borsellini dalle tasche interne dei cappotti, appesi negli studi vuoti dei colleghi: non frutta più di qualche cinquantina di euro, e l'odore di fumo e la paura di essere visti dalle finestre. La gita a Pompei è stata la grande idea: l'archeologo aveva chiesto a una segretaria di raccogliere i soldi dei ragazzi (duecento euro a testa per il viaggio e il soggiorno dal martedì al venerdì); il cassetto lasciato aperto, dopo scherzi sul licenziamento della segretaria stessa se qualcuno avesse commesso un furto – la certezza dell'impunità, anzi meglio, dell'insospettabilità. Tremiladuecento euro, più di sei milioni, arraffati in un solo batticuore – poi lo scandalo le grida i sospetti la denuncia contro ignoti, ma il bottino al sicuro in una borsa imperquisibile.

Dovevano essere per la moto, una Kawasaki che volevo regalargli precedendo il Principe; ma la moto non se l'è comprata, una scusa dietro l'altra, la posso avere a sconto ma il tizio è fuori Roma eccetera. Alla fine, fatalmente, i sei milioni sono serviti per pagare un pusher.

Quando mima se stesso strafatto è anche divertente: storce la bocca, fa tremare le palpebre, finge di non poter articolare: «io s-s-si mo'o comanni ccce v-vengo, però mòro, eh, to'o dico che m-m-mòro» – al centro dei capannelli in palestra, ora che può raccontare quant'è buona quella di cui lo rifornisce il Principe, quella non tagliata «dei politici e degli attori». Come per la passività sessuale, si difende col senso dell'umorismo e coi doppi sensi: «pur'io vedo delle strisce bianche che poi spariscono (*gli stavo raccontando dei disturbi al mio campo visivo*)... pur'io tiro fino alle due (*mi lamentavo di non riuscire a addormentarmi prima*)». Si diverte a insegnarmi il gergo («ta'a sei crepata tutta», «lasciame du' caccole», «oggi basta 'na mano»), o le allusioni furbesche («i calamari so' quelli grigi», o «semo tornati a vent'anni fa», per intendere che è arrivata una partita di quella grassa come una volta). Ma si accorge che il cervello gli si sta spappolando, che non ricorda le cose più semplici; allora gli prende paura e la regala (così, facendo «il Robin Hood delle strisce», si illude oltretutto che gli amici lo disprezzino di meno). Lo assalgono terrori paranoici, prova l'impulso di sigillare le porte con lo scotch, gli oscilla il pavimento sotto i piedi, «me sento in difetto». Onesto, puro anche nel confessare la propria dipendenza, un angelo intossicato dalla polvere – un angelo che ha sbagliato paradiso.

«Riesci a essere bello anche così... però m'avevi giurato che i buffi erano finiti.»

«Tanto ce n'avevo pochi, troppi me ne restavano, adesso è niente al confronto.»

«Dicevi anche che avevi ridotto, che ti facevi solo due sere la settimana, invece evidentemente... anche per la psoriasi, i raggi ultravioletti erano a giorni alterni, è quasi una settimana che non ci vai...»

«È inutile, quella è cronica, nun guarisce.»

«Non vuoi capirmi, sto parlando della forza di volontà... cambi desideri mentre li esprimi, non lo sai neanche tu che cosa vuoi; dici "stasera mi va la pasta col pesce" e poi ordini al cameriere i maccheroni col guanciale. E siccome non puoi avere tutto, allora cancelli i desideri con la coca.»

«Se uno nasce tondo, nun je pòi chiede de diventà quadrato.»

«Lo dico perché non mi sei indifferente.»

«Lo so, a Wà... per Alfonso tutto quello che faccio va bene, per me è comodo, ma 'o so che è 'na maniera pe' tenemme sotto...»

«Ti dispiace se non ne parliamo?»

Se fossi ricchissimo, ma veramente ricchissimo, potrei sottrarlo al Principe e portarlo via; o se fossi un ras della droga, un grande trafficante. Ho sprecato anni di lavoro e di intelligenza applicandoli a competizioni intellettuali che non contavano nulla, invece che ad accumulare denaro. Avrei dovuto capirlo, che per come sono fatto io il denaro sarebbe risultato essenziale. Ora davvero, e non genericamente, per me il denaro sarebbe l'unica strada alla felicità. Mi accontenterei anche di piccoli trasporti, qualche viaggio fingendo congressi all'estero; un professore non darebbe nell'occhio, potrei nascondere la coca, o l'eroina, in un doppio fondo della valigia. Quando ne ho accennato scherzando a Marcello, non ha nemmeno sospettato che potesse esserci un'intenzione oltre lo scherzo – non sono plausibile, non si fiderebbero mai.

Tesi a pagamento, manuali per la scuola media – anche mettendo da parte ogni scrupolo morale, i guadagni sono lenti e aleatori. I giornali, c'è troppa concorrenza. Iscriversi a Forza Italia, la scalata non è sicura e richiede una faccia di tolla che non ho. I soldi mi servono subito. La rapina classica non so da dove si comincia, non conosco le persone giuste – e non ho talento, prontezza di spirito, audacia. Il quiz televisivo, certo, e il superenalotto: siamo ai film di Totò, con Nino Taranto e Aldo Fabrizi.

Mia madre. Mia madre ha trentamila euro in banca; togliendone circa settemila per il funerale e la tomba, ne resterebbero ventitremila da dividere con mia sorella. Quasi dodicimila euro mi basterebbero per stupire Marcello qualche volta, per portarlo (Principe permettendo) a Las Vegas a vedere Mister Olympia: per strappargli qualche sorriso involontario. A Taroudannt aveva indossato una mia camicia da notte coi bufali; è stato in quel momento che si è incarnato in mia madre. Lasciando quella vera completamente informe. Eccola di scorcio: un rumore di raschino mentre si gratta i piedi, che sono duri e fossili; negli stinchi qualcosa di equino; poi un ammasso unico, sgradevole, che ha vomitato ogni curva – ma, in ombra, *quel* viso. Se mi sono inflitto l'amore per Marcello è stato per scontare l'amore infame tributato a lei. In anni che ho rinnegato.

Come si fa a uccidere una madre senza lasciare tracce? Accendere il gas prima di allontanarmi e dare la colpa alla sua arteriosclerosi? Sostituire le pillole per la gastrite con altre più letali e gettare via il tubetto prima di andare a fare la dichiarazione di morte; ci sarebbe comunque un'autopsia? E dove trovarle, dove conoscerne il nome e comprarle senza insospettire? Ha una salute di ferro, quella ci seppellisce a tutti. Il suo lutto immobile e spropositato, come se la morte del marito fosse una scusa per il rancore, mi somiglia e mi inferocisce: se vuole morire che muoia, cazzo, abita al quinto piano. Di notte sta al balcone a prender l'aria fresca (vuole morire, ma alle voluttà carnali non rinuncia): se gli arrivo alle spalle e la butto di sotto, si potrà dedurre dalla traiettoria del corpo che è stata buttata invece di cadere naturalmente? Sulla carne restano le impronte digitali? L'aiuterei a chiudere una vita che non vuole più: il matricidio confinerebbe con l'eutanasia. Ad alcune donne la procreazione dovrebbe essere proibita. Che io sono impotente, è tutta colpa sua. È la sua fica mimetizzata dentro il culo di Marcello che non me lo lascia possedere. Se la porto in montagna e la faccio scivolare? Lo sgambetto per le scale basterebbe, o finirebbe su una sedia a rotelle peggiorando la situazione? Mi limito all'acquisto di un volume sui sedativi e a un giro in macchina per i calanchi dell'appennino, cercando il posto. Le ho sospeso l'assegno, in questo momento ha più soldi di me e quando le compravo del cibo buono lo dava ai cani.

Marcello mi chiama «Alfò» quando sta convincendomi di qualcosa, poi si accorge della gaffe e arrossisce, per le due ore seguenti accenna a «quello là». I lapsus sostituiscono il più noto al meno noto, non viceversa. Il Principe gli riempie la vita, le ambizioni, i pensieri. Passando davanti a una Porsche, «quanto me piace, Alfò», ma anche per difendersi dall'accusa di avere sborrato poche ore prima, «to'o giuro, Alfò».

Ne parla continuamente: di quel che gli capita al Parlamento europeo, degli accappatoi morbidi che riporta da Strasburgo avendoli fottuti agli alberghi, della sua portavoce e delle zinne che ha, e che è una zoccola dilatata al punto...

«Ci riesci, per quelle due o tre ore che passiamo insieme, a non riempirmi le orecchie delle sue imprese? Non, *non*, NON voglio sentire quel nome in questa casa, sono stato abbastanza chiaro o devo esserlo più di così? Allora, mettiamola in questo modo: se mi racconti anche solo un altro piccolo episodio che lo riguarda, te ne esci dalla porta e non ci rientri mai più, ti pare di aver afferrato il concetto?»

«Era tanto pe' dì 'na cosa... a me o Freburgo o Ladispoli me fa uguale... me fa du' palle certe volte co' 'e delibere, 'e commissioni, chennesò... no no, va bene, nun ne parlo più... he he, te incazzi, eh?»

L'altro giorno il Principe gli ha presentato uno scopatore famoso, almeno a Roma, soprannominato «Sventrapapere»: «Ce l'ha mastodontico, oh, quando s'è tolto il perizoma j'ho detto questo 'ndo l'hai trovato, ce paghi l'assegni famijari?».

«Mi spieghi come mai ti interessano tanto i cazzi grossi?»

«Be', andare coll'òmini già è 'na cosa un po' perversa... tanto vale che so' grossi.»

La notte successiva, mi racconta, non è riuscito a dormire: non riesco a capire se fosse frustrazione (consolante per me, perché sarebbe segno che ci ha combinato poco: «me so' messo in un angolo, ero stanco, ho fatto la scelta d'allenamme») o senso di colpa (terribile invece, perché significherebbe che l'hanno sottoposto a cose che non voglio immaginare). E poi pretendo di teorizzare il consumismo come ipertrofia dell'immagine, quando non ho nemmeno il coraggio di immaginare una scopata?

Alla Spartacus, la palestra di via Liegi, non ho avuto il sangue freddo di andarmene immediatamente, li ho spiati entrambi in incognito per circa un quarto d'ora. Marcello che inarcava la schiena e i glutei allo squat, il Principe che gli valutava il culo (stretto in un body rosso) come si cova con gli occhi una proprietà sicura. «Dove l'hai lasciato il Big Jim?» gli ha chiesto uno mentre si avviava al bar; non ho inteso la risposta ma ho sentito distintamente il Principe che rideva dicendo «fino al prossimo americano» – palazzinari da mani sulla città, capistruttura Rai, glielo invidiano come un ghiotto (e rinnovabile) trofeo. Marcello, alla panca per gli addominali in un'altra sala, si vantava con un coatto (in pantaloni bianchi e straccali di jeans sul petto nudo) del farlocco rimediato: «me paga pure pe' andà co' le donne, no, mica... a 'sto punto speramo che va tutto bene... l'altro giorno se stavamo a divertì co' una, oh, nun j'ha preso 'no sturbo che pareva che moriva, co' 'a bava alla bocca, se stava a sentì male propio... cià er colesterolo a dumila, co' tutti gli stress... m'ha preso un colpo, porcodue, si me viè a mancà adesso nun so 'ndo sbatte la testa...»

Che non faccia conto su di me, mi pare naturale.

«Gli tiri i fili come a una marionetta.»

«Essere bello è il suo dovere.»

Il Principe e l'altro ancora chiacchieranti al bar, poi il Principe si è avviato agli spogliatoi e ha richiamato Marcello con uno schiocco delle dita: «la tartaruga non c'è ancora» (alludendo alla classica figura dei muscoli ben spartiti sull'addome; e la risposta rituale di lui: «seh, ce l'hai i scacchi?»).

L'accenno allo sturbo m'ha aperto uno spiraglio di attività che potrebbe diventare il progetto della mia vita: uccidere Alfonso Morelli, parlamentare europeo del Sole-che-ride, detto il Principe. Immaginarlo è facile: Marcello che si meraviglia con me di non sentirlo da una settimana («forse è ancora all'estero, strano, de solito me chiama ducento volte al giorno... oh, mejo così, intanto me riposo»); poi si preoccupa perché cominciano a scarseggiargli i liquidi, fa lui tutti i numeri e non risponde nessuno. Non osa indagare personalmente perché ha paura di essere coinvolto, allora chiamo io in Parlamento e gli dò io la notizia, o gli mostro il trafiletto mortuario sul «Messaggero». A questo punto le mie immaginazioni divergono: spero che Marcello si limiti a un piccolo dispiacere di circostanza, legato alla delusione economica (e al malumore di Olga per il cattivo investimento) – temo lacrime dirotte e un rimpianto sincero, per uno stile di vita e un'abitudine sessuale. La morte del Principe non guarirebbe la mia impotenza, e certo Marcello si venderebbe ad altri; ma i miei risvegli sarebbero finalmente privi di quel macigno di sofferenza quasi insopportabile, di quell'«Alfonso me se incula» che non è più scomparso da allora, che mi porto dentro come una piaga sotto i vestiti, come un avvoltoio che mi strappa il fegato e le budelle, ogni ora, ogni momento quando meno me l'aspetto. Respirerei a pieni polmoni, di nuovo dopo mesi, potrei godermi il vento e il sereno di questa Roma di borgata – il peso che ammorba l'aria sparirebbe dal mondo.

Immaginarlo morto è facile ma il problema è la tecnica: come ucciderlo, voglio dire. La realtà è sempre stata il mio punto debole, e forse per questo ho elaborato la teoria di una sua sostituzione con l'immagine. In questi frangenti mi accorgo di quanto la teoria sia falsa; per eliminare qualcuno non basta strapparne la foto. So, ovviamente, che esistono killer professionisti e mercenari; ma non so come reclutarli (né come pagarli, il mutuo ce l'ho già per la casa, dovrei chiedere un prestito ma con quali garanzie?): alla Magliana? su Internet?

I lati deboli del Principe sono due: la sessualità perversa e la politica. Seguendo la prima, si dovrebbe simulare uno sgozzamento o un incaprettamento, con messaggio lasciato sul tavolo in un italiano sgrammaticato (questo potrebbe tacitare eventuali nostalgie di Marcello: «era un malato, a forza di dài e dài...»); indicare a due albanesi robusti il bersaglio e dirgli Dovete solo trovare il sistema di farvi invitare a casa sua, poi gli tagliate la gola e quando avrò la certezza che è morto vi darò il resto dei soldi. Come non farsi ricattare, poi?

Seguendo la seconda, bisognerebbe pensare a un attentato, o a una vendetta; i suoi compagni di partito non apprezzano la sua cultura nietzscheana, la sua amicizia personale con alcuni elementi di destra – ma figurarsi se basta. Sedeva, e i giornali ne hanno parlato, nella commissione europea che si è occupata degli affari di Telekom Serbia, ma non trovo come questo potrebbe fornire un movente. Non è così riformista che gli anarco-insurrezionalisti possano occuparsene, né così comunista da poter essere obiettivo di Forza Nuova. Unire le due caratteristiche, cercare degli integralisti islamici propensi a farsi saltare in aria, dimostrativamente, insieme all'unico parlamentare italiano in Europa che non abbia fatto mistero della propria omosessualità?

Per non cadere nel ridicolo assoluto, quando il barista di via Dina Galli s'è vantato che da lui si fermavano «l'ufficiali che te tolgono dall'anagrafe», adducendo interessi da scrittore mi sono fatto trovare lì alle dieci in punto – ma loro non erano venuti, o il barista ha pensato bene di non presentarmeli.

Gli incidenti, spesso, sono quelli che fanno decidere: a Marcello «si è spenta la luce», come dice lui. Aveva tirato più del solito, invece delle birre s'era scolato due bottiglie di brandy: ci ha aggiunto un sonnifero barbiturico perché si sentiva troppo «sparato». «Dov'è successo?» «A casa di Alfonso». Non vuole specificarmi cosa stavano facendo, ma parla di «loro», al plurale («se so' spaventati, dice ciavevo la bava alla bocca, se credevano che morivo»). Insisto, ma si chiude: «nun me va de parlanne, me pijerei a schiaffi da solo... perdere il controllo così nun è da me». E poi sostiene che davvero non si ricorda, nella sua testa ci sono due ore di buio. Ma ha un graffio sulla guancia sinistra, dall'angolo della bocca fin quasi sotto l'occhio.

Non posso più aspettare, il Principe ha firmato la sua condanna; devo agire d'astuzia. Intanto gli telefono e lo invito fuori, poi si vede.

«Scusa se ti disturbo, ma è soltanto per un confronto fattuale... a te è chiara la meccanica che ha prodotto il graffio sulla guancia di Marcello?»

«Che graffio? l'ultima volta che ci siamo visti non aveva nessun graffio.»

«Dice che è stato a casa tua, che forse ha urtato in un mobile...»

«Be', Walter, il nostro comune amico non è proprio un modello di sincerità... se vuoi il mio parere, il graffio gliel'ha fatto Olga; lo costringe a un sesso molto violento, non so se te l'ha detto, e lui subisce con la consueta pazienza... quella che ce lo rende tanto prezioso.»

«Percepisce il sesso come un obbligo, sì... come se gliel'avesse ordinato il medico.»

«Oddio, a giudicare da certi abbandoni, la ricetta non gli dispiace... quando torno, comunque, farò indagini più approfondite.»

«Perché, non sei in Italia?»

«Sto in Belgio a ridurre le emissioni di anidride carbonica... quella roba là del protocollo di Kyoto... tartuferia istituzionalizzata, ci crede solo Pecoraro Scanio... ormai sono diventato un esperto di free-riding... ho scritto un documento sull'implementazione congiunta.»

«Che cazzo è?»

«L'impegno a ridurre l'emissione di gas altrui...»

«Sarebbe utile anche a letto...»

«Ah, vedo che non le risparmia neanche a te... le più puzzolenti che abbia mai sentito.»

«Pare che siano le proteine...»

Troppo intimo, come non volevo che scivolasse: taglio corto. Quando sarà di nuovo a Roma, lo invito a vederci una sera per discutere alcune «norme di comportamento». Ma il nostro incontro dovrà rimanere segreto.

In realtà il sistema più sicuro, e anche il più economico, è proprio di ucciderlo con le mie mani; ma si ripresentano le stesse difficoltà che ho verificato con mia madre, aumentate dal fatto che essendo persona nota è anche più protetto. Potrei andare a casa sua con un silenziatore e coi guanti, potrei invitarlo a parlare di Marcello una sera in macchina e dopo aver fatto quel che devo fare gettare il corpo nel Tevere – ci devono essere sentieri in terra battuta già dopo la Magliana, o nei pochi tratti non costruiti prima di Ostia.

Forse non c'è nemmeno bisogno di una rivoltella: basterebbe un po' di cloruro di potassio, e l'occasione di poterglielo iniettare direttamente nella succlavia – sarebbe scambiato per un attacco di cuore. Se lo elimino a casa mia, c'è il dettaglio di come far sparire il cadavere: piegato in due in una enorme valigia, tagliato a pezzi in tre sacchi della spazzatura (ma con cosa si segano le ossa principali?) Una piccola parte in frigorifero.

Mi stupisco di come la mia vita sia ormai ridotta a questi pensieri; non solo l'idea di uccidere un uomo non mi ripugna moralmente, ma splende così luminosa da offuscare qualunque altra ambizione. L'università per cui lavoro sta andando quietamente a rotoli, centinaia di giovani menti le vedo putrefarsi davanti ai miei occhi senza che mi prenda lo scrupolo di muovere un dito; dall'Afghanistan alla Somalia si sta preparando una terza, disseminata guerra mondiale – e tutto quel che so fare è affidarmi ai generali perché la vincano per me. Entrare nel culo di Marcello è diventata la sola impresa, il gesto che porrebbe fine al mondo come il fiat lux gli ha dato inizio.

Non penso che a questo, dalla mattina alla sera, lo sogno la notte – ormai soltanto un omicidio può liberarmi dall'ossessione. L'incontro con Marcello, che poteva essere l'innesco per una vecchiaia beata, mi ha immerso in un vortice in cui domina la strage. (Anche questa un'allegoria del vecchio Occidente?) È vero che io e il Principe siamo le facce di una stessa medaglia, ma lui recita da vincitore quel che io subisco da vinto. Se uno dei due è superfluo, è più logico che resti lui. Forse l'unico omicidio praticabile, nel senso che non avrei timore di lasciare tracce, è l'omicidio di me. Che lo trovino pure, il colpevole, non avranno che un'anima (no, una salma) finalmente quieta da processare.

Annullare l'appuntamento con Alfonso non è stato un problema, è bastato irritarlo fingendo sentimentalismo altruista: «Ci ho ripensato, è giusto che Marcello abbia il diritto di conservare due diverse drammaturgie».

«Se credi di legarlo a te col buonismo, tanti auguri.»

L'atto violento per me è irraggiungibile come il coito; non mi suiciderò mai, però ho fatto credere a Marcello d'aver avuto un piccolo infarto. M'ha risposto «riguardati», premurosissimo e vago. Per sostenere la menzogna, sarò costretto a simulare qualche giorno di clinica. Mi considererà sempre di più un vecchio rottame. Continuare a vederlo, a toccarlo, significa sperimentare la frustrazione in ogni attimo residuo della mia vita; il lungo percorso nella varietà del mondo, cominciato trent'anni fa all'insegna di quelli che allora chiamavo i "nudi" angelici, ha avuto termine quando uno di loro mi è entrato nel letto e verificando che non sono all'altezza m'ha ritirato la patente per curiosare nell'universo. Pago in termini di dolore la mia adesione a una religione falsa e a una falsa genealogia.

8

Tutti mi firmano il foglio di via, nessuno vuol più trattenermi – non sono più necessario. Mia madre, appena arrivo, si informa su quando riparto: disturbo i suoi ritmi, le sue macumbe depressive. Sergio ha scatenato un altro terremoto, preceduto da scosse di avvertimento.

Scaramucce sul lavoro da quando sono entrati nel programma due autori provenienti dalla fiction. Per istinto e per mestiere, capisce che le storie confezionate dai nuovi non funzionano: troppo infarcite di dettagli e di sfumature che non si *vedono* in studio. Ma non sa sostenere le sue ragioni di fronte ad Alda, se non con l'esempio delle storie che gli scrivo io. Questa parte di "negro", di ghost-writer del tarocco, mi divertiva quando ancora il divertimento era nel mio orizzonte di possibilità; ora le scrivo come un automa, per ingannare il dolore e tenere la mente occupata. Sergio se ne accorge, si lamenta che le trame mi vengono più meccaniche.

Ma anche la sua vicenda con Rashid perde colpi, più lui cerca di stringere più l'altro diventa evasivo, ora parla addirittura di aderire al progetto di matrimonio combinatogli dalla famiglia, sposando una lontana cugina.

«M'ha trovato l'e-mail di un tizio della chat, ma sai uno scherzo, una provocazione così... ne ha fatto una tragedia, s'è messo a frignare...»

«Non sarà abituato, non lo schiacciare sui tuoi riti sociali.»

«Il grave è che m'ha frugato nella posta.»

«Parli come quelli del vostro programma.»

«C'è molta verità nei talk... e poi non capisco perché devo sempre essere io quello che media.»

Una volta gli amori di Sergio erano le mie avventure delegate; adesso mi sento tutt'al più come il titolare d'una rubrica di cuori solitari, rispondo a tono per puro scrupolo: «Non commettere i miei errori, ho sempre lasciato che tutti seguissero la loro strada in discesa, senza giudicare e senza reagire mai».

«Te compreso.»

«Sì, me compreso: è verso di me che mi sono comportato peggio.»

«Rascio ci ha provato a darsi coraggio, ma non ce la fa: aveva scritto una lettera a suo padre dove gli diceva di noi, ma non gliel'ha mai spedita... per loro il padre è così terribile? gli ha perfino nascosto che voleva venire in trasmissione come opinionista.»

«E c'è venuto?»

«Due volte, non ha spiccicato parola.»

«Questo depone a suo favore, poverino: ma per la cugina, cosa fa?»

«Intanto torna in Tunisia, dice che è vero che non c'è libertà ma che questo non è un problema solo della Tunisia, è un problema di tutto il mondo.»

«In gradazioni diverse... e a te ti dispiace?»

«Ormai ho capito che devo contare solo sulle mie forze.»

«Non sono stato capace di mantenere le promesse, Muso, scusami... a proposito di musi, avevi ragione tu per il topo.»

«Che topo?»

«La casina nel parchetto, sotto l'ortensia; era una trappola, non una casina, la coda che avevamo visto spuntare si agitava nell'agonia, non perché si bagnava sotto la pioggia; avevo già comprato la lamiera per fare la tettoia, Marcello gli voleva costruire un'altalena...»

«Che romanticoni che siete.»

«Lo so che ho rovinato tutto.»

«...»

«...»

«In realtà sono venuto perché devo dirti una cosa importante; ci ho riflettuto parecchio...»

«Vai in Tunisia con Rascio?»

«No, parto per l'Albania: a Durazzo hanno impiantato la prima emittente privata e vogliono sperimentare un talk sul tipo del nostro; vado a insegnargli i trucchi, pagano quasi come qua.»

«Per quanto tempo dovresti stare?»

«Mah, il tempo che ci vuole... lì tra l'altro mi farebbero condurre.»

«Torni in video? Wow!»

«Così dicono... divento l'Alda albanese.»

«E Rashid?»

«Si sposerà e si farà scopare di nascosto... io ho diritto di ricostruirmi... la sua jihad mi sa che ha fatto fetecchia.»

«Cos'è 'sta storia della jihad?»

«No, non vuol dire quello che pensiamo: vuol dire che doveva compiere uno sforzo, su se stesso, me lo diceva sempre, io le prime volte pensavo che doveva organizzare un attentato.»

«Forse ci vorrebbe, un bel botto per fare chiarezza.»

«Io non ci ho rinunciato a te, sai, Walter... sei sempre il primo, comunque... se rientro più forte e più realizzato spero di poterti aiutare meglio.»

«Pensate tutti ancora che ho bisogno di essere aiutato, vero? a nessuno gli viene in mente che io in realtà sarei un moralista? che vorrei aiutare gli altri?»

La sua partenza mi solleva, sì; anche per la maturità che dimostra. Ma è inutile che inganni me stesso, il sollievo principale è per il fatto che così potrò continuare a degradarmi senza controllo.

Tutto mi sembra fatuo e di cartapesta, se lo paragono alla mia passione per Marcello: ma la mia passione per Marcello mi sembra fatua e di cartapesta, se la paragono a qualunque altra cosa. Devo coltivarla in vitro, senza confronti, sapendo solo che ci sto rischiando la vita. È una storia nuda, estrema, fatta di niente e che rasenta il niente: il desiderio senza aggettivi (senza nemmeno sesso), portato alla sua realizzazione massima o al suo fallimento disperato. La religiosità latente in questa sfida condanna come profano tutto il tempo che io e Sergio abbiamo vissuto insieme: è per questo che Sergio ha perduto la sua allegria e ha cercato l'Islam. Marcello, lui, è il granello di sabbia inconsapevole.

«Ma è vero che vuoi farti operare?»

«Na'a capoccia, se deve fà operà... ancora co' 'sta storia?»

Quando l'iniezione di Winstrol gli fa tremare le mani – o quando, il giorno dopo i centosessanta chili di squat, i quadricipiti sono così doloranti che quasi non riesce a scendere le scale, Marcello dice «è 'na sensazione strepitosa», come le sante del Trecento quando mangiavano le ortiche. Le simulazioni del consumismo non partono da radici mistiche? Marcello, ripeto, è l'icona stessa dell'irreale contemporaneo fondato sull'utopia del sempre-di-più; ma è un'Immagine che chiede di essere attraversata e io non ho i mezzi per farlo.

«È buffo: tu che sembri vivere d'istinto come gli animali, che sanno solo nutrirsi e riprodursi, in realtà ti sfinisci con le diete e non ti riproduci.»

«Infatti nun so' 'n animale.»

«Sei il nostro orizzonte politico.»

«Vostro de chi, oh?»

Ho smesso di ipotizzare una qualunque omologia tra la mia esperienza e l'Occidente: è un dolore talmente privato quello che provo, e deriva da un'infermità così poco condivisibile... L'Occidente è tutt'altro che impotente, anzi è potentissimo: rischia di morire per eccesso di potenza, o di prepotenza. Per quanto, per quanto... Se anche quella dell'Occidente fosse un'ossessione, e se l'economia non fosse che un alibi? Se il delirio, come ho sospettato più volte, fosse quello di possedere la vita residua nelle altre parti del mondo, e la rabbia quella di non riuscirci? Forse è per questo che, nelle relazioni tra il nostro mondo e il mondo dei poveri, l'odio è destinato a prevalere sul buon senso. Finché i poveri non diventeranno i più ricchi. Come io amo un corpo che si sta autodistruggendo (con la coca e le bombe anabolizzanti), e non riesco ad amarlo abbastanza per volerlo salvare, e in questo insufficiente amore piego verso l'autodistruzione io stesso – così le navi e gli aerei stracolmi d'armi viaggiano avanti e indietro tra dittatori e democrazie, in un'ipnotica titubanza.

Marcello in ultima analisi è un mio prodotto, ma si è incistato in un'anomalia della mia anima e sfrutta le mie stesse debolezze per ingrossare se stesso, incancrenirsi nella sua pigrizia e trasformarsi in un detonatore micidiale: non somiglia ai sogni di Bin Laden? (No, la seta dei suoi quadricipiti da adolescente trentottenne, mentre coi boxer elastici sta disteso a pancia sotto, non si oppone a nessuno e a tutti augura la pace.) Devo smetterla con le boutade consolatorie: basta un suo sorriso, basterebbe un «sì, sì, spigni» strappato mentre lo sto impalando come si deve (il Principe mi ha parlato della sua «pazienza», ma anche dei suoi «abbandoni») per ridurmi muto, stupido e raggiante.

Ho accompagnato Sergio a Fiumicino («che belli che erano i nostri viaggi, eh conigliotto?»); va a esportare merda, io sto per partire per l'Aquila dove deverserò altra merda nelle orecchie delle nuove generazioni. L'unico alibi è che lui è infelice e io sono preda, senza riparo, di un'unica idea fissa – gli angeli sono monotoni.

Vedo l'aereo decollare, prendere quota; immagino all'interno il mio ex-Muso che piange. Non sono riuscito nemmeno ad essere mediocre.

Capitolo sesto
Il grande conduttore

1

«Che fai, m'accanni? e io come resto, a chi me rivolgo? ... poi dici de me, allora anch'io me chiudo in casa e me drogo perché Elsa sta male, perché le cose nun girano come me pare... così è da vigliacchi, nun vedi che me viene spontaneo de chiamà te, si me succede qualcosa?»

Questo perché gli ho confessato una mia tentazione di suicidio: una delle tante, ipocrite. Ipocrite perché non le provo quando c'è lui. L'unica cosa per cui vale la pena vivere è il suo corpo; gli perdono tutto appena si spoglia. A Elsa hanno tolto dei noduli alle mammelle, se ne va in giro con una fascia elastica che la fa assomigliare a una salsiccia. «Je vojo bene più che a una persona», e ride ricordando quella volta che aveva mangiato una vespa e le si erano gonfiate tutte le guance («pareva un porcospino»), e quando da cucciola leccava la cocaina per terra sicché era sempre fatta – «i cani so' così, s'adattano a tutto, te vonno bene comunque, nun ciànno rancori... co' tutto che mi' padre 'a menava voleva uscì sempre co' lui, era sempre il suo padrone... poi quando so'o so' bevuto, in tre giorni s'era scordata... magari domani se scorda pure de me, mannaggia... maledetto me che pe' queste cose me stranisco subito».

«Vorrei essere lei» m'è scappato, e dopo ho dovuto spiegarglielo, che quando lui salta un appuntamento è come quando promette a Elsa di portarla fuori e non lo fa – che quando invece arriva puntuale, o addirittura in anticipo, il cuore mi batte a mille, entro in agitazione e se avessi la coda scodinzolerei. M'ha fissato come qualcuno che vuole imprimersi in testa un concetto e ha detto «allora capisco cosa provi». È seguito un bacio dolcissimo, e «che ci importa de quel che dicono l'altri?» sussurrato alla mia nuca mentre cercavamo il deodorante da mettere in borsa, e scherzi sul fatto che dimentica sempre più cose a casa mia («chi va con l'alzaymer impara a alzaymerare») e «d'ora in poi te chiamerò Elso», e alla fine m'ha caricato a cavalluccio urlando «dove lo trovo 'n altro vecchietto bello così?». A quel punto che mi poteva fregare se ci sfracellavamo sul Muro Torto, mentre faceva fischiare le ruote («sei l'unico che nun se spaventa a venire in machina co' me») e sorpassava a destra, e sfidava una bionda ossuta che l'aveva guardato malissimo («sai che bella scopata ce veniva fòri, incazzati tutti e due»), e concludeva con un numero d'inchiodata davanti alle sbarre del parcheggio («oh ma che semo, svizzeri? pure si perdemo tempo, a lo scoccà de 'e quattro semo qua»).

In palestra il tramezzo che divide la sala stretching dalla sala pesi è troppo sottile, sicché il peggio non mi è stato risparmiato: «T'ha fatto un assegno? de du' mijoni?».

«No, mica... (*ridendo*)»

«Sei un grande, sei 'n esempio pe' tutti noi, mitico...»

Me l'ero dimenticato, quasi, che prima di uscire m'aveva chiesto un contributo extra di mille euro («poi dài, studiamo un piano de rientro») per tacitare un pusher diventato improvvisamente minaccioso; dunque anche la tenerezza era calcolata? Lì davvero ho desiderato che il mutismo fosse un veleno da inghiottire a poco a poco, e che riuscissi a morire così, con la forza del puro silenzio, come nelle tragedie elisabettiane si uccidono trattenendo il respiro. Mi sono allontanato dalla sala, pedalavo sulla cyclette con una faccia così temporalesca che lui deve essersi reso conto della gaffe; m'è passato davanti due o tre volte, ammiccando scioccamente e senza ricevere risposta; era spaventato davvero, anche il suo amico neo-nazista mi girava al largo. Forse ho commesso l'errore di non andarmene subito, ho accettato lo scambio verbale: «Che ciài?».

«Ridammi l'assegno: passare per farlocco va bene, ma almeno non riderci sopra.»

«Hai capito male, stavamo a dì 'n'artra cosa... ma 'ndo stavi appizzato, oh? era un nostro codice diverso, che nun c'entrava co' te... dài nun fà così...»

«Sono quello che s'accontenta di poco e che paga, vero?»

«Pagano anche l'altri, nun te credere...»

Ormai la scena madre era sfumata, gli ho lasciato l'assegno e ci siamo salutati a fine esercizi, come sempre; ma sulla Salaria un suo sms: «ti voglio bene, sei un vero amico, forse l'unico che ho, non ti perderei x nulla al mondo – ciao scemo». Forse il testo l'hanno studiato insieme, forse perfino gliel'ha scritto il Gottmituns (Marcello, mi pare, «per» non lo scrive «x»); ma alla sera me n'è arrivato un altro: «Elsa ha avuto delle complicazioni, speriamo bene», come per dire «sei ancora arrabbiato?». E il giorno dopo voleva andare a picchiare la veterinaria, che pure è sua «cugina proprio carnale», perché secondo lui aveva fatto un taglio troppo lungo.

Non è vero, non voglio morire: come gli olandesi strappano la terra al mare, ogni settimana che riesco a strappare al mio dolore è un territorio di scoperta. Sto seguendo le tracce di un rito, azzardando esercizi spirituali intorno ai gesti del sesso che non possiedo; per queste operazioni non ho bisogno dell'esclusività. Marcello tace sul Principe: per bontà forse, per proteggermi; o perché essere carne da macello (sempre l'ultimo anello, quello più passivo, d'una "batteria") lo umilia, o magari lo colma e lo pacifica («lui è più materialista, oh, si je servo così...»). L'altro giorno a *UnoMattina* una giovane suora di clausura, parlando delle cascatelle e delle genziane che stanno intorno al suo convento, diceva: «nel non possederle, e nel desiderarle, mi appaiono ancora più belle e ancora di più ne ringrazio Dio».

Se mi basta la forza, Marcello per me potrebbe essere una guida: guida ai misteri del corpo culturistico («sono corpo-dipendente»), prima di tutto – ma anche guida al sottoproletariato delle palestre e al bosco dei fantasmi bisessuali. Col candore e la viltà di chi sta sul fondo dell'inferno e non osa nemmeno intravedere una risalita; tanto che ha scelto l'euforia di considerarsi in paradiso («essere sempre il più bello 'ndo vado me dà un sacco de felicità»).

Il Winstrol e il Testovis lo fanno sentire immediatamente un leone, dopo due o tre ore che se li è iniettati; i pettorali gli si rimodellano non solo per l'acqua trattenuta dalle fibre, ma anche perché ha più grinta nel sollevare i bilancieri e li carica di più. Le punture non sapevo farle, ma la bellezza simbolica dell'ago che entra nei suoi glutei come nel burro era tale che la mano me l'ha guidata un angelo («anche questa oleosa è andata giù in un lampo, che bello, sarai il mio iniettore ufficiale»). Lo shape è quello suo naturale, a X, stile anni Sessanta («Frank Zane era il mio idolo») – una perfezione un po' inattuale, sottratta al tempo. Ma gli anabolizzanti lo torniscono, gli squadrano i trapezi, gli ispessiscono i dorsali, gli fortificano la mascella: gli brillano di più i denti e gli lampeggiano gli occhi. Il suo corpo non ha mai finito di dire quello che ha da dire. «Me sta a tornà un bel culo... mo' capisco perché... oh, si me vedrei così da dietro me inculerei da solo»: umiltà, semplicità strazianti, come quando ammette «libero nun me ce sono mai sentito», o quando scherza sulla sua capoccia («uguale alla tua stampante, ce n'era una bacata su un milione e m'è toccata a me»); cosa prova quando bacia e sorride, col vuoto che ha nel cuore? È come un cucciolo che gioca con il guinzaglio stesso che lo tiene legato. Ma è anche il mio laboratorio; è la musica del pifferaio magico e io sono uno dei bambini di Hamelin. Da quando si è depilato sono riemersi i femorali, sui deltoidi e i quadricipiti affossamenti e fasci in direzioni traverse, inaspettate («boh, chennesò, ogni giorno ormai ce n'è de nuovi»). Un corpo di body-builder che si trasforma sotto i miei occhi, era il mio sogno da sempre – la pelle è quasi d'argento perché è diventata più sottile, senza lo straterello di adipe che di solito l'involgarisce. Toccandolo da dietro, sui fianchi, provo un desiderio feroce di possederlo (frugando nella sua borsa ho scoperto che usa un lubrificante antico e popolare, la leocrema); ma al bar della palestra devo imboccarlo io, perché le mani gli tremano tanto che non può avvicinare il cucchiaino alla bocca.

Nella mia ottusità non credevo che anche nelle palestre eleganti le "bombe" fossero così diffuse (come la coca, del resto); c'è un sito brasiliano, www.bombland.netfirm.com, a cui si possono ordinare (gli anabolizzanti in Brasile sono legali); arrivano in confezioni senza indicazione esterna del contenuto. Marcello è uno dei tramiti più conosciuti, vittima e leader allo stesso tempo; si rivolgono a lui perché il suo fisico fa impressione, perché anche gli eterosessuali ne sono oscuramente attratti e perché (grazie a me e al Principe) sanno il mestiere che fa e possono permettersi di disprezzarlo. Eccitante, insomma, e rassicurante allo stesso tempo. Lui in palestra si trasforma, è come un pesce nell'acqua, spontaneo archetipo di mode e di battute («a Marcè, che devo fà pe' 'ste spalle?», «eh, te conviene fà er trapianto»); siccome ha l'abitudine di toccarsi l'uccello sotto la tuta mentre dà consigli sulle serie da fare, adesso è diventato un tormentone, tutti chiedono «a Marcè, come lo famo st'esercizio?» tenendosi strette le palle. Anche l'«oh yes!» che sbuffa alle ultime ripetizioni, quando il peso sembra non voler salire: ormai ogni angolo della palestra zampilla di «oh yes!» strozzati. Si passano i pacchettini fuori, a Villa Ada, e intanto commentano l'ultimo Mister Olympia («Günther era liscio come 'n ovo, che schifo, ma Ronnie che te lo dico a fà, sembravano tutti anoressici fianco a lui») o come si trattano le donne («se le porti a cena devi steccà», «ah io le faccio pagà a loro, che nun se monteno la testa... e poi subito 'na pompa, visto che l'hanno pagata sa'a meritano», «che fa quella, sta ancora a cioccà?», «cià sentito e se propone pe' 'na pompa pure lei»). Molti sono impiegati, o agenti di borsa con nostalgie di volgarità; i borgatari sono pochi (anche se sono quelli che fanno più casino), qualche mantenuto e qualche figlio di cravattaro che può permettersi le alte cifre dell'iscrizione. Marcello anche in questo è un buon tramite, essendo piccolo-borghese di origine ma regredito verso la Borgata perché è l'unico luogo da cui non si sente giudicato. È una "sporcatura" sociale che non deve dispiacere nemmeno ai proprietari della palestra, perché dà un appeal, un brivido d'avventura ai clienti ricchi (quelli che in sauna parlano della «tavernetta» nella casa ai Castelli e della «sala di rappresentanza»: ma a chi si dovranno rappresentare, e perché?) – salvo reprimere quando i coatti fanno i coatti, cioè quando urlano e si rincorrono e si gettano l'acqua («li faccia smettere» mi dicono, come se io potessi combattere da solo contro un intero popolo di dodicenni, soprattutto quando sono esagitati perché le iniezioni stanno entrando in circolo). I promoter finanziari e i padri di famiglia con la tavernetta si astraggono, fanno finta di non sentire quando comincia la litania sentimentale dei morti: Simona che l'hanno trovata con uno sbocco di sangue sul cuscino («se stava a preparà pe' 'e gare grosse, porella»), e Riccardo col morbo di Hodgkin e un altro meraviglioso trentenne con gli occhi legati («ciaveva le stesse ambiguità mie») a cui «Cultura fisica» ha dedicato un necrologio. Tutt'al più li rimproverano stancamente, «siete matti, ma chi ve lo fa fare di rovinarvi la salute»: però godono l'atmosfera spermatica, si specchiano nei loro muscoli e se ne gonfiano per procura.

Loro, i borgatari (tutti rigorosamente di destra e vicini alla Lega, a causa dei miti celtici e per far dispetto a Fini), vanno normalmente con gli uomini per soldi, ne fanno quasi un segno di dignità virile (come m'ha spiegato uno di loro, «per pagarti la roba o te vendi o fai il pappa, io il pappa nun l'ho mai voluto fà e quindi...»). Il discrimine che pongono è quello di essere solo attivi e Marcello oscilla tra la paura d'essere smascherato e la smania di esibire la propria anomalia. Al banale intercalare «chi te se incula?» qualcuno gli risponde «a me nessuno, a te invece parecchi», e lui svia «è da vedé, se a te nessuno». Non ha la prontezza, o la disonestà, di negare apertamente; uno sposato l'altro giorno gli ha chiesto «che sport fai?» e lui «eh, la ballerina classica», al che subito gli altri «nun ce sarebbe da meravijasse». Se gli scappa una scorreggia, c'è immediatamente qualcuno che chiosa «oh, ce l'ha rotto ma je sòna ancora bene». Usa prodotti costosissimi per l'igiene, deodoranti, creme, come le cocotte d'alto bordo, e soprattutto si depila, il che scatena i dialoghi più in bilico: «L'uomo è bello con i peli...».

«A me me chiedono de raderli.»

«Ma che donne conosci?»

«Chi l'ha detto che so' donne, ahó?»

«A lui, pure le donne so'o vonno inculà.»

«'Ndo stà il problema, io nun ciò sesso...»

Si sporge vertiginosamente, come sempre reggendosi a un collaudato umorismo rischioso ma tenero. Gli altri stanno al gioco, in parte lo giustificano perché sanno che ogni sera ha bisogno di farsi come un cavallo («un cavallo da *tiro*», «la doccia la faccio prima io, lui la fa doping»), in parte le archiviano come freddure con diritto di privacy; ma il discorso ricade accanitamente su quello, si inerpica sui doppi sensi come se fosse un tasto dolente per tutti: «A me me piace prenderlo largo (*il bilanciere*)».

«No, a me stretto.»

«A me me piace prenderlo comunque.»

Oppure al bar, passandosi la tazzina del caffè: «A me zuccherato normale».

«Io 'o pijo Dietor.»

«Sì, lui 'o pija dietro...»

Omofobi e tolleranti, razzisti e generosi: hanno fatto una colletta per permettere a una ragazzina africana che vive al Tufello di andarsi a operare in America – uno di loro s'è presentato con un involto di giornale, giustificandosi «oh scusate, io 'e vecchiette nun le faccio, i scippi manco, vedete si 'o potete riciclà», e gli ha consegnato un candeliere del Settecento rubato a una chiesa. Non so più dove stia la morale (nel senso narrativo, "la morale della favola"); mi si annuvola la testa, mi inebrio di vitalità patetica, anacronistica: «Nun me fa sentì cose mosce adesso».

E pensare che ero tutto fiero di fargli tastare i miei bicipiti rinascenti; ma devo saltare oltre le umiliazioni, come i santi che si rotolavano nello sterco di gallina e poi nelle piume per conoscere Dio. Gli spettatori non esistono. Esiste solo Marcello che fa ironie mentre sudo i miei esercizi di anziano, e corre a prendermi una bottiglietta di sali minerali; la gioia è una, ha una voce e non varia, anche se ci vedono vestiti da buffoni. Devo chinare la fronte a terra se sono stato ammesso, a sessantaquattro anni suonati, nella parte interna del tempio, quella riservata ai sacerdoti.

Il più profondo labirinto in cui Marcello potrebbe farmi da guida è quello della bisessualità. Congenita si direbbe per lui, autenticamente biologica; ma anche il risultato di terrori incrociati, all'incontro di opposti pregiudizi vissuti da un'anima eccezionalmente malleabile. Marcello è un giacimento di rimozioni, parte non piccola del suo fascino è proprio il nodo di incertezze che si porta dentro, l'enorme dose di verità sepolta che c'è nei suoi paraggi.

Quando gli ho parlato per la prima volta del rugbista ha voluto vedere la foto («si 'o conosco, niente»), e sulla foto lo sguardo si è appuntato là, senza vergogna. «Ciò paura (*cinque minuti prima che gracchiasse il citofono*), si a pelle nun ce va lo possiamo rimandà indietro, eh Wà? che ce frega» – poi hanno cominciato a chiacchierare di allenamenti e strappi al tendine di Achille, ho dovuto richiamarli al dovere, cioè al piacere. «Nun te mòve» al rugbista disteso, «okèi io sto fermo, fai te», «nun te preoccupà», e s'è impalato da solo, strizzando gli occhi e sporgendo avanti le mascelle. Il labbro inferiore da baciare, poi da riempire. E i movimenti da Joséphine Baker, le lotte sul letto, «troviamogli il punto G», «sì, sì, sì» finché aveva la bocca libera, e il triplice grido. Dopo avrei voluto che si sdraiasse vicino a me, con la testa sul petto, ma continuava a stare in posizione (il rugbista divertito «già vòi la seconda?»): «Fàmmece pijà un po' d'aria, ciavevo 'na bollicina che me faceva male, mortacci vostri...».

La lavanda col Cytéal sul bidè, e quando rimasti soli gli ho fatto notare che si era lasciato sborrare dentro senza preservativo ha risposto con meraviglia «oh, gliel'hai detto te». Lancinante fiducia e vocazione da schiavo, ma anche monelleria nel ricordare le furbate difensive e «la prossima volta 'o stupisco», e «se vede ch'è 'na persona buona» conclusivo.

«Esperimento riuscito», come la settimana dopo con la quarantenne della palestra, s'è voluto prendere il Viagra 100 per essere sicuro ma gli si è rizzato subito e temeva di sprecare l'erezione, che gli cadesse prima dell'arrivo di lei – «famo 'na figura de merda», ma ridendo. Invece poi, con lei interessata nello specchio ai nostri giochi, ha trovato il coraggio di prendermelo in bocca mentre la scopava, e si eccitava talmente che ha dovuto trattenere l'orgasmo due volte. Ma ce l'ha fatta, e ha voluto sperimentare il penis belt che avevo portato da Pigalle, e strap-on dal vivo e alla fine «te sei capace di dirle, le cose», perché ce ne liberassimo e la quarantenne si togliesse dai coglioni. Assorbe come una spugna i desideri delle donne, soprattutto quelli perversi: sognano di possederlo, o di assistere mentre qualcuno lo possiede.

«L'ho sfonnata, a Wà, che bello... co' 'e punture me diventa gigante... je bruciava tutto, hai visto, quante volte è venuta secondo te? Altro che i culturisti che nun ja'a fanno.» M'ha abbracciato, «te voglio bene»; e la imitava, con la naturalezza di un animale femmina, le mosse con le giarrettiere e la voce che spontaneamente gli si volgeva in falsetto. A Villa Ada, per caso, abbiamo incontrato quattro checche che vedendolo si sono lanciate in gridolini e ancheggiamenti e «bellooo, bello impossibilee...» – lì per lì «l'ammazzerei tutti», ma a casa si è steso a pancia sotto e ha mormorato «'a piji 'a leocrema?». Purtroppo non ne è derivato che un massaggio intimo.

Dorme rannicchiato in posizione fetale, con un cuscino tra le cosce perché sono troppo grosse e gli sfregano insieme; respira e la risacca dei Caraibi gli solleva gli addominali, geme nel sonno: soffrire sarebbe indecente quanto porre meschine questioni psicologiche, se navigo sopra, o sotto, o in lui. Femminile e maschile come il mare.

2

L'impressione di immobilità che dà la vita di Marcello è il risultato di micromovimenti molto veloci (le sue giornate sono frenetiche, tra squilli continui del cellulare, corse per rimediare a patologiche dimenticanze, appuntamenti saltati eccetera) che si contraddicono e si annullano a vicenda. Il suo corpo, tra accelerazioni chimiche e sgarri dietetici, è più o meno sempre allo stesso (altissimo) punto; l'inerzia psicologica è tale che riassesta immediatamente, intorno a tre o quattro frasi-perno («chi ce corre dietro?», «che problema c'è?», «tanto è uguale», «'o famo in un altro momento»), la quadratura intellettuale e sentimentale del mondo. Esagera in tutto, nel bere nel dormire nell'eiaculare, si regge per un contrappeso di narcotici opposti. Non è che gli eventi non accadano, anzi forse accadono *di più* che in una vita normale proprio perché non sono programmati né previsti in alcuno schema: sono burrasche che spostano oggetti pesanti, ma gli scogli restano dov'erano e il paesaggio non cambia.

Roma, attraversata insieme a lui, è un immenso luna-park: una periferia trascendente, con svincoli e rivendite di frutta e antichi acquedotti. Depositi di rottami e pizzerie recuperati all'ultimo minuto, quando la scorciatoia sembrava portare da tutt'altra parte; mascalzoni ubriachi che giocano al videopoker e gli chiedono di togliersi la maglietta. Massaie di Pietralata che litigano per una pentola, con intervento manesco dei mariti («te scarto come 'na Golia»). Storiche amanti che lo pregano di passare in assenza del marito («vabbe', porella, evitiamoje ottanta gocce de Lexotan»), col bambino piccolo che gioca in cortile – e la mendicante serba col cagnolino malato coperto di scialli, a cui dà i suoi ultimi cinque euro, e froci ossigenati che reclamano un credito («cià un cazzo a melanzana che m'esce sempre fòri da la bocca»). Poi dalla radio le note di *Tanta voglia di lei* dei Pooh, e gli viene da piangere perché gli ricordano la moglie; e non sa più se il cognato gli ha dato appuntamento per oggi o per domani («c'è un traffico qui dentro, tu sapessi»), e lui stesso si rende conto che comincio a spazientirmi, che non mi diverto più, e mi chiede scusa («il viaggio sta degenerando»), finché miracolosamente dopo un'ultima curva mi ritrovo al bivio di casa mia. Un safari concentrato in tre ore.

Renatone è uscito di galera (molto prima del previsto, non ho capito bene se per una revisione del processo o per ragioni di salute) e ha imposto immediatamente l'allontanamento di Marcello dal Principe, per oscure ragioni politiche o calcoli camorristici più oscuri ancora («quo'o stronzo anni fa ha rovinato 'n amico suo, pe' 'na storia de case abusive, boh»); ha ripreso possesso della moglie (di cui, credo, sta in parte smantellando la rete di escort) e forse anche di Marcello, ma insomma Marcello non abita più con loro. Sta a casa di Chiara, una ragazza che lo ama nonostante tutto da quando lei aveva sedici anni e lui diciotto («oh, sarà 'sta faccia, sarà che so' bello pure de carattere, ma ho sempre trovato donne che perdevano la testa»). L'unico cambiamento reale nelle abitudini è che ha tre giorni liberi la settimana e guadagna di meno («Alfonso quello che chiedevo me dava, da questo punto di vista nun je se pò dì niente»); a parte una leggera nostalgia per il cibo, e per la bontà della roba («nun me faceva tremà le mani come quella solita, nun me dava le palpitazioni»), l'epitaffio è stato breve e indolore: «mejo così, me stavano a uscì le emorroidi».

A me personalmente non so se mi conviene: sradicato un albero, il sottobosco cresce più rigoglioso; e comunque l'eliminazione così istantanea di chi garantiva un tale cespite di guadagno può costituire un brutto precedente.

«Come mai io non sono stato liquidato?»

«Te mica fai parte del lavoro... vabbe', i soldi ti'i chiedo, come li chiedevo a mi' padre, mica posso gravà tanto su 'e spalle de Chiaretta.»

Ora viene da me due volte la settimana invece di una, a prezzo solo leggermente maggiorato; ma sono a mio carico le spese extra (l'assicurazione della macchina, le riparazioni, il guardaroba) che prima erano di competenza dello sponsor primario. La pressione economica, invece di abbattermi, mi ha impresso un'improvvisa accelerazione vitale: è proprio vero che Dio dà le forze secondo il bisogno. In compenso è molto diminuita l'ansia: ormai i giorni in cui non lo vedo sono o precedenti o successivi ai giorni in cui lo vedrò, o l'ho visto. Ho perfino azzardato il gesto eroico di assentarmi io, volontariamente, in qualcuno dei "nostri" giorni, e il risultato è stato di telefonate sue allegrissime e affettuose («sbrigate a tornà»). Mi sono liberato di un persistente equivoco semiologico: «te telefono domani» o «se sentimo dopo», non è un'indicazione temporale, sicché è perfettamente inutile che quella sera, o l'indomani, io aspetti un suo squillo – è una sua formula di chiusa, un po' più sbrigativa e impaziente di «un bacione», del tipo «non tenermi ancora al telefono adesso, dài, passo e chiudo». È saltuario, fluttuante, imprevedibile: ma è vero quel che dice, «io ce sto comunque» – il che mi ha alleggerito di parecchie disperazioni.

Ho scritto in questi mesi, ora lo posso raccontare, una specie di testo scenico in cui ho ricreato fantasticamente la famosa "selezione", immaginando che il Saverio che lo esaminava fossi io. Mi sono stupito della velocità, della leggerezza con cui le sue battute (ma forse nel testo non lo chiamerò Marcello) scivolavano sulla pagina, come se le sbobinassi da un inesistente registratore. Tengo in pugno il suo modo di parlare, gli ho rubato l'anima – lo possiedo come nessuno l'ha mai posseduto finora.

Non ha voluto leggere niente, si fida di me («io ciò bisogno de un punto fermo, si me dici da buttamme dal balcone io me ce butto»); scherza, accarezzandosi il profilo, sul suo «muso ispiratore» – non sa che «Muso» era il soprannome di Sergio, la stretta d'angoscia che mi dà. Per le foto che corredano il libro ho dovuto ricorrere a un modello estraneo, lui non se l'è sentita («c'è Chiara, mo', nun sarebbe carino»). Il testo finito, e spedito sia a Mondadori che a Einaudi (sommandosi, diciamolo pure, alla scomparsa di un rivale), ha steso un balsamo sulla piaga più orribile, la coazione a uccidermi e a uccidere. (Ma, come chi ha superato un infarto, a ogni extrasistole ho paura che ritorni.) Marcello spera soprattutto che quando il libro uscirà ci faremo molti soldi: non ha il senso della ricchezza, tra le sue mani sono passate centinaia di milioni e ha vissuto rubando le mele ai mercati; ha conosciuto miliardari e miserabili, per lui comprarsi una felpa o un fuoristrada è uguale, gli lascia la stessa labile scia di rivalsa e di gratitudine.

Ma a proposito della mia scrittura, devo raccontare del 23 dicembre scorso: dovevamo scambiarci gli auguri, avevo comprato un regalo per lui e uno anche per Chiara, che avrei visto in quell'occasione per la prima volta («se nun eri come sei, nun te facevo entrà in casa mia»). In una busta decorata di abeti e di stelle, e intestata a Babbo Natale, Rovaniemi, Finlandia, avevo infilato una lettera in cui grosso modo dicevo Caro B.N., non ti chiedo niente per me, io me la cavo, ma vorrei parlarti di un amico che probabilmente non si fa vivo con te da tanto tempo; e lì elencavo i regali simbolici che veramente a Marcellino servirebbero, quattro etti di coraggio, due chili di autostima eccetera; concludevo dicendo "darò la lettera anche al mio amico per conoscenza, se avrò io bisogno di qualcosa sarà lui a scriverti". Marcello ha aperto la busta e alla riga dieci stava già singhiozzando appoggiato allo stipite; Chiara (una biondina piuttosto aspra di lineamenti e di modi) gli chiedeva che c'è da piangere, e lui indicandomi tra le lacrime ha risposto «che ce posso fà, oh, se questo scrive così...» – poi più calmo ha aggiunto (chiosando a Chiara) che io «in cinque minuti» lo «metto in mutande». È il comportamento di un prostituto? Se sì, a quale strategia obbedisce? Se no, me lo adotto come figlio e non voglio sapere altro. La nostra relazione sarà un hapax, da qui parte una strada. E sputatemi in faccia se verrò meno al mio impegno: a costo di lavorare per quattro, di schiantarmi lavorando.

Sto puntando tutto su una scommessa impossibile: chiedere affetto, e amore, a un individuo che la droga e le circostanze hanno reso anaffettivo e incapace di amare. Per di più essendo io impotente, mentre la sua cultura si basa tutta su chi sta sopra e chi sta sotto. D'altra parte, è proprio l'impotenza sessuale che mi obbliga a questo disperato tour de force: se potessi scoparlo tutte le volte che ne ho voglia, del suo affetto mi importerebbe assai meno. La cattiva coscienza non appanna, mi pare, l'autenticità del mio amore – come la cecità non rende meno vera la capacità dei ciechi di percepire suoni impercettibili. Scommetto sull'intelligenza e sulla sensibilità di Marcello («certe volte me pare d'esse un genio»), sepolte dall'infamia ma non annientate. Ho deciso di trattarlo alla pari, di dirgli sempre la verità: «Spesso sto malissimo perché non riesco a possederti fisicamente».

«Vedrai, piano piano...»

«Non lo so; il guaio è che con te sto toccando un'altra dimensione, dove l'erezione mi è inconcepibile; se riuscissi a scopare te, scoperei Dio. Non pretendo che tu mi capisca...»

«Si nun te capisco io... anch'io da giovane nun è che co' le donne ce riuscivo tanto, co' la prima per esempio semo stati du' anni prima de potecce fà qualcosa, e anche co' mi' moje la trattavo come 'na sorella...»

«Odiavo Alfonso, perché te lo poteva mettere in culo...»

«Be', oh, mica sempre... lui pure te odiava, comunque... nun te stà a fà tante idee, nun fà lavorà tanto la capoccia.»

«Magari una volta o l'altra si sblocca.»

«Ma certo, stai tranquillo, già sei migliorato 'na cifra, sei il più intelligente de tutti... intanto 'o famo sbloccà co' qualche donna... me giro tutti i film de quel che je potrebbimo fà insieme... che poi jo'o famo...»

«A te non ti dispiace se non riesco a soddisfarti?»

«Figùrate, per me è mejo, lavoro de meno... nun me guardà così che me fai diventà rosso, io che nun ce divento mai.»

«Ti costringo a rovistare dentro cose squallide.»

«Ce so' abituato... cioè no in quel senso...»

«Ah grazie.»

«Te sei offeso?»

«No, con te mai.»

«Macché, ciài er fumetto che te esce dalla bocca, "so' offeso"...»

«Intanto t'ho fatto arrossire, questo non te l'avevano mai fatto, ti ho stuprato nei sentimenti.»

«Te la farò pagare.»

«Ancora di più?»

«Ahó, devi calcolà la fatica...»

«Allora stop. Oggi non facciamo niente, se non ti va.»

«Okèi.»

«...»

«Bacetto?»

«Scemissima creatura piena di vento... in tutti i sensi.»

«He he, l'ho mollata... facciamo il gioco delle mille mani?»

«Ti voglio bene.»

«Pur'io... pure loro (*i quadricipiti*)... nun te fà scrupoli per me.»

«Chi se ne frega dei sentimenti... dammi le cosce.»

Ride di cuore, «finalmente, dài, così me piace»; lo colpisco coi pugni sui femorali, tutto si recupera in allegria. Dopo il reciproco orgasmo, recrimino fiaccamente come un temporale che si spegne: «M'accontento di così poco, basterebbe la buona educazione».

«Si so' gentile t'incazzi perché dici ch'oo faccio pe' i soldi, si so' naturale t'incazzi che so' maleducato, ma insomma come devo fà con te?»

«Scusa, è la mia situazione che è falsa.»

«Me vòi portà a dì certe cose che nun le posso dì a nessuno, fidete, ce sarà er momento che te le dimostrerò... te metterò de fronte alla mia forza de volontà, eccheccazzo, semo òmini o caporali?»

«Mi dài un bacio di rassicurazione?»

«Bella "un bacio di rassicurazione", ma come te vengono...»

Il bacio più intenso che mi abbia dato finora: avvolgente, ripetuto, saggio, prepotente – poi, per "farmela pagare", s'è scatenato in macchina rasentando le fiancate dei camion, infilando sorpassi millimetrici, spiando il mio puntare i piedi o qualche riflesso di tensione involontario (che non c'è stato): complice, vendicativo e spensierato come un ragazzino.

Come se la verità bastasse: oggi l'iniezione ha fatto più effetto, sentendomi forte («stenico» dice il mio andrologo) mi sono steso sulla schiena e «siediti sopra, dài», incassando un «sì» goloso e pronto di Marcello. (Così certamente si comporta, ahi, con gli altri.) Il mio cazzo stava per entrare, «no, fa male, ce l'hai grosso, me fa male, oh», Marcello si è risdraiato al mio fianco, «aspetta» – al secondo tentativo era già tardi, il marc si era richiuso sull'emersione appena promessa.

«Potevi essere più veloce.»

«(*ride*) Ché, me dovevo catapultà da sopra, così?»

Per un attimo, la Bellezza s'è lamentata che gli facevo male.

Convocata dai recenti fantasmi, ecco una telefonata non richiesta del Principe: «I fascisti carogne sono riemersi dalle fogne?».

«Ciao... mi sembrava strano, che tu fossi così rinunciatario.»

«Io figùrati... è il nostro amico che è terrorizzato... dice che lo seguono se viene a casa mia, dobbiamo vederci in albergo... non sembra più nemmeno la stessa persona... con te ci sono stati cambiamenti?»

«Io mi accontento di poco, lo sai.»

«Sì, tu e le tue civetterie... "un posticino", questo mi ha offerto, "un posticino per te lo trovo sempre"... faccia di bronzo... se devo pagare cifre da capogiro per un'antilope all'abbeverata, che gira continuamente la testa a controllare i predatori, be' mi pare davvero too much.»

«L'avevi messo di fronte a una scelta radicale.»

«Me l'ha detto che adesso anela alla famiglia, e disdegna certe frocerie... ci metterei due giorni a fargli cambiare parere ma le mezze cose non mi sono mai piaciute.»

«Come a me, vuoi dire?»

«Ma no, narciso che non sei altro... forse ho fatto più errori di te... dovevo adottare una "no regret policy", essere più prudente nell'allocazione delle risorse... proprio io che mi batto a favore dello sfruttamento sostenibile.»

«Non posso che incoraggiarti sulla strada del cinismo.»

«Il vostro tenerume invece come va? siete pappa e ciccia? anzi, culo e camicia?»

«Sta nascendo una certa intimità, sì.»

«Me la immagino.»

«Io non ho mai guardato il mondo da pari a pari.»

«Continua a prendere il gi-acca?»

«È arrivato a novantotto chili.»

«Esteriormente sarà maschio da morire... il mezzo per reagire con le minacce alle minacce, e fare abbassare la cresta al megaboss ce l'avrei... ma non sono quel tipo di persona, anche se loro ti avranno persuaso del contrario.»

«Continuo a non sapere niente di te.»

«Noto una sfumatura di sollievo... forse ho sbagliato a telefonarti... tanto più che non tornerò indietro, anche se dovessi soffrire come una bestia: per me l'esperimento Moriconi è finito... ed è finito male... scusa del tempo che t'ho fatto perdere, forse volevo l'avallo di una persona intelligente.»

Resta il fatto che ha avuto *bisogno* di chiamarmi; forse nemmeno la potenza sessuale garantisce contro l'angoscia che Marcello ha il dono di produrre. «Soffro come una bestia»: mi rigiro queste parole sotto la lingua, mi abbevero al loro significato come certe mosche si nutrono del sudore dei bufali.

3

Eraldo Nencini, chi si rivede. Una di quelle carriere carsiche e zigzaganti che sono caratteristiche dell'attuale assetto televisivo; quando ne ho sentito parlare l'ultima volta era in ascesa come fine dicitore e personaggio da video a RaiUno, grazie alla sua amicizia con Saccà. Poi c'è stato un ribaltone, a *UnoMattina* s'è installata una cordata diversa e lui s'è ricordato d'essere amico d'infanzia del socio di minoranza della Grundy, la società privata che realizza *Se fossi in te*.

La sua vocazione d'attore era tale che ha deciso d'abbandonarla in quattro minuti: si è riciclato come "curatore" di parecchi programmi, e ora produttore esecutivo di quello per cui dovrei cominciare a lavorare io.

Ebbene sì. Mi metto a sgobbare per la televisione, Marcello si merita questo e altro. Voglio toglierlo dal mestiere, dato che ormai anche lui sembra desiderarlo («si me raddoppi er mensile, me cemento dentro casa»); mi prostituisco io per far smettere lui. La televisione è l'unico sistema che ho per realizzare in fretta: non posso permettermi di fare lo schizzinoso. Dovrò per esempio obbedire a uno così, fatuo e inguaribilmente stupido, con l'ossessione di apparire influente. "Intrigante" per molte donne, brizzolato e lampadato: con due matrimoni falliti alle spalle e un ansioso bisogno di conferme. È andato l'altro giorno nello studio dove stavano registrando una specie di *Saranno famosi* all'italiana, un reality con ragazzine che vogliono diventare cantanti – è andato e ha chiesto alla produttrice di lì (grintosa, chiacchierona) «puoi far finta che sono uno importante, così mi cucco qualcuna?».

Adesso sta di fronte a me, forte del potere di darmi o non darmi il lavoro. Pensavo di tenergli nascosta la mia amicizia con Sergio, dato che ai tempi di *UnoMattina* li sapevo nemici; usavo come schermo un altro autore che gli aveva fatto il mio nome (amico a sua volta di Sergio: questo posto lo devo comunque a lui, che m'ha aiutato pur sapendo a che mi serviva; tanto di cappello) – ma in televisione le notizie corrono e le alleanze si ribaltano alla velocità di Ridolini – di Sergio mi parla lui, e ne parla come di uno stimato collega. Non ha letto il mio curriculum che giace sulla scrivania, semicoperto da altri fogli e da un libro, *Diario di una squillo di lusso a Manhattan*: altrimenti non mi farebbe le raccomandazioni che mi fa sull'uso delle relative («oltre a "che", si può usare anche "per cui" o "il cui"») e sulla consecutio temporum («se si inaugura una frase al passato, è bene che tutti i verbi siano concordati al passato») – o magari l'ha letto e pensa di umiliarmi a scopo pedagogico-preventivo. Gli dò ampie rassicurazioni. Ammorbidito dal mio atteggiamento (o dalla mia sintassi), salta di colpo alla «liturgia del programma» e agli obblighi che si hanno nel lavoro di squadra («per me, se ti raccomanda Serenelli è come se ti raccomandasse il Papa, ma il primo autore è sempre il primo autore e dovrai interfacciarti con lui»). È vago sulle cifre ma probabilmente in un anno saranno circa trentamila euro lordi, più o meno quel che Marcello mi costerà. Per un residuo di pruderie intellettuale, ho ottenuto di non essere menzionato nei titoli di coda.

Il lavoro, comunque, sarà semplice: mi verranno fornite delle schede biografiche, in genere di gruppi familiari o di gruppi di amici – dalle schede dovrò ricavare (o far nascere) una storia, che i protagonisti racconteranno come se stesse realmente accadendo a loro; dovrò fare attenzione a che la storia «incroci» almeno in qualche punto il loro vero «vissuto», perché non sono attori professionisti e soltanto così possono risultare spontanei.

Valentina (20 anni) ha un diploma da stilista di moda e sta tentando di esordire come cantante professionista. Per ora fa qualche serata, accompagnata dal padre (*non disponibile*), che suona per lei e dalla onnipresente mamma manager. Ha preferito, per ora, questa carriera rispetto a quella di stilista, perché si sente maggiormente stimolata. Di se stessa dice di non sopportare la bugia e la falsità: non sopporta l'idea di sentirsi oppressa, vuole essere sicura di scegliere con la sua testa. La sua storia più importante è stata con un poliziotto trentaseienne, che la picchiava. Quando ha trovato il coraggio di lasciarlo, lui un giorno l'ha fatta salire in macchina, si è diretto in una zona appartata, ha posato la pistola d'ordinanza sul cruscotto e ha tentato di violentarla, lei ha minacciato di denunciarlo e lui si è bloccato (*non vuole assolutamente parlare di questa storia in trasmissione!*)

Per vivere Vincenzo (34 anni) ha fatto qualsiasi cosa: da rappresentante del Folletto a venditore di generi alimentari, da elettricista a contare le persone sugli autobus per fini statistici. La sua situazione familiare, il fatto di non avere avuto fratelli, l'ha fatto crescere egoista e narciso. È camaleontico, cambia modo di comportarsi a seconda dell'ambiente che lo circonda. In base alla persona che si trova davanti, dice di cambiare maschera. È inconsapevolmente pirandelliano.

Debora (32 anni) è molto estroversa, individualista convinta, nel senso che è una donna indipendente che lavora e ha un buon stipendio; ha fatto la pierre nei locali, quindi conosce molte persone, va in palestra, prende lezioni di teatro, il fidanzato per lei è una cosa in più. L'amicizia per lei è più importante del rapporto di coppia, l'ultimo amante è durato in carica due anni, poi lei l'ha lasciato perché non era d'accordo con lo stile di vita di lui, troppo passivo. Dopo che lei l'ha lasciato, lui ha dovuto ricorrere alle cure dello psicanalista.

Esempi tratti dalle prime schede. Una folla di decerebrati: gente che considera l'amore una delle tante prestazioni in cui mostrarsi efficienti, intercambiabile come un optional; l'immagine di sé che arriva agli altri come unico obiettivo della vita; probabilmente realisti, se la realtà fosse soltanto un concorso. Stereotipi asfissianti che si annidano o nei soggetti schedati (i casting sono fatti per lo più in discoteca, e forse raschiano lo strato più irreale della popolazione: d'altra parte al miserabile compenso di centocinquanta euro nessuno verrebbe a sputtanarsi se non quelli che hanno già venduto l'anima a un quarto d'ora di notorietà), o nel colloquio coi redattori (via cellulare, con l'assillo di fare buona impressione tramite frasi a effetto, autoconsolatorie e lette da qualche parte, a scapito di una personale eventuale intelligenza), o nella cultura deforme dei redattori stessi (laureati che non ce l'hanno fatta ad avere un posto in dipartimento, praticoni invidiosi e lettori di «Repubblica», rassegnati a trasformare la frustrazione in superiorità e in disprezzo del proprio lavoro).

Da quando alla direzione della Rete c'è Marano sono scomparse le professioni più hard: a un'Italia di stripper, escort, ballerine di table-dance, s'è sostituita un'Italia di deejay, pierre, personal trainer, campionesse di salsa e merengue. E relativi genitori-gregari. Orribile è il sospetto che da queste schede emerga, nonostante tutto, la normalità delle relazioni "di maggioranza": che il sesso come divertimento e l'amore come accessorio siano la sana reazione dei sani portatori di orgasmi, quelli che possono permettersi di scartare un uomo o una donna perché "non fighi", o "possessivi", come si scarta in negozio un vestito che non sia il top del fashion. Altro che le mie tragedie enfatiche e claudicanti!

Ciò non toglie che quando entro nella stanza dei briefing, a vedere quelle biondezze rosate, quegli eccessi di trucco, quelle camicie aperte e quei toppini esibiti, mi prenda una pena verticale – temono di non andar bene per la tivù, ostentano le inflessioni dialettali con un troppo di disinvoltura. Lasciano che la loro vita venga fatta a pezzi, rovesciata come un calzino, involgarita dagli autori che usano il verbo «trombare» come un'audacia spiritosa («a lui gli hai raccontato che eri al congresso, invece sei andata a trovare il bagnino e te lo sei trombato»), o che dicono cose come «venti centimetri di cazzo, scusate il francesismo». Bisogna anche capirli, gli autori: hanno cinquant'anni e si considerano dei falliti ma nella stanza dei briefing esercitano sadicamente il potere, nello sforzo di dimostrare a se stessi che le vite che in quel momento stanno manipolando sono ancora più merdose delle loro. I "protagonisti" (qualcuno li chiama "concorrenti", qualcuno "ospiti") hanno periodicamente degli attacchi isterici, si concentrano su minuzie e le difendono con irrazionale ferocia; minacciano denunce ma si spaventano alla prima urlata di un qualunque elettricista. Negli specchi del trucco appaiono come in trance, annichiliti dal dubbio che l'oscena recita che stanno perpetrando sia in realtà uno dei punti alti del loro profilo esistenziale: una delle cose che ricorderanno, una delle poche *forme* che saranno loro concesse.

Ieri l'altro toccava a una storia che per miracolo non era tarocca: un gruppo di ragazzi di Livorno, giovani ma con anni crudeli alle spalle. Rita, ex-anoressica e innamorata di un trentenne che si buca; Giacomo, che ha lasciato il lavoro per dedicarsi al figlio dopo che la moglie è tornata in Iran; Marina, lesbica, ossessionata da una cubana sposata che la umilia e pretende un sacco di regali. Tutti amici tra loro, carucci (Rita poi molto bella), che bevevano cognac per incoraggiarsi a vicenda. «Se la Concepción vede che racconto la nostra storia» si autoconvinceva Marina, «magari coi nomi cambiati, però capisce che non ho più paura di lei e la 'un mi prende più in giro quando la sta cor marito». A puntata già quasi registrata arriva la responsabile Rai, «'sta roba non può andare in onda, eppure lo sapevate del decalogo, qui c'è qualcuno che ha voluto fare il furbo». Il produttore ovviamente vuol salvare il girato, mi dice «spiegagli tu» – io assicuro che era un coming-out castissimo, per guadagnarsi il rispetto di sé, perfino il cardinal Tonini sarebbe contento di noi. Il decalogo della Lega è in realtà un dualogo, visto che è composto da due soli articoli: 1) niente meridionali; 2) niente culattoni. Sui meridionali hanno dovuto recedere, perché un talk-show coi valdostani e i friulani durerebbe dieci minuti; sicché si sono aggrappati all'unica bandiera del «niente culattoni». Mi chiedono seriamente se si potrebbe rigirare la parte della ragazza lesbica facendo risultare che è innamorata di un uomo sposato; mi propongono di usare la parola "persona". Marina si rifiuta, dice «'un mi viene». Come un coglione grido che mi rivolgerò all'Arcigay, che scriverò un articolo per «l'Espresso» – la conduttrice (una nuova, Alda è stata silurata) ha un attacco politically correct e si dichiara d'accordo con me, polemizza contro i «paletti» che la ingabbiano («mi avevano assicurato che si poteva parlare di tutto... se non si può più parlare di niente me ne vado... scusate ma io ci metto la faccia»).

Scende dal Mercedes il suo agente, un certo Lucio Qualcosa, che pare sia influentissimo a causa di alcuni nomi famosi che vanta nella sua scuderia; è sbrigativo ma cordiale; mi prende da parte in segno di eccezionale considerazione, mi dice che ha apprezzato la mia edizione di Pasolini, «lui l'aveva già capito che viviamo in un regime». Mi porta nella roulotte di regia – «ti metto il viva-voce, così ascoltiamo insieme» – chiama, riconosco agghiacciato la voce roca e l'accento lombardo: «a me se prendete una tosetta e la fate stuprare da un commendatore mi sta bene, chi se ne frega, ma culattoni abbiamo detto di no». L'agente allarga le braccia, come se tutto fosse stato detto; i pioppi rabbrividiscono al marzo ventoso; lo ringrazio del privilegio. (Tornando verso la mensa, i ragazzi di Livorno mi salutano abbacchiatissimi: Marina è in lacrime, dice «se io ero più brava, la trasmissione poteva riuscire».)

Patita da dentro, la fabbrica televisiva è molto diversa da come appariva nei pettegolezzi e nei cazzeggi durante le cene; lì si evidenziavano gli aspetti pittoreschi o disgustosi, aneddotici comunque, in stile "vivace" – il meraviglioso, o mostruoso, contemporaneo raccontato da chi non rinuncia a magnificare il proprio ruolo. Qui, nei corridoi, prevale il grigiore burocratico, l'attenzione a non sforare sugli orari di lavoro o sulle competenze da contratto, brandelli di storie appesi come in macelleria; la competizione sordida tra pari livello a colpi di leccaculismo standard, la prontezza nel chiamarsi fuori alla prima seria gatta da pelare, questo non toccava a me non sono io che devo decidere; tutti pensano a come galleggiare per confermare l'ingaggio.

«È lapalissiano che se mi sottoponi un vip alla macchina della verità, tanto più se è un semi-vip da reality, la protagonista assoluta è la macchina; e allora me la devi far entrare con la musica come se fosse Hal 9000, e ci dev'essere il cambio di luce e la telecamera verticale in asse, chi se ne frega se la *** sta con un sindaco che ha avuto trentamila preferenze, mi devi dare il rito, e delle domande che gli spaccano il culo, allora c'è la catarsi del pubblico: questa stronzetta che sa fare solo pompini adesso la metto in difficoltà e gli chiedo se veramente suo padre ha tentato il suicidio, e se non firma la liberatoria non la faccio più invitare da nessuno, altro che "non voglio rispondere", chi gliel'ha detto alla conduttrice che doveva fare lo zerbino?»

«Peccato che quando c'era la seduta per il copione tutti si siano defilati, è facile criticare adesso perché siamo andati sotto il dodici.»

«Io non critico, era solo un'osservazione delle due e un quarto, con un caffè nello stomaco da stamattina; tanto la macchina ce la tolgono, e l'unico vip disponibile fino a questo momento è Bracconeri.»

«Chi cazzo è 'sto Bracconeri?»

«Lascia perdere, che in mensa avranno già finito i piatti caldi... *I ragazzi del muretto*, ma non viene neanche lui...»

«È chiarissimo, vogliono affossare il nostro spazio per fare un piacere a Mediaset e a Cucuzza.»

«Ci sarebbe il piccoletto amico della Dandini, quello che sembra ciribiribì kodak...»

«Se non altro oggi ho imparato due parole nuove: "lapalissiano" e "catarsi".»

«Dài, non fare il finto villico, "lapalissiano" lo sai benissimo che significa...»

«Perché, su "catarsi" hai dei dubbi?»

Tutti in fila a passarsi forchette di plastica e bustine di dolcificante, in quello che chiamano "il nostro garden" perché è una zona del refettorio separata con una stuoia verde; vi si consumano sorde guerriglie («sei riuscita a estirparla dalla sua stanza?», «ho fatto finta di sbagliarmi e ho bussato alla 22, così possiamo sempre dire che l'abbiamo chiamata»); il confronto irresistibile è con le mense naziste, Stamattina m'hanno detto di cercare un gas che costi poco, ho trovato una ditta che per grandi quantitativi ci fa uno sconto del trenta per cento; che gas? boh, si chiama Zyklon B; e a che serve? non lo so e non è mia mansione saperlo. Poi via col vassoio ad accaparrarsi la porzione di patate con la più invitante crosticina sopra.

Non sempre devo andare a infangarmi in redazione; quando ci vado mi trattano anche bene. Non capiscono perché sto lì, non ho potuto spiegare; rispettano la puntualità con cui via e-mail faccio pervenire le storie; i più frustrati mi citano Dante, «fatti non foste a viver come bruti», sostengono che è il canto 33 e non li disilludo. Ma mai come in questo periodo, e con loro, ho capito che l'accontentatura è una costante del bisogno umano – che si può ridere e scherzare pur non vedendo altro che merda intorno a sé.

Galoppini, factotum, manager: inutilmente arroganti coi deboli («non mi vorrei dover scontrare con te, intanto perché ti faccio male...»), servili con chi li sovrasta («tu non ti devi occupare dei problemi produttivi, tu sei l'artista», poi girato l'angolo «ma artista de che?») In una nicchia dello studio c'era un cartello "acqua per Alda" – hanno dovuto accroccarlo in fretta per non suscitare le gelosie della nuova; ridacchiano alla vernice rossa con cui hanno corretto in «acqua calda». Comicità da collegio e da caserma. Lei, la conduttrice appena arrivata, è piuttosto simpatica nella parte della ragazza-comune-che-non-se-la-tira-e-sa-di-essere-una-privilegiata; si aspetta ovviamente che tutti leggano questa come una concessione di modestia, si sconcerterebbe parecchio se qualcuno la trattasse davvero come una ragazza comune. Trova intelligente da parte sua trovarmi intelligente (anzi di più: «sei illuminante»); io mi godo la sua affabilità – sentirsi in intimità con un idolo è come passeggiare in un giardino storico quando non si potrebbe perché è giorno di chiusura.

La scena dell'altro giorno ha avuto come unico risultato

che adesso anche quelli che non lo sapevano m'hanno finalmente incasellato come frocio – ho rubato un sorso di caffè dalla tazzina d'un redattore (un tarchiato sexy che viene da Fara Sabina) – un'addetta Rai gli si è avvicinata e gli ha mormorato «non hai paura di prendere qualche malattia?». Il redattore sabino me l'ha riferito ridendo ma questo è il clima. L'università, al confronto, mi pare un eden popolato da spiriti eterei e problematici.

È arrivata dall'Olanda la macchina della verità: di quelle "scientifiche" che gli americani usano anche per i processi. In un programma come il nostro, non resta che taroccarla: il che sembra un po' troppo anche ai megadirettori del settimo piano, che premono sulle agenzie di casting perché ci procurino veri casi umani. Il primo scovato, su cui bisognerebbe testarla, è un ragazzino di vent'anni esile e con gli occhi bistrati.

«No, a un primo impatto te sembra frocio, pure de più.»
«Invece?»
«Invece è solo timido; lui assicura che gli piacciono le donne, ma siccome non sa come approcciarle si difende dietro una maschera gay, così non deve dimostrare niente a nessuno.»
«Sì, e Gesù Cristo è morto de sonno...»
«Scheccare je riesce d'un bene...»
«Su, ragazzi, non ci facciamo prende pe' il culo da una signorinella che si vuol fare un giro sotto le telecamere.»
«Scusate, io ciò parlato per un'ora: è una cosa un po' delicata, è un problema di impotenza...»
«Ah vabbe', allora è diverso: si nun te tira, per forza devi prenderlo in culo, non ciài alternativa.»
«Ma possiamo sottoporlo alla macchina e chiedergli se la mazza je funziona? alle tre del pomeriggio? in fascia superprotetta?»
«Puoi trattare l'argomento anche in maniera non volgare...»

«Questo se fa sottoporre comunque...»

«Vuole tranquillizzare i genitori che non è frocio.»

«Confessando che nun je tira? È uno dei tanti malati de mente, tanto ne abbiamo visti pochi, alla larga.»

«C'è Eleonora, una ragazza innamorata di lui, che verrebbe a testimoniare che il fringuelletto la desidera molto.»

«Provàmoce, oh. Walter, te la senti de chiamarla?»

«Però stasera, perché esce dalla palestra alle sette.»

«Ma dimostrare che non si è froci, non ricade comunque nel decalogo di Marano?»

«Dipende se la Lega è pratica di Verneinung.»

«Dobbiamo risollevarci dal dodici e tu te metti a fà questioni filosofiche, in tedesco?»

All'uscita da viale Castagnetti incontro al *Papero Giallo* un ex-amico scrittore, che mi odia perché non gli ho nascosto che lo considero un bluff. Mi parla di un thriller che ha in mente, ambientato nella Pistoia del Quattrocento in cui il mistero è quello dell'invetriatura, detenuto dalla famiglia Della Robbia. Obnubilato da un mio intermittente esibizionismo-autolesionismo opaco, gli racconto di Marcello e del perché lavoro lì. «Il tuo problema è che hai bisogno di parlarne» mi risponde col suo profilo inutilmente pensoso, alla don Ciotti, «come i personaggi di Brancati avevano sempre bisogno di parlare di donne... alla fine te ne pentirai, hai fatto il conto di quanti ragazzi del Terzo Mondo potresti aiutare? È importante, la solidarietà, anche per voi. Ora ti sembra tutto lecito ma quando ti sarà passata l'ubriacatura avrai favorito i vizi di un fascista tossicodipendente». Le lettere di Jirdan, il ragazzino etiope a cui non ho più risposto; e mia madre abbandonata al suo dolore e alla sua pensione («quand un al sta da per sé, al pèinsa la nòt quel ch' l'ha da fèr al dè» – quando uno sta da solo, pensa di notte quel che deve fare di giorno).

Lo scrittore stronzo si sta vantando di una sua amante, «web master», o costruttrice di siti Internet, e di quanto lei lo adora e lui però che è un bravo marito ci tiene a chiavare comunque la moglie tutti i sabati. Mi specifica per quante ore la settimana gli resta duro. E vuole soldi per gli studenti iraniani in prigione. Al mio attivo solo il ricordo di una frase di Čechov: «credeva che la cosa principale, a questo mondo, sia la giustizia, e che la salvezza stia esclusivamente nella giustizia. Ma una volta capitato in una bettola, ne fuggì inorridito. Perciò io dicevo a mia moglie che lui vedeva le macchie sul vetro, ma non vedeva il vetro».

A casa provo a chiamare Eleonora, la presunta fidanzata del semi-gay – ma il suo telefonino è staccato; alle otto risponde, dandomi del tu e a bocca piena, «ciao caro, sto mangiando, ti spiace richiamarmi alle nove meno un quarto, però precise precise perché dopo entro a danza?». Alle nove meno un quarto squilla a vuoto, finché qualcuno non stacca. Quando finalmente alle dieci e mezza si degna di rispondermi, le dico «ho sessantacinque anni» sperando almeno di indurla al lei; mi risponde svagata «eh, addirittura». Chiusa la telefonata mi viene da piangere e improvviso tra le lacrime un'arringa in favore di Marcello: «ma davvero credete di essere meglio di lui, che campa dando via il culo e si fa pagare per questo? credete di essere meglio perché i vostri soldi derivano dai pensieri e la sera andate a cena con Ezio Mauro? o perché siete di sinistra? lui ha una purezza che voi non potete neanche immaginare di immaginare...» – quanto devo volergli bene, davvero, per digerire tutto questo; e per guardare, nonostante tutto, in alto.

4

Il sintomo più rivelatore del cambiamento è la voce: o almeno confido che lo sia, perché non è volontario né simulabile a piacere. Mi scaldo alla sua voce – quando mi dice «vecio», o «baffone», c'è una discesa dalla tonalità acuta, di testa, a quella di gola, inumidita dal fermentare nel petto di un'intenzione carezzevole. Stenta ancora con le mani ma ha imparato ad accarezzarmi con la voce.

Mi sento "voluto bene"; insensibilmente sta cercando lui le occasioni per moltiplicare i contatti («t'ho sognato nella casa nostra che ciavevamo a Narni, c'era ancora mi' padre... boh, forse m'aveva mannato a letto senza cena, chennesò... allungavo 'na mano a cercà un pezzetto de pane e c'era la mano tua che usciva da 'n buco... che cazzo de sogni che se fanno...»); lentamente la città si popola di luoghi dove siamo stati insieme, e tornarci, anche quando lui non c'è, mi riempie di dolcezza.

«Ci sentiamo lunedì.»

«Figùrate se fino a domenica nun trovo un sistema pe' chiamatte.»

«Se è solo per farti ricaricare il Tim, lascia perdere.»

«Mah, io nun te capisco, oh... nun te manca niente... vabbe' che Sergio è fòri, ma ho sentito che domani ciài 'na cena... a me nun me sfuggi, sembra che so' distratto...»

«Dovresti concentrarti su quello che vuoi veramente.»

«Te pare facile.»

Come se l'affetto e l'abitudine fossero il nuovo banco di prova: le molecole di dopamina cedono il passo a quelle di ossitocina – non sono più assiderato dal peso insopportabile della luce.

Marcello tende a proteggermi, da quando ha capito che anch'io sono indifeso: mi chiama per verificare le risposte ai quiz televisivi ed è un modo per dimostrarmi che sta in casa (guarda molta tivù, come mia madre e come i carcerati) – fa lo sbruffone con una delle sue donne, al messaggino di lei «ci vediamo domani?» risponde «ti piacerebbe eh?», e ride con me al prevedibile «ma vaffan...» dall'altra parte – «m'ha rotto i cojoni, ieri ciaveva i jeans che nun se sfilavano, meno male, a chi j'annava, oh?». In palestra mi strizza l'occhio, dice «è lui il mio manager» agli ammiratori che lo avvicinano, non va in sauna se non è sicuro che lo seguo; se sparisco (e qualche volta lo faccio apposta) va in panico in modo così evidente che se ne accorgono tutti («alla tua età se fa presto, un coccolone e via, te saluto il mio angelo custode... anzi, più che angelo custode sei er custode dell'angelo»). *Intimità*, sì, questa è la parola. Prima di tutto fisica: si lascia palpare docile come un vitello, mettere le dita tra gli addominali e sui glutei per illustrarmi dove agisce la macchina – mi dice «bucami il culo» porgendomi la siringa; si fa guidare per i fianchi mentre stiamo al bagno turco (ma questo apre di nuovo sulla sua femminilità e sui corridoi dell'angoscia).

Si nutre di dipendenze. Per un vecchio retaggio di quando correvo i cento in undici e otto, basta che alleni un poco i polpacci e subito mi si gonfiano; Marcello ha un problema al polpaccio sinistro dopo la rottura del tendine d'Achille, «me potresti prestà i polpacci, tanto a te che te servono?». Mi immagino in carrozzella, spinto da lui – anche le bugie me le racconta a fin di bene: incolpa un amico di avergli rubato cento euro perché io non mi preoccupi sapendo che si droga più di quanto mi ha confessato («nun sto più in fissa come 'na volta»). Mi introduce nel suo mondo mentre portiamo Elsa al parco (con la cicatrice sulla pancia che si sta rimarginando): i ruderi della Borgata Gordiani dove faceva sega da scuola per spogliare le ragazzine, il palazzo di San Basilio dove gli hanno venduto le prime dosi. Ci fermiamo a un ponticello sull'Aniene, «ce tenevo a fartelo vedere»; afferra Elsa e la spenzola tenendola per le zampe di dietro. Lui ha *davvero* quattro anni: non fa figli, non lavora, è un perverso polimorfo, ha paura degli adulti. Gli dico «domani alle cinque abbiamo appuntamento dal fotografo», ma quando la mattina dopo glielo ricordo è più che sincero meravigliandosi «è oggi?» («è già domani?» chiedevo io a mia madre dopo due ore). Il sarcasmo di Dio, che ha inserito in un corpo perfetto una psiche appena abbozzata; come quelle piante (la vite, il convolvolo) che per sopravvivere hanno bisogno di un sostegno.

C'è una foto che gli ho fatto pensando al libro (prima che lui cambiasse idea), in cui è nudo, incatenato da una lunga collana di perle. La collana è di Olga, gliel'ha messa al collo una volta durante una "punizione" (per umiliarlo sotto gli occhi strafottenti di un irriducibile della Lazio). Ricorda ancora quante erano le perle, centonovantasei. Si rifugia in cabale tutte sue: quando aspetta più di un minuto alla sbarra del parcheggio, sfidando i clacson, per avere il gusto di timbrare alle 16.00, e vede che io lo spalleggio, «allora nun so' pazzo» mi sorride con gratitudine, «oramai stamo a pensà in parallelo». Volevamo ricordarci come si chiamava il campione algerino di body-building: Marcello s'è messo a ripassare mentalmente l'alfabeto, e già alla «b» (ba... be...) il nome è uscito, Benaziz.

«Almeno t'ho imparato 'sto metodo.»

Non sa che da piccolo adottavo lo stesso sistema; abbiamo molte più similitudini profonde di quelle che immaginavo all'inizio. Anche lui, per esempio, alle elementari era un primo della classe. A letto, dopo l'orgasmo, istintivamente mi copre le gambe con la sua coscia gigantesca; se in palestra, scherzando, gli abbraccio la pancia da dietro, senza accorgersene mi trattiene la mano con la sua e mi strofina le nocche col pollice.

Sono in debito d'ossigeno se resto qualche giorno senza vederlo: per questo, in perfetta falsa coscienza, favorisco le sue ambizioni di diventare famoso come attore o come modello o come personaggio, insomma famoso. «Tra dieci anni me lo compro» commenta toccando il Ferrarino giallo che brilla davanti alla Spartacus; «fra 'n anno 'sta firma varrà milioni», ai frequentatori che curiosano mentre mette l'autografo sotto una scheda d'allenamento – poi spiega che sto scrivendo una sceneggiatura su Ercole, ma non quello mitologico, un barbone che si chiama così e si ricorda ogni tanto d'essere stato l'antico, in un'altra vita o nel passato... qui s'impappina, non sa specificare come le due cose si intreccino, «per i concetti rivolgersi a Walter».

Ovviamente si addensano gli impegni, contrariando la sua consuetudine di non alzarsi mai prima di mezzogiorno; sicché la mattina si dà malato, raffreddori psicosomatici che gli passano nei dieci minuti della telefonata e sedicenti brividi, e «me sento l'ossa rotte, nun me va de uscì, oggi».

«Credi che lo troveremo, in settimana, un momento in cui ti andrà, o...»

«O cosa? nun comincià a dì cazzate.»

«Forse non ti rendi conto che sto modificando la mia vita per la tua.»

«Ciò solo bisogno de ricaricà le batterie, domani sto a dumila.»

«Ma l'appuntamento era oggi; esiste una cosa che si chiama disciplina: se è necessario ti lavi la faccia e...»

«No, nun funziona come pensi te!»

«Senti, hai ragione; non voglio assillarti, lascia perdere; però evita di dire che vorresti fare questo e quello; fai il mantenuto e basta, finché il fisico ti regge.»

«Io non sono programmabile.»

«D'accordo; mi sono stufato, del tuo ritardo mentale e della tua finta poesia... vado a far lezione a Parigi per marzo e aprile... così ti sbatti a tuo piacimento, senza programmi.»

«Oh, ognuno ha diritto di fà quello che vòle, la vita è la tua... però ormai te sei assunto delle responsabilità.»

«A fronte di cosa, me lo spieghi? ti rendi conto di quello che spendo, non solo in soldi, ma in energia, in dolore... si può sapere in cambio di che?»

«In cambio d'amore.»

«...»

«In cambio d'amicizia... che te credi che nun ne vale la pena? nun lo potemo fà giovedì? la Gattinoni mica chiude, oh.»

«Ci hai creduto davvero che potevo andare a Parigi?»

«In una clinica per malattie mentali, sicuramente...»

Litigi che confermano una relazione – una reciproca, coniugale schermaglia. Io sono apprensivo e lui flemmatico, tutto qui: non devo preoccuparmi se gli incontri che gli organizzo non avranno seguito, dopo due giorni lui non ci pensa più.

Da quando aveva vent'anni s'è abituato a separare il sesso dall'affetto: visto che il sesso si fa con chi ci è indifferente (o addirittura ci ripugna), se a qualcuno vogliamo bene non possiamo infliggergli quella cosa sporca e segretamente eccitantissima («l'amore non ha sesso» è una frase che ripete spesso e di cui non vede il doppio taglio). Quando mi fa un elenco delle donne su cui ha intenzione di "mettere la tacca" in settimana e gli dico «povera Chiara, ma perché hai bisogno di tradirla continuamente? cosa vuoi dimostrare? possibile che per te il sesso abbia tanta importanza?» – lui giustamente mi risponde «veramente sei te che gliela dài». Chiara gli è stata "assegnata" come convivente (e forse come futura moglie); lui la stima, si è lasciato fare le prime volte senza muovere un muscolo («me teneva le chiappe co' le mani e me dirigeva») – adesso le vuole bene ma la tocca sempre meno, «abbiamo in comune la mancanza di interessi».

A lei piace quando la bacia dietro il ginocchio, «'sta tecnica l'ho imparata da te»; e infatti lei lo sgrida, perché scopre in lui raffinatezze che denunciano altri rapporti («te pensi che nasco 'a notte da'a sgrullata?»). Per lui è un riflesso meccanico omologare i livelli di piacere, con chiunque in qualunque momento fa lo stesso; vive d'amore ma l'amore galleggia in un deserto di entropia. Il suo corpo non ha segreti e lo mette a disposizione con la stessa aperta tranquillità con cui un operaio mette a disposizione la forza-lavoro. Quando abbiamo scattato le foto è rimasto per due ore completamente nudo su una pedana, con otto riflettori puntati addosso, e non ha avuto un momento di volgarità, di bruttezza o di imbarazzo – si prestava a tutte le pose, uniformemente infantile, allegro, rilassato e a suo agio («sto a aspettà», col culo verso di noi). Accettare sempre, tutto, come non ritenerla una dote angelica? Ma un angelo non si sentirebbe inferiore («quando so' forte chi m'ammazza a me?... è quando sono debole che le parole me fanno male»). O forse sì, diciamo almeno che non si sentirebbe in colpa: la colpa la conoscono solo gli uomini che hanno perso – e il diavolo.

Nella seconda seduta dal fotografo, quella coi vestiti, ha fatto tardi perché è tornato a prendere una camicia bianca che aveva dimenticato, «si nun ce l'avevo te conosco, te incazzavi e me strillavi de più». *Ha paura* di me come ha paura del mondo, se ci ho messo tanto tempo a realizzarlo è perché anch'io ho paura di lui. Quando lascia da me le chiavi di casa e per tre giorni, misteriosamente, non gli servono; quando prende accordi che sembrano ferrei («nun te preoccupà, perfecchio, nun vedo l'ora») e si scorda perfino di esserseli scordati; quando dà ragione all'ultimo che gli parla, smentendo quel che ha detto un minuto prima senza rendersi conto della contraddizione, non posso evitare il sospetto che sia, semplicemente, un poco subnormale – e che i suoi supposti carnefici, o protettori, si siano adattati da tempo a fungere da "badanti".

Ma che importa, quando la summa di tutti i culturisti passati presenti e futuri si intenerisce nella sua morbidezza perineale? quando le montagne si dislocano con affetto infinito per farmi le "cosine"? Alla firma del contratto per il libro ho voluto festeggiare con lo champagne; vedendo le bollicine non ha saputo trattenersi: «Qualcosa me devo inventà».

Ha riempito il bicchiere, ma invece di berlo m'ha chiesto di intingerci il mio cazzo rigido, come se fosse un biscotto, e ha brindato così, succhiando il Taittinger direttamente dal mio glande. Il gesto è entrato nel nostro lessico: se mi chiama che è già sull'Olimpica e mi comunica ridendo «oggi ho molta sete», so che con mani tremanti devo stappare la bottiglia e prepararmi («dài, infilacelo te») all'eucarestia.

Ormai mi telefona anche soltanto per dirmi «so' uscito da 'a palestra», e mi fa il resoconto dei muscoli che ha curato quel giorno («al posto dei deltoidi pare che ciò un colletto»). Fare ginnastica con lui due volte la settimana sta provocando anche su di me effetti insospettati: soprattutto sul piano sanitario. Il dolore alla spalla, quello che il mio ortopedico definiva cronico, e che avrei dovuto comunque conviverci, e che mi svegliavo alle tre di notte con le fitte, e «soprattutto non faccia sforzi», be', dopo una terapia d'urto coi pesi («ma che ne sanno i medici, me piacerebbe fargliela vedé») è scomparso completamente – muovo la spalla come un giovanotto. I miei blocchi tra L4 e L5 qualche volta ritornano, sento il serpentello malefico che mi atterrava e mi rendeva impossibile perfino sedermi a tavola – solo che ora la fascia muscolare riattivata reagisce e tutto si riduce a un indolenzimento sopportabilissimo, che permane qualche ora («ma che scherzi? pure si nun se vedono i muscoli sotto ce stanno... meno male va... avemo mannato affanculo pure er mal de schiena»).

5

Sto bene quando Marcello è vicino, sto male quando è lontano: pura meteorologia, non esiste nessun'altra scala di valori, nient'altro che conti. E se è la morte che mi attrae con le apparenze della vita, pazienza. L'appartamento sta andando a pezzi, non ho più tempo né testa per tener dietro alle riparazioni – annuso un giubbotto di pelle che Marcello si è dimenticato da me e penso "finalmente l'ho lasciato entrare". L'asfissia del mancato possesso si attenua di fronte all'ovvietà, per lui, di far capo naturalmente a casa mia. Un ragnetto scendeva oggi da un angolo dello scaldabagno: il filo gli si è spezzato ed è caduto, ma è rimbalzato con la prontezza di un acrobata e s'è riappeso. Ristrutturazioni in corso, nel regno dei piccoli animali.

«Oggi m'hai risparmiato, grazie.»

Aveva un po' di tosse, il naso chiuso, si lamentava che lo strozzavo: sicché mi sono arrangiato a mano. Nella sua frase c'è tenerezza, certo, familiarità, promessa di lunga durata – ma un *memento* anche, terribile: non devo mai dimenticare che per lui fare l'amore con me è comunque un peso. Stritolo i suoi muscoli in un abbraccio disperato.

Soltanto le fatiche che affronto per lui mi danno intera la misura della fortuna che ho: come la cifra esorbitante pagata per un vino ti predispone a trovarlo eccellente. Non avrò più vacanze, né domeniche, né relax: l'ingresso nell'assoluto ho dovuto scontarlo coi lavori forzati. Lavoro io, per permettere a lui di alzarsi a mezzogiorno e di grattarsi la pancia.

Certe volte, mentre sto per mettermi al computer e confezionare una storia, mi assale lo scoramento e preferirei sbattere la testa contro il muro. Sto distruggendo con le mie mani quel che ho di più caro al mondo: l'arte, quella vera – quella in cui si entra come in religione. Il talk-show, e il reality, fanno con l'arte narrativa qualcosa di più e di qualitativamente diverso che "sfruttarla", come invece fanno gli altri generi televisivi che comunque alla letteratura si richiamano, come i programmi culturali sui libri o i romanzi sceneggiati. Che cosa fanno, dunque? Per prima cosa, *la fanno entrare in corto circuito con la vita reale*; questa è stata da sempre, d'accordo, l'ambizione dell'arte realistica, narrativa o figurativa che fosse: sembrare vero, apparire spontaneo. Ma nell'opera d'arte il paradosso logico (fingi di non essere finto) crea uno spazio magico e alternativo, l'illusione di un mondo naturale dove tutto è calcolato e coerente, e in cui anche i significati più trasgressivi e inaccettabili appaiono per un attimo ammissibili. L'opera d'arte si oppone alla realtà e così facendo fornisce alla realtà una chance inaspettata.

Nel talk invece, e nel reality, la realtà-realtà fa valere tutti i propri diritti di interdizione e di inibizione: chiede ai protagonisti (o "ospiti", gente comunque in carne e ossa) di "essere come tutti" ma contemporaneamente di fare audience, cioè di incarnare l'eccezione, il *mostro* che il pubblico vuole vedere. Naturalmente nessuno ci sta a fare la parte del mostro: se l'attore che interpreta Jago fosse responsabile in solido, tra amici e parenti, di quel che ha combinato sulla scena, certo non darebbe la liberatoria per andare in onda. «Di questo non vuole parlare» è il ritornello tipico delle schede che mi danno. I personaggi si sottraggono alla loro coerenza di personaggi: non vogliono sentire ragioni – per loro, quando tornano a casa, conta la vita non la bellezza. Stare a una spanna di distanza dall'empiria è condizione necessaria per poterla esprimere compiutamente. Nelle storie che racconto non c'è più *differenza di potenziale*: sono soltanto vita, senza le sorprese e le oltranze della vita. Vita castrata. L'ambivalenza, che è uno dei punti di forza dell'arte, se viene fatta indossare a una "persona vera" diventa spregevole ambiguità morale.

Gli autori scrivono sulle lavagnette, a registrazione in corso, il sentimento che il personaggio deve provare («dàgli addosso», «bacialo», «indignati ed esci») – e non si rivolgono ad attori avvezzi a simulare ma a non-attori smarriti che non sanno più se quelle che provano sono le *loro* emozioni, dato che così indottrinate e sopra le righe non le riconoscono più. Il risultato è quello di emozioni prêt-à-porter, di sentimenti liofilizzati.

Personaggi, trama, emozioni: gli elementi della storia, invece che rafforzarsi l'un l'altro, si contraddicono e si indeboliscono a vicenda. È come se ci fossero tutti gli ingredienti per una miscela esplosiva, ma manca l'innesco e l'ordigno (artistico) non esplode. Invece che contrapporsi alla realtà, il pallido prodotto è fagocitato in un'euforia intermedia, dove niente è veramente reale perché niente è veramente fittizio. Anziché "sfruttare" la letteratura, il talk e il reality sembrano inventati dal nuovo Potere per *neutralizzarla*, per dichiararla antiquata, noiosa e forse terroristica. E il nostro sublime presidente del Consiglio, Silvio Berlusconi, non è colui che ha rubato il mestiere a tutti gli scrittori italiani ma colui che ha dato il maggior contributo per sostituire alla letteratura un'insulsa parodia. Solo perché *costava meno*.

Sto svilendo e infangando l'unica cosa che mi dia una gioia non incrinata, la scrittura. Il destino è ironico: per continuare a vedere Marcello, che è la mia ispirazione, devo adattarmi a un artigianato che ha per obiettivo il degrado dell'ispirazione stessa. Storditamente ma fatalmente sono andato a guadagnarmi i soldi che mi servono proprio nella centrale operativa in cui si elabora l'irrealtà. Che cosa c'è di più irreale, d'altra parte, del corpo di Marcello scolpito dai testosteronici e dai miraggi – quel corpo da cui tutto è partito?

«Le donne sono sparite perché stanno a preparare le pappe alla Guardia repubblicana.»

«Infatti bisogna seguire le donne per trovare i miliziani.»

«La Gruber è incazzatissima perché le stanno fregando il titolo... tra la Maggioni che è embedded e la Botteri che ha fatto lo scoop dall'argine...»

«En-bedded vuol dire che sta-nel-letto-con?»

«La Tiziana è la più elegante, con la sua sahariana, i capelli mesciati...»

«Eh ma la Botteri con la mimetica tirata su e le gambe nell'acqua, sembrava la Mangano in *Riso amaro*.»

«Si stanno preparando a una guerra di posizioni...»

«Sì, sessantanove.»

«L'ho rivisto restaurato al festivalino di Capalbio, De Santis era un giovane genio, le malizie western nel vercellese...»

«Sì sì, sopra il frantoio, Philippe ha messo su una bellissima rassegna.»

«Mio fratello sta vendendo una casina proprio dietro lo schermo, verso le mura... ci ha dedicato degli anni ma a 'sto punto s'è rotto gli zebedei, ha voglia di vendere e dedicarsi al nostro giardino di Caltagirone... vuol fare qualcosa del genere Kassel.»

«Mi ricordo il profumo di zagara.»

«E i gelsomini andalusi, eh... la mia infanzia ha trovato in quel giardino l'Oriente e la sua violenza... le mie scenografie nascono ancora da lì.»

«Ora forse ci torniamo per un concerto di Muti.»

«Ma non dovevate girare il passaggio delle Alpi, con l'elefantino di Orfei?»

«La Moira s'è tirata indietro, ha paura degli animalisti, adesso col clima di pacifismo che c'è, con tutte le bandiere arcobaleno...»

«A proposito di Alpi, avete visto il film su Ilaria?»

«Le questioni economiche che si intrecciano sotto le guerre sono talmente astruse che hanno di nuovo lasciato libera la politica, si può di nuovo giudicare col buon senso...»

«Tanto le armi le vendono sia a destra che a sinistra.»

«È vero che Franco Di Mare ha un cazzo gigantesco?»

«Non sono d'accordo, perché il buon senso ti riporta all'economia; di fronte ai neo-con, ormai il buon senso è il marxismo...»

«Guarda che Hudai e Kusai, contrariamente al padre, si considerano marxisti.»

«Ma se pò chiamà du' figli Hudai e Kusai?»

«Comunque tagliare teste fa bene, li avete visti? non hanno neanche un brufolo...»

L'avanzata verso Baghdad scivola tra scenografi e costumisti, con gli inglesi bloccati a Bassora – in fondo siamo tutti dispiaciuti che la conclusione non sia così rapida come la disparità di forze faceva prevedere. L'altra volta è stata un lampo, questo Bush-figlio s'è andato a ficcare in una trappola; tutti i denari degli Stati Uniti non conquisteranno un solo cuore iracheno. Poteva imbottire di dollari Saddam e invadere l'Iraq col turismo; invece ha voluto andare al centro della paura, parlando della purezza e di Dio. Anziché usare la testa, s'è lanciato in un atto nevrotico d'amore. Il consumismo si è ricongiunto con la religione: quel che sembrava un anestetizzarsi col benessere era in realtà un comportamento a rischio.

Non è la nostra vita che odiano, è il nostro precipitarci verso la morte: anzi è la loro morte che odia la nostra. Non parlo degli uomini e delle donne, l'Iraq è un incidente – parlo della Rete e del loro capo, che ora farà dell'Iraq una base operativa. Gli adepti della Rete hanno rinunciato alla realtà, si muovono in un mondo fantasmatico di simboli e di martirio; lì incontrano i simboli dell'irrealtà occidentale, l'onnipotenza degli acquisti, la falsa onniscienza di Internet. Rete contro rete, paradiso contro paradiso. Gli uomini e le donne, da noi e da loro, troveranno nella loro sofferenza e nella loro gioia terrestre sufficiente armonia e sufficienti ostacoli per dissipare i fantasmi e toccarsi come sono?

«Be', almeno un vantaggio c'è: finché non scoppia la pace a noi ci tengono sui sessanta minuti, quindi possiamo risparmiare il quinto ingresso; meno spese e meno zoccole da briffare.»

6

Renatone sta male. Molto. Non riuscirò mai a calarmi nei loro percorsi mentali; è gente a cui i soldi non mancano, ma il loro rapporto con le istituzioni è totalmente selvaggio. A partire da un normale tumore alla prostata, per trascuratezza e ostinazione a non farsi visitare («è un capoccione») siamo arrivati a metastasi ossee («boh, de'e macchie, però forse quello è il mal de schiena, nun cià niente a che fà») e ancora non lo ricoverano a Oncologia: il cognato di Olga è stato infermiere al Gemelli, all'Ortopedico, ed è lì che hanno piazzato un malato quasi terminale di cancro («ce pensano loro»); forse lo sottopongono domani a una risonanza magnetica, dipende se passa quello che conosce lui. Per prima cosa bisognerebbe assicurargli, credo, una massiccia terapia del dolore («nun ce la fa a inghiottì, porello, je viene er soffocamento») e a questo punto forse anche quei sacchetti di nutrimento per via parenterale. Marcello al telefono cerca di convincere Olga, «cià bisogno almeno de millecinquecento calorie al giorno, ma che scherzi, quei du' cucchiai de brodo ce ne saranno state ducento, ma sì, pure si c'era er formaggino... no, chi se intromette, dài... lo sai che è come si fosse mi' padre».

«Si fa tanto de nutrisse e de rimettersi in forze, poi ce lo riporto io a camminà... so' sicuro che appena tocca la porta de casa sua ricomincia co' 'e bistecche da sei centimetri... in 'ste cose la volontà è tutto, poi con la chemio, o la cobalto, tutto pò regredì, no?»

«No, Marcello, è troppo avanzato ormai...»

«'O so, te credi che nun lo so... quello si va a Lourdes 'o rimandano indietro... me illudevo così, dicevo pe' dì.»

Vederlo con Renato, in ospedale, è sconvolgente: intanto si baciano sulle labbra, senza malizia o pudore («a Cireneo», non so perché ha affibbiato a Marcello questo soprannome da portatore di croce) – Renato gli dice «perché tiri su col naso?» e lui prende il fazzoletto e si soffia, come se avesse sei anni. Lo rimprovera addirittura perché bestemmia. Poi sorrisi tenerissimi e «devi da esse forte», da parte di chi lo spedisce a fare le "batterie" con sei militari trattenendosi trecento euro, e solo una settimana fa gli ha fracassato uno sgabello di legno sullo zigomo, l'ho visto che il taglio gli sanguinava ancora.

«È il mio capobranco... nun se riprende più, Walter, ve'?»

Ricomincia a piangere, lo porto sul terrazzo e gli tengo le mani; gli passo i due grammi che ho comprato apposta per questa emergenza, scherza sul fatto che mo' ce arestano e sarò il primo professore universitario carcerato per spaccio. Ritornando in corridoio, superiamo la saletta degli infermieri.

«Quanto me piace l'armadietto dei medicinali! Nun vedo l'ora d'ammalamme pe' provà de tutto...»

Spiritoso, innocente: cieco sulle cause profonde ma disarmante di sincerità superficiale.

«A Wà, te nun preghi mai?»

«Qualche volta, mi invento delle preghiere strane.»

«Te spiacerebbe de dì 'na preghierina pe' Renato?»

«Già fatto, lo so che è importante per te.»

«Me li prenderei io i dolori suoi... io a Dio j'ho chiesto de togliermi vent'anni a me in cambio de dieci dei suoi... io so' più inutile.»

«Non ti isolare, però; anche adesso, non stare fuori dalla porta... più resti estraneo a quello che succede e più ne soffri, perché lo subisci...»

«Olga nun me lascia.»

«Fregatene di Olga: se lui preferisce che la barba gliela fai tu, tu vai lì e gliela fai, che cavolo... non posso vederti qui con la testa bassa, che aspetti solo che arrivi la mazzata...»

«Intanto me abituo... me alleno a quando sarà il momento.»

Piove, in questo aprile di guerra: il cielo piange eccetera. Non abbiamo l'ombrello, lui (per come è fatto) è rassegnato a bagnarsi, ma ne scopro uno appena abbandonato da un medico: lo frego con disinvoltura, arriviamo alla macchina asciutti e un po' racconsolati. Cameratesca illegalità.

Appena mi deposita a casa, non sono nemmeno all'ascensore che zampilla un suo sms: «Stammi vicino, ladro di ombrelli».

«Ciavevi ragione, ho fatto come m'hai insegnato te... so' andato lì, ho partecipato e mo' me sento mejo.»

«Allora non è vero che non ascolti.»

«Ho mandato via tutti dalla sala e l'ho lavato... cià certe gambette magre, lui che... quanto sta a soffrì... he he, però je reagisce ancora... mentre 'o lavavo sotto j'è venuto quasi duro, allora so' andato a controllà alla porta e poi svelto

svelto j'ho fatto 'na pompa... me strigneva i capelli, j'è piaciuto... almeno servo ancora a qualcosa.»

«Sei la persona più bella che abbia mai conosciuto.»

«Ho ricominciato col lavoro aerobico, ieri ho fatto quaranta minuti... bravo, me s'è cambiata la testa: ho detto, se Renato soffre quello che soffre, perché io nun posso sudà alla cardio?»

«Così si fa, allora mi vale la pena di lottare, cazzo; sono felice, Marcello, perché sono orgoglioso di te.»

«Chi se ferma, ormai... oh, il corpo è la mia opera d'arte, me la devo tené cara.»

«Anche Renato sarebbe contento...»

«Vedi che nun ciò più 'a catenina? Je l'ho messa ar collo a lui, quella 'o protegge, cià dei poteri... i miei...»

Contrae i bicipiti, perdutamente narciso. Gli squilla il cellulare ed è Andrea, che ha saputo di Renatone e intuisce, per canali che a me sfuggono, la sofferenza atroce di Marcello. Si scambiano qualche parola di circostanza poi Marcello mi avvicina compiaciuto il telefonino all'orecchio, sento Andrea che dice «si hai bisogno de 'na spalla pe' piagne... così me lavi pure 'a camicia», «so' da Walter, to'o passo», «ciao Andrea, ci sentiamo per una cosa triste...», «nun t'è ancora passata la marcellite? oh, quando te serve 'n omo vero so' qua».

«Caruccio, a telefonamme adesso.»

«Tu pensi che ti siano tutti amici?»

«Mica sempre... sei te il bastone della mia vecchiaia... anzi, me sa che siamo i bastoni uno dell'altro...»

«Ti voglio bene, piccoletto.»

«Anch'io... eccolo qua un bastone, he he, io te manderei fòri in questo stato...»

Mi tasta malizioso un'erezione sotto i pantaloni, vanamente puntuale in me quando scocca la tenerezza.

Sì, sono sceso in guerra: combatto dalla parte dell'amore contro le fantasie distruttive, mie e sue. Non c'è da vantarsene, è per respirare più liberamente: siamo entrati in una zona in cui i miei fantasmi non hanno giurisdizione – li sento ronzare là fuori, digrignare i denti. Se solo riuscissi a limitarmi a questa reciproca irradiazione d'affetto – se il mio polso non accelerasse appena tocco i suoi dorsali – se, soprattutto, la totale fiducia che ha in me non attivasse in Marcello anche i lati peggiori. Si denuda moralmente con la stessa facilità con cui si denuda fisicamente.

«Che stai a fà? (*quando al telefono esordisce così, è perché sta macchinando qualcosa*).»

«Sto scrivendo, perché?»

«Sei tranquillo?»

«Non tanto, ma dimmi.»

«No, si te annava te chiedevo d'accompagnamme da Renato, je facevamo 'na sorpresa.»

In condizioni normali avrei mollato tutto e sarei corso; ma avevo appena ricevuto una telefonata di Sergio dall'Albania («come va il programma?», «è un successo clamoroso, però mi sono tornati gli attacchi di panico», «ricordati santa Teresa: si piangono più lacrime per le preghiere esaudite che per quelle inascoltate», «questa me la rivendo»). Ma come «me la rivendo»? così volgare è diventato? o lo era già prima? chi ho amato per più di tre anni? I nomignoli, le disperazioni, i baci – rovine di rovine. La sola passione sincera è la pena di sapere che non è rimasto niente. Solo che non mi va di raccontare a Marcello che con Sergio è finita: mi percepirebbe come più vulnerabile, se ne approfitterebbe ancora di più.

Così gli ho detto solo «Marcè, mi dispiace, oggi no». «Nun me dì che te rompo le palle» ha richiamato dieci minuti dopo, «ma siccome stasera viene er Primizia, si ciavevi un coniglietto...»: il coniglietto è il sacchettino di coca che tengo nello scomparto segreto di un coniglio di tek; è passato a prenderselo scusandosi e ridacchiando. Se non avessi avuto un addio da elaborare – se non avessi compiuto un piccolo gesto di libertà e avessi accettato la sua prima proposta, avrebbe *venduto* le emozioni sacre provate davanti a un moribondo per avere un grammo di coca. Quel che gli premeva era passare da me e assicurarsi la roba, non Renatone morente, tant'è che poi a trovarlo quel giorno non c'è andato.

Amo un ominicchio di merda, bugiardo come tutti i drogati: un egoista viziato e mai cresciuto, un anaffettivo che recita la sensibilità per non pagare dazio. Riesco ad amarlo a dispetto di tutto, a spremere da me un amore così forte che riabiliti il marciume? Il bambino, l'angelo, il corpo pneumatico sono proiezioni di servizio – vuote, se non riesco a "dare senso" a questo sciagurato trentanovenne nonostante se stesso.

«È un'agonia», mi scrive nei messaggi; io mi catapulto, ma quando arrivo sono già tutti allegri perché Renato oggi ha mangiato da solo e ha voluto il bis delle polpette – ha difficoltà polmonari evidenti, la *facies* è sempre più quella del cadavere, ma favoleggiano di maghe, di recuperi e di crociere. Olga gli cura le piaghe da decubito, lui si concentra per pisciare.

Per un comprensibile contrappeso di vitalità, Marcello si abbandona a eccessi sessuali non mercenari con le donne del suo passato, le sta rivisitando tutte una per una («si 'o sa Chiara me fa trovà 'e valigie sur pianerottolo») – e come se non bastasse si masturba quasi ogni sera («quando Chiaretta è andata a letto j'ho detto No, me sto a guardà 'n altro po' 'a De Filippi, invece me so' buttato su Sky: de tutto, pompini, orge, transessuali, mmmh [*fa la smorfia tipica di Fantozzi quando concupisce Serena Grandi, con la punta della lingua fuori di traverso*], me so' fatto tre o quattro pippe»). Io gli presto casa, gli lascio le chiavi dal portiere: quando torno è tutto in disordine, preservativi usati, mezzi bicchieri di vino, asciugamani per terra in bagno e il letto scostato dal muro – me ne lamento, possibile che ti scopi delle vecchie e a me non mi puoi accarezzare la faccia, dio boia, ma che ciànno le tue mani, sono anchilosate? Si mortifica, si scusa di avermi raccontato tutto nei dettagli, compresa la terza quando ce l'aveva durissimo ma come anestetizzato: «Posso stropicciarti le orecchie? alle donne nun jo'o fo, so' tutte mignotte... ciài er lobo, qui, come Renato...».

Oggi era un nostro giorno ma quando ho acceso il telefonino, alle nove, pulsava un messaggio: «È morto il fratello di Chiara». Un transessuale di cui mi ha parlato più volte, in Aids conclamata. «Mi spiace, tienimi informato» – ma alle tre non si era fatto vivo, sicché seccato gli ho scritto: «vado in palestra, ci sentiamo stasera» e lui m'ha risposto immediatamente: «io in ospedale, Ren è grave». Poi, mentre smaniavo in taxi per un ingorgo ed ero quasi arrivato, m'ha chiamato ancora, «'ndo stai, io sto qui in terrazza». Spasmodico abbraccio, gli sento i pettorali sussultare, «mo' ciò solo te». Entriamo nella stanza da cui è appena uscito il prete; resto in disparte, Marcello si unisce al cerchio dei familiari – Renato è una maschera funebre, un teschio con la bocca aperta a cui bagnano periodicamente le labbra.

Marcello di colpo si stacca dal cerchio, «nun ja'a fo»: la crisi esplode improvvisa, cade in ginocchio – il viso è impressionante, come se gli occhi si fossero spostati in alto; gli zigomi gonfi lo deformano, le guance bagnate di lacrime hanno tumefatto la bocca che è come accartocciata, pesta. Ansima in affanno, ho l'impressione di un rito vudù, quei lutti primitivi che comportano la trance. «Respira profondo», accorrono due infermieri ma lui è troppo pesante; solo Chiara riesce a calmarlo gridandogli come una domatrice «guardami, guardami».

«Nun ja'a fo, nun entro più.»

Un amico si avvicina, credo un altro escort della scuderia: «Olga ce tiene, dài; si ce riesco io... che so', mejo de te?».

«Sì.»

Cresce il gruppo dei confortanti: «Essi 'n òmo, su...».

Chiara lo stringe: «C'è da cercà l'agenzia, ormai... pensa a me che oggi ne sto a seppellì due, sai che Maurizietto m'è morto tra le braccia?».

«Io nun so' un òmo, 'o sai... so' passivo in tutto, perché devo esse attivo qua?»

Esce la suora, con un dito sulle labbra. L'ultimo atto s'è compiuto, Olga ci viene incontro con le braccia abbandonate lungo i fianchi; getta un piccolo strido come i gabbiani, monotono, si accoccola su uno sgabello e fa segno di no a chi le parla, solo continua col piccolo strido. Marcello telefona all'agenzia di onoranze, ha il coraggio frenetico di scherzare: «Dato che oggi ve ne portamo due, ce fate 'o sconto?».

Si irrita con Olga che non cambia posizione, né suono: «Ma che sta a fà quella, 'e belle statuine? Io mo' prendo un treno e me ne vado, ma che semo pazzi, tutti a piagne... io la pijerebbe a schiaffi, 'a conosco, quando fa così bisogna scuoterla...».

«Lasciala stare, non accelerare sempre tutto.»

«Io so' più razionale, in fondo, vedi come so'? scarico subito poi me passa, che sembra perfino che so' matto... ora so' contento, quasi, almeno me so' liberato de 'sta cosa.»

È già altrove, stanco di tristezze; mi vengono in mente cattiverie pornografiche che scaccio con un sorriso, lubrificazioni e altri sadismi che non portano a niente. Mi incaricano di scrivere il necrologio da pubblicare sul «Messaggero», ci rifletto cinque minuti e gli consegno un foglietto non troppo retorico – lo legge e mi sorride, già sulla difensiva: «Sei promosso».

7

«La puntata che non è andata in onda, quella della lesbica, non possiamo riutilizzare il cast?»

«Lei s'è suicidata, e l'amica non vuole più venire.»

«Abbiamo avuto lo zio sparato, il rapimento, la varicella e tutta la serie delle malattie esantematiche, e poi dite che non è Alda che ce l'ha tirata?»

«Ma come, s'è suicidata? Scusate, ma se l'avevamo trattata malissimo...»

«Quelli in stand-by li abbiamo esauriti tutti... ce resta un paio de stracciacule sfuse e tre o quattro ragazzini discotecari.

«Suicidata? Parliamone, cazzo...»

«Sta diventando un programma di nicchia.»

«Eh, ormai c'è più santi che nicchie...»

Lo share è precipitato, nelle riunioni tira un'aria da si-salvi-chi-può: il produttore incolpa la conduttrice che non ha carisma, in realtà è lui che si sta giocando il posto se la Rai non conferma l'appalto per quella fascia oraria l'anno prossimo. L'agente della conduttrice minaccia vie legali perché il produttore si è circondato di cretini, ha affossato la trasmissione per risparmiare due lire e adesso non può «mettere a repentaglio» una che in prime time ha fatto il trentadue per cento; gli autori protestano che non si può combinare una storia decente se i casting sono penosi e i protagonisti non se la sentono di mettersi in gioco; i responsabili del casting ribattono che il materiale umano è lo stesso dell'anno scorso e quel che manca sono delle storie forti, ben congegnate. Con l'acqua alla gola ci si spintona l'un l'altro per essere i primi ad afferrare la tavola di salvataggio. Ormai manca un mese, alla fine ci si arriva, ma perso per perso tanto vale usare le puntate residue per esperimenti che aprano la strada a una stagione futura: e allora sotto con gli attori professionisti, e i semi-vip dei reality invitati a sviscerare qualche stronzata simil-autobiografica, e il pubblico diviso in due fazioni, trasgressivi contro tradizionalisti, la scelta trasformata in un processo con tanto di condanna o assoluzione finale.

«Scusa, la storia della cugina innamorata, quella che voleva farsi trombare dal cugino bono ma non gliel'aveva mai confessato... sì, quella che dovevamo farla piangere in diretta, al momento della rivelazione... no, lì la scelta era del cugino, okèi, se continuare a tenerla nel night dopo l'apertura di cosce perché la fidanzata era gelosa... eh, non possiamo fare che lei nega nega, e alla fine l'amore per il cugino glielo tiriamo fuori con una candid? Oppure opzione due, porre al pubblico il dilemma se il legame di parentela può conciliarsi con l'amore?»

«Ma siete scemi, qui non ci permettono di parlare di finocchi, figuriamoci discutere sull'incesto...»

«Possiamo dire che sono cugini secondi...»

«Io sarei una giornalista, che ci faccio qui?»

«Sennò buttiamola sull'amnesia, lei non ricorda più niente perché ha preso una botta in testa... magari un incidente di vela, una strambata improvvisa...»

«So' disoccupati, stanno a Secondigliano.»

Il problema è bassamente strutturale, non censorio: avere selezionato dei personaggi pensando a un tipo di narrazione e poi volerli utilizzare (dato che non c'è tempo, né denaro, per cambiarli) per un'altra narrazione, vuol dire partorire una costruzione sbilenca. Certo, si può raccontare la storia di Romeo e Giulietta con la struttura di Moby Dick, ma viene una merda. Mi sale il vomito, devo uscire.

«Vabbe', ci inventiamo che invece del cugino è innamorata senza speranza di Alessandro Preziosi, lo invitiamo in trasmissione e facciamo il diciotto...»

È tornato Sergio, incoronato dal titolo di «grande conduttore italiano» conquistato sul campo in Albania. Nel "suo" programma lo lasciavano parlare in italiano, pare che per gli albanesi fosse molto chic. Ora, qui, la Endemol gli ha promesso un quiz giovanile su ItaliaUno e con la Triangle deve fare su La7 alcune prime serate che trattino in modo leggero le emergenze di cronaca. Comincerà con uno speciale sulle adozioni: bambini dell'Est venduti ancora in pancia, ma non solo.

«Non so se ce la faccio a passare stasera, devo disfare le valigie e alle nove ho una cena di lavoro; però pranziamo sicuramente insieme domani.»

La mattina dopo, alle undici, è arrivato invece in redazione, e il nostro primo incontro dopo tanto tempo è stato desolatamente pubblico: «Che ci fai qui? attento a non farti sfruttare, guarda che questi con te hanno trovato una miniera d'oro...».

M'ha strizzato l'occhio come per dire «le cose serie a dopo». Evidentemente aveva troppa voglia di confrontare il proprio momento di fulgore con le disgrazie del programma, una rivincita comprensibilissima.

«Non come qua, che al massimo qualcuno mi diceva "eppure io l'ho vista da qualche parte... scusi, come si chiama?". Là dei capannelli si formavano, e il mio nome mezzo storpiato che volava di bocca in bocca... in banca andavo a parlare direttamente col direttore, negli alberghi subito la suite... mi sono portato dietro il ragazzo che mi faceva da segretario, chiacchiera l'italiano benissimo e ormai è più un amico, o un complice, che un segretario... abbiamo vissuto quattro mesi in simbiosi, s'è anche tagliato i capelli come i miei... sì, la mattina quando arriva mi fa paura, vedo entrare un clone... ma, senti, per adesso non voglio contratti in esclusiva, non mi voglio legare... insomma... i soldi veri spero che debbano ancora venire, a Durazzo mi sono affittato una barchetta charter... io non mi sento cambiato per niente, l'unica differenza è che Pal Zileri, che prima mi dava solo l'abbigliamento sportivo, dopo la notizia di ItaliaUno m'ha chiamato per offrirmi la prima linea...»

Il successo l'ha imbellito, gli ha riempito le guance e i bicipiti; il pranzo insieme salta per impegni ulteriori ma mi trascina da Vanni, nella saletta riservata: «Tutti cercano di entrare nella mia vita, invece ci sono delle cose che sono solo mie... sono geloso di questa mezz'ora».

Il Sergio che mi siede di fronte è la versione tecnologica, diciamo il fac-simile, del Sergio di cui mi ero innamorato quasi quattro anni fa. Mi sto sforzando a una ricostruzione filologica, per ricordarmi di quando il pensiero di andare a letto con lui mi faceva tremare: era (o m'era parso?) un ragazzo che cercava di tamponare con l'ambizione gli eccessi di cuore. Dubitavo di essere all'altezza, una sua bugia mi rovinava la giornata, mi prosternavo ai potenti per farlo lavorare. Le labbra sono le sue, quelle di sempre.

«Ho paura, conigliotto.»
«Di che?»
«Di non sapere affrontare da solo tutti questi step impegnativi; non riesco a star bene con me stesso.»
«Almeno tu credi di averlo, un te stesso...»
«Sei sempre innamorato di Marcello?»
«Marcello è un segno, arrivato in ritardo, forse... che il mio destino non sarà bello... farò cose che nessuno potrà accettare.»
«Ma dài, stai lavorando un sacco, ti trovo anche ringiovanito.»
«Quello è perché non mi oppongo più... ma ormai ho perso il filo.»

Parlando con Sergio, ora, me ne rendo conto: la mia sedicente deriva passionale è stata la mia ennesima scelta di facilità – che cosa c'è di più facile che scendere lungo la china, travestendo da accanimenti adulti i miei balocchi infantili? È troppo facile scandalizzare presentandosi come un vecchio egoista che sbava per il proprio mantenuto.

«Non escludermi, ti prego.»
«Quando vuoi, e se vuoi, sei sempre invitato allo spettacolo.»

Trattare i fantasmi come cosa vera. Da giovane ero limpido, illeso, perché me ne stavo seduto *davanti* alla realtà: io non toccavo lei, lei non toccava me. Con Marcello tutto si è complicato; realtà e oltremondo si sono fusi in una terza cosa, intermedia, dove la realizzazione (o la mancanza di realizzazione, che in questa prospettiva fa lo stesso) è applicazione imperfetta di un fantasma. In me, quello che chiamo "amore" è esattamente questa terza cosa: non più il desiderio assoluto, astratto, di un corpo iperuranio, né la necessità biologica, concreta, di *procreare in un altro*. Con Marcello è lotta su questo discrimine difficilissimo: contro il suo corpo inerte, costruito da fuori, e per la sua anima viva – ma anche contro la sua anima inerte, devastata dalla droga, e per il suo corpo pieno di grazia.

«Si me pija, 'na garetta over quaranta tra 'n anno la potrei pure fà.»

«Tanto lo sai che alla fine ti rompi i coglioni e lasci perdere.»

«Me so' sacrificato pe' tanti anni, nun me costrigne a fà fatica.»

«Dal mio ricercatore, a cena, ho conosciuto un suo parente che è operaio turnista a Melfi, alla Fiat: quando ha il turno del mattino si sveglia alle tre e mezza di notte e torna a casa alle cinque di sera; va a letto alle otto per tornarsi a svegliare alle tre eccetera; e dice che è il turno migliore.»

«Beato lui che je va.»

«Forse non je va, ma... le rapine ci hai mai pensato di farle?»

«Me dovevo coprì il viso, che è la cosa più bella che ciò... oh sto a scherzà, ma che te credi che nun me piacerebbe pure a me de lavorà pe' vivere?»

«Perché non lo fai?»

«Esse belli nun è 'n lavoro? A proposito, ho finito la gelatina, si te capita de fà un giretto... se no 'n fa niente, con du' dita ce riesco ancora a acchiappalla in fondo ar barattolo.»

«Io devo correre ai tuoi ordini, invece il mio armadio sta lì da un mese e mezzo.»

«Oh, peserà 'na tonnellata, da solo... mica so' Ercole davero.»

Nonostante la sua eccezionale forza fisica (centoquaranta chili su panca, duecentocinquanta di squat) è pochissimo adatto ai lavori pesanti, si stanca subito; anche al funerale ha portato la bara di Renato per tre minuti, poi si è fatto rilevare da un magrolino («continua te, me brucia er tricipite»); non l'ha neanche accompagnato al cimitero («me farei del male da solo»), s'è distratto passeggiando sull'Aniene con un'amica delle scuole elementari.

«Quando hai fatto il trasloco, allora?»

«Ha fatto quasi tutto Chiara, è piccolina ma... l'altro giorno m'ha trovato del sangue ne'e mutande... m'ha dato 'na botta che ciavevo il telefonino in mano e m'oo so' ficcato in un occhio, porcodue.»

«Se ti decidessi a vivere con me, forse saresti più libero.»

«Io nun posso esse libero, sinnò me rovino... ciò bisogno de un limite.»

«Così dentro al limite fai quello che ti pare, eh?»

«He he... io devo viaggià co' 'a capoccia.»

«Solo che il biglietto te lo fai pagare da qualcun altro.»

«Sto a sudà come uno yak...»

(lo yak è entrato nel nostro vocabolario da quando ho usato l'espressione riferita a me e l'ha fatto molto ridere)

«... nun fa caldo, ve'? me sa che so' le du' punture, o l'efedrina... è un sudore freddo...»

«Sì, più che altro trasudi... senti qui, in mezzo alle cosce... mi sa che sono così intossicato da te perché nel tuo sudore rimangono residui di cocaina e io li lecco... no, anzi, lecco nella tua pelle tutti gli sguardi che ci si sono persi.»

«Io nun ho mai chiesto niente a nessuno.»

«...»

«Che ciài?»

«...»

«Te mica sei "nessuno"... sei il mio vecchietto pazzo.»

«Non mi piaccio quando sto male.»

«Si stai male te sto male pur'io... quando ce vai in pensione?»

«A sessantasette, fra due anni, spero; perché?»

«Quanto te danno de coso, de buonuscita?»

«Sui centomila euro, più o meno.»

«Se potrebbe mette su 'na cosetta nostra, cioè tua... vabbe' nostra, fà l'investimento de un locale, de 'na palestra pe' i giovani...»

«Hai detto che hai bisogno di stare con una donna.»

«Quando l'ho detto? sì, cioè... perché nun ce parli te con Chiaretta? a te te sta a sentì.»

«Che le dico, mi dò la zappa sui piedi? sai che ad Atene, nei tempi antichi, c'era una scuola dove insegnavano a dire una cosa, poi a dire il contrario, così, per abituarsi... e davanti alla scuola c'era una statua di Ercole.»

«Anvedi 'ndo se annava a riposà... che bello stà qui a chiacchierare de tutto e de niente, eh? madonna come sto bene co' tte...»

Mi copre con la coscia, mi bacia la calvizie: non ho mai amato così tanto un essere vivente.

È morta la Catastrofe. Non ero più passato a trovarla, da quando stava così malmessa che era perfino diventata gentile (il lusso della contraddizione evaporato in deriva verso la demenza). Gli avevo parlato di Marcello, voleva conoscerlo. Quante volte mi sono detto «ballerò sul suo cadavere», e le auguravo le morti peggiori. Invece quando sono andato a salutarla, nella camera ardente del Fatebenefratelli, era lì piccola, senza un cane che la piangesse, in una specie di cella frigorifera. Poche firme sul quaderno. La morte l'aveva come compressa, lasciandola grigia, sgonfia, incapace di offendere più («non mi tiene più per le palle»). Le labbra finalmente inespressive, strette in una smorfia di maschile rassegnazione: la zia zittella che forse è sempre stata. Il coraggio, e l'enorme talento, condensati in nient'altro che in quella gelida solitudine.

M'hanno nominato presidente a un concorso per ricercatore, a Venezia: tutti mi temevano, avrei potuto disporre come volevo – ma ho lasciato che vincesse il concorrente peggiore, quello per cui il concorso era stato "targato". Una specie di dispettoso gusto nel verificare che l'altro candidato, quello senza padrini, era migliore sia allo scritto che all'orale (non di poco, di moltissimo). Ci guardavamo, con gli altri due commissari, e nessuno di noi ha avuto nemmeno quell'etto di fegato per scrivere una relazione di minoranza. Ho temuto che, se creavo casino e mi mettevo di traverso, il potente veneziano a cui ho fatto un favore avrebbe potuto alienarmi le simpatie del «Gazzettino», e i pezzi che ci scrivo mi servono se voglio raggranellare altri soldi per Marcello. Che lui m'abbia reso vile e disonesto è una favola che mi racconto; ero già vile e disonesto, ho solo trovato in Marcello una splendida scusa.

Da tempo, ormai, mi sono dimesso da vicepreside. Ricordandosi delle mie ciarlatanerie ma anche delle mie accensioni di insegnante (nella loro contro-guida, le mie lezioni erano segnalate come uno dei «luoghi da non perdere»), sono venuti da me alcuni studenti in delegazione: sono preoccupati perché le iscrizioni stanno diminuendo anno dopo anno e il Rettore minaccia di chiudere parecchi corsi di laurea – vogliono sapere quale sarà il loro destino. Non me ne importa niente, sono stanco. Anche a volercisi impegnare, il puzzle è diventato insolubile. Abbiamo voluto adeguare l'insegnamento alle novità del mondo, ma non abbiamo cambiato il nostro cervello per riformare la conoscenza e dedicare la vita a questa missione. L'università è un'istituzione fossile: si ostina a essere un contenitore nell'epoca della polverizzazione, e una radice nell'epoca del make-up. Così gli studenti si iscrivono, sempre più numerosi, a un miraggio d'università futura gestita da ectoplasmi che hanno relegato la ricerca nel passato.

Sergio ha telefonato per raccontarmi del programma sulle adozioni; andrà in onda lunedì prossimo ma durante la registrazione è «successa la qualunque»: sono mancate d'improvviso due puerpere bulgare, ne hanno convocato tre italiane e si sono inventati una gara di «mamma futura», con premi concessi da uno sponsor improvvisato; non c'era più tempo per riscrivere il copione, hanno scoperto che uno dei mariti era stato amante dell'altra mamma – il tema delle adozioni è caduto quasi completamente. C'era una storia atroce, vera, portata da una ragazza che ha lavorato con la Gabanelli a *Report*: una coppia di industriali californiani del vino "ordinano" un figlio a una donna messicana; la messicana mette in cantiere due gemelli; la coppia californiana le chiede di abortirne uno, quella si rifiuta e i californiani revocano l'ordine; ora lei ha messo i gemelli sul libero mercato. Il visto per la messicana era già pronto ma alla fine è intervenuta una censura dell'Udc. Sergio ha retto benissimo allo scompiglio, è stato elogiato alla fine dal megadirettore: «Avevo il polso a centocinquanta, ma quando si lavora con la pancia pare sia normale».

8

Chiara si diverte molto a vedere Gigi Proietti, la fa tagliare dalle risate; Marcello è uno zucchero in questi giorni, mi chiama senza nessuna necessità, la mattina c'è sempre un suo «buona giornata!» sul display. Così faccio la coda al Brancaccio, litigo al botteghino finché non ottengo due poltronissime centrali; gli porterò i biglietti alla sua vecchia palestra, potrà far finta di aver avuto lui un pensiero carino.

Sta cazzeggiando con gli amici, «mettili, mettili lì sulla lat» – la lat-machine, intende; m'aspettavo un po' più di festa.

«A rachitico, prima che te pago te deve cambià er colore dei capelli... segna, segna.»

«Seh, segna, mica so' Ronaldo... almeno 'e barrette, dài, nun fà er frocio.»

«Oggi si nun sei frocio sei out.»

Poi viene finalmente verso di me: «Per che giorno so'? speramo che nun è sabato...».

«Non esagerare coi ringraziamenti, potrei viziarmi.»

«Scusa, è che sto ancora un pochetto sotto shock... 'a vedi questa? è 'a catenina ch'avevo dato a Renatone, me l'allacci? Comunque Chiara 'o sgama che l'hai comprati te e se incazza pure... dice Tutte le gentilezze so' de Walter.»

«Perché, non puoi dirgli che ci sei passato tu, al teatro?»

«Quando ce passo? nun ciò mai tempo... no, è inutile che fai così, nun è vero che nun ciò un cazzo da fà.»

Effettivamente qualcosa sta succedendo, anche se non capisco che cosa; la morte del capobranco ha destabilizzato l'intera mandria. Sono state spedite strane lettere anonime ai clienti più facoltosi (una, impostata a Belsito, è arrivata anche a me) in cui si accusa Marcello di essere stato lui, a suo tempo, a denunciare Renato e a mandarlo in galera («pure infame no»). Vogliono metterlo sotto pressione, un avvertimento del tipo «guarda che ti sputtaniamo la piazza, se ti agiti troppo coi tuoi miserabili traffici» – come spacciatore è un pesce piccolissimo, di quelli che non meritano rispetto perché pippano più di quello che vendono (a parte il fatto che lo prende in culo, macchia laida e imperdonabile nel loro sistema antropologico). Nel messaggio che è arrivato a me, certe sgrammaticature erano così pacchiane e programmate che denunciavano un mittente di buona cultura.

«Vabbe', dille che l'idea l'hai avuta tu e io l'ho eseguita.»

«Te sei il braccio e io la mente...»

«Sì, mente-catto... dài, ti saluto che qualcosina da fare ce l'avrei anch'io.»

«Aspetta...»

Mi trae in disparte, si siede sullo scalino: «C'è 'na cosa che nun t'ho detto, me stanno a ricattà».

«Chi?»

«Un grassone de merda... me diceva che je servivano pe' ispirarsi, abbiamo girato dei nastri... minaccia de spedilli a Chiara.»

«Ma chi è, cosa fa nella vita?»

«'N avvocato, figùrate, cià pure 'a legge da'a parte sua... puzzava come 'no yak.»

C'è qualcosa di stonato, Marcello intuisce che sta sbagliando tono e cerca di recuperare: «È 'na cosa de prima... so' stato svejo tutta notte ma nun trovo 'na via d'uscita... con te nun me vergogno manco più... ma si nun ce l'hai 'n fa niente...».

«Quanto sarebbe?»

«Nun fà qua'a faccia... prova a indovinà.»

«Cinquemila?»

«Mazza oh, com'hai fatto? 'o sapevi già? semo proprio 'n'anima sola, noi due... però nun è che li vòle tutti insieme, je ne possiamo dà un poco e intanto me faccio restituì 'e prove...»

«Marcello, secondo te un avvocato si mette in un casino del genere per cinquemila euro, e ti restituisce le prove appena inizi i pagamenti? ma mi credi idiota? ciài dei buffi con la coca? Guardami...»

«No, cioè sì, ma adesso se sta delineando 'na fonte nuova, ce so' i musulmani che hanno bisogno de drogasse prima de fà l'attentati, boh, chennesò, pe' dasse coraggio... io ja'a vendo, che me frega...»

«Più ti dò soldi più ti metti nei guai (*stremato mi passo le mani sulla pelata, mi sfrego gli occhi*).»

«Ma che ce posso fà si me va tutto storto... si nun je la pago me pistano... sta a capità tutto insieme mannaggia... vabbe' nun me dà niente, nun te preoccupà, mo' risolvo io... oh, si vòi che vado a rubà, andrò a rubà...»

«Non piagnucolare, che mi fai incazzare davvero: quindi era per questo che eri così affettuoso, nei giorni scorsi? perché dovevi scucirmi cinquemila.»

«Ma che c'entra... si Chiara sa che facevo 'sto mestiere, me lascia; su certe cose è un po' ottusa.»

«Quale mestiere, lo spacciatore o la marchetta?»

«Tutt'e due, è uguale.»

«Perché, pensi che non lo sappia? non è mica nata ieri...»

«Olga gliel'ha nascosto, m'ha dato la certezza.»

«Non capisci che così ti tengono sotto? che se Chiara ammettesse di sapere, perderebbe il potere che ha su di te?»

«Dici?»

Gli stacco l'assegno, salutando mentalmente il mio conto in banca che va in rosso. Mentre attraverso i campi per la fermata della navetta, il profumo straziante dell'erba appena tagliata mi fa groppo in gola; infanzia, cresima, nostalgia. Marcello mi rincorre frustando l'aria coi pantaloni larghi della tuta: «Me stavo a risdraià, poi ho detto fammene parlà co' Walter...».

«Che c'è ancora?»

«No, te volevo dì... ma è normale che Renato me viè in mente proprio tutti i giorni? tutti tutti... me sento, boh, vuoto.»

«Stai ancora aspettando che ti dica lui cosa fare.»

«Nun me credevo d'essece legato così... la cosa positiva è che nun ciò più paura de morì, perché si mòro lo vado a trovà.»

«Forse è per quello che non riesci ad amare davvero le persone, perché ne hai troppo bisogno.»

Abbassa le ciglia umide, non mi guarda in faccia.

«Be' mo' nun stamo a insiste co' 'ste parole, ch'è peggio... torno a finì i tricipiti... meno male che ce sei rimasto te.»

Renzo Montagnani partecipava a tutti i porno-soft sulle professoresse porcellone perché aveva un figlio minorato e doveva guadagnare. Datemi reality, fiction, dialoghi, domande per i quiz: con la parannanza, al sole, posso essere un onesto operaio. Inquinatore. La mia trincea d'amore è un avamposto talmente avanzato che alla fine sarà disertata anche da me. Vivere non negando il proprio handicap, alla costante presenza di una salute possibile. Scommettere sul lato positivo di Marcello («ciavevo bisogno de uno come te, che corre quando a me nun me va de spostamme, e me tira fòri quando ciò un principio de depressione»), cioè sul mio lato ottimista. Fratello cresciuto in terra straniera, rapito da piccolo, con abitudini quasi irriconoscibili – ma fratello. O forse no, forse un contesto avverso ha spinto un ragazzo normodotato fino a somigliarmi: come il carabiniere che è diventato sordo per lo scoppio di una granata frequenta la stessa scuola riabilitante di un sordomuto dalla nascita. Che succederà, se i nostri lati in ombra prevarranno? Il suo corpo (se si appesantisce) ha una solennità bovina: «tutto a posto», ripete invariabilmente quando gli telefono e gli chiedo come va. Amarlo più del lecito è una precauzione o un pretesto?

Le poltrone al Brancaccio non le hanno utilizzate: Chiara cadendo s'è incrinata una caviglia. La settimana scorsa aveva battuto la testa su uno spigolo della cucina e han dovuto darle quattro punti: si ferisce continuamente, si ammala, forse non è così in malafede come credevo. Quando Marcello è costretto in casa con lei per più di due giorni («è in mutua fino a venerdì, porella, oggi magno co' lei») si fa due palle così, non ne può più («o me parla de lavoro o pulisce cor Folletto»). Effettivamente è verbosa, una volta me l'ha passata al telefono e per spiegarmi come funzionava la disinfestazione dagli acari ci ha messo quasi venti minuti (con Marcello che faceva il segno di impiccarsi, e di farsi le pere, sghignazzava e bisbigliava «adesso l'hai capito perché me drogo?»). Si ferisce perché non sa come altro manifestare il suo essere in trappola: conosce Marcello da quando aveva quindici anni, è vissuta praticamente in casa coi suoi perché era orfana dei genitori e abitava nello stesso cortile con la nonna ormai anziana. Ha visto venir su questo ragazzo sempre più bello e anomalo, l'ha idolatrato come quello che l'avrebbe fatta invidiare dalle amiche e l'avrebbe introdotta nel cinema o in televisione. Tutte le donne erano le sue, tenerissimo e cazzaro, lei moriva in un angolo, di gelosia; poi l'ha visto cadere, abbassarsi a qualunque servizio e a qualunque umiliazione, infine è stata scelta come infermiera o salvatrice. A raccattare un relitto che anche così è meglio di tutti gli uomini sani che lei conosce; ma è orgogliosa, è cresciuta per strada; si mostra dura, lo respinge; il che spiega perché, tra tante, sia rimasta per Marcello quella a cui appoggiarsi («quando j'hanno trovato er nodulo, so' entrato in chiesa e ho detto Dio, si 'a fai morì torno qua e spacco tutto... tiro giù er crocifisso dall'altare e me ce impicco io»).

Chiara è gelosa di me, forse è la prima volta che vede Marcello così attaccato a un uomo: mi accusa di essere insincero, trova che quel che faccio per lui sia «troppo». Questi sono gli elementi che ha in mano: 1) ha portato una volta Marcello da una sua amica maga, per liberarlo da un supposto malocchio, e la maga le ha detto «Marcellino ha delle pulsioni omosex, ma non ha il coraggio di metterle in pratica»; 2) sa che era legatissimo a Renatone e sa che mestiere Renatone faceva, oltre a quello di cravattaro; 3) Marcello stesso le ha confessato che, «da giovane», si vendeva agli uomini per soldi («che a me che conoscevo i suoi me pare assurdo, perché era il cocco de casa e gli davano tutto quello che voleva»); 4) sa che io sono omosessuale, ci ha tenuto a leggere i miei libri; 5) sa che passo a Marcello moltissimi soldi, anche se sottostima la cifra. Due più due fa quattro: eppure continua a chiedersi che cosa combiniamo io e Marcello quando viene da me, «perché quando stai da Walter stacchi sempre il telefonino?».

Se è una tattica di dominio, le è riuscita perfettamente. Ma non credo sia così semplice. C'è in lei qualcosa che *merita* la verità. Un ingorgo di eroismo, o di linfa, un tumore segreto che la spinge a superare, digrignando i denti, i limiti della propria condizione intellettuale e sociale.

«Io sono una donna, Walter, non ho neanche trentacinque anni e ho le esigenze di una donna... che m'importa a me se sono il suo punto di riferimento, quando poi non mi tocca da più di sei mesi... se andessi a cercarmi un altro sarei più che giustificata, ma ciò dei valori, non lo posso fare di nascosto... se glielo sbatto in faccia mi risponde "ma che sei matta? nun stamo bene così, che te manca?"... una volta o l'altra la pazzia la faccio, gli butto le valigie fuori dall'uscio... io non ciò paura della solitudine... poi però, quando vedo 'sto gigantone che mi prega, e si mette a piangere, "a Chiaré, ce stai solo tu per me", ecco che mi sciolgo tutta... avrei bisogno veramente d'uno psicologo che m'aiuterebbe.»

È una bambina indecisa, ma non devo dimenticare che io tifo per Marcello, non per lei; se pretende che sia io a sbrogliare le sue equazioni, si sbaglia.

«Credo che se tu lo cacciassi fuori di casa sarebbe rovinato; ha necessità di vivere con te, e proprio perché sei una donna... dice che non ti cerca sessualmente perché ha paura di essere respinto... vi state guastando la vita per degli orgogli scemi, prova ad avvicinarti tu qualche volta...»

«Posso farti una domanda diretta? ma te con Marcello ci fai l'amore? Ho il diritto di sapere con che genere di uomo sto progettando di...»

«Se ti dicessi che Marcello non mi attira fisicamente sarei un bugiardo... ma io sono abituato a fare l'amore solo se avverto il desiderio nell'altro, non mi va di farlo per forza... con tutti i soldi che gli dò, credi che mi sarebbe difficile ottenere del sesso in cambio, se insistessi?»

«Ah, no di sicuro...»

«Però sento che lo farebbe controvoglia, o per pietà o per riconoscenza, e allora no, mi dispiace... preferisco guardarlo mentre dorme... a te non ti tocca perché non riesce a disprezzarti... si abitua subito a fare a meno delle cose, non si lega a nulla, per questo noi ci leghiamo tanto a lui... se io lo salutassi gli dispiacerebbe un po' perché gli verrebbe a mancare una fonte di reddito, ma dopo tre giorni si sarebbe dimenticato, come Elsa...»

«No questo non credere, ti vuole un bene che io non ho mai visto... l'altro giorno gli ho detto che m'avrebbe fatto bene parlare con te, infatti, be' s'è incazzato: "nun te permettere de disturbarlo, Walter è mio!". Oh, tientelo, ma chi te lo sfiora...»

«Teme che se ci parliamo si scoprono gli altarini.»

«Io ammetto tutto, guarda, so' de borgata ma ne ho viste tante de cose, co' un fratello come il mio capirai... se Marcello mi direbbe Io ciò necessità de stà in casa co' una donna perché me serve de copertura, va bene, che problema c'è, però allora lasciami libera, viviamo insieme lo stesso, te cucino, te stiro la biancheria ma ciascuno si fa la vita sua...»

«Lui ha bisogno di te.»

«Me lo dimostri, se no che ce faccio, la birra? te non sai quello che soffro, Walter, che quando vado a letto la sera e lui si prepara le strisce sul tavolo, non sono mai sicura che nun lo trovo morto la mattina.»

«Qualche volta m'ha chiesto anche a me di procurargliela...»

«Non cedere, per carità... guarda, ti parlo proprio come una sorella, da questo punto di vista sei l'ultima cosa pulita che gli rimane, anch'io ho dovuto sporcarmi... non ti far fregare pure te.»

«Sono molto incerto...»

«Io ci credo nel destino, anche te ormai sei coinvolto... con te almeno qualche sforzo lo fa, viene dal medico, ti dà retta... me sa che tra un po' te lo spedisco, ce l'hai un lettuccio?»

«Come no, c'è il letto degli ospiti nello studio...»

«L'unica cosa che non sopporterei sarebbero le bugie; allora troncherei anche con te tutti i rapporti... io nel fondo so' cattiva.»

«Che tu dica di non sopportare le bugie avendo a che fare con Marcello... senti, costerà quello che costerà, ma io adesso ti spiego quel che so... poi dipende da te, e da quanto è forte il tuo amore.»

Così ho provato a spiegarglielo, con cautela e precisione, il debito omosessuale di Marcello. L'attrazione fresca, spontanea, a specchio, per quelli fatti come lui; la devozione masochista per gli adulti autoritari; e la ricerca cieca, proiettiva, di un cazzo gigantesco ed eretto. Mi ascoltava come una bambina, con gli occhi sgranati. Le ho dettagliato qualche episodio, escludendo i più intollerabili e sottolineando sempre la parte di vittima che Marcello vi sosteneva. Lei tirava su col naso ma non voleva che saltassi nessun particolare. Le ho detto di noi, del patto economico, dei miei desideri e della mia impotenza («lo devi domà, Walter», «non ho i mezzi per metterlo sotto fisicamente, con lui non mi si rizza»). Le ho accarezzato la zazzeretta bionda, con un gesto da suicida – l'ho pregata di non farne parola con Marcello, «se è fatto così non ha colpa, a impaurirlo lo fai soffrire e basta; se è vero che lo amiamo dobbiamo cercare di aiutarlo, invece». S'è allontanata lottando con le chiusure della borsetta, «non ti prometto niente».

«Ma c'è un omaccio, qui.»
Accarezzandomi i peli della pancia e adoperandosi in una fellatio perfetta, affettuosa, eseguita da vestito. Qualcosa di terribilmente impersonale e incestuoso nello stesso tempo. Intuendo che di questa familiarità non potrei più fare a meno, ho avuto paura d'aver rovinato tutto tradendolo con Chiara.

«Chiara t'ha detto niente?»
«Adesso è un po' de tempo che me fa i ricatti, j'ha preso così... ma io je dico Pensa a quelli che nun ciànno da magnà, o stanno all'ospedale, c'è tanta gente al mondo che... basta vedé i telegiornali... vabbe', mo' ciavemo 'sto problema sessuale, però piano piano se risolve...»

«Sperimenta con me che sono meno impegnativo, a collegare l'affetto e il sesso: se ti riesce con me, poi ci provi con Chiara...»

«Ah bravo, è 'na bona idea... che dici? famo venì Elisa venerdì? intanto provo a sventrà lei mentre te bacio a te, pò esse 'n inizio... e quel sergente dell'altra volta, che voleva portà il trans...»

«Dicevi che non volevi più vederlo...»

«No, perché je restava moscio, te ricordi? ormai lo odiavo er letto per quel giorno... come si c'era rimasta 'na tristezza sul materasso, eh so' strano... magari je famo pijà 'na pilloletta...»

«Sei incredibile... pensi che questo possa aiutare Chiara?»

«Nun lo so, dicevi... nun me fà troppe domande, pure te... già hai rischiato de farmi ammazzà.»

Ride, non mi pare possibile che alluda alla confessione, alla resa dei conti.

«In che senso?»

«Dài, nun me ne frega niente, però ammettilo, sei stato 'n infame, me potevi avvertì... porcodue, quando je trema er labbro de sotto a me me viene 'na paura...»

Chiara è rientrata, s'è messa a cucinare, s'è tagliata una fetta di avambraccio; lui è accorso, lei gli si è gettata contro col coltello, l'ha colpito alle costole e l'ha buttato a terra dove l'ha fracassato di calci. Per questo non si era voluto spogliare, si apre la camicia e mi mostra il cerotto, i lividi.

«Oh madonna, Marcello, scusa...»

«No, niente, così s'è sfogata... ha minacciato che stamattina dovevo lascià casa, invece m'ha fatto trovà la colazione co' un biglietto, "sei il mio amore ci vediamo stasera".»

«Stasera non farti trovare sniffato... perché non le dimostri che se ti accetta come sei puoi liberarti della droga?»

«Nun me venì fòri anche te con la comunità, se no te mando affanculo come a lei.»

La novità è che Chiara gli ha chiesto di avere un figlio, e l'unico sistema pare essere quello della procreazione assistita; Marcello ha dovuto fare una spermicultura, l'ho aiutato a estrarre la materia prima con cui centrare il contenitore sterile; i risultati del testosterone (a causa delle iniezioni di Testovis) erano abnormemente alti e invece l'LH e l'FSH bassissimi. Sarebbero state necessarie ulteriori analisi che si guarda bene dal fare, lascia scadere ogni volta l'impegnativa. Chiara si lamenta che per lei gli esami sono molto dolorosi, non ha senso farli a fondo perduto; da una parte sembra ritenerlo il modo migliore per trattenere Marcello (aveva anche pensato all'adozione ma lui respinge l'idea), dall'altra assicura che il figlio potrebbe benissimo mantenerselo da sola («se avessi un figlio non mi fregherebbe più niente di lui»). Marcello oscilla da un'apparente condivisione («facciamola 'sta bimbotta, dài») alla preoccupazione per i cambiamenti («dicono che te se modifica proprio 'a capoccia... un sacco d'amici che l'hanno fatto se so' presi tutte le responsabilità, e prima erano come me»). Il comune denominatore è l'ansia d'essere lasciato in pace.

«In realtà questo figlio lo vuole solo lei.»
«L'hai capito, ve'?»
«Non sei l'unica persona intelligente, in questa stanza.»
«Bella battuta.»

Il suo corpo è così radioso che il perdono precede la colpa, qualunque essa sia; Chiara la capisco – datemelo per un mese innamorato di me, e soffrirò l'insoffribile per sempre.

Bush annuncia da una portaerei che l'Impero del Bene ha vinto: Saddam è ancora introvabile ma gli Alleati possono cominciare a rimpatriare le truppe; «we'll get him», lo prenderemo.

In prima serata, dopo il telegiornale, c'è il programma che segna il rientro di Sergio in Italia come conduttore; m'ha riservato un posto in studio ma ho declinato l'offerta. Siccome neanche a farlo apposta parlano di maternità e di adozioni, ho invitato a vederlo, a casa mia, Marcello e Chiara. Sono arrivati con una bottiglia di Müller-Thurgau da supermercato, io ho fatto le cose in grande con aragosta e foie-gras, ma non gli piace: «Quando saremo ricchi, dovremo abituarci a mangiare pure 'ste cose».

Marcello conforta Chiara ma si schifano dopo pochi bocconi; per fortuna ho in frigo anche un paio di bistecche.

Il programma effettivamente non ha più nulla di giornalistico: è un game dedicato alle donne «in dolce attesa» e intitolato *Domani mamma*: tre vip incinte fungono da giuria, le prove consistono nel rispondere ad alcuni quesiti legislativi (spiegati da un gruppo di volontariato informatico, Mammeonline) sulle «nuove frontiere» della maternità, ma anche nel dimostrare di saper cambiare i pannolini e indovinare la giusta temperatura del bagnetto. C'è una prossima ragazza-madre albanese che vorrebbe far adottare il proprio figlio in Italia e a cui è data la possibilità di "visionare" in trasmissione alcune coppie di genitori adottivi possibili. Sergio è disinvolto, spiritoso, cosciente del proprio appeal: guardo Marcello, che è imbarazzato perché si ricorda di quanto Sergio ce l'ha grosso e istintivamente fa scrocchiare le mascelle.

Chiara m'ha confessato che si farà ingravidare da un collega di lavoro, poi fingerà che abbia funzionato l'inseminazione con lo sperma semi-sterile di Marcello – tanto non è mica uno che pensa a pretendere la prova del Dna. Lui, da parte sua, si sta bombando di anabolizzanti a livelli stratosferici, perché spera così di mandare in vacca il progetto.

«Una donna certe cose le sente, stavolta ho molta fiducia.»

«Chiaré, si va in porto okèi, si nun va nun fa niente... de bambino ce sto già io.»

«Me' cojoni, sai la consolazione... spero che venga su un po' diverso da te... se Walter accetta di fargli da insegnante...»

«Come nun accetta? sarà 'o zio...»

«Sto cercando di fare da maestro a lui, ma hai visto i risultati finora...»

«Perché io nun ciò niente da imparà.»

Si alza e va in bagno, sia io che Chiara sappiamo a fare cosa; ma appena i suoi dorsali spariscono dietro lo stipite, ho comunque la sensazione idiota che il mondo resti privo di senso. Torna con la polvere bianca ancora alle narici; sul video passano le ecografie delle concorrenti, assegnano punti al nascituro che nell'ecografia ha «la posa più simpatica».

«Come lo chiamerete?»

«Si è 'na femmina Renata, si è un maschio Alfonso... o 'n altro nome, pe' il maschio, mo' vedemo.»

«Maschio o femmina, speriamo che abbia gli occhi del tuo colore.»

«Anche gli occhi di mio padre erano affascinanti, neri.»

«Meglio quelli di Marcello, dài... non vuoi capire che stai con uno degli uomini più belli d'Italia?»

«No, per lei so' normale...»

«Be', normale è una parola grossa...»

«Senti chi parla... scemo.»

La carezza della voce è inequivocabile, a Chiara passa un lampo d'infelicità negli occhi. Sergio sta premiando la «mamma futura» dell'anno, «possiamo dire che questo ranocchietto nasce sotto i migliori auspici».

Ma sì, sarà una commedia grandiosa. Il *nostro* ranocchietto dovrà avere, crescendo, le stesse possibilità che avranno i suoi compagni. Affronterà il suo destino con una famiglia alle spalle: una madre che gli vuol bene, un padre (putativo) gigante di cui andare fiero, uno zio anziano che lavorerà per quindici, procurando i soldi che servono. Uno zio che non lo sapeva, ma che in realtà aveva già deciso. Uno zio che scrive. Diventerò per lui uno scrittore di fantasia: gli racconterò la storia di Ercole, che cerca le mele d'oro meravigliose oltre le porte del mondo – e fa amicizia coi mostri, che si lasciano uccidere volentieri. E altri eroi, e incontri entusiasmanti. Ercole che scende all'inferno e ne riporta il cane tricefalo al guinzaglio... troverò, troverò il sistema per raccontarglielo senza orrori. Ercole che si sottomette al fratello diventato re ma lo spaventa con le arpie e lo costringe a nascondersi in un otre. Poi per pochi minuti si carica sulla schiena la terra, diventata leggera come una palla da baraccone. Salito al cielo, succhia il latte dai seni della matrigna e da uno spruzzo sfuggito alla sua bocca nasce la Via Lattea.

Marcello ha la faccia rossa, chiusa come un pugno («è l'afflusso de sangue»); sospettoso come un roditore dalle orecchie mobili («s'è fermata 'na moto»); il ragazzino crescerà, dovremo prestargli tutti attenzione.

«Sembri uno zombi.»

«Me sento risallato... volevo dì rilassato... porcodue è entrato qualcuno, se sentono i passi pe' 'e scale... sticazzi oh, mica stamo a fà niente de che... che ciavete da guardà, sto bene.»

«Non stiamo bene noi, a vederti così: guarda che se ci fai disperare troppo ti molliamo tutti e due.»

«Io so' così, ormai nun peggioro: posso solo migliorà.»

Non s'è fatto la barba, dice che è trendy alla Brad Pitt ma si trascura perché sta perdendo speranze; non è voluto venire agli ultimi casting. Niente muterà se non da fuori. Stai tranquillo, ranocchietto: se ci sarà uno scoppio a San Pietro, o a San Siro, lo affronteremo insieme: ormai scappare non mi diverte più. Ma non ci sarà, te lo garantisco; no, nessun attentato.

Post-scriptum 2004
Tra Berlusconi e Osiride

1

Ci siamo fidati troppo, crogiolati nell'idea che le istituzioni vanno avanti comunque; a una Preside eccellente è succeduto un Preside medio e, ora, uno pessimo; mi pareva intellettualmente elegante ostentare superiorità, snobbare come poveracci («non hanno nient'altro nella vita: finita la stagione brevissima dell'amore e quella un po' più lunga della ricerca, adesso si accontentano di dirigere il traffico») i rari colleghi che lanciavano allarmi.

Il corso di laurea in Lettere classiche ha ceduto per primo, meno di due iscritti l'anno negli ultimi cinque; ma anche Lettere moderne, l'anno scorso e quest'anno, non ha superato la soglia dei dieci nuovi iscritti. Filosofia è sempre stata debole e il crollo di Lingue, dovuto alla concorrenza spietata di Teramo, ha precipitato gli eventi. Sotto ci sono, ovviamente, manovre politiche regionali e forse nazionali: qualcuno ce l'ha col nostro Rettore – più che le destre, pare, gli ex-democristiani della Margherita. Molte facoltà di Lettere, in Italia, continuano a vivacchiare con numeri più bassi dei nostri. Fatto sta che, dopo accorati richiami, anche il Rettore ha capito che doveva abbandonarci al nostro destino se non voleva essere trascinato a fondo pure lui.

Ieri il nostro Consiglio di facoltà, in una seduta strappalacrime, ha deliberato che in assenza di fatti clamorosi si autosospenderà alla fine di maggio. È in corso un'attività frenetica di contatti per farli accadere, questi fatti; almeno per concederci un rinvio, qualche mese di respiro. Altrimenti la delibera autosospensiva passerà al Senato accademico e al Consiglio d'amministrazione: questi proporranno al ministero la chiusura e il ministero, prendendo atto, chiuderà. Tra un anno la facoltà di Lettere dell'Aquila potrebbe non esistere più. Abbiamo rassicurato gli studenti che verranno «collocati» o a Teramo, appunto (quelli di Lingue), o a Pescara o a Chieti. Non perderanno gli esami già sostenuti.

Ci siamo accorti troppo tardi che il nostro personalistico disimpegno (nessuno si prendeva nemmeno più la briga di giustificare le assenze) minacciava quella stessa privata tranquillità che si illudeva di difendere – ora alcuni di noi potranno riciclarsi come docenti di materie letterarie nella facoltà di Scienze della formazione, qualcun altro (pochissimi) a Ingegneria o a Medicina (gli insegnanti di inglese, per esempio, forse il paleontologo) – il resto dovrà mettersi «a disposizione» del ministero e attendere una «assegnazione d'ufficio» in qualche università abruzzese o anche fuori. Liquidazione, saldi.

Io, come decano, dovrei farcela a rimanere all'Aquila fino alla pensione; potrei anche optare per la pensione anticipata, rimborsando col trattamento di fine rapporto il debito che ho contratto con l'università. A meno di non tentare il colpaccio e farmi trasferire a Roma. Ma le mie quotazioni sono in caduta libera – la storia con Marcello mi ha fatto perdere la stima di tutti, mi guardano come se toccassero una sputacchiera.

In questi giorni, come strillano i quotidiani locali, l'Aquila è «stretta nella morsa del gelo»; le due donne nude e bronzee della Fontana Luminosa versano un getto di ghiaccio dal loro bacile. La neve è stipata agli incroci in piramidi regolari. La riservatezza musona, l'avarizia sentimentale di questi montanari è forse solo una grande dignità; mentre da povero vecchio rasento i muri cercando di non scivolare, ho la netta impressione di avere esteso a una città intera quello che è stato il peccato principale della mia esistenza (verso almeno due uomini che amavo): l'omissione di soccorso.

Sergio miete successi: dopo le saltuarie prime serate gli è toccata la conduzione di un quiz pomeridiano – non gran cosa in sé, ma lì ha conosciuto il produttore che ora lo sta lanciando in un reality «di nuova generazione». È un format canadese in cui alcuni neonati destinati all'adozione vengono seguiti dalle telecamere dal momento in cui abbandonano la clinica al momento in cui si ambientano nella casa adottiva; altre telecamere seguono le madri biologiche; tra il pubblico è aperto un game per chi riesce ad associare la giusta madre col giusto figlio. È curiosa questa specializzazione "pediatrica" di Sergio: una volta che in televisione ti va bene una maschera, è difficile che te ne liberi più.

Chiara ha avuto un aborto spontaneo, il destino è stato saggio: troppi padri e troppi zii per quel povero bambino. «Si è, pijamo 'n artro cane» si è rassegnato subito Marcello. L'altra notte ho sognato che partoriva un pesce, l'infermiera gli chiedeva «crede che dentro ci sia un bambino?»; lui baciava il grosso pesce con trasporto poi si informava «quanto verrà al grammo?».

Qui cadrebbe un discorso non svagato sulla cocaina. A forza di lamentarsi sul peso, Marcello m'ha convinto ad acquistare un bilancino di quelli da farmacisti; non mi sfugge che, senza nemmeno troppe mediazioni, sto diventando un finanziatore della 'ndrangheta. Marcello è infantile ma il mondo che conosce è più adulto di quello che conosco io; mi sta portando in un bosco dove non sono mai stato; un mondo dove la paura è una vischiosità palpabile e le pistole sparano davvero. Il «cavallo» (uno spacciatore di livello intermedio, superiore solo alla «formica») che ho incontrato in una piazzetta di Torre Spaccata, sotto un bell'albero di melograno, si guardava continuamente alle spalle e rispondeva spaventato a ripetuti solleciti sul telefonino, «tra cinque minuti so' llì»; ha afferrato le mie banconote (non si fidano degli assegni) e senza nemmeno contarle è saltato sullo scooter, come se fosse questione di vita, anzi di morte. Hanno cicatrici, macchine coi parafanghi bruciati: appuntamenti per strada sempre vaghi, senza mai indicare il numero civico per paura delle intercettazioni. Abilissimi nel far salire il prezzo della merce («sai quelle proteine che hai dato a Walter l'altro giorno? se ce n'hai ancora di quelle, bene, altrimenti nun vengo», «eh, però quel tipo di proteine costa de più») ma sinceramente affettuosi se li salvi da una brutta situazione, l'occhio subito lucido mentre ti offrono una grappa.

Marcello è straziante nella sua dipendenza: se cerchi di toglierglene anche solo una briciola ringhia come una iena a cui minaccino di togliere la carogna – ma è anche il suo modo di stringere amicizie: paga con un «sassetto» un benzinaio mai visto perché ha intuito dai gesti che avrebbe accettato. Formano una società segreta, una carboneria diffusa su Roma; per ognuno di loro, forse, vale quel che io provo per Marcello: cioè il bisogno di sfidare le zone inviolate, il deserto. E ognuno, periodicamente, esala il proprio anelito di liberazione: «A Wà, ma 'na polvere, può comandà lei?».

«Stai attento» è l'unica frase che Sergio riesca ancora a spremere sulla mia vita amorosa; è troppo preso dagli aneddoti sull'alito cattivo di *** («abbiamo attaccato il fornelletto del Gled assorbiodori prima che arrivasse, meglio prevenire che curare»), su Patty Pravo che, bisogna capirla, si è appiccicata il chewing-gum tra i capelli e alla fine aveva un malloppo imbarazzante. Quando ho avuto il blocco alla schiena si è offerto di mandarmi il filippino di Simona Ventura. Ha percepito la delusione, la solitudine nella mia voce: «È tutto okèi, coniglio?».

«Sono disperato ma sto bene, grazie.»

«Anche a me mi vengono le nostalgie, sai, non credere... solo che ormai non mi va di approfittare... l'altra sera avevo deciso di chiamarti perché ero in fase di revisione, poi invece di martirizzare te ho martirizzato Teresa...»

Teresa è una collega conduttrice, forse di RaiDue, una specie di minus habens dallo strepitoso stacco di coscia; dunque mi parifica a una cretina. Avrei preferito se me l'ammazzavano quand'era ancora un ragazzo insicuro.

I miei colleghi si sbagliano, a considerarmi tra i responsabili dello sfascio. Anzi no, responsabile lo sono ma non per le ragioni che credono loro – non perché ho abbandonato il pubblico per il privato, accecato dai miei piaceri sessuali. Avrei preferito occuparmi di insegnamento – la vicenda con Marcello è una vicenda di conoscenza, più legata al dovere che al piacere; se sono stato assente dall'accademia è perché mi sentivo in congedo per missione (o forse per malattia, o entrambe); ho lasciato il pubblico per il pubblico.

A favore di quale conoscenza? Tra i culturisti e il sapere, ho scelto il «sapere intorno ai culturisti». Ma con Marcello li ho attraversati, anche se adesso vorrebbero ritornare – e dunque, conoscenza (o cognizione, o intelletto) di che?

2

Eccoci tra gli irriducibili della Lazio, amici vecchi di quando giocava in porta; si vantano di fronte allo «scrittore», che saresti io: si definiscono «scozzesi in terra inglese», il «Corriere dello Sport» lo chiamano «er Coriere de Trigoria» dalla località dove i romanisti vanno in ritiro; raccontano, come se fosse l'*Iliade*, l'avventura notturna in cui spiarono la famosa scritta: «Aveamo già piazzato er materiale nostro, quando Cucciolo dice "ahó, guardate du' cieche che se mòveno, de llà"; a'a curva dei bruchi, se vedeva ch'avevano scavalcato pure loro... er Primizia stava conciato da fà schifo, nun ja'a faceva manco a parlà, fa "li dovemo sgobbà"... ma tiette, ma che sgobbi, così 'a polizia scopre che venimo a piazzà le armi, mettemo nei guai pure er metronotte che ce dà 'na mano... dài, annamo a sentì che fanno... annamo lungo lungo senza fà rumore, ma nun se poteva accostà troppo... allora mannamo avanti er Tiricchio, che cià 'n udito che sente zompà 'na pulce a cento metri... e riferisce do'o striscione, "Roma, arza l'occhi ar cielo si vòi vedere l'unica cosa più grande de te"... er Primizia tutto brutto ca'a bocca storta ce ariocava "fatemeli sgobbà", appena je dimo 'a frase se ferma e fa "pe' forza, er cielo è biancazzuro"... tàc... se guardamo in faccia, "regà, pensate anche voi quello che penso io?"».

Così il giorno dopo i romanisti ebbero l'amara sorpresa dello striscione "a rispetto", e si accusarono l'un l'altro d'avere spifferato. Buono anche il botta-e-risposta sulla Cirio, per qualche tempo sponsor della Lazio; i romanisti avevano scritto "i pomodori nel vostro destino" e i laziali di rimando "pure i piselli pe' tu' madre". Marcello ride, succube e partecipe. Mi spiegano che la Borgata vince sul tifo: se incontrano un romanista nei loro territori, laureato però anche lui alla «Tufello University Street», invece di pistarlo si limitano a uno schiaffone («pe' stavolta mamma Borgata te para il culo, vedi d'annattene, perché qui io so' martello, ma se t'incontro da voi faccio presto a diventà incudine»). Metafore che inchiodano Marcello al suo terrore. Se dallo schermo, per la premiazione di un italiano che ha vinto la maratona, suonano l'inno di Mameli, ecco che scattano nel saluto fascista. Parlano del chirurgo laziale che dopo gli scontri ti medica senza schedarti, e dei celerini che hanno sgarato in fronte; e del pischello che, avendo preso la coltellata nelle chiappe, all'ospedale aveva indossato la sciarpa della Roma, «cor cazzo che je faccio vedé ch'hanno umiliato un laziale». La differenza sostanziale, pare, è tra «avecce o nun avecce pompa», cioè coraggio.

Un ventiduenne sta lanciandosi nel mondo del freefight, quella lotta nelle gabbie dove nessun colpo è escluso: sta partendo per Osaka, gli hanno promesso borse altissime. Si vanta del suo bisogno di «sventrare» una donna ogni dieci ore, fa vedere l'agenda; quando entra in gabbia gli si arrovesciano gli occhi e non riconosce nessuno, a un coreano gli ha staccato a morsi l'orecchio sinistro. È devotissimo a Padre Pio, mena pensando a sua madre e alla villetta che le comprerà, per compensarla di quanto l'ha fatta soffrire in passato. Quando ci lascia, Marcello mi mormora «è un bimbo, hai visto, grosso com'è... è bòno bòno, porello, mo'o mangerei di baci». Poi però i rimasti cominciano una lunga pippa su Negro che ha accettato le condizioni della squadra ma non gli firmano il contratto lo stesso, e «quante cene te sei fatto con Negro?» chiesto in tono offensivo, e che 'n òmo vero non si fa comprare con un orologio, e da lì slittano sulle barzellette (il carabiniere col braccio alzato sopra la capoccia: «m'hanno rigalato st'orologio, m'hanno detto ce pòi fà pure la doccia... ma l'acqua da 'ndo esce?») – ridono sui gemelli siamesi, uno gay l'altro no, con un solo culo; raccontano sghignazzando dello scherzo fatto a un amico che stava a scopare con una mignotta, gli hanno dato fuoco al materasso e lui non se n'è accorto finché non gli sono bruciati i piedi. Er Trottola si guadagna la vita portando i trans sul luogo di lavoro, ogni tanto ne vende qualcuno a un poliziotto che in cambio gli passa la cocaina recuperata coi sequestri. Marcello controlla con la coda dell'occhio l'effetto che mi fa; ma se dovesse scegliere tra me e loro sceglierebbe loro.

La prima forma di conoscenza, dunque, è sociale: accettare che Marcello (con tutto il suo ambiente) sia inassimilabile per me, perché integrato in un contesto che me lo rende estraneo e spregevole; le borgate *non sono* adorabili; volerlo seguire significherebbe sradicare e rinnegare quel che ho imparato negli ultimi cinquant'anni.

3

Eppure è diverso da tutti: qualcosa in lui non appartiene al suo mondo, né al mondo in generale – al mondo in cui tutti si alleviano la vita con pretesti, di lavoro di guerra o d'altro. Lui si sveglia la mattina ed è nudo di fronte ai desideri, fino a sera. È diverso dai bisessuali leggeri e voraci che scopano indifferentemente uomini e donne per sport, e dai gay supermuscolosi per sfida, coniglietti-da-palestra secondo il modello americano (dopo aver sbrigato la "pratica": «scusa, hai un po' di mouth-washing?»); è diverso dai borgatari ottusi che considera amici, e dagli escort accorti che si sanno gestire puntando a obiettivi finanziariamente ragionevoli. Marcello è un *unicum*, un controesempio abissale, non assomiglia a nessuno.

Lo rimprovero perché oggi è svogliato; lui si stranisce di più, un mutismo irritato cala nella stanza; i tentativi di orgasmo risultano penosi; si giustifica «nun m'hai lasciato ascoltà la musica perché avevi già programmato che se stava insieme», rispondo «in questo hai ragione, scusami» – gli occhi gli si illuminano, fa il segno di vittoria col pollice alzato: «e vai! almeno su questo ciò ragione». Quando per caso dimentico di dargli i soldi mi dice «io nun te li chiedevo, pensavo che oggi ero stato cattivo». Se è immaginabile un rovescio della dottrina buddista, potrei dire che Marcello lo rappresenta: è una creatura composta unicamente di paura e di speranza – e le due cose sono connesse: alle speranze sproporzionate («so' come Elsa, che vorrebbe esse 'n alano») corrisponde il timore reverenziale del mondo che quelle speranze dovrebbe approvare e promuovere. Marcello non ha rivestimenti: espone all'aria le proprie pulsioni e ne subisce i contraccolpi.

«Ce sta un sonnifero in 'sti cuscini... a casa de Chiara chi ja'a fa a dormì, oh, fino a 'e quattro, a 'e cinque...»

«È perché sono di lana... cos'è quel segno rosso? sembra la traccia di una fibbia...»

«Sarà stato 'n bottone, boh.»

«Dimmi la verità.»

«Porcodue, nun posso avé un po' de privacy, io? l'artri la vita è la loro e la mia è de tutti?»

«...»

«Te sei incazzato perché pensi che me so' sottomesso?»

«Sono stanco... sono quasi due anni che faccio quattro lavori, che ognuno basterebbe per una persona: faccio il romanziere, il professore universitario, il critico letterario e l'autore televisivo.»

«È colpa mia, ve'?»

«Un po'... ma non voglio fartelo pesare, i pro e i contro li sapevo; lo dico sempre anche agli amici, non è facile sostituirlo, preferisco avere tre da Marcello che trenta da chiunque altro...»

«Solo tre?»

Il suo è un caso di narcisismo senza autostima, di egocentrismo senza individualità; aderisce umile come l'acqua ma come l'acqua sogna di evaporare. Perfino il suo assumere cocaina ha una qualche dignità aristocratica, perché a differenza della maggior parte dei borgatari lui con la cocaina *si annoia*.

Ho provato a confrontarlo con anabolizzati analoghi, i culturisti gay del "circuito" che ormai esiste anche a Roma; ne ho incontrati di intelligenti («tu sei uno che crede di avere e non ha»), di teneri e colti («usami pure come metadone»), di interessati ai miei libri; ma tutti hanno un profilo, un obiettivo, una strategia: e allora i muscoli si rivelano per quello che sono, cartapesta. La dedizione di Ruggero, uno che addirittura posa per le copertine del mitico «Colt» a Los Angeles, non è durata più di venti minuti: sotto c'erano i progetti, le distanze da mantenere, la casa da comprare, l'amor proprio, i giudizi (tornando la seconda volta, «se ti serve qualcuno da adorare, io sono la persona sbagliata»; Marcello in situazioni analoghe «te so' mancato almeno un pochetto?»). Marcello è un pulviscolo, un glutine, un vortice di riflessi, un'autovertigine.

La ginecologa masochista si è dovuta operare per un tumore maligno al seno: lui la coccola al telefono, la rassicura ipocritamente che non gli importano le tette, trova i nomi più dolci e i ricordi romantici. La caratteristica micidiale, per chi si attacca a lui, è che dà a ciascuno (o ciascuna) l'illusione di essere amato (amata) in un modo speciale; come un angelo che riverbera l'equanimità divina, o un comune delinquente con l'istinto del raggiro. Non è mai in malafede perché ha sinceramente bisogno d'essere circondato da una "cipria d'amore" – mormora a ciascuno quel che ciascuno vuole ascoltare, ma con un'ingenuità che ogni volta è inaspettata: le sue invenzioni verbali ti spiazzano perché è un "semplice", ma un semplice di ritorno. Uno che ha rinunciato (inconsciamente, senza protervia) alle prerogative dell'età adulta, perché non se l'è sentita di allontanarsi dal grumo originario delle proprie anomale emozioni. Per questo i suoi muscoli sono liquidi, pervasivi, irrecusabili.

Un "ricettore di fantasmi": non avendo mai alzato barriere contro i propri, è diventato un polo magnetico per i fantasmi altrui. Quando qualcuno equivoca, o malignamente finge di equivocare, e gli chiede indicandomi «è tu' padre?», lui fa oscillare il palmo e risponde «quasi». Figlio e carnefice, oggetto e predatore, donna e donnaiolo, marito e moglie di se stesso, inseguito dai creditori e smanioso di debiti. Moralità vorrebbe che io superassi di strappo questo nodo mortale e distruttivo – ma superarlo significherebbe perdere di vista il corpo di Marcello. Da che lo conosco non posso più guardare il cielo, soprattutto se è sereno: l'azzurro è un suo segnale, è il suo corpo illimitato. La moralità è ciò di cui non sono capace; se invoco l'impotenza, per me l'impotenza è ciò che supplisce a una moralità impossibile.

La seconda forma di conoscenza, dunque, è religiosa: sposare la docilità di Marcello, accettare il dolore che mi procura se questo significa la sua felicità. «Felicità» forse è troppo: rassegnarsi al luogo che lui indica – pensare a lui e non a me. Le nostre mani che si stringono quando tutti e due stiamo per addormentarci. «Dio ci vuole troppo bene» scrive Manzoni «per lasciarci trovare la contentezza nel soddisfacimento delle nostre passioni». E aggiunge, con un affondo lacerante: «il dolore nasce non dalla mancanza, ma dall'amore della cosa».

Un amore doppio, dunque, ci vorrebbe – che riesca a rinascere quando i fantasmi uccidono l'amore; l'amore può sconfiggere l'ossessione solo *amandola*. Se i fantasmi ti fanno evadere dal mondo, l'amore ti ci riporta; devo scegliere, tra amare un figlio o torturare uno schiavo (quand'ero piccolo, con me non hanno scelto, forse, e da lì sono cominciati i miei guai). Un amore che sappia amare se stesso in quanto difettivo, parziale, consapevole di non poter arrivare dove invece dovrebbe – a non toccare più Marcello, a non imporgli più il sesso con me. Ma perché poi? «Che ce guadagneresti?» mi obietta giustamente, «nun me so' mai lamentato». A lui fa piacere frastornarmi col suo corpo, darmelo da giocare. Si diverte anche lui. Non devo aver paura di nessuno dei due estremi. Anzi, ho ricucito due lembi lontani, due modalità che un tempo mi parevano avversarie: eros e agape, compassione ed estasi. Nel lenzuolo a croce (o a rosa, o a dollaro) che ha l'impronta di Marcello.

4

Dopo lo svacco estivo, i palinsesti televisivi stanno riprendendo a metà settembre, ma con una singolare mancanza di innovazione. Gli stessi programmi dell'anno scorso, le medesime facce: se vedo ancora la Clerici, e Bigazzi, e la Anna Nonsocome alla *Prova del cuoco*, posso vomitare. Per la prima volta, credo, hanno confermato per *UnoMattina* la stessa conduttrice di *UnoMattina-Estate*, l'ennesima miracolata (dicono) del cazzo allora giovanile di ***; c'è Vissani che fa il provolone fingendo di insegnare come si tagliano le melanzane a un gruppetto di smutandate cinguettanti, gli dà pure i voti; a una reduce del *Grande Fratello 4* è stato affidato uno spazio sulla spiritualità, solo perché è di Padova e devota a sant'Antonio – un sedicente «scrittore» la intervista e le domanda, incongruamente, «che canzoni canti sotto la doccia?».

Nel nostro programma c'è stata la rivoluzione: siccome i "protagonisti reali" non si trovavano più, abbiamo deciso di uscire allo scoperto dichiarando l'uso degli attori. Contro le previsioni pessimistiche della Rai, il pubblico ci ha seguito: anche troppo. «Non potete fare dieci punti più di Cucuzza» è stato il diktat di viale Mazzini; eravamo arrivati al venticinque anche con le storie più abborracciate. Sicché ora, all'apertura del nuovo anno, c'è stato un ritocco verso l'alto per gli inserzionisti e noi ci siamo impegnati a non superare comunque il diciotto di share. Non vogliono storie che superino le tre puntate. «Gli sceneggiatori si stanno montando la testa, si credono di essere meglio di Maria Venturi»; così dal settimo piano – poi capisco che non è la storia troppo lunga che li disturba ma un bambino annegato nel lago, «non sta nella linea editoriale». Provo a parlare di affinità elettive e piccolo mondo antico, specifico che sono titoli di romanzi, ma «i romanzi» mi oppongono, «vai e te li compri, la televisione entra in tutte le case». Obbedisco.

Ci siamo tenuti «la palla al piede della verità», per cui alcuni attori superblindati «faranno i veri». La scenografia è caramellosa, tutta vetrate arancione e sedie di plexiglas; lo studio possiamo usarlo solo dopo le sette di sera, il che crea enormi problemi sindacali. Nel numero zero presento un feuilleton con tutte le credenziali in regola, agnizioni e finte cecità. Parrucchieri e truccatori, nell'angolo delle basse forze, si sganasciano alle battute più prevedibili («questa è la parte più squallida... guardate la Vaudetti, è più schifata che stupita»); vorrei difendere il mio prodotto, non sono il loro giullare. Se Marcello si stendesse nudo sui cubi color ciliegia inarcando le reni, e si facesse possedere da quanti lo... – se il potere che legittima questi luoghi lo ammettesse all'abbraccio delle telecamere e avesse il coraggio di mandarlo in onda, un granello di energia potrebbe filtrare e farebbe esplodere la baracca.

Un autore nuovo, che ci hanno mandato a supporto, mostra un tema del figlio undicenne che la moglie gli ha spedito via e-mail:

> Mio papà fa un mestiere strano, che io non l'ho mai capito bene, dice che fa l'autore televisivo e che se quando sono grande non avrò voglia di lavorare posso farlo anch'io, però credo che scherzi perché lui lavora moltissimo. Delle volte mi parla della tivù e io ci rimango un po' male, perché le cose non sono mai come uno le guarda.

Mentre legge gli sprizza orgoglio ingenuo dagli occhi, non si accorge nemmeno che il tema è stato taroccato dalla moglie; è un peccato, che il compito di inquinare tocchi a gente così perbene.

Il possesso, ho l'impressione che gran parte dei pesi della contemporaneità gravi su questo punto dolente; la fiducia che si possano realizzare i sogni possedendo gli oggetti (ma soprattutto le *persone*) che ossessionavano i sogni stessi. Ruggero ha distrutto per sempre i sogni «Colt»: tutti gli eroi che idealizzavo, nella realtà si comporterebbero come lui. Una volta posseduta, la realtà non è più quella; i "forzati dei fantasmi" non possiedono i loro oggetti, li annientano. Se si lacera il fragile diaframma dell'immagine, resta l'orrore. C'è un'oscura complementarità tra le torture perpetrate dagli americani sugli iracheni nella prigione di Abu Ghraib e la maniacale repressione del sesso perpetrata dagli ayatollah sulle donne iraniane. «Tutti i sogni si stavano avverando, e non c'era via di scampo» scrive (a proposito delle aspettative comuniste di quando Khomeini stava tornando dalla Francia) Azar Nafisi, un'intellettuale femminista che ha insegnato per molti anni all'università statale di Teheran. Il mondo si avvia a diventare un immenso spettacolo pornografico per un Dio guardone. Le soldatesse americane infilano carote nel culo degli iracheni perché così si sono divertite a casa fantasticando sui cliché in videocassetta; ma il culo degli iracheni è vero e scatena reazioni imprevedibili. I fantasmi pornografici dell'Occidente si installano nel cervello degli ayatollah, ma le iraniane sui cui corpi vogliono vendicarsi sono vere e si abituano a vivere da schizofreniche. O un seguito ininterrotto di malintesi e di stragi, o l'affermarsi di una post-realtà analfabeta che respinge il passato rifiutandosi di leggerlo.

L'impulso a conoscere e quello a possedere, che sembrano sorgere insieme, in effetti portano verso direzioni opposte; è la mancanza di possesso che costringe alla conoscenza. Se il Terzo Mondo non riuscissimo a possederlo, saremmo obbligati a conoscerlo.

È stata la leggenda metropolitana su Berlusconi a darmi l'idea: malignano che quando si è fatto il lifting non si sia limitato al viso, il «tagliando» si sarebbe esteso alle parti basse. Un vero e proprio pezzo di ricambio. Si chiamano protesi "peniene", non peniche. Le più moderne consistono in due cilindretti inseriti nei corpi cavernosi, che sgonfi si possono tranquillamente ripiegare accompagnando la posizione del pene in riposo. Nello scroto si impianta un meccanismo da azionare con la pressione delle dita che pompa nei cilindretti, rendendoli rigidi, il liquido contenuto in un'ampolla sferica collocata chirurgicamente sotto gli ultimi muscoli addominali.

«Ogni investimento è rischioso quando è totale» mi avverte l'andrologo; «è una via di non ritorno» insiste, perché per installare i tubicini si deve rimuovere una sezione dei corpi cavernosi e quindi l'erezione naturale (quel po' che comunque riuscivo a spremere) sarà danneggiata irreversibilmente. Ma non ho scelta, possedere Marcello significa dargli quello che lui vuole da me; rendere efficiente la sola parte di me che desidera. Se per soddisfare un suo desiderio mi rovino per sempre, chi se ne frega. Ora che sto rischiando la castrazione chirurgica, mi sembra di sfidare il mondo per la prima volta; di affrontare finalmente la terra di tutti. (Contemporaneamente, ho l'impressione di vivere su un asteroide: simile in tutto alla terra, se non fosse per una gravità più frizzante e per il fatto che ogni cosa vi porta inciso il nome di Marcello.)

Non compiendo quest'ultimo passo, le mille pagine che ho scritto sulla mia vita non sarebbero che un'enorme gravidanza isterica. Sono stato abbastanza coraggioso per guardare nel fondo, ma nel fondo c'era uno specchio. Devo romperlo. Ho fatto il test del Psa per la prostata, l'ecografia: l'adenoma è compatibile con l'intervento. Domani entrerò all'Esperia Hospital e quando ne uscirò tutto sarà compiuto; dopo sei settimane di convalescenza e di castità, vedremo se funziona; non mi hanno garantito la riuscita al cento per cento, la penetrazione anale è più difficile di quella vaginale e non è sicuro che la rigidità dei tubicini possa bastare (è comunque un corpo estraneo e di fronte a un ostacolo tende a rientrare nell'inguine; suggeriscono oscure «manovre laterali», cioè se ho capito bene farsi largo a zig zag nelle mucose); ma, come ripeto, non ho scelta. In contraddizione con quel che ho detto prima, sulla criminalità del possesso eccetera: ma che pretendete da me, al tempo delle idee e dei sentimenti dimezzati? Ormai, quando non osiamo decidere, lasciamo fare alle macchine. Se possedessimo la merce perfetta, potremmo smettere di consumare; pensare l'assoluto è uno status-symbol. Mi pare giusto, entrare in un corpo ritoccato con un cazzo ritoccato; ai problemi della post-realtà immaginaria si risponde con la tecnologia.

La terza forma di conoscenza, dunque, è metodologica: l'autenticità mi è impossibile, al culmine delle mie ambizioni sta un atto artificiale. Mitologico, a suo modo: Iside ritrovò tredici dei quattordici pezzi in cui Seth aveva smembrato il corpo di Osiride, tutti tranne il pene. Gliene costruì uno d'oro perché potesse salire al cielo.

Non si apprezza il tramonto dalla Grundy: la luce trapassa nel buio e nemmeno ti accorgi dell'accendersi dei neon. Il mio tesserino si blocca al cancelletto perché l'ho stropicciato in tasca. La Lega ha ripreso con le censure: la disgregazione della famiglia non possiamo mostrarla, anche se abbiamo dichiarato che la nostra è una fiction; né possiamo utilizzare i minori, anche se si tratta di bambini-attori. «Sarà pure fiction ma la gente si impressiona, è il modo.» È la nostra *forma* a non essere inoffensiva. Si continuano a perdere sei-sette punti negli ultimi quattro minuti; da quando cominciano a scorrere i titoli di coda, la gente cambia canale. L'idea è quella di affidare alla conduttrice una busta a inizio trasmissione, che contenga la punizione o il premio per chi perderà o vincerà nello scontro dialettico. Così il pubblico, forse, resterà agganciato fino alla fine per assistere all'apertura della busta. «È un cliff.»

Il problema bisogna risolverlo in fretta perché è in arrivo una prima serata tra capo e collo e lo share che ci hanno fissato è proibitivo: su RaiDue quello share a quell'ora non lo fa neanche un bel film, figuriamoci noi, coi nostri mezzi. È vero che ci hanno promesso attori importanti ma non abbiamo un regista; rischiamo di slittare dal tarocco alla filodrammatica.

«Devono aver alzato il bacino in modo bestiale.»

«A prescindere dai contenuti, per le nove il vip di rinforzo non mi basta; la sera ci vuole la figa, o almeno un paio di tette... io striscio la fronte a terra davanti all'arte di Elio Pandolfi e Leo Gullotta, ma con due froci e una cozza io a farmi massacrare in prime time non ci vado.»

La competenza merita rispetto. Ognuno propone le sue formule, ma quando a fine riunione sfolliamo in corridoio sembriamo congiurati che hanno appena commesso un omicidio e si vergognano di guardarsi in faccia. Dall'università agli studi televisivi la mia attività intellettuale, ormai, oscilla tra due scene del delitto.

Pini neri all'uscita. «La natura» diceva padre Brown «bisogna goderla, non contemplarla». Dopo l'era del conoscere, è arrivato il momento di cambiare. Finora, non ho mai perso la certezza che in Marcello ci sia qualcosa di prezioso: ti prego, Signore, fa' che questa convinzione non sparisca se si inaugurerà un nuovo statuto, se addizionate capacità di penetrazione lo omologheranno. Svaluterò, inflazionerò, quando l'ingresso sarà moneta corrente? Riscoprirò la polis, la solidarietà, il futuro? Non credo. Forse da domani sarò un uomo peggiore.

Post-scriptum 2005
Sinai

1

Butto giù queste pagine sbozzandole malamente, per paura che un attacco cardiaco, o un incidente d'auto, mi impedisca di raccontarvi il finale. Poi le scriverò meglio, dettaglierò i dubbi e il dolore fisico che ho dovuto sopportare: ma adesso voglio parlare di Sharm-el-Sheikh. Già prima di partire ho potuto leccare lo sperma di Marcello sparso sul mio lenzuolo, sperma emesso mentre lo possedevo: e già lì avevo verificato la sua disponibilità, la sua lieta abitudine («più giù» mormorato sottovoce per aggiustarmi la mira), la sua posizione preferita. Porgendomi il cappuccetto di plastica per infilarci l'ago usato, dopo l'iniezione, aveva scherzato dicendo «ormai lo infili dappertutto».

Ma è qui, a Sharm, che la consacrazione si è compiuta. Tre volte in una settimana, la prima sollevandogli le gambe e guardandolo in faccia («eh, guardame come sto... appeso come 'n agnello»): la smorfia di abbandono con un briciolo di sofferenza; «anch'io» a occhi socchiusi in risposta al mio ansimante «ti voglio bene». «Me impiccio co' le cosce»: effettivamente le irrigidiva per arrivare all'orgasmo e inarcava la schiena col rischio di espellermi: l'umidità delle ampolle soltanto dopo, ancora indolenzito il mio organo in rodaggio e lui che tollerava. Ho capito che posso sfilarlo e rimetterlo, se voglio. In cielo la luna era a metà, bianca nell'ora perfetta del crepuscolo.

La seconda allo specchio, ma non riuscivo a trovare gli occhiali; sognavo di esaminarlo abbronzato, nello shape sbalorditivo che ha raggiunto (senza coca e correndo sulla spiaggia), mentre stava inginocchiato sul letto e io in piedi dietro di lui: difficile trovare l'imbocco per ragioni di inclinazione («lascia lascia, faccio io») – poi la scultura sperata ha preso forma ma la visione era sfuocata. Realizzazione onirica, con quel tanto di sfasamento e di imperfezione che ne garantisce la realtà.

Dopo la seconda, tre giorni di intervallo perché abbiamo litigato a causa di Irina, che avevamo scambiato per troia mentre ha tre figli e un marito morente a San Pietroburgo. Generosamente mi ero offerto di sparire, ma non mi ero portato niente da leggere e loro non la finivano più, dato che Marcello col preservativo non riusciva a venire.

«È stata colpa tua, che m'hai obbligato a usà 'sto coso... m'aveva preso la fissa, ch'era tardi e che te stavi fòri ar freddo.»

«Te la farò pagare: domani sono cazzi, nel vero senso della parola.»

«Basta che sia uno solo, no tanti... oh, più de quello che m'hai già fatto nun me pòi fà.»

(Così ho cancellato dal mio cervello la Frase assassina, quella che mi ha avvelenato ogni minuto degli ultimi due anni, «si 'o sa Alfonso, me se incula»; adesso potrebbe dirla anche per me.)

«Non ci scommettere, la mia fantasia è notevole in questo campo... comunque sappi che quando fai lo strafottente ti castigo...»

«Porcodue, allora 'e faccio apposta, 'e cazzate, pe' poté avé il castigo...»

Un leggero affanno di gelosia, per gli anni dedicati agli altri e la sua evidente perversione promiscua (quante cose ci si potevano fare, oltre che ammirarlo!). Ma quando gli ho concesso di rivedere Irina, sapendo che il giorno dopo sarebbe finalmente volata verso la neve, s'è giustificato dicendo «Ici co' oggi nun la vedo più, noi ciabbiamo tutta la vita».

Scoppiavano i fuochi artificiali, i pesci-pagliaccio rientravano nei pori della barriera corallina e un cartello sulla strada pubblicizzava un albergo in costruzione, "discover your kind of paradise".

Nella terza, è stato lui a prendere l'iniziativa: io, con la nuova calma che mi dà la macchinetta, m'ero mostrato disinteressato per l'intero giovedì – il venerdì (venerdì santo anche per il calendario) è capitato sulla veranda dopo aver dormito, facendo «bubù» con la voce intenerita dalle fusa.

«Ho sognato 'na pischella, nun la vedo da quando ciavevamo dodici anni, tredici toh, era un maschio nel vero senso della parola, però bella, giocava a calcio benissimo, capelli lunghi, che me voleva menà.»

Subito m'ha abbracciato ed era in erezione; si è lasciato girare e leccare, non avevo fretta, anche il sessantanove che di solito mi smontava l'ho affrontato con disinvoltura; è incredibile che lui con le labbra o con le mani non si accorga del parallelepipedo sottopelle, ma se si accorgesse non sarebbe lui. Lo voleva, m'ha guidato all'incrocio, l'ho visto di profilo digrignare le mascelle e per la prima volta (nel nuovo regime) siamo venuti («sbrìgate») insieme. Ha riso del riso acuto con cui di solito liquida il peccato, «nun me se chiude più... me se so' rizzati i capelli... ma siamo matti? oh, uno c'è morto così». Io, finalmente, l'ho fatto accoccolare con la testa sul mio petto: felice per tutta la distesa del tempo passato e futuro, e stop.

«Sai come farti perdonare, eh?»

«È 'na seconda natura.»

La gioia non cresce infinitamente: si avverte il clic di una moltiplica e si inserisce il rapporto da pianura.

Davanti alla banca un poliziotto che recita il Corano mi fa alzare lo sguardo ai monti del Sinai, incombenti ma trascurati finora – dentati, ferrosi, indifferenti all'escrescenza turistica. Di tutto cuore ringrazio il Dio degli eserciti, il Dio della colonna di fuoco che ha permesso la mia vittoria (i beduini te lo mostrano, in pieno deserto, il roveto ardente: è il *Dictamus Albus*, un cespuglio che reca su ogni foglia vescichette di gas, sicché si accende d'improvviso al solo sfiorarlo con un fiammifero). Se il Dio di Mosè mi apparisse ora e mi dicesse: «per magia, in questo momento tutti gli uomini della terra sono disposti a dirti di sì; scegline uno, a tuo piacimento» – be', sceglierei Marcello. E ce l'avevo lì, che si stava sciacquando in bagno col flacone del Cytéal e con la confidenza di una matrimonialità ormai acquisita. Eccolo che torna con gli slip bianchi a righe rosse e mi fa «yes sir» con il pollice (lo sentiva sempre dire, senza capire che significasse, nei porno a sfondo sadico-militare, e ieri sera qui lo diceva un cameriere).

Lo so, il vero happy end non sarebbe il possesso ma la liberazione. Dai bordi della gioia si riaffaccia, minaccioso fantasma inconoscibile, il tempo quotidiano. Davanti a uno dei bungalow hanno trovato un coniglio sgozzato. Eppure tecnicamente la mia autobiografia, sono costretto a riconoscerlo sul piano delle tipologie letterarie, non è una tragedia ma una commedia, visto che ha un fine lieto. Il possesso di Marcello mi ha cambiato la vita, restituendomi al mio genere (maschile); lui m'ha chiesto quel che si chiede a un uomo e io ero lì, a fornirglielo – ma lui è anche un angelo: il divino ha avuto bisogno dell'umano e l'umano è stato all'altezza. Questo volevo che sapeste, e se ora mi prende una meningite virale non importa più. Esco sul corso di questa cittadina artificiale, nata dagli insediamenti militari abbandonati dagli israeliani dopo i Sei Giorni; stiamo cercando una farmacia dove ci hanno assicurato che il Parabolan lo vendono senza ricetta.

«Mi sento il padrone del mondo» dico, allargando le braccia; e Marcello, per rintuzzare una superiorità di ruolo, mi risponde: «Be', te comunico che nun lo sei».

2

Le emozioni sono come soldati durante un attacco: qualcuna cade ma l'esercito avanza. Sfogliando gli appunti di questi mesi, mi meraviglia il gran numero di pagine prima di arrivare al trionfo; la rasatura antisettica all'inguine, la luce forte sullo scannatoio di marmo, il chirurgo incoraggiante che si lavava le mani. Ma poi l'intervento aveva lasciato strascichi, ho rischiato l'infezione, e le lacrime colmavano le palpebre inferiori di Marcello come quella volta che vidi l'acqua formarsi alle sorgenti del Clitumno. Non voleva che morissi, induriva i glutei e me li offriva, «toccali che te fanno stà mejo». Mi commuovevo come di un buon augurio. «Sei settimane di castità» era stata la prescrizione; ma il mio corpo rigettava quell'apparato estraneo e l'astinenza si protraeva minacciando di trasformarsi in qualcosa di ben peggio, in un'anticamera del tracollo. Mi doleva fino alla schiena, gli antibiotici sembravano non giovare, il chirurgo era ottimista ma metteva le mani avanti, «riapriamo, lo ripuliamo e lo rimettiamo in funzione» – come se avessi potuto sopportare tutto quello sconquasso, continuando a mascherare la vera causa agli occhi di Marcello (gli avevo fatto credere che mi operavo per un tumore alla prostata).

«Allora so' io che porto male... uno vabbe', ma due no.»

Piagnucolava pensando a Renato e pretendeva che lo vendicassi: «Stavolta alla morte je lo sbattiamo ar culo».

Come un coltello nel cuore, il terrore di dover morire senza fare l'esperienza decisiva; restando convinto dell'inimicizia di Dio. Che una forza superiore ce l'avesse con me. Se non altro potrò licenziarmi dalla Grundy, visto che non avrò più bisogno di soldi; ma non riuscirò a trasformare la rassegnazione in saggezza; la disfatta mi assale a freddo, nel bel mezzo di un sogno di potenza. L'infezione regrediva, intanto, rifiorivano i sorrisi tra i dottori: «sta come torre ferma che non crolla», al primo collaudo pratico in studio.

Poi, sul campo, con Roberto particolarmente ricettivo, la consolazione che non fossero necessarie manovre speciali, «ora è entrato benissimo»: ma la notte un senso terribile di nausea. Come se avessi fatto qualcosa che non dovevo fare, mangiato un frutto che non dovevo mangiare, come se tutti i muscoli mi si ammucchiassero in gola e dovessi vomitarli. Forse i culturisti erano solo da guardare, non dovevo staccarli dalla parete; una conversione all'incontrario, sto perdendo la fede.

E invece no: ogni dubbio svaniva con Marcello nel giorno tanto atteso, lui che era arrivato un po' stanco («le gambe me fanno pinocchio pinocchio»), gli bisbigliavo da dietro «aspetta, aspetta che sta succedendo il miracolo» – e lui, mezzo incredulo mezzo *routinier*, che facilitava l'operazione: un po' scherzando («per me era mejo prima»), un po' sinceramente contento, si vedeva. Qualche stupore tacitato da mie brevi chiose anatomiche e para-scientifiche («un indurimento del cremastere occludeva la valvola»).

«Sei l'unico caso mondiale, de una malattia che t'ha guarito.»

«Ti voglio ancora più bene, Marcè.»

«Credevo meno.»

Sono uscito dalla capanna dei bambini e delle donne, ho ucciso il mio primo impala. E qui il bandolo si ricongiunge con Sharm, col numero tre che è sottomultiplo dell'infinito; Irina la russa che aveva «una quarta profonda», e lo schiaffo che ho dato a Marcello per avermi mancato di rispetto («'o sopportavo pure più pesante»).

Nessuna angoscia, più, anzi orgoglio e tentazione di rivelare quando il solito maligno in palestra, alla sbruffonata di Marcello («a Sharm ce stava tanta de quella fregna che me so' dovuto sacrificà») risponde «girate un po'... eh, con quel culetto te credo che te sei dovuto sacrificà». Fino a qualche dimestichezza inedita: si lamentava di una contrattura al collo per aver «fatto ponte» al momento dell'orgasmo, e ho dovuto massaggiarlo col Lysen Emulgel. L'intimità è contagiosa, soprattutto per uno così mimetico come Marcello; io ora non ho più paura a stargli vicino, e lui mi telefona qualche volta mentre è solo in casa.

«Che c'è?»

«Niente, così... te volevo solo sentì.»

E schiattate, voi che date i nomi alle cose.

3

La riconciliazione genitoriale avviene una domenica mattina, al cimitero, con un mazzo di gerbere portato da mia sorella e un rametto di orchidee in mano a me. Mia madre estrae dal borsone un paio di forbici per tagliare i tralci secchi del gelsomino, si china a fatica. Mia madre potrei scoparla anche adesso, grassa com'è: la protesi mi ha fornito quell'indifferenza che non ero riuscito a mettere insieme in sessantasei anni. Nonostante tutto non ce l'ha fatta a castrarmi, ho rimediato da solo coi mezzi che avevo a disposizione – inutile rivangare ancora, quel che è stato è stato.

Mio padre mi guarda dalla foto ovale, col suo sorriso vile e affaticato; sento ancora sotto le dita i fianchi di seta di Marcello che muove il bacino per farmi aderire meglio, butta indietro le braccia e mi afferra le cosce tirandole a sé – con la stessa smorfia di quando all'incontro di pugilato gridava al suo favorito «dài, così, spaccalo spaccalo quer nano de mcrda». Caro papà, abbiamo avuto tutti e due le nostre soddisfazioni, molto diverse tra loro ma paragonabili: ognuno per la sua strada, senza invidie e senza rancori. Non sono meno maschio di te.

Nel nuovo clima di perdono il cielo si offre per quello che è, un miscuglio di ossigeno azoto e altri gas rari che solo lo spessore rende azzurri. Senza timore gli occhi si inoltrano («più giù») nel sereno mentre una musica esala dagli altoparlanti della chiesa: è troppo, anche la musica no. Non voglio lirismo, mi basta Marcello che *dopo il fatto* si stira per recuperare dignità e riaffermare una sua intangibile solitudine. «Addomesticare il suo fiore», ecco, ma rispettando i destini di ciascuno.

M'avvio lungo il sentiero d'uscita con l'impegnativa sensazione che la famiglia non sia più un peso, e l'amore non sia più un ripiego.

Nelle penniche pomeridiane m'addormento come un bambino di due anni, o come un minerale; non ci si può fare niente con la gioia, se ne compie il giro e si torna indietro. La felicità è una cosa stupida: si accontenta della vicinanza, della presenza. Eppure, a pensarci bene, anche i beati in Paradiso, non godono semplicemente della *visione* di Dio? Marcello ha il genio della seduzione: ogni volta non sono sicuro che si lascerà possedere e ogni volta che succede mi sembra un premio. Quando non ne ha voglia si tiene su i pantaloni, o addirittura nicchia se gli chiedo di togliersi le scarpe. I suoi rifiuti («giovedì che nun m'alleno famo 'na cosa più articolata») in fondo mi fanno piacere, solo i prostituti non si rifiutano mai. La cura che pone nel vestire è una fragile, inconscia protesta al fatto che tutti lo desiderano spogliato: l'eleganza è una scusa per negarmi il più innocuo degli strip.

«Mio dovere 'sta minchia, mo' sto tiratissimo, 'o sai che più me sento in forma più divento stronzo.»

Ma appena mi lamento che qualche curva cede, corre ai ripari con le sostanze appropriate («senza sostanze nun c'è apparenze... quasi quasi riadotto er Proviron, pure si è epatotossico, sticazzi»); il suo corpo si moltiplica nel fulgore degli specchi, il narcisismo stesso è il più irresistibile degli afrodisiaci e inopinatamente durante le manovre esce un po' di sangue.

«Era troppo che nun l'usavo... perché so' così delicato, porcodue?»

Ogni lesione è risanata, la certezza di averlo aggetta sul futuro.

Chiara da quando ha perso il figlio si è immersa nell'attività politica, è «coordinatrice circoscrizionale» di Forza Italia; Marcello si lamenta che la casa non è più in ordine, che se vuole le camicie stirate se le deve stirare da solo: «si 'o sapevo, nascevo donna direttamente». Queste botte di orgoglio virile somigliano a quando ci accusa tutti di rimproverarlo perché va a far danni con gli amici («me dite sempre come me devo comportà... allora me metto er collare e faccio er prete direttamente» – vaga aurorale intuizione della santità del suo ruolo). Ma soprattutto sono indice del testosterone in piena. «Così ciò più tempo pe' l'altre», si consola delle assenze "politiche" di Chiara e colleziona carampane improponibili, gattemorte appiccicose che lo vogliono «elevare» e gli regalano i dvd di Biagio Antonacci o il Vasco Rossi di «vorrei trovare un senso a questa storia...»; preferisce le brutte e antipatiche perché s'è abituato da sempre a far l'amore con chi non gli piace. Le sadizza, le sodomizza, coinvolto nel più conformista dei machismi, in palese contraddizione con la femminilità che trapela dal suo lessico quando giustifica il suo mancato concedersi agli uomini («sai quante volte *l'ho mandato in bianco*» diceva del Principe). È una *persona*, non un'Immagine; e in quanto persona, nemmeno tra le migliori («vado a strizzà Walter», questo sta dietro ai suoi exploit di gentilezza, lo so); talmente sbalestrato tra imperativi opposti che la sua nevrosi rischia di virare in aperta schizofrenia.

«Si ero normale, nun me scejevi.»

Ha ragione lui: la gioia nel tempo decade, annotta nel semibuio della frustrazione; ma una sottile pellicola la preserva dal quotidiano fino a che risorge, carsica. Un giorno Marcello arriva e si toglie subito le scarpe, scherza sui "fantasmini", cioè i calzini a scomparsa che gli ho consigliato io: si appisola nudo a pancia sotto, e quando dopo tre quarti d'ora comincio ad accarezzarlo nei punti buoni, e a lubrificarlo, fa ancora finta di dormire ma dagli angoli della bocca si capisce che sorride.

«Ohi» il suo esordio adesso al telefono, pegno di una domestica consuetudine, «che stai a fà», non necessariamente per avanzare una richiesta di denaro ma per scaldarsi al fuoco di qualche sicurezza.

«Tira il muscolame» gli ordinava con eccitato disprezzo l'ultima fotografa che ho assoldato, per un progetto editoriale che forse non andrà in porto. Lei non mi aveva voluto sul set, invocando i diritti dell'ispirazione; ma il suo studio, dove mi aveva consentito di restare, era separato dal set stesso con nient'altro che un paravento. Dalle fessure intravedevo i riflettori, una scala, e Marcello nudo che forzava le pose; la neutralità inerme con cui rispondeva alle domande indiscrete di lei. Ho riscattato e vendicato i voyeurismi di quand'ero ragazzo: a quel corpo luminoso non ho più niente da spremere. Allora, alla semplice possibilità di spiarlo dietro un tramezzo, avrei agganciato il mio erotismo di anni – ora posso richiamare con tutti i sensi le sue mucose più esperte e segrete: lo spiare ha la superfluità del lusso.

Sto aiutando un collega a scrivere un libro sull'Africa; ha fatto ricerche per anni in Costa d'Avorio e l'obiettivo dell'ultima spedizione era riuscire a intervistare un «medico dei pazzi» di laggiù, uno che va nei villaggi e libera dai ceppi i malati di mente (li tengono legati alle radici degli alberi ai margini della foresta perché se ne vergognano, gli buttano ogni tanto del cibo come ai cani); ma è partito in un momento delicato, ha visto in faccia la guerra, i bambini coi kalashnikov ai posti di blocco. Ha capito che non poteva più comportarsi come un antropologo tradizionale, il disagio mentale degli africani vuole raccontarlo mettendosi personalmente in gioco, «come se fossi un romanziere». Sellerio ha proposto a me di fare l'editing e ho accettato con entusiasmo, magari mi purifico delle cazzate televisive. Il collega non sta nella pelle, è felice della collaborazione come un ragazzino, «quando m'hai detto di sì ho dovuto passeggiare mezz'ora avanti e indietro sul terrazzo». Il suo problema è l'eccessivo pudore, la carenza di egotismo («Walter dice che ho l'Io moscio»). Sarebbe bello insegnargli a trasferire le emozioni sulla carta e accompagnarlo ad Abidjan per filmare la piazza che chiamano "la Sorbonne" perché lì avvengono le grandi discussioni; anzi, andare lì e consegnarla a loro la macchina da presa, che lo facciano loro il film.

Non so perché, ma ho l'impressione assurda che io e Valerio (così si chiama il collega antropologo) raccontiamo la stessa storia. Ecco che cosa scrive dopo aver incontrato i ragazzini-soldato:

Dare un mitra vero in mano a un bambino significa interpretare la sua cattiveria e il suo reale desiderio di uccidere. È un'idea grandiosa nella sua semplicità, frutto di un'intelligenza impersonale e diabolica; una messa in ordine nel guazzabuglio di ogni passato per estrarvi gli elementi primi dell'odio e piantarli come semi perfetti nell'avvenire, per un'economia del male che qui in Africa ha trovato l'incarnazione storicamente più compiuta.

Mettere il desiderio nudo (come fa il consumismo) nelle mani di adulti infantilizzati, non è come mettere un kalashnikov nelle mani dei bambini?

Anche far uscire Marcello (e il suo ambiente) dai pregiudizi sui maschi e sulle femmine, sul potere e sul godere, sarebbe una dura battaglia culturale, l'impegno di molti anni; il difetto delle lotte è che si contraddicono a vicenda, non si può combattere più di una lotta per volta.

«Saranno state le dieci di sera» hanno confermato alcuni abitanti, «all'improvviso abbiamo udito le grida di un uomo; ma erano strane, a volte rideva, a volte sembrava terrorizzato. Si aggrappava alla rete di recinzione del parco, urlava No, mortacci vostri, così no, allontanava a calci tre ragazzi più giovani; poi s'è lasciato cadere tra loro e sono corsi scherzando tra i cespugli». Le grida, hanno aggiunto altri condomini, sono ricominciate poco dopo, agghiaccianti, disumane. La mattina successiva, verso le sette, una donna che portava a passeggio il cane ha scoperto il cadavere: oltre al cranio sfondato, sul corpo sono state riscontrate profonde ferite da taglio; la più grave, che potrebbe aver reciso l'arteria femorale, all'interno della coscia destra. I bermuda e le mutande dell'uomo erano perfettamente ripiegati accanto alle radici di un albero; la maglietta invece ce l'aveva ancora indosso, lacera e sporca di sangue. La vittima era un culturista, un muscolosissimo ragazzo che lavorava come comparsa a Cinecittà; abitava con la madre ed era uscito in ciabatte per annaffiare le piante. Accanto al cadavere è stata ritrovata una bottiglia vuota di brandy spagnolo.

«Ecco, questa è la fine mia, si nun sto tranquillino» commenta Marcello buttando via il giornale. «Mi dispiace di non poterti aiutare più di così» gli rispondo prendendogli la mano; «scherzi? fai pure troppo... te sei uno importante, uno che sa le cose, se fa rispettà... e m'accetti come sono...». Senza accordarci conveniamo su un orgasmo silenzioso («zitti zitti, fa troppo caldo oggi per gridare», «'o dici a me? so' venuto senza toccamme, perché me premevi nei punti giusti»). Dall'assoluto non si guarisce.

4

Il quiz che Sergio sta conducendo (siamo alle ultime puntate) è contaminato col talk – man mano che i concorrenti rispondono esattamente (facendo salire il montepremi), vengono sottoposti a "tentazioni": realizziamo questo o quel tuo sogno (ti pubblichiamo il libro di poesie, ti facciamo cantare col tuo idolo, ti ritroviamo il vecchio commilitone) se rinunci ai soldi. Un ragazzo voleva, coi soldi, aprire un negozio d'abbigliamento insieme a un amico; si sente un campanello e Sergio annuncia al pubblico una sorpresa. Arriva la ex-fidanzata, contrita: sì, ti ho abbandonato e ti ho fatto soffrire ma ora ho avuto mesi per riflettere, mi pento dei miei errori, ho capito che siamo fatti l'uno per l'altra. Questa è la tentazione: se il ragazzo rinuncia agli ottantamila euro del montepremi, avrà l'amore della sua ragazza per tutta la vita. Il ragazzo suda, ansima «mi mettete di fronte a una scelta tostissima»; alla fine sceglie l'amore della ragazza, nel tripudio del pubblico, «all'amor non si comanda».

La nuova frontiera della post-realtà televisiva è confondere i piani logici: è del tutto ovvio che il ragazzo avrebbe potuto tenersi il montepremi *e dopo*, su un altro piano, riprendersi la fidanzata se veramente lei aveva deciso che lo amava. Convincerla che il montepremi era per lei, per la loro vita futura. I tempi televisivi, l'ansia del gioco, hanno creato un cortocircuito paradossale tra il livello logico del quiz e il livello logico della vita. Telefono a Sergio che o non capisce o sottovaluta: è quasi infastidito, protesta che la storia era vera, obietta «vuoi mettere lei come sarebbe rimasta delusa?», mi raccomanda «ogni tanto tienila a riposo quella testaccia». Se proprio lo voglio sapere, aggiunge, la nuova frontiera è la telefonia: mandare agli utenti briciole di soap, attendere risposte filmate in cui gli utenti stessi si propongono in piccoli ruoli e montare le migliori su un canale satellitare la sera stessa. «Buttare il telefono in televisione, invece del contrario»; la Saatchi & Saatchi, pare, è molto interessata. «Ci vediamo a cena una di queste volte»: a parlare di che? Per fortuna il cellulare fa i capricci, la linea va e viene: «Mi sa che è il tuo, io ho chiamato prima e funzionava benissimo».

«No caro, il mio è l'ultimo modello, extreme band; buttalo te quel ferrovecchio, il mio con gli altri non ha problemi.»

Allora forse è proprio la nostra comunicazione che è impossibile.

Non ho più tempo; io, famoso per la puntualità agghiacciante, ora sono sempre in ritardo su tutto. Mi sveglio presto la mattina, verso le sei, ma sempre più difficilmente mi lasciano tranquillo nel pomeriggio. Il cellulare squilla appena m'abbiocco, e non posso staccarlo perché se chiama Marcello voglio che mi trovi. Invece è Tizio che mi ricorda di raccomandare un suo libro, o Caia che pretende di sapere in giornata che ne penso della sua tesi, o Sempronio che mi sollecita la risposta a un questionario; e la segretaria con gli orari da mettere sulla guida, e il direttore di produzione che mi convoca in Grundy per lunedì, e l'idraulico che ha la figlia sotto concorso. Hanno tutti ragione, naturalmente, tutti diritto a un po' della mia attenzione. Ma io uno sono. Lasciategli piegare le gambe in pace, a questo povero somaro. A questo corpo sfatto che qualche strigliata di tenerezza la merita, se ancora riesce a entrare in uno come Marcello. Sto vivendo sessualmente al di sopra delle mie possibilità, sto sfruttando troppo il mio motore e rischio di ingolfarlo. Mi pulsano le tempie, mi tremano le gambe: che lascerò al mio piccoletto quando sarò morto? La vecchiaia mi rimbomba nelle orecchie come il barattolo legato alla coda di un cane.

Altre cene mi catturano adesso: al quarantesimo compleanno di Marcello (i peli del petto, commoventi e sexy, gli stanno diventando bianchi), le donne in giardino a fumare, gli uomini in processione al bagno a pippare: le sedie quasi tutte vuote, in un'orgia di telefonia mobile una nonna semi-addormentata e un ragazzino che urla. Passano alla nonna l'ultimo sacchettino di coca, perché è la sola di cui si fidano tutti; lei lo divide in tre parti rigorosamente uguali e le distribuisce ai tre nipoti. Ma Marcello mi strizza l'occhio e mi mostra che ne ha rimpiattato uno negli stivali. Perennemente in bilico tra l'obbedienza e la contumacia. Vorrebbe «pulirsi il sangue» e contatta in palestra un tossicologo omeopata; ma le medicine richiedono una puntualità d'assunzione di cui non è minimamente capace; decide che farà solo le analisi, «almeno controllo a che punto sto».

«Si me dài er nulla-osta, me magno un piatto de spaghetti.»

«Lo sai che a stomaco pieno le analisi non si possono fare?»

«Per questo me serve er nulla-osta, l'analisi mica scappano.»

«Vabbe' màgnateli, almeno non dirai che sei troppo fiacco.»

«Me stai a fà 'na proposta indecente?»

Ci sento la voce di mille altri, l'inautenticità imbarazzata del mestiere. Poi però, una volta in azione sul letto, si abbandona a un divertimento sincero. «Questo bozzo non mi è nuovo» scherza con la voce di Totò mentre l'abbraccio da dietro; o «c'è un intruso», allargando i femorali. Se sbuffo seccato «non mi lasciano respirare, adesso Mondadori vuole che faccia un'introduzione», «non l'hai già fatta?» mi risponde ridendo.

L'eccezione indossa il quotidiano e se ne riveste come di una seconda pelle; nonostante tutte le prove in contrario, non riesco ancora ad abituarmi all'idea che sia lui, qualche volta, a volermi. Come quando mi chiede di rifarlo, a distanza così breve che io non ci avrei nemmeno pensato, solo perché la nuova stanza d'albergo gli ha suggerito una posizione insolita («e se m'appoggio llì?»), o perché il primo orgasmo non l'ha del tutto soddisfatto («te posso meravijà ancora»). In quegli istanti benedetti non soltanto lo possiedo, ma lo possiedo *perché lui lo desidera*: il culmine è raggiunto, e il segno è una spossatezza inesplicabile, beata – la spossatezza dell'infinito che si riduce, accennando timidamente all'aldilà.

Poi si ritorna a terra, col suo rifiuto di schiodarsi di casa anche se il sole fuori promette vagabondaggi meravigliosi.

«La bellezza, quando riguarda il paesaggio, non ti interessa, vero?»

«Eh certo, che ce faccio? faccio un buco in terra e me scopo pure quella?»

Un forzato dell'immediatezza, una primitività borgatara che è il micidiale pendant della mia gioia drogata (in tutti i sensi). Non ama i paesaggi perché la sua bellezza è tutto meno che naturale; una delle istantanee più folgoranti che ho di lui è quando spalanca la capsula dei raggi Uva, la sua sagoma illuminata da dietro dai neon fosforescenti. (La natura, rinnegata e persa, mi viene a trovare qualche volta quando sono solo, come un cane che se ti vede triste ti insinua il muso tra le ginocchia; durante una gita in bicicletta a Modena, per esempio, disteso a pancia in su tra i papaveri, fraternizzando con quelle ali rosse.)

L'ha pronunciata, proprio. L'ho sentita dalle sue labbra la frase-antidoto, la frase-contravveleno. Imbranato come al solito, un giorno che gli avevo prestato casa per fargli fare bella figura con una delle tante (il Viagra di supporto nel cassetto segreto), ha steso un pareo arancione sulla lampada alogena della camera («a lei je piacciono 'ste cose»): risultato, un principio di incendio. Io non m'ero accorto di nulla, solo adesso noto la vernice bruciacchiata. Ha pronunciato proprio le parole: «Ciavevo strizza a confessà, porcodue... a Samantha pure j'ho imposto er silenzio stampa "si jo'o dico a Walter me se incula"».

Non mi serve più niente, grazie. Al mattino, quando lo sento tossire nel sonno e gli avvicino il cucchiaio dello sciroppo, e inghiotte con gli occhi chiusi e mi riassopisco anch'io tenendogli una mano sui glutei, sto con la persona che ho sempre voluto e che mai avrei potuto sperare.

Lezione telegrafica. Sabato Marcello è passato a prendere tre grammi, anche per i suoi amici; non poteva fermarsi ma ha promesso «stiamo insieme domani, che problema c'è?».

Domenica, Chiara aveva la febbre e lui non è potuto venire. Lunedì è ripassato per farsi anticipare i soldi di martedì, e fare bella figura con l'amante del momento invitandola a cena. Martedì ha accusato un mal di gola inesistente («me l'ha attaccato Chiaretta, mica so' invulnerabile») e poi più sinceramente ha ammesso di aver esagerato con «quella scema» la sera prima. Ho sofferto come una bestia per tutto il mercoledì. Giovedì era tenerissimo al telefono, pentito: «me so' organizzato, così domani se divertimo tutto il giorno, senza limiti d'orario» – con un affetto che non mentiva, con l'infallibilità amorosa della madre che annienta il danno anticipando la medicina. Crollo adrenalinico, formicolio alle mani, tachicardia: sono svenuto nel corridoio della Grundy. Il venerdì, infatti, risarcimento pieno. Che ho imparato, dunque? Che la felicità non esclude (anzi, forse addirittura esige) momentanee angosce.

Anche sui dettagli del sesso, ora che i congressi carnali con la divinità non posso più contarli e il caleidoscopio delle prospettive si è dispiegato in tutta la sua ricchezza (i deltoidi che fanno esclamare agli sconosciuti in palestra «ma quanto sei largo?»), ora che le licenze del parlato hanno sommerso («scopami de brutto... più forte, dài, inculami, dentro e fuori») ogni pudore – anche sui dettagli del sesso ormai preferisco sorvolare. Le sue repliche le tengo per me («oggi devo fare il pieno di felicità», «eh, me l'hai fatto te, il pieno» – o quella volta che all'Avana, incupito perché il corteo sul Malecón ci impediva di raggiungere la spiaggia, dopo l'orgasmo disse «alla faccia di Fidel»). La preterizione è la figura retorica della rivincita. Come sbandierare, ormai, lo sfizio che ho voluto togliermi con Ruggero, la sovrapposizione di empirico e digitale? Quel che accadeva nel video (previa sostituzione di me all'attore agente) riaccadeva sul letto, con gli stessi strilli e la stessa voce: la realtà non stava né da un lato né dall'altro ma nella somma (o nella sottrazione?). Duplicati i pixel negli atomi della vita.

O come vantarsi di Roberto, che enfatizzava i suoi passati successi californiani («mi fa Look look, e a destra c'era una mia foto gigantografata sul grattacielo») sollecitando oggetti sempre più voluminosi? Marcello, Roberto, Ruggero: una nuova triade di Ercoli, declinazioni dialettali della stessa icona, ma questa volta *posseduti*.

Sarebbe facile far prevalere il calcolo e ridurre Marcello alla dimensione degli altri; né vale ricordare il suo carattere divino, perché il carattere divino è intercambiabile. È la sua purezza a essere unica, e questa purezza è fatta in parti uguali di generosità e di vuoto. Gli altri ci tengono alla *loro vita*; ti affittano delle ore ma nella loro vita, giustamente, non ti lasciano entrare. Marcello la sua (miseranda, offensiva, contagiosa, fanfarona, sbilenca) te la offre intera perché non sa cosa farne, la condivide con la stessa naturalezza («si m'accompagni me fa piacere... vabbe', come te gira») con cui i contadini di una volta condividevano con l'ospite pane e formaggio. («Ah, spartire con lui pane e droga...»)

Ogni tanto, nello scroto, avverto delle fitte: il tic-tac della bomba a orologeria, dell'ordigno altamente tecnologico che porto cucito sotto la pelle, sotto le palle; non devo dimenticare che la mia felicità dipende dal buon funzionamento di una macchina. Marcello riceve telefonate sospette, da cui deduco che (se l'occasione è ghiotta) non ha del tutto dismesso il mestiere. Devo puntare al jackpot, non ai soldini sul piatto: per il tempo che mi resta, voglio pagarmi l'irripetibilità di un rapporto umano, nel riflesso assurdo e inspiegabile della dipendenza. Di Marcello devo amare anche l'apatia, il ribrezzo che prova, certe volte, al pensiero di fare l'amore con me. Mettermi nei suoi panni, entrare nella sua testa, patire *in ogni momento* la frustrazione che lui non sia lì. Devo difendere perfino il mio dolore, e l'adorazione dal basso; l'euforia dei teatrini appagati è la mia nemica. Devo combattere per l'individualità di Marcello, non per l'incolumità mia.

L'ossessione conserva, l'amore rende irriconoscibili; l'ossessione frammenta, l'amore aderisce; l'ossessione è tiranna, l'amore è servo dell'uguaglianza. L'amore non ha ritorno, l'ossessione non parte mai. L'ossessione è nemica del tempo, l'amore vi affonda i suoi artigli; l'ossessione è eterna, l'amore è unico perché finisce. L'ossessione è monotona come il potere, l'amore è difficile come il mondo; l'ossessione si accanisce *con gli occhi di un Altro*, l'amore è personale; l'ossessione è imperialistica, fa di ogni stanza casa sua; l'amore disorienta, espatria. Dell'amore sono un novizio, non ne intuisco che l'astratto beneficio terapeutico, mentre l'ossessione mi si è infiltrata nelle ossa fin dall'infanzia. L'amore lo indovino di spalle, non ne ho mai retto lo sguardo. Anche con Marcello non faccio che assistere, in fondo, alla fase finale di un fenomeno.

«Oggi famo 'na cosetta leggera.»

«D'accordo, solo orale... niente scritto.»

(*scommetto sull'automatismo dei gesti reciproci, sul progressivo arrendersi degli ormoni, e ho ragione*)

«Però un po' de scritto, mica ce starebbe male... che dici?»

«Fammi da scrittoio, sì... ah che bel leggio...»

Il più vince, Marcello si alza a prendere l'acqua minerale in frigorifero («ciò 'n tappetino in bocca... avevo perso il controllo, oh, m'hai sbudellato»); ne offre anche a me, e contrae i pettorali («nun è osso, nun te crede»), i dorsali («me fa male anche quello che nun ciò»), i glutei («più che 'o squat me sa che so' 'e scale»).

«A proposito di scale, potresti evitare di lasciare le bottiglie sul pianerottolo, che poi mi accusano di far salire estranei?»

«Te stai sempre a lamentà, come 'n vecchio.»

«Perché, non lo sono?»

«Seh, sei vecchio solo quando te pare... mica so' 'n estraneo... io ce starò sempre, ormai se credono che abito qua... vado in giro, ma 'ndo vado?... la famija mia sei te.»

Non tento più nemmeno di teorizzare sull'amore, tacito le mie sinapsi con bocconi grossolani.

Marcello mi sta espellendo dall'autobiografia: dopo essere penetrati nell'Assoluto, che resta da dire? Vederlo concentrato, remissivo, mentre si soffia il naso che gli sto ancora dentro e sento il contrarsi dei suoi muscoli anali, be', se lui è un dio come ho creduto finora, non mi resta ch3e cadere in ginocchio, muto per sempre. Se non lo è, allora gli altri esistono davvero e non è più con l'autobiografia che si possono incontrare. Quanto era povera e ristretta, e distorta, l'esperienza su cui tanto ho elucubrato.

La sera sono talmente stanco per il superlavoro che crollo, dimentico il cellulare e gli occhiali sul letto, che poi nel sonno mi ci rotolo sopra e la mattina li trovo storzati; eppure non basta, il rosso in banca si approfondisce. Per la prima volta ho a che fare col mondo dei prestiti a tasso agevolato, dei direttori indisponenti, degli assegni post-datati, di una carta che ha l'arguto nome di Desideria. Ma fuori dalla placenta dell'università, la vita è denaro.

Ricordo la frase siderale di Beckett, in cui dice che il suo più grande terrore è sempre stato quello di «morire prima di esser nato». Ora sono nato: da circa sette mesi sono nato. Se in più di mille pagine ho prodotto un sosia, era perché io non c'ero, non ci volevo essere: adesso ci sono. Nel bene o nel male, nell'ipocrisia o nella sincerità; nell'assistere o nell'agire, nel cinismo o nella passione, nella banalità o nell'intelligenza. Ora che Dio mi ama, non ho più bisogno di esibirmi. Sto meglio man mano che il mondo peggiora, pazienza. Le mie idiosincrasie si scontreranno con quelle degli altri in campo aperto; se avrò qualcosa da raccontare, non sarà su di me.

Postfazione
E adesso?

1

A volte capitano coincidenze che, sotto l'apparenza della casualità, marcano le tappe di una strada profonda. L'idea di questo volume che raccoglie sotto un unico titolo i miei primi tre romanzi (frutto di venticinque anni di lavoro, dal 1982 al 2006) è nata in parte per contingenti vicende editoriali: passaggi, scadenza di diritti eccetera. Ma coincide, ne sono sicuro, con un mio bisogno di bilanci non solo letterari – e col desiderio di non cedere al manierismo, a costo di deviare anche violentemente dai temi e dallo stile praticati fin qui. Non è un caso quindi che il presente volume veda la luce a pochi mesi di distanza da un libro "riassuntivo" come Exit strategy: *e adesso?*

Non ci ho pensato subito a una trilogia: anzi, mentre scrivevo Scuola di nudo *ero certo che sarebbe stato il mio solo romanzo, destinato forse a impolverarsi in un cassetto. Un libro che, se pubblicato, mi avrebbe rovinato la vita, e comunque importava ben poco perché tanto sarei morto di Aids; un amico francesista, dopo averlo letto in bozze, mi disse che dopo un libro così non mi restavano che due strade (come a Huysmans dopo* À rebours): *o suicidarmi o gettarmi "aux pieds de la croix". Pensandolo come libro solitario e (per me) definitivo, dovevo metterci dentro tutto. Rileggendolo ora, dopo vent'anni, mi ha fatto l'impressione di un ordigno inesploso, di un mini-universo pochi secondi dopo il big bang. Ci sono, miniaturizzati, tutti i temi che mi si sono dispiegati in seguito; come se la mia intera produzione successiva fosse già lì, rattrappita e fetale. I culturisti, naturalmente, l'opposizione eros/agape, l'inferiorità sociale dei genitori, la fatica del sentimento senza desiderio (e viceversa), le prove di "romanaccio", l'attrazione per il denaro e per la forza, il sadomasochismo, perfino alcuni micro-miti come la Sirenetta o il matrimonio immaginario (alchemico?). Capisco ora che a molti lettori quel "troppo pieno" sia parso confusione, pletoricità, disordinato e intollerabile egocentrismo.*

L'idea di una trilogia è nata a metà di Un dolore normale, *come estensione di un delirio para-accademico: un prosimetro che aveva come lontano sfondo la* Vita nuova *mi proiettava verso il* Canzoniere *petrarchesco, e allora le allusioni dantesche del primo libro perché non avrebbero potuto disporsi in un sogno onnipotente di mimare la triade Dante-Petrarca-Boccaccio? Perché non immaginare un terzo libro che, invece di uno pseudo-canzoniere, avesse inseriti dei racconti? (Quelli che poi, staccati, sarebbero finiti nella* Magnifica merce.*) D'altra parte la dominante dantesca (unita al rosso infernale del papavero-pene di Mapplethorpe in copertina) poteva suggerire una progressione inferno-purgatorio-paradiso come paradossale (body)bildungsroman, dal rifiuto del mondo alla sua accettazione: da lì la purgatoriale giovinetta piangente di Pellizza nel secondo libro e il titolo paradisiaco del terzo (più l'azzurro sbarrato della foto di Ghirri). Megalomanie per tacitare una vergogna latente: mettere in piazza le coratelle, senza pudore (con precisazioni magari ripugnanti e maleodoranti) si giustificava soltanto con un'omologia tra privato e pubblico – tra desiderio erotico pulsante nelle sinapsi e desiderio delle merci come* instrumentum regni. *Fortini mi scrisse, con dolce ironia, "quel tuo parallelismo tra consumismo e sesso, faccio fatica a seguirlo perché ormai pratico poco sia l'uno che l'altro". Come lo sento vicino, adesso. Il consumismo scricchiola, il culturismo non è più di moda; il* *bilancio personale trova ancora una volta consonanze con la fine di un'epoca. Questo raddoppia la distanza (non oso dire il distacco) con cui mi sono posto di fronte a quel mio pezzo di passato – rivedendolo e ripulendolo, come se soltanto ora volessi (o potessi) consegnarlo agli altri come un* oggetto: *più compatto, consapevole di sé, più liscio e senza sbavature di lavorazione.*

2

Tagliare il cordone ombelicale non significa rinnegare né cambiare i connotati; presuppone, al contrario, rispetto per la creatura che da quel momento dovrà andarsene sola per il mondo. Nell'impegno di limare-senza-tradire, quindi, mi sono ben guardato dal correggere l'ingenuità di quei libri (del lontanissimo primo, soprattutto); quello era un io che si stupiva della propria stessa diversità, esagerandola, si inorgogliva dei propri difetti, tirava i lettori per la giacca perché voleva provocarli e impietosirli. Ma quanto si è mosso, quanto si è emozionato! Ingenuità e vitalità andavano insieme, quanto più si pretendeva escluso tanto più piagnucolava un posto a tavola. La non-realizzazione dei desideri alimentava un'euforia isterica che faceva tutt'uno con l'esibizionismo delle figure retoriche; i movimenti erano ripetuti perché coatti, ma ogni volta con la convinzione che fossero nuovi. (Eppure qualcosa insensibilmente si modificava, il circolo vizioso assumeva senza accorgersene la forma della spirale.) Era un io che si perdeva in digressioni perché non sapeva arrivare al punto, ma anche perché la digressione era la sua flânerie, il suo annusare curioso. I ragionamenti spesso facevano capoccella allo stato nascente, l'esitazione linguistica rispecchiava l'insicurezza del mostrarsi e del concludere.

La prima direzione correttoria, nel lavoro di revisione a cui ho sottoposto l'insieme, è stata quella dello sveltire tagliando: senza alterare, spero, il rigoglio anche dissennato ma agendo su quei tic stilistici che denunciavano l'impaccio e che da sintomi non erano riusciti a diventare segni – certe formule come "quel che è poi...", "somiglia a qualcosa come...", "nient'altro se non..."; o l'intaso degli avverbi in -mente, o l'orgia delle virgole, o qualche inutile insistenza nelle asseverazioni. Qualche capello spaccato in sedici, qualche piétiner sur place prima dell'azione, qualche dialogo troppo insistito per l'ansia di sottolineare il già chiaro. E un paio di personaggi ridondanti, in quella zona dei tre libri che per me è sempre stata la più delicata, verso i cinque ottavi del percorso, dove la paura di finire senza aver detto tutto mi spingeva a dilungarmi. Se ne sono andate, senza rimpianti, una quarantina di pagine; delle più di duemila correzioni (minuscole e grandi) almeno il novanta per cento appartiene a questa tipologia.

La seconda direzione correttoria ha avuto di mira il senso generale: senza troppo lasciarmi tentare dal drago seduttore del senno di poi, tornare sui singoli testi a trilogia ormai ratificata mi ha permesso qua e là di aggiungere un aggettivo, o una riflessione, che potessero funzionare da rilevatori, collegando più esplicitamente luoghi rimasti prigionieri della loro inconsapevolezza.

La terza direzione correttoria è stata quella dell'uniformare, sistemando nomi ed episodi che nei singoli libri si erano sparsi in anarchia e che valeva la pena di ricondurre a coerenza narrativa. Ho mantenuto, però, le sconcordanze biografiche nella vita del protagonista (anno di nascita variabile, una sorella che diventa un fratello, genitori prima morti e poi vivi), perché solo attraverso queste rifrazioni da vetro zigrinato si legittima la sua verità letteraria di io sperimentale e parzialmente aleatorio. Permeabile all'aria del tempo, un io traforato che vive più in fretta e accumula più anni del suo corrispettivo in carne e ossa. In alcuni casi, quando per uniformare ho dovuto scegliere tra un dato reale e uno inven-

tato (per esempio, un episodio che nel primo libro si svolgeva in Belize, nel secondo si svolgeva in Venezuela perché così era accaduto nell'empiria biografica), mi è venuto spontaneo dar ragione a quello inventato (ora secondo entrambi si svolge in Belize). Il Walter Siti inventato è quello che ha forma e che dura, dunque è lui che prevale; ma questo apre sulla resa dei conti più seria per me, sul bilancio "sensibile" dei rapporti tra letteratura e vita.

3

Che effetto mi ha fatto storicizzare il mio alter-ego? Chi era quel Walter Siti e quali molle interne lo spingevano a prendersela tanto per quel che gli accadeva? A odiare con quella disperazione, a tremare, a soffocare per le assenze altrui, a ingelosirsi? La nevrosi, certo, ma anche una impulsività più indifesa, l'impronta ancora recente di una speranza delusa. La domanda è se l'attuale maggiore equilibrio, e la relativa solidità, non siano il risultato di una rinuncia e di una rassegnazione. O addirittura il segno di una raggiunta freddezza, di una sensibilità mutilata. L'alibi del non avere più speranza usato per potersi nutrire, senza confessarlo, di speranze più volgari. Mi sono integrato, imborghesito (il che sarebbe anche normale, da parte di chi la borghesia l'ha sempre guardata dal basso)? Sono diventato uno di quegli squallidi benpensanti con cui me la prendevo all'inizio? Il bildungsroman (senza più il "body" di supporto) ha prodotto un ipocrita filisteo? Ecco che anch'io inciampo nelle mie trappole, parlo del personaggio come se fossi io. Io sono sempre stato un emiliano di buon carattere, conciliante, amante del cibo e dei viaggi; la mia proiezione onirica aveva bisogno di estasi, tormenti e bestemmie. Estetismo simil-dannunziano, compresa l'illusio-

ne che i tour de force stilistici fossero sublimati e autorizzati da una vita inimitabile? Non so, lo scetticismo ha prevalso, a un certo punto. Il lato comico di tutta la faccenda. La vecchiaia non è un'opinione; l'orrore per il proprio corpo, diventando sottinteso, si fa meno presente. La promozione sociale è un miele che addormenta, ma ho ancora bisogno di metafore. Fino a quando?

Rileggendo e rilavorandoci, in questi mesi, ho sbattuto la testa contro il destino reale dei miei modelli empirici. Colui che in Scuola di nudo *chiamavo il Padre è morto poco tempo fa, l'ho imparato dai necrologi di «Repubblica», non sapevo nemmeno che fosse malato; ci eravamo persi di vista, avrei voluto che fosse orgoglioso di me. Sono morti Bruno e mia madre (questa volta davvero), Sergio e Mimmo cercano sollievo a Medjugorje. Ruggero si è iscritto a un'università per anziani, studia filosofia, Alex è diventato uno scrittore di buon livello; tra i culturisti, chi è asceso nel cielo delle pornostar internazionali, chi si è laureato in Informatica e chi va a mangiare alla Caritas; di Marcello non voglio più parlare. La vita è più forte, io stringo in pugno un mazzetto di silhouettes. E anch'io laggiù, ritagliato in carta e inchiostro. È servito a qualcosa tutto l'improbo lavoro di formalizzazione (il mio ribaldo talento nel raccontare balle)?*

4

Recentemente sono tornato sugli stessi temi della trilogia, rivendicando un mutamento che avevo già annunciato mille volte; la trilogia (se si prescinde dal volontarismo delle due appendici a Troppi paradisi*) si chiudeva di fatto a rondeau: "nessun attentato" all'inizio e alla fine, cioè nessuna rivoluzione. Un "garantito" come tanti, naturalmente conservatore,* *che difende lo status quo. La lucidità non rende liberi. Che la mia vita sia stata finora solo un girare in tondo? Dopotutto sarebbe tipico delle ossessioni...* I romanzi che sono venuti dopo *la trilogia, non hanno fatto che dilatarla e svilupparla, o sotterraneamente la stavano minando? Tutto è cambiato, anche intorno. Il berlusconismo, di cui alla fine della trilogia avevo già fatto un mito, si è avviato al malinconico tramonto che spetta a ciò che non osa pronunciare il proprio nome. Un'occasione mancata dal punto di vista degli archetipi, una parabola che non ha saputo reggere al proprio destino di figura: Berlusconi si è sottratto ai poeti per consegnarsi agli storici, com'è del resto ovvio per ogni mortale (a meno che, in un estremo rigurgito shakespeariano, il suo declino non si volga in tragedia). Altri parametri si affacciano, altre emergenze: il rischio ambientale e quello demografico, lo spostamento dei quadranti geopolitici, la rapida obsolescenza dei vecchi media e della loro idea di filtro comunicativo. La mia povera trilogia, nata all'ombra dello schema "consumismo occidentale/ irrealtà desiderante", rischia di apparire irrimediabilmente out; la mia coazione al presente mi condanna senza rimedio a essere un "sorpassato"? Non mi azzardo a sperare (eccolo, il verbo malefico che si riaffaccia) che il presente volume possa entrare nel novero di quei libri di cui parla Calvino – quelli "che non finiscono mai di dire ciò che hanno da dire". Oppure, almeno, rivendicarlo come documento sociologico – da queste mille pagine indubbiamente self-centred esce comunque una bella fetta di vita italiana degli anni Ottanta e Novanta: dalla corruzione benintenzionata nel Pci al fatale sfacelo dell'università, dalla allegria familistico-criminale ai meccanismi di depotenziamento televisivo dei sentimenti; senza denunce facili del male ma riproducendone il linguaggio* da dentro, *come udito da una mosca munita di registratore.*

Sono un animale realistico, anche alle elementari la maestra mi sgridava perché non mi riuscivano i "temi di fantasia"; mai stato capace di inventare fate e draghi. Non ho nemmeno la stoffa dell'inviato speciale nei territori delle stragi esotiche, o delle croccanti tecnologie up to date; i romanzi non mi resta che farli con quello-che-c'è-in-casa. Il mio "salto" può essere solo oltre la mia immagine. La promessa con cui la trilogia si chiude ("se avrò qualcosa da raccontare, non sarà su di me") devo ancora mantenerla, e se lo farò sarà con un nemmeno troppo astruso déplacement, con un semplice meccanismo di delega. Un dio impossibile non è la stessa cosa di un dio inesistente: obbliga a ripetute arrampicate sul nulla, con lo sguardo abbagliato da chissà quale altrove. Tra fede speranza e carità, delle due ultime ho sentito almeno la puntura: mi manca la prima.

Finito di stampare nell'aprile 2015 presso
Grafica Veneta, via Malcanton, 2, Trebaseleghe (PD)
Printed in Italy

ISBN 978-88-17-08153-5